W0005359

mtb

*Carly Phillips*

# *Herzüber verliebt*

---

MIRA® TASCHENBUCH
Band 26088

2. Auflage: Januar 2018


Titel der amerikanischen Originalausgaben:
Cross my Heart

erschienen bei: HQN Books, Toronto

Sealed with a Kiss

erschienen bei: HQN Books, Toronto

Published by arrangement with
Harlequin Enterprises II B.V./S. à r. l.

Umschlaggestaltung: ZERO Media, München
Umschlagabbildung: FinePic/München
Redaktion: Mareike Müller
Satz: GGP Media GmbH, Pößneck
Printed in Germany
Dieses Buch wurde auf FSC®-zertifiziertem Papier gedruckt.
ISBN 978-3-95649-762-9

www.mira-taschenbuch.de

*Carly Phillips*

# Dumm gelaufen, Darling

Roman

Aus dem Amerikanischen von
Judith Heisig

# Prolog

Der Himmel war pechschwarz. Keine Sterne. Kein Mond. Kein Licht, das sie verraten konnte. Tyler Benson führte sie die Klippe hinauf. Daniel Hunter, ihr bester Freund, hinkte etwas hinterher. Lilly hielt sich an Tys Hand fest, drückte sie ab und zu und zeigte ihm damit ihre Angst. Sonst würde er noch denken, das hier sei für sie nur ein weiteres Abenteuer. Doch Ty wusste es besser.

Gleich würde er den Wagen starten, den Gang einlegen und dann schnell hinausspringen, bevor das Auto über die Klippe in den düsteren See stürzte. Danach würde Lilly Dumont vermisst gemeldet werden. Auf dem Grund des Sees fände man den Wagen ihres Onkels, vielleicht bliebe er auch verschwunden. Eine Leiche könnte man jedenfalls nicht bergen. Lilly würde nach New York gehen und den Namen annehmen, den die drei für sie ausgesucht hatten. Und Ty sähe sie nie wieder.

All das, damit Lilly nicht zu diesem Mistkerl von Onkel zurückkehren musste, der sie weiter misshandeln würde. Deswegen wollte sie ihre Pflegefamilie, Tys Mutter, verlassen. Sie war erst siebzehn. Sie würde keinen weiteren Monat, geschweige denn ein Jahr, überleben, wenn sie zu ihrem Onkel zurückkehrte. Der Mann liebte nicht sie, sondern ihren Treuhandfonds.

„Komm schon, Daniel!“, rief Lilly und durchbrach damit die Stille. Sie hatte vermutlich Angst, dass sie ihn in der Dunkelheit verlieren könnten.

„Ich heiße Hunter“, murmelte ihr Freund und Pflegebruder laut genug, dass sie es hören konnten.

Ty grinste. Seit er dem Freund geraten hatte, seinen Nachnamen zum Rufnamen zu machen, sagten die Mitschüler nicht mehr „Danny Boy“ zu ihm, und Hunter hatte aufgehört, jeden zu verprügeln, der ihm in die Quere kam. Hunter und Ty waren wie richtige Brüder, und Ty kümmerte sich um Hunter, und dieser um ihn. Deshalb blieb er jetzt auch etwas zurück. Er überließ Ty die letzten paar Minuten mit Lilly.

Dem Mädchen, das sie beide liebten.

Hunter hatte niemals darüber gesprochen, doch Ty wusste es. Er war sich jedoch nicht sicher, ob es auch Lilly klar war. Sie war so verdammt unschuldig, auch wenn sie versuchte, sich anders zu geben; deshalb lag sie Ty auch so sehr am Herzen. Sie waren kein Paar, doch da war etwas zwischen ihnen.

Zu schade, dass sie niemals die Gelegenheit haben würden, herauszufinden, was das war.

Der Anhänger, den er für sie gekauft hatte, brannte ihm fast ein Loch in die Tasche. Sie sollte ihn nicht vergessen. Niemals. Sein Magen zog sich zusammen, und er blieb plötzlich stehen.

Lilly lief auf ihn auf. „Was ist los? Warum hältst du an? Wir sind doch noch nicht da.“

Ty schluckte hart. „Ich wollte dir nur etwas geben.“ Er flüsterte, obwohl niemand in der Nähe war.

Hunter, der Tys Plan kannte, wartete irgendwo hinter ihnen.

Ty schob die Hand in seine Hosentasche und holte das kleine goldene Herz hervor. Ihm wurde ganz heiß, als er ihr die Hand entgegenstreckte. Gut, dass es so dunkel war und sie seine brennenden Wangen nicht sehen konnte.

„Hier“, murmelte er. Es war nicht viel, und das war ihm ebenso peinlich wie, ihr überhaupt das Geschenk zu überreichen.

Lilly nahm den winzigen Anhänger. Obwohl in der Dunkelheit kaum etwas zu erkennen war, drehte sie ihn in der Hand hin und her und betrachtete ihn so lange, dass Ty nervös von einem Fuß auf den anderen trat.

„Er ist wunderschön", sagte sie schließlich mit belegter Stimme.

Er atmete tief durch vor Erleichterung. „Ich …" Ty war keiner, der große Worte machte. Er wusste nicht, was er nun sagen sollte.

„Ich weiß." Wie schien sie seine Gedanken lesen zu können? Sie umklammerte das Herz, schlang die Arme um ihn und drückte ihn fest an sich.

Der liebliche Geruch ihrer Haare stieg ihm in die Nase, als er ihre Umarmung erwiderte und ihren weichen Körper fest an sich zog. Zu viele Gefühle und Empfindungen durchströmten ihn gleichzeitig.

All die Dinge, die sie niemals zueinander würden sagen können, lagen in dieser letzten Berührung.

Ty konnte keinen klaren Gedanken fassen, geschweige denn sprechen. Der Kloß in seinem Hals wurde immer größer.

Sie entzog sich ihm plötzlich und schaute nach unten. Sie nestelte an ihrer Kette, und irgendwie gelang es ihr trotz der Dunkelheit, das Herz daran zu befestigen.

„Danke", sagte sie weich und blickte ihm in die Augen.

Er nickte steif. „Gerne."

Sekunden der Stille vergingen, in denen keiner von beiden die Worte aussprechen wollte, die doch irgendjemand sagen musste. Schließlich konnten sie es nicht riskieren, erwischt zu werden.

„Wir müssen gehen", sagte Ty.

Sie nickte und reichte ihm die Hand. Er ergriff sie und lief weiter.

Wenige Minuten später krochen sie durch das Unterholz und kamen dicht an der Klippe heraus. Dort wartete ein Wagen auf sie – so wie Tys Freund, der mit ihm an der Tankstelle arbeitete, es versprochen hatte. Ihr Vorhaben wurde immer mehr zur Realität. Schwindel überkam ihn, und er musste gegen die Übelkeit ankämpfen.

„Ist das wirklich der von Onkel Marc?“, fragte Lilly, während sie mit der Hand über den dunkelblauen Lincoln strich.

Ty nickte. „Ein Kumpel von mir weiß, wie man Autos knackt. Er schuldete mir einen Gefallen, weil ich ihn nicht verpfiffen habe, deswegen war das keine große Sache.“ Ty hatte Freunde in unterschiedlichen Kreisen, an unterschiedlichen Orten. Diese Sache hier abzuziehen war leicht gewesen.

„Ich kann kaum glauben, dass wir das hier tun“, sagte Lilly.

Sie starrte ihn aus angsterfüllten Augen an. Doch hinter ihrer Furcht entdeckte Ty die Entschlossenheit. Sie war stark und unerschrocken, und er war stolz auf sie.

„Es ist nicht so, als ob wir eine Wahl hätten“, erinnerte Hunter sie.

„Ich weiß.“ Sie nickte und schob ihr dunkles Haar, das ihr ins Gesicht gefallen war, hinter die Ohren zurück. „Ihr Jungs seid wirklich großartig, dass ihr mir hierbei helft.“

„Einer für alle, alle für einen“, sagte Hunter.

Ty schüttelte den Kopf und verkniff sich ein Lachen, um seinen Freund nicht zu beschämen. Hunter sagte immer die dümmsten Sachen, doch Ty war das egal. Außerdem nahm er an, dass Hunter im Moment auch nicht klarer denken konnte als Lilly und er.

„Wir sind die drei Musketiere“, sagte Lilly grinsend. Wie immer vermittelte sie und stimmte ihrem Freund zu, um ihn vor einer Demütigung zu bewahren.

Außerdem hatte sie recht. Ebenso wie Hunter. Sie drei waren in dieser Sache ganz allein, und das würde sie für immer verbinden. Ty steckte die Hände in die Taschen seiner Jeans.

„Also stirbt Lillian Dumont heute Nacht, und Lacey Kinkaid wird geboren.“ Lillys Stimme bebte.

Er tadelte sie nicht, weil sie Angst hatte. Sie war dabei, Hawken's Cove, das kleine Provinzstädtchen im Bundesstaat New York, zu verlassen und allein nach New York zu gehen – nur mit dem wenigen Geld, das Ty in den Ferien an der Tankstelle verdient hatte, und den paar Kröten, die Hunter in dem einzigen Restaurant der Stadt zusammengekratzt hatte, wo er für das Abräumen der Tische zuständig gewesen war.

„Niemand spricht über das, was hier heute Nacht geschieht. Niemals!", schärfte Ty ihnen ein. Keiner von ihnen konnte es riskieren, auch nur einen Teil des Plans aufzudecken, sodass irgendjemand die richtigen Schlüsse zog. „Okay?", fragte er und wartete auf die Bestätigung. Sein Herz schlug so hart in seiner Brust, dass er dachte, es müsse explodieren.

„Okay", stimmte Hunter zu.

Ty wusste, dass sie Lillys Geheimnis für immer bewahren würden.

„Lilly?", fragte Ty. Sie hatte am meisten zu verlieren, sollte ihr Onkel je herausfinden, dass sie am Leben war.

Sie nickte. „Ich werde niemals darüber sprechen." Ihr Blick begegnete dem seinen, während sie mit dem kleinen Herz an ihrer Kette spielte.

Für den Bruchteil einer Sekunde befanden sie sich in ihrer eigenen Welt. Er blickte in ihre braunen Augen, und plötzlich war alles wieder gut. Sie würden zurückgehen zum Haus seiner Mutter und sich in Lillys Schlafzimmer schleichen und die ganze Nacht miteinander reden. Sie würden zusammen sein.

Stattdessen brach sie den Bann. „Ich werde niemals vergessen, was ihr für mich getan habt", sagte sie.

Sie umarmte Hunter, während Ty wartete und immer wieder seine Hände zu Fäusten ballte und wieder öffnete.

Dann wandte sie sich ihm zu und zog ihn eng an sich. Er hielt sie zum letzten Mal in seinen Armen, schloss die Augen und kämpfte gegen den Kloß in seinem Hals.

„Pass auf dich auf", brachte er heraus.

Sie nickte. Ihr weiches Haar berührte seine Wange. „Ich werde dich niemals vergessen, Ty. Ich schwöre es", flüsterte sie ihm ins Ohr.

# 1. Kapitel

Das Gerichtsgebäude von Hawken's Cove war der Mittelpunkt der Stadt. Das alte Steinhaus diente jedermann zur Orientierung. Wenn man links abbog, lag das „Tavern Grill" auf der rechten Seite, ebenso die „Night Owl's Bar", und wenn man rechts abbog, war an der nächsten Ecke die Tankstelle. Die Eisdiele befand sich gegenüber.

Als Rechtsanwalt verbrachte Hunter seine Tage im Gerichtsgebäude, wenn er einen Prozesstermin hatte. Wenn nicht, arbeitete er in seinem kleinen Büro, das sich in der Straße dahinter befand. Manch einer mochte es merkwürdig finden, dass Hunter nach dem, was ihm in seiner Kindheit widerfahren war, in Hawken's Cove geblieben war. Doch die guten Erinnerungen überwogen, und sein engster Freund sowie die einzige Familie, die Hunter etwas bedeutete, wohnten ebenfalls noch hier.

Hunter hatte niemals daran gedacht, Hawken's Cove zu verlassen, doch um seinem Leben etwas mehr Würze zu verleihen, wohnte er im zwanzig Autominuten entfernten Albany, einem Ort, der im Hinterland von New York einer Stadt am nächsten kam.

Er verließ das Gericht um vier Uhr nachmittags und steuerte direkt auf die großen Eingangstüren zu. Er hatte heute einen schwierigen Fall gewonnen. Ein unschuldiger Mann, der sich keinen teuren Rechtsbeistand leisten konnte, war Hilfe suchend an ihn herangetreten, und er hatte sein Bestes gegeben. Dies waren die Fälle, die Hunter liebte. Die Reichen und Mächtigen vertrat er nur, um solche kostenlosen Vertretungen annehmen zu können.

Nachdem er monatelang jeden Tag lange gearbeitet hatte, sehnte er sich nun nach einem starken Drink und mindestens vierundzwanzig Stunden, in denen er sein Gehirn nicht anstrengen musste. Doch als er das Büro der Justizbeamtin passierte, fiel sein Blick auf zwei lange Beine und knallige pinkfarbene High Heels. Es gab nur eine Frau, die Schuhe in dieser Farbe trug.

„Molly Gifford", sagte Hunter und blieb neben seiner ehemaligen Kommilitonin stehen. Sie hatten seinerzeit um den ersten Rang an der Albany Law School konkurriert. Es wurmte ihn, zugeben zu müssen, dass sie gewonnen hatte.

Nach dem Abschluss hatten sich ihre Wege getrennt. Molly hatte einen Job in einem anderen Bundesstaat angenommen, doch kürzlich war sie hierhergezogen, und im letzten Monat hatte er fast täglich das Vergnügen gehabt, ihre Beine zu bewundern. Ihr Umzug kam überraschend, denn Molly war weder in Hawken's Cove geboren noch hier aufgewachsen. Als er sie nach dem Grund gefragt hatte, hatte sie etwas von der Versöhnung mit ihrer Mutter erwähnt – und weiter nichts.

Molly richtete ihre Aufmerksamkeit von der Justizbeamtin, mit der sie gesprochen hatte, auf Hunter und blickte ihn mit ihren braunen Augen an. „Hunter", sagte sie mit einem einladenden Lächeln. „Wie ich höre, kann man dir gratulieren."

Hunter war nicht überrascht, dass sie schon davon wusste, doch es war ihm eine Genugtuung. Wenn sie ihm nicht gratuliert hätte, hätte er ihr selbst von dem Sieg erzählt. Er hielt nicht allzu viel von Bescheidenheit, jedenfalls nicht wenn es darum ging, vor einer Frau gut dazustehen.

„Die Neuigkeiten verbreiten sich ja schnell."

„Ein Sieg gibt immer Anlass zum Klatsch. Ich hoffe, du feierst ihn", erwiderte sie.

Was er an Molly immer bewundert hatte, war ihre Bereitschaft, den Erfolg anderer anzuerkennen. „Ich könnte mich dazu überreden lassen." Er lehnte sich gegen den Aktenschrank und sah ihr in die Augen. „Kommst du mit auf einen Drink?"

„Ich kann nicht", schüttelte sie den Kopf. Ihr blondes Haar umschmeichelte in weichen Wellen ihr Gesicht, und er spürte die vertraute Anziehung in sich aufwallen.

Ihre Antwort überraschte ihn nicht. Er fragte, sie lehnte ab. Selbst damals im Studium hatten sie dieses alte Spiel gespielt. Er hatte gewusst, warum er nicht hartnäckiger wurde. Molly war ein nettes Mädchen, und es war leichter, mit den nicht ganz so Netten etwas Ernsterem aus dem Weg zu gehen. Mit denen, die nicht viel mehr erwarteten als Sex und Spaß.

Dennoch konnte er dem Drang nicht widerstehen, Molly zu fragen, ob sie mit ihm ausgehen wolle. Und nun, da das Schicksal sie wieder zusammengeführt hatte, hoffte er, dass sie ihm – ihnen beiden – eine Chance geben würde. Denn er wusste, dass er nun erwachsen genug war, sich eine Chance mit ihr zu wünschen.

„Wie lautet deine Entschuldigung dieses Mal? Musst du deinen Hund baden?", fragte er.

Sie grinste. „Nichts, was annähernd so aufregend wäre. Der Verlobte meiner Mutter möchte, dass ich mich um eine rechtliche Angelegenheit kümmere. Was mich just daran erinnert." Sie blickte auf die Uhr. „Ich komme zu spät, wenn ich mich nicht beeile. Aber vielleicht ein anderes Mal", sagte sie und eilte zur Tür, wobei sie eine Wolke betörenden Parfums hinterließ.

Er stöhnte auf, weil er wusste, dass er sich heute Nacht im Bett hin und her werfen würde – und das nicht nur wegen ihres Dufts. „Vielleicht ein anderes Mal" waren Worte, die Molly ihm gegenüber nie zuvor ausgesprochen hatte. In der Vergangenheit war ihre Antwort immer ein klares Nein gewesen, bis er sie eben bei der nächsten Gelegenheit erneut fragte. Bei dem Gedanken, sie könnte sich erweichen lassen, schlug sein Herz höher.

Er wandte sich zu der Justizbeamtin, die der Unterhaltung

hinter ihrem Schreibtisch begierig gelauscht hatte. „Dann heiratet Mollys Mutter jemanden aus dem Ort?"

Anna Marie Costanza arbeitete bereits länger als Justizbeamtin, als sich irgendjemand am Gericht erinnern konnte. Sie stammte aus einer Familie, die wichtige Positionen in der Stadt innehatte. Einer ihrer Brüder war der Bürgermeister, der andere Stadtrat und ein dritter war Partner in der renommierten Anwaltskanzlei „Dunne & Dunne" in Albany. Die Familie verfügte über ein gutes Netzwerk und konnte nahezu alle Fragen beantworten, die man haben konnte.

Was Anna Marie anging, so heizte sie die Gerüchteküche im Gericht kräftig an, führte zugleich aber ein strenges Regiment. Außerdem gehörte ihr und ihren Brüdern eine der ältesten Pensionen der Stadt. Anna Marie wohnt selbst dort und spielte die Pensionsherrin. Molly hatte eines der Apartments gemietet. Wenn man Anna Maries Tagesjob und ihre Tätigkeit als Vermieterin bedachte, würde er darauf wetten, dass sie über jeden Bewohner der Stadt so ziemlich alles wusste. Auch über Molly.

„Allerdings. Ihre Mutter heiratet einen langjährigen Bewohner unseres hübschen Städtchens." Anna Marie beugte sich nach vorn. „Wollen Sie nicht wissen, wer der Glückliche ist?", fragte sie, offensichtlich begierig darauf, ihre Information weiterzugeben.

„Darüber wollte ich gerade mit Ihnen sprechen", erwiderte Hunter lachend.

„Ihr Verlobter ist Marc Dumont. Ich weiß das, seit Mollys Mutter die Eheschließung angemeldet hat." Anna Marie blickte ihn bedeutungsvoll an.

Hunters Lächeln erlosch. Erinnerungen aus einer Zeit, als er jung und längst nicht so selbstsicher gewesen war, wie er sich heute gerne gab, stürmten auf ihn ein. Er ballte seine Hände zu Fäusten, als die alte Wut, die er zu kontrollieren gelernt hatte, in ihm aufstieg. Er kämpfte sie nieder.

Es war nicht Anna Maries Schuld, dass sie ihn an seine Verbindung zu Dumont erinnerte. Es gab niemanden in der Stadt, der die Geschichte von Lillys Verschwinden nicht kannte und der nicht davon gehört hatte, dass der Wagen vermutlich über die Klippe in den See gestürzt war. Ihre Leiche hatte man niemals gefunden.

Es gab auch niemanden, der nicht wusste, dass Marc Dumont ihre besten Freunde Hunter und Ty für den Tod seiner Nichte verantwortlich gemacht hatte. Er hatte erfolglos versucht, sie des Diebstahls seines Autos zu überführen, doch es war ihm gelungen, die Behörden dazu zu bringen, die Freunde zu trennen und Flo Benson die Pflegschaft für Hunter zu entziehen.

Hunter hatte das folgende Jahr bis zu seinem 18. Geburtstag in einem Heim für schwer erziehbare Jugendliche verbracht. Seine Wut und Verbitterung waren dort wieder zurückgekehrt, und seine Haltung hatte ihm so viele Prügeleien eingebracht, dass er beinahe im Knast gelandet wäre. Stattdessen hatte man ihn zu einem Mentorenprogramm verdonnert, und wie beabsichtigt, hatte die Realität seine Einstellung rasch geändert. Der Gedanke an Lilly hatte ihn dabei motiviert.

Sie wünschte sich etwas Besseres für ihn als das Gefängnis, das wusste er. Dumont aber gab er noch immer die Schuld für seine Zeit im Heim; Lilly, Ty und Flo verdankte er seinen Wandel zum Guten.

Dumonts Namen zu hören brachte Hunter daher noch immer auf die Palme. „Was hat der alte Mistkerl denn jetzt schon wieder vor? Wobei braucht er Mollys Hilfe?"

Anna Marie kniff die Lippen zusammen. „Ts, ts. Sie wissen doch, dass ich solche Auskünfte nicht weitergeben darf."

Hunter lächelte über die spöttische Herausforderung, die in ihrer Stimme lag. Anna Marie und er liebten es gleichermaßen, Informationen aus anderen herauszukitzeln – egal wie. „Hat

Mr. Dumont irgendwelche offiziellen Dokumente bei Gericht ausgefüllt?"

Anna Marie grinste. „Nun, bisher nicht."

„Was ist dann gegen einen bisschen Gerichtsklatsch einzuwenden?" Hunter wollte jetzt unbedingt in Erfahrung bringen, zu welchem Zweck Dumont einen Anwalt brauchte, warum er Molly hinzuzog und wem der Mistkerl diesmal schaden wollte.

„Gutes Argument. Sie sind ein kluger Junge. Sind Sie sicher, dass Sie zu jung für mich sind?", fragte sie und kniff ihn spielerisch in den Arm.

„Ich schätze, Sie sind zu jung für mich. Ihre Energie würde mich fertigmachen", lachte er auf. Er wusste nicht, wie alt sie war, doch er schätzte sie auf Mitte sechzig. Sie war geistig jung geblieben.

Sie schlug mit der Hand auf den Tresen und kicherte.

„Na los, spucken Sie's schon aus." Er sah ihr an, dass sie es kaum erwarten konnte, ihr Geheimnis loszuwerden.

„Nun, da Sie so nett fragen: Ich habe Molly vorhin am Telefon gehört. Marc Dumont hat vor, Ansprüche auf den Treuhandfonds seiner Nichte zu erheben."

„Was?", fragte Hunter verblüfft. Er glaubte, sich verhört zu haben.

„Da die Frist fast abgelaufen ist, will er sie vor Gericht offiziell für tot erklären lassen. Sie wissen ja, dass man keine Leiche gefunden hat, nachdem das Auto in die Dead Man's Drift gestürzt ist." Anna Marie benutzte den Namen, den die Bewohner von Hawken's Cove der Klippe samt dem darunterliegenden See nach Lillian Dumonts Tod gegeben hatten.

Hunter wurde schwindelig. Es verging kein Tag, an dem er nicht an Lilly dachte, an jene schicksalhafte Nacht und an seine Rolle bei ihrem Verschwinden. Er würde sie immer vermissen, ihr Lachen, ihre Freundschaft. Dass er Dumonts Namen seit Jahren nicht mehr gehört hatte, hatte ihm dabei geholfen. Hunter wollte das Thema vermeiden, und bis heute war ihm das auch problemlos gelungen. Dumont lebte seit Jahren zurückgezogen im Haus von Lillys Eltern und hatte keinerlei Aufmerksamkeit erregt. Und nun musste Hunter innerhalb von fünf Minuten erfahren, dass der Mann Mollys Mutter heiraten würde und außerdem vorhatte, Lilly Dumont für tot zu erklären, um Zugriff auf ihren millionenschweren Treuhandfonds zu erhalten.

Sein Timing hätte nicht schlechter sein können. Ausgerechnet in dem Moment, in dem Molly ein Date mit Hunter offenbar zumindest in Erwägung zog, tauchte Dumont wieder auf und trat ihm in den Weg. Der Mistkerl hatte sich nicht verändert. Er hatte sich nur versteckt und auf den Zeitpunkt gewartet, zu dem die drei Freunde glaubten, ihre Vergangenheit endgültig hinter sich gelassen zu haben. Dumont hatte ihr Leben schon einmal verändert, und Hunter befiel eine merkwürdige Ahnung, als würde auch die neuerliche Begegnung keinen von ihnen unversehrt lassen.

Tyler Benson war kein Morgenmensch. Er arbeitete lieber spätabends im „Night Owl's", als einen Nine-to-Five-Job anzunehmen. Von seinem Freund Rufus, dem die Bar gehörte und der es begrüßte, wenn Ty ab und zu aushalf, hatte er die Wohnung darüber gemietet. Wenn er nicht seinem Freund zuliebe hinter dem Tresen stand, arbeitete Ty als Privatdetektiv – sowohl in seiner Wohnung als auch in seinem kleinen Büro gegenüber vom Gerichtsgebäude. Die Ortsansässigen fanden Ty, wo auch immer er sich gerade aufhielt, und er mochte die Freiheit und Spontaneität in seinem Leben. Am meisten gefiel ihm, dass er unabhängig war und niemandem auf der Tasche lag.

Sein Einkommen reichte, um sich die Fälle auszusuchen, die ihn interessierten. Die anderen gab er an Derek weiter, einen frisch gebackenen Privatdetektiv, der neu in der Stadt war und Tys Namen brauchte, um sich einen guten Ruf zu erarbeiten.

Derek war sein Angestellter, nicht sein Konkurrent in der kleinen Stadt, und diese Situation war für beide von Vorteil. Tatsächlich liefen die Geschäfte immer besser, sodass Ty allmählich eine Bürokraft und einen weiteren Privatdetektiv engagieren musste.

Ty zapfte ein Bud und stellte es dem Gast auf den Tresen. Er blickte auf die Uhr. Erst sieben. In der Baseballsaison und mit den Yankees gegen die Red Sox auf dem Spielplan würde die Bar innerhalb einer halben Stunde total überfüllt sein. Aber im Moment kroch die Zeit geradezu, und er gähnte verstohlen.

„In etwa fünf Minuten wirst du dir wünschen, dass das Leben so langweilig ist, wie du es im Moment offensichtlich findest.“ Hunter, Tys ältester Freund, glitt auf einen Barhocker am Tresen.

Ty grinste. „Irgendwie bezweifle ich, dass deine Erlebnisse bei Gericht heute meine Lebensgeister wecken.“ Er lachte und griff nach dem guten Martini, den sein Freund in den letzten Tagen sowohl dem Fass- als auch dem Flaschenbier vorgezogen hatte.

Der andere schüttelte den Kopf. „Jack Daniels. Pur.“

Ty zog überrascht eine Augenbraue hoch. „Da muss ja was Großes im Gange sein, wenn du deinen gepflegten Drink für härteren Stoff eintauschst. Und dabei wollte ich dir gerade zu deinem gewonnenen Fall gratulieren, doch wenn du feiern wolltest, würdest du keinen Whiskey bestellen.“

Hunters Gesicht blieb umwölkt. Er schien mit den Gedanken meilenweit weg zu sein und dachte ganz offensichtlich nicht an seinen großen Erfolg von heute.

Ty ging davon aus, dass er früh genug erfahren würde, was seinen Freund belastete. Wenn Hunter ein Problem hatte, grübelte er immer ziemlich lange darüber nach, bevor er sein Herz ausschüttete.

„Kannst du dich daran erinnern, wie ich als Pflegekind zu euch kam und mit dir das Zimmer teilte?“, fragte Hunter.

Ty war überrascht. „Na klar erinnere ich mich. Aber das ist

lange her, und es hat sich viel verändert. Zum Beispiel sahst du damals anders aus. Herrje, du warst jemand anderes!"

Daniel Hunter war als sehr reizbarer und verschlossener Sechzehnjähriger zu den Bensons gekommen. Für ihn war damals klar gewesen, dass niemand auf der Welt ihn lieben würde. Er hatte sich geirrt. Hunter war fast ein Jahr bei Tyler und seiner Mutter geblieben und für beide zu einem Teil der Familie geworden.

Hunter nickte. „Ich versuchte, anders zu werden. Irgendwie besser."

Ty blickte den Freund an und verstand seine Begründung. Er hatte sich sehr angestrengt, um ein aufrechter Anwalt und ein geachtetes Mitglied der Gemeinde zu werden – und es war ihm gelungen. Heute Abend trug er dunkle Jeans, die neu und gebügelt wirkten, dazu ein schickes Rugby-Shirt. Für Hunter war seine Kleidung ein Ausdruck des Mannes, zu dem er sich entwickelt hatte.

„Du magst dich zwar anziehen wie ein adretter Collegeboy, aber im Herzen bleibst du ein Straßenjunge", neckte ihn Ty. Doch waren sie gerade deshalb all die Jahre so eng befreundet geblieben. „Was ist denn passiert, dass du gerade jetzt die Vergangenheit heraufbeschwörst?", fragte Ty.

„Einiges. Und nicht nur ich muss mich erinnern, sondern ich möchte, dass auch du zurückdenkst."

„Ich erinnere mich, wie Mom dich aufgenommen hat", erwiderte Ty.

„Wir waren so unterschiedlich, dass ich dachte, du würdest mich im Schlaf umbringen", lachte Hunter trocken.

„Du kannst froh sein, dass ich das nicht getan habe." Ty grinste. Seine Erinnerung an Hunters erste Nacht bei den Bensons war immer noch sehr lebendig.

„Das Kind in der vorherigen Pflegefamilie hatte mir in den Hintern getreten, kaum dass seine Mutter aus der Tür war. Du hast mir nur ein Kissen zugeworfen und mich gewarnt, nicht zu schnarchen“, schmunzelte Hunter.

„Was du dennoch getan hast.“ Ty lachte auf.

Äußerlich hätten die beiden nicht unterschiedlicher sein können – Ty mit seinem langen dunklen Haar und der olivfarbenen Haut seiner Mutter und Hunter mit seinem sandfarbenen Haar und der blassen Haut. Doch sie hatten sich gefunden. Sie waren einander ähnlich genug, um sich zu einer Allianz zusammenzuschließen. Denn Ty fasste genauso schwer Vertrauen wie Hunter.

Wie konnte er auch, wo doch die gebrochenen Versprechen seines Vaters seine ganze Kindheit bestimmt hatten? *Natürlich werde ich bei deinem Spiel dabei sein. Ich hole dich vom Training ab.* Ja, ja – wenn ihn nicht seine Spiel- und Wettsucht davon abgehalten hätten, dachte Ty bitter. Sein Vater war notorisch unzuverlässig gewesen. Trotzdem war Ty auf den letzten Tritt nicht gefasst gewesen.

Er war in der Woche zuvor gerade neun geworden, als sein Vater ihm versprochen hatte, ihn vom Basketballtraining abzuholen. Ty war nicht überrascht, als er mitten im Winter allein auf dem Parkplatz stand. Es war ja nicht das erste Mal. Also kauerte er sich unter einen Laternenmast und wartete darauf, dass sein Vater mit den üblichen Entschuldigungen und Ausflüchten auftauchte. Als das nicht geschah, lief Ty schließlich zum nächsten Geschäft, um von dort seine Mutter anzurufen. Gemeinsam fanden sie heraus, dass sein Vater sich aus dem Staub gemacht hatte.

Zum ersten Mal in seinem Leben hatte Joe Benson einen Brief hinterlassen. Zurück blieb auch ein enttäuschter Ty, der Versprechen fortan nur noch misstraute. Bis Hunter in seine Familie kam und wenig später auch Lilly.

Bevor er sich weitere Gedanken gestattete, wandte er sich wieder seinem Freund zu. „Was führt dich denn ausgerechnet jetzt zurück in die Vergangenheit?“, fragte Ty und goss seinem

Freund den gewünschten Whiskey ein.

Hunter lächelte grimmig. „Du solltest dir auch einen einschenken."

Ty hob die Augenbraue. „Warum?"

Hunter beugte sich vor und raunte leise: „Es geht um Lilly."

Allein bei ihrem Namen wurde Ty von Emotionen überwältigt. In seinem Kopf begann es zu pochen. Weder er noch Hunter hatten etwas von Lilly gehört seit jener Nacht, in der sie abgehauen war. „Was ist los?"

Hunter atmete tief durch, bevor er antwortete. „Dumont will sie offiziell für tot erklären lassen, um Anspruch auf ihren Treuhandfonds erheben zu können."

Ty musste die Worte gar nicht erst sacken lassen, sondern schlug spontan mit der Faust auf den Tresen. „Dieser Hurensohn."

Die alte Wut und Verbitterung, die Ty lange Jahre empfunden und dann begraben hatte, wallten wieder in ihm auf. Dumont mochte Lilly in Tys Leben gebracht haben, doch er war auch der Grund, warum Ty sie für immer verloren hatte. Das würde er dem Mann niemals verzeihen, ebenso wenig wie die Misshandlungen, die er Lilly angetan hatte, bevor sie zu den Bensons kam.

Das Blut pochte in seinen Schläfen, als die Vergangenheit wieder zum Leben erwachte und seine Gefühle ihn überwältigten. Erst war Hunter in sein Leben getreten und hatte irgendwie die Mauer durchbrochen, die er nach dem Weggang seines Vaters um sich errichtet hatte. Danach war Lilly gekommen, und sein Verteidigungswall war vollständig in sich zusammengebrochen. Er hatte dafür mit vielen einsamen Jahren bezahlt, doch er bereute es nicht, Lilly getroffen und ihr nahe gewesen zu sein.

Für eine kurze Zeit hatte er sein Herz öffnen können. Vom Einzelgänger war Ty zu einem Menschen geworden, der mit seinem besten Freund und seiner besten Freundin herumgezogen war. Zumindest in Gedanken war sie für ihn damals seine beste Freundin gewesen, auch wenn er und Lilly niemals die Chance gehabt hatten, die unter der Oberfläche brodelnden Gefühle auszuleben. Vielleicht waren sie schon damals trotz ihrer Jugend so klug gewesen, die Freundschaft vorzuziehen. Vielleicht hatten sie einfach nur nicht genug Zeit gehabt. Tyler würde es niemals erfahren. Denn allzu bald war der Brief von ihrem Onkel gekommen, in dem er angekündigt hatte, seine Nichte wieder unter seine Obhut nehmen zu wollen. Daraufhin hatten die drei Freunde ihren Plan geschmiedet und in die Tat umgesetzt.

„Kaum zu glauben, dass Dumont sich das nach all den Jahren traut, oder?“, fragte Hunter.

Ty blickte gen Himmel. „Ich wünschte, wir hätten es kommen sehen.“

Hunter verdrehte die Augen. „Und das von dem Mann, der darauf bestanden hat, dass wir niemals über jene Nacht sprechen?“

„Halt die Klappe“, murmelte Ty, der sich über seine eigenen Worte von damals ärgerte.

Denn sein Freund hatte recht. Er hatte gedacht, Lilly würde aus seinem Leben verschwinden, wenn er nie wieder über sie spräche. Und er hatte gehofft, dass er sie vergessen könne.

*Ich schwöre es.* Ihre zärtlichen Worte holten ihn ein. Bei ihrem Abschied hatte sie versprochen, dass sie ihn niemals vergessen würde. So sehr er es versucht hatte – auch ihm war es nicht gelungen, sie aus seiner Erinnerung zu verbannen. Egal wie schmerzhaft der Gedanke an das war, was hätte sein können, hatte er oft an Lilly gedacht – und tat es noch immer.

Von der Minute an, als sie ihre Baseball-Kappe aufgesetzt hatte und verschwunden war, hatte Ty nichts lieber gewollt, als mit ihr zu gehen. Etliche Tage hatte er mit dem Gedanken gespielt, ihr zu folgen. Doch er war zu Hause geblieben, weil seine Mutter ihn brauchte. Ty wusste, dass Flo es nicht verkraftet hätte, wenn ihr Sohn gegangen wäre, nicht so kurz nach Lillys Verschwinden. Sie verdiente etwas Besseres, als dass ihr zweimal hintereinander das Herz gebrochen wurde. Dreimal sogar, wenn man berücksichtigte, dass Hunter ihnen ebenfalls weggenommen worden war. Doch Ty hatte Lilly seitdem jeden einzelnen Tag vermisst.

Jahre später hatte er der Versuchung nachgegeben. Er kontaktierte einige Cops in New York und forschte mit ihrer Hilfe nach dem Verbleib von Lacey Kinkaid. Unter diesem Namen war sie abgetaucht. Es war überraschend einfach gewesen, zu erfahren, dass sie am Leben war und es ihr gut ging.

Ty hatte es dabei bewenden lassen. Er hatte keinen Kontakt zu ihr gesucht. Ganz offensichtlich ging es ihr gut in New York, und er sah keinen Sinn darin, die alten Geister heraufzubeschwören. Schließlich hatte Ty selbst auf dem eindeutigen Bruch bestanden. Und obwohl der Vorschlag von ihm gekommen war, hatte sie seine Anweisungen befolgt. Sie hatte niemals Kontakt zu ihm aufgenommen. Auch nicht, als sie erwachsen geworden war, ihren einundzwanzigsten Geburtstag gefeiert und nichts mehr von ihrem Onkel zu befürchten hatte. Und auch nicht Jahre später, als sie eine unabhängige Frau war, die ihre eigenen Entscheidungen traf.

In den Nächten, in denen er daran dachte, redete er sich ein, dass seine Gefühle für sie nicht mehr gewesen waren als „jugendliche Schwärmerei“ – so nannten die Eltern von davongelaufenen Teenagern, wie er sie heute oft aufspürte, die hormonellen Verirrungen ihrer Kinder. Und er versuchte, sie sich selbst auszureden: Sie konnte nicht so hübsch sein, wie er sie in Erinnerung hatte. Ihre Haut konnte nicht so weich sein. Ihr Duft würde ihm nicht mehr die Sinne rauben. All diese Dinge mussten eine Illusion sein, Projektionen dessen, was Lilly damals gewesen war. Eine wohlhabende Erbin, deren Vormund sie aus dem Haus getrieben und ihr das Vermögen vorenthalten hatte, sodass sie auf sich gestellt war und darauf angewiesen, dass sich jemand um sie kümmerte.

Ty hatte diese Rolle bereitwillig übernommen, doch tief in seinem Inneren wusste er, dass Lilly stärker war, als er glaubte, und ihn nicht so sehr brauchte, wie er sich das wünschte. Sie war in die Stadt gegangen und hatte sich dort eine Existenz aufgebaut. Sie war keinesfalls die zerbrechliche Prinzessin, die er auf ein Podest gehoben hatte – Gott sei Dank war sie das nicht, sonst hätte sie es nicht geschafft. Während er von dem Geld gelebt hatte, das seine Mutter niemals hätte annehmen dürfen ...

„Ich wusste, dass das hier für keinen von uns einfach sein würde", sagte Hunter. „Aber du bist etwas grün um die Nase. Geht es dir gut?"

Ty räusperte sich. „Ich bin in Ordnung. Wie hast du das mit Dumont erfahren?"

„Indirekt durch Molly Gifford."

„Die Kleine, die du vom Studium her kennst?"

Hunter nickte. „Ich lief ihr heute im Gerichtsgebäude in die Arme."

„Hat sie schon in ein Date eingewilligt?", lachte Ty, der sicher war, dass sein Freund es zumindest wieder versucht hatte.

„Nein, aber ich mache Fortschritte. Unglücklicherweise ist der Zeitpunkt für ihren Sinneswandel denkbar ungünstig. Ihre Mutter wird Dumont heiraten, was sie zu meiner einzigen Informationsquelle über den Mann macht." Er rutschte unbehaglich auf seinem Sitz hin und her. Offensichtlich gefiel ihm die Rolle, die er übernehmen sollte, nicht sonderlich.

„Kein Witz? Mollys Mutter heiratet den Mistkerl?"

Statt einer Antwort kippte Hunter seinen Drink mit einem Schluck hinunter.

„Dann wirst du deinen Charme spielen lassen müssen."

„Und sie wird mich sofort durchschauen", erwiderte Hunter

und winkte ab. Trotz seines frechen Grinsens war er offensichtlich nicht sehr erfreut über die Verbindung.

Ty schenkte seinem Freund nach. „Aber du tust es, um Lilly zu helfen?"

Hunter senkte den Kopf. „Habe ich eine Wahl? Wir drei sind miteinander verbunden. Ich habe ihr damals geholfen, und ich helfe ihr jetzt."

Weil auch ihm Lilly am Herzen lag. In all den Jahren ihrer Freundschaft hatten sie nicht über Hunters unerwiderte Gefühle gesprochen oder über die Konkurrenz zwischen den Freunden, die niemals hatte aufbrechen können. Ein weiterer Grund, warum Lillys Rückkehr für alle Beteiligten unangenehm sein würde.

„Dann sind wir uns einig?", fragte Ty. „Dumont hat kein Recht auf das Geld." Ty wiegte seinen Kopf hin und her, um die steifen Nackenmuskeln zu lockern. Doch die Anspannung blieb. Sein Leben würde sich dramatisch ändern.

„Wir sind uns einig. Doch du hast recht. Wir hätten an die Zukunft denken sollen", sagte Hunter. „An ihren Treuhandfonds und an das, was nach vielen Jahren geschehen würde. Haben wir aber nicht. Lilly wird mit diesem Teil ihres Lebens irgendwie umgehen müssen."

Und dabei ihrer aller Leben umkrempeln, dachte Ty.

„Lilly muss davon erfahren", sagte Hunter mit ruhiger Bestimmtheit.

„Lacey. Sie heißt jetzt Lacey", erwiderte Ty, der sich innerlich schon darauf vorbereitete, jener Frau zu begegnen, zu der Lilly geworden war.

„Lacey muss erfahren, dass Dumont sie offiziell für tot erklären lassen will, um mit dem Geld ihrer Eltern auf großem Fuß zu leben."

Tys Schläfen begannen wieder zu pochen. Hunters Worte erinnerten ihn daran, dass seine Mutter genau das getan hatte.

Hunter musterte Ty argwöhnisch. „Das meinte ich nicht,

und das weißt du.“

Ty zuckte die Schultern. „Vielleicht nicht, aber es war so. Wir dachten, dass Lilly ein weiteres Pflegekind sei, doch das war sie nicht. Meine Mutter bekam Geld von Dumont, damit sie Lilly aufnahm. Inoffiziell. Nichts davon taucht in den Akten auf. Er bezahlte sie, damit sie seine Nichte so lange behielt, bis diese seiner Meinung nach ihre Lektion gelernt haben würde und danach leichter zu kontrollieren wäre.“

„Deine Mutter kannte Dumonts Hintergedanken damals nicht. Sie dachte, dass sie einem Mann hilft, der nicht weiß, wie er mit seiner außer Rand und Band geratenen Nichte fertigwerden soll; sie bekam dafür Geld und ermöglichte dir damit gleichzeitig ein besseres Leben. Er bot ihr eine Chance, und sie ergriff sie.“

Ty nickte. Ihn beschäftigte bis heute, was seine Mutter getan hatte. Er fühlte sich noch immer schuldig, weil sie ihren Lebensunterhalt mit Geld bestritten hatten, das eigentlich Lacey gehörte.

„Du hast deine Schuld bezahlt, auch wenn du gar keine hattest. Das College abzubrechen war eher Selbstbestrafung, wenn du mich fragst. Wem hat es genützt?“, fragte Hunter.

„Meinem Stolz. Ich konnte mir jeden Morgen in die Augen sehen.“ Sie hatten dieses Gespräch schon oft geführt, doch Ty gab zum ersten Mal eine Erklärung für sein Verhalten ab. Er spürte, dass Hunter ihn bereits verstanden hatte.

Hunter nickte. „Das Schicksal bietet dir jetzt die Chance, Lilly das zurückzugeben, was sie verloren hat. Finde sie und sag ihr, dass sie zurückkommen soll, um Anspruch auf ihr Vermögen zu erheben.“

Ty fuhr sich mit der Hand durch das zu lange Haar. Er musste zum Friseur und wünschte, er könnte sich mit solch trivialen Dingen beschäftigen.

„Sie hat eine Menge schlechte Erinnerungen an die Zeit

hier." Ty schenkte sich selbst einen Whiskey ein. Er trank einen Schluck und genoss die Wärme in seiner Kehle.

„Sie ist erwachsen. Es gibt hier nichts, was ihr noch Schaden zufügen kann. Außer alten Geistern", sagte Hunter.

„Und mit denen müssen wir alle leben." Ty schwenkte die Flüssigkeit in seinem Glas hin und her.

„Glaubst du, dass sie einfach zu finden sein wird?"

„Du weißt doch, wozu ich fähig bin." Ty setzte ein selbstgewisses Grinsen auf und erhob das Glas.

Der Witz war, dass er beim ersten Mal keinerlei Mühe gehabt hatte, sie zu finden. Lilly lebte unter dem Namen Lacey Kinkaid, doch sie benutzte ihre echte Sozialversicherungsnummer, und sie bezahlte ihre Steuern unter ihrem richtigen Namen. Wenn ihr Onkel einige Jahre später noch mal nach ihr gesucht hätte, hätte er herausfinden können, dass aus Lilly eine erfolgreiche Geschäftsfrau geworden war. Er hatte nur keinen Grund gehabt, daran zu zweifeln, dass sie in jener schicksalhaften Nacht im tiefen dunklen Wasser umgekommen war. Zum Glück für Lacey war ihr Plan trotz ihrer Jugend erfolgreich verlaufen.

Obwohl Ty vor fünf Jahren ihre Adresse ausfindig gemacht hatte, konnte man nicht wissen, wie oft sie seitdem umgezogen war. Dennoch machte er sich nicht allzu viele Sorgen. Er hatte seine Verbindungen und seine Methoden.

Auch Hunter erhob sein Glas. „Viel Glück."

„Irgendwas sagt mir, dass ich das brauchen werde", erwiderte Ty und stieß mit Hunter an.

Der Widerhall der Gläser, der sonst so festlich klang, hörte sich plötzlich wie eine Warnung an.

# 2. Kapitel

Lacey Kinkaid betrachtete ihre jüngste Neueinstellung, eine junge spanische Frau, die gebrochen Englisch sprach und keinerlei Erfahrung mit Haushaltsarbeit rund um New York oder auch irgendwo anders hatte. Doch sie brauchte den Job dringend, und Lacey wusste genau, wie sich die Verzweiflung anfühlte, die sie in Serenas Augen sah. Aus diesem Grund hatte sie sie dennoch eingestellt. Sie hatte sie auch auf ihrem Sofa übernachten lassen. Das Gleiche hatte einst Marina für sie getan und ihr damals sehr damit geholfen.

Mit einer Kopfbewegung versuchte sie die Vergangenheit abzuschütteln, wie sie es immer tat, wenn Erinnerungen in ihr hochstiegen. Die Gegenwart war alles, was zählte, und in der Gegenwart zählte vor allem der Job. Wenn Lacey nicht gerade einen der verschiedenen Aufträge ihrer Klienten bearbeitete, glättete sie die Wogen zwischen Angestellten und Klienten ihrer kleinen Firma mit dem treffenden Namen „Odd Jobs" – Gelegenheitsarbeit.

„Was genau ist das Problem?", fragte Lacey Amanda Goodwin, eine Klientin, die Laceys Dienste jede Woche in Anspruch nahm und eine wertvolle Quelle für weitere Empfehlungen war.

„Sie", sagte Amanda und deutete mit ihrem manikürten Zeigefinger auf Serena, „versteht kein Englisch. Als Reinigungskraft ist sie wunderbar, doch ihr Englisch ist grauenhaft. Ich musste ihr etwas erklären, also sprach ich Spanisch mit ihr. Sie brach in Tränen aus."

Lacey nickte. Serena hatte nah am Wasser gebaut, was im Job Probleme bereiten konnte. Während sie Serena eine tröstende

Hand auf die Schulter legte, fragte sie Amanda: „Was genau haben Sie zu ihr gesagt? Auf Spanisch bitte, falls es Ihnen nichts ausmacht."

In ihrer ersten Zeit in New York hatte Lacey so viel Spanisch gelernt, dass sie es fast fließend sprach. Schon in der Highschool hatte sie ausgezeichnete Noten gehabt; die Sprache flog ihr förmlich zu. Das war hilfreich, denn sie brauchte einen Job, und der einzige Mensch, der sie einstellte, war eine Frau namens Marina. Marina leitete einen Reinigungsservice, bei dem vor allem Immigrantinnen arbeiteten. Sie brachte ihr in den Abendstunden alles bei, was Lacey nicht wusste, sodass sie schließlich nicht nur Spanisch sprechen konnte, sondern auch ihr Highschool-Diplom erhielt.

Nachdem sie in New York angekommen war, hatte sie den Namen Lacey Kinkaid angenommen und ihn aus Angst, ihr Onkel könnte sie sonst finden, konsequent benutzt. Später, als sie erwachsen war und ihre eigene Firma gründete, nannte sie sich zwar weiterhin so, in den offiziellen Dokumenten jedoch stand der Name Lilly Dumont. Einige wenige Leute fragten nach, doch die meisten kümmerten sich nicht darum, und heute kam ihr Onkel sowieso nicht mehr auf die Idee, nach ihr zu suchen.

Sie blickte ihre Klientin an und bat sie noch einmal, das Gesagte zu wiederholen.

„Ich wollte ihr sagen, dass sie den Hund nicht füttern soll." Die Frau deutete auf den Spitz, der als haariges Knäuel zu ihren Füßen lag. „Also sagte ich: ‚Por favor no comas al perro'." Voller Befriedigung über ihre Fähigkeit, mit der Putzhilfe zu kommunizieren, verschränkte Amanda die Arme vor der Brust.

Lacey brach in Gelächter aus, während aus Serena gleichzeitig ein Sturzbach in weinerlichem Spanisch hervorbrach, das selbst Lacey nicht verstand. Sie erkannte nur einige wenige Wörter, die aber eindeutig davon zeugten, wie wütend und gekränkt Serena war.

„Sehen Sie? Was ist los? Was hat sie denn?“, fragte Amanda.

Lacey fuhr sich beruhigend über den Nasenrücken, bevor sie Amandas Blick begegnete. „Weil Sie gesagt haben ‚Bitte iss nicht den Hund‘ statt ‚Bitte füttere nicht den Hund‘. Das heißt auf Spanisch nämlich ‚Por favor, no le des comida al perro‘ – was wörtlich übersetzt heißt ‚Bitte gib dem Hund kein Futter‘“, erklärte Lacey, die sich wieder an ihre Spanischstunden erinnerte. „Serena ist gekränkt, weil Sie denken, dass sie so etwas tun würde.“ Lacey musste sich ein Lachen verbeißen.

Amanda, die wirklich eine anständige Arbeitgeberin war und Hilfskräfte sehr nett behandelte, errötete unterdessen vor Scham. „Ich hatte meine Tochter um Hilfe gebeten. Sie hat Spanisch in der Schule“, erklärte sie.

Immerhin war Amanda so peinlich berührt von ihrem Fehler, dass sie sich nicht über Serenas unangebrachte Reaktion beschwerte. Damit würde sich Lacey später befassen müssen. Für den Moment beschränkte sie sich darauf, Serena das Missverständnis auf Spanisch zu erklären, und wandte sich dann wieder ihrer Klientin zu.

„Sie müssen sich keine Vorwürfe machen. Es gibt tatsächlich kein Wort für füttern, was vermutlich zu dem ganzen Durcheinander geführt hat.“

„Es tut mir leid, dass Sie den ganzen Weg hierher machen mussten“, sagte Amanda.

„Mir nicht. Ich wünschte, alle Probleme könnten so leicht gelöst werden.“ Nachdem sie sich vergewissert hatte, dass Serena und Amanda auch ohne sie klarkamen, machte sich Lacey auf den Weg nach Hause.

Ihre Hündin Digger erwartete sie an der Tür und wedelte wie verrückt mit dem Stummelschwänzchen. Lacey liebte nichts mehr, als wenn Digger beim Nachhausekommen vor Aufregung immer wieder an ihr hochsprang.

„Hey, du Süße“, sagte Lacey und tätschelte ihr den Kopf.

Mit dem Hund an den Fersen warf Lacey ihre Tasche aufs Bett und drückte den Knopf des Anrufbeantworters. Die einzige Nachricht stammte von Alex Duncan, einem Investment-Banker, den sie über einen Klienten kennengelernt hatte und mit dem sie seit Kurzem liiert war. Er war gut zu ihr, lud sie zu Broadway-Shows und in Edelrestaurants ein, und er machte ihr teure Geschenke, was sie mehr als alles andere in den letzten Jahren wieder an ihre Kindheit und ihre Jugend vor dem Tod ihrer Eltern erinnerte. Er weckte in ihr eine Sehnsucht nach Dingen, die sie vermisst hatte – nach Sicherheit und Geborgenheit, nach Wohlstand und Stabilität.

Er wollte auf ganz altmodische Weise für sie sorgen, indem er ihr ein Heim und eine Familie bot. Lacey sehnte sich nach so etwas, seit sie ihre Eltern verloren hatte, denen sie so nahe gewesen war. Ihre Mom Rhona war immer da gewesen, wenn Lacey nachmittags von der Schule kam, und ihr Dad Eric hatte sie jeden Abend zu Bett gebracht. Es war traumatisch gewesen, sie zu verlieren, und ihre ganze Welt war aus den Fugen geraten. Unschuldig wie sie war, hatte sie sich an ihren Onkel Marc gewandt, und er hatte sie verraten.

Außer Ty und Hunter hatte sie jahrelang niemanden an sich herangelassen. Doch sie wünschte sich Nähe zu einem anderen Menschen. Sie sehnte sich nach Zuneigung und nach jemandem, zu dem sie jeden Abend nach Hause kommen konnte. Alex war ein guter Mann. Der Beste sogar. Dennoch hatte er ihre Mauer noch nicht überwunden. Und sie hatte seinen Heiratsantrag nicht angenommen.

Noch nicht. Irgendetwas, das sie nicht benennen konnte, fehlte. Egal wie sehr sie ihn mochte und wie sehr sie es versuchte – sie konnte nicht mit Überzeugung sagen, dass sie ihn liebte. Sie hatten nun schon seit einer ganzen Zeit Sex miteinander – trotzdem vermisste sie eine tiefere Verbindung.

Doch Alex hatte Verständnis für ihre steinige Vergangenheit, auch wenn er längst nicht alle Details kannte, und er war bereit, ihr Zeit zuzugestehen, weil er sie liebte. Und weil er überzeugt war, dass Liebe mit der Zeit wachsen konnte. Lacey wollte dies nur allzu gern glauben und hatte eine Zukunft mit ihm deshalb nicht ausgeschlossen.

Mit einem Stöhnen löschte sie den Anruf und zog sich dann rasch aus, um eine lange heiße Dusche zu nehmen. Sie hatte am Nachmittag für eine berufstätige Mutter im Supermarkt eingekauft und danach ein Rudel Hunde auf der Fifth Avenue ausgeführt, bevor sie losgefahren war, um das Missverständnis zwischen Serena und Amanda aufzuklären. Lacey hatte sich schon den ganzen Tag auf ein bisschen freie Zeit zu Hause gefreut. Zeit, in der sie nicht über Alex oder ihre Firma nachdenken wollte.

Ein halbe Stunde später machte sie sich, eingehüllt in einen Frotteebademantel, in der Küche daran, Eier zu verrühren. Sie genoss es, leise Musik zu hören und in ihrer eigenen Küche zu kochen, bis es an der Tür klingelte. Digger begann sofort zu kläffen und lief zur Tür.

Lacey seufzte. Sie konnte nur hoffen, dass Alex nicht überraschend zu Besuch kam, um über alles zu reden. Sie machte den Herd wieder aus und zog die Pfanne von der heißen Platte.

Dann ging sie zur Tür und blinzelte durch den Spion. Alex hatte blondes Haar und trug stets einen Anzug oder zumindest ein Hemd. Der Typ draußen aber hatte langes dunkles Haar, trug eine alte Jeansjacke über der Schulter und wirkte vertraut.

Sie blinzelte und musterte den Mann erneut. *Oh herrje! Oh mein Gott. Ty.*

Mit bebenden Händen öffnete sie die Wohnungstür. „Ty?"

Sie hätte ihn überall erkannt. Sie sah ihn nicht nur in ihren Erinnerungen, sondern auch in ihren Träumen.

Er nickte, doch bevor er antworten konnte, schnüffelte Digger schon an seinen Füßen und stupste immer wieder mit der

Schnauze an sein Bein, um die Aufmerksamkeit auf sich zu ziehen.

„Digger, aus!", schalt Lacey, doch der Hund gehorchte nicht.

Lacey war schon immer der Meinung gewesen, dass man einen Mann nach seinem Verhalten gegenüber einem Hund beurteilen konnte und grinste, als Ty sich vorbeugte, um Digger zu tätscheln. Er hatte sich offenbar nicht verändert. Er hatte noch immer ein weiches Herz für die Bedürftigen, so wie sie einst eine gewesen war. Was sie an die quälende Frage erinnerte, die sie noch lange nach ihrem Verschwinden aus Hawken's Cove beschäftigt hatte. Hatte Ty dasselbe merkwürdige Begehren und dieselbe Verliebtheit empfunden wie sie, oder war sie ähnlich wie Hunter nur eine weitere verirrte Seele gewesen, die er unter seine Fittiche genommen und beschützt hatte?

Sie musterte Ty und erkannte, dass er noch immer die Fähigkeit hatte, sie in ihrem Innersten zu berühren. Verschiedenste Emotionen stiegen in ihr hoch. Die Freude darüber, ihn zu sehen, wurde zu Herzenswärme und schließlich zu einem flauen Gefühl im Magen, das sie lange nicht mehr empfunden hatte.

Digger, die die Aufmerksamkeit des Fremden genoss, machte Männchen und bettelte um mehr.

„Okay, du schamloses Flittchen. Lass Ty jetzt mal in Ruhe", sagte Lacey und zog den Hund von ihm fort.

„Er ist eine sie?", fragte Ty überrascht.

Lacey nickte. „Sie hat zwar nicht die Figur, die man sich als Frau wünscht, aber sie ist eine Süße."

„Sie hat auch keinen Namen, den man sich als Frau wünscht", erwiderte er lachend.

Seine Stimme war tiefer geworden, bemerkte sie. Die leichte Heiserkeit darin ließ ihr Herz schneller schlagen.

„Ich fand sie, wie sie im Abfall rumwühlte, daher der Name. Das arme Ding war ganz ausgehungert. Ich nahm sie auf, fütterte sie und versuchte, ihre Besitzer ausfindig zu machen.

Vergebens." Sie zuckte die Achseln und kraulte Digger unterm Kinn. „Seitdem frisst sie mir die Haare vom Kopf." Digger war Laceys Ein und Alles. Sie ließ das Halsband der Hündin los. „Lauf!", kommandierte sie, und der Hund lief in die Wohnung.

Lacey ging einen Schritt zurück, damit Ty eintreten konnte, und registrierte den warmen, würzigen Duft seines Rasierwassers, als er an ihr vorbeiging. Ihr Körper straffte sich bei dem unvertrauten und doch einladenden Geruch.

Als sie die Tür schloss, wandte Ty sich um und betrachtete sie mit unverhohlener Neugier von oben bis unten. Sie schob die Kragenenden ihres Bademantels zusammen, doch das änderte nichts daran, dass sie darunter nackt war.

Neugierig wie Lacey war, konnte sie nicht widerstehen und musterte Ty ebenfalls. Er war ein attraktiver Junge gewesen, als sie ihn das letzte Mal gesehen hatte. In den letzten zehn Jahren war er gereift. Seine Schultern wirkten breiter, sein Gesicht schmaler, und die haselnussbraunen Augen waren düsterer, als sie sie in Erinnerung hatte. Er ist sehr männlich und zum Umfallen attraktiv, dachte Lacey.

Als er ihr wieder ins Gesicht sah, entging ihr nicht das kleine Lächeln, das um seine Mundwinkel spielte. Er schob die Hände in die Jeans und sagte schließlich: „Du siehst gut aus."

Ihr wurde ganz heiß bei dem Kompliment. „Du siehst selber ziemlich gut aus." Sie nagte leicht an der Innenseite ihrer Wange und fragte sich, warum er jetzt aufgetaucht war.

Was genau hielten das Schicksal und der höchst anziehende Ty für sie bereit?

Lacey entschuldigte sich, bevor sie im Flur verschwand, der wohl zu ihrem Schlafzimmer führte, wie er vermutete. Sie hatte gesagt, er solle es sich bequem machen – was ihm vermutlich leichter fallen würde, wenn sie etwas anderes anzöge als den Bademantel. Auch wenn der flauschige Frottee ihren Körper bedeckte, fragte er sich doch, was genau sich unter dem Stoff verbergen mochte, zumal der kurze Schnitt des Bademantels ihre langen, gebräunten Beine wundervoll zur Geltung brachte.

Genau dort befanden sich seine Gedanken, seit sie ihm die Tür geöffnet und sich als erwachsene und höchst frauliche Version jener Lilly entpuppt hatte, die ihm früher vertraut gewesen war. Dieselbe und doch anders, schöner noch und auch selbstbewusster, dachte Ty.

Er hatte sie begehrt, als er jung gewesen war, hatte sich angezogen gefühlt von ihren großen braunen Augen und ihrem forschen Auftreten. Erst als sie fort war, hatte er erkannt, dass er Lilly liebte – erste Liebe, Jugendschwarm. Egal wie er es nannte, sie zu verlieren, hatte geschmerzt. Die Gelegenheit, herauszufinden, was hätte sein können, war dahin. Doch nichts und niemand hatte ihn seitdem auch nur annähernd so lebendig fühlen lassen, wie Lilly es getan hatte. Und wie sie es, wenn er dem Feuer in seinem Inneren Glauben schenken konnte, noch immer tat.

Doch die Vergangenheit lag hinter ihnen, und sich und sein Herz für Lacey zu öffnen, konnte nur zu Liebeskummer führen. Sie führte hier ein Leben, zu dem er nicht gehörte. Und egal wer damals ewiges Schweigen gefordert hatte – Tatsache war, dass sie hätte zurückkehren können und sich dagegen entschieden hatte. Sie hatten beide ihren eigenen Weg eingeschlagen.

Ty konnte keinen Liebeskummer brauchen, wo er doch gerade einen angenehmen Lebensstil gefunden hatte. Ihm genügte es, Sex mit Frauen zu haben, die eine unkomplizierte Beziehung wollten und sich nicht beklagen konnten, wenn er ihrer überdrüssig wurde, was irgendwann der Fall war. In letzter Zeit traf er sich mit Gloria Rubin, einer Kellnerin aus der Bar, in die er immer ging, wenn er nicht ins „Night Owl's" wollte. Sie war geschieden, dabei aber keineswegs unglücklich. Sie wollte keinen Mann mit nach Hause nehmen, solange ihr Sohn noch bei ihr wohnte. Er dagegen besaß ein eigenes Apartment. Ihre Verbindung hatte nichts mit Liebe zu tun, doch sie war bequem. Und sie funktionierte.

Ty schob die Hände in die Taschen seiner Jeans und blickte sich in Laceys Apartment um, um einen Eindruck zu bekommen, was für ein Mensch sie geworden war. Er war drei dunkle Stockwerke hochgelaufen bis zu ihrer Tür, doch immerhin schien die Nachbarschaft einigermaßen sicher zu sein, und außerdem hatte sie ja diesen hässlichen Köter zum Schutz. Das Apartment war nicht nur klein, sondern winzig. Doch trotz der Beengtheit hatte sie dem Raum so viel Wärme gegeben, dass man sich nicht wie in einer Zelle fühlte. Gerahmte Poster mit Blumenmotiven hingen an der Wand, und diverse Pflanzen waren im Raum verteilt. Farbige Kissen machten das Sofa freundlicher, ein farblich passender Teppich unter dem Tisch rundete das Ganze ab.

Fotos von Familienmitgliedern oder Freunden fehlten gänzlich, und zum ersten Mal begriff er, dass sie mehr als nur Ty und Hunter verlassen hatte. Sie hatte ihr altes Leben ganz und gar hinter sich gelassen und dem Geld und materiellen Dingen den Rücken zugewandt. Ihr Neuanfang konnte nicht leicht gewesen sein. Ein Grund mehr für sie, zurückzukehren und ihren Onkel davon abzuhalten, sich ihren Besitz unter den Nagel zu reißen.

„Entschuldige, ich habe dich warten lassen." Ihre Stimme riss ihn aus seinen Gedanken.

Sie trug jetzt Jeans und ein pinkfarbenes T-Shirt. Beides lag eng an und betonte Kurven, die er einfach bewundern musste. Ihr noch feuchtes braunes Haar umrahmte ihr Gesicht und fiel ihr in Wellen auf die Schultern. Ihre schokoladenbraunen Augen blickten noch immer so tief und aufmerksam, wie er sie in Erinnerung hatte.

„Kein Problem", versicherte er. „Du konntest ja nicht wissen, dass ich komme."

Sie deutete auf die Couch. „Warum setzen wir uns nicht, und du erzählst mir, was los ist. Denn ich bin sicher, dass du nicht nur zufällig in der Gegend warst."

Er setzte sich neben sie und beugte sich vor. Obwohl er auf der dreistündigen Fahrt hierher genug Zeit gehabt hatte, seine Rede einzustudieren, fielen ihm die Worte nicht leicht. „Ich wünschte, ich wäre einfach nur in der Gegend gewesen, denn es gefällt mir nicht, dir das jetzt sagen zu müssen."

„Was sagen zu müssen?", fragte sie ruhig und gefasst.

„Dein Onkel wird heiraten", sagte Ty.

Sie schauderte bei seinen Worten. Ihr Widerwillen gegen den Mann stand ihr deutlich ins Gesicht geschrieben.

Ohne darüber nachzudenken, legte ihr Ty die Hand aufs Knie. Er wollte sie mit dieser Geste trösten, doch die Berührung fühlte sich an wie ein elektrischer Schlag. Ihr Bein zuckte. Es schien ihr nicht anders zu gehen.

Ty überlief ein Prickeln, und er spürte, wie Verlangen in ihm hochstieg. Verdammt, dachte er. Die alten Gefühle übermannten ihn – so stark wie früher, sogar noch stärker, denn er war älter und erfahrener und wusste, dass seine körperliche Reaktion auf Lacey nur die Spitze des Eisbergs war. Unter dieser Oberfläche reichten seine Gefühle für sie noch sehr tief, und er musste sich ins Gedächtnis rufen, dass sie nur eine Episode in seinem Leben sein würde. Das war sie schon einmal gewesen, genau wie andere Menschen, die er geliebt und verloren hatte.

Nachdem sein Vater abgehauen war, hatte Ty sich innerlich zurückgezogen, bis Hunter und Lilly aufgetaucht waren. Er hatte sich geöffnet, nur um sie am Ende doch zu verlieren. Auch wenn Lilly damals keine andere Wahl gehabt hatte, als zu gehen, hätte sie doch zurückkehren können, als sie einundzwanzig wurde. Selbst wenn sie jetzt mit ihm nach Hawken's Cove zurückfahren würde, wäre es nur wegen des Geldes und nicht wegen ihres alten Lebens.

Weil ihm das bewusst war, würde er nichts tun, was nur wieder zu Herzschmerz und Leid führte. Langsam zog er seine Hand zurück.

„Was hat die bevorstehende Heirat meines Onkels mit mir zu tun?", fragte Lacey und sah ihn mit einem undurchdringlichen Blick an.

„Seine Heirat ist eigentlich eine Nebensache. Er hat sich zudem entschieden, dich offiziell für tot erklären zu lassen, damit er deinen Treuhandfonds beanspruchen kann."

Ihre Augen wurden weit, und alles Blut wich aus ihrem Gesicht. Stöhnend schloss sie die Augen und lehnte ihren Kopf gegen die Wand. „Der Mann ist so ein Scheißkerl", sagte Lacey.

„Das trifft es ziemlich genau", kicherte Ty über ihre treffende Wortwahl.

Angesichts ihrer Reaktion auf die Neuigkeiten wusste er nicht, wie er ihr den zweiten Grund seines Besuchs erklären sollte. Doch dann wurde ihm bewusst, dass sie trotz ihrer Zerbrechlichkeit und Schutzbedürftigkeit, die sie nach wie vor ausstrahlte, auch eine tiefe innere Kraft haben musste, mit deren Hilfe sie die letzten Jahre überstanden hatte.

Ty räusperte sich und kam gleich zur Sache. „Dir ist klar, dass du nach Hause kommen musst."

Sie riss die Augen auf, in denen purer Schrecken stand. „Nein. Auf gar keinen Fall."

Er hatte diesen anfänglichen Widerstand erwartet. Sie brauchte Zeit, um über die Dinge nachzudenken. „Dann willst du ihm das Vermögen einfach kampflos überlassen?"

Sie zuckte die Achseln. „Ich bin auch ohne gut zurechtgekommen."

Er erhob sich und ging in ihrem kleinen, aber netten Apartment auf und ab. „Ich werde darüber nicht mit dir streiten. Doch das Geld gehört ihm einfach nicht. Deine Eltern haben es dir hinterlassen, und du lebst und bist wohlauf. Es ist eine Sache, das

Geld unberührt zu lassen. Doch zuzulassen, dass dieser Mistkerl es in die Finger bekommt, ist etwas ganz anderes."

Sie atmete tief durch. Ihre Unentschlossenheit und Qual waren offensichtlich. „Wie geht es deiner Mom?"

Er musterte sie argwöhnisch. „Wir werden so oder so auf das Thema zurückkommen müssen."

„Ich weiß. Doch gib mir die Gelegenheit, es ein bisschen zu überdenken. Also – wie geht es deiner Mutter?"

Er nickte. Er akzeptierte Laceys Bitte. „Mom geht es gut. Sie hat ein Herzleiden, doch mit den richtigen Medikamenten und einer Diät ist sie immer noch dieselbe."

Ty versuchte, sich nichts anmerken zu lassen, doch seine Gedanken waren schon längst zu dem Handel mit Marc Dumont abgeschweift, auf den sich Flo Benson eingelassen hatte. Als Kind hatte er die Wahrheit nicht gesehen, auch dann nicht, als seine Mutter plötzlich hübsche Dinge für sich gekauft hatte. Auch als sie ihn an seinem zwanzigsten Geburtstag mit einem Auto überraschte, für das sie angeblich gespart hatte, schöpfte er keinen Verdacht, das niedrige Studiendarlehen machte ihn ebenso wenig misstrauisch. Inzwischen hatte er verstanden, dass er an seinem einzigen Elternteil keinen Makel hatte sehen wollen und deshalb alle Zeichen ignoriert hatte.

„Wie hat Flo mein … äh … Verschwinden aufgenommen?", fragte Lacey. „Es war hart, daran zu denken, wie sehr sie darunter gelitten haben muss, dass ich in ihrer Obhut ums Leben gekommen sein soll." Laceys Augen füllten sich mit Tränen bei dieser Erinnerung.

Ty verstand das. Er hatte ebenso empfunden. „Mom fühlte sich schuldig", gab er zu. „Sie machte sich Vorwürfe. Dass sie besser auf dich hätte aufpassen müssen."

„Das tut mir sehr leid. Ich liebte sie, weißt du." Ein Lächeln spielte um ihre Lippen. „Und Hunter? Wie geht es ihm?"

Ein deutlich einfacheres Thema, dachte Ty. „Dem geht's gut.

Ob du's glaubst oder nicht, er ist zu einem Anzugträger geworden. Er ist ein piekfeiner Anwalt."

„Also kann er streiten und nun auf legale Weise für sich einstehen. Gut für ihn." Sie strahlte vor Zufriedenheit und Stolz über diese Neuigkeiten. „Und du? Bist du aufs College gegangen, wie wir es besprochen hatten?", fragte sie erwartungsvoll.

Ty und Hunter hatten damals ein gemeinsames Zimmer gehabt, während sich Lillys Bett in einer Nische der Küche befunden hatte, die von Flo in einen gemütlichen Rückzugswinkel umgewandelt worden war. Ty erinnerte sich daran, wie er eines Nachts in Lillys Bett geschlüpft war und sie bis zum Morgen geredet hatten – über die College-Pläne, die seine Mutter für Ty geschmiedet hatte, und darüber, dass er ihren Traum erfüllen wolle. Damals war es ihm so wichtig gewesen, seine Mutter stolz zu machen und ihr alles zurückzugeben, was sie für ihn getan hatte, dass er gar nicht nach seinen eigenen Träumen gefragt hatte.

Er war sich noch immer nicht sicher, wie diese Träume eigentlich aussahen, weil seine Pläne so sehr durch seine Mutter beeinflusst gewesen waren. Und Laceys Erwartungen an ihn basierten auf einer Vision, die sie sich als Teenager ausgemalt hatten. Tys jetziges Leben fand in der Realität statt.

„Ich bin aufs College gegangen", sagte er. „Und dann habe ich es geschmissen."

Überrascht öffnete sie den Mund.

„Jetzt bin ich Barkeeper."

Ebenso ungläubig wie neugierig runzelte sie die Stirn. „Und was bist du noch?", fragte sie.

„Barkeeper ist ein guter, sicherer Job. Warum glaubst du, dass ich noch etwas anderes tue?"

Sie beugte sich vor. „Weil du niemals stillsitzen konntest, und nur Barkeeper zu sein würde dich langweilen", erwiderte sie mit der Gewissheit, ihn noch immer gut zu kennen.

Und das tat sie auch. „Ich bin außerdem Privatdetektiv. Kommst du jetzt nach Hause oder nicht?“

Sie stöhnte auf und verwandelte sich im Nu von einer unbeschwerten in eine erschöpfte Frau. „Ich brauche Zeit, um darüber nachzudenken. Und bevor du mich weiter drängst, solltest du wissen, dass ich dir derzeit keine andere Antwort geben kann als: vielleicht.“

„Ich akzeptiere das“, erwiderte er in verständnisvollem Ton. Er hatte sich bereits gedacht, dass sie Zeit brauchen würde. Da Hawken's Cove drei Fahrstunden entfernt war, bedeutete ihre Unentschlossenheit für ihn ein oder zwei Nächte in New York.

Er erhob sich und ging zur Tür.

„Ty?“, fragte sie und eilte ihm mit dem Hund auf den Fersen hinterher.

„Ja?“ Er wandte sich abrupt um. Zu abrupt – sie stolperte, stieß gegen ihn und hielt sich an seinen Schultern fest, um nicht zu fallen.

All die Fragen, mit denen er zehn Jahre gelebt hatte, waren plötzlich beantwortet. Ihr Duft war nicht so süß, wie er ihn in Erinnerung hatte, doch dafür wärmer und sinnlicher, verlockender und einladender. Ihre Haut glühte, und ihre Wangen wurden feuerrot, als ihre Blicke sich trafen.

Sie fuhr sich nervös mit der Zunge über die Lippen, die verführerisch feucht schimmerten.

Verständnis und Verlangen verbanden sich zu einem verwirrenden, doch erregenden Gefühl.

„Wo willst du hin?“, fragte sie.

Er hatte sich um ein Hotel bemüht, doch wegen irgendwelcher Messen oder wer weiß was waren alle erschwinglichen Etablissements ausgebucht. Dennoch hatte er seine Sachen gepackt und beschlossen, ein Hotelzimmer zu nehmen. Denn ob teuer oder nicht – Lacey zu fragen, ob er auf der Couch schlafen könne, schien eine verdammt dumme Idee zu sein.

„Zu meinem Wagen. Ich muss mir ein Hotel suchen."

„Du kannst ... äh ... hierbleiben", bot sie an und deutete auf die Couch.

Er wusste es besser. Doch er konnte dem Wunsch nicht widerstehen, das bisschen Zeit, das sie hatten, miteinander zu verbringen.

„Das wäre schön." Er blickte zur Couch und hoffte, dass das verdammte Ding einigermaßen gemütlich war. Ihm war noch mulmig mit der Entscheidung.

„Gut. Denn ich hätte gern noch mehr Zeit, um alles aufzuholen", sagte sie mit einer Stimme, die ihm tiefer und rauer vorkam als zuvor.

Doch vielleicht hatte er sich das nur eingebildet. Es spielte keine Rolle. Ty steckte in Schwierigkeiten und vermutlich in noch viel Schlimmerem.

Lacey konnte nicht schlafen. Ty lag ausgestreckt auf ihrer Couch, und die treulose Digger, die normalerweise neben Lacey schlief, hatte es vorgezogen, gemeinsam mit dem Gast im anderen Zimmer zu kampieren. Am schlimmsten war, dass sie es der Hündin nicht verübeln konnte, sich an Tylers warmen, festen Körper herankuscheln zu wollen. Sie hatte das gleiche Verlangen.

Vor allem in der ersten Zeit nach ihrem Verschwinden hatte sie ihn furchtbar vermisst. Das Wiedersehen hatte die Schleusentore geöffnet, hinter denen sie ihre Gefühle abgeschirmt und unter Kontrolle hielt. Nun ging es in ihr drunter und drüber. Und das lag nicht nur an Ty.

Auch Erinnerungen an ihre Familie stürzten auf sie ein. Der Verlust ihrer Eltern hatte eine Leere in ihrem Herzen hinterlassen, die niemals hatte gefüllt werden können. Und ihr schrecklicher Onkel hatte mit Sicherheit nicht dazu beigetragen, den Schmerz zu lindern. Wie Cinderella, die ihren Vater verloren hatte und mit einer teuflischen Stiefmutter zurückgeblieben war, wurde Lacey verraten und im Stich gelassen, und das in einem Alter, in dem sie sich nicht hatte wehren können. Sie hatte nicht einmal Großeltern gehabt, an die sie sich hätte wenden können, dachte sie traurig.

Ihre Mutter hatte Lilly relativ spät bekommen. Ihre Großeltern hatte sie nie kennengelernt, sie waren zum Zeitpunkt ihrer Geburt schon lange tot. Und obwohl ihr Vater zwei Brüder hatte, Onkel Marc und Onkel Robert, hatten ihre Eltern dennoch nicht sehr viel Kontakt mit ihnen gehabt. Nur Marc, ihr unverheirateter Onkel, lebte in der Nähe. Robert hatte vor Jahren geheiratet und war nach Kalifornien gezogen. Insofern war es nur folgerichtig gewesen, dass sie nach dem Tod der Eltern zu Onkel Marc gekommen war. Immerhin hatte sie eine vage Erinnerung daran gehabt, Onkel Marc gelegentlich in den Ferien gesehen zu haben. Von der Seite ihrer Mutter gab es keine weitere Familie, da sie ein Einzelkind gewesen war.

Ironischerweise war das Geld, das Lacey nach Tys Willen beanspruchen sollte, schon seit Generationen in der Familie ihrer Mutter weitergegeben worden. Lacey war die Alleinerbin. Es mochte allerdings Bestimmungen geben, dass im Fall ihres Todes das Geld in die Familie ihres Vaters übergehen sollte. Sie wusste es nicht. Ihre Eltern hatten wenig über das Vermögen gesprochen. Stattdessen hatte sich ihr Vater auf seine Autowerkstatt konzentriert, die auf die Restaurierung von Oldtimern spezialisiert war.

Nach dem Autounfall ihrer Eltern in einem hurrikanartigen Unwetter war Onkel Marc in ihr Elternhaus eingezogen und hatte die Werkstatt ihres Vaters übernommen. Er mochte das Anwesen, das Grundstück und spielte gerne den Gutsherrn.

Von Anfang an hatte er versucht, sie auf jede mögliche Weise für sich einzunehmen. Er hatte zuerst den freundlichen Onkel gegeben, und sie war darauf hereingefallen. Wie konnte sie auch anders, wo sie doch mit sechzehn so dringend jemanden brauchte, auf den sie zählen konnte? Doch sie begriff rasch, dass er trank, und lernte, dass man sich umso mehr von ihm fernhalten sollte, je betrunkener er war. Eines Nachmittags kam sie früher von der Schule nach Hause und hörte ihn am Telefon darüber sprechen, dass sie ihm die Rechte an dem Treuhandfonds überschreiben müsse, solange sie noch jung sei, weil er sonst keine Möglichkeit mehr hätte, sie zu manipulieren. Wenn sie einundzwanzig würde, müsste sie ihm so sehr vertrauen, dass sie alles ohne Fragen unterschrieb. Eingeschlossen die Erlaubnis, der Verwalter ihres Treuhandfonds zu werden.

Selbst mit sechzehn wusste sie, was Verrat war – und dies war ein teuflischer Verrat. Wut und Hass stiegen in ihr auf, und sie entschied sich, ihm das Leben fortan so schwer wie möglich zu machen. Sie wurde ein rebellischer Teenager. Als Reaktion griff er hart durch und wurde immer brutaler – in der Hoffnung, dass sie aus Angst nachgeben würde. Als sich ihr Verhalten nicht änderte, kam er ihr mit einer Drohung, von der sie niemals geglaubt hatte, dass er sie in die Tat umsetzen würde.

Doch er gab sie tatsächlich in eine Pflegefamilie – vorübergehend, wie er sagte –, um sie gefügig zu machen. Er verlangte von ihr, dankbar dafür zu sein, wieder nach Hause zu dürfen, dass sie nicht nur klein beigab, sondern in Zukunft mitsamt ihrem Treuhandfonds auch leichter zu kontrollieren sein würde. Dank Ty und Hunter bekam er niemals die Gelegenheit dazu.

Damals hatte sich Lilly keine Gedanken über die rechtlichen Konsequenzen gemacht oder über das Geld, das ihr erst an ihrem einundzwanzigsten Geburtstag gehören würde – woran ihr Onkel sie ständig erinnert hatte. Zu dem Zeitpunkt hatte sie bereits ein neues Leben angefangen und eine so tief verwurzelte Furcht vor ihrem Onkel verspürt, dass sie nicht zurückkehren wollte. Sie war davon ausgegangen, dass das Geld unberührt blieb, und war zufrieden, wenn es blieb, wo es war.

Sie wischte die Tränen fort, die ihr die Wangen hinunterliefen. Die Erinnerung an ihre Eltern und das, was sie verloren hatte, schmerzten immer noch sehr, doch beim Gedanken an die Zeit danach drehte sich ihr Magen um, und der alte Zorn und die Abneigung flammten wieder auf. Von der kleinen Prinzessin ihrer Eltern war sie zum Eigentum ihres Onkels geworden, der sie je nach Laune aus ihrem eigenen Haus hinauswerfen konnte.

Der Gedanke daran festigte ihre Entscheidung. Lacey brauchte das Geld nicht, das die Eltern ihr hinterlassen hatten. Schließlich lebte sie schon so lange ohne das Vermögen, dass sie kaum je daran dachte. Doch sie wollte auf keinen Fall, dass ihr fieser Onkel vom Tod ihrer Eltern profitierte. Er hatte das Geschäft, das er von ihrem Vater übernommen hatte, wenig später in den Ruin getrieben und sich ihr Elternhaus unter den Nagel gerissen. Sie würde es nicht zulassen, dass er noch mehr bekäme.

Lacey war kein rachsüchtiger Mensch. Sie war stolz auf das Leben, das sie sich in New York aufgebaut hatte und für das sie hart arbeitete. Das war auch der Grund für ihr spontanes Widerstreben, mit Ty nach Hause zurückzukehren. Doch bei dem Gedanken an ihren Onkel, der sich auf ihre Kosten noch mehr einverleibte, drehte sich ihr der Magen mindestens ebenso sehr um wie beim Gedanken an das Gewesene.

Ty hatte recht. Sie musste nach Hause zurückkehren.

# 3. Kapitel

Lacey stieg aus dem Bett und schlüpfte in ihre flauschigen Lieblingsschlappen, die sich anfühlten wie ein alter Freund. Um Ty nicht zu wecken, schlich sie auf Zehenspitzen in Richtung Küche, wo sie sich einen kleinen Mitternachtsimbiss bereiten wollte. Sie vermied es, ihn im Schlaf zu betrachten, damit in ihr gar nicht erst warme Gefühle aufsteigen konnten für einen Mann, den sie nicht mehr kannte, aber gerne wieder kennenlernen würde.

Sie goss sich ein Glas Milch ein, holte die Oreo-Kekse aus dem Kühlschrank und machte es sich in der Ecke gemütlich, die sie scherzhaft ihre ‚Kitchenette' nannte. Tatsächlich war es nur ein kleiner Tisch am Ende des Flurs.

„Ist es dir recht, wenn ich dir Gesellschaft leiste?", fragte Ty, als sie gerade ihren ersten Keks in die kalte Milch tunkte.

Ohne eine Antwort abzuwarten, setzte er sich auf den einzigen anderen Stuhl am Tisch. Digger rollte sich zu seinen Füßen zusammen. Ty trug kein Hemd, sondern nur seine Jeans, deren oberster Knopf offen stand. Aus der Küche drang nur gedämpftes Licht, doch selbst in der Dunkelheit konnte sie genug von ihm erkennen, um seine breite Brust zu bewundern und erneut zu bemerken, wie unglaublich sexy er war.

Sie fuhr sich mit der Zunge über die plötzlich trockenen Lippen. „Ich hoffe, ich habe dich nicht geweckt."

Er schüttelte den Kopf. „Ich konnte nicht schlafen."

„Ich auch nicht. Wie du siehst." Sie deutete auf ihren Mitternachtssnack.

„Und deshalb hast du auf deine alte Gewohnheit zurückgegriffen?"

Sie ließ verblüfft den Keks sinken. „Du erinnerst dich daran?" Er hatte sie oft erwischt, wie sie spätabends noch in der Küche seiner Mutter etwas naschte. So gemütlich war es bei ihm zu Hause gewesen, dachte sie.

„Ich erinnere mich an viele Dinge", erwiderte er heiser.

„Zum Beispiel?", fragte sie, wobei seine Bemerkung nicht nur ihre Neugier erregte.

„Zum Beispiel daran, dass Oreo-Kekse deine Trost-Nascherei sind. Du magst sie am liebsten, wenn sie kalt und hart aus dem Kühlschrank kommen, obwohl du sie dann in die Milch tunkst, bis sie sich vollgesogen haben. Und du hältst den Keks etwa fünf Sekunden in die Milch, damit er nicht zu weich wird. So." Während er sprach, hatte er einen frischen Keks genommen und in die Milch getunkt und hielt ihn ihr jetzt zum Probieren hin.

Sie öffnete den Mund und biss ein Stück ab, wobei ihre Lippen seine Fingerspitze streiften. Die zufällige Berührung entfachte ein unerwartetes Prickeln, das ihren ganzen Körper überlief.

Sie lachte, um sich nichts anmerken zu lassen, und wischte sich den Mund mit der Serviette ab, doch was sie fühlte, war alles andere als zum Lachen. Ihre Brüste wurden schwer, das Blut pochte ihr in den Adern, und zwischen ihren Schenkeln breitete sich die Hitze aus. Sie unterdrückte ein Aufstöhnen, das ihr beinahe entfahren wäre. Irgendwie hatte ihre Trost-Nascherei eine erotische Komponente bekommen, und die gemeinsamen Erinnerungen mit einem alten Freund waren zu etwas Sinnlichem geworden.

Seinem umwölkten Blick nach zu schließen bezweifelte sie, dass dies seine Absicht gewesen war. Er hatte sich jetzt zurückgelehnt, und sie vermisste die Nähe, die sie als Kinder geteilt hatten.

Da war etwas Besonderes zwischen ihnen gewesen, etwas, das sie niemals ausgelebt hatten, entweder aus Angst um ihre

Freundschaft, die die einzige Sicherheit in ihrem jungen Leben gewesen war, oder weil keiner von beiden damals gewusst hatte, was er mit seinen tiefen Gefühlen hätte anfangen sollen. Vielleicht hatten sie schon damals unbewusst erkannt, dass Sex allein nicht genug für sie gewesen wäre.

Obwohl Lacey zugeben musste, dass dieser Gedanke im Moment höchst verlockend war. Schließlich hatten sie niemals die Gelegenheit gehabt, ihre jugendliche Verliebtheit und Schwärmerei auszuleben, sodass sie sich beide nach mehr sehnten – *sie* war es auf jeden Fall, die sich nach mehr sehnte. Sie hatte nie genau gewusst, was Ty empfunden hatte – ob er sie aufrichtig geliebt oder ob er es nur genossen hatte, ihr Held zu sein.

Immerhin waren sie jetzt erwachsen und in der Lage, durchdachte Entscheidungen zu treffen und mit den Konsequenzen umzugehen. Konsequenzen, die Tys unvermutetes Auftauchen und einen noch unbeantworteten Heiratsantrag von einem anderen Mann einschlossen.

„Erzähl mir von der Zeit, nachdem du verschwunden bist." Tys Aufforderung lenkte sie glücklicherweise sowohl von ihren Gedanken als auch von ihren Emotionen ab.

Offensichtlich wollte er die Situation nicht weiter anheizen, was sie ebenso sehr erleichterte wie enttäuschte. „Sieh dich um. Mir geht es gut." Mehr als gut, wie ihre Firma bewies.

Doch noch während sie sprach, wurde ihr bewusst, dass sie nun schon zum zweiten Mal an diesem Abend ihr kleines Apartment und ihr kleines Leben verteidigte. Ohne Grund. Ty hatte sie nicht angegriffen. Sie war es nicht gewohnt, sich in der Defensive zu fühlen. Ihre Erfolge erfüllten sie normalerweise mit Stolz.

Tys Anwesenheit erinnerte sie an die guten und die schlechten Dinge in ihrer Vergangenheit und zwangen sie, sich einzugestehen, dass ihr Leben ganz anders verlaufen war, als sie es sich als Kind ausgemalt hatte. Es war nicht das Leben, das sich ihre Eltern für sie gewünscht hatten, doch in Anbetracht dessen, was sie hatte durchmachen müssen, wären sie sicher stolz auf sie gewesen. Ein weiterer Grund dafür, dass ihr „Odd Jobs" so viel bedeutete. Die Firma war etwas Greifbares. Sie bewies, dass Lilly Dumont überlebt hatte.

Ty nickte. „Dir geht es mehr als gut, doch was ich hier sehe, erklärt mir nicht, wie du hierhergekommen bist."

Sie atmete tief durch. Sie ließ die Vergangenheit lieber Vergangenheit sein, doch als ihr ehemaliger Vertrauter hatte Ty ein Recht auf Antworten. Und vielleicht würde allein die Tatsache, darüber zu sprechen, ein wenig den Schmerz lindern, den sie in sich trug.

Sie blickte auf ihre ineinander verschränkten Hände; die Erinnerung an jene dunkle Nacht stieg in ihr hoch. „Ich lief etwa eine halbe Stunde lang stadtauswärts, und dort traf ich deinen Freund. Der, der Onkel Marcs Wagen gestohlen hatte. Wir fuhren an einen Ort, der weit genug weg war, sodass mich niemand erkennen würde. Und dann nahm ich den Bus nach New York."

„Wie wir es geplant hatten."

„Richtig." Nur hatte niemand weitergedacht als bis dort. „Im Bus bin ich zusammengeklappt und erst bei der Ankunft am nächsten Tag wieder aufgewacht. Ich hatte das bisschen Geld, das du und Hunter mir gegeben habt. Mal schlief ich bei der Heilsarmee, mal in einem Busterminal."

Er stöhnte auf.

Sie ignorierte seine Reaktion und sprach weiter. „Ich schlug mich als Tellerwäscherin durch. Irgendwann traf ich ein Mädchen, das Apartments sauber machte. Sie arbeitete für eine Spanierin, die Immigrantinnen beschäftigte. Damals waren meine Hände vom Geschirrspülmittel und dem vielen Wasser rau genug, um sie irgendwie davon zu überzeugen, dass ich mit dem Job zurechtkäme. Das rettete mir das Leben, weil ich kaum noch Plätze fand, wo ich kostenlos oder günstig übernachten konnte, und weil es immer schwieriger wurde, sich vor den Freiern und Zuhältern an den Bus- und Bahnstationen zu verstecken."

„Herrgott, Lacey, ich hatte ja keine Ahnung."

Die aufrichtige Bestürzung in seiner Stimme berührte sie sehr. Sie wollte nicht, dass er sich verantwortlich fühlte für etwas, dass er nicht verursacht hatte. Er hatte ihr das Leben gerettet, und das würde sie nie vergessen.

Er griff nach ihrer Hand. Zehn Jahre zu spät, und doch war es genau das, was sie jetzt brauchte.

„Keiner von uns hatte eine Ahnung." Sie schlang ihre Finger um seine. Die Wärme und Stärke seiner Hand gab ihr die Kraft, fortzufahren. „Aber danach wurde es besser. Die Frau, die mir den Job gab, sie hieß Marina, ließ mich in ihrem Apartment auf dem Boden schlafen, bis ich eine schmutzige, aber billige Wohnung fand."

„Wie schlimm war es?"

Sie wollte ihn nicht aufregen, doch er hatte gefragt. „Die Wohnung war mit Gesellschaft. Es gab Kakerlaken überall." Sie unterdrückte ein Schütteln angesichts der lebhaften Erinnerung. „Und ein Säufer wohnte nebenan. Er lief nachts gerne im Hausflur herum. Das Schloss an der Wohnungstür funktionierte nicht, und der Hausmeister scherte sich einen Dreck um meine Bitten, es zu reparieren. Ich konnte mir kein extra Schloss leisten, also schob ich nachts immer eine Kommode vor die Tür."

„Gut", sagte er und fuhr sich mit der Hand übers Gesicht.

Sie wusste nicht, was sie sagen sollte, und blieb daher stumm.

Schließlich räusperte er sich. „Und wie lebst du jetzt?"

Schon ein viel einfacheres Thema, dachte sie und lächelte. „Ich habe eine Firma mit dem Namen ‚Odd Jobs', die berufstätigen Menschen Arbeit abnimmt", erklärte sie mit Stolz in der Stimme. „Ich habe ungefähr fünfzehn Angestellte, das hängt vom Tag und ihren Stimmungen ab. Wir führen Hunde aus, machen die Wohnung sauber, besorgen Lebensmittel, was auch immer der jeweilige Auftraggeber wünscht. Mit der Zeit habe ich eine Stammkundschaft aufgebaut und konnte sogar die Preise erhöhen. Es geht mir ziemlich gut im Moment."

Er grinste. „Du hast einen tollen Aufstieg hingelegt."

So wie sie es sah, hatte sie keine andere Chance gehabt, als eben weiterzumachen.

„Ich bewundere dich, weißt du."

Seine Worte überraschten sie und schmeichelten ihr zugleich. Dennoch – sie suchte weder sein Mitleid noch seine Bewunderung.

„Ich tat nur, was ich tun musste, um zu überleben. Was ist mit dir?", fragte sie.

Sie wollte wissen, warum er ohne Abschluss vom College abgegangen war, obwohl dies doch so lange sein Ziel gewesen war. Und womit war die Veränderung in seiner Stimme zu erklären, wenn er von seiner Mutter sprach? Der Tonfall hatte sich nur minimal verändert, dennoch war es ihr nicht entgangen. Sie fragte sich, was der Grund dafür war.

„Ty, was passierte mit dir und Hunter, nachdem ich fort war?", fragte sie voller Neugier.

„Das erzähle ich dir ein anderes Mal." Seine Augen weiteten sich, als er bemerkte, dass er noch immer ihre Hand in der seinen hielt.

Sie wünschte, er würde sie für einen sanften, zärtlichen Kuss an sich ziehen, so wie sie es sich früher immer erträumt hatte, als sie bei ihm im Haus geschlafen hatte und sein Zimmer nur ein paar Meter entfernt gewesen war. Später, als sie vor Angst und Einsamkeit beinahe verrückt zu werden schien, rief sie sich diese Vorstellung nachts oftmals ins Gedächtnis zurück, um sich daran zu wärmen.

Nicht zum ersten Mal an diesem Abend erkannte sie Sehnsucht und Verlangen in seinen Augen, und nicht zum ersten Mal ließ sie es zu, dass sie alles um sich herum vergaß. Wie zuvor, als sie in seine Arme gestolpert war, zählte nichts anderes als er und sie.

„Es ist spät, und wir sollten ein wenig schlafen.“ Er erhob sich und gab ihre Hand frei.

Enttäuschung schnürte ihr die Kehle zu, auch wenn sie seinen gesunden Menschenverstand bewunderte. Der fehlte ihr offensichtlich. „Du gibst immer noch gerne den Ton an, wie ich sehe.“

Er zuckte die Achseln, ohne sich zu entschuldigen. „Du musst einige weitreichende Entscheidungen treffen, und ich bin sicher, dass ein wenig Schlaf dabei helfen wird“, sagte er weich.

„Ich habe mich schon entschieden.“ Sie nickte zur Bekräftigung, denn sie wusste, dass sie keine andere Wahl hatte.

Er hob die Augenbrauen. „Du kommst nach Hause?“

Sie schluckte schwer und nickte. „Aber ich kann hier nicht einfach wegfahren, ohne einige Dinge zu regeln.“

„Die Firma?“

„In erster Linie. Ich brauche jemanden, der sich um alles kümmert, bis ich wieder zurück bin.“ Im Geist machte sie schon eine Liste mit Leuten, die sie anrufen musste, und Dingen, die zu erledigen waren. „Außerdem habe ich Nachbarn, die sich Sorgen machen werden. Freunde und …“ Alex, dachte sie und wusste, dass er in Panik geraten würde, wenn sie plötzlich verschwand.

Ihr selbst würde es auch nicht gefallen, wenn er sie einfach verließ. Sie hatten nicht nur eine Affäre. Darüber waren sie längst hinaus. Er war nicht der erste Mann, mit dem sie Sex hatte, doch er war der Erste, an dem ihr wirklich etwas lag. Obwohl sie fühlte, dass etwas fehlte, und mit Ty neben sich erkannte sie, dass die sexuelle Anziehung nur ein Teil des Problems war. Besser gesagt ihres Problems, dachte Lacey, denn Alex schien keines zu haben.

Alex hatte auch keine Ahnung, dass Laceys Vergangenheit sie eines Tages einholen, ihr Leben zerstören und in ihr leidenschaftliche Gefühle auslösen könnte. Gefühle, die sie ihm gegenüber nicht empfand, dachte sie, und blickte schuldbewusst zu Ty.

„Und was?", fragte Ty, als sie ihren Satz nicht beendete.

Sie schüttelte den Kopf. „Nichts. Da gibt es nur Menschen, die mich vermissen und sich sorgen würden."

Er atmete langsam aus. „Ich zerre dich hier nicht gewaltsam raus, während du schreist und nach mir trittst. Nimm dir die Zeit, die du brauchst, um die Dinge zu regeln. Und falls du jemanden vergessen hast, kannst du immer noch jederzeit von unterwegs anrufen." Seine Augen verengten sich. „Außer, da ist jemand Wichtiges, den du noch nicht erwähnt hast?"

„Und wer sollte das sein?" Sie wand sich, denn sie wusste, dass das bevorstehende Gespräch schwierig sein würde.

Er rieb sich die Stirn. „Ein Freund oder jemand, den du erst noch sehen musst?" Seine Stimme klang brüchig.

Sie atmete tief durch. „Tatsächlich gibt es da jemanden." Sofort überkamen sie Schuldgefühle.

„Ich verstehe", erwiderte er steif.

Sie lebte seit zehn Jahren allein, und es gab keinen Grund für das Gefühl, Ty verraten zu haben, indem sie mit jemand anderem zusammen war. Und doch fühlte sie sich beim Blick in seine Augen schuldig. Entsetzlich schuldig.

„Er heißt Alex", sagte sie. Sie zwang sich, die Wahrheit zu sagen, und hoffte insgeheim, damit den anderen Mann auch für sich selbst wieder real werden zu lassen. „Ich kann nicht einfach meine Sachen packen und abhauen, ohne ihn zu benachrichtigen."

Ty nickte kurz. „Nun, niemand hält dich davon ab, dich mit den wichtigen Menschen in deinem Leben in Verbindung zu setzen."

Sie schluckte schwer. Das Gefühl, ihn irgendwie verletzt zu haben, erfüllte sie mit tiefem Schmerz. „Gut. Wir sprechen morgen weiter, okay?"

Ohne Antwort bewegte er sich in Richtung Couch. Er legte sich nieder, und Digger sprang auf seine Beine, wo sie sich einrollte.

„Flittchen", murmelte Lacey, als sie zurück ins Schlafzimmer ging und die Tür hinter sich schloss.

Sie fühlte sich nicht wohl mit der Art, wie sie und Ty auseinandergegangen waren, aber sie fühlte sich derzeit mit ihrem ganzen Leben nicht wohl. Es war schwer, sich das einzugestehen, denn schließlich war sie stolz auf alles, was sie geschafft hatte. Doch sie hasste dieses Gefühl der Verwirrung und Unsicherheit, und ihre Unfähigkeit, sich an Alex zu binden, war ein Symptom dafür.

Schon nach einigen wenigen Stunden mit Ty spürte sie den Unterschied in ihren Reaktionen und ihren Gefühlen für die beiden Männer. Sie schauderte, denn in ihrem Inneren wusste sie, dass dieser Unterschied etwas bedeutete. Und sie wusste auch, dass ihr Aufenthalt in Hawken's Cove Aufschluss darüber geben würde, was genau das war.

Vor zehn Jahren hatte Lacey ihr Leben zurückgelassen und war in den Bus nach New York gestiegen, ohne zu wissen, was sie dort erwartete. Morgen würde sie in die umkehrte Richtung reisen, nur wusste sie diesmal ziemlich genau, was sie dort erwartete. Für den Rest der Nacht warf sie sich in ihrem Bett ruhelos hin und her.

Das Einzige, was sie davon abhielt, ihre Meinung zu ändern, waren ihre Eltern. Wenn sie nicht zurückging, würde nichts von ihrer Familie und ihrem Erbe bleiben. Jedenfalls nichts Gutes. Sie schuldete es ihnen, die Kontrolle über ihr rechtmäßiges Erbe zu übernehmen, ja sie schuldete es sich selbst, endlich die Vergangenheit hinter sich zu lassen, indem sie ihr ins Auge blickte und nicht vor ihr davonlief.

Auch wenn diese Vergangenheit Ty mit einschloss.

Als Ty erwachte, lag Laceys hässlicher Köter auf seinem Bauch. Sonnenstrahlen fielen durch die offenen Jalousien in ihr Apartment. Er hatte nicht gut geschlafen, doch wer konnte das schon erwartet haben? Da war zum einem sein etwas unangenehm riechender Schlafgenosse und zum anderen Laceys Geständnis, dass es jemand Besonderes gab in ihrem Leben. Kein Wunder, dass er keinen Schlaf gefunden hatte.

Natürlich hatte er nicht erwartet, dass sie Nonne geworden war, schließlich hatte er ebenfalls nicht im Zölibat gelebt. Und er war auch nicht bei Lacey aufgetaucht, weil er irgendeine Art von Beziehung suchte. Doch wenn er sie sich mit einem anderen Mann vorstellte, schlug sein Beschützerinstinkt sofort Alarm. Bei anderen Frauen meldete sich dieser Instinkt nie, nicht einmal bei Gloria, mit der er seit einigen Monaten schlief. Doch bei Lacey war dieser Instinkt sofort da und trieb ihn fast zum Wahnsinn. Trotz des Umstands, dass er keinerlei Recht hatte, etwas in der Art zu fühlen.

Er hatte ihr geholfen, ein neues Leben zu beginnen, und sie hatte sich entschieden, in diesem Leben zu bleiben. Sie war in den letzten zehn Jahren nicht nach Hause gekommen. Sie hatte es vorgezogen, keinen Kontakt aufzunehmen und allein zu bleiben. Das Beste für alle Beteiligten würde sein, sie nach Hause zu bringen, wo sie ihre persönlichen Angelegenheiten regeln und dann wieder nach New York zurückkehren könnte. Zu ihrem Freund, zu ihrer Firma und zu ihrem Leben. Wenn Lacey sich der Vergangenheit stellte, fände vielleicht auch er einen Weg, sie hinter sich zu lassen und weiterzuleben. Denn das Wiedersehen zeigte ihm nur allzu deutlich, dass er über seine Gefühle für Lacey hinwegkommen musste – und diesmal für immer.

Er blickte in Richtung der noch immer geschlossenen Schlafzimmertür. Da er offenbar als Erster wach war, duschte er und zog sich an, bevor er sich erlaubte, an seinen knurrenden Magen zu denken.

Er blickte hinunter zu dem kleinen Hund, der ihm nicht von der Seite gewichen war und sich sogar mit in das Badezimmer gedrängt und ihm die feuchten Füße geleckt hatte, als er aus der Dusche gekommen war. „Ich würde dich ja gerne füttern, aber ich weiß nicht, wo dein Futter ist oder was du überhaupt frisst."

„Sie muss zuerst nach draußen", sagte Lacey, die vollständig angezogen aus dem Schlafzimmer trat.

Ty neigte den Kopf zur Seite. „Ich dachte, du schläfst noch."

„Ich bin bereits seit fünf auf. Ich habe mich schon geduscht und angezogen, bevor du deine müden Knochen um halb sieben aus dem Bett erhoben hast."

Also hatte sie ihn hier herumwerkeln gehört. „Hast du schon gefrühstückt?", fragte er.

Sie schüttelte den Kopf. „Du?"

„Noch nicht."

„Wie wär's, wenn du mit mir zusammen Digger ausführst und wir unterwegs was zu essen besorgen?", schlug sie vor.

„Klingt gut."

Sie nahm Digger an die Leine und holte eine Plastiktüte aus einer Küchenschublade. Gemeinsam gingen sie die Stufen im Hausflur hinunter und nach draußen. Die Sonne tauchte gerade erst hinter den hohen Gebäuden auf, und die Luft war kalt.

Digger schien das nichts auszumachen. Sie tollte herum, wobei sie nur durch Laceys Leine gebremst wurde, und hielt erst bei einem kleinen Fleckchen Erde mit einem einzelnen Baum an.

Ty schüttelte lachend den Kopf.

„Was soll ich sagen? Sie ist eben ein Gewohnheitstier", sagte Lacey. „Und das hier ist ihr Lieblingsplatz."

Nachdem der Hund sein Geschäft erledigt und Ty seine Hinterlassenschaften beseitigt hatte, schlenderten sie in etwas gemächlicherem Tempo durch die Stadt. Für Lacey war alles vertraut, so wie sie den meisten Menschen vertraut war, denen sie begegneten. Das Mädchen bei „Starbucks" kannte ihren Namen ebenso wie der Besitzer des Zeitungsstands an der Ecke. Auf dem Weg zeigte sie ihm immer wieder Häuser, in denen sie arbeitete, und tätschelte diverse Hunde, die sie kannte, weil sie sie während der Woche ausführte.

Ty hatte das deutliche Gefühl, dass sie ihm aus erster Hand zeigen wollte, wo und wie sie lebte. Damit er sich davon überzeugen konnte, wie gut sie für sich gesorgt hatte und wie zufrieden sie mit ihrem Leben hier war.

Er hielt auf dem Gehweg an. „Warum hast du dich also entschieden zurückzugehen? Was hat den Ausschlag für deinen Sinneswandel gegeben?"

Sie blieb ebenfalls stehen. „Das ist nicht so einfach zu erklären." Sie biss sich auf die Unterlippe. „So viele Gründe ich auch habe, nicht mit dir zu kommen, so viele Gründe habe ich auch, es doch zu tun."

„Würdest du mir einige davon nennen?"

Er neigte den Kopf zur Seite und schirmte seine Augen mit der Hand vor der Sonne ab. Er wollte wissen, was in ihr vorging und was sie beschäftigte.

„Die meisten Argumente hast du selbst geliefert. Ich schulde es meinen Eltern, nicht zuzulassen, dass mein Onkel sich ihr Geld unter den Nagel reißt. Ich schulde es mir selbst, für das einzustehen, was mir gehört. Und vor allem glaube ich, dass ich mit der Vergangenheit abschließen kann, wenn ich ihr gegenübertrete."

Er nickte. „Du hast mit diesem Teil deines Lebens niemals Frieden machen können, oder?"

Sie schüttelte den Kopf. „Ich kann nicht vergessen, dass ich das Leben vieler Menschen durcheinandergebracht habe."

Einige dieser Menschen, darunter seine Mutter, hatten dabei geholfen, die Ereignisse überhaupt in Gang zu bringen, dachte Ty. Es war eine komplizierte Sache. Seine Mutter hatte Lacey aufgenommen und ihr mit Sicherheit das Leben gerettet. Zugleich hatte sie dadurch aber Blutgeld angenommen.

Er blickte in Laceys Gesicht. Ihre gerunzelte Stirn zeigte deutlich ihre Betroffenheit über den Wirbel, den sie verursacht hatte. Er musste ihr versichern, dass sie das Richtige getan hatte.

„Hey, diese Menschen haben sich um dich gesorgt. Sie haben getan, was sie tun wollten. Niemand hat sie gezwungen, und du musst zugeben, dass es ziemlich klasse war, was wir abgezogen haben." Er grinste, als er an jene Zeit dachte.

Sie lachte. „Wenn es nach dir geht, war alles nur ein aufregendes Abenteuer."

Er lächelte grimmig, denn bis zu dem Moment, als sie aus seinem Leben verschwunden war, war es genau das gewesen.

Lacey nestelte nervös an dem Anhänger unter ihrem T-Shirt. Sie nahm das Schmuckstück nur ab, wenn sie duschen ging, weil sie Angst hatte, dass es im Abfluss landen könnte und dann für immer verloren wäre. Letzte Nacht hatte sie es nicht umgehabt, da sie vorher ein langes Bad genommen hatte, doch am nächsten Morgen legte sie die Kette wieder an. Sie konnte es nicht erklären, doch Lacey fühlte sich immer besser, wenn sie den Anhänger trug.

Vor allem heute. Als sie ersten Vorkehrungen traf, um die Stadt zu verlassen, gab ihr vor allem das kleine Schmuckstück den Mut, Lilly wiederauferstehen zu lassen.

Sie brauchte diese Ermutigung nötiger, als sie dachte. Lacey hatte die Stadt noch nie verlassen. Sie hatte „Odd Jobs" noch niemals in andere Hände gegeben, außer wenn sie zu krank war, was aber selten vorkam. Ihr Leben war geprägt von ihrem Geschäft, von den Wünschen und Tagesabläufen ihrer Kunden. Nun war sie dabei, sich in das nächste große Abenteuer ihres Lebens zu stürzen.

Ein Abenteuer, das sie nicht wagen würde, wenn sie nicht vorher sicherstellte, dass ihre Firma bis zu ihrer Rückkehr in guten Händen war. Als Vertretung wählte sie Laura, eine ihrer langjährigen Angestellten. Sie gab ihr eine aktualisierte Liste der Klienten, den Einsatzplan sowie einige Tipps, wie sie mit den Angestellten und ihren unterschiedlichen Persönlichkeiten umgehen sollte. Außerdem erstellte sie eine ausführliche Liste über die Eigenheiten eines jeden Klienten.

Dann organisierte sie die Dinge, wie sie ein kleiner Urlaub erforderlich machte. Sie bat die Nachbarn, nach der Post zu sehen. Sie hinterließ ihren Freunden die Nachricht, dass sie einige Tage fort sein würde und sie sich keine Sorgen machen sollten.

Sie hatte ihre Sachen gepackt, während Ty einen Karton Hundefutter für Digger in seinen Wagen lud. Alles ganz normale Dinge, die Leute eben taten, wenn sie ein paar Tage wegfuhren. Nur dass Laceys Situation nicht im Entferntesten als normal zu bezeichnen war.

Ihr graute vor dem Telefongespräch mit Alex, das sie bis zur letzten Minute aufschob. Während Ty nebenan fernsah, wählte Lacey seine Nummer. Sie kannte sie auswendig.

„Duncan", meldete er sich schon nach dem ersten Klingeln.

„Ich bin's." Sie packte den Hörer fester.

„Hey, Kleines. Wie geht es dir? Ich hatte nicht erwartet, vor heute Abend von dir zu hören", sagte er mit warmer, freudiger Stimme.

Normalerweise rief sie ihn tagsüber nie an, da er beschäftigt war und sie sich selten allzu lang an einem Ort aufhielt.

„Mir geht's gut." Lacey atmete tief durch, was ihre Nerven jedoch nicht beruhigen konnte. „Genau genommen ist das nicht wahr. Ich bekam gestern Abend Besuch. Jemand aus meiner Heimatstadt. Ich muss für eine Weile fort, um einige Dinge zu erledigen. Ich weiß, es kommt unerwartet … Ich hoffe, du hast Verständnis dafür."

„Das kann ich nicht gerade behaupten! Ich weiß kein verdammtes bisschen von deiner Vergangenheit! Aber vielleicht klärst du mich auf, wenn du zurück bist? Es ist nicht gut, Geheimnisse voreinander zu haben, und es gibt einfach zu viel, wovon ich nichts weiß." Er räusperte sich. „Und ich kann dir nicht über das hinweghelfen, was dich von einem Ja abhält, wenn du dich mir nicht anvertraust."

Sie schluckte schwer. „Ich weiß. Und ich werde dir alles erzählen", versprach sie. Welch besseren Zeitpunkt konnte es geben, von ihrer Vergangenheit zu erzählen, als wenn sie sie endgültig besiegt haben würde.

„Gut." Er klang erleichtert. „Dieser Besuch, den du erwähnt hast – ist das jemand, von dem ich schon gehört habe?", fragte er. Offensichtlich wollte er vor ihrer Abreise wenigstens einen kleinen Anhaltspunkt.

Sie wussten beide, dass sie niemals irgendjemanden namentlich erwähnt hatte. „Nein. Ich habe dir nie von … ihm erzählt." Sie schloss die Augen und hoffte, dass er um keine weitere Erklärung bitten würde.

Sie hatte Alex niemals von Ty erzählt, weil ihre Gefühle für Ty zu tief waren und zu persönlich, um mit jemand anderem darüber zu sprechen, erst recht nicht mit einem anderen Mann.

„Ein Er, den du niemals erwähnt hast." Alex' Stimme wurde tief und bekam einen gereizten Tonfall, den sie noch nie zuvor an ihm vernommen hatte. „Ist er jemand, wegen dem ich mir Sorgen machen muss?", fragte er bissig.

„Nein." Lacey schüttelte ihren plötzlich schmerzenden Kopf. „Niemand, mit dem du dich beschäftigen müsstest. Er ist nur ein alter Freund." Im Innersten wusste sie, dass das eine glatte Lüge war.

Sie war beunruhigt wegen Ty, wegen ihrer neu aufflammenden Gefühle. Doch wie konnte sie Alex davon am Telefon erzählen und ihn dann sitzen lassen?

Lacey blickte auf und sah Ty, der im Türrahmen stand. Sie verspürte eine plötzliche Übelkeit, als ihr klar wurde, was er mit angehört hatte. Innerhalb eines Tages war ihr Leben auf überwältigende Weise kompliziert geworden.

Er hob die Hand, und sie bedeckte die Sprechmuschel.

„Der Wagen steht im Parkverbot", erinnerte er sie.

Sie nickte. „Ich bin gleich fertig."

Ty wandte sich um und ging hinaus, doch sein düsterer, verletzter Gesichtsausdruck stand ihr noch immer vor Augen.

„Lacey?" Alex' Ärger war nicht zu überhören.

„Ja, ich bin wieder dran."

„Wenn du zurückkommst, gehen wir zu Nick", sagte er, womit er seinen Lieblingsitaliener meinte. „Und danach vielleicht ins ‚Peaches'." Das „Peaches" war ein Dessert-Restaurant, das seine Schwester im Village betrieb.

„Das klingt … nett." Ein fades Wort, dachte sie, doch es beschrieb die Gefühle, die sie bei dieser Einladung empfand. Sie standen in direktem Kontrast zu der Aufregung, die sie bei dem Gedanken verspürte, in Tys Wagen zu steigen und mit ihm an ihrer Seite in ein Abenteuer aufzubrechen.

Oh Gott.

„Alex?"

„Was, Kleines?"

Sie wollte ihn nicht mit einem falschen Eindruck zurücklassen, doch sie wusste nicht, was der richtige Eindruck sein würde. „Wenn ich zurückkomme, sprechen wir miteinander. Über viele Dinge."

Das war das Beste, was sie im Moment anbieten konnte.

# 4. Kapitel

Während Ty ihre letzten Sachen im Kofferraum verstaute, setzte Lacey Digger auf dem Rücksitz ab. Sie kannte ihre Hündin und wusste, dass sie die Sitzbank auf- und abtrippeln würde, bis sie zur Ruhe kam und sich für den Rest der Fahrt einrollte. Nachdem sie auf dem Beifahrersitz Platz genommen und sich angeschnallt hatte, wappnete Lacey sich, da sie wusste, in welcher Stimmung Ty jetzt war.

Auf dem Weg nach unten hatten sie kein einziges Wort miteinander gesprochen. Ihr Magen krampfte sich nervös zusammen. Digger trippelte wie erwartet die Rückbank auf und ab.

Ty startete den Motor und schnallte sich an. „Bist du sicher, dass du alles hast?“, fragte er.

Sie nickte.

„Dann bist du bereit?“

„So bereit ich nur sein kann“, erwiderte sie mit zittriger Stimme.

Er legte ihr beruhigend die Hand auf den Oberschenkel. Die Berührung überraschte sie. Sie hatte erwartet, dass er Distanz halten würde.

„Du schaffst das“, sagte er in dem offensichtlichen Bemühen, sie aufzumuntern.

Seine Hand war groß und warm, und die Wärme drang durch die Jeans bis an ihre Haut, wo seine Berührung einen Abdruck zu hinterlassen schien. Die elektrisierende Wirkung stellte sich sofort ein. Sie schluckte schwer und konnte nicht verleugnen, dass Wärme zwischen ihren Schenkeln aufstieg. Sie schlug ein Bein über das andere, was das Gefühl jedoch nur noch verstärkte.

Um der Situation zu entkommen, schloss sie die Augen. Er verstand den Hinweis richtig, zog die Hand zurück und fuhr los.

Als Lacey aufwachte, blickte sie auf die Uhr. Es waren zwei Stunden vergangen, seit sie die Stadt verlassen hatten. Sie hatte ihre Augen geschlossen, um ihren Gefühlen zu entkommen, und war tatsächlich eingeschlafen.

Sie betrachte die sattgrüne Landschaft, die hinter den Fenstern vorbeizog. Keine großen Gebäude mehr, keine Hektik oder Eile.

Sie setzte sich aufrecht hin. „Ich könnte bei der nächsten Gelegenheit einen Boxenstopp vertragen", sagte sie zu Ty.

Ty stellte das Radio leiser, in dem gerade die Top 40 liefen, und warf ihr einen Seitenblick zu. „Sie spricht."

Röte stieg ihr in die Wangen. „Ich kann kaum glauben, dass ich geschlafen habe."

„Mach dir keine Gedanken. Ich ließ Digger nach vorne kommen, und sie leistete mir Gesellschaft." Er zwinkerte ihr zu und blickte dann wieder nach vorn auf die Straße.

Offenbar wollte er das Telefonat mit Alex auf sich beruhen lassen, wofür sie ihm dankbar war.

Es dauerte noch eine Weile bis zum nächsten Rastplatz. Sie zog die Beine an und wandte sich zu Ty. „Erzähl mir ein bisschen von deinem Leben, nachdem ich weggegangen war", forderte sie ihn auf.

Mit einer Hand am Steuer blickte er sie kurz an. Er schwieg so lange, dass sie schon fürchtete, er würde nicht antworten.

Schließlich sagte er: „Dein Onkel rastete aus."

Sie zuckte zusammen und zog die Knie enger an sich.

„Er konnte dich nicht finden, was bedeutete, dass er nicht an dein Geld herankam. Nicht, dass er das gesagt hätte. Er schimpfte und wütete Mom gegenüber nur darüber, dass sie ihre Aufsichtspflicht offensichtlich vernachlässigt hatte; sonst wäre seine Nichte nicht fortgelaufen und hätte sich das Leben genommen."

Lacey seufzte. „Und dann?" Sie wagte kaum zu fragen.

Tys Handknöchel wurden weiß, als er das Lenkrad fester umklammerte. „Er zog an irgendwelchen Fäden und sorgte dafür, dass Hunter uns verlassen musste." Ty betätigte den Blinker. „Noch eine halbe Meile, dann kommt eine Raststätte. Ich halte dort, damit du auf die Toilette kannst."

„Danke. Digger wird auch rausmüssen."

Schweigen breitete sich aus und sie ahnte, dass Ty dem Ende der Geschichte aus dem Weg gehen wollte. „Was geschah dann?" Sie musste es wissen.

Ty beugte den Kopf. „Hunter kam in ein Heim für schwer erziehbare Jugendliche."

Ihre Augen füllten sich mit Tränen, und Schuld schnürte ihr den Hals zu. Sie war so sehr mit ihrem eigenen Überleben beschäftigt gewesen, dass sie die Reaktion ihres Onkels auf ihr Verschwinden nicht bedacht hatte. Selbst als sie später daran dachte, war sie doch niemals davon ausgegangen, dass er den Menschen, die sie liebte und zurückgelassen hatte, etwas angetan haben könnte.

Und sie hatte Hunter geliebt – als ihren besten Freund und als ihren Bruder. Er war damals so verletzbar gewesen, auch wenn er es zu verbergen versucht hatte. Und er hatte Ty nachgeeifert, der ihm als Vorbild gezeigt hatte, dass man nicht aus seinen Emotionen heraus handelte, sondern nach gesundem Menschenverstand.

„Wie schlimm war es?", flüsterte sie.

Ty zuckte die Achseln. „Du weißt, wie Hunter war. Wir waren beide nicht da, um ihn zu beruhigen, also verwickelte er sich in eine Schlägerei nach der anderen. Erst ein Mentorenprogramm mit Mitinsassen brachte ihn wieder auf den richtigen Weg zurück."

Lacey schauderte. Die Wirklichkeit war viel schlimmer als alles, was sie sich vorgestellt hatte. „Ich könnte meinen Onkel umbringen“, zischte sie.

„Lebend dort aufzutauchen könnte dafür reichen.“

Zu ihrer Überraschung lachte Ty.

Sie begrüßte zwar seinen Versuch, die Stimmung aufzuheitern, doch sie konnte nur Wut und Geringschätzung gegenüber ihrem Onkel empfinden, dafür Mitgefühl und Traurigkeit gegenüber ihrem Freund.

Doch sie erinnerte sich an Tys Worte, dass Hunter jetzt Rechtsanwalt war, was ihr Hoffnung machte. „Und wie wurde Hunter vom Missetäter zum Anwalt?“

Ty blickte sie an. „Durch verdammt harte Arbeit. Er hatte dieses Ziel im Auge und arbeitete daran, es zu erreichen.“ Stolz schwang in Tys Stimme mit.

Lacey verstand ihn, auch sie verspürte Bewunderung für Hunter. „Erzähl mir mehr.“

„Es gab einige Dinge, die Dumont nicht kontrollieren konnte. Mag auch sein, dass er sich mit der Zeit nicht mehr darum kümmerte, denn Hunter hatte Glück. Da in seinem Jugendstrafregister keine anderen Verstöße als Schlägereien eingetragen waren, wurde die Akte geschlossen, als er achtzehn wurde. Dann quälte er sich durchs College und studierte danach. Er muss mehr Studiengebühren zurückzahlen, als er im Jahr verdient, doch er ist ein verdammt guter Anwalt.“

„Gott sei Dank, dass er sich zusammengerissen hat.“ Lacey bemerkte, dass sie sich die ganze Zeit vor- und zurückgewiegt hatte und hielt inne. „Was ist mit dir? Wie ging deine Geschichte weiter, nachdem ich weg war?“, fragte sie Ty.

„Da wir jetzt seit guten fünf Minuten vor dieser Tankstelle stehen, denke ich, du solltest erst einmal hineingehen.“ Ty deutete auf die Schilder, die den Weg zur Toilette wiesen. „Ich gehe schnell mit dem Hund raus.“

Sie hatte nicht einmal bemerkt, dass sie gehalten hatten. Sie senkte den Kopf und griff nach ihrer Handtasche. „Ich bin gleich zurück. Aber glaub nicht, dass du dem Thema noch einmal ausweichen kannst", warnte sie ihn.

„Meine Geschichte ist nicht halb so dramatisch wie die von Hunter. Oder wie deine." Sein Blick ging an ihr vorbei.

Lacey schüttelte ungläubig den Kopf, als sie schließlich begriff, was ihn an sich selbst störte. „Du fühlst dich schuldig, oder?", fragte sie. „Weil du nicht auf die gleiche Weise gelitten hast, fühlst du dich schuldig. Darum wolltest du gestern Nacht nicht darüber sprechen, und darum wolltest du mich jetzt ohne Antwort fast aus dem Auto werfen."

Ty fuhr sich mit der Hand durchs Haar. „Du bist seit zehn Jahren fort. Du hast kein Recht, zu glauben, dass du noch immer meine Gedanken lesen kannst", erwiderte er in plötzlich rauem, beißendem Tonfall. „Zumal ich es noch nicht einmal wert bin, mich deinem Freund Alex gegenüber zu erwähnen."

Seine Worte schmerzten, doch sie hatte seine Gedanken erahnt. Und er hasste es, dass sie ihn noch immer durchschaute. Offenbar hatte er das Gefühl, dass sie ihn gering schätzte, weil sie mit Alex nicht über ihn gesprochen hatte.

Sie legte ihre Hand auf die seine, um seine Aufmerksamkeit auf sich zu ziehen, und zog sie dann zurück. „Einige Dinge und einige Menschen sind zu wichtig, um von ihnen zu sprechen." Stattdessen muss man sie in seinem Herzen bewahren und wie einen Schatz hüten, dachte sie und fühlte einen Kloß in ihrem Hals. „Du hast mir das Leben gerettet, Ty." Ohne noch einmal darüber nachzudenken, griff sie in den Ausschnitt ihres T-Shirts und holte den Anhänger heraus, den er ihr gegeben hatte. „Und was ich damals schwor, meinte ich auch so."

Sein Blick wanderte zu dem kleinen Stück Gold, das er ihr von seinem eigenen Geld gekauft hatte, und seine Augen weiteten sich vor Überraschung. „Das ist lange her", sagte er schroff.

Sie hatte ihn mit dem Andenken in Verlegenheit gebracht. Doch sie hatte auch seinen Schmerz über ihr Gespräch mit Alex gelindert, und nur das zählte.

„Dieses hier hat mir durch einige sehr harte Zeiten hindurchgeholfen." Sie liebkoste zart den Anhänger. „*Du* hast mir hindurchgeholfen."

In jener Nacht hatte sie geschworen, ihn nie zu vergessen. Und sie erkannte nun, dass er, egal wohin sie ging oder mit wem sie zusammen war, immer bei ihr sein würde – mit seiner Kraft, seinem Mut und seiner Anteilnahme.

Sie strich über seine Wange und zwang ihn, sie anzusehen. „Ich werde dich niemals vergessen. Ich schwöre es", flüsterte sie, bevor sie sich umwandte und sich in die Sicherheit der frischen Luft flüchtete.

Sobald sie in der Stadt waren, trafen sie sich mit Hunter in Tys Apartment. Sie gingen durch den Hintereingang in der Bar. Es gab keine verkrampfte Begrüßung, als Hunter Lacey wiedersah. Steif beobachtete Ty, wie Lacey durch den Raum und in Hunters Arme sprang.

„Es tut so gut, dich zu sehen!" Ihre Stimme quietschte vor Aufregung.

Hunter zog sie eng an sich. „Das geht mir auch so." Er trat einen Schritt zurück und musterte sie lächelnd. „Du bist noch genauso hinreißend wie früher."

Sie lachte und boxte ihn spielerisch gegen die Schulter. „Du siehst selber ziemlich gut aus."

„Er arbeitet daran", murmelte Ty.

Ihm selbst war keine solch herzliche Begrüßung zuteil geworden, und mit nüchternen Augen betrachtet, verstand er auch, warum. Sie hatte ihn nicht erwartet und war unvorbereitet gewesen. Und als sie sich an seine Anwesenheit gewöhnt hatte, hatte er die Bombe mit ihrem Onkel gezündet.

Ty wusste, dass er sich mit Plattheiten tröstete, um seine Eifersucht auf Lacey und seinen besten Freund zu beschwichtigen. Beides passte nicht zu ihm. Normalerweise ging er seinen Angelegenheiten nach, ohne größere Höhen und Tiefen. Herrje, wie die Dinge sich verändert hatten.

Ty räusperte sich. „Hey, ihr zwei, es reicht. Wir müssen Pläne schmieden."

Lacey wandte sich ihm zu. „Klingt ganz wie in alten Zeiten. Also, wie willst du an die Sache rangehen?"

Ty trat auf sie zu. „Ich schätze, als Erstes sollten wir in Erfahrung bringen, was genau du tun musst, um das Geld zu beanspruchen." Ty blickte zu Hunter. „Habe ich recht, Herr Anwalt?"

Der andere nickte. „Hast du. Ich werde mich so schnell wie möglich darum kümmern. Ich werde dabei etwas Hilfe brauchen, denn ich bin Anwalt für Strafrecht."

„Das ist großartig", sagte Lacey, deren Augen vor Stolz auf Hunter glühten.

Ty empfand den gleichen Stolz.

„Was für Fälle bearbeitest du?", fragte sie.

„Ein bisschen von diesem, ein bisschen von jenem", erwiderte er lachend.

„Sei nicht so bescheiden", schaltete sich Ty ein. „Hunter ist auch außerhalb der Stadt sehr bekannt. Er ist einer der wichtigsten Prozessanwälte im Bundesstaat. Seine Klienten sind selbst für New Yorker Verhältnisse ziemlich hochklassig."

Hunter errötete bei der schmeichelhaften Beschreibung. „Ich nehme diese Fälle an, um genug Geld zu verdienen, damit ich unentgeltlich für Leute arbeiten kann, die sich ansonsten keinen Rechtsbeistand leisten könnten."

Lacey verschränkte die Arme und nickte verständnisvoll. „Ich bin so stolz auf dich. Ich hätte wissen müssen, dass du einen Beruf wählst, in dem du Menschen hilfst."

Seine Wangen wurden noch röter. „Ty war derjenige, der immer den Retter spielte, während ich nur mitlief. Ich schätze, ich habe von ihm gelernt."

„Soweit es mich betrifft, seid ihr beide die Besten." Sie strahlte sie beide an. „Danke, dass du dich für mich um den Fonds kümmern willst", sagte sie dann zu Hunter. „Ich könnte niemanden dafür anheuern, ohne meine ganzen Ersparnisse aufzubrauchen."

„Was keinen Unterschied mehr machen wird, wenn du den Treuhandfonds aus den Klauen dieses Mannes befreit haben wirst, der sich dein Onkel nennt", sagte Ty.

Sie nickte. „Dennoch ist es viel einfacher, sich auf einen alten Freund zu verlassen."

„Nächsten Monat findet ein wichtiger Prozess statt, doch im Moment habe ich etwas Zeit und werde das für dich erledigen." Hunter stemmte sich hoch auf den Küchentresen und machte es sich darauf gemütlich, als ob er zu Hause wäre. Was er in Anbetracht der Häufigkeit seiner Besuche auch fast war. „Was willst du tun, während ich nachforsche?", fragt er Lacey.

Ty zog eine Braue hoch und blickte zu Lacey. „Das würde mich auch interessieren."

Sie zuckte die Achseln. „Ich dachte, ich könnte mich erst einmal wieder mit meiner Heimatstadt vertraut machen. Ich muss mich entspannen, und vielleicht bekomme ich dann wieder das Gefühl, dass ich hierhergehöre."

„Das verstehe ich." Ty fühlte mit ihr. „Doch du kannst hier nicht am helllichten Tag herumlaufen und damit riskieren, dass dein Onkel von deinem Wiederauftauchen erfährt. Du musst sehr vorsichtig sein, zumindest so lange, bis man deinem Onkel mitteilt, dass du lebst und dir vorgenommen hast, reich zu sein."

„Ich wünschte, ich könnte sein Gesicht sehen, wenn er herausfindet, dass er zehn Jahre lang umsonst gewartet hat."

Hunter rieb sich die Hände. Seine Schadenfreude war verständlich und wurde von jedem im Raum geteilt.

Lacey lachte, doch Ty bemerkte das Beben in ihrer Stimme. Trotz ihrer Stärke war sie noch nicht bereit für das Wiedersehen. Ein paar Tage zum Durchatmen würden ihr guttun.

„Was denkt ihr, wie wir die Katze aus dem Sack lassen sollen? Ich kann ja nicht einfach zu ihm gehen, klingeln und sagen: Hi, Onkel Marc, ich bin zu Hause!"

Ty grinste. „Vielleicht nicht, aber diese Show würde ich mir was kosten lassen!"

„Wir sollten in dieser Angelegenheit ein wenig subtiler vorgehen", sagte Hunter.

„Und ich nehme an, du hast die Lösung?" Lacey ging auf ihn zu und lehnte sich keck gegen den Tresen.

Er nickte. „Die habe ich", sagte er hintergründig. „Doch ich bin noch nicht so weit, sie zu erklären. In der Zwischenzeit solltest du in Deckung bleiben und dich entspannen."

„Ich schätze, das lässt sich machen. Von jetzt an. Ich gehe draußen ein bisschen spazieren. Es scheint ruhig genug zu sein. Digger, komm."

Nachdem sie den Hund an die Leine genommen hatte, schenkte sie Hunter und Ty ein gequältes Lächeln und ging zur Tür hinaus.

Ty machte Anstalten, ihr hinterherzulaufen.

„Lass sie gehen." Hunter fasste ihn leicht an der Schulter, um ihn zurückzuhalten. „Wir wissen noch nicht einmal ansatzweise, wie sie sich fühlt. Gib ihr ein bisschen Zeit, mit den Dingen fertig zu werden."

Ty presste die Kiefer zusammen, als er sich zu seinem besten Freund umwandte.

„Seit wann bist du denn ein Experte für Lacey?"

„Und seit wann bist du so ein eifersüchtiger Blödmann?", fragte Hunter.

Ty stöhnte auf. „Ist das so offensichtlich?"

„Nur für diejenigen, die dich kennen." Hunter fuhr sich mit der Hand durchs Haar. „Ich bin nicht dein Konkurrent. Egal, was ich einst für sie empfunden habe", sagte er und verblüffte Ty, indem er zum ersten Mal seine Gefühle preisgab.

„Und nun nicht mehr?"

Hunter nickte.

„Liegt das daran, dass du mir als deinem Freund nicht in die Quere kommen willst?", fragte Ty, dem die Richtung des Gesprächs nicht behagte.

Hunter schüttelte den Kopf. „Das mag damals so gewesen sein. Als wir noch Jugendliche waren, wusste ich, dass ich nicht mit dir konkurrieren konnte. Ich hätte es nicht einmal versucht." Er klopfe Ty brüderlich auf die Schulter. „Aber diese Zeiten sind vorbei. Wenn ich diese alten Gefühle noch hätte, stünde nur unsere Freundschaft im Weg. Nicht meine Unsicherheit."

Hunters Geständnis haute Ty um. Er rechnete es ihm hoch an, dass er die Wahrheit laut aussprach. „Also was?", fragte Ty.

Hunter grinste. „Ich habe jemand anderen im Auge."

Und Ty wusste auch wen. „Molly?"

„Die Frau hat mich so oft abblitzen lassen, dass ich von Glück reden kann, noch ein Ego zu haben", sagte er und brachte irgendwie ein Lachen hervor. „Doch ich werde sie auch weiterhin fragen, ob sie mit mir ausgeht."

„Darf ich fragen, warum du sie nicht schon deutlicher gedrängt hast, mit dir essen zu gehen?"

Hunter kratzte sich am Kopf. „Weil ihre Schwingungen mir bislang signalisiert haben, mich zurückzuhalten. Und nun, da sie sich mit der Idee, sich gegenseitig zu beschnuppern, etwas anzufreunden scheint, ist Lacey zurück. Und ich habe ein nicht abzustreitendes Motiv, mehr Zeit mit Molly verbringen zu wollen."

Ty zuckte die Achseln. „Erklär ihr die Situation. Vielleicht versteht sie es."

„Und in der Hölle beginnt es zu frieren. Und vielleicht erklärt sie mir dann ja auch, warum sie die ganze Zeit Nein sagte, obwohl ihr Körper Ja sagte."

Ty tippte sich mit dem Finger gegen die Schläfe und lachte. „Was bedeutet, dass du das Rätsel selber niemals lösen wirst. Kein normaler Mann kann die Gedanken einer Frau erraten, so sehr wir auch meinen, es zu können."

Hunter grinste. „Das ist wohl wahr", sagte er und sein Lächeln erlosch. „Doch wenn ich alle Informationen über Dumont aus Molly rausgeholt haben werde, wird sie mir nicht mal mehr die Uhrzeit sagen." Er ging zum Kühlschrank und öffnete eine Dose Cola.

„Wirst du es dennoch tun?", fragte Ty.

„Ja." Sein Freund schüttete die Hälfte der Dose in einem langen Zug hinunter. „Wir sind die drei Musketiere. Ich sage mir einfach, dass ich, was Molly angeht, schließlich nicht verlieren kann, was ich niemals hatte. Nicht, dass ich es nicht versuchen würde – doch man könnte sagen, dass meine Erwartungen nicht sehr hoch sind." Er trank die Dose aus und knallte sie auf den Tresen.

Ty hatte Mitleid mit seinem Freund. Der Junge hatte bislang keine längere Beziehung in seinem Leben gehabt, auch wenn er, ebenso wie Ty, durchaus seine Abenteuer gehabt hatte. Und nun bestand die Gefahr, dass er die einzige Frau, mit der er sich etwas Ernsteres vorstellen konnte, verlor. „Wie wär's, wenn wir einen anderen Weg finden, an Informationen über Dumont zu kommen, sodass der Weg für dich und Molly frei ist?"

Hunter schüttelte den Kopf. „Wenn sie *so* interessiert wäre, wäre sie schon längst mit mir ausgegangen. Lacey braucht uns, und das zählt." Hunter ging in Richtung Tür, wo er innehielt und sich umwandte. „Aber wenn es bei Lacey um etwas anderes geht als um meine Hilfe, dann bist du der richtige Mann."

Ty stöhnte auf. Manchmal zeigte Hunter noch immer Züge jenes dummen Jungen, der erst einmal den Mund aufmachte, bevor er nachdachte – weshalb Ty ihn auch wie einen Bruder liebte.

Er blickte seinen Freund an. „Es gibt einen anderen Mann in Laceys Leben. Sein Name ist Alex."

Hunter runzelte die Stirn. „Verdammt."

„Genau." Da Tyler kein Typ für tiefsinnige Gespräche war, wusste er nicht, was er sonst noch sagen sollte.

Hunter blickte auf seine Uhr, eine goldene Rolex, die er gekauft hatte, nachdem er einen wichtigen Fall gewonnen hatte, bei dem sein wohlhabender Klient des Mordes an seiner Frau angeklagt worden war. Es war sein erster Schritt auf dem Weg zum Erfolgsanwalt gewesen.

„Ich muss gehen."

„Molly?", fragte Ty, für den das eine rein rhetorische Frage war.

Hunter nickte. „Ich schätze, sie ist am besten dazu geeignet, ihm zu erzählen, dass Lacey lebt. Ich zweifle nicht einen Moment, dass sie es Dumont sagen wird. Und dann sehen wir weiter."

„Denkst du, dass sie uns die Treuhand-Vereinbarungen einfach so herausgibt?"

Hunter zuckte die Achseln. „Wer weiß. Mit Glück erzählt sie uns, welche Kanzlei den Fonds verwaltet."

„Viel Glück. Du weißt ja, wo du uns nach vollbrachter Tat findest", sagte Ty.

„Du sagtest *uns*. Lacey bleibt hier?"

Ty nickte. „Ich denke nicht, dass sie im Hotel wohnen möchte. Außerdem glaube ich, dass sie nicht allein sein will."

„Da spielst du also wieder den Helden und triffst Entscheidungen für andere, was in diesem Fall das Richtige ist. Wenn ihr zwei unter einem Dach seid, sollte euch das die Gelegenheit geben, die Vergangenheit heraufzubeschwören und zu sehen, was hätte sein können – was sein könnte."

Ty schüttelte den Kopf. „Keine Chance." Lilly war ein nettes Mädchen gewesen, das ihn gebraucht hatte. Doch Lacey war eine erwachsene Frau, die niemanden brauchte und auf die außerdem ein anderer Mann wartete.

„Du weißt, was man sagt. Sag niemals nie", verabschiedete sich Hunter und schlug die Tür hinter sich zu.

Draußen auf dem Flur blieb Hunter stehen. Der Nachmittag war sehr aufwühlend gewesen, und er brauchte eine Minute, um seine Gedanken zu ordnen.

Lilly war zu Hause und sah besser aus denn je. Ty war so verknallt wie damals. Und Hunter? Nun, seine Fragen waren beantwortet. Er hatte sich sehr gefreut, sie zu sehen, doch nur als eine Freundin.

Eine Freundin, für die er alles tun würde. Nicht nur um der alten Zeiten willen, sondern weil er als Anwalt ein Vertreter der Unterdrückten geworden war. Und im Verhältnis zu Dumont war Lacey eine Unterdrückte. Hunter würde es nichts ausmachen, dem Mann eins auszuwischen, der so viel Schmerz verursachte hatte. Nur Molly wollte er bei der ganzen Sache keinen Kummer bereiten.

Vom ersten Tag an hatten sich Hunter und Molly auf zwei parallel verlaufenden Wegen befunden, die sich einfach nicht kreuzen konnten. Während des Jura-Studiums nahm sich Molly kaum die Zeit, irgendetwas anderes zu tun. Hunter war es ähnlich ergangen. Er hatte sich auf den Erfolg konzentriert, entschlossen, seinen Abschluss zu machen und es zu etwas zu bringen. Zumal sein Vater gesagt hatte, dass er das niemals schaffen würde. Nach seiner 180-Grad-Wendung durch das Mentorenprogramm entschied Hunter, jedem das Gegenteil zu beweisen, der gesagt hatte, aus ihm würde nichts werden. Und das hatte er getan – trotz des Vaters, von dem er fortgelaufen war, trotz der Mutter, die ihn einfach nicht gewollt hatte, und trotz Dumont, der Hunter das einzige Zuhause genommen hatte, das er jemals gekannt hatte.

Trotz all dem hatte Hunter Erfolg gehabt. Und er hasste den Gedanken, dass Dumont wieder dafür verantwortlich sein würde, dass er jemanden verlor, an dem ihm viel lag. Er und Molly hatten nie zuvor eine Chance gehabt, und seine heutige Unternehmung würde dafür sorgen, dass sie auch niemals eine haben würden. Es war nicht so, dass er Lacey und Ty über Molly stellte, doch er konnte einfach nicht seine Familie verraten. Die beiden waren alles, was er hatte.

Er hielt während der Fahrt, um einige Leckereien zum Dinner sowie eine Flasche Wein zu kaufen, bevor er an Mollys Tür auftauchte. Die Auffahrt zur Pension ging er zu Fuß hinauf.

Wie er es erwartet hatte, saß Anna Marie, die Justizbeamtin und Mollys Vermieterin, auf der Verandaschaukel. Ihr graues Haar hatte sie zu einem Dutt gebunden. Eingekuschelt in ihre Jacke genoss sie die kühle September-Luft – und die Möglichkeit, den Klatsch und Tratsch der Nachbarschaft aus erster Hand mitzubekommen. Genau das war es, was Hunter ihr nun eindeutig bot, und das wusste er.

Dennoch schlenderte er den Gang entlang und hielt vor Mollys Tür. „Netter Abend hier draußen“, sagte er zu Anna Marie.

„Es wird kühler. Kälte liegt in der Luft.“ Sie zog die schwere Strickjacke enger um sich.

„Warum gehen Sie dann nicht rein?“

„Ich könnte etwas verpassen.“

„Eine Sternschnuppe zum Beispiel?“, fragte Hunter.

„Etwas in der Art.“ Sie zwinkerte ihm zu und lehnte sich in ihrer Schaukel zurück. „Was tun Sie heute Abend noch so spät in der Stadt? Nachdem Sie nicht im Gericht und auch nicht im Büro waren, dachte ich, Sie wären in Ihrem mondänen Apartment in Albany."

Hunter lachte. „Ich bin sicher, dass Sie längst wissen, warum ich hier bin, also lassen Sie es uns hinter uns bringen." Er drückte auf den Klingelknopf über Mollys Namensschild.

Unter Anna Maries neugierigem Blick öffnete Molly die Tür. Ihre Augen weiteten sich, als sie Hunter mit der Einkaufstüte unterm Arm vor sich sah. „Na, das ist ja eine Überraschung."

„Weil ich mich entschlossen habe, ein Nein nicht zu akzeptieren?"

Sie nickte, doch ihre Augen strahlten, und für einen Augenblick erlaubte er es sich, die Situation zu genießen.

Er musterte sie und bewunderte ihre Figur in den engen Jeans und der körperbetonten langärmeligen Bluse. Wenn sie nicht in einem dieser Anzüge steckte, die sie vor Gericht trug, erinnerte sie ihn eher an das Mädchen, das er im Jura-Studium kennengelernt hatte. Von den knalligen Farben, die sie in der Öffentlichkeit normalerweise trug, war nichts zu sehen. Hm. Ein anderes faszinierendes Rätsel an Molly, das er gerne lösen würde. Wenn sie ihm die Chance dazu gäbe.

„Nun, ich kann penetrant sein, wenn ich es will. Also lässt du mich herein? Oder willst du Anna Marie hier eine kostenlose Show bieten?" Er zwinkerte der älteren Frau zu, die ihm winkte und sich seelenruhig weiter vor- und zurückschaukelte.

„Wenn du mich vor diese Entscheidung stellst, habe ich keine Wahl." Molly hielt einladend die Tür auf und Hunter trat ein. „Ehrlich gesagt, glaube ich, dass sie manchmal mit einem Glas an der Wand horcht", sagte sie lachend.

„Führst du denn ein aufregendes Leben, das sie unterhaltend findet?", fragte er.

„Das möchtest du nicht wissen." Ein listiges Lächeln kräuselte ihre Lippen. „Was ist in der Tüte?"

„Essen."

Sie bedeutete ihm, ihr die Stufen in ihre kleine Wohnung zu folgen und hielt in der Küche an.

„Ich wusste nicht, was du magst, weil ich dich ja nie zum Dinner einladen durfte, also habe ich ein paar Spezialitäten vom ‚Tavern' besorgt." Er begann, eine Steakmahlzeit auszupacken, eine Vorspeise mit Viktoriabarsch sowie Chicken Marsala. „Ich habe alles einpacken lassen", sagte er.

Hunter wusste, dass er es weit gebracht hatte, wenn er an den verlegenen, renitenten Jungen zurückdachte, den Ty damals unter seine Fittiche genommen hatte. Doch manchmal fiel er in jene Unsicherheit zurück, die ihn begleitet hatte, bevor er das Heim hinter sich gelassen hatte und Anwalt geworden war.

Doch Molly lachte nicht, sondern sah sich jeden Teller genauestens an und sog den Duft ein. „Ich hätte gern von allem ein bisschen. Was ist mir dir?"

Seine Angst und Verlegenheit waren sofort verflogen, und sie aßen gemeinsam. Er fragte sie nach ihren Eltern und ihrem Leben, doch wie ein Anwalt wich sie all seinen Fragen mit einer Gegenfrage aus. Ihre Gesellschaft machte ihm Spaß, doch beide blieben in Deckung, und es ergab sich keine Gelegenheit, nach Dumont zu fragen.

„Anna Marie sagte, du kennst meinen künftigen Stiefvater", sagte Molly, während Hunter ihr das Geschirr reichte und sie abwusch.

Also machte sie es ihm schließlich doch noch leicht und bot ihm die Gelegenheit, die er suchte. Lachend schüttelte er den Kopf. „Ich vergaß, dass Klatsch und Tratsch immer in zwei Richtungen gehen."

Molly blickte sich zu ihm um. „Was bedeutet?"

„Anna Marie erzählte mir nur allzu gerne von der bevorstehenden Heirat deiner Mutter, und gleich darauf hat sie offenbar dir von Dumont und mir erzählt."

„Eigentlich hat sie nur erwähnt, dass ihr euch aus der Vergangenheit kennt. Möchtest du davon erzählen?"

„Nicht unbedingt." Er stützte seine Hände auf den weißen Tresen. „Doch wenn ich von dir Informationen über Dumont haben will, sollte ich dir wohl sagen, was ich weiß."

Hunter merkte, dass sie in dieser Sekunde begriff, dass sein Dinner mehr ein Manöver war, um sie über Dumont auszufragen, als eine List, um an sein lang erhofftes Date zu kommen.

Enttäuschung verdunkelte ihre Augen. „Dann bist du nicht nur hier, weil du Gesellschaft suchst." Molly legte das Geschirrtuch auf den Tresen und wandte sich ihm zu. „Weißt du was, Hunter? Du nervst", sagte sie. „Mag ja sein, dass wir jahrelang umeinander herumgeschlichen sind, doch ich habe dich nie für einen Kerl gehalten, der nicht einfach klar sagt, was er will."

Außer mir liegt etwas an der Frau, von der ich etwas will, dachte Hunter. Er hatte keine Antwort für Molly. Jedenfalls keine, die sie hören wollte.

„Also, was möchtest du so dringend über Marc Dumont hören, dass du heute Abend hier auftauchst?", fragte sie und machte dabei keinen Hehl aus ihrer Ablehnung.

„Magst du den Mann?" Er wollte mit simplen Fragen anfangen, bevor er zu der großen Enthüllung kam.

Molly zuckte die Achseln. „Er scheint ein anständiger Typ zu sein. Auch wenn er Ehemann Nummer fünf von meiner Mutter ist, ist er doch der Erste, der mich wieder an die Familie heranführt, anstatt mich auszugrenzen."

Derselbe Mann, der Lacey aus ihrem Zuhause geworfen hatte, wollte Molly nun eines geben. Was für ein verdammter Schlamassel. Hunter hatte nichts von Mollys Verhältnis zu ihrer Mutter gewusst, doch nun hatte er eine Ahnung. Wie bei Hunter war auch Mollys Familie ein Beweis dafür, dass die Existenz von Eltern noch kein gutes Leben garantierte.

„Warum fragst du?“

Hunter atmete tief durch. „Lass es mich so sagen: Meine gemeinsame Geschichte mit Dumont lässt ihn nicht gerade in einem guten Licht erscheinen. Doch du magst ihn?“

„Wie ich schon sagte, er wirkt anständig. Er macht Mom glücklich und ist nett zu mir. Doch ich kann nicht behaupten, dass ich ihn allzu gut kenne. Die Romanze – oder wie immer du es nennen willst – entwickelte sich sehr rasch. Wobei sich die Romanzen bei meiner Mutter immer sehr rasch entwickeln. Und die Hochzeiten noch rascher.“

„Ist deine Mutter ...“ Er suchte nach feinfühligen Worten für seine nächste Frage und dachte dann, dass es auch egal war. Er hatte es sich mit dieser Frau sowieso verdorben. „Ist deine Mutter wohlhabend?“, fragte er.

Molly brach in Lachen aus. Nicht in jenes perlende Gelächter, das ihn normalerweise anzog, sondern in ein lautes Prusten.

„Herrje, nein. Nun, ich nehme das zurück. Meine Mutter heiratet wohlhabende Männer, lässt sich bei der Scheidung ordentlich abfinden, bringt das Geld durch und macht sich daran, den nächsten einzufangen.“

„Und Dumont ist ihr nächster großer Fisch?“, fragte Hunter ungläubig.

Molly nickte. „Wenn er nicht jetzt schon wohlhabend sein sollte, wird er es sein, wenn er das Vermögen seines älteren Bruders geerbt hat.“

Was erklärte, warum der gute alte Marc Dumont Molly in seiner Nähe wissen wollte. Der Mann brauchte ihre juristischen Kenntnisse, um an den Treuhandfonds zu kommen. Was lag also näher, als seine Verlobte dazu zu drängen, die Beziehung zu ihrer Anwaltstochter neu zu beleben? So machte er sich sowohl bei Molly als auch bei seiner zukünftigen Frau beliebt.

Molly seufzte und massierte mit Daumen und Zeigefinger

ihren Nasenrücken.

Er trat vor und legte ihr die Hand auf die Schulter. Ihre Haut fühlte sich warm und pulsierend an. „Bist du okay?“, fragte er.

„Es geht mir gut. Ich habe nur Kopfschmerzen. Ich würde es wirklich zu schätzen wissen, wenn du mir jetzt erzählst, welche Verbindung du zu Marc Dumont hast und warum du mich hier über meine Familie ausfragst. Es ist ja nicht so, als ob es dich vorher irgendwie interessiert hätte“, sagte sie mit tiefer, leicht brüchiger Stimme.

„Es hat mich immer interessiert“, erwiderte er so leise, dass er sich selbst kaum hören konnte. „Ich wusste nur nicht, wie ich es anstellen sollte.“

„Nun, hier mit einem Essen und einem Fragenkatalog aufzutauchen, ist jedenfalls der verdammt falsche Weg, mir zu zeigen, dass dir etwas an mir liegt.“

Ihre Worte überraschten ihn nicht. Schließlich hatte sie recht. „Du wirst ein wenig nachsichtig mit mir sein müssen. Ich bin nicht gerade Profi, was Beziehungen angeht.“

Sie lachte. „Nach den Gerüchten im Gericht sollte man das kaum glauben.“

Er wollte ihr ein freches Grinsen zuwerfen, hatte aber nur ein aufrichtiges Lächeln anzubieten. „Du sagst es selbst. Alles Gerüchte.“

Er hatte niemals eine Beziehung mit einer Frau gehabt, bei der seine Gefühle mit im Spiel waren. Außer er zählte Lacey dazu, doch er begriff jetzt, dass er sie zwar liebte, aber niemals in sie verliebt gewesen war. Die Erkenntnis erleichterte ihn. Er würde immer da sein für Lacey. Er würde sie immer unterstützen und ihr in jeder erdenklichen Weise helfen, weil sie Lilly war und sie beide seit vielen Jahren miteinander verbunden waren.

Doch was er für Molly empfand, war stärker als das, was ihn mit Lacey verband. Er spürte, dass seine Gefühle für Molly tiefer waren – wie gemacht für eine gemeinsame Zukunft. Allerdings musste er mit der Möglichkeit rechnen, verletzt zu werden. Molly hatte ihm in der Vergangenheit mehrfach einen Korb gegeben, und er hatte sie heute Abend verraten – in diesem Moment, stand er doch in ihrer Wohnung und brauchte Informationen, um Lacey zu helfen, einer Frau, die Molly für tot hielt.

Die Ironie an der Sache bestand darin, dass sich die Frauen sehr ähnlich waren und Hunter sie sich sogar als Freundinnen vorstellen konnte. In einem anderen Leben oder sogar in diesem, wenn die Dinge weniger kompliziert wären.

Doch das waren sie nun mal nicht. Und sie würden nur noch komplizierter werden, wenn Molly die Wahrheit erfuhr.

# 5. Kapitel

Hunter stand in Mollys Küche und bat sie um Nachsicht, weil Beziehungen nicht seine Spezialität waren, ja es niemals gewesen waren. Er konnte kaum glauben, dass er dieses Thema auf den Tisch gebracht hatte, doch genau das hatte er getan.

Sie stützte eine Hand auf den Tresen. In ihrer Miene spiegelte sich Ungläubigkeit und etwas, das Hunter gerne für Hoffnung gehalten hätte.

Hoffnung für sie beide.

Sie neigte den Kopf zur Seite und musterte ihn. „Ist es das, was wir hier tun? Eine Beziehung beginnen? Dann muss ich dir sagen, dass ich dir nicht folgen kann."

Er stöhnte auf. „Kann ich mich setzen?" Er konnte ihre Frage nicht beantworten, bis er ihr alles gesagt hatte. Dann musste sie entscheiden, was zwischen ihnen möglich war und was nicht. Und die Geschichte, die er ihr zu erzählen hatte, war lang.

Sie deutete auf einen Stuhl am Tisch, und er nahm Platz.

Sie zog einen Stuhl heran und setzte sich neben ihn.

Er nutzte die Zeit, um sich zu sammeln, denn er sprach nur selten über seine Vergangenheit. „Ich bin als Pflegekind aufgewachsen", sagte er schließlich.

Ihre Augen blickten sanfter. „Das wusste ich nicht."

Er straffte die Schultern, wartete auf das Mitleid, mit dem Frauen normalerweise auf diese Eröffnung reagierten. Hunter hasste es, wenn sie Mitleid mit ihm hatten.

Molly trommelte mit den Fingern auf den Tisch und blickte ihn an. „Ich frage mich, ob das vielleicht besser war, als ins Internat abgeschoben zu werden, falls der jeweilige Stiefvater bereit war, das Schulgeld zu bezahlen."

Er lachte voller Dankbarkeit für ihre rotzige Antwort. Er hatte geahnt, dass sie etwas Besonderes war. Nun wusste er es genau.

„Also im Ernst, wie schlimm war es?", fragte sie.

„Nicht so schlimm." Er log nicht. „Vor allem nicht in der letzten Familie. Du hast meinen Freund Ty kennengelernt, der im ‚Night Owl's' arbeitet?"

Sie nickte. „Du hast uns vorgestellt, als ich das letzte Mal mit Freunden nach der Arbeit etwas trinken ging."

„Er ist mein Pflegebruder. Seine Mutter nahm mich auf und behandelte mich wie ein Familienmitglied. Und sie tat das Gleiche mit einem anderen Pflegekind im Haus. Einem Mädchen." Hunter hielt kurz inne, denn er wusste, dass ihr Verständnis hier aufhören würde. „Ihr Name war Lilly Dumont."

„Marcs Nichte?" Molly runzelte die Stirn, während ihr die Verbindung klar wurde. „Diejenige, die starb?"

„Die vermutlich starb", korrigierte Hunter sie. Er beugte sich vor. „Die meisten Menschen in der Stadt kennen die Geschichte, aber du bist hier nicht aufgewachsen, und offensichtlich hat Dumont wesentliche Teile verschwiegen, wenn er meinen Namen nie erwähnt hat."

Molly lehnte sich zurück, ihr Körper versteifte sich. „Ich bin sicher, dass er seine Gründe hatte. Doch da er nicht hier ist, warum klärst du mich nicht auf?", schlug sie mit kaum verhohlenem Sarkasmus vor.

Sie behandelte ihn jetzt schon wie einen Feind.

Hunter griff nach der kühlen Stahllehne des Stuhls. Seine einzige Hoffnung, sie zu überzeugen, lag in der Wahrheit. „Du weißt bereits, dass Dumonts Bruder und seine Schwägerin bei einem Autounfall ums Leben kamen."

Molly nickte. „Sie hinterließen Lilly ein großes Anwesen und einen millionenschweren Treuhandfonds, und sie benannten Marc Dumont als ihren Vormund."

Soweit stimmten ihre Versionen überein, auch wenn Hunter davon ausging, dass sich das bald ändern würde. „Lilly war ein verängstigtes Mädchen, als sie in die Obhut ihres Onkels kam. Sie hatte gerade ihre Eltern verloren und wünschte sich, dass er für sie sorgte und sie liebte. Sie glaubte, dass er das tat, doch es stellte sich heraus, dass er nur ihren Treuhandfonds liebte."

Er erinnerte sich an Lillys Version der Ereignisse, die sie ihnen eines späten Abends erzählt hatte, als die drei Freunde an einer Reifenschaukel im Garten rumlungerten.

Er blickte zu Molly. Ihre Miene blieb skeptisch und argwöhnisch.

Er fuhr einfach fort. „Mit seiner Liebe und Freundlichkeit wollte er sie in Wahrheit manipulieren, um Zugang zu ihrem Erbe zu erlangen. Welch grausame Laune des Schicksals! Deshalb wurde Lilly wütend und rebellisch. Und er rachsüchtig. Als er Lilly nicht mehr unter Kontrolle bringen konnte, gab er sie in eine Pflegefamilie, um sie so sehr zu verängstigen, dass sie gehorchen würde. Es war die Angst, zu ihrem Onkel zurückkehren zu müssen, die ihren Tod verursachte."

„Nein." Molly schüttelte den Kopf.

Hunter spürte ihren Unwillen, das Gehörte zu glauben, als sie sich im Stuhl vor- und zurückwiegte.

„Marc sagte, Lilly sei von Anfang an ein schwieriges Kind gewesen. Nicht bereit, Autoritäten zu akzeptieren und auch nicht die Tatsache, dass ihre Eltern tot waren. Er wurde nicht mit ihr fertig und hatte keine andere Wahl, als sie dem Staat zu übergeben."

Hunter presste die Kiefer zusammen. Ihn überraschte weder die verdrehte Version der Ereignisse, noch dass Molly sie geschluckt hatte. „Du sagtest selbst, dass du Dumont nicht allzu gut kennst, also kannst du nicht einfach abtun, was ich dir erzähle."

Molly erhob sich. „Das kann ich und das tue ich. Marc sagte, Lilly sei wild und unkontrollierbar gewesen. Er war ein Single und wusste nichts über Kinder. Als er sie in Pflegschaft gab, war er mit seiner Weisheit am Ende. Danach bereute er seine Entscheidung und wollte sie für einen Neuanfang zurückholen, doch sie stahl seinen Wagen und ..."

„Er hat keinerlei Beweise", sagte Hunter. „Keinen Beweis, dass Lilly irgendwas gestohlen hat. Er weiß nur, dass sein Wagen im See unter den Klippen landete und niemals eine Leiche gefunden wurde."

Molly sah von oben auf ihn herab. Ihre weit aufgerissenen Augen zeugten davon, dass sie seine Geschichte nicht akzeptieren wollte. Vermutlich weil sie den zerbrechlichen Frieden, den sie nun zu Hause gefunden hatte, zunichtemachen würde. Einen Frieden, von dem sie wahrscheinlich schon ein ganzes Leben lang geträumt hat, dachte er. Er verstand sie besser, als sie ahnte.

„Du bist eine Anwältin und zu klug, um Dumonts Worte für bare Münze zu nehmen."

Sie rieb sich die Stirn. „Ich muss darüber nachdenken", sagte Molly, ohne ihn anzusehen.

Er erhob sich langsam. „Du kannst dich bei der Quelle erkundigen."

Molly ließ die Hand sinken. „Was meinst du damit?"

Hunter atmete tief ein, um sich Mut zu machen für die Wahrheit. „Lilly ist am Leben."

Statt ungläubig dreinzublicken, schüttelte Molly nur den Kopf. „Du greifst nach einem Strohhalm, Hunter. Du magst Marc Dumont nicht leiden können, doch eine Geschichte mit Lillys Auferstehung zu erfinden, wird nicht funktionieren. Ich weiß, dass es um den Treuhandfonds gehen muss. Es gibt für dich keine Möglichkeit, Marc auf legale Weise davon abzuhalten, das Geld zu beanspruchen."

„Da hast du recht. Ich kann das nicht. Aber Lilly kann es."

„Dann meinst du es ernst." Molly ließ sich wieder auf den Stuhl sinken. „Sie lebt?"

Er nickte.

„Du hast sie gesehen?"

„Mit meinen eigenen Augen. Sie hat einen anderen Namen angenommen, doch sie lebt, und es geht ihr gut." Er unterließ es zu erwähnen, dass er ihr Verschwinden damals mit geplant hatte.

„Wow", sagte Molly. „Wow."

Er legte seine Hand auf die Lehne ihres Stuhls, wobei er darauf achtete, sie nicht zu berühren, so gern er das auch getan hätte. „Dann lässt du Dumont wissen, dass sein Kampf ums Geld vorbei ist?"

Sie rieb sich die Augen. „Ich werde ihm sagen, was du mir gesagt hast. Mehr kann ich nicht tun."

„Kann ich dir etwas bringen? Wasser? Aspirin?"

Sie schüttelte den Kopf. „Nichts. Ich möchte einfach nur allein sein, verstehst du?"

Er nickte. Dank ihm hatte sie einiges zu verarbeiten, einschließlich der Tatsache, dass sie ihm am Herzen lag – wenn sie ihm glaubte.

Sie brachte ihn die Treppe hinunter. „Was für ein überraschendes Date", sagte sie, als er nach dem Türknauf griff.

Er war nicht zufrieden mit sich, doch heute Abend war vieles auf den Tisch gekommen, zumindest von seiner Seite. Was Molly damit anstellen würde, war ihre Sache.

„Du weißt, dass ich dich immer besser kennenlernen wollte. Ich habe dich schon öfter gebeten, mit mir auszugehen", erinnerte er sie.

„Doch bis heute hast du niemals Druck gemacht, erst jetzt, wo du ein Anliegen hast."

„Es ist nicht mein Anliegen."

Molly kniff die Lippen zusammen. „Das ist ein interessanter Punkt. Offensichtlich geht es hier um Lillys Anliegen."

„Sie nennt sich jetzt Lacey."

„Und bist du Laceys Anwalt? Treuhandfonds und Immobilien sind nicht dein Spezialgebiet." Mollys Ton war reserviert und professionell, ein Zeichen, dass sie sich zurückzog.

Hunter stöhnte leise. Lacey hatte ihn nicht offiziell engagiert, doch er ging davon aus, dass er alles war, was sie hatte. „Es könnte sein, dass ich Hilfe brauche, doch ja, ich bin ihr Anwalt."

Sie stemmte die Hände in die Hüften. „Was uns zu Gegenspielern macht, sollte Marc sich entscheiden, die Sache weiterzuverfolgen."

Hunter hob eine Augenbraue. „Er hat nichts in der Hand, und ich hoffe, dass du den Fall von allen Seiten betrachtest."

„Ich werde alle Optionen mit meinem Klienten durchsprechen", erwiderte sie steif.

Sie wirkte so verletzt und verraten, dass er einen Schritt auf sie zutrat. Er wollte sich entschuldigen, doch Schwäche zu zeigen ließ sie vielleicht glauben, dass auch sein Fall und seine Argumente schwach waren.

Allein in dem schmalen Flur wirkte sie sehr klein und sehr verletzlich. Er hob sanft ihr Kinn an. „Molly?"

Sie fuhr sich mit der Zunge über die Lippen. Er wollte sie küssen und wusste, dass er es nicht konnte.

„Ja?", flüsterte sie.

„Während du Optionen mit deinem Klienten durchsprichst, kannst du ihn vielleicht fragen, wem er die Schuld an Lillys Tod gibt. Und was er danach getan hat."

Sie antwortete nicht.

„Ich sehe morgen nach dir", versprach Hunter und löste sich, bevor er tun würde, wonach ihn verlangte.

Niemals war er weiter von Molly weg gewesen als jetzt. Die Ironie war nicht zu übersehen. Gerade als sich seine Gefühle für Lilly geklärt hatten und er frei war für eine richtige Beziehung, verhinderte Laceys Rückkehr, dass er Molly näherkam.

Ohne eine Antwort wandte sie sich um und ging die Stufen zu ihrem Apartment hinauf.

Hunter trat hinaus.

Anna Marie war offenbar ins Haus gegangen. Obwohl er erleichtert war, dass er keinen Smalltalk machen musste, begriff er doch, dass sie vermutlich versucht hatte, ihr Gespräch mitzuhören. Er hoffte inständig, dass die Batterien ihres Hörgeräts leer waren oder der alte Trick mit dem Glas gegen die Wand nicht funktioniert hatte. Ansonsten würde sie der ganzen Welt von seinem fehlgeschlagenen Date mit Molly erzählen, und sein jetziger Ruf als Frauenheld wäre um neun Uhr fünfzehn des nächsten Tages dahin.

Molly schloss die Tür und lehnte sich dagegen. Sie war erschöpft und verletzt zugleich. Sie hatte schon immer eine Schwäche für Hunter gehabt und die sexuelle Spannung genossen, die bei ihren Wortgefechten und seinen Bitten um ein Date zu spüren war. Damals während des Jura-Studiums hatte sie diese Spannung jedoch verleugnet, da sie ein konkretes Ziel vor Augen hatte.

Sie hatte keine Zeit für ein soziales Leben, denn sie war entschlossen, hart zu arbeiten, sich auf das Studium zu konzentrieren und eine selbstständige Anwältin zu werden. Anders als ihre Mutter, die für ihr emotionales und finanzielles Leben einen Mann benötigte, wollte Molly unabhängig sein. Unglücklicherweise ging ihr Erfolg zu Lasten jeder richtigen Beziehung.

Doch nun, da sie nach Hawken's Cove gezogen war, um die familiären Bindungen zu erneuern, hatte sie sich innerlich angefreundet mit dem Gedanken, ein Date zu haben und sich mit einem Mann Zeit zum Kennenlernen zu nehmen.

Mit Hunter. Doch seine Mauern waren noch höher als ihre. Zwar hatte er sie öfter gefragt, ob sie mit ihm ausgehen wolle, doch er hatte sie nie gedrängt. Nun glaubte sie zu wissen, warum. Pflegschaft. Sie schauderte. Die Reserviertheit in seinem Verhalten ergab nun einen Sinn. Sie konnte sich nicht vorstellen, dass jemand, der so aufgewachsen war wie er, sich freiwillig in Situationen begab, in denen er eine Zurückweisung riskierte.

Und Molly war keinesfalls sicher, ob sie Hunter näher kennenlernen konnte. Seit sie ein kleines Mädchen war, hatte Molly von einer engen Beziehung zu ihrer Mutter geträumt. Sie hatte sich eine Mutter gewünscht, die Anteil an ihrem Leben nahm, ihren Freunden, ihren Schularbeiten. Jemanden, mit dem sie über Jungs und schwere Zeiten reden konnte. Doch ihre Mutter war zu sehr mit sich selbst beschäftigt gewesen, um sich viel um Molly zu kümmern, die ein Versehen aus Ehe Nummer eins war. Ihr Vater war ein wohlhabender Weingut-Besitzer aus Kalifornien, zu dem Molly eine formelle, aber nicht warmherzige Beziehung hatte. Außerdem besaß er eine andere Familie.

Doch seit Marc hatte sich das Verhalten ihrer Mutter verändert. Sie war wärmer geworden, und das wollte Molly nicht aufs Spiel setzen. Sie wusste, dass Marc sich verraten fühlen würde, wenn sie eine Beziehung mit Hunter begann, und dass sie so die neu gewonnene familiäre Nähe verlieren würde.

Was sie zurückführte zu der Patsche, in der sie plötzlich saß. Marc hatte eindeutig etwas ausgelassen bei der Geschichte über seine Vergangenheit mit seiner Nichte. Hunters Name war ebenso wenig aufgetaucht wie der von Tyler Benson, und beide hatten damals offensichtlich eine wichtige Rolle gespielt. Sie biss sich auf die Unterlippe, als sie daran dachte, wie Marc auf ihre Fragen reagieren würde.

Dann war da noch Hunter, der schließlich auf sie zugegangen war und ihr ein Dinner gebracht hatte – eine ganze Auswahl sogar –, doch hatte er dabei einen Hintergedanken gehabt. Er wollte Informationen über Marc haben und ihr mitteilen, dass Lilly noch lebte.

Wo war Lilly die letzten zehn Jahre gewesen, fragte sich Molly. Und warum war sie gerade jetzt aufgetaucht, rechtzeitig, um ihren Onkel daran zu hindern, ihr Erbe zu beanspruchen?

Molly raffte sich auf und ging zum Telefon, um ihre Mutter und Marc anzurufen. Sie wollte wissen, ob sie für einen abendlichen Besuch bereit waren. Denn sie würde keine Antworten bekommen, wenn sie ihnen nicht die richtigen Fragen stellte.

Die späte Nachmittagssonne schien durch die Jalousien in Tys Apartment, doch nicht einmal das helle Licht vermochte in Lacey das Gefühl zu verdrängen, dass sie sich eingesperrt fühlte. Sie mochte es nicht, wenn irgendjemand oder irgendetwas sie einschränkte. Sie war so lange auf sich allein gestellt gewesen, dass sie daran gewöhnt war, nach Belieben zu kommen und zu gehen. Doch die letzten drei Tage hatte sie damit verbracht, herumzusitzen und darauf zu warten, dass Ty von der Arbeit nach Hause kam. Klar, sie hatte Digger regelmäßig hinter Tys Haus ausgeführt, doch sie fühlte sich isolierter, als sie es jemals gewesen war. Faul zu sein lag ihr nicht, doch sie hatte es Ty und Hunter versprochen, die ihr im Gegenzug versichert hatten, dass es nur vorübergehend sei.

Sie wollten verhindern, dass sie erkannt wurde; Erklärungen würde es früh genug geben. Hunter sagte, er habe mit der Anwältin ihres Onkels gesprochen, die zugleich seine zukünftige Stieftochter war. Er hatte Molly wissen lassen, dass Lilly am Leben und wohlauf war, und es ihr überlassen, Marc Dumont darüber zu informieren. Lacey wusste, dass Hunter sich bald mit Neuigkeiten über die Reaktion ihres Onkels melden würde, und er konnte es kaum erwarten.

Sie vermisste ihre Arbeit, ihren Tagesablauf. Um irgendwie beschäftigt zu sein, hatte sie die letzten Tage damit verbracht,

Tys Junggesellenbude zu putzen – was dort offensichtlich seit ewigen Zeiten nicht geschehen war. Am ersten Tag hatte sie Staub gewischt, gesaugt, einen Stapel Geschirr abgewaschen und richtig Ordnung geschaffen, denn offensichtlich räumte der Mann nicht einen Fitzel hinter sich weg. Am zweiten Tag hatte sie in sämtlichen Schränken alles neu sortiert, und heute fing sie wieder an aufzuräumen.

Sie hätte es nicht für möglich gehalten, doch sie fand diese Junggesellen-Unordnung irgendwie charmant. So wie Ty selbst. Lacey wusste nicht, ob es eine Frau in seinem Leben gab, und sie wollte auch nicht darüber nachdenken, doch sie fragte sich, ob manchmal eine Putzfrau vorbeikam, wenn Lacey nicht da war. Niemand hatte angerufen, seitdem sie hier war. Jedenfalls keine Frau, obwohl Ty eine Menge Klienten hatte, die Nachrichten hinterließen.

Sie hob seine T-Shirts auf, die neben dem Bett lagen, warf sie in den Wäschekorb und machte mit ihrem anderen Programm weiter. Wenn Lacey sauber machte, arbeitete sie normalerweise für ihren Lebensunterhalt und ging dabei sehr diszipliniert und methodisch vor. Sie war durch Zufall und Glück an ihren Job gekommen, doch die Tätigkeit lag ihr. Sie hatte schon immer Trost darin gefunden, beschäftigt zu sein und Dinge zu organisieren.

Sie konnte jedoch nicht behaupten, dass sie diesen Trost auch in Tys Apartment verspürte. Wenn sie hier aufräumte, entdeckte sie eine Vertrautheit, die sie nicht verleugnen konnte. Etwas, an das sie in den Häusern ihrer Klienten noch nicht einmal dachte.

Sie erfuhr, wie Ty lebte, welche Kleidung er trug, welche Unterhosen-Marke er bevorzugte. Ihre Finger prickelten, wenn sie seine persönlichen Dinge berührte – bei der Arbeit passierte ihr das nie. Ty ließ sie über die Vergangenheit nachdenken, über eine Zeit, als sie sich behütet und sicher gefühlt hatte. Und er ließ sie über die starke sexuelle Anziehung nachdenken, die sie für niemanden sonst empfand. Nicht einmal für Alex.

Bei diesen Gedanken entschied Lacey, dass sie genug davon hatte, von Ty umgeben zu sein – seinem Geruch, seinen Dingen, von ihm. Ein kleiner Spaziergang würde ihr helfen, einen klaren Kopf zu bekommen. Sie pfiff nach Digger, die von der Couch heruntersprang, und ging mit dem Hund auf den Fersen in Richtung Tür.

Ein lautes Klopfen ließ sie zusammenfahren. Ty benutzte seinen Schlüssel, und Hunter rief normalerweise vorher an, um sich anzukündigen. Sie blickte durch den kleinen Spion und keuchte erschrocken auf.

„Onkel Marc", presste sie hervor. Sie war nicht auf ihn vorbereitet, doch sie wollte auch nicht davonrennen. Diese Zeiten waren vorbei.

Nachdem sie tief durchgeatmet hatte, öffnete sie die Tür, um ihm entgegenzutreten.

„Lilly", sagte ihr Onkel ungläubig.

Sie kreuzte die Arme vor der Brust und nickte. Während des folgenden Schweigens musterte sie ihn. Er war alt geworden. Sein Haar war an den Schläfen silbergrau, die Linien und Falten in seinem schmaler gewordenen Gesicht wirkten tiefer.

Digger schnüffelte an seinen Füßen und schob ihre Nase in sein Hosenbein.

„Würdest du bitte den Hund wegnehmen?" Er trat erst einen Schritt zurück und dann zur Seite, um sich von dem Hund zu befreien, doch Digger folgte ihm bei jeder Bewegung, stupste ihn an und bettelte um Aufmerksamkeit.

Onkel Marcs Aversion gegen Digger sagte natürlich nicht viel aus über seinen Charakter. Auf der anderen Seite wusste sie ja, dass er davon sowieso nicht viel hatte.

Sie hätte das Gespräch beginnen können, doch etwas in ihr wollte es ihm nicht leicht machen, sodass sie demonstrativ schwieg und zusah, wie er sich vor Verlegenheit wand.

Er blickte sie aus flehenden Augen an.

Lacey seufzte. „Digger, komm her. “ Als sie nicht gehorchte, zog Lacey sie am Halsband hinter sich. Damit die Hündin keine weiteren Versuche unternahm, ihren Onkel zu beschnüffeln, blockierte sie Diggers Weg mit ihrem Körper und der leicht geöffneten Tür.

„Danke, Lilly.“

„Ich bin jetzt Lacey“, sagte sie, denn sie fühlte sich in ihrem neuen Leben stärker als in ihrem alten.

Verwirrung zeichnete sich in seiner Miene ab. „Nun, egal welchen Namen du trägst, ich bin verblüfft. Ich kann es einfach nicht glauben. Molly sagte, dass du lebst und wohlauf wärst, doch …“ Er schüttelte den Kopf, sein Gesicht war blass. „Ich musste mich selber davon überzeugen.“

„Tut mir leid, dich zu enttäuschen, doch es ist wahr. Hier bin ich, lebend und wohlauf.“ Sie blieb mit Absicht im Türrahmen stehen und ließ ihn nur hineinschauen.

Er senkte den Kopf. „Ich kann verstehen, warum du glaubst, ich sei enttäuscht, doch das ist nicht wahr. Ich bin froh, dass es dir gut geht, und ich möchte genau wissen, wo du in all diesen Jahren warst.“

„Das spielt jetzt keine Rolle.“ Sie umklammerte den Türgriff fester. Höfliche Konversation stand nicht auf ihrem Plan.

„Ich würde gerne über alles sprechen. Darf ich hereinkommen?“, fragte er.

„Nur wenn du Digger auf deinem Schoß haben möchtest. Sie ist ein geselliger Hund“, sagte Lacey.

Er schüttelte resigniert den Kopf. „Okay, dann reden wir hier.“

Wie es zu erwarten war, dachte Lacey, die sich ein Grinsen verkniff. Sie verspürte keinerlei Wunsch, mit dem Mann allein zu sein. Es war ihr egal, ob ihre Gefühle unvernünftig oder ein Überbleibsel ihrer Kindheit waren. Sie würde kein Risiko eingehen.

„Ich habe damals eine Menge Fehler gemacht." Er streckte eine Hand nach ihr aus und ließ sie dann wieder fallen. „Aber du sollst wissen, dass ich nicht mehr trinke. Ich möchte nicht dem Alkohol die Schuld geben an den Ereignissen, aber er hat es nicht besser gemacht. Ich hatte keine Ahnung, wie es ist, Vormund eines Teenagers zu sein."

Sie verengte ihre Augen zu Schlitzen. „Jeder Idiot kann sich ausmalen, dass psychischer und physischer Missbrauch nicht der richtige Weg ist. Dazu kommt die Tatsache, dass du an mein Geld wolltest."

„Das war deine Wahrnehmung. Ich habe so etwas niemals gesagt."

„Vielleicht nicht mir ins Gesicht." Sie kniff die Lippen zusammen. „Oder möchtest du vielleicht behaupten, dass du, wenn ich nicht zurückgekommen wäre, den Treuhandfonds nicht beansprucht hättest, indem du mich offiziell für tot hast erklären lassen?" Schon bei dem Gedanken wurde ihr übel.

Er zuckte die Achseln. „Der gesunde Menschenverstand gebietet es, dass jemand den Fonds übernimmt."

Zumindest leugnete er es nicht.

„Außerdem haben deine Eltern verfügt, dass im Falle deines Ablebens der Treuhandfonds zwischen mir und deinem Onkel Robert aufgeteilt wird. Ich folgte nur ihren Wünschen."

Wieder streckte er die Hand nach ihr aus, doch diesmal zog er sie nicht zurück.

Ihr Herz schlug ihr bis zum Hals. Bevor er sie berühren konnte, entzog sich Lacey seiner Reichweite.

Seine Augen verdüsterten sich angesichts der Zurückweisung.

Sie fragte sich, ob es ihm wirklich etwas ausmachte oder ob er noch immer ein guter Schauspieler war. Sie tippte auf Letzteres.

„Ich bin nicht hergekommen, um über das Geld zu sprechen", sagte er.

„Warum sind Sie dann gekommen?" Plötzlich tauchte Ty hinter ihrem Onkel auf und überraschte sie beide.

Noch nie war Lacey so erleichtert gewesen. Sie hatte mit ihrem Onkel umgehen können, doch Tys Anwesenheit war ihr mehr als willkommen.

Ty trat hinter Dumont hervor und stellte sich neben Lacey. Er konnte nicht glauben, dass Dumont es wagte, bei ihm aufzutauchen, um Lacey zur Rede zu stellen. Ty war froh, dass er heute früher nach Hause gekommen war und den Mann überrascht hatte.

„Alles in Ordnung?", fragte er Lacey.

Sie nickte kurz.

Erleichtert wandte er sich Marc Dumont zu, während er Lacey einen Arm um die Taille legte und sie an sich zog. Er fühlte, wie Digger sich von hinten mit ihrer Schnauze zwischen ihre Beine drängte, bis sie schließlich ihren Kopf hindurchstecken konnte.

Stellt sich der Köter also als großer Beschützer dar, dachte er amüsiert. Doch auch wenn Ty gerne glauben würde, dass Digger für Laceys Sicherheit sorgte, wusste er doch, dass der Hund kein Kämpfer war. Ty wiederum wollte Lacey liebend gern beschützen, doch wieder einmal hatte sie die Situation allein gemeistert. Immerhin musste er zugeben, dass sie sehr erleichtert schien, ihn zu sehen.

Nun lehnte sie sich mit ihrem weichen, schmiegsamen Körper an ihn; ihr Duft war süß und verlockend. Er war stolz, dass sie kein Zeichen von Schwäche zeigte, die sie gegenüber Dumont empfinden mochte.

Der ältere Mann räusperte sich. „Ich bin gekommen, um mich selbst zu überzeugen, dass Lilly – ich meine Lacey – wirklich wohlauf ist", sagte er.

„Das haben Sie getan, und nun können Sie gehen." Ty trat

zurück, um die Tür zu schließen, selbst auf die Gefahr hin, damit Dumont zu brüskieren.

„Warte. Da gibt es noch etwas." Dumont langte in seine Anzugtasche und holte einen länglichen Umschlag hervor. „Dies ist eine Einladung. Zwei eigentlich. Eine zu meiner Verlobungsparty am Freitagabend und die andere zu meiner Hochzeit im nächsten Monat."

Lacey nahm den Umschlag mit bebenden Fingern entgegen. Sie war erschüttert und aufgewühlt und hielt die Einladung so fest, dass ihre Fingerspitzen weiß wurden.

„Ich erwarte jetzt keine Antwort. Du sollst nur wissen, dass ich froh bin, dass du am Leben bist. Die Vergangenheit tut mir leid, und ich hoffe, du akzeptierst meine Einladung, um gemeinsam neu zu beginnen."

„Ich werde darüber nachdenken", sagte sie zu Tys Überraschung.

Angesichts von Dumonts verblüfftem Gesichtsausdruck ging Ty davon aus, dass die Antwort auch für ihn unerwartet kam.

„Um mehr kann ich nicht bitten. Ich verdiene nicht einmal das. Doch ich werde eine neue Familie haben, neu anfangen. Ich hoffe, dass wir dies ebenfalls schaffen." Dumont hob seinen Blick zu Ty. „Die Entschuldigung und die Einladung gelten natürlich auch für dich", sagte er ein bisschen steifer.

Ty nickte nur. Er hatte nicht die Absicht, auf irgendetwas einzugehen, das der Mann sagte. Was vermutlich hieß, dass Lacey ein besserer Mensch war als er. Doch das war ihm egal.

In der folgenden Stille wandte Dumont sich um und ging.

„So ein Mistkerl", murmelte Ty ärgerlich, während er die Tür schloss.

Lacey nickte. „Wie kann er von mir erwarten, es einfach zu vergessen, dass er mich mit siebzehn in Pflege gab?", fragte sie mit bebender Stimme.

Und Ty wusste, dass die Pflege zu den netteren Dingen gehörte, die er ihr angetan hatte. Keiner von ihnen würde darüber hinwegkommen, welche Veränderung ihr Leben dadurch genommen hatte. „Immerhin hatte die Sache ein Gutes. Du hast mich getroffen", sagte er, um die Stimmung zu heben, sodass sie sich beruhigen konnte.

„Und mein Leben war nicht mehr dasselbe", sagte Lacey und wandte sich ihm zu. Sie lächelte, als ihre Blicke sich trafen. „Scheint so, als ob dein Timing wieder einmal perfekt war." Sie blickte ihn aus großen Augen an, die weniger verwundbar schienen als früher, aber nicht weniger zwingend.

„Ich habe heute den ganzen Nachmittag Kennzeichen überprüft." Die Straßenverkehrsbehörde hatte zwar auf Computer umgestellt, war aber dennoch bürokratisch.

Er hatte nach einem vermissten Ehemann gesucht und einen Namen überprüft, von dem die Ehefrau glaubte, dass er diesen in verschiedenen Staaten benutzen würde. Wenn Ty nicht schon vom Leben gezeichnet wäre, hätten die vielen Fälle von vermissten Personen und betrügerischen Ehepartnern ihn vermutlich an der Liebe zweifeln lassen. Stattdessen war er aber grundsätzlich nur vorsichtig und bei Lacey besonders, weil sie die Macht hatte, ihm das Herz zu brechen.

Ty war ein Fall aus dem Lehrbuch. Seine Angst, verlassen und zurückgewiesen zu werden, stammte von seinem unzuverlässigen Vater, der einfach abgehauen war. Und nun hatte er das instinktive Gefühl, dass auch Lacey ihn verlassen würde.

„Auf der Arbeit war es verdammt langweilig. Ich dachte, ich überrasche dich, indem ich früher nach Hause komme und dir Gesellschaft leiste."

Tatsächlich hatten sich heute selbst die kleinsten Aufgaben ewig hingezogen, weil er ständig darüber nachdachte, was Lacey bei ihm zu Hause tat, wenn sie nichts mehr zum Putzen und Wienern fand.

„Nun, du hast auf jeden Fall Onkel Marc überrascht. Du hättest sein Gesicht sehen sollen, als er deine Stimme hinter sich hörte. Bleich ist untertrieben."

Ty hatte sie, solange sie auf eine Reaktion ihres Onkels wartete, ein wenig ablenken wollen. Er hatte sie aus dem langweiligen Apartment hinausführen und sie zum Lachen bringen wollen. Und das wollte er noch immer. Doch zuerst musste er sich um ihren Onkel kümmern.

„Gib mir eine Sekunde." Ty holte sein Handy aus der Tasche und wählte Dereks Nummer. „Hier ist Ty", sagte er, als sich der andere meldete. „Du musst mir einen Gefallen tun. Ruf unseren Freund Frank in Glen's Falls an. Bitte ihn, unsere aktuellen Fälle zu übernehmen. Ich habe etwas Dringendes für dich." Frank Mosca besaß eine Privatdetektei in der nächsten Stadt. Seine Firma war größer als Tys, und er hatte das notwendige Personal.

„Schieß los, Boss."

„Ich möchte, dass du Marc Dumont beschattest. Morgens, abends, nachts. Nimm einen von Franks Männern, wenn du Hilfe brauchst, aber ich möchte wissen, was der Kerl vorhat."

„Überwachung. Ich mache mich gleich dran. Ich bin sowieso lieber draußen, als den Papierkram und die Recherchen zu erledigen."

„Es gehört alles dazu. Du musst dich mit beidem arrangieren." Obwohl Ty Derek insgeheim zustimmte. Auch er war lieber im Einsatz, als dass er am Schreibtisch saß. Doch bis sie jemanden gefunden haben würden, dem die Alltagsroutine lag, musste Derek ran.

„Vielleicht kann ich einen von Franks Jungs beschwatzen, zu uns zu kommen", lachte Derek.

„Keine Wilderei in fremden Gehegen. Und ruf mich beim kleinsten Anzeichen von ungewöhnlichen Aktivitäten an." Ty klappte das Handy zu und blickte Lacey an.

„Du tust es schon wieder. Du spielst den Beschützer für mich."

Er fühlte die Hitze in sein Gesicht steigen. „Ich tue das Naheliegende. Es ist mein Job, argwöhnisch zu sein. Vor allem bei diesem Mistkerl", murmelte er. „Und erst recht, wenn er plötzlich eine 180-Grad-Drehung hinlegt und den reumütigen alten Mann gibt statt des Scheißkerls, den wir kennen."

Lacey grinste. „Nun, mir gefällt's, wenn du in Aktion bist." Sie lächelte ihn an und zog dabei einen Schmollmund, der zum Küssen einlud.

Er trat auf sie zu. Die Jahre schmolzen dahin. Sein Verlangen nach ihr war so stark wie damals, und das Leuchten in ihren Augen zeigte ihm, dass es ihr nicht anders erging. Etwas, das so stark und so dauerhaft war, konnte man nicht verleugnen – trotz der vielen Gründe, warum sie beide auseinandergehen sollten.

Von der Sekunde an, als Ty Lacey wiedergesehen hatte, war ihm bewusst gewesen, dass es um ihn geschehen war. Warum also gegen das ankämpfen, was er doch so sehr wollte?

Er schob die Gedanken an die Zukunft beiseite und senkte seinen Kopf, sodass sich ihre Lippen zum ersten Mal berührten. Die alte Flamme begann zu lodern und brannte lichterloh. Seine Lippen fuhren zart über ihren Mund, zupften und knabberten an den ihren. Das köstliche Spiel seines Mundes und ihre begierige Reaktion ließen ihn einen Schritt weitergehen.

Er ließ seine Zunge in ihren Mund gleiten und erkundete ihr Inneres. Tief aus ihrer Kehle stieg ein weiches Schnurren, und sein Körper spannte sich vor Verlangen und überwältigendem Begehren. Süß und warm, sinnlich und weich schmiegte sich ihr Körper an den seinen. Alle Träume, die er je geträumt hatte, wurden wahr. Und einige, die er nicht geträumt hatte.

Plötzlich begann Digger zu bellen und an ihnen hochzuspringen, um auf sich aufmerksam zu machen. Nicht gerade die beste Art, wieder zu Sinnen zu kommen, doch es erfüllte seinen Zweck.

Er trat rasch zurück, noch immer benommen, doch zugleich war er sich seiner Umgebung überdeutlich bewusst. „Das war …"

„Schon lange überfällig", vollendete sie, bevor er einen klaren Gedanken fassen konnte.

„Das war es." Obwohl er bezweifelte, dass er diese Worte gewählt hätte.

*Ein Fehler* wäre wohl treffender gewesen. Und er musste nicht lange nach dem Grund suchen. Sie hatte zu Hause einen Kerl namens Alex und ein Leben, das ihn nicht einschloss. Ja, er hatte das vorher gewusst, doch in der Hitze des Moments hatte er sich nicht darum geschert.

Was er hätte tun sollen.

Sie lachte, doch es klang etwas zittrig.

Er war sicher, dass sie ihre eigenen Gründe hatte, den Kuss zu bedauern.

„Du musst zugeben, dass wir seit über zehn Jahren neugierig waren, wie dieser Kuss wohl sein würde. Und nun wissen wir es." Sie wandte sich um und fing an aufzuräumen, strich über die Decke, die bereits gefaltet auf der Couch lag, und versuchte sich offensichtlich zu beschäftigen, um ihn nicht anschauen zu müssen.

Okay, tief im Inneren stimmte sie also mit seiner Einschätzung überein. Der Gedanke hob seine Stimmung nicht gerade.

„Ich denke daran, auf Onkel Marcs Einladung zurückzukommen." Sie blickte über die Schulter, während sie ein Kissen aufschüttelte.

Seine Augen weiteten sich. „Du machst Witze."

Sie schüttelte den Kopf. „Ich bin hierher zurückgekommen, um der Vergangenheit ins Auge zu blicken und sie zu überwinden. Ich muss seine Aufrichtigkeit überprüfen."

„Ich dachte, wir wären uns einig, dass er ein Mistkerl ist?" Ty wollte sich nicht vorstellen, wie sie ihrem gierigen Onkel näherkam oder irgendwelchen Verwandten, die damals keinen Finger gerührt hatten, um ihr zu helfen.

Sie drückte das Kissen gegen ihre Brust. „Das waren wir. Und das sind wir noch. Aber ich muss gehen – um meiner Eltern und um meiner selbst willen."

„Du gehst nicht allein."

Ein erleichtertes Lächeln breitete sich auf ihrem Gesicht aus. „Ich hatte so gehofft, dass du das sagst. Dann bist du also mein Date?" Sie errötete, kaum dass sie das Wort ausgesprochen hatte.

Ty glaubte nicht, dass Alex die Bezeichnung gefallen würde. Doch Ty maß der Bemerkung ebenso wenig Bedeutung bei wie dem Wort. Wieder einmal brauchte sie ihn, sonst nichts. Auch wenn der Kuss alles war, wovon er geträumt hatte – und noch eine Menge mehr.

# 6. Kapitel

Nachdem er seine Nichte zum ersten Mal seit zehn Jahren wiedergesehen hatte, fuhr Marc Dumont direkt zur Arbeit und ignorierte den Anruf von Paul Dunne, der ein Treffen forderte. Marc fand nicht, dass sie irgendetwas zu besprechen hatten. Der Typ war ein Mistkerl – war es immer gewesen. Vermutlich gab es keinen großen Unterschied zwischen Marc und Paul, doch Marc tröstete sich gerne damit, dass er zumindest versuchte, ein besserer Mensch zu werden. Paul dagegen hatte keinerlei Moral und nicht die leiseste Absicht, sich zu verändern.

Marc dachte an seine Nichte. Sie war zu einer schönen jungen Frau herangewachsen. Wenn er sie heute ansah, erblickte er nicht länger das Ebenbild seines Bruders, sondern nur Laceys Kraft und Schönheit. Doch damals, als er ihr Vormund wurde, hatte Lacey ihn immer an all seine Fehler erinnert.

Davon hatte es damals viele gegeben. Der größte hatte darin bestanden, Laceys Mutter an seinen Bruder Eric zu verlieren. Marc war in Rhona verliebt gewesen, doch sie hatte nur Augen für Eric gehabt, der sowieso immer das Lieblingskind gewesen war. Seinem älteren Bruder war alles zugefallen. Er hatte Rhona erobert, eine erfolgreiche Oldtimer-Werkstatt eröffnet und reich geheiratet. Marc hatte nichts von Rhonas Geld gewusst, als er sich in sie verliebt hatte, doch welch eine Zugabe! Natürlich war es an Eric gegangen. Und während sein Bruder Robert ein unauffälliges, zufriedenes Leben führte, schien Marc eine Beziehung nach der anderen und jeden Job zu vermasseln.

In Lilly hatte Marc nicht die Frau gesehen, die er geliebt und verloren hatte, sondern nur seinen Bruder. Seinen Rivalen. Den Menschen, den er nun besiegen konnte.

Marc hatte sein Handeln lange mit seiner Alkoholsucht entschuldigt, doch inzwischen akzeptierte er die Wahrheit. Er hatte sich von der Eifersucht überwältigen lassen, hatte selbst die Entscheidung getroffen, zu trinken, seine Nichte zu zerstören und ihr Geld zu stehlen. Wenn er daran dachte, wurde ihm ganz übel. Doch immerhin bemühte sich Marc um Wiedergutmachung. Paul dagegen hatte nichts dergleichen im Sinn.

Was auch immer Paul von ihm wollte – und Marc war sicher, dass es mit Laceys Treuhandfonds zu tun hatte –, *er* wollte nichts mehr mit den Plänen dieses Mannes zu tun haben. Der Treuhandverwalter hatte über die Jahre jede Menge Geld aus dem Vermögen veruntreut, wie Marc in den ersten Monaten seiner Abstinenz bemerkt hatte, als er zu dem Entschluss gekommen war, die Verantwortung für sein Leben zu übernehmen und den Dingen ins Gesicht zu sehen.

Paul, der dem betrunkenen Marc alles hatte weismachen können, behauptete nun, dass er das Geld zurückzahlen wolle, bevor Marc das Erbe antrat. Eine so dreiste Lüge hatte Marc nie zuvor gehört. Als er mit einer Anzeige drohte, hatte Paul mit einer Warnung gekontert. Wenn Marc ihn verriet, würde Paul dessen Lügen und die Misshandlung seiner Nichte öffentlich machen. Damit saß Marc in der Patsche. Gerade jetzt, wo er einen respektablen Job und Aussicht auf eine Zukunft hatte, konnte er keinen Skandal brauchen.

Sie hatten beide viel zu viel zu verlieren, weshalb Marc sich ruhig verhalten hatte. Schließlich würde der alte Mistkerl endgültig aus seinem Leben verschwinden, sobald er das Erbe antrat. Doch nun würde es kein Erbe geben und vielleicht auch keine Zukunft, wenn seine Verlobte begriff, dass kein Geld da war. Schlimmstenfalls würde sie ihn verlassen.

Was Paul Dunne anging, war das Laceys Problem. Wenn sie erst einmal ihr Erbe beanspruchte, war es nur eine Frage der Zeit, bis sie bemerkte, was in all den Jahren vor sich gegangen war. Und dann müsste sie sich an Paul Dunne wenden, den Treuhandverwalter. Der Gedanke tröstete Marc wenig.

Er war kein Heiliger, nur ein gebrochener Mann. Obendrein ein ehemaliger Alkoholiker. Er musste einfach zugeben, dass alles viel einfacher wäre, wenn Lacey sich nicht gemeldet hätte.

Herrgott, er brauchte einen Drink.

Die Verlobungsparty von Laceys Onkel Marc sollte in ihrem Elternhaus stattfinden. Ihr Onkel hatte dort die ganzen Jahre gewohnt, am Kamin im Wohnzimmer gesessen und in jener Küche gegessen, die ihre Mutter so geliebt hatte. Und dies waren nur zwei der vielen Dinge, mit denen er das Haus entweiht hatte. Als sie noch drei Fahrtstunden und ein ganzes Leben entfernt gewohnt hatte, war sie damit besser klargekommen als jetzt, da sie zurückgekehrt war.

Weil Lacey mit einem Geschäftsmann zusammen war, besaß sie einige hübsche Kleider, doch die hatte sie nicht mitgebracht. Sie wollte rasch in die nächste Stadt fahren, um dort etwas Passendes zu kaufen. Hunter schlug vor, dass sie Molly mitnehmen solle, die künftige Stieftochter ihres Onkels.

Obwohl Lacey der Frau aufgrund der Verbindung zu Marc Dumont argwöhnisch gegenüberstand, vertraute sie doch dem Urteil ihres besten Freundes. Hunter hielt es für wichtig, dass sich die Frauen kennenlernten und glaubte, dass sie sich unter anderen als den gegebenen Umständen sehr gut verstehen würden.

Lacey begriff, dass Hunter zwei Motive hatte. Molly sollte einerseits Lacey kennenlernen und erkennen, dass diese nicht log, was ihren Onkel anging. Andererseits wollte er ebenso wie Ty verhindern, dass Lacey alleine losfuhr. Was einfach lächerlich war, da sie seit Jahren auf sich allein gestellt war.

Da es ihnen so viel bedeutete und sie eine Freundin vermisste, hatte Lacey eingewilligt, Molly im Einkaufszentrum zu treffen. Es fiel ihr schwer, das zuzugeben, doch sie hatte nicht viele enge Freundinnen. Schließlich arbeitete sie nicht in einem Büro, wo sie mit Menschen in ihrem Alter zu tun hatte. Ihre Angestellten waren meist junge Mädchen, die nicht viel Englisch sprachen. Außerdem hielt Lacey es für nicht sehr klug, sich mit den Leuten anzufreunden, die für sie arbeiteten. Sich mit ihren Klienten anzufreunden, wäre ebenfalls nicht sehr professionell. Anders als Alex verbrachte sie viel Zeit allein. Ein Teil von ihr freute sich daher auf den Einkaufsbummel.

Aber es ging ihr dabei nicht nur um sich selbst, sondern auch um Hunter. Immer wenn er von Molly sprach, bemerkte Lacey ein Funkeln in seinen Augen, das sie noch nie bei ihm gesehen hatte. Er hatte eine Schwäche für diese Frau, und Lacey wollte wissen, warum. Und sie wollte sichergehen, dass Molly ihrem Freund nicht das Herz brechen würde. Er hatte in der Vergangenheit zu viel für sie getan und zeigte auch jetzt so viel Beschützerinstinkt, dass sie das Gleiche für ihn empfand. Sie wünschte ihm das Allerbeste und hoffte, dass Molly trotz ihrer Verbindung zu Marc Dumont die Richtige für Hunter war.

Sie traf sie vor „Starbucks“ im Einkaufszentrum. Lacey erkannte Molly sofort. Hunter hatte sie als hübsche Blondine mit einer Vorliebe für gewagte Farben beschrieben. Das feuerrote Top der Frau war ein Zeichen, doch erst die roten Cowboy-Stiefel verrieten sie.

„Molly?“, fragte Lacey, als sie sich der Frau näherte.

Die andere wandte sich um. „Lacey?“

Lacey nickte. „Nett, dich kennenzulernen. Hunter hat mir viel von dir erzählt.“

Molly schluckte schwer. „Unglücklicherweise kann ich nicht dasselbe von dir sagen. Die meisten Informationen habe ich von …“

„Meinem Onkel."

Molly nickte etwas betreten.

„Lass uns einkaufen", schlug Lacey vor. Sie hoffte, dass das Unbehagen dann verschwand und sie sich besser kennenlernen konnten.

Laceys Plan ging auf. Was mit einer befangenen Begrüßung begonnen hatte, wurde zu einem netten Einkaufsbummel mit Lunch und Plausch. Molly war warmherzig und hatte einen großartigen Sinn für Humor. Lacey hatte den Tag voll und ganz genossen, als sie zum Schluss bei „Starbucks" noch einen Latte macchiato tranken. Sie unterhielten sich angeregt – nicht wie alte Freunde, aber auch nicht wie Feinde. Die Vergangenheit hatten sie noch nicht angesprochen, was für Lacey völlig in Ordnung war. Sie wusste, dass sie die Dinge irgendwann würde erklären müssen, doch nicht sofort.

Molly schlang die Hand um ihren großen Becher und sah Lacey an. „Ich liebe Shopping", sagte sie und ließ sich in einen Sessel sinken.

„Ich mache es nicht oft. Nur für das Wesentliche", entgegnete Lacey. „Ich arbeite zu viel, um genug Zeit zu haben."

Molly lächelte. „Du bist sparsam, ich eine Verschwenderin. Ich glaube, das kommt von meiner armen Kindheit. Ich sehne mich nach Luxus, auch wenn ich ihn mir nicht leisten kann. Ich danke dem lieben Gott für Kreditkarten", sagte sie lachend.

„Amen." Lacey grinste. Sie hatte nicht die Absicht, zu gestehen, dass sie möglichst wenig ausgab und alles schnell abbezahlte. Sie hasste es, Schulden zu haben. Die Angst, nicht genug Geld zu haben, um ihre Rechnungen zu bezahlen, hielt sie davon ab, es auszugeben. Sie hatte so lange von der Hand in den Mund gelebt, dass sie sich selten etwas gönnte. Obwohl sie es sich inzwischen ab und zu leisten könnte.

„Ich muss zugeben, dass du ganz anders bist, als ich dich mir vorgestellt habe." Molly musterte Lacey unverhohlen.

Offensichtlich war es an der Zeit, über die Vergangenheit zu sprechen. „Du meinst, weil mir das Wort Ärger nicht auf der Stirn geschrieben steht?“, fragte Lacey lachend.

Molly grinste. „Zumindest nicht mehr.“

Nun hatten sie also den Knackpunkt erreicht. „Ich habe auch damals keinen Ärger gemacht. Was denkst du über Hunter?“, fragte Lacey und wechselte damit scheinbar abrupt das Thema.

Molly zog die Brauen zusammen. „Ich dachte, dass er ein guter Kerl sei.“

„Er ist ein guter Kerl. Und das musst du immer noch denken, sonst würdest du nicht mit mir hier sitzen, glaube ich“, sagte Lacey. Mollys Ansichten über Lacey mochten etwas seltsam sein, doch wenn sie Hunter vertraute, konnte sie nicht jede Lüge glauben, die Marc Dumont ihr aufgetischt hatte.

„Ich habe eine Menge Gründe, dich besser kennenlernen zu wollen. Sie haben nicht alle mit Hunter zu tun.“ Geistesabwesend wischte Molly ein wenig verschütteten Kaffee vom Tisch.

Lacey wusste, dass ihr Onkel einer der anderen Gründe war. „Willst du wissen, was damals geschah? Es könnte dir helfen, Hunter besser zu verstehen.“

Molly nickte, beäugte Lacey jedoch misstrauisch. Offenbar war sie noch nicht sicher, ob sie glauben sollte, was sie zu hören bekam.

Lacey entschied, die Geschichte kurz und bündig zu erzählen. Sie fasste ihr Leben zusammen, die Zeit mit ihrem Onkel, die Periode mit Ty und Hunter in der Pflegefamilie und ihren ausgeklügelten Plan, Lillys Tod vorzutäuschen, um sie vor einer Rückkehr in die Obhut ihres Onkels zu bewahren. Doch sie konnte nicht verhindern, dass sich gelegentlich ein Kloß im Hals bildete oder ihre Stimme brüchig wurde.

„Mein Gott.“ Molly starrte Lacey an, der Schock stand ihr ins Gesicht geschrieben. „Drei Teenager, und ihr habt das durchgezogen?“

„Na ja, zwei dieser drei Teenager hatten Köpfchen und einer hatte Verbindungen." Lacey knüllte ihre Serviette zusammen und stopfte sie in ihren inzwischen leeren Becher.

„Du musst sehr verzweifelt gewesen sein, um allein nach New York zu gehen." Mollys Stimme klang entfernt, als ob sie in Gedanken versunken wäre und noch versuchen würde, das Gesagte zu begreifen. „Und Ty und Hunter haben viel aufs Spiel gesetzt, um dir zu helfen. Falls die Polizei den Wagen gefunden oder sie mit dem Diebstahl in Verbindung gebracht hätte ..."

„Hat sie aber nicht."

„Doch sie mussten um das Risiko gewusst haben."

„Wir waren Kinder. Ich bin mir nicht sicher, inwieweit irgendeiner von uns die Sache wirklich durchdacht hat", erwiderte Lacey aufrichtig.

Sie hasste es, an ihre damalige Naivität erinnert zu werden, und daran, wie wenig sie sich über die Konsequenzen ihres Tuns im Klaren gewesen waren. Molly hatte recht. Obwohl ihr Onkel sich gegen Ty und Hunter gewandt hatte, hatten sie verdammt froh sein können, dass niemand etwas von ihren Plänen bemerkt hatte.

„Ich wollte nur sagen, dass sowohl Ty als auch Hunter dich sehr gern gehabt haben müssen, um das zu tun, was sie getan haben." Molly erhob sich mit dem leeren Becher in der Hand und ging zu einem Papierkorb.

Lacey folgte ihr, dann schlenderten sie weiter. „Wir haben uns alle sehr gern gehabt", sagte sie zu Molly, und während sie sich bemühte, mit ihr Schritt zu halten, begriff sie plötzlich, was Molly beunruhigte. Sie fühlte sich bedroht von Laceys Beziehung zu Hunter!

Die gute Neuigkeit bestand darin, dass Hunters Gefühle für Molly offenbar erwidert wurden. Die schlechte Neuigkeit war, dass Molly sich noch für keine Seite entschieden hatte, was Marc Dumont betraf. Für Hunter, Lacey und Ty aber gab es keinen Mittelweg.

„Molly?“

„Hm?“

„Warte. Können wir kurz anhalten und eine Minute miteinander sprechen?“, bat Lacey.

Molly hielt inne und verschränkte die Arme vor der Brust.

„Du musst dir keine Sorgen machen wegen meiner Gefühle für Hunter oder seiner Gefühle für mich. Wir sind Freunde, das ist alles.“

Molly schüttelte den Kopf. „Ich mache mir keine Sorgen. Mir ist nur klar geworden, was für ein starkes Band euch zusammenhält, das ist alles.“

Lacey strich kurz über Mollys Arm. „Manchmal kommt es zu einer solchen Verbindung, wenn man nichts oder niemanden anderes hat.“

„Mag sein. Doch ich bemerkte etwas Besonderes in seinen Augen, als er über dich sprach.“

„Was garantiert nichts gegen das ist, was ich in seinen Augen sah, als er mich überredete, mir dir shoppen zu gehen.“ Lacey grinste. „Und das meine ich ernst.“

Molly neigte den Kopf und seufzte. „Es tut mir leid. Normalerweise bin ich nicht so unsicher, doch ich war noch nicht mit vielen Männern zusammen, und obwohl Hunter mich gefragt hat, ob ich mit ihm ausgehe …“

„Dich oft gefragt hat, soweit ich weiß“, unterbrach Lacey sie.

Molly lachte. „Obwohl er mich oft gefragt hat, ob ich mit ihm ausgehe, hat er nie nachgehakt, wenn ich Nein gesagt habe. Es wurde zu einer Art Spiel zwischen uns, und wir beide genossen die erotische Spannung.“

„Doch keiner von euch hat etwas daraus gemacht.“

Sie schüttelte den Kopf. „Nicht bis zu jenem Abend, nachdem er entdeckt hat, dass meine Mutter deinen Onkel heiraten wird. Da tauchte er vor meiner Tür auf, mit Essen in der Hand und jeder Menge Fragen auf den Lippen.“ Molly stampfte voller

Abscheu mit dem Fuß auf. „Davor hat er sich nicht sonderlich um ein Date bemüht."

„Nun, du hast gesagt, dass du ihm vorher immer einen Korb gegeben hast. Und der Hunter, den ich kenne …" Lacey biss sich auf die Lippe. Sie hatte kein Recht, auf diese Weise in Hunters Psyche einzudringen.

„Der Hunter, den du wie kanntest? Erzähl mir von ihm", drängte Molly.

Lacey runzelte die Stirn. Sie hatte sagen wollen, dass der Hunter, den sie kannte, einen Minderwertigkeitskomplex hatte und Menschen brauchte, die ihn liebten und an ihn glaubten. Doch was wusste Lacey wirklich über Molly, und konnte sie ihr Hunters größte Geheimnisse anvertrauen?

Sie atmete tief durch. „Hunter ist ein großartiger Kerl. Er ist sehr verletzlich, auch wenn er das zu verbergen versucht. Und er braucht Menschen um sich, denen er vertrauen kann." Mehr war sie nicht bereit preiszugeben. „Doch ich wette, dass sein Interesse echt ist."

„Nach zehn Jahren, die du fort warst, kennst du ihn so gut?", fragte Molly.

Lacey nickte. „Wie ich schon sagte, er ist meine Familie." Zehn Jahre konnten an diesem Gefühl nichts ändern. „Bitte verzeih mir das, was ich jetzt sage. Wenn du nur ein Spiel mit ihm spielst, wenn du einfach nur gerne flirtest, dann lass es sein und gibt dir keine Mühe, so zu tun, als seist du verletzt. Lass ihn in diesem Fall einfach in Ruhe."

Mollys Augen weiteten sich vor Überraschung und Bewunderung. „Ihr beschützt einander. Das respektiere ich."

„Dir liegt etwas an Hunter." Lacey entschied, dass sie alles auf den Tisch bringen konnte, wo sie schon über so vieles sprachen.

„Unsere Beziehung ist kompliziert", erwiderte Molly.

„Zeig mir eine, die das nicht ist. Doch wenn dir etwas an

Hunter liegt und du seinem Urteil vertraust, dann musst du noch eine Sache aus unserer Vergangenheit erfahren."

Molly blickte sie fragend an. „Und zwar?"

„Nachdem ich fortgegangen bin, war Onkel Mark stinksauer, weil er damit jede Möglichkeit verloren hatte, an den Treuhandfonds zu kommen."

Molly versteifte sich.

Lacey ließ sich davon nicht abschrecken. „Er war wütend und brauchte jemandem, dem er die Schuld geben konnte. Und dieser Jemand waren Hunter und Ty, wobei es Hunter am schlimmsten traf. Onkel Marc sorgte dafür, dass Hunter der Mutter von Ty weggenommen wurde."

„Woher weißt du, dass Marc dahintersteckte?", fragte Molly.

Lacey schwieg.

„Also ist es so wie vorhin mit dem Wagendiebstahl – es gibt keine Beweise."

„Touché." Lacey lächelte grimmig. „Doch ich denke, du solltest zumindest in Erwägung ziehen, dass meine Geschichte der Wahrheit entspricht. Unsere Geschichte. Sprich mit Marc. Frag ihn. Und sprich mit Hunter. Ich wüsste nicht, dass er jemals gelogen hätte."

Ein Lächeln umspielte Mollys Lippen. „Das werde ich tun."

Sie schlenderten weiter, diesmal in Richtung des Ausganges, der ihrem Parkplatz am nächsten war. Lacey hatte den Eindruck, heute vieles überzeugend dargelegt zu haben: Von der Wahrheit über ihre Vergangenheit bis hin zu ihrer Beziehung zu Hunter hatte sie Molly alles erzählt. Lacey war sicher, dass Hunter sie heute nur als eine gute Freundin ansah, auch wenn er früher vielleicht mehr Gefühle für sie gehegt hatte.

Sie verließen die Mall und gingen zum Parkplatz.

„Wo hast du deinen Wagen?", fragte Molly.

„Dort drüben." Lacey deutete in die Richtung, wo Tys Wagen stand.

„Ich auch."

Da es ein regnerischer Wochentag und schon kurz vor Ladenschluss war, befand sich kaum jemand auf dem Parkplatz. Trotz der Dunkelheit boten die Laternen ausreichend Licht.

„Ich hoffe, du freust dich über die Sachen, die wir gekauft haben", sagte Molly, während sie auf ihre Autos zusteuerten.

„Und wie. Ich hätte sie nicht kaufen können, wenn du mir nicht gesagt hättest, dass ich gut darin aussehe." Sie schüttelte den Kopf und lachte. „Ich bin einfach so nervös, weil ich zum ersten Mal die ganzen Verwandten sehe, weißt du?"

„Das kann ich mir vorstellen."

Lacey erblickte schon Tys Wagen. Sie wollte Molly zu dem Treuhandfonds befragen, bevor sie keine Gelegenheit mehr dazu hatte. „Hör mal, ich weiß, dass du meinem Onkel helfen wolltest, was diesen …" Aus dem Nichts schoss ein Wagen auf sie zu.

Lacey schrie auf und rettete sich mit einem Satz auf den Rasenstreifen zu ihrer Rechten, wobei sie Molly mit sich riss. Sie rollte sich rasch auf die Seite und sah, wie ein Wagen ohne besondere Kennzeichen in einer Staubwolke davonraste. Beide Frauen lagen geschockt und zitternd im Gras.

„Alles in Ordnung?", fragte Lacey keuchend. Das Herz schlug ihr bis zum Hals. Adrenalin schoss durch ihre Adern.

„Ich glaube ja. Was ist passiert?" Molly zog die Knie an und umschlang ihre Beine.

Lacey schüttelte den Kopf. Unerwarteter Schwindel erfasste sie. „Ich vermute, dass irgendein Idiot eine Spritztour über den Parkplatz machte und auf die einzigen Leute zusteuerte, die unterwegs waren. Wir. Hui!" Lacey lag auf dem Rücken und starrte in den Himmel, während sie darauf wartete, dass sich ihr Puls beruhigte.

„Ist dir irgendwas an dem Wagen aufgefallen, dass wir melden könnten?", fragte Molly, die sich neben ihr ausstreckte.

„Außer dass es draußen dunkel war und der Wagen ebenfalls? Nein. Ich bemerkte nur, dass es kein New Yorker Kennzeichen war, das ist alles. Und du?“ Lacey blickte zur Seite.

„Nein.“ Molly schloss die Augen und atmete tief aus. „Ich kann mich noch nicht hinters Steuer setzen.“

„Ich auch nicht“, murmelte Lacey, die ihre Augen ebenfalls schloss.

„Als ich mich zu diesem Einkaufsbummel verabredet habe, wusste ich nicht, was mich erwartete. Wer konnte das schon ahnen?“, lachte Molly leicht hysterisch und offensichtlich noch sehr aufgeregt. „Unfälle passieren, doch das war verdammt nah dran.“

„Die unglaublichen Abenteuer von Lacey und Molly.“ Lacey zitterte. Ob Unfall oder nicht, sie war zwar fassungslos, doch unversehrt.

Ty entschied sich, die Einladung seiner Mutter, zum Lunch bei ihr vorbeizukommen, anzunehmen. Sie mussten über die Rückkehr von Lacey reden. Ty hielt kurz beim Büro, um sich mit dem angeforderten Detektiv kurzzuschließen, der nun Tys Fall des vermissten Ehemannes übernahm, während Derek die Überwachung von Dumont erledigte. Dann fuhr er zum Haus seiner Mutter. Er hatte sie nicht gesehen, seit er Lacey aus New York abgeholt hatte, und ihm grauste vor dem Gespräch.

Seine Mutter wusste bis heute nicht, welche Rolle Ty beim Verschwinden von Lacey gespielt hatte. Und auch wenn sie ein geheimes Abkommen mit Marc Dumont getroffen hatte, machte das seine Schuld an Flos jahrelanger Trauer nicht geringer.

Sie hatte ihn aufgezogen, und das allein. Wie sie immer sagte, hatte sie ihr Bestes getan, auch wenn einige ihrer Entscheidungen falsch gewesen waren. Durch Laceys Rückkehr sah Ty seine Mutter in einem neuen Licht. Sie hatte ihr Geheimnis für sich behalten, und nun begriff er, dass er das auch getan hatte.

Als er eintraf, werkelte seine Mutter in der Küche herum. Die Einrichtung hatte sich seit seiner Kindheit verändert. Die Schränke waren nicht länger aus altem fleckigem Holz, sondern aus weißem Kunststoff, und die einst hässlich gelben Küchengeräte waren nun aus schimmerndem Edelstahl. Wie immer, wenn er die renovierte Küche betrat, musste Ty den Gedanken verdrängen, woher das Geld für diese Verbesserung stammte.

„Ty! Ich bin ja so froh, dass du vorbeikommen konntest." Flo begrüßte ihn mit einer überschwänglichen Umarmung.

In der Schürze, die sie immer zum Kochen trug, und mit dem breiten Lächeln im Gesicht war sie die Mutter, die er liebte, und er erwiderte die Umarmung.

„Du brauchst nicht für mich zu kochen. Aber ich freue mich, dass du es getan hast." Er blickte zum Herd mit den vielen brodelnden Töpfen und sog die leckeren Düfte ein, die ihn mit Wärme erfüllten.

„Ich koche noch immer gerne für dich. Ich habe dir deine Lieblingstomatensuppe gemacht und ein gegrilltes Käsesandwich mit Butter." Sie lächelte. „Aber du bist nicht der einzige Grund, warum ich in der Küche stehe."

Bildete er es sich ein oder errötete sie, bevor sie zum Ofen eilte und hineinsah? „Was ist los?"

„Ich koche für einen Freund." Sie wandte sich nicht um.

Tys Augen verengten sich. „Du kochst für einen Mann?", fragte er überrascht.

Seine Mutter hatte immer behauptet, keine Zeit für eine neue Beziehung zu haben. Während seiner Jugendjahre hatte er ihr das auch geglaubt, doch ein Teil von ihm vermutete schon lange, dass sie das nur sagte, um sein Bild von ihr als Mutter nicht zu zerstören. Obwohl er längst erwachsen war und damit umgehen konnte, wenn seine Mutter sich mit Männern traf. Tatsächlich war ihm das lieber, als dass sie allein war.

„Dr. Sanford hatte mich gefragt, ob ich mit ihm ausgehe, und ich habe Ja gesagt. Wir waren mal im Kino, mal im Restaurant. Heute Abend koche ich für ihn."

Ty nickte. „Soweit ich weiß, ist er ein guter Kerl. Ist es was Ernstes?"

„Das könnte es werden", sagte sie und bemühte sich, lässig dabei zu klingen. Sie war damit beschäftigt, die Suppe aufzutun und den Lunch zu servieren, bevor sie sich zu ihm an den Tisch setzte.

„Nun, das freut mich für dich", sagte Ty. Niemand verdiente es, so lange Jahre allein zu sein, wie seine Mutter es gewesen war.

Seine Mutter lächelte. „Ich freue mich auch für mich. Und für dich. Und jetzt erzähl mir, wann du Lilly mitbringen wirst, denn ich glaube, ich halte es keinen weiteren Tag aus, ohne das Mädchen fest in meine Arme zu schließen und zu küssen."

Er hatte gewusst, dass das Thema aufkommen würde und war vorbereitet. „Ich weiß, dass du sie vermisst hast und erleichtert bist, dass es ihr gut geht. Doch bevor du sie zu Gesicht bekommst, müssen wir uns auf etwas einigen." Er wandte seine Aufmerksamkeit dem Lunch zu. Das Essen war so köstlich wie immer. „Das schmeckt vorzüglich", lobte er.

„Uns worauf einigen?", fragte sie, ohne sich vom Thema abbringen zu lassen.

„Das Geld bleibt unser Geheimnis." Er hatte lange darüber nachgedacht, doch so sehr er die Lügen hasste, die zwischen ihnen allen entstanden waren, konnte er doch keinen Sinn darin erkennen, Laceys Schmerz zu verstärken durch die Geschichte, die selbst Ty noch quälte.

Marc Dumont hatte Flo kennengelernt, als sie noch Schulkrankenschwester war. Er hatte mitbekommen, dass sie alleinerziehend war und sich wünschte, ihrem Sohn die Zeit und die Dinge geben zu können, die er verdiente. Dumont bat sie daraufhin, seine Nichte aufzunehmen und sie als staatliches Pflegekind auszugeben. Als Entschädigung versprach er Flo genug Geld, um in die Zukunft ihres Sohnes investieren zu können. Seine Mutter wollte Ty all das ermöglichen, was er ihrer Meinung nach brauchte. So hatte sie es später ihrem Sohn erklärt, als dieser die Wahrheit entdeckt hatte.

„Ich wüsste nicht, was an einer Lüge gut wäre", sagte seine Mutter mit gerunzelter Stirn.

„Lacey muss sowieso damit leben, dass ihre Eltern umgekommen sind und ihr Onkel sie in Pflegschaft gab. Sie weiß nicht, dass du dafür Bestechungsgeld bekommen hast."

Seine Mutter warf ihre Serviette auf den Tisch. „Tyler Benson, du weißt sehr gut, dass ich Lilly wie meine eigene Tochter geliebt habe. Wenn sie ohne irgendeinen Penny bei mir gelandet wäre, hätte ich sie nicht anders behandelt und genauso geliebt. So wie ich auch Hunter liebe. Und der Staat hat mir nur Almosen für ihn bezahlt." Seine Mutter wurde kreidebleich, während sie sprach.

Ty legte eine Hand auf die ihre. „Beruhige dich bitte. Es tut deinem Herz nicht gut, wenn du dich so aufregst." Sie hatte ein Herzleiden und nahm regelmäßig Medikamente, doch seit ihrem Herzinfarkt vor ein paar Jahren war Ty immer besorgt.

„Es geht mir gut", beruhigte sie ihn.

Er blickte sie misstrauisch an. Ironischerweise waren es ihr erster Herzinfarkt und die darauffolgende Operation gewesen, die ihn während seiner Collegezeit auf die Papiere über Dumonts Geld hatten stoßen lassen. Er verwaltete damals vorübergehend ihre Konten und entdeckte sehr rasch, dass seine Mutter für eine Schulkrankenschwester ungewöhnlich viele Ersparnisse besaß.

Er stellte ihr daraufhin eine Menge Fragen, und sie enthüllte ihm die erbärmliche Geschichte – dankbar, dass das Geheimnis nun ein für alle Mal gelüftet war. Nachdem er die Wahrheit begriffen hatte, änderte sich Tys Leben. Alles, was seine Mutter für ihn gekauft hatte, und dazu gehörten auch die Collegegebühren, die sie bezahlt hatte, waren auf Laceys Kosten gegangen. Nicht, dass es ihr bei ihrem Onkel besser ergangen wäre, das wusste Ty. Doch er hasste es, selbst gut zu leben, während sie ihren Tod vorgetäuscht hatte und nach New York geflüchtet war. Allein.

„Bist du sicher, dass dir nicht schwindlig ist? Oder du etwas benommen bist? Irgendwas in der Art?", fragte Ty, während er seine Mutter musterte.

„Nein, mir geht es gut", entgegnete sie.

„Gut." Seine Schultern entspannten sich und er versuchte, ihr zu glauben. „Um das mal festzuhalten: Ich wollte nicht sagen, dass du Lacey wegen des Geldes mehr geliebt hast. Ich meinte nur, dass sie diese zusätzliche Bürde gerade jetzt nicht gebrauchen kann. Das ist alles." Er blickte sie an.

Flo nickte. „Lacey. Das ist jetzt also ihr Name", murmelte sie. „Ich habe so etwas schon gehört. Die Leute reden, weißt du."

„Ich weiß."

Seine Mutter wirkte noch immer blasser als zuvor, sodass sich Ty zu einem Themenwechsel entschied. „Erzähl mir doch ein bisschen mehr von Dr. Sanford und seinen Absichten."

„Andrew, so heißt Dr. Sanford mit Vornamen, ist Witwer ohne Kinder. Er geht bald in Rente und würde gerne reisen. Ich würde das vielleicht auch gerne tun", sagte sie, und ihre Miene heiterte sich auf.

Ty atmete erleichtert auf. Mit dem Themenwechsel kehrte ihre gesunde Gesichtsfarbe zurück. Er fragte sich, ob er den Mann kennenlernen sollte, der seine Mutter so glücklich machte.

Als Tys Handy klingelte, nahm er es aus der Gürteltasche und melde sich. „Hallo?"

„Hallo Benson, hier ist O'Shea."

„Was ist los?", fragte Ty Russ O'Shea, einen Cop, den er während einer Ermittlung kennengelernt hatte und der nun zu seinen Poker-Kumpels gehörte.

Seine Mutter räumte den Tisch ab, während er sprach.

„Da gab es einen Vorfall im Einkaufszentrum“, berichtete Russ.

Ty spannte jeden Muskel an. „Was ist passiert?“, fragte er. Er ahnte bereits, dass der Anruf etwas mit Lacey zu tun hatte.

„Lilly Dumont und Molly Gifford wären beinahe unter ein Auto gekommen. Irgendein Mistkerl hat eine Spritztour über den Parkplatz gemacht und sie nur knapp verfehlt. Ein Streifenwagen tauchte auf, als der Wagen vom Parkplatz raste. Den Frauen geht es gut. Sie sind gerade noch rechtzeitig zur Seite gehechtet. Da Lilly dabei war, wollte ich es dich wissen lassen.“

„Danke, Russ.“ Ty beendete das Gespräch und erhob sich. „Ich muss los, Mom.“

„Ist alles in Ordnung?“, fragte sie mit besorgter Miene.

Er nickte. „Russ wollte mir von einem Tipp zu einer laufenden Ermittlung berichten“, log er. Seiner Mutter ging es gerade erst ein bisschen besser, er konnte ihr das nicht zumuten. Außerdem hatte O'Shea ihm versichert, dass Lacey wohlauf war.

Seine Mutter entspannte sich. „Nun, dann lass dich nicht aufhalten. Es war schön, dass du da warst. Ich wünschte nur, du kämest öfter.“

Er grinste. Er sah sie einmal die Woche und telefonierte alle paar Tage mit ihr. „Manchmal glaube ich, dass Mütter nur dazu da sind, ihre Kinder an all die Dinge zu erinnern, die sie nicht tun“, sagte er ein wenig ironisch. „Danke fürs Essen. Es war wie immer köstlich.“ Er küsste seine Mutter auf die Wange.

Sie tätschelte seine Schulter. „Ich liebe dich, Ty. Alles, was ich getan habe, habe ich für dich getan.“

„Ich liebe dich auch, Mom, und ich bringe Lacey bald mit. Sie fragt auch nach dir.“ Sie wollten jedoch erst einmal Dumonts Reaktion abwarten und ihre Ankunft so lange geheim halten.

Er schlenderte langsam hinaus, um seine Mutter nicht zu beunruhigen, doch sobald er im Wagen war, drückte er aufs Gas und flog förmlich heim zu Lacey.

Noch lange nach Tys Abschied konnte Flo nicht aufhören, die Vergangenheit noch einmal zu durchleben. Sie setzte sich mit einer heißen Tasse Tee in die Küche und dachte an all die Dinge, die sie getan hatte – die richtigen und die falschen.

Ihr Sohn verstand noch immer nicht, warum sie das Geld von Marc Dumont als Bezahlung dafür genommen hatte, dass Lilly bei ihnen lebte. Er konnte sich nicht vorstellen, warum sie Lacey als staatliches Pflegekind ausgegeben hatte, obwohl sie das nicht gewesen war. Doch er hatte sein Leben auch nicht ohne diesen Zusatzverdienst leben müssen. Das Geld hatte sehr viel mehr bewirkt, als nur das Leben leichter zu machen; den Luxus einer neuen Küche etwa hatte sie sich erst sehr viel später erlaubt. Das Geld ermöglichte es Flo, für sich und die Kinder eine Krankenversicherung abzuschließen, sodass Halsentzündungen, Tys gebrochener Arm und Ohrentzündungen abgedeckt waren. Und als sie sich der Bypass-Operation unterziehen musste, war das Geld ebenfalls ein Segen. Und natürlich hatte ihr eben dieses Geld es ermöglicht, zu Hause zu bleiben und Ty aufzuziehen, statt ihn zu einem Schlüsselkind werden zu lassen, das sich ständig auf der Straße herumtrieb und in Schwierigkeiten geriet.

Auf Dumonts Vorschlag einzugehen war dennoch keine leichte Entscheidung gewesen. Jedenfalls nicht, bis sie beim Haus der Dumonts vorbeigefahren war und einen Blick auf das traurige Mädchen mit den großen braunen Augen geworfen hatte, das auf dem Grundstück allein und verloren umherstrich. Marc Dumont hatte behauptet, dass sie ein schwieriges Kind sei, dem man eine Lektion erteilen müsse, die seine strenge Hand nicht durchsetzen könne. Ein Blick auf Lilly genügte ihr, und Flo wusste, dass der alte Mistkerl gelogen hatte.

Das Mädchen brauchte Liebe, und Flo brauchte Geld, um ihren Sohn besser aufziehen zu können. Was konnte daran falsch sein? Dumont schlug ihr vor, ein echtes Pflegekind aufzunehmen, um Lillys Auftauchen glaubwürdiger erscheinen zu lassen. Die Behörden hatten gezögert, ihr ein Kind anzuvertrauen, weil sie so viel arbeitete, doch letztlich hatten sie eingewilligt. Insgeheim glaubte Flo, dass Dumont die richtigen Fäden gezogen hatte.

Doch das hatte sie nicht gekümmert. Die Kinder, Hunter und Lilly, brauchten sie und tief in ihrem Herzen wusste Flo, dass sie ihnen half, indem sie sie aufnahm. Unabhängig davon, dass Lillys Aufenthalt nicht legal war, führte sie bei den Bensons doch ein glücklicheres Leben, als sie es je bei ihrem Onkel getan hatte. Das Geld anzunehmen schien daher nichts Unrechtes zu sein.

Bis Lilly verschwand. Ab diesem Moment lebte Flo mit dem Schuldgefühl, in jener Nacht nicht gut genug auf die Kinder aufgepasst und Lilly nicht beschützt zu haben. Doch das Geld hatte sie schon bekommen, und da Dumont befürchtete, dass Flo seinen Plan enthüllen würde, hatte er nichts zurückgefordert. Allerdings ließ er ihr Hunter fortnehmen. Sie hatte Angst gehabt, dass er das Gleiche mit ihrem Sohn tun würde, wenn sie ihn bei den Behörden anzeigte. Deshalb hatte sie gelernt, mit ihren Entscheidungen zu leben.

Sie hatte das Geld danach für Ty verwendet, für bessere Kleidung und eine bessere Ausbildung. Als Ty ihr Geheimnis entdeckte, war er furchtbar wütend gewesen. Er verkaufte den Wagen, den sie ihm geschenkt hatte und verließ das College. Eine Zeit lang fürchtete Flo, ihr einziges Kind zu verlieren, doch Ty hatte schließlich eingelenkt, weil sie nun mal eine Familie waren, sich liebten und sich gegenseitig unterstützten. Das war immer schon so gewesen und würde auch immer so bleiben.

Doch Flo wusste, dass ihr Sohn sich all die Jahre selbst bestraft hatte. Sie hoffte, dass dies mit Lillys Rückkehr ein Ende nahm und er endlich das Glück fand, dass er sich selbst nicht zugestand. Das Glück, das er verdiente.

# 7. Kapitel

Lacey sehnte sich nach einem heißen Bad, um die Schmerzen zu lindern. Nachdem die Sicherheitsleute, die kurz nach dem Zwischenfall eingetroffen waren, ihre Aussage aufgenommen hatten, war sie langsam zu Tys Wohnung gefahren. Der Schreck lag ihr immer noch in den Gliedern. Sie ließ Tys Ersatzschlüssel in eine Schüssel auf der Ablage im Flur plumpsen, lehnte ihre Einkaufstüten gegen die Wand und ging direkt ins Badezimmer. Keine fünf Minuten später war die Wanne voller Schaum. Den Badezusatz hatte sie heute im Einkaufszentrum gekauft.

Sie stieg in das warme Wasser, tauchte ein und legte den Kopf gegen das kalte Porzellan. Allmählich wich die Spannung aus ihren Muskeln. Kaum hatte sie die Augen geschlossen, hörte sie, wie die Eingangstür zugeschlagen wurde und Ty nach ihr rief.

„Hier drin!“, schrie sie zurück. Sie ging davon aus, dass er vor der Tür stehen bleiben würde. Doch mit einem raschen Blick überzeugte sie sich, dass der Schaum sie bedeckte – notdürftig, aber ausreichend.

Ohne zu klopfen, stürmte Ty in das Badezimmer. „Ich habe gehört, was vor der Mall passiert ist“, rief er aufgeregt.

„Es war einer dieser merkwürdigen Unfälle.“ Sie rührte sich nicht, da die kleinste Bewegung den ganzen Schaumteppich auseinanderreißen konnte.

„Aber du bist okay?“

Sie nickte. „Ich weiß deine Sorge zu schätzen, aber mir geht es gut. Ich bin nur erschöpft und habe ein paar Prellungen von dem Sturz.“

Er stand im Türrahmen und starrte sie an, wobei sein Blick ihren Körper entlangwanderte. Seine Augen verdunkelten sich, als würde er erst jetzt begreifen, dass er sie in der Badewanne überfallen hatte. Nackt.

Selbstverständlich war sie sich der Situation bewusst. Ihr Körper mochte spärlich bedeckt sein, doch unter seinem Blick fühlte sie sich nackt. Ihre Brüste wurden schwer, die Brustwarzen versteiften sich zu harten Spitzen. Zwischen ihren Schenkeln spürte sie ein köstliches Kribbeln, das sich unter seinem feurigen Blick immer weiter ausbreitete.

Sie schluckte schwer. „Ty?"

„Ja?", fragte er mit rauer Stimme.

„Nun, da du weißt, dass es mir gut geht ..."

„Ja. Ich bin schon draußen." Er trat einen Schritt zurück. Dann einen weiteren und warf die Tür zu.

Mit klopfendem Herzen und frisch erwachtem Verlangen atmete Lacey tief durch und tauchte ihren Kopf unter Wasser.

Ty lehnte sich gegen die Badezimmertür und atmete tief durch, doch nichts vermochte sein Herzklopfen zu mindern. Lacey befand sich nackt auf der anderen Seite dieser Tür, und nur Schaum verbarg ihren Körper. Er hatte flüchtige Blicke auf ihre nackte Haut erhascht, genug, um ein Pochen in seiner Leistengegend zu verursachen. Er wusste nicht, wie er ihr widerstehen sollte, solange sie zusammen unter einem Dach wohnten.

Sein Handy klingelte. Dankbar nahm er das Gespräch an. „Ja."

„Hier ist Hunter"

„Was ist los?"

„Der Gerichtstermin für einen meiner Fälle wurde überraschend vorgezogen. Ich werde in den nächsten Wochen ziemlich beschäftigt sein. Es ist mir unangenehm, doch ich kann mich im Moment nicht um Laceys Fonds kümmern."

Ty fuhr sich mit der Hand durchs Haar. „Ist das normal?" Hatte Dumont irgendwelche Fäden gezogen, damit Hunter zu beschäftigt war, um Laceys Interessen zu vertreten?

„Dass Termine verschoben werden, gehört dazu. Normalerweise sind es allerdings Vertagungen oder ein Aufschub", murmelte Hunter. „Ich habe mich trotzdem bereits bei Anna Marie erkundigt. Sie sagte, die Nachricht sei auf normalem Weg reingekommen."

Ty starrte finster vor sich hin. Er war sich da nicht so sicher. Konnte Anna Marie gekauft worden sein? Mit ihren familiären Verbindungen in der Stadt bezweifelte er das. Dennoch konnte es nicht schaden, ein wenig nachzuforschen. Das war schließlich das, was er am besten konnte.

Ob nun zu Recht oder zu Unrecht – Hunter hatte alle Hände voll zu tun mit seinem Fall, weshalb Ty ihn nicht weiter reizen wollte, indem er Anna Maries Glaubwürdigkeit anzweifelte.

„Mach dir keine Sorgen", sagte Ty. „Ich bin sicher, dass Lacey es nicht eilig damit hat."

„Nun, es gibt da jemanden, auf den ihr achten solltet: Paul Dunne. Laceys Eltern haben den Treuhandfonds bei ‚Dunne & Dunne' in Albany eingerichtet und dort auch ihr Testament hinterlegt. Paul Dunne ist der Treuhänder."

Ty runzelte die Stirn. „Ist er nicht Anna Maries Bruder?"

„Ja. Denkst du, dass da eine Verbindung besteht?"

„Ich weiß nicht, was ich denken soll", murmelte Ty.

„Du klingst ja furchtbar. Was ist denn bei euch los?", fragte Hunter.

Um aus Laceys Hörweite zu kommen, ging Ty in sein Schlafzimmer und schloss die Tür. „Ich halte es nicht aus." Er ließ sich aufs Bett sinken. „Ich kann nicht eine weitere Minute mit ihr unter einem Dach leben, oder ich tue etwas, was ich bereuen werde."

Hunter brach in helles Lachen aus. „Und das macht dir so zu schaffen?"

„Ist ja nett, dass du sexuelle Frustration so amüsant findest."

„Vor Laceys Rückkehr hat dich Gloria ziemlich kurz gehalten ... Ich glaube, es geht hier um mehr als das. Vielleicht solltest du dich damit abfinden", schlug Hunter vor.

Und sich dem sicheren Herzschmerz aussetzen, wenn sie wieder in ihr Leben zurückkehrte? „Nein danke. Ich muss gehen", sagte er.

„Mir kannst du aus dem Weg gehen, aber nicht Lacey", neckte Hunter ihn. „Apropos, vergiss nicht, ihr meine Nachricht auszurichten, und lass es mich wissen, wenn sie mit einem Treuhandspezialisten Kontakt aufnehmen möchte."

„Mach ich. Noch eine Sache."

„Ja?"

„Du möchtest vielleicht bei deiner Freundin Molly vorbeischauen." Ty war so damit beschäftigt gewesen, frustriert zu sein, dass er ganz vergessen hatte, Hunter von dem Vorfall an der Mall zu erzählen. Das holte er jetzt nach. „Die Cops haben keinerlei Spuren. Molly und Lacey haben nur kurz einen dunklen Wagen mit einem Kennzeichen außerhalb von New York gesehen."

„Wurden sie verletzt?"

„Es geht beiden gut, doch ..."

Ty hörte nur noch ein Klicken, und die Leitung war tot. Er lachte, denn er wusste, dass Hunter bereits die Nummer von Molly Gifford wählte, einer Frau, die ihm momentan nicht einmal die Uhrzeit nennen wollte.

Doch Hunter hatte Ty keine Zeit gelassen, ihm die Einzelheiten zu schildern, geschweige denn ihm von seinem unguten Gefühl angesichts dieses sogenannten Unfalls zu berichten. Auf dem Weg von seiner Mutter nach Hause hatte er bereits Derek angerufen, der Dumont beschattete. Dieser war während Laceys und Mollys Shopping-Tour die ganze Zeit zu Hause gewesen, doch das bedeutete nur, dass er ein Alibi hatte. Es hieß nicht, dass Dumont nicht jemanden angeheuert hatte, um für ihn die Drecksarbeit zu erledigen.

Bereits zum zweiten Mal in dieser Woche fand sich Hunter vor Mollys Eingangstür wieder. Nur hatte er diesmal einen verdammt guten Grund, hier zu sein. Er wollte sich persönlich überzeugen, dass sie wohlauf war.

Was für ein Idiot überfährt auf einem Parkplatz um ein Haar zwei Frauen, fragte er sich. Als von drinnen keine Reaktion kam, klopfte er noch einmal, diesmal stärker.

„Du könntest ein bisschen mehr Rücksicht auf die Nachbarn nehmen", sagte Anna Marie, die nebenan ihren Kopf zur Tür hinausstreckte. „Was hat der Lärm zu bedeuten?"

Hunter stöhnte auf. „Ich hoffe, ich habe Sie nicht beim Abendessen gestört."

„Sie haben mich aus meinem Abendschlummer gerissen. Ich schlafe gerne schon mal vor dem Zubettgehen, damit ich aufbleiben und die ‚Tonight Show' sehen kann. Ich liebe diesen Johnny Carson."

„Das macht jetzt Jay Leno", erinnerte er sie.

„Nun, ich fand Johnny besser."

„Ist Molly zu Hause?", fragte er.

Die alte Frau schüttelte ihren Kopf. „Nicht mehr. Sie kam früher nach Hause zurück und stand noch unter Schock, weil sie an der Mall beinahe überfahren worden wäre. Ich nehme an, Sie sind deshalb hier."

„Genau." Und er war nicht überrascht, dass die größte Tratsche der Stadt schon davon gehört hatte.

„Etwa zwanzig Minuten später hat sie das Haus wieder verlassen und ist seitdem nicht wieder zurückgekommen. Da haben Sie Pech gehabt, außer Sie möchten die Zeit bei mir totschlagen, bis Molly zurückkehrt."

„Nein, aber vielen Dank." Er wandte sich um und ging die Veranda hinunter.

„Möchten Sie nicht wissen, wo sie hingegangen ist?", rief Anna Marie und wartete seine Antwort gar nicht erst ab. „Ich habe gehört, wie Molly telefonierte und erwähnte, dass sie mit ihrer Mutter essen geht."

Er blieb auf dem Rasen stehen. Er musste sich die Frage verkneifen, ob sie mit einem Glas an der Wand gelauscht hatte, um dies zu hören. „Ich werde Molly später einfach anrufen."

„Sie könnten auch am ‚Palace' in Saratoga halten. Da wollte sie hin. Mit ihrer Mutter und Marc Dumont", fügte Anna Marie hinzu. „Ich hörte Molly sagen, dass es ihr neues Lieblingsrestaurant sei."

Anna Marie hatte richtig gehört. Der Küchenchef vom „Palace" kam aus Manhattan und hatte ein Edelrestaurant mitten in Saratoga eröffnet.

Hunter war nur selten dort; dass Mollys Familie sich dort versammelte, gab ihm keinen Grund, im „Palace" einzufallen. „Ich werde Molly sicher morgen irgendwie erwischen", sagte Hunter, um Anna Maries Hoffnung auf weiteren Klatsch zunichtezumachen.

„Wie Sie meinen." Sie trat zurück.

„Anna Marie, warten Sie", rief Hunter, bevor sie hineingehen konnte.

„Ja?"

„Der Barber-Fall", sagte er und meinte damit den Fall, dessen Termin vorgezogen worden war. Jenen Fall, der ihn daran hinderte, Lacey zu helfen.

„Was ist damit? Ich habe Ihnen schon gesagt, dass Richter Mercer persönlich die Terminänderung wünschte."

„Ist es möglich, dass jemand den Richter dazu gedrängt hat, ihn vorzuziehen?"

Anna Marie zuckte die Schultern. „Ich glaube es nicht, denn

der ursprüngliche Termin fällt mit seinem ersten Urlaubstag zusammen."

„Das ist aber ein plötzlicher Urlaub."

„Haben Sie je Mrs. Mercer kennengelernt? Wenn sie sagt *Spring!* fragt man nur *Wie hoch?*" Sie schauderte demonstrativ. „Sie ist einer der herrischsten Menschen, die ich kenne. Sie wollte Urlaub, und der Richter stimmte dem Termin zu, um den sie gebeten hat. Da wurden keine Fragen gestellt."

Nun, Hunter hatte eine Menge Fragen. Unglücklicherweise hatte er auch einen Fall, auf den er sich vorbereiten musste, was bedeutete, dass Ty die Nachforschungen allein übernehmen musste.

„Sie sollten hineingehen. Es ist kalt hier draußen."

„Ich habe warmes Blut", grinste die alte Frau.

Lächelnd ging Hunter zurück zu seinem Wagen. Er würde gleich Ty von seinem Handy aus anrufen, doch jetzt im Moment waren seine Gedanken bei Molly. Wenn es ihr gut genug geht, um ins „Palace" zu gehen, dann kann der Unfall sie nur erschreckt haben, dachte er erleichtert.

Er rief Ty an, um ihm das Neueste mitzuteilen, und fuhr dann los. Während der Fahrt ertappte er sich bei dem Gedanken, ob Molly das todschicke neue Restaurant wohl gefiel oder ob sie nur ihrer Mutter zuliebe dort hinging. Was Dumont anging, war Hunter kaum überrascht, dass er seine künftige Frau dorthin ausführte. Das „Palace" war ein großkotziger Laden, in dem sich Dumont gerne aufhielt und in dem er auch gerne gesehen wurde. Egal, ob er es sich leisten konnte oder nicht.

Lacey hörte Ty die halbe Nacht lang auf und ab gehen. Sie hörte ihn mit Derek telefonieren, der offensichtlich noch immer ihren Onkel überwachte. Mit welchem Ergebnis, wusste Lacey nicht. Sie kaufte Dumont sein nettes Getue ebenfalls nicht ab, doch der Vorfall an der Mall war ein Unfall gewesen. Ihr Onkel war bösartig, doch dass er sie überfahren lassen wollte? Sie schüttelte den Kopf – diese Theorie hielt sie nun wirklich für Blödsinn.

Obwohl sie nicht müde genug war, um zu schlafen, entschied sie, in ihrem Zimmer zu bleiben, bis sich die erhitzten Gefühle zwischen ihr und Ty abgekühlt hatten. Sie konnte nichts dagegen tun, dass ihr Körper auf ihn reagierte, doch sie musste ihn aus dem Kopf bekommen. Das Problem war nur, dass ihr das nicht gelang.

Wenn sie mit Ty zusammen war, erinnerte sie sich an das Mädchen, das den Bus nach New York bestiegen hatte, ohne zu wissen, was sie dort erwartete. Dann fühlte sie sich mutiger und abenteuerlustiger. Bereit zuzugeben, dass die beständige und verlässliche Beziehung mit Alex sie manchmal langweilte. Sie zitterte angesichts der Wahrheit, der sie nicht ins Gesicht sehen wollte. Sie wollte mit Alex nicht verlobt sein, doch sie waren auf vielfältige Weise miteinander verbunden. Genug, um über eine Heirat nachzudenken, was bedeutete, dass sie nicht daran denken durfte, mit Ty zu schlafen.

Und doch dachte sie daran. Oft. So oft, dass es auch jetzt zwischen ihren Schenkeln kribbelte. Es gab noch andere Gründe als Alex, ihr Begehren zu verleugnen. Ihre Firma bedeutete ihr alles. Sie war ihr Grund, morgens aufzustehen, und sie half ihr, in den Schlaf zu finden – erschöpft und voll froher Erwartung des nächsten Tages. Und diese Firma befand sich in New York und nicht in Hawken's Cove.

Doch die Firma füllte nicht die Leere in ihrem Inneren. Nur ein Zuhause, eine Familie und die Sicherheit, die sie die meiste Zeit ihres Lebens hatte entbehren müssen, konnte diese Lücke füllen. Zusammen mit dem richtigen Mann.

Lacey hatte keine Ahnung, ob Ty dieser Mann war. Sie wusste auch nicht, welche Gefühle er ihr jetzt entgegenbrachte. Er war ihr gegenüber auf eine Art verschlossen, wie Alex es niemals gewesen war. Ob er überhaupt in der Lage wäre, ihre Bedürfnisse zu erfüllen? Selbst wenn er sie begehren sollte, wollte er vielleicht nicht das Leben führen, nicht die Zukunft haben, die sie sich für sich selbst ausmalte.

Sie rückte ihr Kissen zurecht und streckte sich bequem aus.

Doch nichts konnte ihr Verlangen unterdrücken. Sie war ganz sicher, dass es mit Ty mehr wäre als nur Sex. Er berührte sie in ihrem Inneren und hatte es immer getan. Sie erkannte jetzt, dass sie ihn immer in ihrem Herzen getragen hatte. Sicher, sie war erst siebzehn gewesen, als sie sich in ihn verliebt hatte, und zehn Jahre später kannte sie ihn noch immer nicht. Doch sie würde ihn gern kennenlernen.

Sie wollte noch einmal das Mädchen sein, das in den Bus stieg und auf sich zukommen ließ, was das Leben und die Zukunft für sie bereithielten.

Marc Dumont ging im Flur des großen Hauses, das er als sein Zuhause betrachtete, auf und ab. Das war es selbstverständlich nicht. Er hatte keinerlei Recht auf das Anwesen, ebenso wenig wie auf den Treuhandfonds von Lilly. Nicht mehr.

Viele Jahre bei den Anonymen Alkoholikern und einige Seminare zur Aggressionsbewältigung lagen hinter ihm. Dennoch rächte sich das Schicksal: Von einem Mann, der dabei war, alles Gewünschte zu erreichen, einschließlich einer Frau, die er liebte, war er innerhalb eines Tages zu einem Mann geworden, der dank der Wiederauferstehung seiner tot geglaubten Nichte alles zu verlieren drohte.

Er schenkte sich ein Glas Soda ein. Es würde nicht leicht werden bei dieser Party, wenn all die Cocktails flossen, doch seine Verlobte hatte darauf bestanden, weil die Gäste enttäuscht sein würden ohne Alkohol. Er vermutete, dass sie das Gerede und die Spekulationen vermeiden wollte, die nach einer alkoholfreien Party folgen würden. Also musste er sich Minute für Minute im Zaum halten statt Tag für Tag. Oder Stunde für Stunde. Die Verlockung zu trinken war noch immer groß.

Erst recht jetzt, wo alles um ihn herum auseinanderzubrechen drohte.

Das Haus sah größer und imposanter aus, als Lacey es in Erinnerung hatte, aber egal, wie viele Gäste auch eingeladen waren – auf Lacey wirkte es genauso einsam wie damals nach dem Tod ihrer Eltern. Als Ty auf das Haus zufuhr, in dem sie aufgewachsen war, wurde der Kloß in ihrem Hals immer größer und die Angst immer spürbarer.

Wenn sie die Augen schloss, sah sie ihre Eltern vor sich. Ihre Mutter, die sie nach der Schule mit einer Umarmung und einem Kuss begrüßte und ihr Milch und Kekse hinstellte. Ihr Vater, der nach einem langen Arbeitstag nach Hause kam. Für ihn spielte es keine Rolle, dass ihre Mutter Geld hatte. Er arbeitete gern, und sie nahm an, dass er sich zudem nicht von seiner Frau wollte aushalten lassen.

„Bist du sicher, dass du dies hier tun möchtest?“, fragte Ty.

Sie blickte ihn an und zwang sich zu einem Lächeln. Wenn er es schaffte, in Anzug und Krawatte aufzukreuzen, würde sie es auch schaffen, hineinzugehen. „Ich bin jetzt ein großes Mädchen.“

Er musste lachen, schüttelte aber den Kopf. „Ich kaufe ihm seine Show nicht ab. Wir können jetzt noch umdrehen, und niemand würde es bemerken.“

„Ich würde es wissen.“ Doch sie war dankbar für das Angebot. „Außerdem könnte niemand dein schickes Outfit bewundern, wenn wir umdrehen.“

In seinem hellblauen Hemd und dem schwarzen Jackett war er nicht länger ihr Rebell, sondern der Ritter, der immer wieder zu ihrer Rettung eilen würde. Doch selbst in ihren Träumen hatte er nicht so sexy oder so männlich ausgesehen.

„Danke“, erwiderte er kurz und wandte sich ihr zu. „Da du selber ziemlich umwerfend aussiehst, hast du recht. Wir sollten es tun.“

Ihr wurde ganz warm bei seinem Kompliment. Sie freute sich sehr. Als sie das kleine Schwarze ausgesucht hatte, waren ihre Gedanken bei ihm gewesen, und als sie in den Spiegel gesehen hatte, hatte sie sich vorgestellt, wie Ty sie anstarren würde. Auf den feurigen Blick, mit dem er sie nun bedachte, war sie allerdings nicht gefasst.

Als sie die lange Auffahrt hinauffuhren, schaute er wieder nach vorn.

Lacey konzentrierte sich auf das, was sie heute erwartete. Ein Diener begrüßte sie, als sie aus dem Wagen stiegen.

„Schick.“ Lacey fragte sich, wie ihr Onkel diese Party bezahlte.

Sie wusste, dass er selbst etwas Geld hatte; schließlich hatte er in den letzten Jahren gearbeitet. Doch den Reichtum ihrer Eltern hatte er nicht einmal ansatzweise erreicht. Das Einkommen aus der Firma ihres Vaters war lange verbraucht. Und auch wenn die Unterhaltungskosten dieses Anwesens durch den Treuhandfonds gedeckt waren – zumindest hatte sie das immer angenommen –, bezweifelte sie doch, dass ihr Onkel noch Unterhalt daraus bezog. Schließlich musste er ja nicht mehr für Lacey sorgen.

Da sie die genauen Bestimmungen des Treuhandfonds jedoch nicht kannte, konnte sie nur Vermutungen anstellen und sich auf die wenigen Informationen stützen, die ihr Onkel ihr damals gegeben hatte.

Die Spekulationen würden bald ein Ende finden. Sie hatte einen Termin bei „Dunne & Dunne“ vereinbart, der Anwaltskanzlei, bei der ihre Eltern laut Hunter ihr Testament hinterlegt hatten. Wissen war Macht, und die würde sie bald in Händen halten.

Ty legte seine Hand auf ihren Rücken, und sie gingen Seite an Seite ins Haus. Auf den ersten Blick war alles noch so wie in Laceys Erinnerung: Der grauweiße Marmorfußboden, die weißen Wände und die Möbel mit Blumenornamenten waren die gleichen wie früher, und doch fehlte die Gemütlichkeit ihrer Kindertage. Das überraschte sie nicht. Lacey hatte schon kurz nach dem Einzug ihres Onkels gelernt, dass Menschen ein Haus entweder zu einem Zuhause machten – oder zu einer leeren Hülle.

„Geht es dir gut?", flüsterte Ty.

„Ja." Sie log.

Sie fühlte sich ganz und gar nicht gut. Ihr Herz raste, Schwindel überkam sie. Sie wollte am liebsten rasch davonlaufen, was sie jedoch nur noch entschlossener stimmte, den Dämonen der Vergangenheit und den Familienmitgliedern ins Auge zu sehen.

„Lacey, ich bin so froh, dass du kommen konntest." Molly begrüßte sie mit einem strahlenden Lächeln.

Bei der freundlichen Begrüßung war es Lacey gleich leichter zumute. „Danke. Ich bin mir noch nicht sicher, wie es ist, hier zu sein", sagte sie und lachte nervös auf.

Molly griff nach ihrer Hand. „Das wird schon gut gehen. Ich mache euch mit meiner Mutter bekannt."

Lacey blickte zu Ty, der mit den Achseln zuckte. Gemeinsam folgten sie Molly, die sie durch die Halle in den großen Wohnbereich führte. Lacey hatte den Eindruck zu träumen: Statt der düsteren Atmosphäre, die hier in der Zeit mit ihrem Onkel geherrscht hatte, wimmelte es nun vor gut gelaunten Gästen, und derselbe Mann, der sie misshandelt hatte, saß dort und spielte lächelnd Klavier.

Sie blinzelte zweimal, doch das Bild blieb dasselbe. Vielleicht hatte er sich wirklich verändert.

„Lacey Kinkaid, ich möchte dir meine Mutter Francie vorstellen. Mom, das ist Marcs Nichte", sagte Molly.

Eine hübsche Brünette, die offenbar ein Chanel-Kostüm trug, ergriff Laceys Hand. „Das ist so eine Freude, Sie kennenzulernen. Wir sind so froh, dass Sie kommen konnten."

„Es freut mich ebenfalls. Ich wünsche Ihnen viel Glück", sagte Lacey, die sich merkwürdig vorkam.

„Danke."

„Und das ist Tyler Benson. Er ist Hunters bester Freund. Ich habe dir von Hunter erzählt", sagte Molly.

Ty begrüßte die ältere Frau mit einem Kopfnicken. „Nett, Sie kennenzulernen, Ma'am."

„Lacey! Du bist gekommen!" Onkel Marc trat neben seine Verlobte.

Glücklicherweise war er klug genug, Distanz zu halten und Lacey nicht auf die Wange zu küssen oder sie zu umarmen.

„Mit deiner Einladung hast du Großzügigkeit bewiesen. Deshalb bin ich gekommen. Ich hoffe, du und Francie werdet sehr glücklich miteinander", erwiderte Lacey steif.

Sie spürte Mollys Augen, die auf ihr und ihrem Onkel ruhten.

„Danke, Liebes." Francie antwortete für ihn. „Ich muss sehen, wo der Champagner bleibt. Sie sollten eigentlich herumgehen und Dom Perignon oder Cristal anbieten." Mollys Mutter steuerte auf die Tür zu, vermutlich auf der Suche nach dem Catering-Personal.

„Dom Perignon oder Cristal. Sie ist gerne großzügig", sagte Onkel Marc mit ironischem Unterton.

„Das war sie schon immer", murmelte Molly.

„Dann hoffe ich also, dass Sie sie sich leisten können." Tys Andeutung war überhaupt nicht misszuverstehen. Dumont würde seine künftige Frau nicht mit Laceys Geld aushalten können.

„Ich habe mein Broker-Examen bestanden und bei Smith und Jones ein gutes Auskommen", erwiderte Onkel Marc.

„Nun, wir wünschen dir Glück", sagte Lacey verlegen.

Ihr Onkel nickte. „Das weiß ich zu schätzen. Mischt euch doch unter die Gäste. Sprich mit deinen Verwandten. Sie waren alle verblüfft, als sie von deiner Rückkehr hörten."

„Das werde ich tun." Begierig, so schnell wie möglich von ihrem Onkel fortzukommen, wandte sie sich um.

„Lass uns erst etwas trinken", schlug Ty vor. Er nahm ihre Hand und führte sie zur Bar.

„Weiß er eigentlich, was wir damals taten und wo ich war?", flüsterte sie Ty zu.

Er zuckte die Achseln. „Ich weiß nicht, wie viel Hunter bei Molly erzählt hat, doch ich denke, dass er es weiß. Aber ich finde, dass es keine Rolle spielt. Schließlich hat er nicht das Recht, irgendwelche Antworten einzufordern."

Lacey lächelte. „Da stimme ich dir zu."

Ty bestellte beim Barkeeper und reichte ihr kurz darauf ein Glas Weißwein.

Sie nahm einen großen Schluck, aber die Anspannung blieb. „Es ist doch schwerer, hier zu sein, als ich dachte."

Ty legte ihr seinen Arm um die Taille, um ihr Sicherheit zu geben. Doch das Gefühl, das er in ihr auslöste, war alles andere als das. Kribbelnde Erregung und Begehren überkamen sie. Ein alles überwältigendes Verlangen, das nur er stillen konnte.

„Atme tief ein und entspann dich. Denk daran, dass du kein Teenager mehr in diesem Haus bist – und außerdem nicht allein." Er flüsterte ihr die Worte mit rauer Stimme ins Ohr.

Ohne nachzudenken, lehnte sie ihren Kopf an seine Schulter. „Nur gut, dass ich älter und klüger bin, denn es überwältigt mich wirklich." Egal wie sehr sie sich das Gegenteil einzureden versuchte. „Dass du mit mir hier bist, bedeutet mir wirklich alles."

„Habe ich dich je im Stich gelassen?"

Sie schüttelte den Kopf. Ty hatte ihr immer beigestanden. Er liebte es, ihren Retter zu spielen. Dabei war es unerheblich, ob es sich dabei um etwas so Großes handelte, wie sie vor ihrem

Onkel zu beschützen, oder um irgendeine Kleinigkeit – Ty war immer für sie da.

„Lilly!"

Als sie sich umwandte, erblickte sie einen großen Mann mit Halbglatze, der auf sie zukam. Seine Gesichtszüge waren eine unheimliche Mischung aus ihrem Vater und Onkel Marc, sodass man die Verwandtschaft schon auf den ersten Blick erkennen konnte. Doch nach so vielen Jahren musste sie sichergehen. „Onkel Robert?", fragte sie.

„Du erinnerst dich an mich?", fragte er und ergriff ihre Hände.

Sie nickte. „Ein bisschen." Sie wandte sich an Ty. „Das ist der andere Bruder meines Onkels", erklärte sie. „Und das hier ist Tyler Benson, ein alter Freund", sagte sie, wobei das Wort Freund nur ein Bruchteil von dem transportierte, was Ty ihr bedeutete.

„Es ist mir ein Vergnügen", sagte Onkel Robert.

„Ebenfalls." Ty musterte den Mann, während sie sich die Hände schüttelten.

„Wo ist Tante Vivian?" Lacey würde sie nicht wiedererkennen, doch sie erinnerte sich, dass er verheiratet gewesen war.

„Ich nehme an, du hast nichts davon gehört." Onkel Roberts Augen wurden feucht, und Lacey begriff, dass sie ein trauriges Thema angesprochen hatte. „Sie hatte vor einigen Jahren einen Schlaganfall und bedarf ständiger Pflege. Sie ist in einem Pflegeheim."

„Das tut mir leid", bedauerte Lacey aufrichtig.

„So ist das Leben", sagte ihr Onkel.

Offenbar hatte er sich in den letzten Jahren mit der Lage seiner Frau arrangiert.

Ein verlegenes Schweigen folgte.

„Lacey und ich wollten gerade ein bisschen frische Luft schnappen", brach Ty das Schweigen und stupste sie mit der Hand.

„Es war nett, dich zu sehen“, sagte Lacey zu ihrem Onkel. Sie warf Ty einen dankbaren Blick zu. Sie hatte sich unbehaglich gefühlt. Ihr Onkel war im Prinzip ein Fremder für sie.

Fremd waren ihr auch die restlichen Gäste, bei denen es sich um Freunde ihres Onkels oder seiner Verlobten handeln musste, denn Lacey kannte niemanden. Sie und Ty traten auf die Terrasse, die dank des schönen Herbstwetters für die Party geöffnet worden war.

„Meine Mutter spielte hier draußen immer Bridge mit ein paar Freundinnen“, sagte Lacey. Sie atmete tief ein, und die kühle, frische Luft in ihren Lungen sorgte dafür, dass sie sich gleich besser fühlte. „Ich weiß nicht, was ich mir davon erhofft habe, hierherzukommen.“

Ty lehnte sich gegen das Geländer. „Du musstest das Haus sehen, die Menschen, um damit abschließen zu können. Wenn du mich fragst, ist das ganz natürlich.“

Sie neigte den Kopf. „Ich gehe jetzt ins Badezimmer. Würde es dir etwas ausmachen, wenn wir danach gehen?“, fragte sie, wobei sie die Antwort schon kannte.

„Klar macht’s mir was aus. Ich möchte bleiben und dieses Haus hier niederreißen“, sagte er grinsend.

„Scherzkeks.“ Sie stieß ihn spielerisch gegen die Schulter. „Ich bin in ein paar Minuten wieder da.“

„Ich werde dich vermissen!“ Ihre Blicke trafen sich.

Überrascht und erfreut wandte Lacey sich um und bahnte sich einen Weg durch die Menge bis zum Badezimmer. Nicht zum Badezimmer unten, sondern zu dem im oberen Flur, direkt neben ihrem alten Kinderzimmer.

# 8. Kapitel

Molly beobachtete Tyler Benson über den Rand ihres Glases Diät-Cola hinweg. Lacey war vor wenigen Sekunden zur Tür gegangen und hatte Ty allein gelassen. Mit einem Drink in der Hand wanderte er durch den Raum, in dem sich die Gäste drängten. Wie Hunter war er offensichtlich jemand, der sich abseits hielt. In diesem Gewühl konnte Molly ihm das nicht verdenken.

Hier herzukommen war weder für Lacey noch Ty einfach gewesen. Die Vergangenheit schwingt sicher noch immer bei beiden mit, dachte Molly. Doch sie waren gekommen. Und dafür war sie dankbar.

Es mochte naiv sein, doch sie hoffte, dass sie alle friedlich miteinander leben konnten. Ebenso wie sie hoffte, dass ihre Mutter endlich aus Liebe und nicht des Geldes wegen heiratete. Sie fragte sich, welcher dieser Wünsche – wenn überhaupt – eine Chance auf Erfüllung hatte.

Sie ging hinüber zu Hunters bestem Freund. „Ty?", sprach sie ihn von hinten an, um seine Aufmerksamkeit zu erregen.

Er drehte sich um. „Ah, hallo noch mal." Er lächelte sie warm an.

Sie betrachtete gerne Menschen, und Ty mit seinem dunklen Haar und der undurchdringlichen Miene nahm eine Rebellen-Pose ein, die nicht zu missverstehen war. Er war misstrauisch, und sie verstand, warum.

„Amüsierst du dich?", fragte sie ironisch.

„Ich halte durch." Sie registrierte den belustigten Ton.

„Nun, ich freue mich jedenfalls, dass ihr es einrichten konntet."

„Danke.“ Er stellte sein Glas auf dem Tablett eines Kellners ab und schob die Hände in die Taschen.

„Ich habe gehört, dass es da einen Vorfall an der Mall gab.“

Sie nickte. „Ich bin noch immer ganz erschrocken.“ Vor ihrem geistigen Auge sah sie den Wagen auf sie zurasen. Nur gut, dass Lacey so rasch reagiert hatte. Das hatte sie seitdem schon mehrmals gedacht.

„Das kann ich verstehen. Darf ich dich etwas fragen?“ Ty deutete in Richtung einer leeren Ecke des Raums, wo sie miteinander sprechen konnten, ohne dass jemand zuhörte.

„Na klar.“ Sie ging mit ihm in die angegebene Richtung. „Worum geht es?“ Er hatte sie neugierig gemacht.

Ty beugte sich vor zu ihr. „Wie hat Dumont reagiert, als du ihm gesagt hast, dass Lacey am Leben ist?“

Sie versuchte, nicht zurückzuweichen. Nicht defensiv zu werden. Sie versuchte es, doch es gelang ihr nicht. Auch wenn er jedes Recht dieser Welt hatte, diese Frage und noch viele andere zu stellen. Doch die Wahrheit war, dass Molly ihm nicht die Antworten liefern konnte, die er suchte. Sie hatte Marc nur das Notwendigste gefragt – nur das, womit sie fertig wurde und nicht mehr. Molly hatte sich noch nie für einen Feigling gehalten. Doch angesichts der drohenden Gefahr, die Fortschritte mit ihrer Mutter und die neu gewonnene Familie wieder zu verlieren, musste sie sich eingestehen, dass sie sehr wohl ein Feigling war.

„Warum willst du das wissen?“, fragte sie Ty argwöhnisch.

„Darum“, erwiderte Ty.

„Das ist keine Antwort, und das weißt du.“

Er nickte. „Weil ich weiß, wie Dumont das letzte Mal, als seine Pläne durchkreuzt wurden, reagiert hat. Dadurch wurden Leben verändert. Er mag die Rolle des geläuterten Onkels spielen, doch ich kaufe ihm das nicht ab. Und ich will sichergehen, dass sie nicht noch einmal unter seiner Rache zu leiden hat.“

Ty fuhr sich mit Hand durchs Haar und lehnte sich gegen die Wand, ohne den Blick von Molly abzuwenden.

Sie bewunderte, wie er Lacey beschützte, und fragte sich, ob irgendjemand sie genug lieben würde, um dasselbe für sie zu tun. Sie hatte so etwas jedenfalls noch nie erfahren, nicht einmal als Kind, was vermutlich erklärte, warum sie so sehr um die Liebe ihrer Mutter kämpfte.

„Lass mich dir eins sagen", begann sie. „Du und Hunter, ihr denkt vermutlich, dass ich mich von Marcs Charme habe einwickeln lassen, doch das ist falsch. Ich wäge die Fakten ab und bilde mir eine eigene Meinung." Außer dass sie diesmal nicht nach den Fakten gefragt hatte. Doch das brauchte Ty nicht zu wissen.

Er grinste. „Gut zu wissen."

„Was bringt dich daran plötzlich zum Lächeln?"

„Du bist ganz schön resolut."

„Und?"

„Du dürftest es einem Mann wie Hunter nicht gerade leicht machen", sagte Ty, wobei sich seine Miene für einen Moment aufhellte.

Verblüfft von seiner scharfsinnigen Wahrnehmung, schluckte sie. „Wir reden hier nicht über Hunter und mich."

Ty nickte. „Ich wünschte, wir täten es. Es wäre ein angenehmeres Thema."

Sie musste lachen. Dann entschied sie, ihm die Wahrheit zu sagen. „Also, ich ging zu Marc und sagte ihm, dass Lacey lebt, so wie Hunter es mir aufgetragen hatte."

„Und?", drängte Ty.

Sie atmete tief durch. „Er war konsterniert. Erst wütend, doch dann kontrolliert", erinnerte sie sich an die Szene. „Dann bat er mich zu gehen, um allein zu sein. Das tat ich. Das ist alles, was ich weiß." Molly fuhr nervös mit der Hand über ihr schwarzes Kleid, um nicht existente Falten zu glätten. Dann spielte sie mit den Fransen an ihrem breiten lilafarbenen Gürtel.

Dieses Gespräch mit Dumont war eines der schmerzhaftesten gewesen, die sie je geführt hatte. Vor allem wegen all der Fragen, die sie nicht gestellt hatte. Sie konnte Ty nicht ins Gesicht sehen, nicht mit dem Wissen um die Dinge, die Marc Dumont Hunter und seinen Freunden angetan haben sollte. Und sie hasste das Gefühl, egoistisch zu sein, denn schließlich hatte sie jedes Recht dieser Welt auf die eng verbundene Familie, die sie sich immer gewünscht hatte. Oder nicht?

Marc war inzwischen ein wichtiger Teil in Mollys Leben geworden, eine Art Vaterfigur, jemand, der sie gerne um sich zu haben schien. Nachdem sie ihr ganzes Leben lang von allen Erwachsenen beiseitegeschubst worden war, spielte das eine wichtige Rolle für sie. Selbst dann noch, wenn sie versuchte, das Bild des Monsters, das er angeblich gewesen sein sollte, mit dem Bild des Mannes abzugleichen, den sie jetzt kannte.

Molly blickte Ty an. „Du musst verstehen, dass ich Marc zu einem anderen Zeitpunkt seines Lebens kennengelernt habe. Er sagte, dass er regelmäßig zu den Anonymen Alkoholikern geht, und ich glaube ihm. Und ja, ich weiß, dass er an Laceys Geld heranwollte, als er meiner Mutter den Antrag gemacht hat, doch er scheint die Dinge so zu akzeptieren, wie sie sind, jetzt da Lacey am Leben ist."

„Okay", erwiderte Ty nach kurzem Zögern.

„Das ist alles? So einfach?"

Er stieß sich von der Wand ab und straffte die Schultern. „Ich weiß, dass du an das glaubst, was du mir erzählt hast, und das reicht mir im Moment. Aber bleib vorsichtig", sagte er.

„Keine Angst. Ich kann auf mich aufpassen."

Er blickte auf die Uhr. „Lacey ist schon eine Weile fort."

Molly sah in Richtung Tür. „Vielleicht solltest du sie suchen gehen", schlug sie vor. Sie konnte jetzt einen stärkeren Drink gebrauchen.

Ty fühlte sich nicht wohl damit, Molly so zugesetzt zu haben. Doch wie hätte er ihre ehrliche Haltung zu Dumont und der ganzen Situation sonst einschätzen sollen? Er hatte sie auch um Hunters willen geprüft, schließlich wusste er um die starken Gefühle, die sein bester Freund für diese Frau hegte. Ihre Mutter war dabei, in eine Schlangengrube einzuheiraten, und er fragte sich, wie Molly in diese Familie passte.

Was ihn zu einer anderen Frage führte. Wo in aller Welt war Lacey abgeblieben?

Ty konnte nur erahnen, was Lacey gerade fühlen mochte, wie er sich auch kaum vorstellen konnte, an einem Ort wie diesem aufgewachsen zu sein. Das Haus war ein herrschaftlicher Wohnsitz, das Grundstück scheinbar endlos groß. Er fragte sich, ob Lacey die späteren Jahre ihrer Kindheit von den guten Erinnerungen an dieses Haus trennen konnte.

Nachdem er die Badezimmer im Erdgeschoss kontrolliert hatte, ging er die Treppe nach oben und suchte dort die Räume ab. Es gab dort Schlafzimmer, die seit Jahren nicht mehr bewohnt zu sein schienen. Er schaute in jeden Raum, fand ihn leer vor und machte weiter. Am Ende des Flurs befand sich eine Flügeltür, die in das Hauptschlafzimmer führen musste, und er steuerte darauf zu.

Obwohl sich dort unten viele Gäste amüsierten, wurde das Stimmengemurmel immer leiser, je mehr er sich der Flügeltür näherte. Dann bemerkte er einen benachbarten Raum, aus dem Licht durch die Türritze drang.

Bingo, dachte er. Er öffnete die Tür und trat ein.

Lacey saß in der Mitte des breiten Betts und hielt ein Stofftier im Arm, das sie damals hatte zurücklassen müssen. Nachdem sie die Party unten verlassen hatte, war sie hier oben durch die Räume geschlendert. Es hatte sich nicht viel geändert, abgesehen von dem großen Schlafzimmer. Das hatte ihr Onkel in einen Junggesellenraum mit dunklen Farben und alten Holzmöbeln verwandelt. Sie erinnerte sich an den hellen Holzfußboden ihrer Eltern und die hellblau gestrichenen Möbel und fing an zu weinen.

Die Tatsache, sich in ihrem eigenen Haus zu befinden und zugleich von entfernten Verwandten und völligen Fremden umgeben zu sein, überwältigte sie so sehr, dass sie in unkontrolliertes Schluchzen ausbrach. Es war Jahre her, dass Lacey es sich erlaubt hatte, so tief in ihre Erinnerungen einzutauchen, dass sie weinte. Sie konnte sich keine Schwäche leisten, wo sie doch stark sein musste, um weiterzumachen. Um das Leben zu leben, egal was ihr im Weg stand.

Doch die komplette Veränderung des elterlichen Schlafzimmers traf sie hart. Wenn sie die Augen schloss, überfluteten sie die Erinnerungen an all das, was sie verloren hatte.

„Lacey?“, fragte Ty sanft. „Ich habe dich gesucht.“

Sie öffnete die Augen und begegnete seinem düsteren Blick. „Ich war abgelenkt“, flüsterte sie und streichelte dabei das verfilzte Fell ihres alten Stofftiers.

Er ging auf sie zu und setzte sich neben sie. „Dein altes Kinderzimmer?“, fragte er.

Sie nickte.

„Es hat sich offenbar nichts verändert“, sagte er, als er sich umschaute.

„Ich weiß. Entweder er hatte nicht das Geld oder ... Ich weiß nicht, warum.“

„Sind das Marienkäfer an den Wänden?“

„Rote, weiße und königsblaue Marienkäfer“, sagte sie stolz. „Die Tapete habe ich mit meiner Mutter ausgesucht.“ Lacey biss sich auf die Unterlippe. „Sie sagte, dass fröhliche Farben dafür sorgen würden, dass auch ich immer fröhlich bin.“

Er neigte leicht den Kopf. „Es sieht nach einem schönen Ort zum Aufwachsen aus. Hatte sie denn recht?“

„Bis zu dem Tag, an dem sie und mein Vater starben." Unvermittelt schwang sie die Beine über die Bettkante und stand auf. „Lass uns verschwinden, okay?"

„Du bist der Boss." Er stand auf und folgte ihr.

„Lüg nicht. Du lässt doch niemanden den Ton angeben", sagte sie.

„Außer dir", murmelte er.

Zumindest glaubte sie, diese Worte verstanden zu haben, als sie das Licht löschte und die Tür ihres Kinderzimmers zum letzten Mal hinter sich schloss.

Lacey stand neben Ty, der dem Bediensteten das Ticket für seinen Wagen gab. Statt über die Ereignisse des Abends nachzudenken, beschäftigte sie sich mit ihm. Der Angestellte mit seinem grünen Jackett fuhr Tys unauffälligen Wagen vor. Es war weder ein besonders sportlicher Wagen noch ein Jeep, einfach nur ein Auto. Ty gab dem Mann ein Trinkgeld und setzte sich ans Steuer. Auch Lacey stieg ein.

Als er die Auffahrt hinunterfuhr, sinnierte sie über seine Aura der Strenge und Autorität, die jeder spürte. Zum hundertsten Mal bewunderte sie seine markanten Gesichtszüge und den sinnlichen Mund, an dessen rechter Seite sich ein Grübchen zeigte, wenn er lächelte. Was er nicht oft genug tat, fand Lacey.

Ty war so vielschichtig, wie die Dinge um ihn herum einfach waren. Er war ein scharfsinniger Mann, der seine Emotionen für sich behielt, doch wenn es darauf ankam, war er da. Er schien einfach zu spüren, wann sie ihn brauchte und wann er ihr Freiraum lassen musste. Zehn Jahre hatten sie sich nicht gesehen, und doch schien er sie besser zu kennen als sie sich selbst.

Lacey ließ ihren Kopf gegen die Kopfstütze sinken und spürte, wie mit jedem Meter, den sie das Haus hinter sich ließen, die Anspannung aus ihrem Körper wich. „Ich habe heute Abend etwas begriffen", sagte sie weich.

„Und zwar?"

Sie atmete tief ein und blickte ihn an.

„Nicht ein Haus ist ein Zuhause, sondern die Menschen, die darin leben. Dieses große Haus war voll mit Fremden, und nichts war mehr so wie damals, als meine Eltern und ich Weihnachten am Kamin feierten. Ohne sie ist das Haus einfach nur eine leere Hülle." Ihre Stimme bebte, doch mit der Erkenntnis überkam sie zugleich eine erleichternde Ruhe.

Er warf ihr einen kurzen Blick zu und schenkte ihr ein mitfühlendes Lächeln. Immer wenn er sie so ansah, als wäre sie die wichtigste Person auf der Welt, beschleunigte sich ihr Herzschlag und ein Kribbeln überlief ihren Körper.

„Das ist eine wichtige Erkenntnis", sagte er mit rauer Stimme.

Sie nickte. „Dadurch kann ich nun das Haus hinter mir lassen, denn ich weiß jetzt, dass ich meine Eltern immer bei mir habe. Hier drin." Sie legte die Hand auf ihr Herz.

„Ich bin sehr froh, dass es dir gut geht. Ich weiß, wie schwer der Abend für dich gewesen sein muss."

Sie lachte. „Und das ist noch gelinde ausgedrückt."

„Also was jetzt? Wollen wir zurück zu mir?", fragte er.

Sie schüttelte den Kopf. Sie wollte es lieber vermeiden, in der Enge seines Apartments mit ihm allein zu sein. Die sexuelle Spannung zwischen ihnen war so groß, dass sie es kaum aushielt. „Ich würde lieber ein wenig in der Gegend herumfahren, wenn du einverstanden bist."

„Ist mir ein Vergnügen."

Sie öffnete das Fenster, um frische Luft hereinzulassen. Er tat es ihr nach, und schon bald fuhren sie ziemlich schnell, mit laut aufgedrehter Musik. Sie ließ sich von dem Fahrtwind das Haar zerzausen und genoss das Adrenalin, das durch ihren Körper strömte. Eine halbe Stunde verbrachten sie schweigend, bis Ty allmählich wieder in Richtung seiner Wohnung steuerte.

„Im Großen und Ganzen hat sich kaum etwas verändert", sagte Lacey, als sie die Hauptstraße hinunterfuhren und sich der Kreuzung näherten, an der sie zu seiner Wohnung abbogen.

Er nickte. „Du weißt ja, was man sagt: Beständig ist nur der Wandel." Er parkte den Wagen wie gewöhnlich hinter dem Gebäude, und sie folgte ihm die Treppen hinauf in seine Wohnung.

Als er die Tür aufschloss, vermisste sie Digger, die ihr immer winselnd entgegengesprungen war und um Aufmerksamkeit gebettelt hatte. Doch Lacey hatte die Hündin nicht stundenlang allein lassen wollen in einer Wohnung, die ihr noch fremd war. Und da Ty insgeheim um seine Teppiche fürchtete, hatte er rasch Laceys Idee zugestimmt, den Hund für eine Nacht bei Hunter einzuquartieren.

Ty steuerte auf sein Schlafzimmer zu, was Lacey als demonstrativen Versuch interpretierte, einen eventuellen peinlichen Moment zwischen ihnen zu vermeiden. Sie konnte es ihm nicht übel nehmen. Beide wussten nicht genau, wie sie miteinander umgehen sollten. Sie spürte nur, dass sie gerne hier bei ihm war.

Mit Ty zusammen hatte sie das Gefühl, zu Hause zu sein. Das war immer so gewesen. „Ty?"

Er wandte sich um und stützte sich am Türrahmen ab, als er sie ansah. „Geht es dir gut?"

Sie zuckte die Achseln. „Geht so."

Schließlich hatte sie an diesem Abend nicht nur die schönen Momente mit ihren Eltern, sondern auch die schmerzhafte Zeit mit ihrem Onkel erneut durchlebt. Sie hatte auch über Fehler nachgedacht, die sie im Laufe ihres Lebens gemacht hatte. „Ich habe viel über heute Abend nachgedacht, und Onkel Marc ist nicht der Einzige, der Fehler gemacht hat."

Ty versteifte sich. „Du kannst doch wohl nicht glauben, dass du verantwortlich bist für das, was mit ihm passiert ist, denn wenn du …"

„Nein. Nein. Meine Fehler kamen erst später." Sie atmete tief durch, um sich zu besinnen. Von all ihren Irrtümern bestand der größte darin, jenen Menschen den Rücken gekehrt zu haben, die sie liebten. Die sie aufgenommen hatten in ihr Haus und ihr Herz. Die Risiken eingegangen waren und ihr geholfen hatten.

Sie schlang ihre Hände ineinander. „Glaubst du, dass deine Mutter mich gerne sehen würde? Oder ist sie wütend, weil wir sie im Glauben ließen, ich ..." Sie stockte, weil sie nicht wusste, wie sie den Satz vollenden sollte. Doch da sie nun einmal angefangen hatte, zwang sie sich, den Dingen ins Gesicht zu sehen. „Ist sie wütend, weil ich sie im Glauben ließ, ich sei tot?" Schuld und Schmerz drohten ihr, die Kehle zuzuschnüren.

Tys besorgte Miene wurde zu einem Lächeln. „Zufällig weiß ich, dass sie dich liebend gerne sehen würde. Und bevor du fragst, warum ich dich nicht schon früher zu ihr gebracht habe: Ich wollte warten, bis du danach fragst."

Sie runzelte die Stirn: „Warum?"

„Weil ich wusste, dass du fragen würdest, wenn du so weit bist", erwiderte er und bewies damit einmal mehr, wie gut er sie kannte.

„Ich schätze, ich musste erst die Gespenster der Vergangenheit besiegen, und das habe ich heute getan", sagte sie. Diese Erkenntnis verlieh ihr eine Kraft, von der sie selber nicht gewusst hatte, dass sie sie vermisste.

Der Gedanke erfüllte sie mit Stolz. Stolz auf die Person, die sie geworden war. Und die sich mit Sicherheit noch weiterentwickeln würde, dachte Lacey.

Er nickte. „Um ehrlich zu sein, war ich mir auch nicht sicher, ob du meine Mutter überhaupt sehen wolltest."

Sie schüttelte verständnislos den Kopf. „Warum sollte ich Flo nicht sehen wollen?"

Ty blieb im Türrahmen stehen. Nur wenige Meter von Lacey

entfernt, doch weit genug, um nicht der Versuchung zu erliegen, sie während des Gesprächs zu berühren. Jede Berührung, ob aus Verlangen oder Mitgefühl, würde zu weit mehr führen. Das wusste er so sicher, wie er seinen eigenen Namen kannte. Wenn er ihr erlauben würde, ihn physisch oder auch emotional zu berühren, würde er nicht wissen, wie er nach ihrem Fortgehen weiterleben sollte. Da er sich nur selten von seinen Gefühlen leiten ließ, machten seine starken Emotionen für diese Frau ihn fast wahnsinnig.

Irgendwie gelang es ihm, seine Aufmerksamkeit wieder auf das Gespräch über seine Mutter zu lenken. „Ich weiß nicht, zu welchen deiner Erinnerungen Mom gehört", gestand er. Denn obwohl Lacey ein großes Herz hatte, fragte er sich doch manchmal, ob sie seine Mutter nicht zu den schrecklichen Erinnerungen zählte, die sie lieber verdrängte. „Schließlich warst du ja damals, zumindest aus deiner Perspektive, in erzwungener Pflegschaft."

Er wählte seine Worte mit Bedacht, weil er die Lüge seiner Mutter nach Möglichkeit nicht mittragen wollte. Er fand noch immer, dass Lacey die schmutzige Wahrheit nicht zu erfahren brauchte. Etwas zu verschweigen, konnte die beste Art von Lüge sein. Denn sollte die Wahrheit je herauskommen, wollte er sich von Lacey nicht vorwerfen lassen, dass er die Lüge aufrechterhalten hatte.

„Deine Mutter gehört zu meinen schöneren Erinnerungen." Lacey warmes Lächeln traf ihn ins Mark. „Ebenso wie du."

Das war's. Er hatte sich den ganzen Abend so gut wie möglich zurückzuhalten. Von dem Moment an, als er sie in ihrem schlichten, aber eleganten schwarzen Kleid gesehen hatte, mit den High Heels, die ihre langen Beine noch betonten, hatte er gewusst, dass er seinen Schutzwall noch höher bauen musste. Ohne Erfolg. Als er sie in ihrem alten Kinderzimmer gefunden hatte, die Arme um ein Stofftier geschlungen, hatte er dem Impuls widerstehen müssen, sie auf den Arm zu nehmen und aus diesem Haus und von diesen Menschen fortzubringen.

Stattdessen hatte er sie ihre innere Kraft wiederfinden lassen. Dass sie ihre Dämonen besiegt hatte, gab ihm recht. Doch nun war sie nicht nur befreit, sondern auch selbstsicher und wusste, was sie wollte.

Und offensichtlich wollte sie ihn.

Er schluckte schwer und versuchte, sich mit aller Kraft auf das Gespräch zu konzentrieren und nicht darauf, wie der Fahrtwind ihr Haar verführerisch zerzaust und ihre Wangen rosa gefärbt hatte.

Er räusperte sich. „Nun, da jetzt jeder weiß, dass du am Leben bist, kannst du jederzeit bei meiner Mutter vorbeischauen, bevor du wieder nach New York gehst."

Und das war der Knackpunkt, dachte Ty. Sie würde nach Hause fahren, in ein Leben, das sie liebte. Hatte sie das nicht vom ersten Moment an gesagt? Egal wie wichtig er ihr angeblich auch war – er gehörte nicht zu Laceys Leben.

„Ich werde Flo auf jeden Fall besuchen", sagte Lacey und nickte zur Bekräftigung. „Ich hatte noch keine Gelegenheit, dir dafür zu danken, dass du mich heute Abend begleitet hast. Du weißt es vielleicht nicht, aber du hast diesen Abend erträglich gemacht."

„Das freut mich."

Ohne Vorwarnung trat sie auf ihn zu, schlang die Arme um seinen Hals und zog ihn an sich. „Du bist der Beste", flüsterte sie, und ihr warmer Atem streifte sein Ohr.

Seine sowieso schon vorhandene Erregung steigerte sich unmittelbar. Ihre Brüste drückten gegen seinen Oberkörper, und ihre Wange streifte auf verführerische Weise die seine. Aus der Geste der Dankbarkeit wurde rasch mehr.

Sie legte den Kopf zurück und sah ihn aus ihren dunklen Augen fragend an. Durch eine kleine Bewegung schmiegte sich ihr biegsamer Körper an seinen. Er spürte, wie ihre Nippel hart wurden und gegen seine Haut drängten, als wäre zwischen ihnen keine Kleidung mehr.

Ein leises, von schmerzhaftem Verlangen erfülltes Stöhnen stieg aus seiner Kehle auf.

Ihre Augen weiteten sich. Sie atmete unregelmäßig.

„Ty?" Nervös fuhr sie sich mit der Zunge über die Lippen.

Sein Körper malte sich verschiedenste Möglichkeiten aus, und sein ewig analysierender Verstand war auch nicht gerade hilfreich. Er erwog blitzartig das Für und Wider, alle Vorsicht fahren zu lassen oder aber sich gegen ihre Reize zu wappnen.

Er wusste genau, in welchem Moment er nachgab, und er kannte auch den Grund dafür. Schließlich war ihm bereits klar, dass er sie niemals aus seinem Herzen reißen könnte. Warum also sollte er nicht das genießen, was sie ihm zu geben bereit war?

*Falls* sie dazu bereit war. Er war kein Kind mehr, das mit Verlust oder Enttäuschung nicht fertig wurde, und er war auch nicht mehr der Teenager, der zu dumm gewesen war, um das geliebte Mädchen zu werben. Stattdessen war er ein erwachsener Mann, der eine Affäre haben und danach weiterleben konnte.

Jawohl. Doch gerade dass er es besser wusste, bedeutete nicht, dass er sich beherrschen und dies für den Rest seines traurigen Lebens bereuen wollte.

Er blickte in ihre von Leidenschaft erfüllten Augen. Leidenschaft nur für ihn. „Bist du dir sicher? Wenn wir erst einmal angefangen haben, werde ich es nicht mehr aufhalten können." Er warnte sie, ermahnte sich selbst.

Das hier war der magische Moment.

Es würde kein Zurück geben.

„Oh."

Mehr sagte sie nicht. Ihm schlug das Herz bis zum Hals.

Wenn sie jetzt fortginge, wäre er auch nicht schlechter dran als letzte Nacht und die Nacht davor. Herrje, wenn er nicht länger eine kalte Dusche nach der anderen nehmen und sich schlaflos hin- und herwälzen musste, war er vermutlich deutlich besser dran. Allerdings würde er dann nicht wissen, wie es war, Lacey zu lieben, sich in ihrem weichen, feuchten Fleisch zu verlieren. Davon hatte er Nacht für Nacht geträumt.

„Wahrscheinlich ist es ein Fehler", sagte sie schließlich sanft.

„Mit Sicherheit", stimmte er zu. Nicht, dass sein Körper dieser Meinung war.

Sie atmete tief ein, und noch immer wartete er.

„Auf der anderen Seite denke ich schon so lange daran." Sie fuhr ihm mit ihren Fingern durchs Haar.

Ihre Hände fühlten sich warm an seiner Kopfhaut an, und seine Nerven begannen zu kribbeln, als sie ihn spielerisch massierte.

Ihm entfuhr ein leises, lang gezogenes Stöhnen. „Ich denke auch schon lange daran. Ich habe mich gefragt, wie es sich anfühlen würde, dich in meinen Armen zu halten." Er legte seine Hände um ihre Taille, fragte sich, wie sie sich wohl nackt anfühlte, und zog sie an sich.

Sie blieb ruhig. Er kannte sie so gut, trotz der vielen getrennten Jahre. Er wusste, dass sie mit sich rang. Er verhielt sich still, denn er wollte, dass sie ihre eigene Entscheidung traf. Er wollte kein Bedauern ihrerseits riskieren, nur weil sein Verlangen nach dieser und nur nach dieser Frau so groß war.

Obwohl er ganz still dastand, wurde er fast wahnsinnig. Wenn sie ihm grünes Licht gab, würde er es wohl kaum die paar Schritte bis zum Schlafzimmer schaffen. Über sein eigenes mögliches Bedauern würde er sich später Gedanken machen – und er wusste, dass das nötig sein würde.

„Lacey?" Seine Stimme war nur noch ein Krächzen, als er um ihre Entscheidung bat.

„Ty", erwiderte sie sanft. Verführerisch. Aufrichtig.

Seine Erektion wurde sofort stärker, und sein Körper stand kurz vor der Explosion, während er wartete.

Sie enttäuschte ihn nicht. Ohne den Augenkontakt zu unterbrechen, stellte sie sich auf die Zehenspitzen und drückte ihre Lippen auf die seinen. Ihr Mund war heiß und nachdrücklich und ihre feuchten Lippen zeigten ihm, dass sie ebenso erregt war wie er. Er ließ seine Zunge zwischen ihre Lippen gleiten und kostete ihre süße Hitze. Es schien ihm wie eine Ewigkeit, während der ihre Zungen sich neckten und sich im verzweifelten Sehnen nach Erfüllung umschlangen.

Sie zog sein Hemd aus dem Gürtel seiner Hose und umfasste mit den Händen seinen Rücken. Er liebte die Berührung ihrer sanften Hände, die seine Haut liebkosten und kneteten. Er liebte ihren ganzen Körper. Er biss sie sanft in ihren Nacken, um ihr zu zeigen, wie sehr.

„Mm. Mach das noch mal", gurrte sie.

Er gehorchte und bearbeitete sie mit seinen Zähnen, bis sie vor Genuss stöhnte. Seine Erektion pochte. Er schwitzte.

Sie hatte eine Reihe winziger Knöpfe am Kleid, und er begann, einen nach dem anderen zu öffnen.

„Hinten gibt es einen Reißverschluss, das könnte die Sache erleichtern", sagte sie mit einem amüsierten Funkeln in den Augen.

Sein Verlangen war zu schmerzhaft, als dass er lachen konnte. Sie wandte sich um und hob ihr Haar, um ihren zarten Nacken und den kleinen Reißverschluss zu entblößen.

Er schob den Haken ihren Rücken hinunter, doch statt ihr das Kleid über die Schultern nach unten zu ziehen, beugte er sich erst vor und drückte seine Lippen auf ihre nackte, weiche Haut.

Sie erschauerte und ließ ein verlangendes Stöhnen hören. Ein Stöhnen, das er wieder hören wollte, wenn er in ihr war. Doch noch nicht jetzt. Er entdeckte gerade, wie sehr er das Vorspiel mit Lacey genoss.

„Du magst das."

„Hmm."

Erfreut über ihre Antwort, küsste er erneut ihren Nacken und fuhr diesmal mit seiner Zunge über ihre Haut. Mal knabberte, mal saugte er, bis sie sich schließlich vor Genuss wand und einen Schritt nach hinten trat, sodass sich ihr Hintern an seine wachsende Erektion schmiegte.

Er schloss die Augen und spürte dem Verlangen nach, das immer größer wurde. Seine Hüften schossen nach vorn, und beinahe wäre er gekommen.

Er umschlang sie mit seinen Händen und umfasste von hinten ihre Brüste. Ihre Nippel hatten sich zu kleinen Spitzen verfestigt, die um seine Aufmerksamkeit und seine Berührung bettelten. Er wusste nicht, wie sie nackt aussah, obwohl er es sich schon oft vorgestellt und noch öfter davon geträumt hatte. Nur noch ein paar Sekunden, dann würde er diese Sehnsucht stillen können.

Er drehte sie sanft um, bevor er ihr das Kleid von den Schultern zog und zusah, wie es zu Boden fiel. Die Wirklichkeit war noch viel besser als seine Träume. Ihre Brüste, die von einem schwarzen Spitzen-BH nach oben gedrückt wurden, waren noch voller, als er gedacht hatte. Sie errötete tief, und die Farbe breitete sich bis zu ihrem Dekolleté aus, von dem er den Blick nicht wenden konnte.

Erst als sie sich räusperte, schossen seine Augen nach oben, wo er ihrem Blick begegnete.

„Du könntest etwas sagen", sagte sie mit liebenswerter Schüchternheit.

„Ich bin sprachlos, aber nicht zu verblüfft, um dies hier zu tun." Mit diesen Worten hob er sie hoch und trug sie in sein Schlafzimmer. So, wie er es sich erträumt hatte.

# 9. Kapitel

Bevor Lacey zu ihm kam, war Tys Schlafzimmer sein Heiligtum gewesen. Nach heute Abend würde er nirgendwo in seinem kleinen Apartment noch in der Lage sein, ihr zu entkommen. Ihr Duft und ihre Berührungen wären bei ihm, egal wo er hinging.

Er legte sie auf die Matratze, die unter ihrem gemeinsamen Gewicht etwas nachgab.

Sie setzte sich leicht auf und lehnte sich gegen seine Kissen. „Gibt es eigentlich einen Grund dafür, dass ich als Einzige ausgezogen bin?“ Ihr feuriger Blick musterte ihn von oben bis unten.

Er grinste. „Wenn du mich fragst, hast du immer noch zu viel an“, sagte er und genoss ihren Anblick in dem knappen BH und einem Höschen. Sein Blick wanderte über ihren flachen Bauch und die langen Beine bis zu ihren nackten Füßen.

Seine Hose spannte inzwischen, und er konnte nicht leugnen, dass sie recht hatte. Er setzte sich auf und knöpfte sein Hemd auf. Nur noch ein Kleidungsstück war zwischen ihm und Lacey. Er warf das Hemd auf den Boden, danach zog er die Schuhe aus. Nachdem er den Hosenknopf geöffnet hatte, hakte er beide Daumen in Hose und Unterhose, zog beides aus und warf es zu dem Hemd. Zu guter Letzt entledigte er sich auch seiner Socken, und wandte sich dann zu ihr um.

Sie fuhr sich mit der Zunge über die Lippen, während sie ihren Blick nicht von seinem Penis wandte. Sein Körper war hart wie Stein, sein Verlangen nach ihr kaum auszuhalten. Doch er wusste, dass sie dieses erste Mal nie wieder erleben würden. Sie hatten zu lange darauf gewartet, um nun etwas zu überstürzen.

„Wer hat jetzt zu viel an?“ Er neigte den Kopf und warf ihr wieder den Ball zu.

Die Röte stieg ihr ins Gesicht, doch ein leises, verführerisches Lächeln umspielte ihre Lippen, als sie den Verschluss ihres BH öffnete. Sie zog die Träger über ihre Schultern und ließ das Stück Stoff langsam ihre Arme hinuntergleiten. Zum Schluss ließ sie den BH noch zwischen ihren Fingern baumeln, bevor sie ihn auf den Boden warf.

Lacey hatte seine ganze Aufmerksamkeit. Sein Blick wanderte über ihre nackten Brüste, cremeweiße Hügel voller Versuchung und Fleischeslust, bereit und begierig auf seine Liebkosung. Doch als er sich vorbeugte, um ihr Höschen auszuziehen, schlug sie ihm lachend auf die Hand.

„Ich bin jetzt ein großes Mädchen“, erinnerte sie ihn.

Und was für eines, dachte er, als sie ihm spielerisch mit dem Finger drohte. Doch offensichtlich war Lacey noch nicht fertig. Er setzte sich zurück und genoss den Anblick, den sie ihm bot, während sein harter Schwanz verzweifelt darauf wartete, in ihr feuchtes Fleisch einzutauchen.

„Es ist höchste Zeit, den Spieß umzudrehen. Du hast mich gequält, jetzt werde ich das Gleiche mit dir tun“, neckte sie ihn.

Sie hakte die Finger in ihr Höschen ein und schob es Zentimeter für Zentimeter nach unten, wobei sie einen Wirbel dunkler Haare entblößte, die unter der Seide verborgen gewesen waren. Ihre Hüften schwenkten von einer Seite zur anderen, und als der Stoff schließlich bei den anderen Kleidungsstücken auf dem Boden gelandet war, konnte Ty nicht mehr an sich halten.

Er stöhnte tief auf und warf sich auf Lacey, sodass ihre Körper sich eng aneinanderpressten. Haut an Haut und nichts zwischen ihnen; er zügelte das Verlangen seines Körpers und genoss den Moment, nach dem er sich so lange gesehnt hatte – eine gefühlte Ewigkeit.

Sie reagierte mit einem leisen Seufzen aus den Tiefen ihrer Kehle, und nie hatte er etwas Befriedigenderes vernommen. Sie war dazu bestimmt, in seinem Bett und in seinen Armen zu liegen, ihn zu erregen und ihm das Gefühl zu geben, vollständig zu sein. Er fuhr mit den Händen durch ihr Haar, küsste ihren Mund und presste seine Hüfte gegen die ihre, doch sein Körper sagte ihm, dass er nicht mehr warten konnte.

„Einen Moment", sagte er und streckte sich nach seinem Nachttisch, in dessen Schublade er Kondome hatte.

„Wie praktisch", sagte sie. Ihre Augen hatten sich umwölkt.

„Lacey ..."

Sie schüttelte den Kopf. „Das kam ganz falsch raus. Natürlich brauchen wir ein Kondom. Ich wünschte nur ... dass wir ... dass du ..." Die Worte blieben ihr offensichtlich im Hals stecken.

„Sag es", drängte er sie. Auch wenn er wusste, was sie dachte, musste er doch die Worte von ihr hören.

Sie legte den Kopf auf die Seite, sodass ihr die Haare auf die Schultern fielen. Er griff nach einer Strähne, um damit zu spielen, und hoffte, dass diese Geste ihr Mut machte.

Sie schluckte schwer. „Ich wünschte, du wärst mein erstes Mal", flüsterte sie schmerzerfüllt.

Er nickte, denn er verstand sie nur zu gut. Er war kein Mann der vielen Worte, doch sie hatte es verdient, sein Herz zu kennen. „Ich wünschte, du wärst meines."

Herrje, wie viele Male hatte er in den letzten Jahren daran gedacht und wie herrlich war es, zu wissen, dass sie ganz genauso fühlte. Er war nicht mehr derselbe gewesen, nachdem sie fortgegangen war. Er war zurückgeblieben mit dem Gefühl, dass er nicht nur etwas Kostbares verloren hatte, sondern auch etwas Wichtiges, dessen Bedeutung er noch nicht ganz verstanden hatte.

Und nun hatte er sie wieder.

Er beugte sich über sie, streifte mit seinen Lippen ihren Mund

und verlor in diesem Moment nicht nur die Kontrolle, sondern auch jeden Sinn für Zeit und Ort. Er bemerkte nur, dass er schließlich auf ihr lag und mit einem Bein ihre Schenkel spreizte, zwischen denen ihn eine feuchte Hitze erwartete.

Er fuhr mit einem Finger in ihren Spalt und verteilte die Feuchtigkeit über ihre geschwollenen Schamlippen. Ihre Hüften bäumten sich ihm ohne Vorwarnung entgegen, womit sie seinen Finger noch tiefer in ihre enge, nasse Spalte hineinzog. Er fragte sich nicht länger, ob sie bereit für ihn war. Er wusste es nun, so wie sein bebender Körper auch ihm zeigte, dass er bereit für sie war.

Er hielt gerade so lange inne, um sich das Kondom überzustreifen. Dann umfasste er mit beiden Händen ihr Gesicht und brachte sich über ihr in Stellung.

„Möchtest du lieber oben sein?", fragte er zu seiner eigenen Überraschung.

Dieser Gedanke war ihm noch bei keiner anderen Frau gekommen. Es war ihm nie eingefallen zu fragen, egal in welcher Position sie sich gerade befanden, denn Sex war Sex. Doch wie er es schon immer geahnt hatte, war mit Lacey alles so viel mehr.

„Wo auch immer, wie auch immer … Mit dir bin ich mit allem einverstanden." Sie zwang sich, ihre schweren Lider zu öffnen.

Die aufrichtigen Gefühle, die er in ihren Augen las, ergriffen ihn tief.

„Außerdem gehe ich davon aus, dass dies nicht das einzige Mal sein wird und ich noch Gelegenheit zum Experimentieren haben werde." Wieder einmal überraschte sie ihn.

Er genoss ihre Gesellschaft einfach. Ob tiefe Gefühle oder Spaß und Lachen – mit Lacey fühlte sich alles gut an.

Er nickte und drang zum ersten Mal in sie ein. Langsam, Zentimeter für Zentimeter schob er sich in sie hinein und spürte, wie sie sich für ihn weitete und ihn fest umschloss.

Sein Schwanz zuckte, und sein Körper kämpfte gegen die Zurückhaltung, die er an den Tag legte, um ihr Zeit zu geben, ihn zu akzeptieren.

Niemals in seinem Leben hatte er etwas so Intensives gefühlt. „Ist alles in Ordnung?"

Sie zog ihre Knie höher, um ihn weiter in sich hineinzuziehen. „Genügt dir das als Antwort?", fragte sie mit tiefer, heiserer Stimme.

Er hatte verstanden. Langsam zog er sich zurück, bis sie aufstöhnte und ihr ganzer Körper unter ihm bebte und zitterte in dem Verlangen, ihn tiefer in sich hineinzusaugen und nicht zuzulassen, dass er sich zurückzog. Sie musste sich keine Sorgen machen. Er wollte sich nur in ihr bewegen und tauchte nun mit noch mehr Kraft in sie ein. Und noch mehr Zärtlichkeit.

Sie hob ihm ihre Hüften entgegen, um ihn ganz und gar aufzunehmen. Erregung und Verlangen steigerten sich und brachten ihn fast um den Verstand. Er stieß in sie und fühlte, wie jeder Zentimeter sich in sie grub. Dann zog er sich wieder zurück und beraubte sie beide für kurze Zeit des Genusses, um Stoßkraft und Verlangen zu erhöhen. Rein und raus, rein und ... Ohne Warnung kreuzte sie hinter seinem Rücken die Beine und kettete sich damit an ihn, sodass er sie hochheben und ihre Hüfte gegen die seine pressen konnte.

Wenn sie mehr Reibung wollte, sollte sie Reibung bekommen. Er drehte und bog seinen Unterleib und nahm dabei ihre Bewegungen auf, bis sie den perfekten Rhythmus gefunden hatten. Den Rhythmus, der sie dem Höhepunkt immer näher und näher brachte.

Lacey unter ihm wimmerte vor Verlangen – ein Zeichen, dass sie um Erlösung bat. Er schlang einen Arm um sie. Seine Hand fand die Stelle, an dem ihre Körper zusammengeschweißt waren, und er neckte sie an diesem feuchten, heißen Punkt.

„Ty, Ty, Ty."

Sie kam, wie er es sich immer gewünscht hatte – in seinen Armen. Sie rief dabei seinen Namen und löste zugleich seinen eigenen Höhepunkt aus. Sein Körper versteifte sich, und die Erlösung übermannte ihn in schier endlosen Wellen der Befriedigung.

Als er schließlich wieder zu sich kam, brach er auf ihr zusammen, ihren Namen auf seinen Lippen.

Lacey wälzte sich hin und her. Ty neben ihr schlief wie ein Stein, und sie beneidete ihn um diese Fähigkeit. Nachdem sie sich geliebt hatten, nicht nur ein-, sondern zweimal, ging ihr zu viel im Kopf herum, um zu schlafen, und so lag sie in den Kissen und versuchte ohne Erfolg, sich zu entspannen.

Sie zog die Bettdecke enger um sich und atmete tief ein. Der erotische Duft von Sex und Tys Geruch stiegen ihr in die Nase und ließen Bilder von ihrer gemeinsamen Nacht vor ihrem geistigen Auge auferstehen. Von all den schönen Momenten hatte sie einer besonders ergriffen.

Als Ty zum Höhepunkt gekommen war, hatte er ihren richtigen Namen gerufen. Der Klang hatte sie beinahe zum Weinen gebracht. Sie hatte nicht gewusst, wie sehr sie sich selbst vermisst hatte, bis sie ihn „Lilly" hatte rufen hören, während sich sein Körper in sie gegraben hatte.

Plötzlich begann Ty zu schnarchen, eine Entdeckung, die sie beinahe laut auflachen ließ. Sie drehte sich zu ihm, um ihn zu mustern. Wie oft schon hatte sie davon geträumt, jenen Mann, in den sie sich mit siebzehn verliebt hatte, im Schlaf zu betrachten, nachdem sie sich geliebt hatten?

Sie hatte keine Ahnung, wie sich die Dinge zwischen ihnen entwickeln würden. Sie war auch nicht sicher, ob sie es wissen wollte. Für den Moment wollte sie es einfach nur genießen, doch das konnte sie nicht, solange sie nicht eine persönliche Angelegenheit daheim in New York erledigt hatte.

Es war spät, kurz nach elf. Normalerweise war Lacey mit ihrem Job beschäftigt, doch nicht heute Abend. Sie hatte jeden Abend mit ihrer vorübergehenden Stellvertreterin bei „Odd Jobs“ telefoniert. Dass die Firma immer mit mehr oder weniger gleichen Terminplänen arbeitete, machte es leicht, den großen Überblick zu behalten, während die täglichen Aufgaben erledigt wurden. Zu wissen, dass alles reibungslos lief, erlaubte es ihr, während ihres Aufenthalts in Hawken’s Cove einen klaren Kopf zu behalten.

Es erlaubte ihr auch, sich auf Ty zu konzentrieren und auf die Frage, was die gemeinsame Nacht bedeutete. Sie bedeutete in jedem Fall, dass sie die Sache mit Alex in Angriff nehmen musste. So viel schuldete sie ihm.

Sie kletterte aus dem Bett und schlich auf Zehenspitzen in das Wohnzimmer. Die Schlafzimmertür schloss sie hinter sich, damit sie in Ruhe sprechen konnte. Ihr Magen krampfte sich zusammen, als sie die Nummer wählte und es klingelte. Einmal, zweimal, beim dritten Mal meldete er sich.

„Hallo?“, fragte er und klang beschäftigt, aber nicht schläfrig. Alex arbeitete normalerweise bis Mitternacht zu Hause, und sie wusste, dass sie ihn um diese Zeit nicht wecken würde.

Sie fuhr sich über ihre knochentrockenen Lippen. „Alex, ich bin’s, Lacey.“

„Wie schön!“

Sie sah ihn vor sich, wie er mit den elfenbeinfarbenen Kissen im Rücken in seinem Bett saß, die Arbeitsunterlagen um sich verteilt.

„Ich kann dir gar nicht sagen, wie gut es tut, deine Stimme zu hören. Ich dachte schon, ich müsste dir einen Suchtrupp hinterherschicken“, sagte er. Seine Worte sollten spaßig klingen, doch sein Ton war alles andere als amüsiert.

Wieder hörte sie die leise Angst in seiner Stimme. Sie konnte es ihm nicht übel nehmen, denn sie war sehr vage geblieben, was ihre plötzliche Reise anging, und sie hatte sich seitdem erst einmal gemeldet.

„Das ist nicht nötig, ich verspreche es." Sie presste den Hörer gegen ihr Ohr.

„Wann kommst du nach Hause?", fragte er.

„Bald. Ich habe am Montagmorgen einen Termin, nach dem ich Genaueres wissen werde." Sie hatte die Sekretärin von Paul Dunne dazu überreden können.

Erst hatte die Frau darauf bestanden, in den nächsten Wochen keinen Termin frei zu haben, doch Lacey hatte ihr erklärt, dass sie nur für kurze Zeit in der Stadt sei und nicht so lange warten könne. Daraufhin hatte die Sekretärin einen Termin für sie dazwischengeschoben, wenn auch nur widerstrebend.

„Nun, dann sehe ich dich hoffentlich schon Ende der Woche", sagte Alex, dessen Stimmung sich bei dieser Interpretation ihrer Nachricht offenbar aufhellte.

„Ähm ..." Das Herz schlug ihr bis zum Hals, als sie nach den Worten suchte, die sich nicht vermeiden ließen. „Was das Wiedersehen angeht. Darüber müssen wir sprechen."

Lacey fand es schrecklich, am Telefon mit ihm Schluss zu machen. Er hatte etwas Besseres verdient, und sie würde mehr erklären, wenn sie wieder zu Hause war. Doch nach dem heutigen Abend mit Ty war ihr alles klar geworden. Sie konnte Alex nicht weiter ohne eine klare Antwort hängen lassen, während sie wusste, wo ihr Herz hingehörte.

Selbst wenn Ty und sie sich nie wieder lieben würden, was sie sich nicht vorstellen konnte, musste Lacey die Beziehung zu Alex doch beenden. Es gab keinen Raum für einen anderen Mann in ihrem Leben. Es hatte ihn nie gegeben.

„Was ist los?", fragte Alex, der offenbar spürte, dass schlechte Nachrichten im Anzug waren.

„Ich erkläre es dir ausführlicher, wenn ich zurück bin, doch während meines Aufenthalts hier haben sich die Dinge für mich verändert.“ Sie zog die Beine an. „Genauer gesagt, haben sie sich weniger verändert als vielmehr geklärt.“

„Hör auf, um den heißen Brei herumzureden, und sag, was du sagen willst.“

Sie versteifte sich bei seinen Worten, fuhr aber fort. „Ich weiß jetzt, warum ich nicht in der Lage war, deinen Antrag anzunehmen, und es hat etwas mit meinen ungeklärten Gefühlen für einige Menschen hier zu tun.“

„Wir haben alle irgendwelche ungeklärten Dinge in unserer Vergangenheit“, sagte er in einem Ton, den sie als bevormundend empfand. „Also wickle deine Sachen dort ab und komm nach Hause. Es wird dir besser gehen, wenn wir wieder zusammen sind.“

Sie fuhr sich mit der Hand durchs Haar. Er hörte ihr nicht zu. Ihre Enttäuschung wuchs, zumal sie ihn nicht hatte verletzen wollen, indem sie die Dinge zu eindeutig formulierte.

Doch er ließ ihr keine Wahl. „Alex, es tut mir leid, dass ich es dir am Telefon sagen muss, doch es ist vorbei.“

Er lachte krächzend und bitter auf. „Oh nein, das ist es nicht.“

Sie zuckte zurück. „Wie bitte?“

„Was ich meinte, ist, dass du darüber nachdenken solltest, was du da sagst.“

„Seit du mich gefragt hast, ob ich dich heiraten will, habe ich nichts anderes gemacht als das. Denken. Und um ehrlich zu sein, hätte ich über meine Antwort gar nicht nachdenken sollen. Wenn ich dich so lieben würde, wie du es verdienst, wäre die Antwort automatisch Ja gewesen.“ Traurigkeit überkam sie, als sie an all den Spaß dachte, den sie gehabt hatten, die Zuneigung, die sie verbunden hatte. Doch in ihrem Herzen wusste sie, dass sie das Richtige für sie beide tat.

„Lacey, bitte erzähl nicht einen solchen Unsinn. Was auch immer in deinem Hinterwäldler-Kaff vor sich gehen mag …“

„Hawken's Cove ist kein Hinterwäldler-Kaff." Sie war überrascht und auch verletzt.

Aber was hatte sie erwartet? Sie machte am Telefon Schluss mit ihm. Hatte sie etwa geglaubt, er würde sie verstehen und ihr ein langes, glückliches Leben wünschen?

Sie hatte ihn niemals zuvor so widerwärtig erlebt. Doch bis jetzt hatte sie auch keinen Streit mit ihm gehabt. Zumindest nicht einen so grundlegenden.

„Nun, offensichtlich tun die Menschen dort deinem Kopf irgendwie nicht gut. Du wirst wieder zu Verstand kommen, wenn du zurück bist."

„Darauf solltest du nicht zählen", sagte sie mit zusammengebissenen Zähnen.

Er zischte tadelnd. „Niemand wird dich je so sehr lieben wie ich." Seine Worte klangen eher nach einer Drohung als nach einer Liebeserklärung.

„Alex, es tut mir leid. Ich mag dich, und du verdienst so viel mehr, als ich dir geben kann. Eines Tages wirst du das einsehen und mir dafür danken, dass ich zu Verstand gekommen bin, bevor wir einen Fehler machen", sagte Lacey, die angesichts seiner Wut und seiner Gekränktheit versuchte, ihre Würde zu wahren.

„Das bezweifele ich. Und ich glaube nicht eine Minute lang, dass es mit uns vorbei ist."

Sie schauderte bei seinen Worten. „Du liegst falsch. Es ist vorbei", wiederholte sie. „Auf Wiedersehen, Alex." Lacey legte auf.

Sie hatte furchtbare Kopfschmerzen. Auf Zehenspitzen schlich sie zurück ins Schlafzimmer, legte sich leise wieder ins Bett und schmiegte sich tief in das Kissen, das so tröstlich nach Ty roch.

Sie beruhigte sich, dass sie das Richtige getan hatte. Sie hatte Alex die Wahrheit gesagt, als sie ihr selbst klar geworden war. Mehr konnte sie nicht tun. Die Zeit würde seinen Schmerz über ihre Zurückweisung heilen.

Sie blickte zu Ty, rutschte dann näher zu ihm und schlang den Arm um seine Taille, um sich zu trösten. Denn die Zeit würde auch ihr zeigen, was die Zukunft für sie bereithielt.

Ty holte die Bratpfanne aus dem Schrank, fettete sie mit Öl ein für seine persönliche Omelett-Version und stellte sie auf den Herd. Er öffnete den Kühlschrank, um die Eier herauszuholen, und musste ihn mit leeren Händen wieder zumachen. Fluchend durchsuchte er die Küche nach irgendetwas zum Frühstücken, doch die Schränke waren ebenfalls alle leer. Es gab keine Frühstücksflocken, da Lacey gestern die letzten Cheerios gegessen hatte, keine Milch, da sie von Milch und Keksen lebte, und nun erinnerte er sich, dass sie auch die letzten Eier gegessen hatte. Er hatte versprochen, nach der Arbeit etwas einzukaufen, doch das war ihm völlig entfallen.

Er war einfach zu sehr daran gewöhnt, alleine zu leben und niemandem Rechenschaft zu schulden. Normalerweise holte er sich morgens in einem Laden neben seinem Büro einen Kaffee und einen Bagel. Normalerweise wachte er auch nicht neben Lacey auf und war viel zu zufrieden, um aufstehen zu wollen.

Je länger er neben ihr gelegen hatte und seine Hüfte gegen ihren Hintern gedrückt hatte, desto erregter war er geworden. Erregt und zugleich zufrieden. Aussichten, die ihm genug Angst machten, um ihm die Realität zurückzubringen und ihn aufstehen zu lassen.

Er durfte sich nicht erlauben, sich an dieses gute Gefühl zu gewöhnen, Lacey um sich zu haben. Er wusste nur zu gut, wie rasch die Dinge sich veränderten – und nicht zum Besseren. Sie wäre fort, bevor er es merkte. Also entschied er, besser dran zu sein, wenn er in seiner alten Küche herumlief und kochte, statt sich Dinge zu wünschen, die nicht sein konnten.

Ein letzter Blick in den Kühlschrank überzeugte ihn, dass er einkaufen musste, wenn sie etwas essen wollten. Außerdem kam der Hund bald zurück und brauchte mehr Futter, dachte er, als er Diggers leere Näpfe sah. Er blickte um sich, von der Pfanne auf dem Herd zu den Hundenäpfen neben der Tür und wandte sich dann Richtung Schlafzimmer, wo eine schöne Frau schlafend in seinem Bett lag.

Ty griff nach seiner Jacke und ging hinaus, wo er nicht nur Nahrungsmittel, sondern auch frische Luft und damit hoffentlich seinen gesunden Menschenverstand finden würde.

Hunter zog Digger über den Gehsteig vor dem „Night Owl's". Sie hielt bei jedem merkwürdigen Geruch oder Abfall an, und Hunter fragte sich, wie Lacey es schaffte, ihren Hund jeden Morgen auszuführen und trotzdem rechtzeitig zur Arbeit zu kommen. Er war nun schon seit vierzig Minuten unterwegs, und noch immer hatte Digger ihr Geschäft nicht gemacht.

Wenn man bedachte, dass er Gesicht an Gesicht mit Miss Stinky, wie er sie nannte, aufgewacht war, konnte er es kaum noch erwarten, den Hund seiner Besitzerin wieder zurückzugeben.

„Hunter?"

Als er sich umwandte, erblickte er Molly, die aus dem neuen „Starbucks" kam, der neben der Bar eröffnet hatte.

„Ach hallo", sagte er, und sein Herz begann schneller zu schlagen, als er sie in ihren engen Jeans und einer goldenen Hemdbluse sah. Ein dazu passender goldener Schal hob den Schimmer ihres blonden Haares hervor. „Offensichtlich ist heute kein Verhandlungstag", schloss er.

Sie lachte. „Gott sei Dank nicht. Wir Anwälte haben ab und an etwas Freizeit verdient. Ich arbeite heute von zu Hause aus." Sie blickte hinunter zu Digger, die an Mollys Schuhen herumschnüffelte. „Hast du dir ein Haustier zugelegt?", fragte sie.

„Um Gottes willen. Der Köter gehört Lacey, und ich bringe sie gerade zurück, um endlich wieder frei zu sein."

Molly kräuselte amüsiert die Lippen. „Ah, Frauen engen dich also ein?"

„Habe ich das gesagt?", erwiderte er lachend.

„Nenn es weibliche Intuition." Sie nahm einen Schluck von ihrem Kaffee.

„Wie war die Party gestern Abend?", fragte Hunter.

Während sie mit Ty und Lacey auf der Party gewesen war, hatte Hunter zwischen Kartons vom China-Imbiss und diversen Aktenordnern gesessen. Er hatte lange gearbeitet, um die Verteidigung eines Mannes vorzubereiten, der angeklagt war, einen Wagen gestohlen zu haben, was zum Tod eines Menschen geführt hatte. Letztendlich baute Hunter bei seiner Strategie auf die Risikobereitschaft seines Mandanten und hoffte, dass die Jury ihm seine Geschichte abkaufen würde.

Molly zuckte die Achseln. „Es war okay. Partys sind nicht gerade meine Lieblingsbeschäftigung, doch jeder schien sich zu amüsieren." Ihr Blick wich seinem aus.

Er fragte sich, ob es auf dem Anwesen so fröhlich zugegangen war, wie sie ihn glauben machen wollte. Ty und Lacey würden es ihm sagen. „Ich muss Digger hier nach Hause zurückbringen, doch ich fragte mich gerade …"

„Ja?" Ihre Augen wurden weit.

„Ich habe gerade wenig Freizeit, weil mein Fall vorverlegt wurde, doch ein Mann muss essen, und es macht keinen Spaß, das alleine zu tun." Mit Molly ernsthaft zu sprechen war nicht leicht, doch gestern Abend hatte er beschlossen, dass ihm keine andere Wahl blieb.

„Ist das eine lahme Ausrede, mich um ein Date zu bitten?", fragte sie.

„Das ist es tatsächlich. Und nicht eine dieser witzigen Fragen, bei denen du mich mit einem Satz zur Schnecke machen kannst", sagte er so ernst, wie ihm in diesem Moment zumute war. „Und es geht nicht um ein Essen, das ich bei dir vorbeibringe, sodass Anna Marie zuhören und sich Notizen machen kann, sondern um ein richtiges Date mit richtigen Gesprächen."

Als Hunter gestern Abend an der Verteidigungsstrategie seines Mandanten gearbeitet hatte, waren seinen Gedanken zu Molly gewandert und zu den Parallelen zwischen seinem Fall und seinem Leben. Konnte er einen anderen Menschen bitten, ein Risiko einzugehen, wenn er selber nicht in der Lage dazu war? In jenem Moment hatte er beschlossen, um das, was er wollte, auch zu kämpfen. Auch wenn er vielleicht die Zurückweisung kassierte, die er nun schon seit Jahren vermied.

Er hatte nur nicht geglaubt, dass er so bald die Gelegenheit dazu bekäme.

Doch Laceys Rückkehr hatte ihn daran erinnert, dass es im Leben darum ging, Risiken einzugehen.

Trotz des Hundes, der an der Leine zog, und trotz seines Impulses fortzurennen, bevor sie antworten konnte, ging Hunter sogar ein weiteres Wagnis ein und nahm Mollys Hand. „Also was sagst du? Abendessen?"

Sie überraschte ihn mit ihrem Nicken. „Das fände ich schön."

Er blickte hinunter auf ihre verschlungenen Hände. „Ich auch."

Der Hund zog stärker und war offensichtlich nicht begeistert davon, ignoriert zu werden. Er wusste nicht, wie er Digger beibringen sollte, dass Molly deutlich besser aussah als sie.

Dennoch wollte er seinen vierbeinigen Begleiter loswerden. „Ich muss sie zurückbringen. Ich hole dich gegen sieben ab?", sagte er zu Molly.

„Ich werde bereit sein. Sag mir nur, dass dies ein normales Date ist, denn ich putze mich nicht gern raus, wenn es dir nichts ausmacht." Sie deutete auf ihre Jeans. „Was du hier siehst, ist die echte Molly."

Die immer so selbstbewusste Molly wirkte unsicher, als ob

er wegen ihrer Alltagskleidung seine Meinung ändern würde. Stattdessen machte es sie nur noch attraktiver für ihn.

„Okay … entsprechen Pizza und ein Bier deiner Vorstellung von einem netten Abend?“, fragte er. „Denn das entspricht dem echten Hunter mehr als der Anzug, in dem du ihn jeden Tag siehst.“ Er blinzelte ihr zu und freute sich, sie erröten zu sehen.

Sie lachte. „Gott sei Dank.“ Mit einem Winken verabschiedete sie sich und ging die Straße hinunter, während er ihr hinterherstarrte und das Wiegen ihres Ganges betrachtete.

Er zog energisch an der Leine, um Digger von einem Einwickelpapier auf dem Gehweg wegzuziehen, und ging um die Ecke zu Tys Wohnung. Doch er konnte seine Gedanken nicht von Molly lösen und von der Tatsache, dass sie nun endlich Fortschritte machten, so klein diese auch sein mochten.

Er ging die Treppe hinauf, wo Digger plötzlich losstürmte, sodass sie ihm die Leine aus der Hand riss. „Und ich dachte, ich hätte dich gut behandelt“, murmelte Hunter, als der Hund losrannte. „Immerhin beginnen nun einige Frauen, meinen Charme zu schätzen.“

Digger stellte sich auf die Hinterbeine und kratzte an der Tür. Wenn ihre Not nicht so ernsthaft gewesen wäre, hätte es zum Lachen sein können.

Er klopfte an die Tür. Als niemand antwortete, holte er den Ersatzschlüssel aus der Tasche. „Fertig oder nicht, ich komme“, rief er und hoffte inständig, seine beiden besten Freunde nicht in einer peinlichen Situation anzutreffen.

Er wollte gerade den Schlüssel ins Schloss stecken, als er bemerkte, dass die Tür zwar zu, aber nicht abgeschlossen war. „Was zur Hölle ist hier los?“

Jemand hatte das Schloss aufgebrochen, und als er den Knauf betätigte, öffnete sich die Tür. Sofort schlug ihm Rauch ins Gesicht und nahm ihm fast den Atem. Digger, über die Hunter schon längst keine Kontrolle mehr hatte, stürzte in die verrauchte Wohnung, bevor er sie aufhalten konnte.

„Lacey! Ty!“ Hunter stürmte in die Wohnung, doch der Rauch brannte in seinen Augen, und er musste zurückweichen und die Tür wieder schließen. Sein Herz schlug ihm bis zum Hals, und Panik überkam ihn.

„Ist irgendjemand hier?“, schrie er, bevor er noch einmal tief Luft holte.

Niemand antwortete. Er schlug die Tür mit dem Arm auf, doch der Rauch war zu dicht für ihn, um weiterzugehen, auch wenn er fest entschlossen dazu war. Bevor er Weiteres unternehmen konnte, hörte er ein Bellen und ein Geräusch, als ob jemand in etwas hineingelaufen sei.

„Lacey?“, schrie er laut.

Als Nächstes stürzte ihm Digger entgegen, mit Lacey hinter sich, die dem Hund hinterhertaumelte.

Hunter ergriff Laceys Arm und zog sie aus der Wohnung. Gemeinsam mit Digger stürzten sie nach unten an die frische Luft, wobei sie im Vorbeilaufen an die Türen der anderen Mieter hämmerten.

Lacey fiel draußen hustend aufs Gras, während Hunter von seinem Handy aus den Notruf wählte.

„Bist du okay?“, fragte er, während Digger das Gesicht ihrer Besitzerin leckte.

Lacey wollte sich aufsetzen, doch Hunter hinderte sie sanft daran. „Ruh dich aus“, befahl er. Er blickte zum Gebäude und war dankbar, als er Menschen auf dem Gehsteig erblickte, die dem Feuer entkommen waren.

„Was zum Teufel ist geschehen?“, fragte Lacey.

Er zuckte die Achseln. „Frag mich nicht. Ich wollte gerade Digger zurückbringen. Ich klopfte, doch niemand gab Antwort, deshalb machte ich die Tür auf und war sofort von Rauch umgeben. Auch wenn es mir schwerfällt, irgendetwas

Gutes über Miss Stinky zu sagen – sie hat vermutlich dein Leben gerettet."

„Auch du hast mein Leben gerettet. Du kamst genau zur richtigen Zeit." Laceys Ausatmen folgte ein schwerer Hustenanfall. Sie griff nach der Hündin, umarmte sie und presste ihr weiches Fell gegen ihre Brust.

Durch Hunters Blut schoss noch immer Adrenalin. Bevor er antworten konnte, ertönten die Sirenen, und ein Feuerwehrwagen kam um die Ecke.

Was zum Teufel ist geschehen, fragte er sich und hoffte, dass sie bald eine Antwort darauf haben würden. Wenn er noch eine weitere Minute mit Molly geredet hätte, wäre es für Lacey vielleicht zu spät gewesen.

# 10. Kapitel

Als Ty am „Night Owl's" um die Ecke bog, erkannte er sofort, dass etwas passiert sein musste. Ein Feuerwehrwagen stand vor dem Gebäude, und aus den Fenstern der Wohnungen quoll Rauch. Panik überkam ihn.

Er ließ Milch, Eier und seine restlichen Einkäufe fallen und rannte zum Haus, wobei er immer wieder Laceys Namen rief.

„Ty! Beruhige dich, Mann. Sie ist hier."

Hunters Stimme durchbrach Tys blinde Panik. Er blickte in die Richtung und sah sie beide unter einem Baum, weit weg von dem Gebäude, an dem die Feuerwehrmänner die Flammen bekämpften.

Erleichterung stieg in ihm auf, doch sein rasender Herzschlag beruhigte sich nicht. „Was zur Hölle ist passiert?"

„Das würden wir gerne mit Ihnen besprechen", mischte sich Tom, der Leiter der örtlichen Feuerwehr, ein. Er lupfte kurz seinen Helm, um sich mit der rechten Hand den Schweiß von der Stirn zu wischen.

Ty schüttelte den Kopf. „Sag mir erst, dass alle wohlauf sind."

„Alle sind wohlauf", sagten Hunter und Lacey wie aus einem Mund.

Erleichterung überkam ihn, und als Digger an seinen Schuhen kratzte, tätschelte er den Kopf des Hundes.

„Das Feuer ist in Ihrer Wohnung ausgebrochen, Ty. Was haben Sie heute Morgen getan?"

Tys Augen wurden schmal. „Ich bin früh aufgewacht und wollte Frühstück machen. Weil ich keine Eier finden konnte, bin ich zum Einkaufen gegangen, und als ich zurückkam, empfing mich hier das pure Chaos."

„Lilly?" Tom nannte sie bei ihrem ursprünglichen Namen. „Was ist mit Ihnen?"

„Ich habe gestern nicht gut geschlafen", sagte sie, wobei sie Tys Blick vermied. „Ich bin so spät eingeschlafen, dass ich noch völlig weg war, als Hunter mit meinem Hund vorbeikam. Sie haben mich gerade rechtzeitig geweckt."

„Okay, Ty, Sie haben also die Bratpfanne rausgenommen und sie auf den Herd gestellt?", fragte Tom.

Ty nickte, während er in Gedanken den Morgen durchging. „Ich gab etwas Öl in die Pfanne, schaute nach den Eiern und fand nichts."

„Wer benutzt denn Öl, um Eier zu machen? Man nimmt doch Butter oder Margarine …", murmelte Lacey.

„Ein ignoranter Junggeselle nimmt eben Öl", murmelte Ty.

Tom kratzte sich am Kopf. „Aber Sie haben den Herd nicht angestellt."

„Nein." Die Härchen in Tys Nacken stellten sich auf, und ein Schauer lief ihm über den Rücken. „Ich habe ihn nicht angestellt."

„Ich musste das fragen, auch wenn ich Sie schon seit Ewigkeiten kenne. Ich schätze, Sie haben auch nicht das Schloss zu Ihrer eigenen Wohnung aufgebrochen."

Ty runzelte die Stirn. „Jemand hat die Tür aufgebrochen? Sie meinen, jemand ist eingebrochen?" In seiner Stimme lag ebenso viel Angst wie Ärger.

„Ty …" Lacey legte ihm beruhigend eine Hand auf den Arm.

Tom nickte. „Es gibt Hinweise, dass jemand eingebrochen ist."

„Fingerabdrücke?", fragte Ty, dessen Gedanken sofort zu Laceys Onkel wanderten.

Der Chief schüttelte den Kopf. „Weiß ich noch nicht."

„Fehlt irgendwas?“, fragte Ty.

„Auf den ersten Blick nicht, aber Sie werden es uns wissen lassen.“

Ty nickte. Sein Bauchgefühl sagte ihm, dass nichts fehlen würde. Wer auch immer das Schloss aufgebrochen hatte, wollte etwas, und zwar nichts, was man mitnehmen konnte, dachte Ty und blickte zu Lacey.

Sobald die Feuerwehr und die Polizei fort waren, würde er Derek anrufen. Doch Ty wusste, dass Dumont nicht hier gewesen war. Sonst wäre Derek nicht weit hinter ihm gewesen. Er hätte es niemals zugelassen, dass der Mann sich Tys Wohnungstür näherte.

„Warum ist der Rauchmelder nicht losgegangen und hat mich geweckt?“, fragte Lacey.

„Das ist eines der ersten Dinge, um die wir uns gekümmert haben. Er war außer Betrieb. Es gibt nur zwei Möglichkeiten. Entweder haben Sie einen weiteren dummen Junggesellen-Fehler gemacht und die Batterien entfernt, als Sie das letzte Mal gekocht haben, oder der Einbrecher hat es getan.“ Tom zog fragend die Brauen hoch.

„Ich war es nicht“, sagte Ty mit zusammengebissenen Zähnen.

„Ich hatte so einen Riecher, dass Sie das sagen würden“, lächelte Tom grimmig. „Die Polizei wird übernehmen, wenn wir hier fertig sind. Ich muss jetzt erst einmal mit einigen anderen Mietern sprechen. Fahren Sie nicht zu weit weg und lassen Sie uns wissen, wo wir Sie erreichen können“, sagte er zu ihnen. „Lilly, fahren Sie ins Krankenhaus und lassen Sie sich durchchecken“, riet er, bevor er davonging. „Ich melde mich.“

Ty senkte den Kopf und wartete, bis der andere Mann außer Hörweite war, bevor er sich an Hunter und Lacey wandte. „Lacey, hast du irgendwas gehört in der Wohnung?“

Mit weit aufgerissenen Augen schüttelte sie den Kopf. „Ich

habe nicht einmal gehört, wie du gegangen bist. Ich habe dem Chief die Wahrheit gesagt. Ich konnte lange nicht einschlafen, und dann erinnere ich mich erst wieder daran, wie Digger bellte und mir das Gesicht leckte. Ich wachte hustend auf, sah den Rauch und rannte los." Sie zog ihre Knie an die Brust und stand offenkundig noch immer unter Schock.

Das tat auch Ty. Als er den Feuerwehrwagen und den Rauch gesehen hatte, war ihm beinahe das Herz stehen geblieben bei dem Gedanken, dass Lacey noch drinnen sein könnte. Die Sonne schien, doch er spürte ihre Wärme nicht.

„Es war Onkel Marc, oder?", fragte Lacey zögernd und tätschelte Digger, die noch immer in ihrem Schoß lag.

„Es wäre möglich", antwortete Hunter.

An diesem Punkt bedeutete ihnen Ty mit einer Geste, dass sie warten sollten. Er holte sein Handy hervor und rief Derek an. Ein rasches Gespräch mit ihm bestätigte Tys Ahnung. Dumont hatte sein Haus die ganze Nacht nicht verlassen. Dank seines Fernglases konnte Derek den Mann während ihres Gespräches sogar in der Küche sehen.

„Danke." Ty klappte sein Handy zu und blickte seine Freunde an. „Ich lasse deinen Onkel von Derek beschatten, seit er bei mir aufgekreuzt ist, um dich zu sehen. Er hat ein Alibi für den Vorfall an der Mall, und er war auch gestern Nacht und heute Morgen zu Hause." Ty schüttelte frustriert den Kopf. „Er könnte jemanden angeheuert haben, doch wir werden dafür keinen Beweis finden. Er ist nicht schlampig."

„Er wird ihr nichts antun", sagte Hunter.

„Nein. Er ängstigt mich nur zu Tode", erwiderte Ty.

Lacey zitterte, und Ty zog sie eng an sich. „Halte durch", flüsterte er in ihr nach Rauch riechendes Haar. „Ich möchte, dass du an jenen Abend in der Mall zurückdenkst. Als das Auto dich und Molly beinahe überfahren hätte. Könnte der Wagen absichtlich auf euch zugerast sein?"

Sie hob den Kopf. „Ja. Ich meine, er kam direkt auf uns zu. Ich sprang gegen Molly, um uns beide aus der Bahn zu befördern. Doch ich dachte, es wäre ein Streich. Ein Junge, der sich austobt. Irgend so was."

Alles andere als die Wahrheit. Ihr Onkel hatte sich kein bisschen verändert. Nur dass er dieses Mal nicht nur ihren Treuhandfonds wollte, sondern ihren Tod, damit er Anspruch darauf erheben konnte.

Marc hatte Durst, und Wasser konnte dieses Bedürfnis nicht stillen. Auch kein Soda, Saft, Kaffee oder Ähnliches. Er brauchte einen guten, starken Drink, doch er kämpfte gegen das Verlangen an, das ihn zu überwältigen drohte.

Niemand hatte ihn darauf vorbereitet, dass nüchtern zu bleiben härter sein würde als die vergangenen Jahre. Niemand hatte je erwähnt, dass er den Geschmack von Alkohol niemals vergessen würde und dass er sich noch im Traum danach sehnte. Und das Schlimmste war, dass niemand ihn verstand. Gerade als sein Leben eine entscheidende Wendung zu nehmen schien, hatte er den Eindruck, dass sich alles gegen ihn verschworen hatte.

Er stand in seinem Arbeitszimmer und starrte auf den Anrufbeantworter, der sich in dem Raum wie ein Fremdkörper ausnahm. Er drückte auf den Knopf, um die Nachrichten noch einmal abzuhören.

„Wir müssen reden und zwar bald. Fordere mich nicht heraus – weder hier noch anderswo." Paul Dunne, der seit dem Tod von Marcs Bruder Treuhänder und Verwalter von Lillys Vermögen war, gab mit herrischer Stimme Anweisungen.

Der Ton bedeutete ganz klar: Ich habe das Sagen und du nicht. Pauls Arroganz und seine Herrschsucht hatten Marc damals, als Lilly noch hier gelebt hatte, mehr als einmal zum Alkohol greifen lassen. Nun verstärkte Marc nur den Griff um sein mit Tonic gefülltes Glas.

„Hallo, hier ist Robert", sagte sein Bruder. „Vivians Zustand hat sich verschlechtert. Sie braucht nun selbst im Heim rund um die Uhr Betreuung. Ich kann keine weitere Hypothek auf mein Haus aufnehmen. Ich brauche das Geld. Du sagtest, dass wir es hätten, doch das war, bevor Lilly aufgetaucht ist. Jetzt bin ich am Ende. Meine Praxis läuft immer schlechter, und ich kann die Versicherung nicht bezahlen, die die Verluste …" Ein lautes Piepen unterbrach Robert mitten im Satz.

Ein großer Kloß bildete sich in Marcs Hals. Er wusste, wie sich sein Bruder fühlte. Er kannte Verzweiflung. Die nächste Nachricht erfüllte ihn genau damit.

„Marc, Liebling, hier ist Francis. Ich bin in New York. Ich wollte mich nach Hochzeitskleidern umschauen. Da ist eines, das wirklich wunderschön ist. Du sagtest: Alles, was mein Herz begehrt, egal was es kostet. Ich hoffe, das hat sich nicht geändert." Sie machte eine effektvolle Pause, die ihm einen Schauder über den Rücken jagte. „Ich ruf dich später an, Liebling."

Die Maschine schaltete sich aus und ließ ihn allein in seinem Arbeitszimmer zurück. An diesem Ort und in diesem Zustand würde er ohne das Geld eine Ewigkeit bleiben. Das Traurige daran war, dass Marc das Geld nicht länger für sich brauchte oder wollte. Er hatte sich nicht nur vom Alkohol, sondern zugleich von der Gier und der Eifersucht befreit, die ihn so lange in seinem Leben angetrieben hatten. Wenn doch alle anderen das Gleiche empfinden würden.

Lacey ließ die Untersuchung der Ärzte über sich ergehen und war dankbar, als sie ihr nur ein bisschen Sauerstoff gaben und sie dann gehen ließen. Hunter ging ins Büro, allerdings nicht ohne zu versprechen, dass er sich später melden würde. Die Feuerwehrmänner erlaubten Lacey und Ty, in die Wohnung zurückzugehen, um einige Sachen zu packen, doch wie sie es prophezeit hatten, roch alles nach Rauch. Es gab nichts Rettenswertes, was sie hätten mitnehmen können, und sie war erschüttert, dass sie alles zurücklassen mussten. Lacey musste sich in Erinnerung rufen, dass all ihre Habseligkeiten sicher zu Hause auf sie warteten.

Doch wo war ihr Zuhause? Wo wollte sie zu Hause sein? Hier mit Ty? An dem einzigen Ort, an dem sie Menschen hatte, die sie liebten und die ihr am Herzen lagen? Und wo ihr einziger Verwandter sie tot sehen wollte?

Oder in New York, wo sie sich eine Existenz und ihre heiß geliebte Firma aufgebaut hatte? Doch sie begriff allmählich, dass sie sich von allem und jedem in ihrem Leben abgeschottet hatte.

Erst als sie nach Hawken's Cove zurückgekehrt war, hatte sie wieder angefangen zu fühlen. Im Guten wie im Schlechten: Da waren die Nacht mit Ty und die erneuerten oder auch ganz neuen Freundschaften, aber da waren auch die Angst vor ihrem Onkel und die Trauer um den Verlust ihrer Eltern. Doch zumindest fühlte sie sich lebendig, so sehr sie derzeit auch neben sich zu stehen schien.

Es gelang ihr, sich zusammenzureißen, während sie mit Ty schnell ein bisschen Kleidung und das Notwendigste kaufte. Und sie behielt auch die Fassung, als sie schweigend zum Haus von Tys Mutter fuhren, wo sie bleiben würden, bis seine Wohnung wieder vollständig gesäubert und hergerichtet war.

Als sie vor dem Haus parkten, konnte Lacey kaum noch an sich halten. Noch immer erschüttert von dem Anschlag auf ihr Leben und der Tatsache, dass ihr Onkel sie umbringen wollte, fühlte sie sich den Tränen nahe.

Kaum öffnete Flo Benson die Haustür, um sie zu begrüßen, sprang Lacey deshalb aus dem Wagen, rannte über den Rasen und warf sich der anderen Frau in die Arme.

Eine Stunde später hatten sie geduscht – getrennt selbstverständlich –, und Flo hatte ihnen Berge von Essen gemacht. Wie damals, dachte Lacey.

Sie löffelte ihre letzte Portion Hühnersuppe aus und stand auf, um abzuräumen.

„Nein, nein", sagte Flo. „Lass mich dich verwöhnen. Es ist viel zu lange her, dass ich Gelegenheit dazu hatte." Tys Mutter begann mit dem Aufräumen und bewegte sich dabei ebenso effizient, wie sie es damals getan hatte.

Sie sah auch gut aus, trotz der Herzoperation vor ein paar Jahren, von der ihr Ty eines Nachts bei Milch und Keksen erzählt hatte.

Lacey sah zu ihm. Er fing ihren Blick auf und lächelte, wobei sich seine Lippen sexy kräuselten. „Ich habe dir ja gesagt, dass sie dich vermisst." Er deutete mit einer Kopfbewegung in Richtung seiner Mutter.

„Ja. Ich habe euch auch vermisst", sagte sie sanft und meinte damit sowohl Flo als auch Ty und das ganze Haus.

Lacey sah sich zum ersten Mal aufmerksam um. Die Einrichtung hatte sich verändert, sie bestand zum großen Teil aus modernem Edelstahl. Früher hatte hier ein fürchterliches Gelb dominiert, doch sie erinnerte sich, dass sie den Raum trotzdem gemütlich gefunden hatte.

Doch sie musste zugeben, dass ihr der neue Look gefiel und die Küche dadurch größer und heimeliger wirkte. „Das Haus sieht gut aus", sagte sie zu Flo.

Während des Duschens hatte sie bemerkt, dass auch das Badezimmer renoviert worden war. Flo hatte nicht viel Geld besessen, als Lacey hier gelebt hatte, doch entweder hatten sich die Umstände geändert oder Ty hatte ihr geholfen, was Lacey nicht überraschen würde. Er war ein guter Mann.

„Danke, Liebes." Flo fing Tys Blick auf und lächelte Lacey dann zu.

Beim Kaffee redeten sie über dies und das, ohne das allseits gefürchtete Thema ihres damaligen Verschwindens auf den Tisch zu bringen. Lacey wusste, dass sie eines Tages darüber würden sprechen müssen, doch für heute war sie einfach nur froh, hier zu sein.

Der Rest des Tages schien im Nu zu vergehen, und als es Abend wurde, bestand Flo darauf, dass Lacey in Tys altem Zimmer schlief. Ty widersprach nicht, und Lacey wusste Besseres, als sich den beiden zu widersetzen; sie hätte sowieso keine Chance gehabt. Sie packte die paar Habseligkeiten aus, die sie gekauft hatte, und gesellte sich dann zu Flo und Ty vor den Fernseher im Wohnzimmer. Doch die Erschöpfung forderte schon bald ihren Tribut.

Sie streckte die Hände über den Kopf und gähnte laut, hielt sich aber rasch den Mund zu. „Entschuldigt bitte", lachte sie auf. „Ich bin total fertig."

„Kein Wunder, wenn man bedenkt, was du heute durchgemacht hast", sagte Ty.

Lacey wusste, dass er nicht nur das Feuer selbst meinte. Keiner von beiden hatte das Gespräch auf ihren Onkel gebracht, der sie tot sehen wollte. Auch wenn sie bald darüber reden mussten, brauchte sie doch erst einen klaren Kopf, um sich konzentrieren und Entscheidungen treffen zu können. „Ich werde ins Bett gehen", sagte sie und erhob sich von der Couch.

Tys Augen folgten ihren Bewegungen. Den ganzen Abend hatten sie sich wie alte Freunde verhalten. Keiner hatte den anderen berührt oder sonst wie verraten, dass sie letzte Nacht miteinander geschlafen hatten. Sie verheimlichte ihre Beziehung nicht aus Scham oder Reue, sondern weil sie den Eindruck hatte, dass Ty sein Privatleben für sich behalten wollte.

Doch sie sehnte sich danach, in seinen Armen zu liegen und von ihm liebkost zu werden. Und sie hoffte inständig, dass er keinerlei Reue empfand.

„Wenn du noch Handtücher oder Decken oder irgendetwas brauchst, sag einfach Bescheid", sagte Flo.

Lacey lächelte. „Das mache ich." Sie wandte sich um und

steuerte auf Tys altes Zimmer zu, während ihre Gedanken sich überschlugen.

Gedanken über Ty, ihr Leben und ihre Zukunft.

Flo Benson sah zu, wie die schöne junge Frau im Flur verschwand und horchte auf das Geräusch der sich schließenden Schlafzimmertür, bevor sie sich ihrem Sohn zuwandte.

„Was wirst du tun, damit du sie nicht wieder verlierst?", fragte sie.

Ty hob überrascht die Brauen. „Ich weiß nicht, wovon du sprichst. Nun, da wir wieder vereint sind, wird Lacey immer ein Teil meines Lebens sein", sagte er in einem diplomatischen Ausweichmanöver, wie sie es noch nie von ihm erlebt hatte.

Flo griff zur Fernbedienung und schaltete ihre Lieblingsshow ab. „Ich spreche nicht von Freunden, die in Kontakt bleiben, und das weißt du verdammt gut. Du hast dieses Mädchen geliebt, seit sie die Schwelle dieses Hauses überschritten hat. Und jetzt frage ich dich, was du in dieser Hinsicht unternehmen willst?"

Ty stand auf und streckte sich. „Ich will jedenfalls nicht mein Liebesleben mit meiner Mutter diskutieren."

„Dann gibst du also zu, dass du sie liebst?"

Er rollte mit den Augen, wie er es einst als Kind getan hatte. „Interpretiere nichts in meine Worte hinein", warnte er sie. „Ich denke, ich werde ebenfalls zu Bett gehen."

Flo nickte. „Wie du willst. Doch eins kann ich dir sagen: Nur wenige Menschen erhalten eine zweite Chance im Leben! Ich schlage vor, dass du dir diese nicht entgehen lässt."

„Ich werde es in Betracht ziehen", entgegnete er ironisch.

Offensichtlich wollte er gute Stimmung machen. „Wie lange dauert es, bis deine Wohnung fertig ist und du wieder dort einziehen kannst?", fragte sie.

Er steckte die Hände in die Taschen. „Gute Frage. Ich hoffe, dass es in maximal vier oder fünf Tagen so weit sein wird. Sie muss auslüften, und dann muss ich ein Putzkommando bestellen." Er zuckte die Achseln. „Aber wir werden dich nicht lange stören."

Sie lächelte. „Das meinte ich damit nicht, und das weißt du. Ich freue mich, euch so lange hier zu haben, doch ich schätze, dass die Couch nach ein oder zwei Nächten recht ungemütlich wird." Sie sah ihn scharf an.

„Hör auf, mich auszuhorchen", murmelte er kopfschüttelnd.

Er beugte sich hinunter, um sie auf die Wange zu küssen, und ging hinaus zur Tür zu dem kleinen Alkoven, wo Laceys Bett einst gestanden hatte. Flo hatte es längst durch ein Ausziehsofa ersetzt.

Mit Ty und Lilly unter ihrem Dach, fühlte sich das Leben wieder frisch an. Fühlte sich richtig an. Doch nach Flos Erfahrung blieb das Leben nie sehr lange so perfekt. Sie schauderte und ging ins Bett, wobei sie hoffte, dass es diesmal anders sein würde.

Hunter holte Molly um sieben Uhr ab, und gemeinsam gingen sie zu „Pizza Joint" in der Hauptstraße. Anna Marie saß nicht auf der Veranda, und Hunter hoffte, dass sie sie mit ein bisschen Glück auch nicht gemeinsam weggehen sah. Es freute ihn, Molly nicht nur in Jeans und einem schwarzen Shirt mit V-Ausschnitt zu sehen, sondern auch in roten Cowboystiefeln, die sich ganz erstaunlich auf seine Libido auswirkten.

Weil er sie gern berühren wollte, legte er seine Hand auf ihren Rücken, als sie das altmodisch eingerichtete Restaurant betraten. Er wählte eine leere Nische im hinteren Teil des Raums. Dies war das erste Mal seit Jahren, dass er mit Molly allein war, und dabei wollte er nicht gestört werden.

Er bedeutete ihr, zuerst in die Nische zu schlüpfen, und statt sich ihr dann gegenüberzusetzen, nahm er neben ihr Platz.

„Mach's dir nur gemütlich", sagte sie und blickte ihn mit fragenden Augen an.

„Das habe ich vor.“ Er wollte nicht nur alle Vorteile der Situation nutzen, wie auch immer diese sich entwickeln mochte, sondern ihm lag auch daran, dass sie seine Absichten nicht missverstand. Er hatte beschlossen, alles auf eine Karte zu setzen und um Molly zu werben.

„Kann ich euch etwas zu trinken bringen?“, fragte eine Kellnerin mit Notizblock und Stift in der Hand.

„Molly?“ Hunter blickte sie fragend an.

Sie krauste die Nase, als sie nachdachte. „Light-Bier. Welches auch immer ihr vom Fass habt“, sagte sie.

„Für mich richtiges Bier. Auch vom Fass.“ Hunter registrierte, wie selbstverständlich ihm die Bestellung über die Lippen kam.

Zum ersten Mal seit langer Zeit hatte er keine Gedanken daran verschwendet, einen Martini oder einen dieser Edel-Wodkas zu bestellen, die er aus Statusgründen trank. Einen dieser Drinks, die zeigten, dass man es geschafft hatte. Bei Molly hatte Hunter nicht das Gefühl, ihr etwas zeigen zu müssen – außer der Tatsache, dass ihm etwas an ihr lag. Das hatte etwas zu bedeuten, dessen war er sicher.

„Ich habe gehört, was heute in Tys Wohnung passiert ist.“ Molly rutschte auf ihrem Platz hin und her. Sie war sich der körperlichen Nähe Hunters nur zu bewusst. Ihre ganze Aufmerksamkeit richtete sich auf das Kribbeln in ihrem Bein, wo sein Oberschenkel leicht den ihren berührte.

Hunter nickte. „Das war nicht schön. Ich bin gerade noch rechtzeitig gekommen.“

Sie legte eine Hand auf seine. „Es tut mir leid. Ich kann mir kaum vorstellen, was du durchgemacht hast, als du dachtest, dass deine Freunde …“ Sie schauderte und konnte den Satz nicht vollenden.

Die Kellnerin unterbrach sie, als sie das Bier auf den alten Holztisch stellte und ihnen die Menükarten reichte. „Ich bin in ein paar Minuten wieder da“, sagte sie.

„Ich liebe die Pizza hier.“ Hunter blätterte durch die Karte und konzentrierte sich auf die Gerichte, nicht auf Molly. „Ich esse jeden Belag, den du willst, also entscheide du.“

„Da will jemand wohl nicht über das Feuer reden.“ Molly griff noch einmal nach seiner Hand. „Aber du solltest wissen, dass ich froh bin, dass es deinen Freunden gut geht.“

„Meiner Familie.“

Diese Worte versicherten ihr endgültig, dass er keine romantischen Gefühle für Lacey hegte und sie keine Bedrohung war. Ihr Magen zog sich zusammen vor Aufregung und Erleichterung.

Sie ging auf seinen Themenwechsel ein und schaute in ihre Karte. „Wie klingen Champignons für dich?“, fragte sie.

„Köstlich.“ Er zog ihr die Karte aus der Hand und gab ihre Bestellung auf.

Dann wandte er ihr seine volle Aufmerksamkeit zu. Sie teilten sich eine große Pizza und ließen alte Geschichten aus der Uni-Zeit wiederaufleben. Sie amüsierten sich über Professoren, die Molly völlig vergessen hatte, und als er die Rechnung bezahlte, dachte Molly, dass sie an diesem Abend mehr gelacht hatte als in den Jahren zuvor.

Er fuhr sie zurück nach Hause und begleitete sie bis zur Tür. Sie hatte Schmetterlinge im Bauch und fühlte sich wie ein Teenager beim ersten Date.

„Möchtest du mit hereinkommen? Ich könnte uns einen Kaffee machen, oder wir trinken noch eine Kleinigkeit“, bot sie an. Wenn sie nicht gerade über seine Vergangenheit oder über Marc Dumont sprachen, hatten sie viel gemeinsam, und sie wollte nicht, dass ihr gemeinsamer Abend schon zu Ende ging.

Hunter stützte sich mit einer Hand im Türrahmen ab und blickte ihr in die Augen. „Das würde ich gerne.“

„Aber?“

Er fuhr mit den Fingerspitzen ihre Wange entlang. „Aber ich denke, wir sollten unser Glück nicht erzwingen.“ Ein verführerisches Lächeln lag auf seinen Lippen. „Wir hatten einen schönen Abend. Lass uns das bald wiederholen."

Sie lächelte. „Das wäre schön." Sogar sehr, dachte sie.

Sie kramte in ihrer Tasche nach dem Schlüssel. Als sie wieder hochschaute, beugte er sich vor und küsste sie.

Sein Mund war warm und lockend, sein Kuss ebenso köstlich wie erregend. Sie umfasste sein Gesicht mit den Händen und vertiefte ihren Kuss. In der Sekunde, in der ihre Zunge die seine berührte, stöhnte er auf und übernahm die Führung, indem er mit ebenso viel Nachdruck wie Zärtlichkeit ihren Mund erkundete. Sein Kuss war intensiv, und sie hatte davon noch viel zu wenige in ihrem Leben gehabt.

Sie hörte ein schabendes Geräusch und dann die Stimme von Anna Marie. „Nennt man so etwas nicht ungebührliches Benehmen in der Öffentlichkeit?"

Hunter sprang zurück. Auch Molly trat einen Schritt zurück und prallte an die Wand.

„Die Öffentlichkeit ist nur dann betroffen, wenn man Publikum hat. Das hatten wir nicht", hielt er Anna Marie entgegen, die als Antwort das Fenster zuknallte.

„Ich muss wirklich umziehen", lachte Molly.

Hunter grinste. „Das ist vielleicht ein bisschen drastisch. Wie wäre es, wenn du das nächste Mal mit zu mir kommst?"

Sie sah ihm in die Augen. „Nach Albany?"

„Nahe genug, um in zwanzig Minuten dort zu sein, weit genug, um vor neugierigen Augen geschützt zu sein." Er machte eine Kopfbewegung in Richtung von Anna Maries Seite des Hauses.

Noch immer zitternd von den Nachwirkungen des Kusses, steckte Molly den Schlüssel ins Schloss. „Eines Tages werde ich auf die Einladung zurückkommen."

„Ich nehme dich beim Wort", sagte er und ging mit einem kurzen Winken davon.

# 11. Kapitel

Ty klopfte an Laceys Tür und ging hinein, ohne auf eine Antwort zu warten. Sie mussten miteinander sprechen. Vor allem musste er einfach bei ihr sein und sich überzeugen, dass sie wirklich sicher war. Doch als er eintrat und die Tür hinter sich schloss, bemerkte er, dass sie auf seinem alten Bett lag und tief schlief.

Lächelnd setzte er sich neben sie und beobachtete, wie sich ihre Brust hob und senkte. Ihr Gesicht war so friedlich, so wunderschön. Sein Herz zog sich zusammen, wenn er sie nur ansah. Nachdem er mit ihr geschlafen hatte, hatte er sich nicht etwa von ihr befreien können, sondern war ihr nur noch mehr verfallen. Er strich ihr eine Haarsträhne von der Wange und streichelte ihre weiche Haut.

Er fragte sich, was sie über die gestrige Nacht dachte. Und er wollte gerne wissen, wie sie mit ihrem Freund umgehen wollte, nachdem sie mit ihm zusammen gewesen war. Alles Fragen, auf die er gerne eine Antwort gehabt hätte, obwohl er spürte, dass keine von ihnen wichtig war. Nicht für Tys Zukunft.

Egal ob sie bei dem Typ blieb oder nicht, sie hatte zu Hause eine Firma, die ihr alles bedeutete. Ein Leben, das sie sich ohne ihn aufgebaut hatte. Was hatte sie hier schon? Schmerzvolle Erinnerungen und einen Onkel, der sie tot sehen wollte. Ty bezweifelte, dass seine Anziehungskraft diese Hindernisse überwinden konnte.

Doch im Moment gab es Wichtigeres als sie beide. Als Erstes galt es zu beweisen, dass ihr Onkel hinter den zwei Anschlägen auf ihr Leben steckte.

Einige Telefongespräche früher am Tag hatten bestätigt, dass zwar jemand eingebrochen war, der Täter aber keine Fingerabdrücke hinterlassen hatte. Keine Spuren. Ty wusste, dass jemand Lacey hatte beobachten lassen, um auf die richtige Gelegenheit zu warten. Tys Einkauf heute Morgen hatte nicht zu seiner Alltagsroutine gehört. Falls also nicht jemand draußen vor der Wohnung gewartet hatte, hätten sie niemals wissen können, dass Ty Lacey an dem Wochenende allein ließ. Die Polizei ermittelte in dem Fall, doch das tröstete Ty wenig, solange der Übeltäter sich noch dort draußen herumtrieb.

Das Einzige, was sie zufällig erfuhren, war die Tatsache, dass ihr Onkel sich als erfolgloser Mörder entpuppte. Gott sei Dank.

Er beschloss, in diesem Moment, seinen Assistenten Derek anzurufen und ihm vorübergehend den ganzen Laden zu übergeben. Bis diese Sache geklärt war, würde Ty Lacey nicht von der Seite weichen.

Und zwar von jetzt an, dachte er, und machte es sich neben ihr bequem. Dann schlang er einen Arm um sie, schmiegte sich an sie und schloss die Augen.

Das Nächste, was er wahrnahm, war die Sonne, die durch das Fenster schien. Neben ihm lag Lacey, mit dem Gesicht zu ihm, und als sie sich bewegte, stieß sie mit ihrem Knie an sein Bein.

Sie öffnete die Augen, erblickte ihn und ein warmes Lächeln umspielte ihre Lippen. „Das ist ja eine Überraschung", murmelte sie.

„Ich wollte dich für Milch, Kekse und eine späte Abendunterhaltung in die Küche locken, doch du hast schon geschlafen."

„Und da hast du beschlossen zu bleiben." Ihre braunen Augen funkelten amüsiert. Ihre Freude, ihn neben sich zu finden, war nicht zu übersehen.

„Es ist mein Zimmer."

Sie lachte. „Dann weiß ich ja jetzt, warum ich so gut geschlafen habe."

„Ich nehme das als Kompliment“, sagte er und strich ihr mit seinem Handrücken über die Wange. Es gab keinen Anlass, sie zu ängstigen; dass er von nun an rund um die Uhr ihr Bodyguard sein würde, behielt er zunächst für sich. „Mal ernsthaft: Geht es dir gut?“, fragte er.

Sie nickte. „Du weißt doch, die Ärzte sagten, dass alles in Ordnung ist, und nach dem Essen deiner Mutter geht es mir noch besser.“

Sie wollte offensichtlich nicht über Einzelheiten reden, doch sie mussten einige wichtige Dinge ansprechen. „Ich meine doch nicht deinen körperlichen Zustand. Wie geht es dir emotional?“

Sie schluckte. „Ich versuche, nicht darüber nachzudenken“, gab sie zu.

„Ich wünschte, das wäre eine Lösung.“ Er hielt inne, um dann fortzufahren. „Hast du ein Testament?“

Sie blinzelte überrascht. „Nun, ja, das habe ich. Ich habe kürzlich eines verfasst. Alex sagte, dass jeder, der eine Firma hat, für alle Eventualitäten vorsorgen muss.“

Alex. Ein weiteres Thema, das sie noch anschneiden mussten. Für dieses Mal wollte er es vermeiden. Aus dem Mund von Lacey erinnerte ihn der Name mehr als alles andere daran, dass sie ein anderes Leben hatte. Er erstarrte innerlich.

Ty räusperte sich. „Ein Testament stellt sicher, dass all deine Besitztümer so verteilt werden, wie du es möchtest. Was bedeutet, dass du sofort deinen Anspruch auf den Treuhandfonds anmelden musst. Sobald du das tust, hat dein Onkel keine Möglichkeit mehr, darüber zu verfügen. Und keinen Grund mehr, dich zu töten, in der Hoffnung, so an das Geld zu gelangen.“ Er sprach in knappem, geschäftlichem Ton.

Dann erhob er sich, um aufzustehen. Sie lagen zu dicht beieinander, hatten es zu behaglich.

Sie legte ihm die Hand auf den Rücken, und die Wärme strömte durch sein Hemd. „Ty. Hör mir zu.“

„Dein Termin ist am Vormittag, nicht wahr?“, unterbrach er sie.

„Ja. Und wir werden später noch über den Treuhandfonds und meinen Onkel sprechen. Doch jetzt musst du mir erst einmal zuhören.“ Sie hielt inne. „Bitte“, flehte sie.

Er hatte ihr noch nie etwas abschlagen können. Er legte sich zurück, kreuzte die Arme vor der Brust und starrte an die Decke. „Ich höre.“

Sie atmete tief ein. „Nachdem du gestern Nacht eingeschlafen warst, habe ich Alex angerufen.“

Er wandte den Kopf, um sie anzusehen. In ihrer Pyjamahose aus Flanell und dem Herren-T-Shirt wirkte sie so weich und verletzlich, dass er sich in Erinnerung rufen musste, dass er derjenige war, der hier gleich geköpft werden würde.

„Ich habe mit ihm Schluss gemacht.“

Ty versuchte, nicht allzu stark auf diese Neuigkeit zu reagieren, und auch wenn er nicht erwarten konnte, dass ihre Entscheidung sein Leben beeinflussen würde, konnte er nicht verhindern, dass die Hoffnung in ihm wuchs.

Röte stieg in ihre Wangen. „Trotz allem, was zwischen uns war – ich bin nicht der Typ, der betrügt.“

„Ich weiß.“ Bei ihren Worten wurde ihm bewusst, dass er sich noch gar nicht mit Gloria in Verbindung gesetzt hatte, nicht seit Laceys Rückkehr. Er hatte Nerven, sich an Laceys Liebesleben zu stören, obwohl er sein eigenes noch nicht in Ordnung gebracht hatte.

Sie biss sich auf die Unterlippe und hielt inne, bevor sie fortfuhr. „Nachdem ich mit dir zusammen war, konnte ich nicht so tun, als ob es ihn nicht gäbe. Und ich konnte nicht so weitermachen wie bisher.“

„Und zwar wie?“, fragte Ty.

„Nun, ich habe mich davor gedrückt, Alex’ Heiratsantrag anzunehmen – und nun weiß ich auch, warum.“

Heirat, dachte er, und sein Magen zog sich zusammen. „Mir war nicht klar, dass es so ernst war."

Ihre Augen blieben ernst, ihre Miene war noch ernster. Sie nickte. „Er war eine wichtige Beziehung in meinem Leben. Das kann ich nicht verleugnen oder abtun." Sie nestelte an der Bettdecke. „Ich habe wenig enge Freunde in der Stadt. Mein Job lässt es kaum zu, sich mit Leuten zu treffen, und ich bin nicht der Typ, der in Bars geht. Alex und ich haben viel gemeinsam, zumindest oberflächlich gesehen."

Ty hasste es, von dem Kerl zu hören. Doch er wusste auch, dass er ihr gut zuhören musste, wenn er wissen wollte, was Lacey bewegte. „Warum hast du nicht Ja gesagt, bevor ich überhaupt auftauchte?"

Sie lächelte grimmig. „Er ist ein guter Mann, und er liebt mich. Er hätte mir eine warme, sichere Zukunft bieten können, doch ich wusste immer, dass etwas fehlte."

Er fragte sich, ob er seine nächste Frage bereuen würde. „Und was war das?"

„Er war nicht du." Sie strich ihm über die Wange. Diese einfache Geste berührte sein Herz.

Instinktiv wollte er zurückzuweichen, doch er konnte nicht. Sie hatte seinen Widerstand gebrochen. Stöhnend rollte er sich zu ihr hinüber, zog sie in seine Arme und küsste sie leidenschaftlich.

Er fühlte die Verzweiflung in ihrem Kuss und erkannte an der Wildheit, mit der sie ihm die Kleidung auszuziehen versuchte, dass ihr Verlangen ebenso groß war wie seines. Erst als sie nackt waren und Haut an Haut dalagen, kam er wieder zur Besinnung. Jedenfalls genug, um sich daran zu erinnern, dass er jede Minute auskosten wollte, die er mit ihr hatte.

Und das tat er, vom Vorspiel bis zum Höhepunkt, als er sich in ihrem feuchten, weichen Fleisch verlor und ihre Finger sich in seinen Rücken gruben. Sie lagen eine Weile da und genossen den Augenblick, bevor er kurz im Badezimmer verschwand und dann wieder ins warme Bett kam.

Sie kuschelte sich an ihn. „Ich kann nicht glauben, dass du die Kondome dabeihattest“, sagte sie lachend.

Er grinste. „Die Feuerwehrmänner sagten, ich solle alles Wichtige mitnehmen, weil ich vielleicht eine ganze Zeit lang nicht in die Wohnung könnte.“ Er zuckte die Achseln. „Und ich nahm das, was wichtig war.“

„Du bist unmöglich.“ Sie drehte sich um, sodass ihr Hintern sich an seinen Penis drückte, der bereits wieder hart wurde.

„Nein, ich bin gut. Und klug.“ Er küsste sie auf den Hinterkopf.

„Und egoistisch“, neckte sie ihn. „Aber wir müssen gehen.“

So viel zu einer zweiten Runde, dachte er.

Sie versteifte sich bei dem Gedanken an den Termin. „Willst du mich zum Treuhänder begleiten?“

„Ich habe meine Jobs bereits an Derek übergeben. Ich werde nicht von deiner Seite weichen, bis wir wissen, wer hinter diesen Anschlägen auf dein Leben steckt.“

Er wünschte nur, auch sie würde nie mehr von seiner Seite weichen wollen.

„Das weiß ich sehr zu schätzen“, murmelte sie.

Als sie in seinen Armen einschlief, fragte er sich, warum das nicht genug sein konnte.

Lacey duschte und zog sich rasch an. Jetzt, kurz bevor sie und Ty in das Büro von Paul Dunne geführt wurden, jenes Mannes, der seit dem Tod ihrer Eltern der Treuhänder war, lief ihr unwillkürlich ein kalter Schauer den Rücken hinunter.

Ihr war klar, dass er jemand war, dem ihre Eltern offenbar vertraut hatten. Sie wusste auch, dass sie weder damals noch heute eine Beziehung zu ihm gehabt hatte. Damals hatte sie nicht viel darüber nachgedacht, heute tat sie es. Paul Dunne hatte sie in der Obhut ihres Onkels gelassen, und wenn er sich überhaupt nach ihrem Wohlergehen erkundigt hatte, dann aus der Ferne. Vermutlich hatte er Marc Dumont abgekauft, dass Lacey ein problematisches Kind war. Auch wenn sie den Mann nicht kannte, brachte Lacey ihm nicht viel Sympathie entgegen.

Die Frau, die sie am Empfang begrüßt hatte, klopfte an die Tür und trat ein. Lacey und Ty ließ sie einen Moment draußen warten, bevor sie wieder herauskam. „Mr. Dunne empfängt sie nun."

„Danke." Lacey ging hinein. Ty blieb dicht hinter ihr.

Ein älterer Mann mit grauen Haaren und in einem dunkelblauen Dreiteiler erhob sich, um sie zu begrüßen. „Lillian, es ist eine Freude, Sie endlich kennenzulernen." Er kam um den Schreibtisch herum und schüttelte ihr die Hand. „Ich war so erleichtert zu hören, dass Sie nach all dieser Zeit lebend und wohlauf sind. Sie müssen mir erzählen, wo Sie all die Jahre waren."

Lacey zwang sich zu einem Lächeln. „Die Vergangenheit ist vergangen. Ich würde lieber in die Zukunft blicken", entgegnete sie. „Ist nicht das der Grund, warum wir hier sind? Damit Sie mir erklären, was der Letzte Wille meiner Eltern vorsah und wie es nun weitergeht?"

Er nickte.

Lacey nahm das als Einladung und setzte sich in einen der großen Sessel vor dem alten Holzschreibtisch. Wieder folgte Ty ihrem Beispiel und nahm in dem anderen Sessel Platz. Lacey faltete die Hände im Schoß und wartete, dass der Treuhänder das Wort ergriff.

Als ob er ihr Unbehagen spürte, legte Ty ihr als Zeichen seiner Solidarität seine warme, starke Hand auf ihre. Er ahnte nicht, wie dankbar sie ihm dafür war.

Der ältere Mann räusperte sich. „Ich würde nur zu gerne anfangen. Allerdings würde ich die Angelegenheit lieber unter vier Augen besprechen." Er warf einen Blick auf Ty.

Offensichtlich wollte Dunne, dass Ty den Raum verließ, doch Lacey entschied, dass sie das Sagen hatte. Sie war zu nervös, um sich später an alles erinnern zu können, was in diesem Raum besprochen worden war. Ein zweites Paar Ohren würde bei der Erinnerung helfen. Außerdem gruselte Lacey vor der Kälte, die Paul Dunne ausstrahlte. Und der letzte Grund, warum sie Ty hier haben wollte, lag in den merkwürdigen Anschlägen der letzten Tage. Sie würde mit Menschen zusammen sein, die sie kannte und denen sie traute, oder aber gar nicht auftauchen.

„Ty bleibt", beharrte Lacey.

Dunne nickte. „Wie Sie wünschen." Er setzte sich in seinen Schreibtischsessel und zog eine blaue Mappe hervor. „Dies ist der Letzte Wille Ihrer Eltern."

Er las die Bestimmungen des Testamentes vor, und sie erfuhr, dass zusätzlich zu der großen Geldsumme im Treuhandfonds auch das Haus ihrer Eltern an sie ging. Verblüfft nahm sie den restlichen Text kaum noch wahr.

Am Ende räusperte sich Dunne. „Haben Sie verstanden, was ich gerade vorgelesen habe?"

Sie schüttelte den Kopf. „Es tut mir leid. Können Sie es wiederholen?"

„Der Hauptpunkt ist, dass Sie Ihren Anspruch auf das Geld an Ihrem siebenundzwanzigsten Geburtstag oder später anmelden müssen. Sollten Sie vor diesem Geburtstag sterben, wird das Geld zwischen Robert und Marc, den Brüdern ihres Vaters, aufgeteilt."

Lacey schüttelte erneut den Kopf. „Das kann nicht stimmen. Onkel Marc sagte immer, dass ich mit einundzwanzig erben würde." Tatsächlich hatte er darauf spekuliert, dass sie ihm an jenem Tag die Verwaltung ihres Geldes anvertrauen würde. Sie erinnerte sich noch gut an das Gespräch, das sie mitgehört hatte.

Ty neben ihr schwieg.

Paul Dunne legte die Fingerspitzen aneinander und blickte sie an. „Ich kann Ihnen versichern, dass dies der Wille Ihrer Eltern ist. Ich kann mir nicht vorstellen, warum Ihr Onkel Ihnen etwas anderes erzählt haben sollte."

„Vermutlich hoffte er, sie überzeugen zu können, ihm das Geld anzuvertrauen, solange sie noch jünger war", murmelte Ty voller Abscheu.

Lacey nickte zustimmend. Tys Erklärung ergab Sinn, doch der Treuhänder schüttelte den Kopf.

„Lillian ..."

„Ich heiße jetzt Lacey", berichtigte sie und beugte sich vor.

„Gut. Lacey, Sie müssen zugeben, dass Sie ein schwieriges Kind waren. Ich bin mir sicher, dass Ihr Onkel – sollte er Sie in die Irre geführt haben –, dies nur aus der Überzeugung tat, dass jemand mit Ihrer, wie soll ich sagen, geringen Reife ihn mehr brauchte, als Ihnen klar war."

Sie schnellte aus ihrem Sessel hoch. „Sie rechtfertigen seine Lüge?" Ganz abgesehen davon, dass er bestätigte, was sie ohnehin von Paul Dunne gedacht hatte. Er war ein desinteressierter Papiertiger, der sich zu keinem Zeitpunkt um sie geschert hatte – weder als Kind hoch heute.

Als Lacey vortrat, erhob sich Ty und zog sie zurück, bis er seinen Arm um ihre Taille schlang. „Ich denke, Spekulationen über die Vergangenheit sind nutzlos. Für Lacey ist jetzt wichtig, dass Sie ihr erklären, welche Schritte sie unternehmen muss, um am siebenundzwanzigsten Geburtstag Anspruch auf das Geld anzumelden."

„Das wäre schon nächsten Monat", sagte Lacey, der die Bestimmungen des Testaments erst jetzt voll bewusst wurden. „Warum siebenundzwanzig? Ist das nicht eine merkwürdige Zahl?"

Paul ordnete seine Papiere. „Es ist nicht ungewöhnlich für

Eltern oder Erziehungsberechtigte, die Auszahlung von Geld an ihre Kinder zu verschieben, bis sie erwachsen sind. In diesem Fall gibt es jährliche Zuwendungen, die aus den jährlichen Zinsen des Erbes bestritten werden. Sie sind bestimmt für die Pflege und den Unterhalt des Hauses samt Grundstück und wurden an ihren Vormund Marc Dumont ausgezahlt. Ihr Vormund hatte auch das Recht, Geld aus dem Fonds für Ihre Erziehung zu fordern."

Lacey musste sich zwingen, bei dem letzten Satz nicht zu schnauben.

„Doch um Ihre Frage zu beantworten: Der Grund, warum Sie das Geld erst an Ihrem siebenundzwanzigsten Geburtstag beanspruchen dürfen, liegt darin, dass Ihre Eltern Ihnen Zeit geben wollten, richtig zu leben. Sie wollten, dass Sie aufs College gehen oder nach Europa, solange Sie noch jung sind. Nach den Treuhandbestimmungen wäre auch hier der Zinsertrag für die Ausgaben aufgekommen. Sie wünschten sich, dass Sie das Leben kennenlernten, bevor Sie erben. Sie befürchteten, dass Sie das Geld anderenfalls vielleicht unklug ausgegeben hätten."

„Sie hatten keine Ahnung, wie sich die Dinge entwickeln würden", sagte sie zu Ty.

Sie rieb sich mit den Händen die Oberarme. Ihre Eltern hatten ihr wertvolle Erlebnisse mitgeben wollen, und davon hatte sie wahrlich mehr gehabt, als sie sich hatten vorstellen können. Statt aufs College zu gehen, war sie dank ihres Onkels in New York gelandet, wo sie sich nur mit Mühe durchs Leben geschlagen hatte.

Ty zog sie fest an sich. Seine Fürsorge und sein Verständnis waren die einzigen Dinge, die sie seelisch noch aufrechthielten.

„Ist siebenundzwanzig nicht eine merkwürdige Zahl? Hätten sie nicht so etwas wie fünfundzwanzig gewählt? Oder dreißig?", fragte Ty.

„Ihre Mutter war eine sehr gefühlsbetonte Frau. Sie lernte Ihren Vater mit siebenundzwanzig kennen. Sie heirateten an einem siebenundzwanzigsten April." Dunne zuckte die Achseln. „Ihr Vater verwöhnte sie gerne", setzte er hinzu.

„Das klingt irgendwie merkwürdig", sagte Ty.

Als sie von ihren Eltern hörte, bildete sich ein Kloß in Laceys Hals, und sie konnte nur zustimmend nicken.

„Also kann Lacey an ihrem Geburtstag hierherkommen und die Papiere unterzeichnen?", fragte Ty, der offenbar begriff, dass sie keinen vollständigen Satz mehr herausbrachte.

„Ein wenig komplizierter ist es schon, doch im Wesentlichen läuft es darauf hinaus. Sie unterschreibt, und dann müssen die Papiere bei der Bank ausgefüllt werden. Danach hat sie Zugriff auf das Geld." Er räusperte sich. „Wenn Sie mich jetzt entschuldigen wollen, ich habe noch einen weiteren Termin, den ich vorbereiten muss."

Lacey schluckte schwer. Sie war noch nicht bereit zu gehen. „Von was für einer Summe sprechen wir hier eigentlich genau?"

„Nun, der Zinssatz hat über die Jahre geschwankt." Paul Dunne nestelte an seiner Krawatte. „Doch die ungefähre Summe dürfte bei zweieinhalb Millionen Dollar liegen."

Und Lacey musste nur lange genug am Leben bleiben, damit sie ihr gehörten.

Sie verließen das Büro. Ty öffnete ihr die Tür zur Straße. Was sie eben gehört hatte, erschütterte sie, das spürte Ty – vor allem, dass sie das Anwesen ihrer Eltern erbte. Doch jetzt war nicht der richtige Moment, um sie darauf anzusprechen. Sie brauchte Zeit, um die Neuigkeiten zu verarbeiten.

An einem Drugstore neben der Kanzlei kaufte er ihr eine Flasche Wasser, bevor sie sich ins Auto setzten.

„Geht es dir gut?", fragte er, als er die Flasche öffnete und sie ihr reichte.

Sie nickte und nahm einen Schluck. „Surreal ist noch eine Untertreibung, oder?"

„So kann man es auch nennen."

Sie verstärkte den Griff um die Flasche. „Jetzt haben wir den Beweis: Onkel Marc will sichergehen, dass ich meinen siebenundzwanzigsten Geburtstag nicht erlebe."

Ty stöhnte auf. Er hasste es, ihr zustimmen zu müssen, doch er hatte keine Wahl. „Ich wüsste nicht, wer es sonst sein sollte. Doch er wird dir kein Haar krümmen."

Sie lächelte zum ersten Mal, seit sie die Kanzlei betreten hatten. „Was würde ich ohne dich tun?", fragte sie und beugte sich spontan vor, um ihn auf die Wange zu küssen.

Er wollte keinesfalls herausfinden, was sie ohne ihn tun würde, doch sie wussten beide, dass sie ganz gut allein zurechtgekommen war. Sie hatte ihre Stärke bereits unter Beweis gestellt.

Er räusperte sich und startete den Wagen. „Ich schlage vor, wir fahren zu meiner Mutter zurück. Du kannst dich mit Digger vergnügen, am Nachmittag ein wenig ausruhen und später mit ins ‚Night Owl's' kommen. Ich habe heute die Nachtschicht, und du musst sowieso unter Leute kommen."

„Oh, eine Nacht unterwegs. Ich kann es kaum erwarten!" Sie lebte ein wenig auf, und ihre Schultern strafften sich bei dem Gedanken. „Meinst du, ich kann vielleicht auch aushelfen? Ich habe es so satt, nichts zu tun zu haben."

Ein weiteres Signal, dass diese kleine Idylle zwischen ihnen bald ein Ende haben würde, dachte Ty. „Du kannst den Boss doch bestimmt überzeugen, mich irgendetwas tun zu lassen, oder?"

Klar, denn heute Abend war zufällig er der Boss, und er konnte ihr einfach nichts abschlagen. Einschließlich ihrer Rückkehr nach New York zu dem Leben, das sie liebte.

Marc hatte sich den Vormittag für die Smoking-Anprobe vor seiner Hochzeit, die für den Ersten des nächsten Monats angesetzt war, freigenommen. Natürlich hatte er seiner künftigen Frau noch immer nicht erzählt, dass Laceys Geburtstag wenige Tage davor bedeutete, dass er nicht nur kein Geld aus dem Treuhandfonds, sondern auch kein Haus mehr besaß. Sie würde das Anwesen erben, so wie es ihr von Rechts wegen zustand, und er säße auf der Straße. Er konnte sich nicht vorstellen, dass sie ihn hier wohnen ließe, und er würde niemals darum bitten. Er hatte alle Rechte verwirkt.

Er hatte sich bereits Luxus-Mietwohnungen angeschaut, die näher an Albany lagen. Gott sei Dank erlaubte ihm sein Gehalt einen gehobenen Lebensstandard. Er wusste nur nicht, ob er gehoben genug sein würde für Francie, die niemals genug zu haben schien. Marc wusste selbst nicht, warum er sie liebte, aber er tat es. Mit all ihren Fehlern. Sie zu verlieren wäre vielleicht seine Strafe für die Sünden der Vergangenheit, das dachte er nicht zum ersten Mal. Ihre Tochter Molly liebte er ebenfalls und war gewiss, auch sie zu verlieren, sobald sie der hässlichen Wahrheit über seine Vergangenheit mit Lacey Glauben schenken würde.

Er fuhr in die lange Auffahrt zum Haus und bemerkte sofort, dass er Gesellschaft hatte. Der schwarze Cadillac kündete einen unheilvollen Besucher an. Einen, den er absichtlich ignoriert hatte seit dem Anruf, in dem er ein Treffen gefordert hatte. Marc hatte Paul Dunne nichts zu sagen. Der Mann hatte sich sein eigenes Grab geschaufelt, indem er in all den Jahren hohe Summen aus Laceys Besitz abgezogen hatte.

Marc parkte seinen Wagen neben dem von Dunne und trat hinaus in die kühle Herbstluft.

„Du bist mir aus dem Weg gegangen", sagte der andere.

„Weil wir nichts zu besprechen haben."

Paul hob eine Augenbraue. „Offensichtlich lebst du völlig außerhalb der Realität, doch ich werde dich jetzt aufklären."

Marc steckte den Autoschlüssel in seine Tasche. „Weißt du was? Ich habe hierfür keine Zeit." Er wandte sich um und wollte zum Haus gehen.

„Warte." Paul hielt ihn am Ärmel fest. „Lillian, Lacey, wie auch immer sie jetzt heißt, darf ihren siebenundzwanzigsten Geburtstag nicht erleben."

Marc drehte sich langsam zu ihm um. „Bist du verrückt? Geld zu veruntreuen ist schlimm genug. Willst du deiner Liste von Verfehlungen jetzt auch noch einen Mord hinzufügen?"

Paul lachte höhnisch auf, seine Augen glitzerten vor Entschlossenheit. „Natürlich nicht. Ich werde ihn deiner Liste hinzufügen."

„Du hast den Verstand verloren." Marc musste sich mit aller Kraft beherrschen, um nicht die Panik zu zeigen, die ihn bei Pauls Worten überfiel. Er musste ruhig bleiben und es ihm ausreden, doch zuerst musste er erfahren, was Dunne vorhatte.

Marc entschied sich, zu schweigen und auf eine Erklärung von Dunne zu warten.

„Das Mädchen darf nicht erben. So einfach ist das."

„Warum? Weil sie dann von dem unterschlagenen Geld erfährt und du im Gefängnis landest?" Nichts würde Marc glücklicher machen.

„Weil ich es lieber sähe, wenn du den immer kleiner werdenden Topf Gold erbst. Ich habe ebenso viel gegen dich in der Hand wie du gegen mich, was bedeutet, dass du mich nicht anzeigen wirst", sagte Paul selbstgewiss und rieb sich die Hände. Nicht etwa wegen der kalten Luft, wie Marc ahnte, sondern weil er sich des eigenen Sieges sicher war.

Marc schluckte schwer. Er wollte alle Fakten auf dem Tisch haben. Keine Überraschungen. „Was glaubst du denn gegen mich in der Hand zu haben?"

Paul grinste teuflisch. „Ich weiß, dass du Lillian angelogen hast in Bezug auf den Geburtstag, an dem sie erbt. Weil du sie dazu bringen wolltest, dir ihr Geld anzuvertrauen, ihrem ach so freundlichen Onkel. Und als das nicht funktionierte, zeigtest du dein wahres Ich und hast das arme Mädchen misshandelt. Und ich weiß, dass du sie praktisch verkauft hast an Florence Benson."

Marc lehnte sich gegen das Heck seines Wagens, um Halt zu finden.

Paul blickte hinauf in den blauen Himmel, als ob er in Gedanken sei.

Marc bezweifelte, dass er Zeit zum Denken brauchte. Offenbar verlängerte er nur den Todeskampf.

„Oh, und habe ich erwähnt, dass ich sehr genau informiert bin, wie du die Leute beim Jugendamt manipuliert und bestochen hast, damit Daniel Hunter von seiner Pflegefamilie weg musste? Genau genommen weiß ich alles über dich."

Marc begriff, dass er kurz davor war, alles zu verlieren: seinen Job, seine Reputation und seine Verlobte. Angst erfasste ihn, kroch ihm erst den Rücken hoch, bevor sie in seinem Kopf explodierte. „Na fein", spuckte er aus. „Wir sind quitt. Ich werde dich nicht verpfeifen, und du wirst mich nicht verpfeifen."

„Gut. Und nun lass uns darüber sprechen, wie wir dahin kommen, dass du erbst, und nicht Lillian, denn ich habe nichts, um die Frau zu bestechen. Und da kommst du ins Spiel. Du musst dich um sie kümmern. Endgültig."

„Um Gottes willen", sagte er und Übelkeit überkam ihn. „Lieber lasse ich dich reden und warte ab, was du beweisen kannst und was nicht, als das ich deine Drecksarbeit erledige."

Paul steckte die Hände in die Taschen und straffte die Schultern. Als ob er Marcs Angst spürte, trat er näher und bedrängte ihn mit seiner Präsenz. „Ich habe schon versucht, die Dinge auf meine Weise zu erledigen. Doch ich musste feststellen, dass man nur jene Leute anheuern sollte, die bereits etwas auf dem Kerbholz haben; alle anderen sind unfähig."

„Du hast jemanden engagiert, der sie bei der Mall überfahren sollte? Und du hast Feuer legen lassen in Tyler Bensons Wohnung?“, fragte Mark, dem erst jetzt ein Licht aufging.

Weder bestätigte Paul seine Anschuldigung, noch leugnete er, doch Marc wusste, dass er ins Schwarze getroffen hatte.

„Du bist widerwärtig“, murmelte er.

„Pragmatisch, so wie du es früher warst. Doch der Mangel an Alkohol schadet deinem Verstand.“

Marc schüttelte den Kopf. „Er macht mich zu einem Menschen.“

Der Treuhänder zuckte die Achseln. „Entweder du kümmerst dich darum, dass Lillian einem tragischen Unfall zum Opfer fällt, oder ich werde es tun. Und wem glaubst du, werden sie die Schuld geben, wenn sie stirbt? Ihrem Onkel natürlich“, sagte er. „Nach allem, was geschehen ist, kann dein Wandel ja nur Show sein. Du wolltest die ganze Zeit das Geld, werde ich ihnen sagen müssen. Und nun brauchst du das Geld für deine gierige Frau, denn sonst wirst du sie verlieren. Das ist ein Motiv, wenn du mich fragst. Oh, und mach dir keine Sorgen um deinen Bruder. Ich werde dafür sorgen, dass er genug von dem Erbe bekommt, um für seine Frau zu sorgen. Alles andere wird ihm egal sein. Robert war schon immer zerstreut. Er weiß nicht einmal mehr, wie viel ursprünglich in dem Treuhandfonds war.“

Eine alte Wut stieg in Marc hoch, als er sich die Zeit in Erinnerung rief, in der er mit diesem Mann zu tun hatte. Immer wenn Marc Geld brauchte, musste er sich an Paul wenden. Er hatte Paul schon vor Jahren um Geld gebeten, und der andere hatte eingewilligt und es ihm von den Zinsen auf Laceys Treuhandfonds gegeben. Mit dem Geld hatte Marc Florence Benson bezahlt. Kein Wunder, dass Paul stolz darauf war, herausgefunden zu haben, wofür Marc das Geld gebraucht hatte.

Unter seinem Anzug brach Marc der Schweiß aus, und das Verlangen nach einem Drink, um den Schmerz zu betäuben, war schier überwältigend.

„Ich muss jetzt wirklich gehen. Du brauchst jetzt noch keine Entscheidung zu treffen. Ruf mich an. Laceys Geburtstag ist erst in einigen Wochen.“ Paul klopfte Marc teilnahmsvoll auf die Schulter.

Marc schüttelte ihn mit einer kurzen Bewegung ab.

„Wenn du ein guter Junge bleibst, kannst du dich mit dem Gedanken trösten, dass du keinen Alkoholentzug im Gefängnis durchleben musst. Das wäre sicher nicht angenehm.“ Paul wandte sich um, setzte sich in seinen Wagen und ließ den Motor an.

Er winkte, als ob er zu einem harmlosen Besuch da gewesen wäre, fuhr dann die Auffahrt hinunter und ließ einen Marc zurück, der über sein Schicksal nachgrübelte, das mit jeder Minute düsterer schien.

Marc saß in der Falle, und der Bastard wusste das. Alle Möglichkeiten führten zu demselben Ergebnis. Er könnte tun, was Paul verlangte, und würde sich nie wieder im Spiegel anschauen können. Was vermutlich keine Rolle spielte, da er sowieso im Knast landen würde – wo er dank Paul Dunnes sogenannter Beweise und dessen gesellschaftlicher Reputation auch hinkäme, wenn er nichts tat.

„Verdammt.“ Er trat mit dem Fuß gegen den Reifen, auch wenn er sich davon außer vielleicht einem gebrochenen Zeh wenig versprach.

Er jaulte auf vor Schmerz und hinkte langsam ins Haus.

Es hatte eine Zeit gegeben, als das Anwesen stellvertretend für all das gestanden hatte, was er sich vom Leben wünschte. Heute sah er das alte Haus nur noch als Mahnung, was die Eifersucht seines Bruders aus seinem eigenen Leben gemacht hatte. Wie ironisch: Jetzt wo er den Blick darauf kaum noch aushalten konnte, sollte dieser seinen Willen bekommen und er das Haus verlieren – und noch vieles mehr.

Es sei denn, er fand einen Weg, Paul Dunne zu überlisten. Entweder das, oder er musste seiner Forderung nachgeben. Was für eine Wahl, dachte Marc. Unglücklicherweise hatte er nichts Besseres verdient.

# 12. Kapitel

Später an jenem Abend stand Ty hinter dem Tresen im „Night Owl's", damit Rufus zum Elternabend in die Schule seines Sohnes gehen konnte. Die Bar füllte sich rasch, und es freute ihn, wie viele Leute sich an Lacey erinnerten, sie ansprachen und willkommen hießen. Er war froh, dass sie zumindest für ein paar Stunden keine Zeit hatte, an den Treuhandfonds, ihren Onkel oder denjenigen zu denken, der ihr etwas antun wollte.

Als sein Handy klingelte, erkannte er Dereks Nummer auf dem Display. Er bat ihn dranzubleiben, und wandte sich an den zweiten Barkeeper. „Hey Mike. Kannst du einen Moment allein die Stellung halten?"

Der Junge nickte. Ty blickte zu Lacey, die mit Molly in ein Gespräch vertieft war. Für den Moment befand sie sich in guten Händen. Er ging nach hinten in den Flur und schloss sich im Büro ein.

„Was ist los?", fragte er Derek.

„Ich denke, wir haben einen Durchbruch." Dereks Aufregung summte förmlich durch die Leitung. „Dumont hatte gegen 11.30 Uhr heute Vormittag einen Besucher."

Ty setzte sich auf den alten Schreibtisch. „Endlich. Wer war es?", fragte er und spürte, wie Adrenalin durch seine Adern schoss.

„Ich kannte ihn nicht und ließ Frank deshalb sein Kennzeichen überprüfen. Der Wagen gehört einem Paul Dunne von ‚Dunne & Dunne'. Das ist eine ..."

„Anwaltskanzlei", beendete Ty Dereks Satz. „Ich weiß genau, mit wem wir es zu tun haben."

Er wusste allerdings nicht, warum Paul Dunne Dumont einen Besuch abstatten sollte, wenn es nicht mit Laceys Treuhandfonds zusammenhing. Natürlich gab es die Möglichkeit, dass die beiden Männer befreundet waren, doch viel wahrscheinlicher war es, dass Dunne Dumont von seinem Termin mit Lacey erzählt hatte.

„Gute Arbeit. Bleib dran."

„Das werde ich, Boss. Kann ich sonst noch was für dich tun?"

Er dachte kurz nach, bevor er antwortete. „Tatsächlich ist da was. Du könntest Frank bitten, nachzuforschen, ob es noch irgendeine andere Verbindung zwischen Marc Dumont und Paul Dunne gibt als die Tatsache, dass Paul Treuhänder des Dumont-Vermögens ist."

Sicher konnte Hunter Molly bitten, einige Informationen von Anna Marie zu bekommen, und vielleicht würde sie ihnen helfen. Ty zweifelte überhaupt nicht daran, dass sie eine Schwäche für Hunter hatte, doch er war sich nicht sicher, ob sie ihr Liebesleben vor die Familie stellen würde. Sie hatten nicht viel Zeit, das herauszufinden, schließlich wussten sie nicht, wann Laceys Onkel das nächste Mal zuschlagen würde.

„Schon so gut wie erledigt", erwiderte Derek.

„Danke." Irgendwoher würde Ty seine Informationen schon bekommen.

Als Derek auflegte, wählte Ty Hunters Büronummer und bat den Freund, alles stehen und liegen zu lassen, um ihn und Lacey kurz in der Bar zu treffen. Er war ein wenig frustriert, weil er die Nachforschungen nicht selber anstellen konnte; er liebte seine Arbeit und wäre gerne derjenige gewesen, der diesen Mistkerl Dumont ein für alle Mal drankriegte. Doch Laceys Sicherheit ging vor. Er musste immer in ihrer Nähe bleiben.

Er ging zurück in die lärmende Bar. Sein Blick fiel sofort auf Lacey. Spontan entschied er, ihr noch nichts von Paul Dunnes Besuch bei ihrem Onkel zu erzählen. Sie hatte sich so gefreut, ihn heute zu begleiten, zu sehen, wo er arbeitete, wer seine Freunde waren. Sie sollte den Abend genießen und er sah keinen Sinn darin, ihr den Moment, an dem sie seit Langem erstmals ihre Probleme vergaß, zu verderben. Sie würde früh genug davon erfahren.

Er wischte gedankenverloren mit einem feuchten Lappen über den Tresen und dachte an Lacey, während er Drinks servierte.

Plötzlich hörte er eine vertraute Stimme. „Einen Sea Breeze bitte."

Er blickte in die Augen von Gloria, jener Frau, mit der er sich getroffen und mit der er geschlafen hatte, bevor Lacey in sein Leben zurückgekehrt war.

Seit Lacey und er über Alex gesprochen hatten, war ihm Gloria nicht mehr aus dem Kopf gegangen. Er musste unbedingt mit ihr reden. Er hatte sie angerufen, als Lacey unter der Dusche stand, doch sie war nicht zu Hause gewesen. Ty hatte keine Nachricht hinterlassen – zum einen, weil er nicht wollte, dass sie zurückrief, während Lacey in seiner Nähe war, zum anderen, weil Gloria etwas Besseres verdient hatte, als am Telefon verlassen zu werden.

„Hallo Fremder." Gloria zwängte sich zwischen zwei Männer am Tresen und beugte sich vor.

„Selber hallo." Er schenkte ihr ein warmes Lächeln, mixte ihren Dring und schob ihr das Glas zu. „Bitte schön."

„Danke. Meinst du, du könntest eine kurze Pause machen, damit wir reden können?", fragte sie und strich sich eine Haarsträhne hinters Ohr.

Sie trug ihr dunkles Haar hochgesteckt, was er normalerweise sexy fand, doch heute fühlte er sich nur schlecht. Dennoch hoffte er, dass er sich auf die Unverbindlichkeit ihrer Beziehung berufen konnte und sie ihren Drink nicht nötig haben würde.

Er nickte und kam um den Tresen herum. Sein Blick wanderte kurz zu Lacey, die glücklicherweise beschäftigt zu sein schien.

Er nahm Gloria am Arm und führte sie in eine Nische, wo sie ungestört miteinander sprechen konnten. „Ich wollte dich sowieso anrufen“, murmelte er lahm.

„Wir haben nie zuvor Spielchen gespielt“, erwiderte sie vorwurfsvoll. Er sah an ihren Augen, dass sie gekränkt war.

Mit einem leichten Nicken des Kopfes gestand er seine Schuld ein.

Sie atmete tief durch, bevor sie fortfuhr. „Ich bin zwar nicht in Hawken's Cove aufgewachsen, aber ich bin Kellnerin, und natürlich bekomme ich all den Tratsch und Klatsch der Stadt mit. Ich weiß, dass Lilly Dumont wieder zurück ist.“

Ty öffnete den Mund, um ihn gleich wieder zu schließen. Er war nicht sicher, worauf Gloria in dem Gespräch hinauswollte. Er hatte niemals mit ihr über Lacey gesprochen – ebenso wenig wie mit irgendeiner anderen Frau. In all den Jahren nicht. Sein Herz schlug ihm bis zum Hals. Gloria war so gut zu ihm gewesen, er wollte sie nicht verletzen und hätte ihre Beziehung gerne fortgesetzt. Doch seit Laceys Rückkehr wusste er, dass es in seinem Leben keinen Platz für eine andere Frau gab, selbst wenn Lacey nicht hierbleiben sollte.

„Tatsächlich hörte ich, dass Lilly bei dir wohnt. Oder es jedenfalls bis zu dem Feuer tat.“ Gloria berührte seinen Arm. „Ich bin froh, dass es dir gut geht“, sagte sie sanft. „Auch wenn ich dich am liebsten erwürgen möchte.“

„Gloria, es tut mit wirklich leid.“

„Aber du hast mir nie mehr versprochen als das, was wir hatten. Ich verstehe schon.“ Dennoch umspielte ein trauriges Lächeln ihre Lippen. „Ich bin schon seit einer Weile hier und beobachte dich.“

„Das habe ich nicht bemerkt.“

Sie schüttelte den Kopf. „Das konntest du nicht. Du warst zu beschäftigt damit, sie anzuschauen. Und ich begriff endlich, warum ich niemals zu dir durchdringen konnte." Erschöpft lehnte sie sich mit einer Schulter gegen die Wand. „Weil dein Herz jemand anderem gehört."

Ty hob die Brauen. „Du und ich, wir hatten eine gute Zeit." Seine Worte klangen lahm, waren aber wahr. „Ich habe gedacht, dass wir das Gleiche wollen." Dass sie verletzt war, überraschte ihn. Er hatte wirklich geglaubt, dass sie sich beide nur eine unverbindliche Affäre gewünscht hatten.

„Das ist das Problem mit euch Männern", sagte Gloria mit einem matten Lachen. „Ihr nehmt alles wörtlich. Natürlich sagte ich das, weil du es hören wolltest. Aber weißt du, tief in mir drin habe ich gehofft, dass ich diejenige sein würde, die deine Mauern sprengt."

„Ich schätze, das ist das Problem", sagte er. „Ich wusste es nicht." Er fühlte sich ein klein wenig verraten, auch wenn er verstand, warum sie ihm etwas vorgemacht hatte. Wenn sie zugegeben hätte, was sie wirklich wollte, hätte er sich aus dem Staub gemacht.

Sie zuckte die Achseln. „Ich wünsche dir alles Gute, Ty. Das tue ich wirklich." Sie wandte sich rasch um und ging davon.

Er hatte die Tränen in ihren Augen gesehen und ließ sie gehen. Es gab keinen Grund, sie zurückzurufen, ihr falsche Hoffnungen zu machen.

Sie hatte recht. Sein Herz gehörte Lacey.

Lacey setzte ein Dauerlächeln auf und versuchte, sich auf Molly zu konzentrieren, die irgendwas von einem Ausverkauf in der Mall nächste Woche erzählte. Lacey konnte nicht weiter als einen Tag denken, geschweige denn sieben Tage. Immer wenn sie vorausplanen wollte, überkam sie Angst. Dennoch wusste sie, dass sie ihrer Firma nicht viel länger fernbleiben durfte. Sie war sowieso schon zu lange in Hawken's Cove.

Lange genug, um ihre Gefühle für Ty zu entdecken und den Konflikt, der sich hieraus für ihr geregeltes Leben zu Hause ergab. Nicht dass sie in den letzten paar Tagen ihre Gefühle verleugnet hätte, doch sie wollte sie nicht zerpflücken, sondern im Augenblick leben. Der Augenblick war einfacher als die Entscheidung, die sie treffen musste, die sie und Ty vielleicht wieder auseinanderreißen würde – und diesmal für immer.

Unglücklicherweise gehörte zu diesem speziellen Moment, dass Ty am anderen Ende des Raums mit einer Frau im Gespräch vertieft war. Sie hatte beobachtet, wie die hübsche dunkelhaarige Frau zum Tresen gegangen war und mit Ty gesprochen hatte. Er hatte ihr einen Drink gemixt und kam eine Sekunde später hinter dem Tresen vor, um sie an die Hand zu nehmen und in diese Nische zu führen.

Lacey wurde fast übel bei dem Anblick. Doch so sehr sie sich auch bemühte, sich auf Molly zu konzentrieren, wanderte ihr Blick doch immer zurück zu den beiden.

„Jetzt begreife ich, was dich so ablenkt", sagte Molly und schnippte vor Laceys Gesicht mit dem Finger.

„Was? Entschuldige. Ich war gerade unkonzentriert", gab Lacey zu. Sie richtete ihre Aufmerksamkeit wieder auf Molly und sagte sich, dass es sie nichts anginge, was zwischen Ty und dieser Frau geschah.

Das war eine Lüge, und sie wusste es.

„Du hörst mir schon eine ganze Weile nicht richtig zu." Molly lachte gutmütig.

„Woher weißt du das?"

„Dein finsterer Blick hat dich verraten. Keine Frau guckt so böse angesichts eines Schlussverkaufs!" Molly lachte, wurde aber gleich wieder ernst, als ihr Blick zu dem Paar in der Ecke wanderte. „Begreif doch, dass sie keine Konkurrenz für dich ist."

Laceys Wangen wurden heiß. „Ich kann nicht glauben, dass du mich dabei erwischt hast, sie zu beobachten", sagte sie peinlich berührt.

„Es liegt in der Natur des Menschen, neugierig zu sein." Molly nahm eine Erdnuss aus der Schale auf dem Tresen und steckte sie sich in den Mund. „Aber was ich wegen der Konkurrenz sagte, ist wahr. Ich habe gesehen, wie Ty dich anschaut – und wow!" Sie fächelte sich mit einer Serviette demonstrativ Luft zu.

Lacey konnte Tys feurige Blicke nicht bestreiten, doch sie hatte etwas Störendes entdeckt, als sie ihn mit der anderen Frau beobachtet hatte. „Sie haben miteinander geschlafen."

„Und woher weißt du das?" Molly musterte sie fragend.

„Weibliche Intuition." Lacey schauderte und verschlang die Arme vor der Brust.

„Selbst wenn du recht haben solltest: Es ist vorbei", sagte Ty, der hinter ihr auftauchte.

„Schon wieder erwischt." Sie versteckte ihr Gesicht in den Händen und stöhnte.

Molly kicherte. „Ich denke, das ist jetzt ein guter Zeitpunkt, mich zu empfehlen. Da hinten stehen ein paar Kollegen. Es ist an der Zeit, sich zu ihnen zu gesellen." Mit einem Winken verabschiedete sie sich und ließ Lacey die Suppe allein auslöffeln.

„Es tut mir leid, ich habe geschnüffelt." Sie biss sich leicht in die Wange.

„Mir nicht. Ich hätte dir sowieso von unserem Gespräch erzählt." Er zog den Stuhl von Molly herum und setzte sich neben Lacey.

Sie schluckte schwer. „Aber du hast mir bisher nichts von ihr erzählt. Tatsächlich hast du sie nicht einmal erwähnt, während ich dir alles über Alex erzählt habe."

Obwohl sie und Ty einander so nahe gewesen waren, gab es doch einiges, was sie nicht voneinander wussten, erkannte sie nun. Es gab anscheinend noch immer Geheimnisse zwischen ihnen.

„Ich habe dir nichts davon erzählt, weil es nichts zu erzählen gab. Gloria hat ein Bedürfnis in meinem Leben erfüllt, so wie Alex in deinem." Er strich zärtlich eine Haarsträhne aus ihrem Gesicht.

Seine Hand war warm, die Berührung erregend. Darin lag das Problem, dachte sie. Er konnte sie leicht ablenken, und sie vergaß dann, was sie fragen wollte.

Doch jetzt wollte sie sich nicht ablenken lassen. Auch wenn er sagte, dass es vorbei sei, gab es noch etwas, das sie wissen musste. „Hast du sie geliebt?"

Als sie die Frage stellte, verstand sie plötzlich, wie Ty sich gefühlt haben musste, als er von ihrer Beziehung zu Alex erfuhr. Es schmerzte zu fragen. Und es würde noch mehr schmerzen, ein Ja zu hören.

Er schüttelte den Kopf, und ihr fiel ein Stein vom Herzen.

„Es gibt nur eine Sache, die du über Gloria wissen musst", sagte Ty mit seiner rauen, sexy Stimme.

Schmetterlinge flatterten in ihrem Bauch, und sie genoss das warme Kribbeln. „Und das wäre?"

„Sie war nicht du."

Tränen stiegen ihr in die Augen. Es kam ihr lächerlich vor, so emotional zu reagieren, doch sie konnte weder die Erleichterung noch die überwältigende Dankbarkeit in sich kontrollieren. Sie brachte kein Wort heraus. Das musste sie auch nicht. Ihr breites Lächeln war Antwort genug.

Er nahm ihr Gesicht in seine Hände, und ohne seinen Blick von ihr zu wenden, neigte er langsam seinen Kopf und küsste sie voller Zärtlichkeit. Alles, was sie nicht gesagt hatten, schwang in diesem lieblichen, fast ehrfürchtigen Kuss mit.

Viel zu früh löste er sich wieder. „Ich muss wirklich zurück an die Arbeit."

Sie nickte.

Sie wussten beide, an welchem Punkt sie später weitermachen würden.

Hunter hatte eine Zeugenbefragung vorbereitet, als Ty anrief. Natürlich hätte er das Treffen niemals abgelehnt, dazu hatte Tys Stimme viel zu dringend geklungen – dennoch kam ihm diese Pause gelegen. Als er das „Night Owl's" betrat, war es bereits kurz vor elf. Da er später im Büro noch weiterarbeiten wollte, blickte er sich nicht um, denn er wollte keine Zeit auf Smalltalk mit Freunden verschwenden.

Fünf Minuten später saßen er, Ty und Lacey an einem kleinen Tisch hinten in der Bar. Vier Collegestudenten waren endlich hinausgetaumelt, lachend und viel zu laut. Hunter war in diesen ganzen Tagen zu beschäftigt gewesen, um überhaupt darüber nachzudenken, warum er zu dem Treffen kommen sollte.

„Ich wusste nicht, dass du Hunter gebeten hast, vorbeizukommen. Was ist los?", fragte Lacey.

Hunter hob eine Augenbraue. Er hatte angenommen, dass Lacey immer auf dem neuesten Stand war.

„Derek hat mich vorhin angerufen und berichtet, dass dein Onkel heute einen interessanten Besucher hatte", sagte Ty.

„Wen?", fragten Hunter und Lacey aus einem Mund.

Ty beugte sich vor. „Nicht lange nach unserem Termin heute Vormittag fuhr Paul Dunne zu Dumont. Und falls ich nicht irgendwas völlig übersehe, kann ich mir keinen Grund dafür vorstellen, der nicht mit Laceys Treuhandfonds zu tun hat."

„Oh Mann." Hunter fuhr sich durchs Haar.

Lacey, die bei Tys Worten bleich geworden war, blieb stumm.

„Weißt du etwas, was ich nicht weiß? Steht Dumont in irgendeiner Beziehung zu Paul Dunne? Sind sie Golfpartner?", fragte Ty. „Hilf mir, denn andernfalls …"

„Lasst uns doch aufhören, nach Erklärungen zu suchen, wo es keine gibt", sagte Lacey schließlich. „Wir alle wissen, dass Onkel Marc vor zehn Jahren an den Fonds wollte, und das hat sich nicht geändert. Geändert hat sich nur, dass er mich jetzt tot sehen will."

Ihre Worte hallten in ihnen nach.

„Ich stimme dir zu", sagte Ty.

„Ich auch. Die Frage ist nur, was wir in der Sache unternehmen werden", sagte Hunter.

„Ich werde mich nicht verstecken", sagte Lacey, bevor Hunter oder Ty etwas Derartiges vorschlagen konnten.

„Warum zum Teufel nicht? Willst du lieber als wandelnde Zielscheibe herumlaufen? Denn das nächste Mal wird er dich vermutlich nicht verfehlen." Ty schauderte bei dem Gedanken.

Lacey runzelte die Stirn. „Ich habe es satt, mich vor dem Mann zu verstecken. War das denn nicht der Grund, warum ich zurückgekommen bin? Um ihm entgegenzutreten? Um mit meiner Vergangenheit umzugehen? Nun, das tue ich jetzt."

Hunter hasste es, Lacey im Stich zu lassen, doch Ty hatte definitiv ein gutes Argument vorgebracht. Er wandte sich an Lacey, die ihn am Nachmittag angerufen und von den Neuigkeiten berichtet hatte. „Ich weiß nicht, ob es dir klar ist, aber du musst noch drei Wochen ... wie soll ich das ausdrücken ... du musst noch drei Wochen am Leben bleiben, um das Geld beanspruchen zu können. Ich glaube nicht, dass es dabei nützlich wäre, mit einem roten Tuch vor deinem Onkel aufzutauchen."

„Genau." Ty schlug mit der Faust auf den Tisch.

Hunter verzog das Gesicht. Er spürte, dass die Anführer-Pose seines Freundes Lacey aufregen würde.

Sie erhob sich, sprach aber klugerweise mit leiser Stimme. „Ihr habt zwei Möglichkeiten. Ich kann für die nächsten drei Wochen nach Hause fahren und komme dann zurück, um Anspruch auf meinen Treuhandfonds zu erheben."

„Und machst dich damit zu einem leichten Ziel in einer großen Stadt, in der niemand Dumont kennt oder ihn irgendwie im Blick behalten könnte“, konterte Ty.

„Oder ich bleibe hier und bin eben ein einfaches Ziel. Wir müssen Onkel Marc nur einen Schritt voraus und bereit sein, wenn er wieder zuschlägt.“

Jetzt erhob sich auch Ty. „Auf keinen Fall.“

Hunter stöhnte auf. „Würdet ihr zwei euch vielleicht setzen? Ihr zieht schon alle Blicke auf euch, und das können wir nun wirklich nicht gebrauchen.“

Zu seiner Überraschung gehorchten beide.

„Ich denke, Lacey hat recht“, sagte Hunter zu Ty. „Entweder locken wir ihn raus, indem wir Lacey in der Öffentlichkeit präsentieren, oder er schlägt wieder zu, wenn wir nicht darauf vorbereitet sind.“

Ty legte die Stirn in Falten.

Hunter kannte Ty gut und wusste, er würde sich ihnen anschließen. Nicht, weil er eine Konfrontation scheute. Das tat er nicht. Sondern weil Hunter recht hatte.

„Du weiß, dass ich recht habe. Dumont wird Lacey in jedem Fall nachstellen, also kann sie genauso gut ihr Leben leben und darauf vorbereitet sein.“ Hunter blickte Ty bedeutungsvoll an. „Und?“

„Okay“, murmelte Ty. Offensichtlich war er nicht besonders glücklich mit der Situation.

Lacey legte eine Hand auf die Seine. „Ich weiß diese Unterstützung sehr zu schätzen“, sagte sie ruhig.

Ty nickte kurz, sagte aber nichts. Doch Lacey brauchte keine Worte. Es ging ihr auch nicht darum, recht zu haben, dachte Hunter. Deswegen passten die beiden so gut zusammen. Weder triumphierte Lacey bei einem Sieg, noch drängte sie Ty je zu etwas, womit er nicht umgehen konnte. Sie stand für sich selbst ein, respektierte aber auch seinen Standpunkt. Wenn all dies vorüber war, hatten sie hoffentlich eine Chance für eine gemeinsame Zukunft.

Und hoffentlich galt das auch für Molly und ihn.

Hunter erhob sich. „Ich muss zurück an die Arbeit. Ich würde euch gerne weiterhelfen, aber das Gericht hält mich mit diesem Fall ganz schön auf Trab."

„Ich bin froh, dass du hier warst und zugehört hast." Lacey stand auf und umarmte Hunter kurz. „Bin gleich zurück." Sie steuerte auf die Toilettentür zu.

Ty nickte kurz und wandte sich dann wieder an Hunter. „Noch eine Sache. Ich möchte dich um einen Gefallen bitten."

„Schieß los", sagte Hunter.

„Krieg raus, was Molly über Dumonts Beziehung zu Paul Dunne weiß. Ich kann den Mann nicht leiden, und wenn sie irgendwie verbunden sind, kann das nicht gut sein."

Hunter nickte. „Alles klar."

Ty räusperte sich auffällig.

„Mir tut es nur leid, dass Molly überhaupt mit dem Mistkerl zu tun hat", sagte Hunter. „Haben die Cops irgendwas gefunden, was Dumont mit dem Feuer in Verbindung bringt?"

„Nein, weil es da nämlich nichts zu finden gibt", sagte Molly, die in einem feuerroten, engen Top hinter Hunter auftauchte.

Hunter verkniff sich ein Pfeifen. Er saß sowieso schon in der Tinte.

Ty blickte zu Molly und verzog das Gesicht. „Ich habe versucht, dich zu warnen."

„Nun, damit hättest du dich nicht aufhalten sollen", sagte Molly. „Ich verdiene es, zu erfahren, was Hunter tatsächlich von meinem zukünftigen Stiefvater hält." Sie kreuzte die Arme vor der Brust und sah ihn voller Verachtung an.

„Na dann bye-bye", sagte Ty und zog sich mit einem reuigen Blick auf Hunter zurück.

Damit tat er das Richtige. Mollys Ärger richtete sich gegen Hunter und das, was sie als einen Verrat ansah. Er musste die Dinge allein wieder in Ordnung bringen. Unglücklicherweise hatte er den Eindruck, dass nichts diesen Riss kitten konnte.

Nicht mehr.

Nach dem letzten Abend war dies ein gewaltiger Rückschlag, der ihn wie ein Messer in den Bauch traf. Ihre Meinung von ihm war wichtig, und offenbar hatte sie jegliches Vertrauen und alle Achtung vor ihm verloren.

Er trat näher an sie heran. „Du weißt, dass ich den Mann nie gemocht habe", sagte er leise.

Molly straffte ihre Schultern. „Aber du bist noch nie so weit gegangen, ihn des versuchten Mordes zu beschuldigen. Meine Mutter wird diesen Mann heiraten. Sie liebt ihn. Und ich habe eine andere Seite von ihm gesehen, an die du nicht glauben willst. Ich sage dir, egal was Marc in der Vergangenheit getan haben mag, er ist kein Mörder."

Hunter nickte nur als Signal, dass er ihre Worte verstanden hatte, auch wenn er ihnen nicht zustimmte.

„Ist dir eigentlich klar, dass ich mit Lacey in der Mall war und Marc sich bei meiner Mutter wohl kaum beliebt machen würde, wenn er mich überfährt?"

„Ich sagte nicht, dass unsere Vermutungen zutreffen müssen. Doch wenn er jemanden angeheuert hat, könnte diese Person vielleicht nicht gewusst haben, wer du bist."

Er wusste bereits jetzt, dass er und Molly immer unterschiedliche Ansichten über diese Sache haben würden. Zu schade. Keiner von ihnen würde sich auf einen Kompromiss einlassen.

Statt weiter über das Unmögliche zu sprechen, wechselte er das Thema. „In was für einer Beziehung steht Dumont zu Paul Dunne, weißt du das?"

Sie neigte den Kopf. „Zum Treuhänder von Laceys Vermögen? Ich würde doch sagen, das ist offensichtlich."

Er bewunderte ihren Mumm. „Warum klärst du dann die weniger Informierten nicht auf?“ Er wusste keine andere Möglichkeit, sie aus der Reserve zu locken, als sie mit Sarkasmus zu ärgern.

Deutlich verstimmt verengte sie ihre Augen. „Paul Dunne ist der Treuhänder“, sagte sie langsam und betonte dabei jedes Wort, als ob er ein Idiot sei. „Das bedeutet, er verwaltet das Geld nach den Wünschen von Laceys Eltern. Was zugleich bedeutet, dass er Marc schon vor über zehn Jahren getroffen hat. Was auch immer die beiden deiner Meinung nach ausgeheckt haben – vergiss es!“

Immerhin beantwortete sie seine Fragen. Hunter konnte ebenso gut weitermachen. „Was ist mit Anna Marie?“

„Was soll mit ihr sein?“ Mollys Tonfall wurde noch argwöhnischer, wenn das überhaupt möglich war.

„Wenn Anna Marie Dinge belauscht, wem berichtet sie dann davon?“

Molly verdrehte die Augen. „So gut wie jedem. Wieso?“

Er hatte keine klare Antwort für Molly. Noch nicht. „Und wenn Anna Marie im Gericht bestimmte Dinge mitbekommt – hast du je gehört, wie sie davon erzählt hat?“

„Ich bin nicht sicher. Was für Dinge?“ Sie ließ sich auf einen Stuhl sinken und signalisierte damit, dass sie im Moment nirgendwo anders hingehen würde.

Auch wenn er ihre Abwehr nicht durchbrechen konnte, hatte er doch ihr Interesse geweckt. Jedenfalls war das Funkeln in ihre Augen zurückgekehrt, und sie lehnte sich vor statt von ihm weg.

Er erwog jedes Wort seiner Antwort. „Dinge wie etwa den Richter, der meinem derzeitigen Fall vorsitzt.“

Während er sprach, setzte er sich zu ihr an den Tisch, wobei er darauf achtete, ihr nicht zu nahe zu kommen und damit alles zu verderben. Wie sehr er die Distanz zwischen ihnen auch überbrücken wollte, wusste er doch, dass sie es nicht zulassen würde.

Er hielt inne und massierte gedankenverloren mit Daumen und Zeigefinger seinen Nasenrücken. Er konnte Molly vertrauen und ihr von seinem Verdacht berichten, oder er konnte fortgehen. Um Laceys willen, doch vor allem um der Beziehung zu Molly willen entschied er sich, ihr zu vertrauen.

„Ich glaube, dass Anna Marie ihrem Bruder von meinem Prozess erzählt hat und Paul ihn auf der Liste vorziehen ließ, damit ich zu beschäftigt bin, um mich um Laceys Treuhandfonds zu kümmern."

Molly krauste die Nase, während sie darüber nachdachte. „Warum um alles auf der Welt sollte Anna Marie sich mit dem Treuhandfonds beschäftigen?"

„Ich glaube nicht, dass sie das tut. Sie redet um des Redens willen, ohne sich Gedanken um die Folgen zu machen. In diesem Fall ist es wie der Kollateralschaden einer Bombe, bedenkt man, wer Anna Maries Bruder ist und in welcher Beziehung er zu Laceys Treuhandfonds steht." Er nahm den Pfefferstreuer und schüttelte ihn, sodass sich der Pfeffer über den Tisch verteilte. „Man weiß nie, was davon trifft und wer verletzt wird."

Mit dem Kinn auf die Hände gestützt betrachtete Molly den Pfeffer und grübelte offenbar über die verschiedenen Möglichkeiten nach.

Er sah ihr gerne zu, wie es in ihr arbeitete. Ihre Intelligenz zog ihn ebenso an wie ihr Aussehen.

Schließlich blickte Molly auf und sah ihm in die Augen. „Okay, also dann erzählt Anna Marie ihrem Bruder von deinem letzten Fall ..."

„Oder ihr Bruder fragt sie vielleicht, was ich gerade zu tun habe", sagte er und verfolgte damit die Theorie, dass die Frau nur eine unschuldige Klatschbase war. „In jedem Fall bin ich aus dem Verkehr gezogen, und Ty und Lacey sind auf sich gestellt."

„Warum sollte es Dunne kümmern, wer das Vermögen erbt? Er ist doch nur der Treuhänder. Der Verwalter des Geldes."

„Genau das ist die Frage, die nach einer Antwort schreit." In dem Wissen, dass er ihr Interesse geweckt hatte und sie sowohl die Zeit als auch die Mittel hatte, ihre Vermieterin zu befragen, machte Hunter ihr den Vorschlag. „Vielleicht könntest du mit ihr Tee auf der Veranda trinken und es herausfinden?"

„Das könnte ich", sagte Molly zögerlich. „Aber lass mich eines klarstellen. Ich tue es nicht für dich. Ich tue es, um Marcs Namen reinzuwaschen."

Hunter nickte. „Das ist nur fair."

Er würde die Information bekommen, die Ty und Lacey brauchten, und Molly würde entdecken, dass Hunter recht gehabt hatte. Ihr Vertrauen in Dumont war fehl am Platze. Auch wenn es Hunter schmerzen würde, sie verletzt zu sehen, war sie mit der Wahrheit doch besser dran, bevor sie Marcs nächstes Opfer wurde.

Ohne Vorankündigung schob Molly ihren Stuhl zurück und erhob sich. „Ich muss gehen."

„Warte." Er trat neben sie und nahm ihre Hand, bevor sie sie zurückziehen konnte. „Du und ich mögen gerade nicht einer Meinung sein, doch ich bin auf deiner Seite. Ich möchte nur das Beste für dich und will nicht, dass du verletzt wirst."

Ihre Augen wurden feucht, und sie musste die Tränen wegzwinkern. „Es tut mir leid, dass ich das im Moment nicht zu schätzen weiß. Ich war immer ehrlich zu dir. Du weißt, wie wichtig mir Familie ist. Und du weißt, dass dies meine erste Gelegenheit ist, überhaupt eine Beziehung zu meiner Mutter aufzubauen."

Hunter bemühte sich um einen neutralen Gesichtsausdruck. „Aber wünschst du dir denn nicht, dass diese Beziehung aufrichtig ist? Dass er auch wirklich der Richtige für sie ist?"

„Sicher wünsche ich mir das. Ich bin keine so große Närrin, wie du glaubst. Aber ich will einfach nicht darüber nachdenken, was geschehen würde, wenn du mit Marc recht hast. Ich möchte mir nicht vorstellen, wie ich wieder ganz allein in der Welt bin." Sie trat zurück und entzog ihm dabei ihre Hand. Sie stolperte fast über einen Stuhl, gewann aber ihr Gleichgewicht wieder, bevor er ihr helfen konnte.

Ein schmerzhafter Stich durchzuckte ihn. „Molly, es tut mir leid."

Sie schüttelte den Kopf. „Mag sein. Doch dir liegt mehr daran, recht zu haben, als an meinen Bedürfnissen. Ich lasse dich wissen, wenn ich etwas herausgefunden habe." Ohne ein Abschiedswort ging sie an ihm vorbei und bahnte sich einen Weg durch die Menge, bis sie aus seinem Blickfeld verschwunden war.

# 13. Kapitel

Am nächsten Morgen machte es sich Lacey mit Digger an ihrer Seite auf dem Bett in Tys altem Zimmer bequem. Sie öffnete ihren Terminkalender und ihr Adressbuch und rief jeden ihrer Klienten an. Sie vergewisserte sich, dass alle zufrieden waren und rief danach Laura an, um zu hören, wie die Angestellten klarkamen. Zu ihrer Erleichterung lief alles gut, doch ein Teil von ihr vermisste es, gebraucht zu werden. Sie war nun schon eine Zeit lang fort, und die Firma, der sie all ihre Aufmerksamkeit und ihre Zuwendung geschenkt hatte, lief auch ohne sie reibungslos.

Da Tys Wohnung von einem professionellen Reinigungsservice gelüftet und gereinigt wurde, gab es dort, zumindest seiner Meinung nach, nichts Nützliches für sie zu tun. Und er wollte nicht, dass sie ohne ihn nach draußen ging. Im Moment saß er gerade mit einer potenziellen Klientin im Wohnzimmer seiner Mutter, während Flo den Tag mit Dr. Sanford verbrachte, den sie als ihren neuen Freund vorgestellt hatte. Lacey lächelte, weil Flo so glücklich ausgesehen hatte, dass es geradezu ansteckend war.

Kribbelig, wie sie war, beschloss sie, auch ohne Tys Hilfe einige Nachforschungen über ihren Onkel anzustellen. Sie kramte in ihrer Tasche nach der Nummer, die Molly ihr gegeben hatte, und rief sie bei der Arbeit an. Als die Sekretärin sagte, dass Molly sich den Tag frei genommen habe, versuchte Lacey es bei ihr zu Hause.

„Hallo?“, meldete sich Molly.

„Hallo, hier ist Lacey.“ Sie lehnte sich gegen die Kissen. „Ich dachte, du wärst bei der Arbeit.“

„Ich habe mich nicht danach gefühlt."

Lacey runzelte die Stirn. „Bist du krank?"

„Ich habe es satt", murmelte Molly.

„Was ist los? Wenn es mit meinem Onkel zu tun hat, verspreche ich dir, kein Urteil zu fällen", sagte Lacey, wobei sie hinter ihrem Rücken die Finger kreuzte. Zumindest würde sie nichts sagen, was ihre neue Freundin verärgern könnte.

Molly atmete so tief ein, dass Lacey es am anderen Ende hören konnte. „Gestern Abend hat Hunter ihn beschuldigt, hinter den Anschlägen auf dein Leben zu stehen."

„Das tut mir leid." Lacey schloss die Augen. Sie hatte Mitgefühl mit beiden.

„Nun, ich bin zu Marc gegangen und habe ihn rundheraus gefragt."

Lacey setzte sich mit einem Ruck auf. „Du hast ihm gesagt, dass wir ihn in Verdacht haben?"

Molly hielt kurz inne. „Wenn er dahintersteckt, kann euer Verdacht ihn wohl schwerlich aufhalten. Zumal niemand von euch denkt, dass er seine schmutzige Arbeit selber erledigt, oder?"

„Das stimmt", gab Lacey zu. „Was hat er gesagt?" Nervös spielte sie mit der Kette um ihren Hals.

„Er sagte, dass er verstehen könne, warum ihr ihn für schuldig haltet, dass er es jedoch nicht gewesen sei."

„Und du glaubst ihm?"

Molly konnte Lacey diese Frage nicht vorwerfen. Sie sortierte gerade Wäsche und schob eine Ladung in die Waschmaschine. „Die Sache ist die: Ich will ihm glauben", sagte sie sanft. „Ich muss ihm glauben. Meine Mutter war fünfmal verheiratet. Das erste Mal mit meinem Vater, und das währte gerade mal fünf Jahre, wenn man die Trennungszeit mit einrechnet. Beim nächsten Mal war ich acht, und sie ließ mich zu Hause mit einer Nanny zurück. Die nächsten drei Male war ich im Internat bzw.

im College, und sie bat mich nicht einmal, nach Hause zu kommen, geschweige denn an der Feier teilzunehmen. Nun fragte sie mich, ob ich ihre Brautjungfer sein will, wenn sie Marc heiratet."
Wie immer, wenn sie über die Zurückweisungen ihrer Mutter sprach, bildete sich ein Kloß in ihrem Hals, und sie konnte nicht mehr weitersprechen, selbst wenn sie wollte.

Was sie nicht tat. Sie hatte genug auf eine ihr praktisch fremde Person abgeladen. Auf der anderen Seite schien Lacey ihr nicht gänzlich fremd zu sein. Hunter hatte verdammt noch mal recht gehabt. Molly mochte Lacey.

„Ich verstehe." Laceys Stimme drang an ihr Ohr. „Marc ist der Erste, der dich deiner Mutter näherbringt, statt sie dir weiter zu entfremden."

„Genau", sagte Molly und war froh, dass Lacey die Verbindung verstand. „Hunter weiß das und versucht, es zu verstehen, doch ich kann über dieses Thema nicht mit ihm reden."

„Aber mit mir kannst du es?", fragte Lacey ungläubig. „Wie kann das sein, da ich doch diejenige bin, deren bloße Existenz alles in Aufruhr bringt?"

Molly warf den Kopf zurück und lachte. Sie verstand Laceys Frage voll und ganz. Sie schloss die Waschmaschine und ging in die Küche, wo sie sich auf einen Stuhl setzte.

„Es ist so: Wenn du hier leben würdest, wären wir vermutlich Freundinnen. Doch ich habe keine emotionale Verbindung zu dir. Deshalb kann ich Dinge mit dir besprechen, über die wir auch unterschiedlicher Meinung sein können, ohne dass ich mich verraten oder verletzt fühle. Und ich kann von dir nicht erwarten, dass du dich auf meine Seite stellst, und dann enttäuscht sein, wenn du das nicht tust."

Was aber offenbar mit Hunter der Fall war, wenn es um Marc Dumont ging.

„Ergibt das irgendeinen Sinn, oder rede ich Blödsinn?", fragte Molly.

„Das ergibt Sinn.“ Lacey kicherte. „Ich wünschte nur, dass die Dinge für dich und Hunter anders wären.“

Molly lächelte. „Danke dafür. Nachdem wir nun meine Probleme behandelt haben: Was kann ich für dich tun?“

Lacey schwieg so lange, dass Molly wusste, worum es ging, und den Arm schützend um sich legte.

„Nun, es ist merkwürdig“, sagte Lacey schließlich und bestätigte damit Mollys Ahnung. „Doch wie du ja schon sagtest, können wir offenbar miteinander reden. Also, hier ist mein Anliegen: Ich habe eine Reihe von Fragen zu meinem Onkel und dem Treuhandfonds, und ich würde mich freuen, wenn du mir die Antworten geben könntest.“

„Mal sehen, was ich tun kann“, entgegnete Molly, obwohl sie spürte, wie sich alles in ihr anspannte.

„Du weißt, dass ich Anspruch auf den Treuhandfonds erheben kann, wenn ich siebenundzwanzig bin, oder?“

Molly räusperte sich. „Tatsächlich habe ich die Vereinbarungen nie gesehen. Ich habe davon nur gehört, als Marc die Möglichkeiten erwogen hatte, Anspruch auf den Fonds zu erheben. Doch du kamst lebend und wohlauf zurück, bevor ich Einblick erhielt.“

„Nun, das heißt, dass ich an meinem nächsten Geburtstag erben werde, und der ist schon in ein paar Wochen. Wer auch immer mich tot sehen will, muss daher zuschlagen, bevor ich Geburtstag habe und meinen Anspruch erhebe. Danach wäre das Erbe eine strittige Sache.“

Lacey hatte diplomatischer Weise gesagt „wer auch immer mich tot sehen will“ und nicht Marcs Namen genannt. Molly wusste dieses Bemühen um Neutralität zu schätzen. „Wie kann ich dir helfen?“, fragte sie.

„Ich würde nur gerne wissen, wie die momentane Beziehung zwischen Onkel Marc und Paul Dunne ist. Soweit ich weiß, haben die beiden sich gestern kurz nach meinem Termin getroffen. Ich muss wissen, warum. War es Zufall? Oder stecken sie irgendwie unter einer Decke?“

„Hunter hat mich gestern dasselbe gefragt, und ich war stinksauer.“ Molly schloss die Augen. „Ich werde es herausfinden“, versprach sie.

Denn sie konnte sich nicht für immer vor der Wahrheit verstecken.

„Du weißt gar nicht, wie sehr ich das zu schätzen weiß“, sagte Lacey mit Dankbarkeit in der Stimme.

Molly schluckte schwer. „Eine Sache noch.“

„Ja?“

„Anna Marie und ich haben heute Morgen Kaffee getrunken, und ich habe sie zu seinem derzeitigen Fall befragt. Sie hat mir alle Einzelheiten mitgeteilt, obwohl ich keinerlei Verbindung zu Fred Mercer habe und auch keinen Grund, danach zu fragen.“

Wie Hunter sie gebeten hatte, war Molly die ältere Frau um Informationen über einen Fremden angegangen.

„Anna Marie hat es mir erzählt, also wird sie auch keine Skrupel haben, Informationen über Hunter an ihren Bruder weiterzugeben. Sag Hunter das.“ Molly klammerte sich am Hörer fest. Sie wusste, dass jeder Schritt, mit dem sie der Wahrheit etwas näherkam, den Mann, der ihr gezeigt hatte, was Familie bedeutete, entlasten könnte. Sollte er sich indessen als schuldig erweisen, wären all ihre Hoffnungen auf eine eigene Familie für immer und ewig zerstört.

„Molly?“, fragte Lacey.

„Ja?“

„Du bist die Beste“, sagte Lacey. „Und ich weiß, dass Hunter das ebenfalls denkt.“

Molly antwortete nicht, sondern verabschiedete sich nur sanft und legte auf.

Der Kloß in ihrem Hals schmerzte. Sie hatte Lacey versprochen, die benötigte Information zu beschaffen und ihr damit mehr gegeben, als sie Hunter jemals gegeben hatte. Es versetzte ihr einen Stich – aber wenn er sie jetzt aufgab, konnte sie es ihm nicht einmal vorwerfen.

Ty verabschiedete seine neueste Klientin, eine ältere Frau, die ihre Tochter finden wollte, die sie vor vielen Jahren zur Adoption freigegeben hatte. Er hatte ihr versprochen, zumindest eine vorläufige Suche durchzuführen und mit ihr Kontakt aufzunehmen, sobald er irgendeine Spur hatte. Ty wusste, dass er einen großen Teil der Arbeit an Frank Mosca abgeben musste, bis er wieder seinen normalen Tagesablauf aufnehmen konnte. Sein Leben und Laceys Leben befanden sich beide in der Warteschleife, bis sie Anspruch auf ihr Vermögen erhob. Und wer wusste schon, was danach geschehen würde.

Ironischerweise hatten sie wieder zusammengefunden, während sie sich in diesem Schwebezustand befanden. Ein Teil von ihm war überglücklich, ein anderer Teil vorsichtig und misstrauisch. Denn solange sie sich hier in Hawken's Cove befanden, lebten sie Tys Leben. Er wusste nicht, wie sie die Zukunft sah, und bei all dem Aufruhr in ihrem Leben war es derzeit nicht fair, sie danach zu fragen.

Wenn sie jemals darüber sprechen würden, sollte nichts anderes sie verbinden als gegenseitige Liebe und Verlangen. Kein Treuhandfonds, keine Todesdrohungen, kein Alex, dachte er. Und er fragte sich, ob der andere Mann wirklich kein Thema mehr war oder ob bei der Rückkehr nach New York auch Laceys Gefühle für ihn zurückkehren würden. Er wollte nicht daran denken, solange sie noch hier bei ihm war.

Er betrat sein altes Zimmer, in dem sie derzeit wohnte, und fand sie tief in Gedanken versunken vor, mit ihren Papieren rund um sich auf dem Bett verstreut. Digger hob den Kopf von der Matratze, blickte Ty gelangweilt an und ließ den Kopf dann wieder sinken. Der Hund scharwenzelte nicht mehr um

Ty herum, als ob er ein neues und aufregendes Spielzeug sei. Offensichtlich hatte sich sein Unterhaltungswert schon abgenutzt. Ty hoffte, dass Lacey seiner nicht so schnell überdrüssig werden würde.

Sie trug einen weißen Bademantel, in dem sie gerne herumlungerte, was ihm einen guten Blick auf ihre langen Beine ermöglichte. Ein Gürtel betonte ihre Taille, und der tiefe V-Ausschnitt brachte ihn fast um den Verstand. Dass er sich an den Anblick gewöhnt hatte, hieß noch lange nicht, dass er keine Wirkung mehr auf ihn hatte.

Jedes Mal, wenn er sie in dem flauschigen Mantel sah, in dem sie so weich und bereit wirkte, bekam er sofort eine Erektion. Zu seinem eigenen Erstaunen wurde sein Verlangen nach ihr nie schwächer. Ebenso wenig wie die Gefühle, die Lacey tief in seinem Inneren hervorrief. Dort, wo er sich so lange vom Rest der Welt abgeschottet hatte.

„Hey du", sagte er, um sie wissen zu lassen, dass er da war.

Sie blickte zu ihm auf und lächelte breit. Die Freude, ihn zu sehen, war offenkundig. „Selber hey. Ein erfolgreiches Gespräch?", fragte sie.

Er trat ins Zimmer und schloss die Tür hinter sich. „Ja, tatsächlich. Ich habe eine neue Klientin."

Sie nickte. „Hervorragend!" Ihre Augen funkelten vor Aufregung, verdüsterten sich dann aber plötzlich. „Warte. Du kannst dich nicht genug um einen neuen Fall kümmern, wenn du dir die ganze Zeit Sorgen um mich machst. Keiner von uns beiden hat mit einem so langen Aufenthalt gerechnet, und wir haben definitiv nicht einkalkuliert, dass deine Wohnung wegen mir zerstört würde." Sie begann wie wild, ihre Papiere zusammenzuraffen, während sie fortfuhr. „Ich werde bis zu meinem Geburtstag zurück nach New York gehen. Mein Onkel wird mir nicht dorthin folgen. Jetzt, wo die Polizei die Ursache des Feuers als Brandstiftung und nicht als Unfall ermittelt hat, muss er wissen, dass er unter Beobachtung steht. Er wäre verrückt, wenn er mir jetzt noch nachstellte."

Ty würde sie nirgendwohin gehen lassen, doch zuerst musste er sie beruhigen. „Sei mal für eine Minute still, und hör mir zu." Er setzte sich neben sie und legte eine Hand auf die ihre.

Allmählich hob sie die Augen und begegnete seinem Blick.

„Erstens hat die Polizei unsere Aussagen, doch es gibt keinen Beweis, dass dein Onkel etwas damit zu tun hat. Sie beobachten ihn, doch sie halten sich nur im Hintergrund, falls wieder etwas passiert. Das ist nicht das Gleiche wie eine polizeiliche Überwachung rund um die Uhr. Verstehst du, was ich sage?"

Sie nickte. „Dass du nicht glaubst, dass ich allein zu Haus sicher bin."

„Korrekt. Zweitens stecken wir gemeinsam in der Sache. Das war schon immer so. Hast du irgendeinen Anlass, zu glauben, dass du das alleine durchstehen musst?"

„Nein, aber …"

Mit einem Kuss brachte er sie zum Schweigen. Er kostete den minzigen Geschmack von Zahnpasta und von Lacey und genoss die Nähe ihres Körpers, während das Verlangen in ihm wuchs.

„Kein Aber", sagte er, als er seine Lippen zurückzog. „Also, wobei habe ich dich unterbrochen, als ich hereinkam?", fragte er, um das Thema zu wechseln.

„Bei der Arbeit. Alles läuft reibungslos, doch ich ging gerade ein paar Veränderungen im Plan für die nächste Woche durch, um sicherzustellen, dass wir mit den Mädchen auskommen, die ich an der Hand habe." Sie packte die Papiere zusammen und legte sie auf den Nachttisch. „Ich habe andere Neuigkeiten", sagte sie, und ihre Augen glänzten wieder.

„Und die wären?", fragte er, dankbar für jedes Thema, das nichts damit zu tun hatte, wann sie nach New York zurückfuhr.

„Ich habe Molly angerufen. Wir hatten ein langes Gespräch, bei dem sie einige interessante Dinge preisgab. Erstens: Du und

Hunter habt recht. Anna Marie könnte ihrem Bruder Paul Informationen übermittelt haben. Nicht, um uns absichtlich zu schaden, aber ihr Bruder könnte ihre Vorliebe für Klatsch für seine eigenen Zwecke missbraucht haben. Wir wissen nur nicht, was für Zwecke das sind." Sie schlug frustriert mit der Faust auf die Matratze.

Ty dachte einen Moment nach. „Es könnte ein Gefallen für Dumont gewesen sein. Es gibt wirklich keinen anderen Grund für Paul Dunne, warum er Hunter aus dem Weg räumen sollte."

„Also führen alle Spuren zu Onkel Marc." Laceys Stimme war voller Traurigkeit.

„Hattest du noch Hoffnung, dass er sich verändert hat?", fragte Ty.

Lacey zuckte die Achseln. Sie fühlte sich wie ein beschämtes Kind, das man dabei ertappt hatte, sich ein Einhorn zum Geburtstag zu wünschen. „Ich weiß, dass es unmöglich ist. Doch der Gedanke daran, dass ein Verwandter von mir mich tot sehen will, schmerzt einfach so sehr."

„Ich weiß." Er breitete die Arme aus, und sie schmiegte sich an ihn. Sie brauchte sein Verständnis.

Doch plötzlich war Verständnis nicht mehr genug. Sich einfach nahe zu sein war nicht mehr genug. Lacey blickte Ty an. „Leg dich in die Mitte des Betts."

Er blinzelte. „Okay …" Er rutschte zurück auf das Bett und lehnte sich gegen das Kopfteil, womit er Digger aufscheuchte.

Der Hund dehnte sich, sprang vom Bett und machte es sich auf dem Boden bequem.

„Und jetzt?", fragte Ty. Seine Augen bohrten sich in ihre, und die Luft um sie herum schien zu knistern.

Sie konnte sich ein Lächeln nicht verkneifen. „Zieh dich aus."

Er lachte. „Einer von uns scheint immer zu viel anzuhaben."

„Ich hätte nicht gedacht, dass es so mühselig sein würde, dich zum Ausziehen zu bewegen." Sie krabbelte über ihn und begann, das Hemd aufzuknöpfen, das er für das Treffen mit der neuen Klientin angezogen hatte.

„Ist es auch nicht." Während sie einen Knopf nach dem anderen öffnete, löste er den Gürtel ihres Bademantels.

Sie schob das Hemd auseinander, er ihren Bademantel. Sie streichelte seine breite Brust. Er schob den Bademantel über ihre Arme, und sie schüttelte ihn vollends ab, sodass sie sich seinem feurigen Blick völlig nackt darbot.

Er atmete scharf ein und öffnete sofort seine Hose. Sie hakte die Finger in den Bund und zog ihm die Hose samt der Unterhose über die Beine.

„Jetzt sind wir quitt", sagte sie.

„Nicht einmal ansatzweise." Er blickte hinunter auf seine Erektion. Sie folgte seinem Blick, und ihr eigenes Verlangen wuchs bei diesem Anblick.

Da sie sich mit Ty sicher fühlte, war sie selbstbewusst. „Und was willst du damit anstellen?", fragte sie ihn neckisch.

„Leg dich hin, und ich werde es dir zeigen."

Ihr Puls raste, und zwischen ihren Schenken breitete sich Feuchtigkeit aus. Sie legte sich neben ihn.

Er schüttelte den Kopf. „Dreh dich um." Seine Stimme klang rau.

Ihre Erregung steigerte sich, als sie tat, worum er sie gebeten hatte. Sie streckte sich bäuchlings aus. Ihr Vertrauen in ihn war vollkommen.

Er setzte sich auf sie und beugte sich vor. Dann strich er ihr das Haar aus dem Nacken und küsste ihre prickelnde Haut.

„Hmmmm." Sie liebte das Gefühl seiner Lippen in ihrem Nacken.

Während er mit den Händen ihre Schultern massierte, erkundeten seine weichen, feuchten Lippen ihren Rücken. Sie schloss die Augen, um sich ihm vollständig hinzugeben, und wurde nicht enttäuscht. Seine Zunge glitt über ihre Haut, und der kühle Luftzug danach ließ ihren ganzen Körper vor Erwartung prickeln.

Als er sich auf ihr ausstreckte, schmiegte sich seine Erektion auf aufreizende Weise an ihren Hintern, und sein Körper drückte sie auf das Bett. Ihr Unterleib wurde in die Matratze gepresst; sie fühlte, wie das Begehren von ihrem Zentrum aus durch ihren Körper flutete und sie sich nach so viel mehr sehnte.

Er musste ihr Verlangen gespürt haben, denn er schlüpfte mit seiner Hand unter ihren Körper, bis sein Finger den feuchten Spalt zwischen ihren Schenkeln gefunden hatte. Sie drückte ihre Hüften in die Matratze, um seinen Finger tiefer in sich hineinzuziehen.

Ein leises Stöhnen entrang sich ihrer Kehle. Langsam, aber stetig schob er den Finger immer wieder in sie hinein, wobei jede leichte Bewegung seiner Hand sie dem ersehnten Höhepunkt immer näher brachte. Schließlich schien alles um sie herum in einem hellen Licht zu explodieren, als sie sich aufbäumte und in einem spektakulären Orgasmus beinahe verging – fast so, als ob Ty in ihr wäre.

Als sie wieder zu sich kam und sich ihrer Umgebung langsam bewusst wurde, rollte sie herum, um ihn anzuschauen. „Wow …"

„Ist das eine Frage?" Er lachte und zog sie auf sich.

„Nein, das war ein ganz klares Wow." Sie grinste.

Er streckte seine Hand zum Nachttisch aus. „Hier habe ich gestern einen kleinen Vorrat verstaut", sagte er, holte ein Kondom raus und streifte es sich über.

„Der kluge Mann baut vor."

Er reagierte mit einem langen, tiefen Kuss. Dann hob er ihre Hüften, stieß in sie hinein und füllte sie voll und ganz aus.

Mit ihren Händen umfasste sie sein Gesicht und senkte ihre Lippen auf die seinen. Langsam begann er sich in ihr zu bewegen, und seine sanften, aber bestimmten Stöße brachten sie ihm und der Erlösung immer näher.

Sein leises Stöhnen signalisierte ihr, dass auch er die Intensität spürte, und die langsame Steigerung zu ihrem zweiten Orgasmus war noch stärker und atemberaubender als die vorherige. Doch dieses Mal war sie nicht allein. Alles um sie herum schien zu zerspringen, und sie spürte den Moment, als er in ihr kam, sie dabei mit seinen Armen fest umschlungen hielt und seine Hüfte an die ihre presste.

Ihr Körper zuckte noch, als ein dritter Orgasmus sie ganz unvorbereitet erfasste. „Ich liebe dich, Ty." Die Worte entfuhren ihr in genau jenem ungeschützten Moment, als ihre Gefühle so bloß gelegt waren wie ihr Körper. Als sie begriff, was sie gesagt hatte, rollte sie sich von ihm hinunter und zur Seite. Sie hörte, wie er sich neben ihr des Kondoms entledigte, und wollte die Gelegenheit zur Flucht nutzen.

Sie hatte diese Worte niemals ausgesprochen, egal wie oft sie sie in sich gefühlt hatte; weil sie nicht wusste, ob sie erwidert wurden; weil sie nicht wusste, ob er sie vermisste oder überhaupt an sie dachte; weil sie nicht wusste, ob sie ihn jemals wiedersehen würde. Und dann waren die Jahre vergangen, und sie hatte ihre Gefühle beiseitegeschoben. Das hatte sie tun müssen, um überleben zu können.

Doch sie wusste jetzt, dass sie ihn noch immer liebte. Sie hatte niemals aufgehört, ihn zu lieben. Tränen liefen ihr über die Wangen, und sie wollte aus dem Bett klettern, bevor er auf das eingehen konnte, was sie gesagt hatte.

Doch bevor sie aufstehen konnte, hielt er sie am Arm fest. „Tu das nicht."

„Tu was nicht?"

„Geh nicht. Lauf nicht davon. Geh nicht, ohne mir zu sagen, dass es wahr ist, was du gesagt hast."

Lacey drehte sich zu ihm um und zwang sich, ihm in die Augen zu schauen. Er hatte sich heute noch nicht rasiert, und sein Dreitagebart ließ ihn noch attraktiver wirken, als er sowieso schon war.

„Ich liebe dich." Sie schluckte schwer. „Das müsstest du auch wissen, ohne dass ich es sage."

Er schüttelte den Kopf. „Manche Dinge müssen ausgesprochen werden. Sie müssen gehört werden, damit man sie glauben kann."

Ty Benson war unsicher, was ihre Gefühle ihm gegenüber betraf? Sie konnte es nicht glauben. „Du hast es nicht gewusst?"

„Ich habe es gehofft."

Sie blinzelte vor Überraschung. „Das hast du? Warum?"

„Ich dachte, das wäre offensichtlich." Sein zärtlicher Blick ruhte auf ihr.

Lacey fuhr sich mit der Zunge über ihre trockenen Lippen. „Willst du mich auf die Folter spannen?", fragte sie, und ihr Magen krampfte sich zusammen.

„Weil ich dich ebenfalls liebe." Er zog sie in seine Arme und küsste sie so lange und gefühlvoll, als wäre es das erste Mal.

Nachdem sie sich noch einmal geliebt hatten, unterbrach das Knurren ihres Magens das zärtliche Nachspiel.

„Du bist hungrig", sagte er.

Sie lachte. „Ja. Und deine Mutter wird bald vom Essen und vom Kino zurück sein. Wir müssen uns anziehen."

„Wir sind erwachsen", erinnerte er sie.

„Doch wir befinden uns in ihrem Haus."

Er stöhnte. „Ich weiß, ich weiß."

Lacey lachte. Selbst als sie das erste Mal zusammen in diesem Haus gewesen waren, hatte er darauf geachtet, dass seine Mutter sie nicht überraschte oder sie in einer Situation vorfand, die ihr peinlich sein könnte. Und Lacey erging es ebenso.

„Ich sollte unter die Dusche gehen", sagte Lacey, die die Wärme und Nähe hier im Bett nur widerstrebend aufgab.

„Du fängst an. Ich mache schon mal das Bett und komme dann zu dir. Dann können wir rausgehen und etwas essen."

„Ty Benson, du machst das Bett? Da müssen ja alle Festtagsglocken läuten", zog sie ihn auf.

Er nickte und grinste verschmitzt. „Meine Mutter sagte immer, dass ich für die richtige Frau auch einen Rückwärtssalto machen würde, wenn sie das wollte."

Eine wunderbare Zufriedenheit erfüllte sie bei den Worten, und sie verbannte alle Ängste und Zweifel aus ihrem Kopf. New York, „Odd Jobs", ihren Treuhandfonds und ihr anderes Leben – mit all dem würde sie sich noch beschäftigen. Doch sie hatte zehn Jahre gewartet, um so glücklich zu sein, und sie würde diesen Moment genießen.

In einer Stunde mochte die Realität wieder ihr Recht fordern, sei es durch den Fonds oder durch den Umstand, dass ihr Onkel sie tot sehen wollte, um an das Geld zu kommen. Doch nicht jetzt. Diese letzten Minuten gehörten nur ihr und Ty allein.

Sie nickte und zwang sich, aus dem Bett zu steigen und unter die Dusche zu gehen. Sie ließ das heiße Wasser über sich laufen und wartete darauf, dass Ty zu ihr kam.

Liebe. Herrje. Es war ja nicht so, dass er nicht gewusst hätte, dass er sie liebte. Er hatte nur niemals so konkret an dieses Wort gedacht. Wusste er, dass sie schon immer in ihn verliebt gewesen war? Auch darüber hatte er nie nachdenken wollen, denn seiner Erfahrung nach löste Liebe keineswegs alle Probleme. Da gab es immer noch die große Entfernung, ihre Firma, die sie liebte, und die Existenz, die sie sich in New York aufgebaut hatte, während Hawken's Cove nur schlechte Erinnerungen für sie bereithielt. Auch wenn er in diesem Moment geradezu schwebte – das Leben war keineswegs perfekt, das wusste er.

Er machte das Bett, so gut er es eben konnte, und ging davon aus, dass seine Mutter es nicht bemerken würde. Dann griff er nach seiner Kleidung und steuerte aufs Badezimmer zu, wo er Lacey Gesellschaft leisten wollte. Doch das Klingeln seines Handys stoppte ihn, und er holte es aus der Tasche seiner Jeans, um dranzugehen. Während er mit dem Freund seiner Mutter sprach, zog er sich rasch an.

Keine Minute später stand er im Badezimmer und sprach zu Lacey, die nackt unter der Dusche stand. „Mom ist im Krankenhaus", sagte er und machte damit ihre nachmittägliche Idylle zunichte.

Sein Herz schlug ihm bis zum Hals, und Angst erfüllte ihn seit dem Anruf von Dr. Andrew Sanford.

Lacey entglitt die Seife. „Was ist passiert?"

„Dr. Sanford sagte, dass sie im Kino einen Schwindelanfall gehabt hätte und sie daraufhin ohnmächtig geworden wäre. Er rief aus dem Auto an, mit dem er dem Rettungswagen ins Krankenhaus folgte."

„Du musst los. Ich rufe ein Taxi und treffe dich dann dort", sagte sie.

Er runzelte die Stirn. „Hast du vergessen, dass jemand nur darauf wartet, dich allein anzutreffen? Ich habe Derek angerufen. Er braucht fünf Minuten, um von deinem Onkel hierherzukommen. Ich warte draußen auf ihn, und sobald er da ist, fahre ich los. Du kannst dich fertig machen, und er bringt dich nach."

Sie zog die Brauen zusammen. „Ist deine Mutter bei Bewusstsein?", fragte Lacey.

Er schüttelte nur den Kopf. Er brachte kein Wort hervor.

„Dann raus hier, Ty. In den fünf Minuten, bis Derek hier auftaucht, wird mir nichts passieren, und ich verspreche dir, auf ihn zu warten, okay?"

Ty war hin- und hergerissen, doch Dr. Sanford hatte gesagt, dass ihr Zustand nicht stabil sei …

„Geh", sagte Lacey, die bereits das Wasser abgedreht hatte und nach dem Handtuch griff.

Er nickte, dann schob er rasch die Glastüren der Dusche zur Seite und gab ihr einen Kuss, bevor er den Flur entlanglief und zu seinem Wagen rannte, der ihn hoffentlich noch rechtzeitig zum Krankenhaus brachte.

# 14. Kapitel

Ty ging im Warteraum der Notaufnahme auf und ab. Auch wenn er der nächste Angehörige war, musste er warten, bis die Ärzte seine Mutter versorgt hatten, die dank der Rettungssanitäter schon auf dem Weg ins Krankenhaus das Bewusstsein wiedererlangt hatte. Aller Wahrscheinlichkeit nach hatte sie einen Herzinfarkt erlitten, jedenfalls ging Dr. Sanford davon aus. Da der Mann allerdings Psychiater war, war Ty noch nicht ganz überzeugt. Er musste wissen, ob seine Mutter wieder gesund werden würde.

Er rieb sich die Augen und sah auf die Uhr. Er ging davon aus, dass Derek jede Minute mit Lacey eintreffen musste, was seine Sorgen mindern würde.

Als er aufblickte, sah er Dr. Sanford aus dem Raum kommen, in den man seine Mutter gebracht hatte. „Was ist los?"

„Sie haben sie stabilisiert", sagte der andere Mann und legte ihm beruhigend eine Hand auf die Schulter. „Sie hat das Gröbste überstanden, doch sie muss eingeliefert werden, damit sie sie überwachen können."

Ty nickte. „Kann ich sie sehen?"

„Ein wenig später", versprach Dr. Sanford. „Sie lassen auch mich nicht zu ihr, falls Sie das beschäftigen sollte." Er sprach mit dem Verständnis des Älteren, der selbst Kinder hatte.

Ty versuchte sich sein Unbehagen bei diesem Gespräch nicht anmerken zu lassen. „Nett, dass Sie das sagen, doch ich bin froh, dass Sie bei meiner Mutter waren, als sie … Sie wissen schon."

Dr. Sanford nickte. „Ich komme wieder raus, sobald es etwas zu berichten gibt oder Sie sie sehen dürfen."

Während er wieder zurück auf die Flügeltür zusteuerte, ging Ty hinaus in die kühle Herbstluft, wo er sein Handy herausholte und einschaltete. Er hatte es schon drinnen versucht, doch obwohl er den Vibrationsmodus benutzt hatte, hatte ihn eine Krankenschwester erwischt und ihn angewiesen, das Handy sofort auszuschalten.

Er blickte auf das Display und bemerkte, dass Derek ihn mehr als einmal angerufen hatte. Er wählte die Nummer. „Was ist los?", fragte er, kaum dass sich Derek gemeldet hatte.

„Die Cops kamen vorbei, um mich zu verhören. Offenbar hat Dumont sie angerufen und gemeldet, dass ein Stalker ihn belästige." Derek hielt inne und sagte dann: „Ich schätze, er hat einen Freund bei den Cops, denn dieser Typ hat mich blockiert."

„Willst du damit sagen, dass du noch gar nicht zu Lacey gefahren bist?"

„Genau. Aber ich wette, Dumont hat sich auf den Weg gemacht."

„Ich bin auf dem Weg." Ty klappte sein Handy zu und lief hinein, um Dr. Sanford zu bitten, ihn telefonisch über die Fortschritte seiner Mutter auf dem Laufenden zu halten.

Danach raste er zum Haus seiner Mutter, wo er Lacey allein gelassen hatte.

Lacey ging den Flur auf und ab und schaute immer wieder aus dem Fenster, um nach Dereks Wagen Ausschau zu halten. Derek hatte Ty versprochen, in fünfzehn Minuten hier zu sein. Nun waren bereits fast fünfundzwanzig Minuten verstrichen, seit Ty ins Krankenhaus gefahren war, das nur fünf Minuten entfernt lag. Von Onkel Marc aus dauerte die Fahrt etwa zehn Minuten hierher. Wenn die halbe Stunde voll war, würde sie die Schlüssel vom Küchentresen nehmen und selber mit Flos Wagen zum Krankenhaus fahren.

Sie stampfte ungeduldig mit dem Fuß auf. Nicht willens, noch länger untätig herumzustehen, rief sie nach Digger, die von der Couch sprang und schwanzwedelnd zu ihr kam.

„Komm her, Mädchen. Du musst in die Küche." Lacey ging in die Küche, wo sie eine Art Gatter gebaut hatten. Sie sperrte den Hund zu seiner eigenen Sicherheit darin ein und ergriff Flos Wagenschlüssel.

Sie tätschelte noch einmal Diggers Kopf und nahm ihre Tasche mit. Als sie Haustür öffnete, stand sie plötzlich Onkel Marc gegenüber. Furcht schnürte ihr die Kehle zu, und sie wollte ihm die Tür vor der Nase zuschlagen, doch er schob den Fuß dazwischen.

„Geh weg." Sie drückte gegen die Tür, doch er war stärker.

„Lilly, wir müssen miteinander reden. Ich muss mit dir reden. Es ist wichtig."

Sie schüttelte den Kopf. „Ich habe erlebt, was du unter Reden verstehst. Fahrerflucht und Brandstiftung. Nein danke." Ihr Herz schlug bis zum Hals, und allein bei seinem Anblick stieg Übelkeit in ihr auf.

„Ich war das nicht."

„Gibt es noch jemanden, der es so sehr auf meinen Treuhandfonds abgesehen hat, dass er mich in eine Pflegefamilie gibt? Nur damit ich so verängstigt bin, dass ich um Hilfe bettele und dir dafür mein Erbe überschreibe? Gibt es noch jemanden, der erbt, wenn ich tot bin?" Sie trat ohne Erfolg gegen seinen Fuß, der weiterhin zwischen Tür und Türrahmen steckte.

Wo zum Teufel ist Derek? fragte sie sich, während Panik in ihr aufstieg.

Onkel Marc lehnte seine Schulter an den Türrahmen. „Lilly, bitte, hör zu. Es sieht so aus, als wollte ich deinen Tod, und ich verstehe, warum du glaubst, dass ich hinter all dem stecke, doch ich bin es nicht. Ich kann es erklären. Lass mich nur herein ..."

„Damit du mich im Haus umbringen kannst und es nicht auf der Straße tun musst?"

Er schüttelte den Kopf. „Du warst schon immer ein Sturkopf“, murmelte er. „Na gut, dann reden wir hier.“

Bevor er noch etwas sagen konnte, kam ein Wagen mit quietschenden Reifen die Straße runtergerast. Ihr Onkel wollte sich umdrehen, als ein lauter Knall ertönte, wie die Fehlzündung eines Autos.

„Was war ...“

Ihr Onkel zuckte zusammen und fiel rückwärts hin, wobei er sie fast mit umrissen hätte. „Onkel Marc?“, fragte sie.

Dann sah sie das Blut.

Lacey schrie und blickte vom Körper ihres Onkels hoch zu dem Wagen, dessen Fahrertür sich öffnete. Sie wartete gar nicht erst darauf, wer ausstieg. Da der Körper ihres Onkels die Tür blockierte und sie sie nicht schließen konnte, lief sie schnell zurück ins Haus.

Diggers Gebell drang aus der Küche. Lacey wäre beinahe über das Gatter gestolpert, als sie den Hund herausholte. Am anderen Ende der Küche führte eine Tür in den Garten. Als sie sie öffnete, um Digger hinauszulassen, hörte sie die ersten Schritte im Haus. Draußen gäbe sie ein leichtes Ziel ab, erkannte sie, doch drinnen hätte sie vielleicht eine Chance.

In dem kleinen Alkoven, wo früher ihr Bett gestanden hatte, befand sich die Tür zu einer Vorratskammer, die sie damals als Schrank benutzt hatte. Man konnte dort drin zwar nicht stehen, doch sie war groß genug, um hineinzukriechen und sich dort zu verstecken. Sie wandte sich zum Alkoven, sprang hinter die Couch und schlüpfte in die schmale Kammer.

Ob sie dabei gesehen worden war oder nicht, würde sich gleich herausstellen.

Sie hasste dunkle und beengte Plätze, weil sie sie an die Orte erinnerten, wo sie während ihrer ersten Tage in New York geschlafen hatte. Die Käfer, die Ratten, die schrecklichen Gerüche. Sie schauderte, schlang die Arme um ihre Knie und wartete.

Lautes Klopfen und ein dumpfer Aufschlag erklangen von draußen. Wer auch immer ihren Onkel erschossen hatte, suchte nun nach ihr. Zitternd zog Lacey die Beine enger an sich heran. Sie umfasste mit einer Hand den Anhänger an ihrer Kette und dachte an den Mann, der ihn ihr gegeben hatte. Sie betete, dass der Kerl da draußen nicht darauf kommen würde, in der Kammer nachzusehen.

Während sie zusammengekauert so dasaß, fühlte sie sich erneut an alte Zeiten erinnert. Dieses Mal stand ihr erstes richtiges Apartment in New York vor ihrem geistigen Auge. Das mit dem kaputten Schloss. Sie hatte immer ihre Kommode vor die Tür gezogen, um den Säufer von nebenan davon abzuhalten, sie nachts zu besuchen, wie er versprochen hatte. Zusammengekauert hatte sie dann im Bett gehockt und gelauscht, wie er in seinem Apartment rumtobte. Erst wenn er bewusstlos war und es still wurde, hatte sie ein paar Stunden Schlaf bekommen.

Die gleiche Angst und Übelkeit wie damals erfüllte sie auch jetzt, nur schlimmer. Schließlich stand da draußen kein Betrunkener, der obszöne Dinge von sich gab, sondern ein Mann mit einer Waffe, der sie tot sehen wollte. Und sie wusste nicht, warum.

Die Schritte wurden lauter. Sie begriff, dass er sich offenbar der Couch näherte, die vor ihrem Versteck stand.

Bebend vor Angst hielt sie den Atem an, als sich die Schritte weiter näherten.

Noch näher.

Sie wartete darauf, dass sich die Tür öffnete, bevor sie die Augen schloss und schreiend mit dem Fuß zutrat in der Hoffnung, den Angreifer irgendwo an seinem Körper schmerzhaft zu treffen.

Der Tritt an sein Schienbein traf Ty unerwartet, und er schrie auf. „Lacey!“ Laut rief er ihren Namen.

Sie schien ihn nicht zu bemerken. Ihre weit aufgerissenen Augen blickten ziellos, und sie schien bereit zu sein, aus der Kammer zu springen und sich auf ihn zu werfen. Sein Bein schmerzte, wo ihr Stiefel ihn getroffen hatte, und er wollte keinen weiteren Tritt in den Magen oder in den Unterleib riskieren.

„Lilly!“ Er benutzte ihren alten Namen. In dem verzweifelten Bemühen, sie irgendwie zu erreichen, fasste er sie bei den Schultern und schüttelte sie so lange, bis ihre Augen sich auf ihn richteten und sie ihn zu erkennen schien.

„Ty? Ty. Oh, mein Gott.“ Sie warf sich zitternd und hysterisch schluchzend in seine Arme. „Ich dachte, du wärst er. Als du die Tür geöffnet hast, dachte ich, du wärst er.“

„Pscht!“ Er strich ihr mit der Hand immer wieder übers Haar und zitterte ebenso wie sie.

„Onkel Marc!“ Sie machte sich von ihm frei und lief in Richtung Haustür.

Ty griff nach ihrer Hand und zog sie zurück. „Er lebt. Die Polizei und ein Krankenwagen sind schon auf dem Weg.“

„Was ist mit ihm? Wo ist er hin? Der Kerl, der auf Onkel Marc geschossen hat?“

Ty atmete tief aus. „Derek kam zur gleichen Zeit an wie ich. Der Typ rannte gerade zur Hintertür raus. Wahrscheinlich hörte er uns bremsen, bekam es mit der Angst zu tun und ergriff die Flucht.“

„Ich weiß gar nicht, woher du wusstest, dass du zurückkommen musst.“ Sie wischte sich die Tränen fort.

„Derek hat mich auf dem Handy angerufen, als ich im Krankenhaus war. Dumont hatte die Polizei angerufen und einen Stalker gemeldet. Offensichtlich ein Trick, um Derek aus dem Weg zu räumen, sodass dein Onkel hierherkommen konnte.“

Ty konnte sich an die Angst erinnern, die ihn bei dem Anruf überkommen hatte. Doch die war nichts gegen die eiskalte Hand, die ihm fast die Luft abgeschnürt hatte, als er Dumont in einer Blutlache gesehen hatte, die Haustür weit geöffnet, aber kein Lebenszeichen von Lacey.

„Der Kerl ist fort." Derek kam schwer atmend aus der Küche zu ihnen, die Frustration war ihm ins Gesicht geschrieben. „Der Bastard war schon durch die Büsche, bevor ich überhaupt im Garten war."

„Wo ist Digger?", fragte Lacey voller Panik. „Wo ist mein Hund?"

„Wohlauf und sicher in der Küche", beruhigte Derek sie.

Sie ließ sich erleichtert gegen Ty sinken.

„Hast du einen Blick auf den Kerl oder seinen Wagen werfen können?", fragte Ty sie.

Sie schüttelte den Kopf. „Ich habe ihn überhaupt nicht gesehen. Ich glaube, dass der Wagen eine dunkle Limousine oder so etwas Ähnliches war. Das ist alles, was ich erkennen konnte, bevor auf Onkel Marc geschossen wurde."

Ty nickte. „Ich habe einen Wagen von der Farbe vor dem Nachbarhaus geparkt gesehen, aber nicht mehr. Derek?"

„Ich ebenfalls."

Tys Enttäuschung wuchs, da nun auch ihr letzter Anhaltspunkt dahin war, um den Kerl zu finden.

Lacey ergriff plötzlich Tys Hand und rasch zog sie ihn mit zur Haustür.

Derek folgte ihnen.

Sie kniete sich neben ihren Onkel, der mit dem Gesicht nach unten auf dem Boden lag und eine Kugel im Rücken hatte. Eine Blutlache hatte sich um ihn herum gebildet, und er bewegte sich nicht.

Ty prüfte noch einmal seinen Puls am Hals. „Bewusstlos, aber am Leben."

In der Ferne ertönten Sirenen, die mit jeder Minute lauter wurden.

„Onkel Marc?", fragte Lacey, die sich dicht über ihn beugte.

Ty legte ihr eine Hand auf den Rücken, der ganz feucht vor Schweiß war. „Er ist bewusstlos."

„Wer hat auf dich geschossen?", fragte Lacey den alten Mann. „Wer will dich umbringen? Hast du mir die Wahrheit gesagt, als du sagtest, dass du nicht hinter den Anschlägen auf mich steckst? Hast du das wirklich?" Sie feuerte die Fragen auf ihn ab, die sie quälten.

Ty führte sie fort, als auch schon die Sanitäter den Weg zum Haus hinaufstürzten und sich an die Arbeit machten.

Wenige Sekunden später folgte die Polizei. Die Sanitäter verfrachteten Dumont in den Krankenwagen und brachten ihn in dasselbe Krankenhaus, in dem auch Tys Mutter lag. Auch wenn er es kaum mehr erwarten konnte, wieder zu ihr zu kommen, wurden sie erst noch eine Stunde lang im Wohnzimmer seiner Mutter verhört. Lacey beantwortete so viele Fragen, wie sie nur konnte, während Ty und Derek ihren Teil dazu beitrugen, um zu helfen. Schließlich fielen dem Officer keine Fragen mehr ein, zumindest nicht im Moment.

„Wir müssen zurück zum Krankenhaus", sagte Lacey, die noch immer zitterte.

Der Officer schlug sein Notizbuch zu. „Ich brauche noch Ihre offiziellen Zeugenaussagen, aber im Moment können Sie gehen."

„Diese Aussagen wären nicht nötig gewesen, wenn einer Ihrer Männer mich nicht aufgehalten und Dumont damit die Gelegenheit gegeben hätte, zu Lacey zu fahren und angeschossen zu werden", murmelte Derek. „Ich habe eine Lizenz, und das wusste er. Er hätte mich einfach fahren lassen sollen."

Der Officer, der sowohl Ty als auch Derek kannte, nickte verständnisvoll. „Wir werden überprüfen, was da passiert ist. Versprochen. In der Zwischenzeit schlage ich vor, dass Sie bei Lacey bleiben, bis wir irgendwelche Spuren von unserem Ermittlungsteam haben", und er deutete dabei auf die Kriminaltechniker, die im restlichen Haus nach Fingerabdrücken suchten, die Nachbarn befragten und andere mögliche Spuren sicherstellten.

Ty fühlte sich schuldig, weil er Lacey überhaupt allein gelassen hatte. Doch mit seiner Mutter im Krankenhaus und dem Wissen, dass Derek auf dem Weg war, schien die Entscheidung sicher gewesen zu sein.

„Ich werde sie nicht mehr aus den Augen lassen", sagte er, ergriff ihre Hand und zog sie an seine Seite. „Und jetzt schaffe ich sie hier raus." Sie sollte keine weitere Zeit in diesem Haus mit den schrecklichen Erinnerungen verbringen.

„Derek, kannst du den Hund nehmen?", fragte Lacey. „Ich möchte nicht, dass Digger hierbleibt, wenn all die Fremden ständig rein- und rauslaufen."

Das Haus war als Schauplatz eines Verbrechens markiert und abgeriegelt worden, was seine Mutter krank vor Sorge machen würde – weshalb er es ihr gar nicht erst sagen wollte. Wenn sie wieder bei Kräften war, würde er ihr alles erzählen. Und sie würde wieder zu Kräften kommen. Daran musste er glauben.

„Sicher. Ich beschatte Dumont jetzt ja nicht mehr."

„Genau. Die Cops haben jemanden abgestellt, der ihn im Krankenhaus bewacht, bis der Kerl gefasst ist, der ihn angeschossen hat", sagte Ty.

„Wer sollte seinen Tod wünschen?", fragte Lacey. „Und wer meinen, wenn nicht Onkel Marc?"

Ty schüttelte den Kopf. Er hatte verschiedenste Möglichkeiten erwogen, seit er Laceys Version der Ereignisse gehört hatte. „Er sagte, dass er nicht hinter den Anschlägen stecke, aber wisse, wer es sei?"

Sie nickte. „Ich war wie versteinert und wollte ihn nicht ins Haus lassen, doch als auf ihn geschossen wurde, wirkte es, als ob er mich warnen wollte – aber nicht vorhatte, mich umzubringen."

Ty rieb sich die Augen. „Lass uns ins Krankenhaus fahren und sehen, wie es meiner Mutter geht. Vielleicht gibt es dann auch schon Neuigkeiten über deinen Onkel."

„Und mach dir keine Sorgen wegen deines Hundes", sagte Derek, der mit einer folgsamen Digger an der Leine zurückkam.

„Scheint, als ob du eine neue Verehrerin hast", lachte Ty. Er wusste nur zu gut, wie sich Digger bei neuen Menschen einschmeichelte.

„Sie stinkt", sagte Derek stirnrunzelnd. „Hast du je daran gedacht, ihr Minzpastillen zu geben? Sie leckte mir übers Gesicht, als ich ihr die Leine anlegte, und ich wäre beinahe ohnmächtig geworden."

Lacey grinste. „Das gehört zu ihrem Charme. Pass gut auf sie auf und vielen Dank noch mal."

Sie gingen in Richtung Tür, als Ty sich noch einmal zu Derek umdrehte. „Sie schläft gerne mit dir", sagte er. „Und sie mag es, oben zu sein."

„Na klasse", murmelte Derek.

Lacey lachte zum ersten Mal seit Stunden.

Ty hatte Hunter angerufen und ihm von dem Vorfall bei seiner Mutter erzählt. Hunter wiederum hatte Molly angerufen, weil er ahnte, dass sie im Krankenhaus sein wollte, wenn Dumont eingeliefert wurde. Er hatte versprochen, sie dort zu treffen, sobald sein Meeting vorbei war. Sie erwiderte, dass er sich nicht zu beeilen brauche und es ihr gut gehe.

Und es ging ihr gut, zumindest was ihr eigenes Leben anging. Sobald sie das Gespräch mit Hunter beendet hatte, rief sie ihre Mutter an.

„Ich kann Krankenhäuser nicht ausstehen", sagte Francie.

Angewidert legte Molly auf und fuhr allein ins Krankenhaus.

Molly hatte die Distanz im Ton ihrer Mutter herausgehört. Sie spürte sie schon eine ganze Zeit. Eigentlich seit der Party, bei der Francie erfahren hatte, dass Lacey am Leben und wohlauf war und kurz davor stand, das Vermögen zu erben, das ansonsten Marc gehören würde – und durch eine Heirat mit ihm dann auch zum Teil ihr.

Molly hatte gehofft, dass es diesmal anders laufen würde, zumal ihre Mutter sich noch nicht von Marc getrennt hatte. Doch angesichts ihrer Weigerung, zum Krankenhaus zu kommen, musste Molly der Wahrheit ins Gesicht sehen. Ihre Mutter schlug nur die Zeit tot, bis sie einen anderen vermögenden Mann fand oder wenigstens eine Idee hatte, wo sie einen auftreiben konnte. So wie sie Francie kannte, stand vermutlich eine Kreuzfahrt oder eine Europareise auf dem Programm, um dort ihr nächstes Opfer zu jagen. Sie würde keinen weiteren Gedanken an Molly verschwenden, die zu Hause bleiben müsste. Tatsächlich konnte Molly froh sein, wenn ihre Mutter sich überhaupt von ihr verabschiedete. Schließlich hatte sie das schon öfter so gehandhabt.

So viel zu dem Thema Familie. So viel zu ihrer Tochterliebe und der Einsicht in vergangene Fehler. So viel dazu, dass Francie sich angeblich verändert hatte.

Molly betrat den Eingang der Notaufnahme und meldete sich am Empfang an. „Ich möchte Marc Dumont besuchen“, sagte sie und blickte die müde wirkende Frau vor ihr an.

„Sind Sie eine direkte Verwandte?“

Molly schluckte. „Nein.“

Die Frau blickte auf die Papiere vor sich. „Mr. Dumont darf noch keine Besucher empfangen. Setzen Sie sich doch. Wir sagen Ihnen Bescheid, wenn Sie zu ihm dürfen.“

Molly nickte. „Okay. Danke.“ Sie wandte sich um und setzte sich auf einen Stuhl, um zu warten.

Je länger sie saß, desto unbehaglicher fühlte sie sich. Sie gehörte nicht hierher. Sie war nicht verwandt mit Marc und würde es vermutlich auch nie sein. Doch er war in einer Art gut zu ihr gewesen, wie es nie zuvor jemand gewesen war, und sie wollte sicher sein, dass er wieder gesund würde.

Sie wippte nervös mit dem Fuß auf und ab und trommelte mit den Fingern auf die Armlehnen – und wartete.

„Molly?"

Sie blickte auf und sah Lacey und Ty vor sich stehen. Sie erhob sich. „Ich habe euch nicht hereinkommen sehen."

„Du warst in Gedanken versunken", sagte Lacey.

„Ja. Und auch nicht gerade an einem angenehmen Ort. Geht es dir gut? Hunter sagte mir, was geschehen ist. Ich kann nicht glauben, dass Marc direkt vor deinen Augen angeschossen wurde. Warum war er überhaupt bei dir?", fragte Molly, die die Einzelheiten der Geschichte noch nicht kannte.

Lacey zuckte die Achseln. „So weit sind wir gar nicht gekommen. Gibt es irgendwelche Neuigkeiten von ihm?"

„Noch nicht."

„Ich muss nach meiner Mutter sehen", sagte Ty.

„Ich komme mit." Sie drückte kurz Mollys Schulter. „Es tut mir leid."

„Es muss dir nicht leidtun. Geh. Ich komme schon zurecht."

Lacey umarmte Molly rasch und ging mit Ty davon.

Molly seufzte. Ihr Blick folgte dem Paar, bis sie in den Räumen der Notaufnahme verschwanden. Dann blickte sie sich im Wartebereich um. Die meisten Menschen waren mit jemandem hier, einem Freund, einem Angehörigen, mit jemandem, den sie liebten. Nur Molly nicht.

Während sie auf Neuigkeiten von Marc wartete, wurde ihr etwas Grundlegendes bewusst. Sie hatte zu viel Zeit damit verbracht, den Mann zu verteidigen, und nicht genug Zeit damit, nach der Wahrheit zu suchen. Das hatte ihr genau das eingebracht, was sie befürchtet hatte.

Sie war allein.

Was sie schon immer gewesen war. Und was sie noch lange sein würde.

Ty hielt sich an Laceys Hand fest, als sie das Zimmer betraten, in dem seine Mutter schlief. Vorhin hatte Lacey ihn gebraucht, doch jetzt brauchte er sie. Während er einen Stuhl an Flos Bett zog, fühlte er sich daran erinnert, wie er sie das letzte Mal so schwach und krank gesehen hatte.

Er war gerade vom College nach Hause gekommen, als sie ihren ersten Infarkt hatte und gleich operiert worden war. Sie hatte schlafend in einem sterilen Raum gelegen, der diesem geähnelt hatte, und war ebenso wie hier an Maschinen angeschlossen gewesen. Er hatte nur einen Blick auf sie geworfen und begriffen, dass sie alles war, was er auf der Welt hatte, und dass er sie vielleicht verlieren würde.

Genauso fühlte er sich jetzt. Obwohl Lacey zurückgekehrt war und obwohl sie einander liebten, hatten sie sich nichts versprochen, gab es keine Garantien. Er wusste, dass sie jeden Tag für sich genießen mussten, bis diese Geschichte mit dem Treuhandfonds gelöst sein würde. Und danach? Wer wusste das schon.

Die einzige Konstante in seinem Leben bildete diese Frau, deren zerbrechliche Hand nun in seiner lag.

„Ty?“ Er blickte auf.

Dr. Sanford kam mit einem anderen Mann auf ihn zu. „Ty, dies ist Dr. Miller. Er ist unser kompetentester Kardiologe. Er möchte Ihnen einige Dinge erklären.“

Ty lauschte dem jungen Herzchirurgen, der ihm erklärte, dass seine Mutter dringend operiert werden müsse, um Arterien zu öffnen, die sich geschlossen hätten. Es folgten noch jede Menge Fachbegriffe, und als Nächstes unterschrieb er ein Formular, während seine Mutter aus dem Raum geschoben wurde.

Lacey legte Ty die Hand auf die Schulter. „Sie wird wieder gesund werden. Der Doktor hat es selbst gesagt."

Er blickte in ihre tröstenden Augen. „Hat er das? Ich kann mich kaum an das Gespräch erinnern."

Sie lächelte. „Deswegen habe ich auch so genau zugehört. Der Eingriff soll nicht mehr als eine Stunde dauern, und dann wird sie in einen Aufwachraum gebracht, wo du sie sehen kannst." Lacey schlang die Arme um seinen Hals und drückte ihre Wange an die seine. „Dann kannst du dich selbst davon überzeugen, okay?"

Er löste ihre Hände und behielt sie in den seinen. „Ich bin froh, dass du da bist."

„Das war ich auch, als du die Tür zu der Kammer geöffnet und mich gefunden hast. Woher wusstest du, wo ich war?"

Er beugte sich zu ihr vor. „Weil ich dir dieses Versteck selber gezeigt habe und mir keinen anderen Platz vorstellen konnte, an dem du dich verborgen hältst." Und weil er sich geweigert hatte, sich vorzustellen, dass ihr etwas passiert war, auch wenn ihr Onkel blutüberströmt in der Haustür gelegen hatte.

Schweigen umgab sie, bis er es keine Minute länger aushielt. Er brauchte etwas, das ihn von dem Warten auf die Operation ablenkte.

Er blickte auf die Uhr. „Wir müssen Zeit totschlagen. Wir sollten nachsehen, wie es deinem Onkel geht, und uns erkundigen, ob die Polizei schon etwas gefunden hat."

Lacey straffte die Schultern. „Das klingt nach einem guten Plan."

Allerdings hatte die Schwester am Tresen keine neuen Informationen über Dumont. Auch als Blutsverwandte erhielt Lacey keine Sonderbehandlung, sodass sie sich beide zu Molly gesellten und warteten.

# 15. Kapitel

Vierundzwanzig Stunden später erholte sich Flo bereits von ihrer erfolgreichen Operation. Laceys Onkel war noch immer nicht bei Bewusstsein. Die Kugel hatte seine Lunge durchschlagen. Man ging davon aus, dass er sich erholen würde, doch Besuche waren bis auf Weiteres nicht erlaubt.

Lacey, Ty, Hunter und Molly saßen im Warteraum, nachdem sie die Notaufnahme verlassen hatten. Die Polizei war unterwegs, um mit ihnen zu sprechen. Sie hatten Neuigkeiten, und das Krankenhaus war ein ebenso guter Ort wie jeder andere, um alle beteiligten Personen zu versammeln und sie zu informieren.

Molly wirkte blass und hatte nicht viel zu Lacey oder Ty gesagt, seit sie hier waren. Hunter hatte seinen Referendar mit Recherchen beauftragt und sich den Tag frei genommen, um bei Molly zu sein, doch auch mit ihm sprach sie kaum. Lacey wusste nicht, ob ihr Marcs Zustand zu schaffen machte oder die Tatsache, dass er offensichtlich in etwas verwickelt war, das dazu geführt hatte, dass er angeschossen wurde.

Lacey war dankbar, als Don Otter, der Polizeichef, zur Tür hereinkam und das Schweigen brach.

„Ich bin froh, dass Sie alle hier sind", sagte der Chief.

„Hallo Don!" Ty erhob sich, um ihm die Hand zu geben.

Der große Mann nickte.

„Was führt Sie so früh am Morgen hierher?", fragte Ty.

Don ließ seinen schweren Körper in einen Sessel sinken und beugte sich vor, wobei sich sein Hemd über dem Bauch spannte. „Meine Männer haben den Ort der Schießerei genau untersucht. Die Fußabdrücke draußen gehören definitiv einem

Mann. Manche stammen von den Schuhen von Marc Dumont, die wir im Krankenhaus konfisziert haben, doch die anderen Abdrücke können wir nicht zuordnen. Fingerabdrücke gibt es keine außer von Flo, Lacey, Ihnen und anderen Leuten, die im Haus waren. Die Kugel, die man aus Dumont herausoperiert hat, haben wir in die Ballistik geschickt, und wir sollten bald ein Ergebnis bekommen."

Lacey keuchte auf.

Molly ergriff ihre Hand.

Wie seltsam, dass zwischen ihnen, die so unterschiedlich über Marc Dumont dachten, solch ein Band entstanden war, dachte Lacey.

„Dann haben wir noch die Nachbarn befragt", sagte der Chief.

„Konnte Ihnen irgendjemand mehr über den Wagen oder den Schützen sagen als das, was wir gesehen haben?", fragte Ty.

„Was ja zu nichts geführt hatte", kommentierte Lacey enttäuscht.

„Du bist um dein Leben gerannt. Niemand wirft dir vor, dass du nicht mehr gesehen hast", mischte sich Hunter ein. „Außerdem haben wir ja die Farbe des Wagens. Das würde ich nicht nichts nennen." Hunter blickte den Chief an.

Der Mann nickte zustimmend. „Und eine der Nachbarinnen berichtete ebenfalls von einem Wagen in dieser Farbe und hatte noch weitere Neuigkeiten."

„Was hat sie gesehen?", fragten alle gleichzeitig.

Der Chief kicherte. „Ty, die beste Freundin Ihrer Mutter und zugleich Nachbarin von gegenüber …"

„Mrs. Donnelly?", fragte Ty.

Der andere nickte. „Viola Donnelly hat ausgesagt, dass sie gerade in ihrem Arbeitszimmer, von dem aus man die Straße überblickt, saß, um den neuesten John Grisham zu lesen, als ein dunkler Wagen vor dem Haus hielt."

„Hat sie den Mann aus dem Wagen steigen sehen? Hat sie gesehen, wer auf Onkel Marc geschossen hat?“, fragte Molly.

„Unglücklicherweise nicht“, erwiderte der Chief. „Doch Viola hat die ersten Ziffern des Kennzeichens gesehen“, fuhr er lächelnd fort. „Wir haben den Wagen ausgerechnet zu Anna Marie Costanza zurückverfolgt.“

Mollys Blick schoss zu Hunter.

Lacey wusste, was sie dachte. Hunter glaubte, dass Anna Marie ihrem Bruder von seinem Prozess erzählt hatte und dass ihr Bruder, der Treuhänder, daraufhin den Richter überredet hatte, den Prozesstermin vorzuziehen, damit Hunter zu beschäftigt wäre, um Lacey zu helfen. Dann war Paul Dunne nach dem Termin mit Lacey zu Dumont gefahren. Und nicht lange danach war Marc Dumont angeschossen worden, während er Lacey einen unwillkommenen Besuch abstattete.

Lacey bezweifelte, dass sie das alles der Polizei erklären könnte, doch Ty fasste es auf eine klare und überzeugende Art für den Chief zusammen.

Der große Mann kratzte sich am Kopf. „Ihrer Meinung nach hat Paul Dunne etwas mit der Schießerei zu tun?“, fragte er überrascht.

„Und mit den Anschlägen auf Laceys Leben“, antwortete Ty.

Molly sprang auf und wirkte plötzlich lebendiger als in den letzten Stunden. „Hat Anna Marie zufällig gesagt, dass sie ihren Wagen ihrem Bruder Paul geliehen hat?“

Der Chief steckte die Hände in die Taschen. „Warum?“

„Weil sie das oft tut. Außer zur Arbeit fährt Anna Marie nur selten damit, und sie möchte gerne, dass der Motor reibungslos läuft. Deswegen lässt sie Paul damit einmal die Woche fahren.“

Was bedeutete, dass Paul Onkel Marc zu Lacey gefolgt sein könnte. Doch warum um alles auf der Welt sollte der Treuhänder Marcs Tod wollen?

Der Chief schüttelte den Kopf. „Sie sagte, dass ihr Wagen gestohlen worden sei."

Hunters Augen verengten sich zu Schlitzen. „Hat sie den Diebstahl angezeigt?"

„Nein."

„Und kam Ihnen das nicht verdächtig vor?", hakte Ty nach.

„Doch, ja. Aber wir haben den Wagen nicht, um ihn nach Fingerabdrücken zu durchsuchen. Und selbst wenn wir das könnten, würden Pauls Fingerabdrücke nicht das Geringste ausrichten. Es gibt ja einen guten Grund, warum sie dort sind." Chief Otter zuckte die Achseln. „Hört zu, Leute, ich weiß, dass Sie Ihre Theorien haben, und Ty, ich vertraue Ihrem Urteil, das tue ich wirklich. Doch in diesem Fall beschuldigen Sie einen aufrechten Bürger unserer Stadt, ohne den Funken eines Beweises zu haben."

„Dann durchsuchen Sie sein Haus oder sein Büro. Ich bin sicher, dass Sie etwas finden werden." Lacey schlug mit der Faust auf ihren Schenkel. „Ich weiß nicht, welche Verbindung zwischen Onkel Marc und Paul Dunne besteht, doch es gibt eine. Dessen bin ich sicher." Ihre Stimme brach, und sie wandte beschämt den Kopf ab.

Ty stellte sich hinter ihren Stuhl und legte ihr die Hände auf die Schultern.

„Es tut mir leid, doch es gibt keinen hinreichenden Verdacht für einen Durchsuchungsbefehl. Wir werden ein Auge darauf haben. Wenn Marc Dumont wieder zu sich kommt und vernehmungsfähig ist, wird das Krankenhaus uns sofort benachrichtigen. Vielleicht hat er etwas Interessantes beizutragen."

„Ich werde mich mit meiner Meinung nicht zurückhalten", murmelte Lacey.

Ty drückte ihre Schultern. Er musste gewusst haben, dass ein Durchsuchungsbefehl außerhalb des Möglichen lag.

Der Chief entschuldigte sich, um sich nach dem Zustand ihres Onkels zu erkundigen, und ließ die vier allein.

Lacey stand auf und ging ein paar Schritte auf und ab. Sie war nicht in der Lage, etwas zu sagen, ohne vor Enttäuschung laut loszuschreien. Sie konnte einfach nicht glauben, dass sie in einer Sackgasse steckten. Drei Vorfälle, und sie wussten noch immer nicht, wer sie und ihren Onkel tot sehen wollte.

„Ich habe eine Idee", sagte Molly und unterbrach Laceys rastloses Auf und Ab.

Lacey dreht sich auf dem Absatz um. „Ich höre."

„Anna Marie würde nicht mit der Polizei sprechen, aber vielleicht redet sie mit uns." Molly deutete auf sich und Lacey. „Sie ist eine gute Frau. Mag sein, dass sie ihren Bruder schützt, doch sie weiß mit Sicherheit nicht, dass jemand verletzt wurde. Wenn wir mit ihr sprechen, bricht sie vielleicht zusammen und gibt uns eine Information, die uns weiterbringt."

Lacey nickte, während sie sich langsam für die Idee erwärmte. „Ich finde den Gedanken gut."

„Ich nicht", sagte Ty. „Ich möchte nicht, dass eine von euch beiden Anna Marie befragt. Wenn ihr Bruder etwas mit der Sache zu tun hat, steht ihr damit direkt in der Schusslinie."

„Dann komm mit uns, wenn du willst. Doch Mollys Idee ist gut, und wir werden in jedem Fall mit Anna Marie reden", sagte Lacey in einem Ton, der keinen Widerspruch zuließ.

Sie konnte es nicht zulassen, dass Tys Ängste oder ihre eigenen die Oberhand gewannen. Sie musste diese Sache ein für alle Mal beenden.

Vor dem Treffen mit Anna Marie wollte Ty ein bisschen Zeit mit seiner Mutter verbringen, und da Anna Marie erst später von der Arbeit kommen würde, konnte er getrost den ganzen Nachmittag im Krankenhaus bleiben. Hunter war ins Büro zurückgekehrt, nicht ohne zu versprechen, dass er Molly später zum Dinner treffen würde. Molly hatte versucht, einem weiteren Wiedersehen an diesem Tag aus dem Weg zu gehen, doch Hunter hatte darauf bestanden. Falls Mollys abwehrende Haltung etwas zu bedeuten hatte, sah es nicht gut aus für das Paar. Ty empfand Mitleid mit seinem Freund. Und er hoffte, dass er sich nicht allzu bald in einer ähnlichen Situation wiederfinden würde.

Ty hatte den Chief überredet, einen Zivilbeamten abzustellen, um Lacey im Krankenhaus im Auge zu behalten. Sie könnte heute ebenfalls noch zur Zielscheibe werden. Zumindest könnte der Schütze ihr nachstellen, weil er vielleicht davon ausging, dass Lacey ihn identifizieren konnte. Ty würde kein Risiko mehr eingehen, was ihre Sicherheit anging. Als die Frauen in die Cafeteria gingen, um sich einen Kaffee zu holen, waren sie daher in Begleitung.

Währenddessen wartete Ty, bis der Essenswagen im Flur auftauchte, und nahm das Tablett für seine Mutter. Er klopfte einmal und trat ein.

Zu seiner Erleichterung saß seine Mutter aufrecht im Bett, den Rücken gegen die Kissen gelehnt. Zwar hatte sie noch eine Kanüle im Arm, doch die Farbe war in ihre Wangen zurückgekehrt, und ein Lächeln umspielte ihre Lippen. Ein kurzer Blick zum Besucherstuhl zeigte ihm den Grund.

„Hallo, Dr. Sanford“, sagte Ty und stellte das Tablett auf den Abstelltisch neben dem Bett.

„Nennen Sie mich bitte Andrew.“ Der Mann erhob sich und reichte ihm die Hand.

Ty schüttelte sie. Er freute sich, dass seine Mutter nicht allein war und es jemanden in ihrem Leben gab, der sie offensichtlich glücklich machte. Sie hatte viel zu lange allein gelebt.

„Andrew, ich würde gern unter vier Augen mit meinem Sohn sprechen“, sagte seine Mutter.

Der Doktor ging zum Bett, beugte sich vor und küsste sie auf die Wange. „Ich werde einige Patienten besuchen, und komme dann wieder vorbei.“

Ty wartete, bis sie allein waren, und zog sich dann einen Stuhl ans Bett.

„Du hast mir einen riesigen Schrecken eingejagt“, gestand er.

„Ich habe mir selber einen Schrecken eingejagt.“ Sie lehnte sich zurück in die Kissen. „Die Ärzte sagen aber, dass ich mein normales Leben wieder aufnehmen kann.“

Er nickte und schwieg dann gedankenverloren. Sie mussten über ihre Beziehung zu Dr. Sanford sprechen und über andere Dinge, die zwischen ihnen standen, dachte Ty.

„Ich mag ihn“, sagte er schließlich.

„Andrew?“

Ty nickte. „Ich mag ihn, weil er für dich das Beste zu wollen scheint.“ Das hatte er auch dadurch gezeigt, dass er die Beziehung zwischen Mutter und Sohn respektierte.

Flo lächelte wieder, sodass ihr ganzes Gesicht strahlte, und ihre Augen leuchteten. Sie verdiente es, glücklich zu sein.

„Da ist noch etwas, das ich loswerden muss.“ Ty stand auf und ging zum Fenster, von dem aus man auf den Parkplatz sah. „Netter Blick“, murmelte er.

Seine Mutter lachte. „Der kostet extra.“

Er grinste. Sie hatte ihren Humor wiedergefunden, ein weiteres gutes Zeichen. „Mom …“

„Wenn man jemanden liebt, dann versteht es sich von selbst, dass man nicht alles wieder aufwärmen muss“, half seine Mutter ihm aus der Patsche.

Das hatte er nicht verdient. „Das mag ja sein, wenn man die Dinge überhaupt besprochen hat, aber das haben wir nicht. Weil ich es nicht zugelassen habe. Oh ja, du hast erklärt, dass du das Geld von Marc Dumont um meinetwillen genommen hast, aber meine Wut war so groß, dass ich nichts anderes mehr hören wollte.“

Er fuhr sich mit der Hand durchs Haar. Er erinnerte sich immer noch lebhaft an jenen Tag, als er entdeckte, dass seine Mutter Geld für Laceys Aufnahme angenommen hatte.

„Alle Kinder glauben, dass ihre Eltern Heilige sind. Es schmerzt, wenn man herausfindet, dass sie nur Menschen sind", sagte Flo.

Ty starrte aus dem Fenster. „Die Sache ist die: Ich war nicht so sehr wütend auf dich als vielmehr auf mich selbst." Das Geständnis fiel ihm nicht leicht.

„Warum in aller Welt solltest du wütend auf dich selbst sein?", fragte seine Mutter.

Ty wandte sich nicht um. Er konnte seiner Mutter nicht ins Gesicht sehen, während er über Dinge sprach, die ihn seit Jahren umtrieben. Doch als sie operiert wurde, war er in sich gegangen. Mit Laceys Kopf auf seiner Schulter hatte er darüber nachgedacht, dass er seine geliebte Mutter verlieren könnte. Und er hatte sich gezwungen, sich mit dem auseinanderzusetzen, was ihn wirklich daran störte, dass sie damals das Geld genommen hatte.

Tatsächlich hatte sie damit vermutlich Laceys Leben gerettet. Seiner Mutter gram zu sein, weil sie Lacey gegen Geld ein Zuhause gegeben hatte, war lächerlich. Es war nur einfacher gewesen, auf seine Mutter wütend zu sein, als sich den Ärger über sich selbst einzugestehen.

„Es ist kompliziert", sagte er. „Die ganze Zeit, während der ich wütend auf dich war, weil du mir nicht erzählt hast, dass Lilly kein richtiges Pflegekind war und die Sache mit dem Geld verheimlicht hast, habe ich selber ein großes Geheimnis vor dir verborgen." Er atmete tief durch. „Jahrelang ließ ich dich trauern, obwohl ich wusste, dass Lilly am Leben war." Seine Schläfen pochten, während er sprach.

„Wir haben beide Fehler gemacht", sagte seine Mutter. „Oder vielleicht sollte ich sagen, dass wir beide Entscheidungen getroffen haben, die uns damals notwendig erschienen. Wer weiß. Vielleicht waren sie notwendig", entließ sie ihn erneut aus der Verantwortung.

Er war nicht bereit, sich zu verzeihen, jedenfalls noch nicht. Hoffentlich würde es ihm noch gelingen, doch erst musste er alles aussprechen, was ihn beschäftigte.

„Was liegt dir noch auf der Seele, Tyler? Was vergräbst du noch in dir?", fragte seine Mutter.

„Außer dass ich dich leiden und trauern ließ?" Dieses Mal wandte er sich um, damit er das Gesicht seiner Mutter sehen konnte, wenn er seine Fehler eingestand.

Seine Schwächen.

Seine Schuld.

„Was ich getan habe? Ich habe Lacey allein nach New York geschickt. Sie war gerade mal siebzehn Jahre alt, und ich bin ihr nicht hinterhergefahren. Verdammt, ich habe mich fünf gottverdammte Jahre lang nicht um sie gekümmert", sagte Ty voller Abscheu vor sich selbst.

Und er hatte das lächerliche Versprechen, niemals über jene Nacht zu sprechen, als Ausrede benutzt, um fortzubleiben. Und als er entdeckte, dass sie wohlauf war und in Manhattan lebte, war er nicht losgefahren, um sie zurückzuholen, sondern hatte ihr vorgeworfen, nicht zu ihm zurückzukommen. Welche Arroganz! Erst Laceys Rückkehr, die Anschläge auf ihr Leben und der Herzinfarkt seiner Mutter hatten ihm die Augen geöffnet.

Er war ein Feigling gewesen.

„Wie alt warst du, als wir den Plan ausheckten, meinen Tod vorzutäuschen, damit ich allein nach New York gehe?"

Ty zuckte zusammen beim unerwarteten Klang von Laceys Stimme. Sie stand im Türrahmen und starrte ihn ungläubig an.

„Ich glaube, sie hat dich etwas gefragt", sagte Flo lächelnd.

Ty räusperte sich. „Ich war achtzehn."

„Und du glaubst, das machte dich so viel älter und klüger als mich? Du glaubst, du hättest es besser wissen müssen?“, fragte Lacey und betrat das Zimmer. „Es tut mir leid, dass ich unterbreche, aber ich bin doch froh, dass ich es tue.“

„Ich ebenfalls.“ Flo winkte sie herein. „Sie hat da irgendwie recht, weißt du.“

Ty blickte finster. „Verschwört euch nur gegen mich“, murmelte er.

„Nun, wer hat dich eigentlich zu jedermanns Beschützer und Retter ernannt?“, fragte Lacey. „Versteh mich nicht falsch – ich war immer dankbar, dass du auf mich aufgepasst hast. Wer weiß, was passiert wäre, wenn ich zu Onkel Marc hätte zurückgehen müssen, statt bei euch zu bleiben. Doch niemand hat dir die Verantwortung übertragen, und definitiv niemand hat dich zu einem Menschen ernannt, der alles besser wissen und alles richtig machen muss. Gönn dir mal eine Pause, Ty. Tut mir leid, dass ich dir diese Nachricht überbringen muss, aber Ty: Du bist nun mal nicht vollkommen.“ Sie warf verzweifelt die Hände in die Luft.

Er atmete hörbar aus. Sie ahnte es nicht, doch sie hatte eine wichtige Frage beantwortet. Sie hatte nicht gehört, wie er mit seiner Mutter über das Geld von ihrem Onkel gesprochen hatte. Dieses Geheimnis musste ebenso wie alle anderen enthüllt werden. Noch eine Sache, die ihm klar geworden war, während man seine Mutter operiert hatte.

„Was meinst du mit ‚nicht vollkommen‘?“, konzentrierte Ty sich auf den leichtesten Teil ihres Monologs. „Wie kannst du so etwas sagen, und noch dazu vor meiner Mutter?“, witzelte er.

Lacey runzelte sie Stirn und fand ihn offenbar nicht im Geringsten amüsant.

„Nun, das war ziemlich anstrengend“, schaltete sich Flo ein. „Ich muss mich ausruhen, doch du, Ty, solltest auf Lacey hören.

In ihrem hübschen Kopf weiß sie mehr als wir beide zusammen.“ Sie lehnte sich zurück in die Kissen und wirkte blasser als am Anfang ihres Gesprächs.

Das Geheimnis seiner Mutter musste noch warten, dachte Ty, und mit ein wenig Glück auch die Fortsetzung dieses Gesprächs mit Lacey.

Sie steuerten auf die Tür zu. Noch bevor sie den Raum verließen, war Flo schon eingeschlafen. Ty hielt beim Schwesternzimmer an und bat die Schwestern, darauf zu achten, dass seine Mutter etwas aß, wenn sie aufwachte. Danach führte er Lacey zu einer leeren Nische neben dem Warteraum.

Er zog sie in seine Arme und küsste sie. Ihre Lippen wurden weich, und sie schlang die Arme um seinen Nacken. Ein leises Stöhnen entfuhr ihr, während sie seinen Kuss erwiderte.

„Hmmm.“ Er fuhr ihr mit den Händen durchs Haar und zog sie enger an sich.

„Hmmm trifft es genau“, sagte sie, als sie den Kopf zurückzog und den Kuss unterbrach. „Doch leider können wir das jetzt nicht fortsetzen. Wir müssen mit Anna Marie sprechen.“

Ty stöhnte. „Müssen wir?“

„Müssen wir“, antwortete Molly, die gerade zu ihnen trat. „Außerdem ist dies nicht der rechte Ort, um herumzumachen. Jemand könnte euch erwischen.“

„Das hast du schon.“ Ty trat von einem Bein auf das andere und hoffte, dass seine Erregung möglichst schnell abklang. „Habe ich schon erwähnt, dass ich es für keine gute Idee halte, wenn ihr mit Anna Marie sprecht?“

„Du machst dir nur Sorgen um mich“, sagte Lacey. „Aber wenn wir sie dazu bringen, mit uns zu kooperieren, wirst du es für eine großartige Idee halten.“

Bevor er noch etwas einwenden konnte, beugte Lacey sich vor und küsste ihn auf die Wange. „Und jetzt lass uns mit deiner Vermieterin sprechen“, sagte sie zu Molly.

Ty wusste, wann er geschlagen war, erst recht wenn es sich dabei um zwei entschlossene Frauen handelte. Er hatte keine andere Wahl, als mitzugehen und für ihre Sicherheit zu sorgen.

Lacey machte sich keine Hoffnungen, dass Anna Marie Costanza ihnen die Lösung zu all ihren Fragen und Rätseln präsentieren konnte. Dennoch betete eine Stimme in ihr, dass sie mit ihnen sprechen möge.

Die ersten fünfzehn Minuten in dem Haus der älteren Frau waren für Lacey eine Quälerei. Es roch nach Mottenkugeln, und Anna Marie kochte in aller Seelenruhe einen Tee, obwohl sie jede Bewirtung dankend abgelehnt hatten.

„Ich habe deiner Mutter Blumen geschickt, Tyler", sagte Anna Marie, als sie zerbrechlich wirkende Teetassen mit Blütenmustern auf den Tisch stellte.

„Das ist sehr lieb von Ihnen, und ich bin sicher, dass sie sich sehr darüber freut", entgegnete er.

Lacey entging nicht, dass er so nett war, nicht zu erwähnen, dass Blumen auf der Station nicht erlaubt waren. Sie würden vermutlich auf die Kinderstation gebracht werden, was ebenfalls eine nette Geste war.

Molly nahm sich Zeit, um Milch und Zucker in ihren Tee zu rühren. Sie begegnete Laceys Blick und bedeutete ihr, dasselbe zu tun. Offensichtlich hatte sie die Prozedur schon einmal hinter sich gebracht und wusste, dass sie Tee trinken und ein bisschen Smalltalk machen mussten, bevor sie mit Anna Marie zu ernsteren Themen übergehen konnten.

Lacey war so nervös und kribbelig, dass sie an sich halten musste, um nicht aufzuspringen, die alte Frau bei ihrem Rüschenkragen zu packen und sie durchzuschütteln, während sie um Informationen bettelte.

Ty lehnte sich in seinem Sessel zurück und wartete. Offensichtlich ging er davon aus, dass er vom Teetrinken befreit war, denn er hatte die dünne Tasse, die vor ihm stand, nicht angerührt. Vermutlich aus Angst, sie zu zerbrechen, dachte Lacey.

„Deinem Onkel habe ich ebenfalls Blumen geschickt, Lacey. Molly, meine Liebe, Ihre Mutter muss am Boden zerstört sein", sagte Anna Marie.

Molly murmelte etwas Unverständliches.

„Biscotti?", wechselte Anna Marie das Thema und deutete auf eine Platte mit Mandelkeksen.

„Gerne." Ty nahm sich einen, biss hinein und lächelte. „Köstlich."

„Ich backe sie selbst", sagte Anna Marie geschmeichelt. „Meine Mutter hat es mir damals beigebracht. Da ich das einzige Mädchen war, verbrachten wir viel Zeit miteinander, während meine Brüder immer draußen mit meinem Vater unterwegs waren."

„Was Ihre Brüder angeht …", sagte Lacey, doch Ty legte ihr warnend eine Hand aufs Bein. Sie hatten besprochen, dass sie das Gespräch langsam auf das eigentliche Thema hinführen wollten. „Es muss interessant gewesen sein, mit so vielen Geschwistern aufzuwachsen, und dann auch noch alle Jungs", sagte Lacey, statt Anna Marie mit den Anschuldigungen gegen ihren Bruder Paul zu konfrontieren.

Anna Marie schwelgte in Kindheitserinnerungen und erzählte vom Aufwachsen in ihrer Heimatstadt. „Und deshalb lernte mein Vater Ihren Vater kennen", sagte sie zu Lacey. „Weil auch er Oldtimer liebte. Genau genommen liebte er alle Autos. Er brachte mir bei, wie man sich richtig um seinen Wagen kümmert, weshalb ich meine Autos auch immer so viele Jahre fahren kann. Liebe dein Auto und halte es in Bewegung, sagte mein Vater immer."

„Dann müssen Sie ja am Boden zerstört gewesen sein, als Ihr Wagen gestohlen wurde", ergriff Molly die Gelegenheit, zum Grund ihres Besuches vorzudringen.

Lacey musste zugeben, dass Molly einen sehr eleganten Weg gewählt hatte; sie selbst hätte sich vermutlich nicht so geschickt angestellt.

„Ja, ja, ich war sehr verstört." Anna Marie erhob sich und brachte ihre Tasse samt Untertasse zum Spülbecken.

Eine klare Flucht, um niemandem in die Augen sehen zu müssen, dachte Lacey. Sie glaubte nicht, dass sie Gespenster sah. Die Frau war nervös. Und als ihr die Tasse von der Untertasse ins Spülbecken rutschte, war Lacey erst recht sicher, dass Anna Marie etwas verbarg. Doch sie war weder gemein noch böse.

Während sie sie beobachtete, empfand Lacey Mitgefühl. Es war unmöglich, dass diese freundliche und nette Dame etwas getan hatte, um jemanden zu verletzen. Nicht wissentlich.

Obwohl Molly das Gespräch auf den gestohlenen Wagen gelenkt hatte, fiel Lacey plötzlich eine andere Möglichkeit ein, an Anna Maries Gewissen zu appellieren. „Ihre Brüder müssen Sie sehr beschützt haben. Als wir jünger waren, haben Ty und Hunter auch auf mich aufgepasst, so wie richtige Brüder es wohl auch getan hätten."

Anna Marie wandte sich um. „Oh ja. Und können Sie sich vorstellen, dass ich das Gleiche später für sie tun musste? Sie können sich nicht vorstellen, in was für Situationen sich diese Jungs brachten, und ich musste dann mit Mom und Dad zu ihrer Rettung eilen", sagte sie und lachte bei der Erinnerung.

Molly erhob sich und ging zur alten Frau. „Ich bin sicher, dass Sie sie auch heute noch manchmal beschützen müssen."

„Nein, sie brauchen mich nicht mehr. Sie lassen mir meinen Willen und hören sich meine Geschichten von der Arbeit an, doch sie können nun gut genug auf sich selber aufpassen. Und sie haben Ehefrauen, die sich um sie kümmern."

„Doch Blut ist dicker als Wasser, wie einer meiner Stiefväter immer zu sagen pflegte. Ich bin mir sicher, dass zum Beispiel Paul zuerst zu Ihnen kommen würde, wenn er um einen Gefallen bitten wollte.“ Molly legte der Frau tröstend einen Arm um die Schulter. „Kommen Sie, setzen Sie sich“, drängte sie und führte Anna Marie zu einem Stuhl am Tisch. „Hat Ihnen die Polizei gesagt, dass der Fahrer Ihres Wagens auf Marc Dumont geschossen hat?“, fragte sie sanft.

Anna Marie rang ihre gichtigen Hände im Schoß und schaute nicht auf. „Sie kamen hier rein und stellten alle möglichen Fragen über meinen Wagen. Ich sagte ihnen, dass er gestohlen worden sei.“ Ihre Stimme bebte. „Sie sagten mir nicht, warum sie diese Fragen stellten, bis ich Ihnen von dem Diebstahl erzählte.“

Molly kniete sich neben ihr hin. „Doch da hatten Sie schon gelogen, um Ihren Bruder Paul zu schützen, nicht wahr? Weil er sich Ihren Wagen ausgeliehen hatte, so wie er das manchmal tut, ja? Um ihn zu lieben und ihn in Bewegung zu halten, wie Ihr Vater immer sagte.“

Ty und Lacey blieben still und überließen es Molly, die ja eine Beziehung zu Anna Marie hatte, mit ihr zu sprechen und sie zu den Einzelheiten zu befragen.

Anna Marie nickte. „Paul hatte es nie leicht. Er war der Älteste, und die Erwartungen und Ansprüche an ihn drückten ihn schwer. Er brauchte eine Fluchtmöglichkeit, und da wir so nahe bei Saratoga wohnen, fand er sie bei den Pferden. In der Saison ging er zu den Rennen und fing an zu wetten. Und bald waren die Pferde nicht mehr genug.“

„Paul ist ein Spieler?“, fragte Ty.

„Ich weiß es nicht, aber manchmal ist er mit meinem Wagen zu den Rennen oder zu anderen Wettbüros in die nächste Stadt gefahren.“ Anna Marie seufzte. „Normalerweise bat ich ihn immer, meinen Wagen auszufahren. Doch in diesen Tagen bat er darum, ihn leihen zu dürfen. Ich dachte, er würde wieder zum Wetten fahren. Und als er mich darum bat, zu sagen, dass der Wagen gestohlen worden sei, ging ich davon aus, dass ihn jemand dort gesehen hatte. Wenn der Wagen aber gestohlen worden war, würde niemand das Wetten mit ihm oder mir in Verbindung bringen."

„Also haben Sie zugestimmt, ihn zu decken und zu sagen, dass er gestohlen worden sei", sagte Molly.

Anna Marie schlang die Arme enger um sich. „Paul weiß immer eine Lösung und kümmert sich um alles. Ich dachte, er bringt alles in Ordnung, so wie er es immer tut."

„Nur dass die Polizei vorbeikam und Ihnen von der Schießerei erzählte", sagte Molly. „Und da bekamen Sie es mit der Angst zu tun."

„Worauf Sie wetten können. Ich habe seitdem nicht mehr schlafen oder essen können. Ich konnte nicht zugeben, dass ich gelogen habe, weil ich sonst eine Mitwisserin wäre", sagte sie. „Und wenn ich ihnen gesagt hätte, dass Paul den Wagen fuhr, hätten sie ihn verhaftet wegen der Schüsse auf Marc Dumont, und ich weiß nicht, ob er es wirklich getan hat oder nicht!"

Molly tätschelte der alten Dame mitfühlend die Hand. „Doch Sie wussten, dass er Sie gebeten hatte zu lügen. Insofern musste er in etwas verwickelt sein, das mit der Schießerei zu tun hatte, oder?"

Anna Marie ruckte mit Kopf auf und ab. „Und er hat mich mit hineingezogen. Seine einzige Schwester. Seine kleine Schwester! Doch es war für mich zu spät, die Wahrheit zu sagen, oder jedenfalls dachte ich das. Ich wollte erst mit Paul sprechen und dann selber die Polizei rufen."

„Haben Sie seitdem mit Paul gesprochen?", fragte Ty.

Sie schüttelte den Kopf. „Nicht seit dem Anruf, in dem er mich gebeten hatte, zu sagen, dass der Wagen gestohlen worden sei."

„Wo ist der Wagen?", fragte Lacey.

Anna Marie zuckte die Achseln. „Ich weiß es nicht. Und ich weiß nicht, wo Paul ist. Er hat mich hier mit all diesen Lügen und unbeantworteten Fragen zurückgelassen." Sie vergrub das Gesicht in den Händen, ihre Schultern zuckten.

Während Molly ihr Beistand leistete, zog Ty Lacey zur Seite und sprach leise mit ihr. „Wir wissen jetzt, dass Anna Marie ihrem Bruder den Wagen gegeben hat. Das bedeutet, dass die Polizei nun einen begründeten Verdacht hat, seine Garage nach dem Wagen zu durchsuchen."

Lacey nickte. In ihrem Kopf verschwammen all die Fakten und noch nicht zueinander passenden Puzzleteile. Sie wollte jedes Detail mit Ty besprechen, um das Bild zusammenzusetzen. „Worauf bist du noch gekommen?"

Er fuhr sich mit der Hand über das unrasierte Kinn. Er war erschöpft, weil er die ganze Nacht bei seiner Mutter im Krankenhaus gesessen hatte, und sie fühlte sich schrecklich, dass er sich auch mit ihren Problemen herumschlagen musste. Doch sie wusste, dass es sinnlos war, ihn nach Hause oder zurück ins Krankenhaus zu schicken.

„Ich kann nicht sagen, dass ich mir zu diesem Zeitpunkt irgendeiner Sache hundertprozentig sicher bin. Doch Spieler müssen irgendwoher Geld bekommen", sagte Ty.

„Vielleicht hatte Paul genug Geld, um seine Spielsucht zu finanzieren", sagte Lacey.

„Das hatte er nicht." Anna Marie erhob sich von ihrem Stuhl. „Er ist schon seit Jahren pleite, weil er alles ausgegeben hat, was er hatte. Ich verdiene nicht genug, um ihm zu helfen, und sogar meine Brüder haben ihm letztes Jahr den Geldhahn zugedreht. Doch er sagte immer, er hätte ein Sicherheitsnetz."

Tys Augen wurden schmal. „Wissen Sie, was das für ein Sicherheitsnetz war? Woher bekam er das Geld, um seine Sucht zu finanzieren?"

Anna Marie schüttelte den Kopf.

„Ich wette, ich weiß es", sagte Ty plötzlich. „In den letzten zehn Jahren hatte der Mann Zugang zu dem Treuhandfonds, den niemand überprüfen konnte, bis Lilly Dumont offiziell für tot erklärt wurde und Marc Dumont stattdessen das Geld beanspruchte."

Lacey schluckte. „Aber ich bin am Leben."

„Und Paul Dunne wollte sicherstellen, dass das nicht so bleibt, um zu verhindern, dass du das Vermögen bekommst und entdeckst, dass er es veruntreut hat", sagte Ty, dessen Augen vor Gewissheit leuchteten.

„Nein! Paul würde niemanden töten. Er würde niemandem etwas tun", rief Anna Marie aufgeregt.

Molly hielt der alten Frau die Hand. „Abhängigkeit kann einen Menschen verändern", sagte sie weich.

In Laceys Kopf schwirrte alles durcheinander, während sie Tys Theorie überdachte. „Wenn es ihm gelungen wäre, mich zu töten, hätte Onkel Marc das Geld geerbt und die Veruntreuung bemerkt."

Ty nickte. „Genau."

„Vielleicht steckte also gar nicht Onkel Marc hinter den Anschlägen auf mein Leben." Lacey konnte kaum die Erleichterung fassen, die sie bei diesen Worten überkam.

Molly trat vor. „Vielleicht wollte Paul euch beide umbringen", spekulierte sie.

„Doch Derek und ich tauchten rechtzeitig auf, um ihn zu stoppen", sagte Ty.

Lacey fühlte sich schwindlig und benommen. „Das erklärt noch immer nicht, warum Onkel Marc an jenem Tag zu mir kam."

Ty zuckte die Achseln. „Einige Fragen muss er uns noch beantworten, aber in der Zwischenzeit …" Er zog sein Handy heraus und wählte. „Chief? Hier ist Ty Benson."

Zehn Minuten später tauchte der Polizeichef gemeinsam mit dem Bezirksstaatsanwalt bei Anna Marie auf. Sie hörten zu, als die weinende, aber nun doch gefasstere Frau ihnen die Wahrheit über den Wagen sagte, in dem der Schütze gesessen hatte.

Der Chief und der Bezirksstaatsanwalt entschieden, dass sie genug Beweise hatten, um Paul Dunne wegen mehrerer Vergehen zu verhaften, einschließlich des versuchten Mordes und der Irreführung der Justiz; schließlich hatte er seine Schwester gebeten, wegen des Wagens zu lügen. Sie schrieben die Fahndung nach Paul Dunne aus.

Zusätzlich fuhr der Bezirksstaatsanwalt zum Gericht, um einen Durchsuchungsbefehl für seine Garage zu erwirken, in der man Anna Maries Wagen vermutete, und einen weiteren Durchsuchungsbefehl für Pauls Haus und sein Büro, um in die Akten des Treuhandfonds Einsicht zu nehmen. Wenn Dunne sich an Laceys Vermögen bedient hatte, um seine Wettschulden zu begleichen, dann war sein Motiv für die Schießerei und auch für die vorherige Brandstiftung klar.

Was Anna Marie anging, so verzichtete man auf jede Anklage, da sie sich freiwillig gemeldet hatte. Wenn man berücksichtigte, wie sehr sie ihren Bruder liebte, war dessen Verhaftung Strafe genug für sie. Sie hatte ohne böse Absicht gelogen.

Doch bis Paul Dunne verhaftet wäre und er und Onkel Marc Rechenschaft über ihre Motive und Handlungen abgelegt hätten, würde Lacey weiterhin im Dunkeln tappen.

Auch was ihr Leben und ihre Zukunft anging.

# 16. Kapitel

Marc beendete seine Zeugenaussage gegenüber der Polizei. Er hatte nichts ausgelassen und war einverstanden gewesen, dass alle beteiligten Personen bei der Befragung anwesend waren. Er hatte nichts mehr zu verbergen.

Während ein Stenograf alles aufzeichnete, gestand er alles, was schließlich zu der Schießerei geführt hatte. Angefangen von dem Tag, an dem er sich in Rhona verliebte, sie dann an seinen so viel glücklicheren Bruder verlor und er schließlich der Vormund ihrer Tochter Lilly wurde.

Er berichtete von seinem Plan mit der Pflegschaft und wie er gehofft hatte, Lilly so zu verängstigen, dass sie gehorsam sein würde und ihm ihren Treuhandfonds überschriebe. Seit er trocken war, hatte er natürlich erkannt, dass sie ihm vermutlich gar nichts hätte überschreiben können, bis sie mit siebenundzwanzig offiziell ihr Erbe antrat, doch der Alkohol hatte seinen Verstand umnebelt, und er hatte damals von viel Geld geträumt. Er erklärte auch, woher er von Paul Dunnes Veruntreuung wusste, auch wenn er sie nicht hatte nachweisen können.

Und er gab zu, dass er Geld aus dem Fonds an Flo gegeben hatte, damit sie Lilly bei sich aufnahm und sie als Pflegekind ausgab. Bei dieser Nachricht entfuhr Lacey ein scharfes Keuchen, und Tyler Benson stöhnte auf. Aber natürlich freuten sich Tyler und Hunter über Marcs Eingeständnis, dass er Hunter nach Lillys Tod aus dem Benson-Haus hatte entfernen lassen. Marc wollte keine Einzelheiten darüber hören, wie sie Lillys Tod vorgetäuscht hatten, denn schließlich hatte ihr angeblicher Tod ihm in all den Jahren genug Schmerz verursacht. Viele hatten angenommen, dass sie fortgelaufen war, und genau das hatte sie getan. Hut ab.

Zu Marcs Antialkoholiker-Programm gehörte es, sich zu entschuldigen und Verantwortung zu übernehmen. Das schien er heute ausgiebig zu tun. Er erzählte der Polizei, dass Paul Dunne sowohl hinter dem Mordanschlag mit dem Auto als auch hinter der Brandstiftung steckte. Er berichtete von Pauls Plan, dass Marc seine schmutzige Arbeit erledigen solle, und ließ auch die Erpressung nicht aus. Am Tag der Schießerei hatte er Paul angerufen, um ihm zu sagen, dass er dennoch nicht nachgeben würde.

Er berichtete, wie er stattdessen zu Lacey gefahren sei, um ihr die Wahrheit zu sagen. Doch Dunne hatte Angst gehabt, dass Marc auch seine Unterschlagungen enthüllen würde. Die Furcht, seinen Status als respektabler Anwalt und Mitglied einer geachteten Familie zu verlieren, hatte ihn übermannt. Und während Marc alles darangesetzt hatte, Tyler Bensons Privatdetektiv loszuwerden, hatte Dunne ihn bis zu Lacey verfolgt. Marc war so mit sich selbst beschäftigt gewesen, dass er den Mann gar nicht bemerkt hatte, bis er den brennenden Schmerz im Rücken verspürt hatte.

Was die jüngsten Ereignisse anging, so hatte er sich also nicht strafbar gemacht und war weniger ein Täter als vielmehr eine Hilfe für die Polizei. Die Frau, die er heiraten wollte, schien das jedoch nicht so zu sehen. Francies finstere Miene und ihre kühle Distanziertheit ließen förmlich die Luft gefrieren. Marc spürte das, auch ohne in ihre Richtung zu schauen. Ihre Auseinandersetzung kam als Nächstes dran, dessen war er sicher. Und danach würde sie auf ihren High Heels, die sie vermutlich mit seiner Kreditkarte gekauft hatte, hinausstürmen. Beim nächsten Mal musste er eine Frau finden, die außer Liebe keine großen Bedürfnisse hatte, dachte er trocken.

Dann war da noch Molly. Sie stand hinter dem Stuhl ihrer Mutter. Sie nahm die ganze Sache sehr schwer, weil sie in Marc die Chance auf eine Familie gesehen hatte. Das arme Mädchen hatte den Fehler gemacht, seine ganzen Hoffnungen in ihn zu setzen. Er hatte jeden, den er kannte, in seinem Leben enttäuscht. Doch er wäre stolz gewesen, sie seine Tochter nennen zu dürfen, und das würde er ihr auch sagen.

Was für ein verdammter Schlamassel.

Die Polizisten gingen schließlich, und Ty, Hunter und Lacey taten es ihnen schweigend nach. Sie wollten nicht Zeugen des sich ankündigenden Dramas werden. Doch Marc und Lacey hatten noch einiges zu besprechen, sofern man voraussetzen durfte, dass er noch bei Bewusstsein war, wenn Francie fertig mit ihm war. Marc fragte sich, woher sein Galgenhumor kam. Er war alles, was ihm geblieben war, alles, was er besaß, alles, worauf er stolz sein konnte.

Francie kam an die Seite seines Bettes – ein Platz, den sie seit seiner Einlieferung nicht eingenommen hatte. „Das hier wird nicht funktionieren", sagte sie.

Er lehnte den Kopf gegen die Kissen, als ihn die Erschöpfung überwältigte. „Was, kein ‚Wie geht es dir'? Kein ‚Tut mir leid, ich konnte dich nicht besuchen, weil ich im Sterben lag'?"

„Oh bitte, erzähl mir nicht, dass du derjenige bist, der verletzt wurde", sagte Francie.

Er zog eine Augenbraue hoch – einer der wenigen Körperteile, der ihm derzeit gehorchte. „An dir ist nur deine Brieftasche verletzt. Das Traurige ist, dass ich dich aufrichtig liebte. Was nur zeigt, wie wenig ich von mir selber halte."

Sie kam zu ihm und stützte sich auf das Bett. So wie sie dastand, hatte er einen ausgezeichneten Blick auf ihr üppiges Dekolleté. Etwas, wie er stolz bemerkte, wofür er nicht bezahlt hatte.

„Ist das deine armselige Art zu sagen, dass es dir leidtut?", fragte Francie.

„Es ist meine Art zu sagen, dass wir unterschiedliche Dinge von einer Beziehung erwarten."

Molly stöhnte auf und wandte sich ab.

Francie erhob sich und straffte die Schultern. „Ich habe nie einen Hehl daraus gemacht, dass ich Geld genieße, und da du nun keines mehr …"

„Bitte mach dir nicht die Mühe", sagte er. Überraschenderweise meinte er es auch so. Seit er erfahren hatte, dass Lilly noch lebte, hatte er sich auf diesen Tag vorbereitet. „Ich wünsche dir alles Gute."

Sie nickte. „Ebenfalls. Ich fliege um acht Uhr heute Abend nach London."

Molly stöhnte erneut auf. Zum ersten Mal fühlte Marc einen Stich des Bedauerns. Nicht um seinetwillen, doch wegen Molly.

„Ich nehme an, die Rechnung geht an mich", sagte er trocken.

Wenigstens war sie anständig genug zu erröten.

Er schüttelte den Kopf. „Such dir einen mit viel Geld, Francie. Du brauchst es."

Sie küsste ihn auf die Wange und stolzierte Richtung Tür. Marc wandte seinen Blick nicht von Mollys blassem Gesicht.

Im Türrahmen hielt Francie inne. „Molly?"

Marc hielt den Atem an.

„Ja?" Molly klammerte sich an die Stuhllehne, sodass die Knöchel an ihren Händen weiß hervortraten.

In ihren Augen sah er Hoffnung, und er wusste, dass die Enttäuschung sie mehr verletzen würde als alles andere an diesem Tag.

„Ich habe einen Karton mit Sachen bei Marc zurückgelassen. Wenn ich mich eingerichtet habe, gebe ich dir meine Adresse. Würdest du sie mir dann bitte schicken, Liebes?"

„Ich kümmere mich darum", sagte Marc, bevor Molly zu einer Antwort gezwungen war und vermutlich in Tränen ausbrechen würde.

Francie blies einen Kuss in den Raum, der sowohl ihm als auch ihr gelten konnte, und ging hinaus, ohne sich umzusehen. Es kümmerte sie nicht, wen von beiden sie verletzt hatte, und er fragte sich, warum er sie überhaupt geliebt hatte. Und doch wusste er es. Das Glück, von dem er in seinem Leben so wenig gehabt hatte, hatte ihn hereingelegt.

Marc breitete die Arme aus, und Molly stürzte auf ihn zu, wobei sie jedoch darauf achtete, ihn nicht zu stark zu drücken oder ihm irgendwie wehzutun. Nach der kurzen Umarmung trat sie zurück.

„Ich wünschte, du wärst meine Tochter", sagte er, denn er wusste, dass irgendjemand dieses Mädchen lieben musste.

Sie lächelte ein trauriges Lächeln, das ihm fast das Herz brach. „Wenn du mich fragst, ich habe an dich geglaubt. Du weißt schon, daran, dass du nicht hinter den Anschlägen auf Lacey stecktest. Du hast mich nicht enttäuscht." Sie trat zurück ans Fußende des Bettes.

„Das bedeutet mir viel." Seine Augenlider wurden schwer, die Erschöpfung drohte ihn komplett zu überwältigen. „Was hältst du eigentlich davon, wenn wir uns bei einer Pizza zusammensetzen und einfach nur reden, wenn ich wieder draußen bin?"

Molly lehnte sich gegen das Bettgestell. „Das würde ich gern, doch ich werde nicht in der Gegend bleiben. Ich mag dich sehr, doch da ich weiß, dass du wieder gesund wirst, muss ich gehen."

„Wohin?", fragte er voller Verständnis, auch wenn es schmerzte.

Sie zuckte die Achseln. „Irgendwohin. Weit weg."

„Deine Lizenz als Anwältin ist nicht überall gültig", erinnerte er sie.

„Ich weiß. Ich habe mir noch keine Gedanken gemacht, was ich tun werde. Ich kann nur einfach nicht hierbleiben mit all den Erinnerungen und den enttäuschten Hoffnungen um mich herum."

„Was ist mit Hunter?“, fragte Marc. Er hatte die Chemie zwischen ihnen gespürt. Er wusste, dass der Mann Molly zugetan war; er hatte es in seinen Augen gesehen. Und so ungern er es auch zugab, wusste er: Hunter würde Molly so lieben wie sie es schon so lange verdient hatte.

„Hunter verdient eine Frau, die weiß, wo's langgeht. Ich bin ein Wrack“, sagte Molly unverblümt.

Marc nickte. Er konnte sie nicht tadeln, dass sie sich so fühlte. „Gib dir Zeit. Man weiß nie, was die Zukunft bringt. Wir bleiben in Kontakt?“, fragte er hoffnungsvoll.

Sie nickte. „Ich komme vorbei, bevor ich endgültig gehe.“

Doch für Marcs Gefühl war sie schon fort. Er hatte die einzige Person verloren, die an ihn geglaubt und ihm vertraut hatte. Dennoch war das in Ordnung. Er musste lernen, auf sich selbst zu vertrauen. Einer der Ärzte hatte ihm vorgeschlagen, zusätzlich zu den Anonymen Alkoholikern noch eine Therapie zu beginnen. Falls er es sich leisten konnte, würde er das tun. Wenn Lacey erbte und ihn aus dem Haus warf, musste er selbst die Miete für ein Haus aufbringen und Geld für die Hausratversicherung und für alles, was bislang von Laceys Treuhandfonds bezahlt worden war.

Er musste leben wie ein erwachsener Mann. Welch eine Herausforderung. Und er hatte gedacht, dass er schon alle Hände voll damit zu tun hätte, gegen sein Verlangen nach einem Drink anzukämpfen. Dennoch – trotz der Geständnisse gegenüber der Polizei und trotz allem, womit er andere in seinem Leben schon verletzt hatte – hatte er kein Mitleid mit sich selbst. Stattdessen schaute er nach vorn.

Und das, dachte Marc, war ein Fortschritt.

Obwohl Hunter der Aussage von Dumont heute Morgen genau zugehört hatte, bewegten ihn dabei weniger die Geständnisse des Mannes als Mollys leerer Gesichtsausdruck. Für Hunter war Marc Dumont bereits ein Teil seiner Vergangenheit. Doch Molly war seine Zukunft, oder zumindest hoffte er das, und trotz ihres Rückzugs wollte er nicht, dass sie ihn einfach so zu ihrer Vergangenheit erklärte.

Er wusste, wie sehr Marcs Geständnis sie verletzt hatte. Auf der anderen Seite hatte sie recht gehabt. Er hatte nicht hinter den Anschlägen auf Lacey gesteckt, ihr Vertrauen in ihn war gerechtfertigt gewesen. Hunter hoffte, dass dies für Molly etwas zählte.

Er musste wissen, wie es ihr ging. Wo sie beide standen. Und er wollte sie sehen. Einfach so. Er schob seine Akten zur Seite und griff nach seiner Jacke.

Eine halbe Stunde später hielt er vor Mollys Haus. Es überraschte ihn nicht, dass Anna Marie nirgendwo zu sehen war. Nach dem, was Ty erzählt hatte, musste die Frau einen harten Vormittag erlebt haben und hielt sich vermutlich in ihrer Wohnung verborgen.

Als Hunter auf die Veranda trat und bei Molly klingelte, war er dankbar für die Privatsphäre. Er hörte die Schritte auf der Treppe, und dann öffnete Molly die Tür.

Sie trug graue Trainingshosen und ein weißes T-Shirt mit einigen Flecken, so als wäre sie gerade beim Putzen.

„Hi", begrüßte er sie und wusste plötzlich nichts Kluges mehr zu sagen. Er war einfach nur froh, sie zu sehen.

Sie neigte den Kopf. „Hi."

„Ein harter Vormittag", sagte er und meinte damit die Zeit in Dumonts Krankenzimmer.

Sie zuckte die Achseln. „Tatsächlich ist er sogar noch härter geworden. Hör zu, ich bin ziemlich beschäftigt …"

„Ich würde trotzdem gerne mit dir reden. Ich werde dich nicht lange aufhalten."

Sie überlegte kurz und öffnete dann zu seiner Überraschung die Tür. „Komm rein."

Er hatte mehr Widerstand erwartet. Er folgte ihr die Stufen hinauf und fragte sich, ob er nach allem überhaupt noch zu ihr durchdringen würde. Dann trat er in ihr Wohnzimmer und erblickte die Koffer im Raum. Der Anblick traf ihn wie ein Schlag in den Magen.

Er schaute sich um. Sie hatte nicht nur ihre Kleidung in Koffer verpackt, sondern offenbar auch persönliche Dinge in Kisten verstaut. „Das sieht nach weitaus mehr als einem Urlaub aus."

Widerstrebend sah sie ihn an. „Das stimmt."

Ihre Worte bestätigten seine größte Angst. „Dann gibt es da ein paar Dinge, die ich dir sagen möchte, bevor du gehst."

Sie nickte. „Schieß los", sagte sie weich.

„Du hattest recht wegen Dumont, zumindest was die Gegenwart angeht. Es tut mir leid, dass ich dir nicht glauben konnte."

Molly blickte in sein hübsches Gesicht und bemerkte die Emotionen in seinen Augen. Die Wahl seiner Worte war Absicht. Es war nicht so, dass er ihr nicht geglaubt hatte, sondern dass er ihr nicht hatte glauben können. Weil Marc schon zu viel angerichtet hatte. Sie hatte das alles heute aus erster Hand erfahren.

Doch Hunter war da gewesen und hatte Molly unterstützt, auch wenn er nicht wie sie an Marc geglaubt hatte. Diese Loyalität schätzte sie mehr, als er ahnte.

„Entschuldige dich nicht. Ich verstehe das."

Er ging durch das Zimmer und wich den Koffern und Kisten aus, die sie in der kurzen Zeit hatte packen können.

Ruckartig wandte er sich zu ihr um. „Verdammt, Molly, tu das nicht."

Sie schluckte den Kloß in ihrem Hals hinunter. „Ich muss aber."

„Du weißt, dass du gehst, ohne uns eine Chance zu geben?", sagte er flehend.

Molly schloss die Augen. Sie wollte Hunter nicht verletzen.

Sie war ihm seit Jahren aus dem Weg gegangen, um genau das zu vermeiden, und dennoch befanden sie sich nun an diesem Punkt. „Ich muss herausfinden, wer ich bin und was ich vom Leben erwarte. Und ich kann das nicht an diesem Ort mit all meinen kindlichen Wünschen nach einer Familie, die ich niemals hatte."

„Ich hatte auch niemals eine Familie. Ich verstehe, was du durchmachst. Warum wollen wir das nicht gemeinsam meistern? Außer natürlich, wenn ich mich darin irre, dass dir etwas an mir liegt." Er errötete und schob die Hände in die Taschen seiner Jeans.

Molly wusste, wie schwer es Hunter gefallen sein musste, seine Gefühle zu offenbaren, und es schmerzte sie, ihn zurückweisen zu müssen. Doch eines Tages würde er ihr dafür dankbar sein.

„Gerade weil mir etwas an dir liegt, muss ich gehen." Ihre Augen begegneten den seinen und baten wortlos um Verständnis. „Ich muss erwachsen werden." Und um das zu erreichen, brauchte sie Zeit, in der sie mit sich allein sein konnte.

Zeit, um ihre Wunden zu heilen und ihre Mutter hinter sich zu lassen. Sie musste lernen, auf eigenen Füßen zu stehen, ohne dass alte Hoffnungen und Erwartungen sie belasteten.

Er trat näher. Sie atmete tief ein und sog den Duft seines Rasierwassers ein. Wo auch immer sie landete, sie würde seinen Witz und seine Beharrlichkeit vermissen. Doch bis sie in den Spiegel schauen konnte und ihr gefiel, was sie sah, hatte sie keine andere Wahl, als zu gehen.

„Ich habe hier keine Wurzeln, nichts hält mich. Lass mich mit dir gehen, und wir können irgendwo neu anfangen."

Es war so verführerisch. *Er* war so verführerisch.

Sie umfasste sein Gesicht mit ihren Händen. „Du bist so ein guter Mann, und ich wünschte, ich könnte Ja sagen. Doch ich muss mich selbst finden und unabhängig werden, das hat Priorität."

Ein Muskel zuckte an seinem Kiefer. „Jeder trägt eine Last mit sich herum", sagte er.

„Doch meine ist schwerer als die meisten. Oder zumindest ist sie im Moment zu schwer für mich."

„Und es gibt nichts, womit ich dich aufhalten kann?"

Sie schüttelte den Kopf. „Bitte glaub nicht, dass das hier einfach für mich ist." Ihre Stimme brach.

Ihre Lippen, dicht an den seinen, waren kurz davor, ihn zu küssen, was ihre Meinung hätte andern können. Weshalb sie sich vorbeugte und nur rasch mit dem Mund über seinen streifte. Bevor er reagieren konnte, trat sie zurück. Denn ob er sie an sich zog oder von sich stieß – beides würde ihre Entscheidung gefährden.

Er fuhr sich mit dem Daumen über die Unterlippe. „Viel Glück, Molly. Ich hoffe, du findest, wonach du suchst."

Sie brachte kein Wort heraus. Sie konnte sich nicht schlechter fühlen als in diesem Moment.

Lacey hatte Ty bei seiner Mutter zurückgelassen, die in den nächsten Tagen bereits entlassen werden sollte. Da sie von dem Zivilbeamten bewacht wurde, hatte Ty keine Fragen gestellt, als Lacey für einen Spaziergang hinausgegangen war. Sie hatte nicht erwähnt, dass sie sich mit ihrem Onkel aussprechen wollte.

Lacey fand ihn in einem Rollstuhl in der Liegehalle, einem rundum verglasten Raum, den ein reicher Gönner dem Krankenhaus gestiftet hatte.

„Fühlst du dich gut genug, um zu reden?", fragte sie im Türrahmen. Auch wenn er nicht derjenige war, der sie hatte töten wollen, fühlte sie sich dennoch unbehaglich mit ihm allein.

Offensichtlich überrascht blickte er auf. „Es geht mir gut, und bis die Schwestern mich wieder in mein Zimmer bringen, genieße ich den Blick. Setz dich zu mir."

Sie trat ein und wählte einen Sessel in der Nähe der Tür. Albern, schließlich war der Raum von allen Seiten einsehbar. Er konnte ihr nichts tun und wollte es ja auch gar nicht. Es fiel ihr nur schwer, das zu glauben.

„Worüber möchtest du reden?“, fragte er.

Sie machte eine unentschlossene Handbewegung. „Ich bin nicht sicher. Ich schätze, ich muss mich bedanken dafür, dass du versucht hast, mich vor Paul Dunne zu warnen.“

Onkel Marc schüttelte den Kopf. „Wenn ich nicht gewesen wäre, wären all diese Ereignisse gar nicht ins Rollen gekommen. Paul hat ein Spielproblem. Ich habe ein Alkoholproblem.“ Onkel Marc rückte die Decke auf seinem Schoß zurecht, während er sprach. „Ich habe Dinge getan, die, wenn auch nicht illegal, so doch zumindest unethisch und unmoralisch waren. Ihm war es lieber, wenn ich erbe, weil er dachte, er könnte mich erpressen und mich davon abhalten, die Veruntreuung anzuzeigen. Er wollte dich tot sehen, und er wollte, dass ich dich umbringe.“

Er wiederholte, was er schon zu der Polizei gesagt hatte, doch Lacey war bei seiner Aussage von ihren Gefühlen so überwältigt gewesen, dass sie nicht alles mitverfolgt hatte. Sie war froh, es noch einmal zu hören.

„Also hat er auf dich geschossen, weil du dich geweigert hast, mich umzubringen.“

„Und weil er glaubte, dass ich dich warnen wollte. Womit er ja auch recht hatte.“

Sie blickte hinunter auf ihre zitternden Hände. „Wann werden sie dich nach Hause lassen?“

„Vermutlich morgen, aber mach dir keine Gedanken. Sobald ich wieder genug Kraft habe, packe ich meine Sachen und ziehe aus dem Haus aus. Ich habe meinen Bruder angerufen und ihn gefragt, ob ich eine Weile bei ihm wohnen kann.“

Lacey öffnete den Mund und schloss ihn dann wieder. Irgendwo in ihrem Hinterkopf wusste sie, dass sie nicht nur das

Geld, sondern auch ihr Elternhaus erben würde. Das hatte Paul Dunne ihr während des Termins gesagt. Sie hatte sich nur niemals erlaubt, darüber nachzudenken.

Nun, da sie der Wahrheit ins Gesicht sehen musste, begriff sie etwas Wichtiges. „Ich will das Haus nicht", sagte sie spontan.

„Deine Eltern wollten, dass du es bekommst."

„Ich möchte, dass du dort wohnen bleibst. Es ist dein Haus, nicht meins."

Er fuhr mit seinem Rollstuhl dichter an sie heran. „Das ist verdammt großzügig."

Lacey war nicht sicher, ob sie es als einen Akt der Großzügigkeit betrachtete. Es war mehr eine Notwendigkeit. Als sie bei seiner Verlobungsparty gewesen war, hatte sie jenen Teil ihres Lebens endgültig hinter sich gelassen.

„Es gehört nicht mehr zu der Person, die ich jetzt bin, und du hast dort so lange gelebt, dass ich keinen Grund sehe, warum du dort ausziehen solltest."

„Nun, ich habe einen. Ich kann dieses Haus nicht allein unterhalten."

„Onkel Marc ..."

„Bitte. Ich will dir kein schlechtes Gewissen machen. Es ist einfach eine Tatsache. Und weißt du, zum ersten Mal glaube ich daran, dass ich es schaffen werde." Er schüttelte lachend den Kopf und stöhnte dann auf vor Schmerz. „So ist das Leben."

Lacey erhob sich. „Ich weiß nicht, wie viel von dem Geld noch übrig ist, aber reicht es nicht für die Kosten des Hauses?"

„Wenn du darin lebst, dann ja. Es ist dein Geld, Lacey. Schon sehr bald."

Sie fuhr sich mit den Händen über die Arme. Sie wusste nicht, was die Zukunft bereithielt, doch sie wusste, dass sie außer Onkel Marc wenig hatte, was man Familie nennen konnte. Auch wenn der Mann die Ursache ihres Kindheitstraumas und großen Unglücks war, konnte er jedoch auch ihr Leben gerettet haben.

Sie wusste nicht, ob sie jemals eine normale Beziehung zu ihm haben konnte, doch er hatte zumindest einen Anfang gemacht.

Sie hob den Blick und sah ihm in die Augen. „Du kannst im Haus bleiben“, sagte sie. „Wie ich schon sagte, es ist dein Haus und nicht meines. Welche Zahlungen auch immer der Fonds abgedeckt, sie können meinetwegen so weiterlaufen. Ich bin sicher, dass meine Eltern es so gewünscht hätten.“

„Das bezweifle ich – nach allem, was ich dir angetan habe.“ Sein Blick wanderte nach draußen, seine Verlegenheit und Beschämung waren nicht zu übersehen.

„Ich glaube, mein Vater wäre dankbar, dass du mein Leben gerettet hast, also lass uns hier einfach neu beginnen, okay? So wie ich das sehe, hast du nicht mehr Familie, als ich sie habe.“

Er blinzelte. „Deine Eltern wären stolz auf die Frau, zu der du geworden bist“, sagte er. „Nicht mein Verdienst, so viel ist klar.“

Sie glaubte, Tränen in seinen Augen zu sehen, war sich aber nicht sicher. Bevor sie antworten konnte, überraschte sie ein Klopfen an der Tür. Sie wandte sich um und sah Ty und den Polizeichef im Türrahmen stehen.

„Wir wollten Sie nicht unterbrechen, doch ich bin froh, dass Sie beide hier sind“, sagte der Chief.

Ty neben ihm blickte finster drein.

Lacey war sicher, dass er zumindest einen Teil des Gesprächs mit ihrem Onkel mit angehört hatte und nicht einverstanden war mit ihrer Haltung. Doch sie konnte mit dem Geld tun, was sie wollte. Oder jedenfalls bald.

„Was ist los?“, fragte Marc.

„Paul Dunne wurde am Flughafen verhaftet, bevor er sich nach Südamerika absetzen konnte.“ Dons Grinsen sprach für sich. Er schien sehr befriedigt zu sein, dass sie ihren Verdächtigen gefasst hatten. „Sie sind jetzt beide sicher. Sie können sich entspannen, und die Normalität kann wieder einkehren“, sagte er.

„Was auch immer Normalität ist“, sagte Ty, als er dem Chief die Hand schüttelte und ihm für seine Arbeit dankte.

Lacey musterte den Mann, von dem sie wusste, dass sie ihn liebte. Wie würde sie mit dem umgehen, was nun kam? Sie konnte ihre Rückkehr nach New York nicht länger hinausschieben, aber war das wirklich das, was sie wollte?

Sie verließen das Krankenhaus und steuerten auf Tys Wagen zu. Ein kühler Wind wehte, und die Sonne strahlte am wolkenlosen Himmel.

Vermeidung und Verzögerung. Zwei Dinge, in denen Lacey sich niemals für eine Expertin gehalten hätte. Sie hatte eine Firma, die in New York auf sie wartete, und doch brachte sie es nicht über sich, Ty zu sagen, dass sie gehen musste.

Natürlich wusste er es. Der Abschied lief wie ein Elefant neben ihnen her, und je länger sie es vermieden, darüber zu sprechen, desto größer wurde sein Schatten. Doch nun, da ihre Angelegenheiten in Hawken's Cove geordnet waren, konnte sie ihren Verpflichtungen in New York nicht länger aus dem Weg gehen.

Er stoppte bei dem Wagen und lehnte sich gegen die Beifahrertür. Er musterte sie eindringlich, und sie wusste nicht, was er wirklich dachte.

„Meine Wohnung ist gelüftet und gesäubert. Ich kann jederzeit wieder einziehen“, sagte er in dem offensichtlichen Bemühen um ein unverfängliches Gesprächsthema.

„Warum höre ich da ein Aber mitschwingen?“, fragte sie.

Er lachte. „Du kennst mich so gut. Aber ich dachte, ich bleibe eine Weile bei Mom, zumindest bis sie wieder auf dem Damm ist.“

„Ich denke, das ist eine gute Idee.“ Nicht nur wegen seiner Mutter, dachte Lacey. Nun, da sie sich erklären musste, atmete sie tief ein und kam gleich zur Sache. „Es wird leichter für dich, wenn ich …“

„… gehe?“, fragte er.

Sie stieß die Luft aus. „Ja. Nachdem die Dinge hier geregelt sind …“ Der Satz erstarb, denn sie wusste, dass zwischen Ty und ihr nichts geregelt war. „Ich meinte, da mein Onkel nun nicht länger Thema ist, kann ich nach New York zurückkehren.“

„Ich registriere, dass du nicht sagst: nach Hause zurückkehren.“ Er verschränkte die Arme vor der Brust und sah selbst für seine Verhältnisse selbstgefällig aus.

Sie trat näher. „Es ist der Ort, an dem ich lebe. Der Ort, an dem sich meine Firma befindet.“ Laceys Problem blieb trotzdem bestehen. Ty war der Ort, an dem ihr Herz war.

„Okay.“ Er nickte, und diese Zustimmung traf sie unvorbereitet.

Sie blinzelte. „Einfach so? Du sagst einfach ‚Auf Wiedersehen und hab noch ein schönes Leben‘?“

„Klingt für mich so, als ob du das so wolltest.“ Er hatte schon eine unsichtbare Mauer errichtet, um sich zu schützen.

„Ich weiß nicht, was ich will“, sagte sie, ohne ihre Enttäuschung zu verbergen. „Vielleicht könntest du mich zerteilen. Das wäre eine schöne, einfache Lösung.“ Sie könnte ihrem Beruf und ihrem Leben in New York nachgehen, während ein Teil von ihr hier bei Ty blieb. Wütend und verwirrt fuhr sie sich mit der Hand durch das vom Wind zerzauste Haar.

Ty ergriff ihre Hand und hielt sie fest, als ob er niemals loslassen wollte. „Du musst zurück nach New York gehen. Du musst dein Leben dort leben, und aus der Distanz kannst du vielleicht entscheiden, was du willst. Ich kann dir das nicht abnehmen“, sagte er mit gepresster Stimme.

Er hatte recht, das spürte sie tief in ihrem Inneren. Sie rang sich ein Lächeln ab und erwiderte den Druck seiner Hand. „Ich war zehn Jahre lang auf mich allein gestellt. Ich habe mich über meine Arbeit definiert. Nur eine kurze Zeit war ich hier, und schon habe ich kaum noch einen Gedanken an mein altes

Leben verschwendet. Ich habe keine Ahnung, wie das passieren konnte."

Es machte ihr Angst. Zumal das meiste, was in Hawken's Cove zurückblieb, eine Quelle schlechter Erinnerungen war. Nicht, dass es keine guten gäbe, doch an der Vergangenheit hatte sie noch ziemlich zu knabbern.

„Und genau deshalb solltest du zurückgehen. Das hattest du vor, und das musst du tun."

Lacey schluckte. „Du hast recht. Ich muss nach Hause zurück."

Alles, was passiert war, seit Ty vor ihrer Tür gestanden hatte, war viel zu rasch geschehen, als dass sie es hätte verarbeiten können. Sie brauchte Zeit und Abstand, um wieder klar zu sehen. Sie wünschte nur, sie müsste dafür nicht Ty zurücklassen.

„Ich kann dich zurückfahren, sobald meine Mutter aus dem Krankenhaus entlassen ist", bot er an.

Sie schüttelte den Kopf. „Danke, aber ich kann mir einen Wagen mieten und selber nach Hause fahren."

Er sah sie skeptisch an. „Du hast das offensichtlich schon durchdacht", sagte er mit einem anklagenden Unterton.

„Nicht wirklich. Ich möchte dir nur nicht zur Last fallen. Drei Stunden nach Manhattan zu fahren und dann wieder zurück, ist etwas, was du im Moment nicht gebrauchen kannst." Sie wandte sich ab, damit er die Tränen nicht sah, die in ihr aufstiegen.

Möglich, dass sie gehen musste, möglich, dass er ihre Gründe verstand, doch das machte es nicht einfacher. „Es ist noch früh. Ich kann mich um den Wagen kümmern und noch ein bisschen Zeit mit deiner Mutter verbringen, bevor ich fahre. Ich möchte auch Hunter und Molly noch sehen."

„Molly hat die Stadt schon verlassen."

Die Nachricht traf sie unvorbereitet.

„Hunter hat mich angerufen, um mir zu sagen, dass sie gepackt hat und abgereist ist." Ty öffnete ihr die Beifahrertür.

„Einfach so?“, fragte Lacey. Verblüfft drehte sie sich um. „Hat sie hier nicht ihre Anwaltskanzlei? Ihre Mutter? Ihr Leben?“

Ty zuckte die Achseln. „Scheint so, als ob ihre Mutter auch fortgegangen wäre. Es gibt offenbar eine Menge Abschiede“, bemerkte er trocken.

Lacey wusste, dass er dem Thema nicht so gleichgültig gegenüberstand, wie es klang. „Armer Hunter“, murmelte sie und stieg in den Wagen.

Ty schloss die Beifahrertür, ohne zu antworten. Er musste sich auf die Zunge beißen, um Lacey nicht daran zu erinnern, dass Hunter ja bald Ty zur Gesellschaft hatte. Aber er wollte auf keinen Fall selbstmitleidig wirken.

Als er und Lacey das Krankenhaus verlassen hatten und ihm das Gespräch mit ihrem Onkel noch in den Ohren klang, wäre er beinahe verrückt geworden. Dass sie ihr Elternhaus ihrem einzigen Verwandten überließ, verhieß nichts Gutes für seine Hoffnungen, dass sie eine Bindung an ihre Heimatstadt entwickelte. Eine Bindung an ihn.

Auch wenn er nur einen Teil des Gesprächs gehört hatte und wusste, dass nichts dabei ihre Gefühle für Ty in Zweifel zog, rumorte es seitdem in ihm. Er hatte sich selbst geschworen, sie nicht zu einer Antwort zu drängen, bis sie außer Lebensgefahr war.

Und nun konnte er sich nicht einmal überwinden, sie überhaupt zu drängen. Schon einmal hatte sich Lacey dafür entschieden, nicht wiederzukommen, und er konnte nicht vergessen, wie leicht sie ihn verlassen und der Vergangenheit zugeordnet hatte. Wenn er nicht bei ihr aufgetaucht wäre und sie angefleht hätte, Anspruch auf ihren Treuhandfonds anzumelden, würde sie noch immer ihr Leben in New York leben. Ohne ihn.

Wenn Lacey also wieder gehen wollte, lag es ihm fern, sich ihr in den Weg zu stellen. Sie hatten sich kein Versprechen gegeben, und er war froh, dass er diese Möglichkeit des Abschieds immer bedacht hatte.

Nicht dass das Wissen um das Unausweichliche es einfacher machte, dachte er. Doch er würde auch ohne Lacey überleben. So wie er das schon einmal getan hatte.

# 17. Kapitel

Flo Benson war seit einer Woche wieder zu Hause. Die Ärzte hatten ihr versichert, dass ihr Herz wieder so schlagen würde, wie es das immer getan hatte. Es ging ihr gut. Leider konnte sie von ihrem Sohn nicht dasselbe sagen. Seit ihrer Entlassung wohnt Ty bei ihr. Nach den ersten beiden Tagen hatte er wieder angefangen zu arbeiten. Tagsüber war er im Büro, und an den meisten Abenden im Einsatz zur Überwachung oder Ähnlichem, sodass sie Zeit für Andrew hatte.

Doch sie wusste, dass Ty nur so viel arbeitete, damit er nicht an Lacey denken musste und daran, wie er sie hatte gehen lassen. Wieder gehen lassen. Verdammter Sturkopf, dachte Flo. Er quälte nicht nur sich selbst, sondern machte auch sie verrückt, weil er immer um sie herum war.

„Mom? Ich habe dir eine Tasse grünen Tee gemacht. Soll gut für dein Herz sein." Ty kam in ihr Schlafzimmer, wo sie sich bei den Nachrichten entspannte.

„Arbeitest du heute Abend nicht?", fragte sie.

Er schüttelte den Kopf. „Derek hat die Überwachung übernommen." Er stellte die Tasse auf ihren Nachttisch.

„Ty, ich muss dich etwas fragen. Bitte versteh mich nicht falsch – aber wann zum Teufel verschwindest du?", fragte sie ihren Sohn.

Er legte den Kopf auf die Seite. „Ich kann hier sofort weg, wenn du das meinst. Meine Wohnung ist schon eine Zeit lang fertig. Ich dachte nur, du freust dich über eine bisschen Gesellschaft, wenn du nach Hause kommst."

Sie schüttelte den Kopf. Männer, ihr vergötterter Dr. Sanford eingeschlossen, konnten so dickköpfig sein. „Ich meinte, wann verschwindest du aus Hawken's Cove und fährst zu Lacey?"

Er ließ sich mit einem Plumps auf ihr Bett sinken, schwieg jedoch auf ihre unverblümte Frage hin.

„Es ist nicht so, dass ich dich nicht liebe oder mich nicht freue, dass du dich um mich kümmerst. Aber ich brauche es nicht. Es geht mir gut. Das haben dir auch die Ärzte gesagt. Die Tatsache, dass du noch immer hier bist, hat mehr mit deinem als mit meinem Wohlbefinden zu tun. Ich glaube, dass du nicht in dein kleines einsames Apartment zurückwillst, wo du darüber nachdenken müsstest, was für ein Idiot du doch warst, sie wieder gehen zu lassen." Sie verschränkte die Arme vor der Brust, um sich für seine Gegenwehr zu wappnen.

Er blickte finster bei seiner Antwort. „Ich werde mein Liebesleben nicht mit meiner Mutter diskutieren."

„Was für ein Liebesleben? Soweit ich das sehe, hast du keines und wirst auch keines haben. Nenn mir einen guten Grund, warum du sie nicht gebeten hast zu bleiben?"

„Warum bin ich derjenige, auf dem herumgehackt wird, während sie doch diejenige war, die ihre Sachen gepackt hat und gegangen ist?", fragte er.

„Weil du derjenige bist, dem es schlecht geht, und ich die Unglückliche bin, die sich dein Leiden anschauen muss."

Flo setzte sich auf und rückte die Kissen in ihrem Rücken zurecht. Sie verzog das Gesicht bei dem leichten Ziehen in ihrer Brust, das aber eine normale Reaktion darstellte, wie die Ärzte ihr versichert hatten.

„Aber das ist genau das, was dich so stört, nicht wahr? Dass sie gegangen ist. Ein Teil von dir kommt nicht darüber hinweg, dass sie beim ersten Mal nicht zurückgekommen ist, und du möchtest, dass sie diesmal den ersten Schritt macht. Habe ich recht?"

Ty wand sich unter den Fragen und treffenden Vermutungen seiner Mutter. „Willst du wissen, was das Leben mich gelehrt hat?“, fragte er.

Sie hob die Brauen. „Schieß los.“

„Menschen gehen. Dad ist gegangen. Lilly ist gegangen. Danach ging Hunter. Lacey hat ein Leben in New York. Warum zum Teufel sollte ich annehmen, dass sie das nicht wieder aufnehmen will?“ Er war niemand, der sein Herz ausschüttete, doch seine Mutter wusste, welche Knöpfe man drücken musste, um ihn so wütend zu machen, dass er über Dinge sprach, die er normalerweise für sich behielt.

Flo schüttelte den Kopf. „Es tut mir leid, dir das sagen zu müssen, doch es ist an der Zeit, dass du erwachsen wirst. Dein Vater war ein schlechter Mann, ein Alkoholiker und Spieler. Uns hätte nichts Besseres passieren können, als dass er uns verließ. Und was den Rest angeht, verzeih die Wortwahl, aber: Shit happens.“

Ty starrte seine Mutter verblüfft an. Niemals zuvor hatte er sie so unverblümt reden hören.

„Du musst die Vergangenheit hinter dir lassen. Lacey hat das getan. Hast du bemerkt, dass sie bei Marc Dumonts Geständnis gar keine große Reaktion darauf gezeigt hat, dass er mich bezahlt hat, um sie aufzunehmen? Darauf, dass sie niemals wirklich in einer Pflegefamilie war?“

Er rieb sich mit einer Hand den angespannten Nacken. „Ja, das ist mir aufgefallen.“ Er war verwundert gewesen, dass es sie nicht mehr verletzt oder verärgert hatte, dass ihr Onkel sie in ein unbekanntes Haus gegeben hatte und dass seine Mutter für ihre Kooperation mit Dumont so viel Geld angenommen hatte.

„Das hat dich umgehauen, nicht wahr? Du hast sie vor einem Geheimnis bewahrt, vor dem sie nicht bewahrt werden brauchte. Und du hast dich vor Schuldgefühlen fast umgebracht, weil es dir gut ging, während sie ums Überleben gekämpft hat. Doch sie ist darüber hinweg, Tyler. Du bist der Einzige, der noch immer leidet."

Er stand auf und ging zum Fenster hinüber. Die Vorhänge waren zugezogen, sodass vom dunklen Nachthimmel nichts zu sehen war. Er wandte sich um und blickte seine Mutter an. „Du bist plötzlich sehr scharfsinnig."

„Ein Herzinfarkt kann so etwas bewirken. Ich liebe dich, und ich möchte nicht, dass du allein bleibst, weil du Angst vor deinen Gefühlen hast. Du befürchtest, verletzt zu werden, aber weißt du was? Du kannst dich nicht schlimmer fühlen, als du es jetzt schon tust."

Lachend schüttelte er den Kopf. „Überlasst es meiner Mutter, mein Seelenleben zu erklären."

„Ich ging davon aus, dass du nie gehen würdest, wenn ich nicht ehrlich wäre."

„Du willst mir doch nicht sagen, dass ich dein Privatleben störe?", fragte er neckend. Dann sah er seine Mutter erröten. „Verdammt, ich störe dein Privatleben", sagte er und war bestürzt, dass er das nicht vorher bemerkt hatte. „Du hättest mich doch bitten können auszuziehen."

„Ich denke, das habe ich gerade getan." Flo grinste, und die Röte in ihren Wangen verstärkte sich.

Seine Mutter wollte, dass er auszog, damit sie mehr Zeit mit ihrem Freund hatte. „Ich werde gleich morgen früh gehen", murmelte er und schüttelte den Kopf über die unvermutete Wendung.

„Und wirst du mit Lacey sprechen?", fragte sie hoffnungsvoll.

Ty grinste. „Ich dachte, ich hätte dir schon gesagt, dass ich mein Liebesleben nicht mit meiner Mutter diskutiere?" Er ging hinüber zu ihr und küsste sie auf die Wange. „Danke, dass du mich so sehr liebst, dass du mich hinauswirfst", sagte er kichernd. „Und was den Rest angeht – ich verspreche, dass ich über alles nachdenke, was du gesagt hast."

Er würde darüber nachdenken. Und dann würde er vielleicht den Mut finden, zu handeln und für das zu kämpfen, was er wollte.

Nach einer Woche in New York wusste Lacey wieder, warum sie ihre Firma liebte. Die Mädchen, die für sie arbeiteten, waren so froh über ihre Rückkehr, dass sie sie in ihrer Wohnung mit einem Willkommenskuchen begrüßt hatten. Als besondere Überraschung hatte eine von ihnen Marina ausfindig gemacht und sie mitgebracht. Immer wenn Lacey mit einer ihrer Angestellten sprach, erinnerte sie sich an ihre erste Zeit in New York und daran, wie dankbar sie damals gewesen war, als Marina ihr eine Chance und einen Job gegeben hatte. Sie liebte es, das Gleiche für andere zu tun.

Was ihre Kunden anging, waren manche wirklich Nervensägen, die sich endlos über nicht korrekt gefaltete Handtücher beklagten, über falsch abgehakte Einkaufslisten oder über Hunde, die ihr Geschäft im Haus verrichteten, woran natürlich immer der Hundesitter die Schuld trug. Und dann gab es aber auch diejenigen, die sich einfach darüber freuten, dass jemand ihren Kram erledigte, während sie den ganzen langen Tag im Büro saßen. Ob so oder so, Lacey hatte den ganzen Tag alle Hände voll zu tun und liebte jede einzelne Minute.

Sie vermisste aber auch Ty. Ständig und geradezu verzweifelt. Dennoch hatte sie das Richtige getan, indem sie nach Hause gefahren war und sich in Erinnerung gerufen hatte, was sie an ihrem Leben liebte. Einem Leben, das sie auch nach Hawken's Cove verlegen konnte, wenn dies die einzige Möglichkeit war, mit Ty zusammen zu sein.

Denn sie hatte durch ihre Rückkehr auch erkannt, dass ein Zuhause nicht nur ein Ort war. Zu Hause war ein Gefühl. Zu

Hause war dort, wo ihr Herz ein bisschen schneller schlug und wo sie am Ende eines befriedigenden oder auch frustrierenden Tages jemand erwartete. Und da war es ihr egal, ob das Haus ihrer Eltern oder ihr Onkel sie dort an das erinnerten, was sie verloren hatte. Sie hatte so viel mehr gewonnen durch das Wiedersehen mit Ty.

Es war noch ein paar Tage hin bis zu ihrem Geburtstag, an dem sie wieder nach Hawken's Cove fahren würde, um Anspruch auf den Treuhandfonds zu erheben. Und an dem sie das Haus endgültig ihrem Onkel überschreiben würde. Mit diesem Teil ihres Lebens wollte sie nichts mehr zu tun haben.

Was das Geld anging, hatte sie ein vom Gericht bestellter Treuhänder, der die Geschäfte des verhafteten Paul Dunne übernommen hatte, davon informiert, dass Paul im Laufe der Jahre einige Hunderttausend Dollar veruntreut hatte. Das Vermögen selbst hatte ursprünglich zweieinhalb Millionen Dollar betragen, dazu kamen das Haus und das Grundstück. Eine Summe, die sie sich kaum vorstellen konnte.

Trotz der Unterschlagung blieb ihr genug, um die Kosten ihres Onkels in dem Haus zu decken und um in Hawken's Cove eine zweite Niederlassung von „Odd Jobs“ zu gründen. Marina war in Rente gegangen, doch sie hatte eingewilligt, die Firma in New York zu leiten. Mit der Zeit konnte Lacey das Geschäft dann entweder an sie oder an eine ihrer Angestellten verkaufen.

Natürlich beruhten all ihre Pläne auf der Voraussetzung, dass Ty ihre Rückkehr wollte. Dass er den Rest seines Lebens mit ihr verbringen und mit ihr Babys bekommen wollte, wenn sie beide bereit waren. Babys, die seine Mutter mit Liebe geradezu überschütten würde.

Sie wusste nur einfach nicht, was er wollte. Die paar Male, die sie angerufen hatte, meldete sich der Anrufbeantworter. Sie nahm an, dass Ty arbeiten war, entweder an einem Fall oder aber in der Bar. Weil sie nicht wusste, wie sie das Thema auf dem Anrufbeantworter anschneiden sollte, hatte sie keine Nachricht hinterlassen. Und er hatte sie auch nicht angerufen. Oder hatte ebenso wie sie keine Nachricht hinterlassen.

Sie nestelte an dem Anhänger ihrer Kette. Sie konnte sich noch immer nicht von dem Schmuckstück trennen, mit dem so viele Erinnerungen verbunden waren, und sie würde es auch nicht tun. Nicht bis Tyler ihr sagte, sie solle endgültig verschwinden. Sie schluckte den Kloß in ihrem Hals hinunter und zwang sich zu positiven Gedanken.

Was sie zum Beispiel mit dem restlichen Geld aus dem Treuhandfonds tun würde. Es schien ihr eine Verschwendung zu sein, das Geld sich einfach nur vermehren zu lassen. Sie hatte schon einige Ideen, war aber noch zu keiner Entscheidung gekommen.

Ein lautes Klopfen riss sie aus ihren Gedanken. Digger begann laut zu bellen, lief zur Tür und sprang daran auf und ab, ohne überhaupt zu wissen, wer dahinterstand.

Lacey blickte durch den Spion und wurde fast ohnmächtig, als sie ihren Besucher sah. Sie riss die Tür weit auf. „Ty? Was machst du hier?“, fragte sie aufgeregt und hoffnungsfroh, aber auch mit der Angst, dass seiner Mutter etwas geschehen sein könnte. „Ist mit Flo alles in Ordnung?“, fragte sie.

„Das hängt von deiner Definition ab. Sie hat mich rausgeworfen, falls du dir das vorstellen kannst.“ Er setzte seine riesige Reisetasche ab, die Lacey wachsam beäugte.

„Was meinst du damit, dass sie dich rausgeworfen hat?“

Er grinste sein freches, sexy Grinsen, das sie so liebte. „Sie sagte, ich gehe ihr auf die Nerven und enge sie ein, und meinte, ich solle mich zum Teufel scheren.“

„Das hat sie nicht getan!“

Er lachte. „Nicht in diesen Worten, nein. Aber ihr Standpunkt war eindeutig.“

Sie blickte von der Tasche nach oben in seine Augen. Augen, die nun befreit und ohne Last schienen. Sie wusste nicht, was hier geschah, doch sie hatte eine Ahnung, dass es ihr gefallen würde. Sehr sogar.

Sie verlagerte ihr Gewicht auf die Fußballen und dann wieder nach hinten. „Also bist du wieder in deine Wohnung gezogen?", fragte Lacey.

„Nein. Ich habe Hunter gesagt, dass er dort eine Weile kampieren kann."

„Hat er nicht seine Wohnung in Albany?"

„Das wird ein langer Weg für ihn, wenn er abends meine Schicht im ‚Night Owl's' übernimmt. Außerdem hasst er das stickige Apartment, das er dort gemietet hat. Er hat es nur getan, um zu demonstrieren, dass er es geschafft hat, doch inzwischen kümmert es ihn nicht mehr, was die Leute sagen."

„Er leidet, nicht wahr?", fragte Lacey.

Ty nickte. „Molly hat ihm übel mitgespielt. Wusstest du, dass er sie nicht nur gebeten hat zu bleiben, sondern auch angeboten hat, mit ihr zu gehen, wohin auch immer sie will?"

Obwohl Lacey mit Hunter gesprochen hatte und wusste, dass er sich zurückgezogen hatte, fehlten ihr offenbar doch wichtige Teile der Geschichte. „Ich hatte keine Ahnung", murmelte sie. „Sie hat ihn abgewiesen?"

„Genau." Ty kreuzte die Arme vor der Brust.

Sie verzog das Gesicht. „Armer Hunter. Aber immerhin hatte er den Mumm, ihr anzubieten, mit ihr zu gehen", sagte sie betont. Sie meinte nicht nur Ty, der nicht das Gleiche getan hatte, sondern auch sich selbst.

„Es hat ihn leider nicht sehr weit gebracht."

„Doch wenigstens weiß er jetzt, wo er steht."

Ty nickte. „Da hast du recht."

Sie standen eine Weile so da, weil keiner von ihnen wusste, was er sagen sollte.

Lacey nutzte die Gelegenheit, um ihn eingehend zu mustern. Er hatte sich seit ein paar Tagen nicht rasiert, seine Haare waren so lang wie vorher, und seine Lederjacke sah abgetragen aus. Er war ihr sexy Rebell, und sie war froh, dass er hier war.

„Also deine Mutter hat dich rausgeworfen, und dann hast du nicht nur deine Wohnung, sondern auch deinen Job im ‚Night Owl's' aufgegeben", sagte sie, als sie die Spannung nicht länger ertrug. „Was ist mit deinem Detektivbüro?"

„Habe ich Derek übertragen." Er zog die Jacke aus und hängte sie an einen Haken in ihrem Flur. „Da meine Lizenz auch für New York gilt, sollte es keine große Sache sein, neu anzufangen."

Ihr Mund wurde trocken. „Wo neu anzufangen?"

„Hier." Er fuhr sich mit der Hand durchs Haar. „In New York, der Stadt, die niemals schläft. Scheint mir ein guter Ort zu sein für einen unterbeschäftigten Privatdetektiv, um neu anzufangen."

Als sie ihn diesmal anschaute, sah sie nicht den frechen Jungen, in den sie sich mit siebzehn verliebt hatte, und auch nicht den Mann, der eine Mauer um sich errichtet hatte. Stattdessen sah sie einen verletzlichen Mann, der hierhergekommen war, um ihr sein Herz darzubieten, und der keine Ahnung hatte, wie er aufgenommen werden würde.

Sie hatte nur eine Frage. „Warum? Warum willst du dein Zuhause verlassen und all das, was du liebst?"

„Weil mir eine schöne, kluge Frau mal gesagt hat, dass ein Zuhause etwas mit den Menschen zu tun hat und nicht einfach der Ort ist, an dem man lebt. Außerdem", sagte er mit leuchtenden Augen, „würde ich nicht sagen, dass ich alles zurücklasse, was ich liebe. Ich bin gekommen, um den Menschen zu finden, den ich am meisten auf der Welt liebe, und das bist du."

„Mehr muss ich nicht hören." Mit einem breiten Lächeln im Gesicht sprang Lacey in seine Arme, wo sie ihre Beine um seine Taille schlang und ihn küsste, als ob es kein Morgen gäbe.

„Gott, ich habe dich so vermisst.“ Er strich ihr über den Kopf und fuhr ihr mit den Fingern durchs Haar.

„Warum hast du dann so lange gewartet?“ Sie bedeckte seine Wange mit Küssen, während sie sprach.

Ty ließ sie hinunter auf den Boden, hielt sie jedoch fest an sich gedrückt, während sie zum Sofa gingen. „Ich musste mir über einiges klar werden“, gestand er.

„Ich dachte, ich wäre diejenige gewesen, die nach Hause kommen, Abstand gewinnen und nachdenken musste“, neckte sie ihn.

Er zuckte die Achseln. „Scheint so, als ob wir beide es nötig hatten. All die Jahre, in denen du fort warst, habe ich dir vorgeworfen, dass du nicht zurückkamst. Das war nichts, worüber ich geredet habe oder was mir überhaupt bewusst war, bis ich dich wiedersah. Doch als es mir klar wurde, konnte ich mich nicht so schnell davon freimachen.“

„Weil du Angst hattest, dass ich dich wieder verlassen würde“, sagte sie, weil sie rasch begriff und ihn wie immer gut verstand. „Und was habe ich getan? Ich habe mich umgedreht und bin wieder nach Hause gefahren, wie du es befürchtet hattest.“ Sie legte ihre Hände auf ihr Herz. „Es tut mir leid.“

„Das sollte es nicht. Du musstest unabhängig sein, um überhaupt überleben zu können. Ich musste meinen Komplex überwinden.“ Das Wort kam ihm schwer über die Lippen. „Und das habe ich. Weil ich dich zu sehr liebe, um ohne dich sein zu können.“

„Ich liebe dich auch. So sehr, dass ich schon Pläne geschmiedet habe, um New York zu verlassen und zurückzukommen.“ Sie küsste seine Wange. „Ob so oder so, wir werden zusammen sein. Ich werde dich nie wieder verlassen. Ich schwöre es“, sagte sie feierlich.

Als sein Blick auf den Anhänger fiel, den sie niemals ablegte, war Ty sich sicher. Wenn Lacey ein Versprechen gab, dann brach sie es niemals.

„Auch ich werde dich nicht verlassen“, entgegnete er. „Ich schwöre es“, fügte er hinzu und besiegelte ihr Gelübde mit einem langen, langen Kuss.

# Epilog

„Was hältst du davon, mit ‚Odd Jobs' zu expandieren?", fragte Lacey Ty. „Die Vororte haben ebenfalls Bedarf an Leuten, die all die Dinge tun, die nicht mehr in ihren Tagesablauf hineinpassen. Das Haus sauber halten, den Hund ausführen, einkaufen und kochen ..."

Ihr Ehemann blickte sie über seine Morgenzeitung hinweg an.

Kurz nachdem sie ihr Erbe angetreten hatte, hatten sie innerhalb einer kleinen privaten Zeremonie im Haus seiner Mutter geheiratet. Nur Flo und Dr. Andrew Sanford, Hunter und Laceys Onkel Marc waren geladen gewesen. Die kleine Gruppe hätte eine merkwürdige Familie abgeben können, doch alle zeigten sich von ihrer besten Seite. Nur Molly fehlte. Lacey hatte eine Karte aus Kalifornien bekommen und wusste, dass sie auf Reisen – oder besser am Davonlaufen – war, aber sich nirgends niedergelassen hatte.

Um sie zu vergessen, suchte der arme Hunter Trost in der Arbeit und bei den Frauen – vielen Frauen.

„Willst du vorschlagen, dass wir aus der Stadt rausziehen?", fragte Ty und lenkte ihre Aufmerksamkeit wieder zurück.

Sie liebte es noch immer, ihn am Morgen anzusehen. Sein sexy Dreitagebart und sein schläfriges Grinsen weckten bis heute unweigerlich ihr Verlangen. Das Schicksal hatte sie wieder zusammengeführt, und sie wollte ihre zweite Chance nicht verderben.

„Würdest du nicht gerne mehr Platz und frische Luft haben, geschweige denn mehr Raum für einen anderen Hund", sagte sie, um ihn zu necken und um gleichzeitig seine Reaktion zu testen.

„Irgendwie glaube ich, dass Miss Stinky hier sich nicht über Konkurrenz freuen würde." Er tätschelte Diggers Kopf. Die Hündin lag in seinem Schoß, wo sie es sich immer gemütlich machte. Hatte sie die Wahl, gab sie Ty den Vorzug vor Lacey.

Lacey lachte. „Was ist mit dir? Du könntest als Detektiv in Westchester County arbeiten, oder du könntest dieses Apartment als Büro benutzen und weiter in der Stadt arbeiten. Der Arbeitsweg mit dem Zug oder dem Auto ist nicht sehr lang."

Er legte die Zeitung auf den Tisch. „Du hast das alles schon durchdacht, oder?"

Sie grinste. „Ich dachte, ich sollte schon mal alle Fakten sammeln, um meinen Fall zu präsentieren. Ich habe alle Möglichkeiten überprüft, und Tatsache ist, dass der Verkehr auf Long Island furchtbar ist und dich wahnsinnig machen würde. Natürlich könntest du auch von dort den Zug nehmen. In beiden Fällen gibt es dort gute Schulen und verschiedene Städte, die wir uns anschauen können. Aber wenn du natürlich lieber ..."

„Warum jetzt? So ganz plötzlich willst du umziehen? Ich dachte, du liebst die Stadt und diese Nachbarschaft. Du fandest das Apartment gemütlich und perfekt."

„Ich denke immer noch, dass es gemütlich und perfekt ist für uns beide und den Hund." Lacey stand auf und ging zu seinem Stuhl, wo sie Digger verscheuchte, um sich selber auf Tys Schoß zu setzen und ihm die Arme um den Hals zu schlingen. „Aber wenn wir diese Familie vergrößern, ist diese Wohnung zu klein, meinst du nicht?", fragte sie.

Ein Wink mit dem Zaunpfahl, dachte sie, und schmiegte sich enger an ihn.

„Hey, willst du mir damit sagen, dass du schwanger bist?", fragte er überrascht und auch ein bisschen nervös, wenn man seine raue Stimme als Zeichen dafür deuten konnte.

Sie schüttelte den Kopf. „Ich versuche dir zu sagen, dass ich es gerne werden möchte. Das heißt, wenn du bereit bist mitzumachen."

Er legte ihr den Arm um die Taille. „Oh, ich bin bereit mitzumachen." Er bewegte sich unter ihr und ließ sie fühlen, wie bereit genau er war, um ihre Träume wahr werden zu lassen.

Sie lachte. „Was ist hier drin?", fragte sie und klopfte ihm auf die Brust. „Ist eine Familie etwas, woran du schon gedacht hast?"

Er nickte. „Aber ich wusste, dass wir verhüten und deswegen …"

„Keine Überraschungen", versicherte sie ihm und verstand jetzt, was seine nervöse Reaktion hervorgerufen hatte.

Sie hatte im Laufe ihres Zusammenseins gelernt, dass er die Dinge gerne plante und durchdachte. Genau das machte ihn zu einem guten Privatdetektiv, weil er die Stränge verschiedener Geschichten in Verbindung bringen konnte und auf Lösungen kam, die anderen Menschen vielleicht entgingen.

„Kein Grund zur Sorge, du bist bei diesem Projekt von Anfang an dabei." Sie schob ihren Po über seiner Erektion hin und her und spürte, wie das Verlangen sie durchflutete.

Nicht nur Verlangen, korrigierte sie sich selbst, sondern Liebe. Sie liebte ihn mit ihrem ganzen Herzen und ihrer ganzen Seele.

„Wir können jederzeit anfangen, nach Häusern zu schauen, wenn du das willst." Er küsste sie zart auf die Lippen. „Glücklich?"

Sie nickte. „Sehr. Ich fühle mich nur so schuldig, dass wir so glückselig sind, während es Hunter so schlecht geht."

Ty legte den Kopf zurück und blickte sie voller Verständnis an. „Es gibt nicht viel, was wir für ihn tun können, bis er sich wieder besinnt und über die Sache mit Molly hinwegkommt."

Lacey hob die Brauen. „Würdest du mich so leicht vergessen?"

Skeptisch zog er die Mundwinkel nach unten. „Das ist nicht dasselbe."

„Das weißt du nicht. Ich sah, wie sie zusammen waren. Er liebt sie."

„Und sie hat ihn verraten. Er bot ihr sein Herz dar, und sie trampelte darauf rum", sagte Ty in Verteidigung seines besten Freundes. „Menschen kommen eben mit dem falschen Partner zusammen und machen dann weiter. Sieh dich und Alex an."

Laceys Ex hatte sie kurz nach Tys Ankunft angerufen. Ty hatte abgenommen und ihr den Hörer mürrisch weitergegeben, aber immerhin hatte er nicht aufgelegt. Sie und Alex hatten kurz miteinander gesprochen, und zu ihrer Überraschung hatte sich Alex entschuldigt für seine Reaktion damals, als sie Schluss gemacht hatte. Er hätte seinen verletzten Stolz lange genug gepflegt, um die Idee von einer gemeinsamen Partnerschaft hinter sich zu lassen, hatte er gesagt. Und auch wenn sie beide wussten, dass sie niemals Freunde sein würden, hatte ihre Beziehung doch ein versöhnliches Ende genommen, wofür Lacey dankbar war. Alex hatte ihrer Meinung nach eine wichtige Rolle in ihrem Leben gespielt, indem er sie erkennen ließ, wie sehr sie Ty vermisste und liebte.

Lacey seufzte. „Alex und ich hatten eine ernsthafte Beziehung", sagte sie vorsichtig. „Doch ich habe ihn nie geliebt, und er hat zugegeben, dass er mehr in den Gedanken, sich zu verheiraten, verliebt war als in mich."

„Was ihn zu einem Idioten und mich zu einem glücklichen Mann macht", sagte Ty. „Und was Hunter angeht: Lass den Mann seine eigene Lösung finden. Du kannst das für ihn nicht wiedergutmachen."

Sie spitzte schmollend den Mund. „Aber …"

„Aber nichts. Du hast schon alles für Hunter getan, was du konntest, angefangen damit, dass du sein Studiendarlehen bezahlt hast."

Lacey zuckte zusammen, als sie sich Hunters wütende Tirade in Erinnerung rief, doch jenseits von seinem Stolz, das wusste sie, hatte er sich über ihre Geste gefreut. Es war das Mindeste, was sie tun konnte für den Mann, der so viel für sie getan hatte. „Er arbeitet immer noch zu viel, taumelt von einer Frau zur anderen. Es ist ..."

„Es geht dich nichts an", insistierte Ty, während seine Hände unter ihr T-Shirt wanderten.

Seine Hände lagen heiß auf ihrer Haut, und sein Verlangen nach ihr war offenkundig. Die Erektion, die sich gegen ihre Schenkel presste, lenkte sie ab. Was seine Absicht war, wie sie wusste. Sie musste an sich halten, um nicht laut aufzustöhnen, womit sie Digger auf den Plan rufen würde.

„Hunter wird sich um seine Zukunft kümmern", sagte Ty in einem sehr bestimmten Ton, der sie aufforderte, sich nicht in das Leben ihres Freundes zu mischen. „Und in der Zwischenzeit lass uns an unserer arbeiten."

Was konnte Lacey dagegen schon einwenden?

– ENDE –

*Carly Phillips*

# Fang schon mal ohne mich an!

Roman

Aus dem Amerikanischen von
Barbara Minden

# Prolog

Molly Gifford packte das letzte Gepäckstück ins Auto und schlug energisch die Kofferraumklappe zu. Wieder ein Kapitel abgeschlossen, dachte sie. Ihr Leben hier in Hawken's Cove war ein für alle Mal vorbei. Erledigt. Es war höchste Zeit weiterzuziehen. Sie ersparte sich einen letzten Blick auf das Haus, in dem sie ein Jahr ihres Lebens verbracht und vergeblich versucht hatte, nach den Sternen zu greifen.

Sie hätte wissen müssen, dass eine eigene Familie immer unerreichbar für sie bleiben würde. Trotzdem hatte sie wieder einmal gehofft, dass dieses Mal alles anders laufen würde als sonst. Sie hatte tatsächlich geglaubt, ihre Mutter würde heiraten und endlich eine Familie gründen. Doch anstatt Molly Teil dieser Familie werden zu lassen, hatte ihre Mutter sie nun wieder einmal aus ihrem Leben ausgeschlossen. Mit ihren siebenundzwanzig Jahren hätte es Molly eigentlich nichts mehr ausmachen sollen, was ihre Mutter tat oder nicht tat. So war es aber nicht. In ihrem Inneren blieb sie das Kind, das ständig von einem Internat ins nächste gesteckt wurde, je nachdem, wie es um das Scheckbuch des gerade aktuellen Mannes an der Seite ihrer Mutter bestellt war. Von ihrem richtigen Vater war, außer den üblichen Geburtstags- und Weihnachtskarten, ebenfalls nichts zu erwarten. Einmal im Jahr, an Weihnachten, schickte er ihr ein Foto, das ihn mit seiner neuen Familie zeigte. Das versetzte Molly regelmäßig einen Schlag in die Magengrube.

Es war erst eine Woche her, seit ihre Mutter die Verlobung mit ihrem plötzlich verschuldeten und skandalumwitterten Verlobten gelöst hatte und nach Europa aufgebrochen war. Um ein

Haar hätte sie vergessen, sich von ihrer Tochter zu verabschieden. Da hatte Molly endlich begriffen, dass sie auf sich alleine gestellt war und dass sich nichts daran ändern würde. Deshalb musste sie sich jetzt erst einmal selbst finden und nach einer Lebensform suchen, die sie nicht mehr an ihre unerfüllten Träume und Hoffnungen erinnerte.

„Molly? Molly, warte!" Die Stimme ihrer Vermieterin – oder besser Exvermieterin – Anna Marie Costanza riss Molly aus ihren Gedanken.

„Keine Sorge. Ich hätte mich schon noch von dir verabschiedet", versicherte Molly der älteren Frau und ging ihr entgegen.

„Natürlich hättest du das." Anna Maries Vertrauen in Molly war unerschütterlich.

Molly lächelte, während sie zusah, wie Anna Marie die Verandatreppe hinunterkam. Sie würde ihre lebhafte Nachbarin vermissen.

Als Anna Marie neben ihr stand, sagte sie: „Du musst nicht weggehen. Du könntest dich auch hier mit deinen Ängsten auseinandersetzen."

Molly schaute ihr ins Gesicht. „Das ist genau der Punkt. Meine Ängste werden mir folgen, egal, wohin ich gehe."

„Ja, aber warum gehst du dann weg?" Sie streckte eine Hand aus und berührte Mollys Schulter. „Ich bin übrigens nicht die Einzige, die will, dass du bleibst."

„Du hast nicht zufällig zugehört, wie ich mit Hunter gesprochen habe?"

Mollys Magen krampfte sich zusammen, als sie an den Mann dachte, dessen Erinnerung sie in den letzten Stunden, während sie ihre Sachen zusammenpackte, krampfhaft verdrängt hatte.

Anna Marie schüttelte den Kopf, bis sich vereinzelt graue Strähnen aus ihrem Zopf lösten. „Es ist das erste Mal, dass ich ehrlich sagen kann, dass ich nicht zugehört habe. Ich habe schließlich meine Lektion zum Thema lauschen und Sachen weitertratschen, die mich nichts angehen, gelernt. Es ist einfach nur so offensichtlich, dass dieser Mann dich gerne hierbehalten würde.“

Molly öffnete den Mund und schloss ihn gleich wieder. Ihre Kehle fühlte sich an wie zugeschnürt. Sie schluckte. „Ich kann nicht bleiben.“ Aber sie hatte darüber nachgedacht. Und sie tat es noch, vor allem wenn sie an den hoffnungsvollen Blick in Hunters Augen dachte, als er sie gebeten hatte, mit ihm zusammen in seiner Heimatstadt Hawken's Cove, New York, zu leben, und an den Tonfall seiner Stimme, als er ihr angeboten hatte, sie zu begleiten, wohin sie auch immer glaubte, gehen zu müssen, um ihrem Kummer zu entfliehen.

*„Ich hatte auch nie eine Familie, und ich verstehe, was du durchmachst. Aber warum wollen wir das nicht zusammen durchstehen?“* Hunter hatte seinen Stolz hinuntergeschluckt und ihr sein Herz auf einem Silbertablett serviert.

Das war eine große Versuchung. Ihr Herz flehte sie an, ihre Meinung noch einmal zu ändern. Doch sie konnte nicht anders. Weil sie weder wusste, wer sie war, noch, was sie eigentlich von ihrem Leben erwartete, hatte sie ihn abgewiesen. Ihre Hände verkrampften sich bei dem Gedanken an jenen schrecklichen Augenblick. Sie war eine Frau ohne Bindungen, ohne Freunde, ohne Halt. Sie brauchte Zeit, um über alles nachzudenken. Dennoch schnürte sich ihr die Kehle zu, weil sie sich nach ihm sehnte und ihr zum Weinen zumute war.

„Er liebt dich“, sagte Anna Marie.

Molly ließ den Kopf hängen. Sie schluckte, weil sie Hunter ebenfalls liebte und spürte, wie der Abschiedsschmerz sie übermannte. Sie fühlte sich schlecht, weil sie nicht einmal in der Lage gewesen war, ihrem Freund, mit dem sie noch nie geschlafen hatte, wenigstens irgendetwas zurückzugeben.

„Mein Entschluss steht fest“, sagte Molly, obwohl sie an diesen Worten zu ersticken drohte.

Ihre Nachbarin nickte. „Ich dachte mir schon, dass du deine Meinung nicht ändern würdest. In dieser Hinsicht bist du wie ich. Aber ich wollte zumindest versuchen, dich umzustimmen." Sie entlockte Molly ein schwaches Lächeln.

„Ich weiß es zu schätzen."

„Hier. Die Post von heute. Ich habe gesehen, dass du noch keine Nachsendeadresse hast, und wollte sicher sein, dass du sie bekommst, bevor du gehst." Sie reichte Molly einen dicken Umschlag.

Molly drehte ihn in ihren Händen und suchte nach dem Absender. Napa Valley, Kalifornien. Merkwürdig. Ihr Vater schrieb doch nur zum Geburtstag und zu Weihnachten. Da hatte er doch noch nie eine Ausnahme gemacht.

„Ich muss wieder reingehen. Ich entwerfe gerade eine Anzeige, um dein Apartment zu vermieten." Anna Maries Stimme klang sehr geschäftig, und dennoch spürte Molly, wie sich ihr Magen verkrampfte.

„Du warst eine wunderbare Vermieterin, eine tolle Nachbarin und eine gute Freundin." Molly umarmte Anna Marie. „Danke für alles."

„Wir bleiben in Kontakt, Molly Gifford. Ich hoffe, du findest irgendwo auf dieser Welt, wonach du suchst." Sie winkte noch einmal kurz, bevor sie ins Haus zurückkehrte.

Als Molly in ihrer Jackentasche nach den Autoschlüsseln tastete, fiel der Briefumschlag, den ihr Anna Marie gegeben hatte, zu Boden. Molly hob ihn auf. Der Umschlag schien in ihren Händen zu brennen. Der Drang, möglichst schnell wegzufahren, um die Erinnerungen endlich hinter sich zu lassen, stand im krassen Gegensatz zu ihrer Neugier. Sie wollte sofort nachsehen, was sich in dem Kuvert befand. Die Neugier siegte. Molly öffnete den Umschlag und entnahm ihm eine Karte und einen zusammengefalteten Brief.

Sie überflog zuerst die schöne, rosafarbene Geburtsanzeige.

Jennifer, die andere Tochter ihres Vaters, hatte ein Baby bekommen. Mollys Vater war Großvater geworden. Molly, die ihre Halbschwester überhaupt nicht kannte, hätte, außer einem kleinen Stich in der Herzgegend, normalerweise kaum Notiz von dieser Nachricht genommen. Doch der beiliegende Brief änderte alles.

Molly überflog die Zeilen und las und las, so als ob sie glaubte, die Worte könnten beim wiederholten Lesen ihren Sinn verändern. Das taten sie aber nicht.

Ihr war blitzartig schwindelig, weil sie zu atmen vergessen hatte. Während sie sich dazu zwang, tief Luft zu holen, lehnte sie sich mit dem Rücken an den Wagen und las den Brief noch einmal.

*Liebe Molly,*
*wie du siehst, bin ich Großvater geworden. Das ist großartig. Beinahe noch großartiger, als Vater zu werden. Dieser neue Lebensabschnitt hat mich dazu bewogen, einige Entscheidungen, die ich in meiner Jugend gefällt habe, neu zu überdenken. Ich begreife inzwischen viel besser, was biologische Bindungen und Familie bedeuten, und je mehr ich darüber nachdenke, umso mehr komme ich zu dem Schluss, dass ich dir noch eine Erklärung schuldig bin.*

*Wir beide wissen, dass deine Mutter eine Frau mit Vergangenheit ist. Das war sie immer schon. Als sie mich heiratete, war sie schwanger und gab ihr Baby als mein Baby aus. Doch schon bald erfuhr ich, dass du das Produkt einer Affäre mit einem Mann warst, den sie kannte, bevor sie nach Kalifornien kam. Er heißt Frank Addams. General Frank Addams, was wiederum erklärt, weshalb deine Mutter lieber den wohlhabenden Besitzer eines Weingutes zum Vater ihres Kindes machen wollte, als einen Mann, dessen militärische Karriere erst am Anfang stand. Ich weiß, dass du nie etwas von mir verlangt hast. Deshalb habe ich das Geheimnis deiner Mutter auch so lange bewahrt. Doch inzwischen weiß ich auch, dass Nahrung und ein Dach über dem Kopf keine Familie ersetzen können.*

*Deshalb nahm ich mir die Freiheit, ein paar Dinge zu recherchieren. General Addams lebt zurzeit in Dentonville, Connecticut. Ich wünsche Dir alles Gute.*
*Martin*

Mollys Magen zog sich zusammen. Das Schwindelgefühl verwandelte sich in Übelkeit. Sie litt körperliche Qualen und konnte sich nur mit Mühe beherrschen, sich nicht vor Schmerz zu krümmen. Die Nachricht warf sie nur deshalb nicht vollkommen aus der Bahn, weil sie sich vor Augen hielt, dass es nicht ihr richtiger Vater war, den sie verlor, jedenfalls keiner, der sich je um sie gekümmert hätte. Dennoch war sie weit davon entfernt, die Neuigkeiten zu verdauen.

Mit zitternden Händen faltete sie den Brief zusammen und versuchte vergeblich, ihn in das Kuvert zurückzustecken. Genau wie dieser Brief schien Molly nirgendwo hineinzupassen. Wenigstens wusste sie nun, weshalb das so war.

Der Mann, den sie bisher für ihren leiblichen Vater gehalten hatte, hatte die ganze Zeit gewusst, dass er es in Wirklichkeit gar nicht war. „Gut. Das erklärt wenigstens sein Desinteresse", murmelte sie vor sich hin. Was ihre Mutter Francie betraf, so war diese schon immer eine selbstsüchtige, egozentrische Primadonna gewesen. Doch mit ihr würde sich Molly ein anderes Mal beschäftigen.

Das Ausmaß dieses Briefes machte sie fassungslos. In ihrem Kopf schwirrte es. Sie hatte Hunter, dem Mann, der vermutlich die Liebe ihres Lebens war, einfach die kalte Schulter gezeigt, weil sie gespürt hatte, dass ihr noch etwas Wichtiges fehlte, obwohl sie bis vor fünf Minuten noch keine Ahnung hatte, was das war oder wo sie es finden würde. Jetzt, wo sie noch einmal die Adresse betrachtete, die Martin ihr geliefert hatte, gab es endlich ein Ziel. Mehr noch. Sie kannte den Namen ihres echten Vaters.

Ihr leiblicher Vater. Mollys Herz schlug schneller, als sie begriff, dass sie das, was ihr fehlte, tatsächlich in Dentonville, Connecticut, finden konnte. Man würde sie dort entweder willkommen heißen oder ablehnen, aber dann wüsste sie immerhin, woran sie war.

Sie kletterte in ihren Wagen, griff nach der Wasserflasche, die sie vorher im Handschuhfach verstaut hatte, und trank einen großen Schluck daraus. Wenn auch sonst nichts dabei herauskam, so wäre sie am Ende wenigstens um einige Antworten reicher, dachte Molly. Und vielleicht würde sie sich endlich selbst finden.

Sie startete den Motor, legte den Rückwärtsgang ein und fuhr die Auffahrt hinunter. Die Reise begann. Sie hatte nicht vor, einfach aus heiterem Himmel bei ihrem echten Vater aufzukreuzen und nahm lieber den langen Umweg über Kalifornien in Kauf, um vorher den Menschen wiederzusehen, der ihr die Neuigkeiten mitgeteilt hatte. Etwas mehr Hintergrundwissen konnte schließlich nicht schaden. Dessen ungeachtet hoffte Molly natürlich, dass am Ende ihrer Reise etwas Gutes stehen würde. Schließlich hatte sie etwas sehr Wertvolles dafür geopfert.

# 1. Kapitel

*Acht Monate später*

„Ich will, dass mein Vater sofort aus dem Gefängnis entlassen wird“, forderte Molly vom Pflichtverteidiger ihres Vaters.

Bill Finkel blätterte durch die Papiere, die vor ihm lagen, und suchte nach weiß der Himmel was. Jedes Mal, wenn man diesem Menschen eine Frage stellte, durchforstete er erst einmal seine Akten. Er wirkte völlig unorganisiert. Endlich richtete sich sein Blick auf Molly. „Es geht hier um einen Mordfall.“

Sie betrachtete ihn spöttisch. „Und?“

Er schaute erneut auf seine Papiere und raschelte mit den losen Blättern.

Molly war es langsam leid, auf seinen Kahlkopf zu blicken. „Ich kenne mich zwar nicht besonders gut mit dem Strafrecht aus, aber ich weiß, dass der General in Ehren aus seinem Militärdienst entlassen wurde, und es daher möglich sein muss, ihn gegen eine Kaution hier herauszubekommen.“ Ihr Studium des Immobilienrechts schien ihr im Augenblick wie vergeudete Zeit.

Bill räusperte sich. „Es ist vielleicht nicht ganz so einfach. Immerhin wird Ihr Vater des Mordes an seinem Freund und Geschäftspartner beschuldigt. Er besaß einen Schlüssel für das Büro, in dem die Leiche gefunden wurde, und ein Motiv hatte er auch. Immerhin hatte er herausgefunden, dass Paul Markham Geld aus dem gemeinsamen Immobilienunternehmen unterschlug.“ Der Pflichtverteidiger las jedes Wort ab.

Wurden gute Anwälte denn nicht dafür bezahlt, dass sie sich schnell etwas einfallen ließen? „Es hängt alles von den Indizien und den äußeren Umständen ab. Bitten Sie den Richter, die Indizien gegen Franks guten Ruf, seine Beziehung zur Familie und seinen Dienst fürs Vaterland abzuwägen!" Molly schlug vor lauter Enttäuschung mit der Hand auf den Metalltisch. „Und da wir gerade von meinem Vater sprechen. Wo bleibt er denn? Er sollte doch schon vor zwanzig Minuten hierhergebracht werden."

„Äh, ich werde nachsehen, was ihn aufgehalten hat." Bill beeilte sich hinauszukommen, um Molly und ihren weiteren Fragen zu entgehen.

Dass er Angst vor ihr hatte und sich deshalb beinahe in die Hosen machte, kümmerte Molly herzlich wenig. Einen anderen Anwalt konnte sich ihr Vater nicht mehr leisten, vor allem, seit er die Unterschlagungen seines Geschäftspartners entdeckt hatte. Solange Molly nichts Besseres einfiel, hing das Leben ihres Vaters von dieser Witzfigur von Anwalt ab.

Der General hatte sie vom ersten Augenblick an, als sie vor seiner Tür stand, in sein Herz geschlossen und als ein Familienmitglied angesehen. Auch wenn Molly sich immer noch nicht ganz zugehörig fühlte, konnte sie nicht anders, als sich zu wünschen, ein Teil seiner Familie zu sein. Sie hatte diesen Mann lieben gelernt, und sie wollte ihn davor bewahren, sein Leben zwischen diesen Gefängnismauern verbringen zu müssen.

Bis Bill zurückkam, vergingen weitere zehn Minuten. „Sie sagen, sie hätten zu wenig Personal, um ihn hierherzubringen."

Von diesem Menschen sollte nun alles abhängen? Molly hatte genug. Sie brauchte einen Anwalt, der notfalls mit dem Kopf durch die Wand gehen würde, um ihren Vater freizubekommen. *Sie brauchte Daniel Hunter.* Ohne genauer darüber nachzudenken, was das im Einzelnen bedeutete, schnappte sie sich ihre Tasche und marschierte schnurstracks auf den Ausgang zu.

„Wohin gehen Sie?", fragte Bill, der ihr folgte. „Wir müssen unsere Strategie besprechen. Die Wärter haben gesagt, er sei in spätestens einer Stunde unten."

Molly bedachte ihn mit einem kalten Blick. „Ich werde endlich tun, was ich längst hätte tun sollen, als ich hörte, dass man meinen Vater eingesperrt hat", sagte sie zu diesem dusseligen Rechtsanwalt. „Sagen Sie meinem Vater, dass ich morgen wiederkomme. Er soll sich keine Sorgen machen, ich habe eine Idee."

Bill erblasste. Seine weiße, teigige Haut wurde noch bleicher. „Wollen Sie mir diese Idee nicht mitteilen? Ich bin schließlich sein Anwalt."

Nicht mehr lange, dachte Molly. Zu Bill aber sagte sie: „Das müssen Sie im Moment noch nicht wissen."

Das Gelingen ihres Plans hing davon ab, ob sie den besten Strafverteidiger, den sie kannte, dafür gewinnen konnte, ihren Vater zu verteidigen. Die Chancen, dass Hunter damit einverstanden war, waren sehr gering. Sie hatten sich schließlich nicht im Guten getrennt, nachdem Hunter ihr sein Herz zu Füßen gelegt hatte. Er hätte ihretwegen sogar seine Kanzlei aufgegeben und wäre mit ihr gegangen, wo auch immer sie hingehen wollte. Doch anstatt sich darüber zu freuen, hatte sie ihn einfach sitzen lassen. Aus gutem Grund, wie sie fand. Aber es war eher unwahrscheinlich, dass er das genauso sah. Weder damals noch heute. Und es zählte mit Sicherheit nicht, dass sie nie aufgehört hatte, ihn zu lieben. Ganz zu schweigen davon, dass kein Tag verging, an dem sie nicht an ihn dachte. Nach allem, was geschehen war, blieb ihr nichts anderes übrig, als ihn persönlich aufzusuchen, wenn sie ihn wirklich dazu bewegen wollte, wenigstens darüber nachzudenken, ob er ihren Vater vertrat.

Bei der plötzlichen Aussicht, Hunter demnächst wieder gegenüberzustehen, krampfte sich plötzlich ihr Magen zusammen. Ihr Bauchgefühl signalisierte eine Mischung aus Aufregung, Panik und Angst. Wenn sie das Leben ihres Vaters und die Zukunft ihrer Familie Hunter anvertraute, ging sie damit ein sehr hohes Risiko ein.

Er war schließlich der Mann, der sie vermutlich aus vollem Herzen hasste.

Molly schätzte, dass sie es an einem Tag bis nach Albany schaffen konnte. Drei Stunden hin und drei zurück. Das war nicht unmöglich. Doch zuerst musste sie nach Hause gehen, um sich bequemere Sachen für die Fahrt dorthin anzuziehen, und natürlich um all ihren Mut zusammenzunehmen. In dem Gästezimmer im Haus ihres Vaters, in dem sie sich vorübergehend einquartiert hatte, raffte sie ein paar Kleidungsstücke zusammen und steckte sie in ihre Reisetasche.

Die Ironie ihrer aktuellen Lage entging ihr nicht. Während der letzten Monate war sie nicht imstande gewesen, an etwas anderes zu denken, als sich an die Familie anzupassen. Schritt für Schritt hatte sie versucht, das Vertrauen ihrer Halbschwestern zu gewinnen und ihrer Großmutter näherzukommen, die die Geschicke der Familie lenkte, seit die Frau von Mollys Vater vor neun Jahren bei einem Verkehrsunfall ums Leben gekommen war. Doch jetzt fühlte sie sich dafür verantwortlich, diese Familie zusammenzuhalten, indem sie Daniel Hunter engagierte.

Sie holte tief Luft und ging nach unten.

Als sie schon beinahe an der Tür war, hörte sie, wie ihre Halbschwester Jessie sagte: „Mein Vater ist wegen Mordverdacht festgenommen worden. Das wird mein gesellschaftliches Leben sicher ganz weit nach vorne bringen."

Molly rollte mit den Augen. Jessie war fünfzehn Jahre alt. Ein *Teenie*, wie man so schön sagte. *Mitten in der Pubertät.* Und so benahm sie sich auch. Auf kleinste Veränderungen in ihrem Universum reagierte sie mit Panik und dramatischen Szenen.

In ihrem Alter, mit fünfzehn, hatte Molly schon längst für sich selbst gesorgt und keine Zeit für solche Kinkerlitzchen gehabt. Molly war, solange sie sich erinnern konnte, immer schon erwachsen gewesen. Deshalb fiel es ihr jetzt auch so schwer, sich in Jessies Lage zu versetzen. Und weil Jessie ebenfalls nichts mit Molly anfangen konnte, befanden sie sich in einer Art Pattsituation.

„Manchmal bist du eine echt blöde Ziege." Diese verdiente verbale Ohrfeige kam von Robin, der Älteren von Mollys Halbschwestern. Die zwanzigjährige Robin war, genau wie Molly, viel zu schnell erwachsen geworden. Ihre Mutter starb, als Mollys Mutter durch ständige Abwesenheit glänzte. Molly mochte Robin nicht nur deshalb, weil sie sie anstandslos akzeptiert hatte, sondern weil ihre Halbschwester eine durch und durch gute Seele war, und weil es in Mollys Welt viel zu wenig Menschen wie sie gab.

Eigentlich hatte Molly vorgehabt, sich ohne Abschied auf den Weg nach Albany zu machen. Doch dann fiel ihr ein, dass sie ihrer Familie wohl besser sagen sollte, dass sie für den Rest des Tages oder womöglich sogar über Nacht wegblieb. Obwohl sie sich immer noch nicht ganz daran gewöhnt hatte, mit anderen Menschen unter einem Dach zu leben, die Notiz davon nahmen, ob sie kam oder ging, versuchte sie sich an gewisse Regeln zu halten.

Deshalb lenkte sie ihre Schritte in das Arbeitszimmer ihres Vaters, wo sich die Familie offensichtlich versammelt hatte.

„Sei doch still!", sagte Jessie, die ständig das letzte Wort haben musste, zu ihrer Schwester. „Du hast mir gar nichts zu sagen."

„Aber ich!"

Molly grinste, als sie Edna Addams' energischen Kommandoton vernahm. Dieser Tonfall erklärte auch, weshalb die ältere Frau häufiger mit „Kommandeur" statt mit Großmutter angesprochen wurde. Sie war die Mutter des Generals und somit auch Mollys Großmutter. Als Edna, um sich Gehör zu verschaffen, zweimal mit ihrem Stock auf den Fußboden klopfte, schlüpfte Molly gerade durch den Türrahmen.

Edna stand in der Mitte des Raumes und fixierte ihre jüngste Enkeltochter mit Blicken. „Ich würde vorschlagen, du sorgst dich statt um dein eigenes Schicksal lieber um das deines Vaters."

„Ich hab's ja nicht so gemeint." Jessies Augen füllten sich mit Tränen.

Edna ging auf ihre Enkelin zu, nahm sie in den Arm und strich ihr über das lange, braune Haar. „Ich weiß, dass du es nicht so gemeint hast, aber wie ich schon häufiger sagte, brauchst du dringend ein Stoppschild zwischen deinem Mund und deinem Gehirn, dann kannst du dir in Zukunft Zeit zum Denken lassen, bevor du sprichst."

Molly nickte, während sie ihrer Großmutter im Stillen applaudierte. „Wir sollten uns lieber auf die wirklich wichtigen Dinge konzentrieren. Das würde Vater mehr helfen!", sagte sie, als sie den Raum betrat.

Jessie wirbelte herum. Ihr Haar, das sie morgens stundenlang geföhnt hatte, während sie das Bad blockierte, flog ihr über die Schulter. „*Vater?*", fragte sie. Ihre Tränen waren blitzschnell getrocknet und ihre Trauer durch eine Wut ersetzt worden, die sich wie üblich gegen Molly richtete. „Das ist ja lustig, wo du ihn doch bis vor Kurzem noch gar nicht kanntest. Er ist *unser* Vater ..." Mit ausladenden Gesten deutete sie auf Robin und sich. „... und nicht deiner!"

„Jessie!", brüllten Edna und Robin auf einmal gleichermaßen erschrocken.

Mollys Herz zog sich in ihrer Brust zusammen, und sie spürte beinahe sofort den Anflug einer Migräne, gegen die sie schon seit ihrer Kindheit ankämpfte.

Statt inzwischen an Jessies Ausbrüche gewöhnt zu sein, traf sie der verbale Tiefschlag des Teenagers immer noch mitten ins Herz. War es denn so viel verlangt, dass jeder in dieser Familie sie akzeptierte? Sie hatte schon genug dafür bezahlt, als ein Kind der Lüge aufgewachsen zu sein. Ein Leben lang hatte sie geglaubt, dass der Mann, den sie für ihren leiblichen Vater hielt, genauso wenig Zeit für sie hatte wie ihre Mutter.

Sie war es einfach leid, sich mit Jessies Gefühlsausbrüchen auseinanderzusetzen. Wenn sie es tat, dann nur ihrem Vater zuliebe und um des lieben Familienfriedens willen. Zu oft hatte sich Molly schon auf die Zunge gebissen und gehofft, dass Jessie ihr ein wenig entgegenkommen würde. Doch bis jetzt war alles vergeblich.

„Entschuldige dich bei Molly!", sagte Robin, ihre Hände auf die Hüften gestützt.

Molly hasste es, dass ihre andere Schwester die Schlachten für sie schlug. Jessie zu demütigen würde niemandem helfen. Aber es wurde Zeit, endlich miteinander klarzukommen.

„Das ist mein Ernst!", meinte Robin und schaute ihrer sprachlosen Schwester dabei in die Augen.

Jessie sah sich Hilfe suchend nach ihrer Großmutter um. Doch statt ihr zu Hilfe zu kommen, erteilte die ältere Dame dem Teenager kopfschüttelnd einen weiteren Befehl.

*„Sofort!"*, bellte sie, auf ihren Stock gestützt, und wartete ganz offensichtlich auf die entschuldigenden Worte aus Jessies Mund.

Doch stattdessen stieß Jessie ein lautes Wutgeheul aus. „Immer seid ihr auf ihrer Seite!", schimpfte sie und fühlte sich ganz offensichtlich missverstanden. Dann stampfte sie mit den Füßen auf, bevor sie hastig aus dem Zimmer rannte.

„Heulsuse, Heulsuse!", kreischte Ednas Langschwanzpapagei aus seinem Käfig am anderen Ende des Raumes. Überlass es dem vorlauten Vogel, auf sich aufmerksam zu machen, dachte Molly. Ein rascher Blick durch die Tür des Arbeitszimmers genügte, um zu sehen, dass Jessie schon längst außer Hörweite geflohen war.

„Mach dir nichts daraus", versuchte Edna, Molly zu trösten. „Ich werde ihr erklären, dass sie nicht so mit dir sprechen darf."

„Lass sie einfach in Ruhe!" Molly wischte die ganze Angelegenheit mit einer unbestimmten Handbewegung weg und tat so, als ob sie Jessies Ausbruch nicht weiter berührt hätte.

„Nur wenn du versprichst, dass du sie in Zukunft ignorieren wirst. Manchmal benimmt sie sich wie eine Fünfzehnjährige, die stark auf die dreißig zugeht, und manchmal wie eine Dreijährige", sagte Robin, aus deren Augen Bedauern sprach, als sie Molly eine Hand auf die Schulter legte.

„Amen!" Molly gelang es tatsächlich zu lachen, während sie versuchte, sich nicht zu rühren. Es fiel Molly immer noch schwer, die kleinen Gesten der Zuneigung, die ihrer Familie so leicht von der Hand gingen, zu akzeptieren, weil sie nicht daran gewöhnt war. Sie wollte Robin weder verletzen noch sie bei ihren Trostbemühungen entmutigen. Außerdem war Robins Zuneigung genau das, was sie so dringend gebraucht hatte, als sie hier angekommen war. Sie hatte Hunter hinter sich gelassen, und da hatte ihr Robins Aufmerksamkeit gutgetan. Das bedeutete aber nicht, dass sie Hunter oder die Rolle, die er in ihrem Leben hätte spielen können, ersetzen konnte.

„Was soll die Reisetasche?", unterbrach der Kommandeur Mollys Gedanken.

„Fährst du weg?", fragte Robin mit einem panischen Unterton in der Stimme. Molly schüttelte den Kopf. „Ich muss mit einem Freund sprechen wegen Vater." Trotz Jessies Wutanfall floss ihr dieses Wort leicht von der Zunge, denn Frank hatte sie in seiner Familie willkommen geheißen und ihr gezeigt, dass sie ab jetzt dazugehörte.

Robin entspannte sich, als sie sich zu Molly hinüberlehnte: „Ich mache mir Sorgen, dich mit Jessie alleine zu lassen, wenn ich wieder an die Uni zurückmuss."

Robin studierte in Yale. Sie hatte ein halbes Stipendium bekommen. Den Rest zahlte ihr Vater. General Addams glaubte, dass es Elternsache sei, die Bildung der Kinder zu bezahlen, und Molly hatte deswegen großen Respekt vor ihm. Sie hatten sich schon mehr als einmal fast darüber gestritten, weil er auch Mollys Studiengebühren übernehmen wollte.

Sosehr sie sein Angebot schätzte, wollte sie dennoch nichts davon wissen. Sie bezahlte ihre Gebühren selbst. Sie wollte niemals so werden wie ihre Mutter, die sich ständig von anderen aushalten ließ. Im Haus leben zu dürfen war in Mollys Augen das Höchste, das sie zu akzeptieren bereit war. Ein Kompromiss, den sie dafür einging, endlich eine Familie zu haben.

Molly lachte. „Mach dir keine Sorgen. Deine Schwester und ich, wir werden uns schon nicht gegenseitig umbringen, wenn du weg bist. Ich habe immer noch die Hoffnung, dass wir uns noch aneinander gewöhnen werden."

Robin nickte. „Aber denk nicht, dass es jemand gegen dich verwenden würde, wenn du Jessie eines Tages erwürgst." Sie grinste, während ihr Blick noch einmal auf die Reisetasche fiel. „Was kann dieser Freund denn gegen Vaters Verhaftung unternehmen?"

„Zu Gott beten und die Waffen laden!", sagte der Langschwanzpapagei.

Molly lachte.

„Ich kaufe diesem Vogel einen Maulkorb, das schwöre ich", wiederholte Robin einen Fluch, der schon häufiger von jedem einzelnen Familienmitglied gegen den vorlauten Vogel geäußert worden war.

Edna schüttelte ihren feuerroten Haarschopf.

Molly fragte sich, ob ihre Großmutter schon wieder die Haarfarbe gewechselt hatte. Gleich bei ihrer ersten Begegnung hatte Molly entdeckt, dass sie ihre Vorliebe für auffällige Farben von dieser Frau geerbt haben musste. Allerdings hatte Molly ihre buntesten Outfits erst einmal in den hintersten Winkel ihres Schrankes gepackt. Ihre Angst, nicht in die Familie hineinzupassen, war größer gewesen, als ihre Lust auf schrille Farben.

Edna wechselte ihre Haarfarbe wöchentlich, je nachdem, welche Farbe von Miss Clairol sie in der örtlichen Drogerie gerade zu fassen bekam. Molly konnte nie vorhersagen, welche Haarfarbe ihre Großmutter am nächsten Tag haben würde, aber sie ließ sich gerne überraschen. Edna und Molly hatten sich auf Anhieb verstanden. Außerdem übte Edna den mütterlichen Einfluss auf sie aus, den Molly bei ihrer eigenen Mutter vermisst hatte. Das gehörte auch zu den Dingen, die sie inzwischen nie mehr missen wollte.

„Was erwartest du nur von dem armen Vogel? Wie ihr wisst, habe ich ihn in Südamerika vor dem sicheren Tod gerettet."

„Ob das schlau war?", fragte Robin zuckersüß. Doch Edna ignorierte sie und lächelte, während Ollie, der Papagei, krächzte: „Rutsch mir doch den Buckel runter!"

„Das hättest du wohl gerne?", murmelte Robin.

Molly kicherte. „Kinder! Hört auf, euch zu zanken!", sagte sie, bevor sie sich wieder ihrem eigentlichen Problem widmete. „Ich habe einen alten Freund, der Vater vielleicht verteidigen könnte."

„Gott sei Dank, denn Vaters jetziger Verteidiger ist eine echte Null", meinte Robin erleichtert.

„Er ist ein Trottel", bestätigte auch Edna, die ihre Worte gestenreich mit ihren smaragdgrünen Ärmeln unterstrich. „Ich würde gerne mal sein Diplom sehen."

Molly verkniff sich ein Lachen. Den Kommandeur konnte niemand für dumm verkaufen. Sie war im Gegenteil sehr schlau, und sie besaß einen scharfen Verstand. Ihre Erfahrungen, auf die sie sich berufen konnte, hatte sie alle selbst gemacht. Nachdem ihr Mann gestorben war, reiste sie ausgiebig in verschiedenste Länder und Kulturen, bis sie nach Hause zurückkehrte, um ihren Sohn bei der Erziehung seiner Töchter zu unterstützen. Mit Jessie hatte sie alle Hände voll zu tun.

„Ich hatte die ganze Zeit gehofft, dass die Polizei ihren Fehler bemerken und Vater wieder freilassen würde", sagte Molly. Doch nachdem die Polizei den einzigen Verdächtigen gefasst hatte, stellte sie weitere Untersuchungen ein.

„Ich bin wieder zurück, sobald ich versucht habe, meinen Freund davon zu überzeugen, dass er Vaters Fall übernehmen muss."

Aufgeregt sprang Robin von ihrem Sitz auf. „Wer ist denn dieser Freund? Und woher kennst du ihn?" Sie lehnte am Mahagonitisch und wartete ganz offensichtlich auf eine Antwort.

„Oder noch wichtiger, bist du sicher, dass er uns helfen wird?", fragte Edna, die sich immer noch auf ihren Stock stützte.

Sie umzingelten Molly, die schluckte. „Er heißt Daniel Hunter." Das klang eingerostet und fremd, nachdem sie ein Jahr lang zwar ununterbrochen an ihn gedacht, seinen Namen aber nicht mehr ausgesprochen hatte.

„Oh Gott!", rief Robin. „Ist das der Mann, der den Gouverneurssohn vor einer Anklage wegen Vergewaltigung bewahrt hat? Ich habe die Verhandlung im Fernsehen verfolgt." Die Augen ihrer Halbschwester leuchteten genauso blau wie die ihres Vaters. Die Ähnlichkeit zwischen ihnen war nicht zu übersehen. Während Molly die braunen Augen ihrer Mutter geerbt hatte. Sie war aber froh zu entdecken, dass ihr Knochenbau mehr dem des Generals ähnelte.

„Hab ich recht? Ist er das?", fragte Robin.

„Es ist ein und derselbe", klärte Molly ihre Familie auf. „Wie schon gesagt, er ist ein alter Freund von mir." Sie wählte ihre Worte mit Bedacht.

„Er ist wundervoll!", sagte Robin. „Alle Mädchen haben ihn im Fernsehen gesehen. Der Mann ist ein Genie."

„Hubba hubba", unterbrach Ollie ihre Schwärmerei und schüttelte Futterkörner aus seinen großen, grünen Federn auf den Teppich.

Hunter war eine attraktive Erscheinung, das stimmte schon,

dachte Molly, die spürte, wie ihr Gesicht sich mit einer heißen Röte überzog.

„Dann wird er es also für dich tun, ja?“, fragte Robin.

Der hoffnungsvolle Unterton in ihrer Stimme berührte Molly, die sich wünschte, ihrer Halbschwester die Antwort geben zu können, auf die sie so verzweifelt wartete.

„Das kann ich nicht mit Sicherheit sagen. Wir sind nicht gerade unter den besten Voraussetzungen auseinandergegangen.“ Molly machte sich nichts vor. Hunter würde überhaupt nicht glücklich darüber sein, wieder von ihr zu hören.

Molly schaute zu Boden und erinnerte sich an seinen verletzten Blick, als sie ihn zurückgewiesen hatte. Ihr Magen zog sich zusammen vor Bedauern, doch sie konnte nichts mehr daran ändern. Hunter war bei Pflegeeltern groß geworden. Der kleine Junge, der davon überzeugt war, dass ihn niemand lieben konnte, war zu einem Mann geworden, der dasselbe glaubte. Und Molly hatte ihm auch noch einen Grund dafür geliefert. Er hatte ihr sein Herz in die Hände gelegt, und sie hatte es zerdrückt.

„Ihr wart mehr als Freunde, du und Daniel Hunter, stimmt's?“, fragte Edna, in deren Augen sich die Weisheit ihrer Erfahrung widerspiegelte.

Als Molly den liebevollen Blick ihrer Großmutter bemerkte, wünschte sie sich nicht zum ersten Mal, sie hätte diese Art der Zuneigung schon früher, in den schwierigen Jahren des Heranwachsens erlebt.

„Das mit Hunter und mir war kompliziert.“ Da Hunter seinen Beruf leidenschaftlich liebte, rechnete Molly fest damit, dass diese Leidenschaft ihr helfen würde, ihn zu überzeugen.

„Falls es mir gelingt, ihn dazu zu bringen, den Fall zu übernehmen, dann wird er, ungeachtet seiner persönlichen Gefühlslage, für Gerechtigkeit sorgen. Es hängt nur davon ab, ob er inzwischen so weit über die Sache hinweg ist, dass er mir helfen wird.“

„Oh großartig! Nicht genug damit, dass du seit deinem Erscheinen hier bei uns alles auf den Kopf stellst, jetzt hängt Vaters Leben auch noch von einem Mann ab, mit dem du es getrieben hast." Jessie war genauso in das Zimmer zurückgekehrt, wie sie es verlassen hatte. Sie machte aus allem ein Drama.

Als Reaktion auf Jessies ungewöhnlich ordinäre Worte schlug der Kommandeur mit dem Stock auf den Boden.

Das junge Mädchen zuckte nur einmal kurz zusammen. Mehr nicht.

„Ich meine natürlich, dass Vaters Leben von einem Mann abhängt, mit dem du mal etwas hattest."

Robin stöhnte.

Molly schloss die Augen und zählte langsam bis zehn, bevor sie sich erhob und auf ihre Halbschwester, die im Türrahmen lehnte, zuging.

„Ich habe deine Feindseligkeit so satt! Wir müssen uns dringend einfallen lassen, wie wir in Zukunft miteinander umgehen wollen", sagte sie und tat damit etwas, dass sie eigentlich von Anfang an hätte tun sollen.

Schließlich hatte ihr Vater sie mit offenen Armen in dieser Familie aufgenommen und niemand, schon gar nicht das jüngste und aufsässigste Familienmitglied, würde ihr das je wieder streitig machen können.

Jessies Augen weiteten sich vor Überraschung. „Und was, wenn ich nicht will?", fragte sie misstrauisch. Molly bemerkte, dass trotz aller Wut ein kläglicher Unterton in ihrer Stimme mitschwang. Damit hatte sich ihre jüngere Schwester verraten. Die arrogante Haltung reichte nicht aus, um ihre Angst und Unsicherheit komplett zu verbergen. Vor allem, wenn die Stimme plötzlich versagte.

„Mag sein, dass du das nicht willst, aber du wirst es trotzdem tun. Und willst du auch wissen warum?"

„Warum?", fragte Jessie mit trotzig gerecktem Kinn.

Edna und Robin hielten sich schweigend im Hintergrund. Trotzdem spürte Molly ihre unausgesprochene Solidarität.

„Aus demselben Grund, aus dem du mich hasst. Frank ist auch mein Vater, und ich werde nicht mehr weggehen."

Jessie wich ihrem Blick aus, bevor sie, wie es vorherzusehen war, wütend das Zimmer verließ.

So, dachte Molly, das wäre erledigt.

Robin applaudierte ihr lautlos, während Edna zustimmend mit dem Kopf nickte. Der Knoten in Mollys Magen löste sich ein wenig, als sie bemerkte, dass die beiden Frauen ihr nicht den Rücken kehrten, weil sie einmal ihren Standpunkt vertreten hatte.

„Viel Glück!", sagte Edna. „Ich geh jetzt in die Küche." Und damit verließ sie den Raum.

„Und ich muss lernen." Bevor Robin jedoch auf ihr Zimmer verschwand, blieb sie einen Augenblick stehen, um Molly anzusehen. „Viel Glück!", wünschte auch sie und zwinkerte ihrer Halbschwester komplizenhaft zu, bevor sie Franks Arbeitszimmer verließ.

Molly strich sich durchs Haar. *Dieses Glück brauche ich dringender, als ihr ahnt.*

„Quatsch!"

Molly schaute in Ollies Vogelkäfig hinein, bis sie glaubte, dass es ihr gelungen war, einen Augenkontakt zu dem Vogel herzustellen.

„Du könntest ruhig ein wenig mehr Vertrauen zu mir haben."

„Quatsch!" Das sollte wohl heißen, dass eher die Hölle zufrieren würde. Molly drohte dem Vogel, schnappte sich ihre Reisetasche und verließ das Haus.

Daniel Hunter lag mit ausgebreiteten Armen auf seinem Kingsize-Bett. Als er mit der Hand gegen etwas Unerwartetes stieß, schreckte er blitzschnell aus dem Schlaf hoch. Sein Schädel brummte, und der Geschmack in seinem Mund erinnerte ihn an einen alten Lappen. Doch weder das eine noch das andere störte ihn so sehr, wie die Tatsache, dass er nicht alleine war.

Vorsichtig öffnete er ein Auge und schielte zu der Brünetten in seinem Bett hinüber.

Mist.

Allison war über Nacht dageblieben. Sie war zwar eigentlich kein echter One-Night-Stand, aber viel mehr als Sex verband ihn nicht mit ihr. Eigentlich hatte er gedacht, dass klar war, dass sie nach dem Sex besser nach Hause gehen sollte, wie er es ihr scherzhaft zu verstehen gegeben hatte. Er betrachtete den schlafenden Körper an seiner Seite und fragte sich, wie man eine lockere Beziehung führen und diesen peinlichen Moment am Morgen danach vermeiden konnte. Als ihm nichts dazu einfiel, schloss er die Augen, in der Hoffnung, dass sie aufwachen und ganz leise gehen würde.

Welch ein Albtraum, dachte er, während er sich gleichzeitig darüber wunderte, was zum Teufel er sich da antat. Er schuftete wie ein Tier, schüttete massenhaft Alkohol in sich hinein und verbrachte die Nächte mit jeder nur verfügbaren Frau. Das war nichts, worauf er stolz war. Als die Frau in seinem Bett sich rührte, verstärkte das nur noch seinen Eindruck, dass diese ständigen Wiederholungen in seinem Leben nicht besonders angenehm waren.

Ein rascher Blick auf die Uhr zeigte ihm, dass schon fast Mittagszeit war. An einem Samstag. Ja, sein Leben war dabei, in die Binsen zu gehen, dachte er gerade, als ein schrilles Läuten an der Tür seinen brummenden Schädel malträtierte und ihn davon abhielt, sich daran zu erinnern, was ihn so hatte werden lassen.

Er schnappte sich seine Jeans vom Boden neben dem Bett und ging in Richtung Wohnungstür. Bevor er sein Apartment ganz durchquert hatte, läutete es noch einmal an der Tür. Und danach gleich zum dritten Mal.

Wer auch immer da draußen stand, Geduld gehörte nicht zu seinen Stärken. „Schon gut! Ich komm ja schon", schimpfte Hunter. „Was wollen Sie?", fragte er, während er die Tür weit aufriss. Sekunden später starrte er entsetzt auf seine Besucherin.

Es musste sich um einen Geist oder so etwas Ähnliches handeln. Die Frau, die da vor ihm stand, konnte unmöglich echt sein. Hunter begann sich zu fragen, ob man gleichzeitig einen Kater *und* einen Albtraum haben konnte. Schließlich war Molly Gifford aus seinem Leben verschwunden, ohne sich auch nur einmal nach ihm umzudrehen.

„Molly?" Immerhin gelang es ihm, einen Ton herauszubringen.

„Hallo." Sie hob die Hand und ließ sie gleich wieder sinken.

Ihre vertraute Stimme überzeugte ihn davon, dass er nicht träumte. Es sah nicht so aus, als hätte sie besonders unter der Trennung gelitten – jedenfalls glaubte er, dies auf den ersten Blick feststellen zu können. Sie trug hautenge Jeans und knallrote Cowboystiefel. An diese Stiefel erinnerte er sich nicht zuletzt deshalb so gut, weil er sich mehr als einmal vorgestellt hatte, wie sie ihre Beine in diesen Stiefeln um seine Hüften schlang, während er in ihre feuchte Hitze eintauchte.

Nicht, dass er je die Gelegenheit dazu gehabt hätte. In den letzten Monaten hatte er festgestellt, dass er wohl einer der wenigen Männer in der Geschichte der Menschheit war, die sich in eine Frau verliebt hatten, mit der er noch nie im Bett gewesen war.

Er räusperte sich und lehnte sich Halt suchend gegen die Wand. Mit diesem schmerzenden Schädel und dem nach altem Lappen schmeckenden Mund war nicht daran zu denken, einen klaren Gedanken zu fassen, geschweige denn einen klaren Satz zu sprechen.

Ihr Haar war gewachsen, die blonden Strähnen fielen ihr über die Schulter und in die Stirn. Sie strich sich das Haar zurück und betrachtete ihn eindringlich, wobei sie ihre Nase krauszog. „Ich habe dich geweckt, oder?", fragte sie in einem Tonfall, der nur wenig Unsicherheit verriet.

Auf einmal fühlte auch er sich selbstbewusst, und er fuhr sich ebenfalls durchs verstrubbelte Haar. „Was machst du denn hier?"

„Das ist eine lange Geschichte. Zu lang, um sie hier zwischen Tür und Angel zu erzählen. Darf ich nicht hereinkommen?" Sie stellte sich auf Zehenspitzen, um über seine Schulter in die Wohnung zu schauen.

Er war noch nicht richtig wach, sein Kopf schmerzte entsetzlich und ausgerechnet jetzt tauchte Molly auf, um mit ihm reden zu wollen. „Ja, ja komm rein!" Daniel winkte sie hinein.

Als sie an ihm vorbeiging, roch er ihr Parfum. Dieser köstliche Duft erinnerte ihn auf einmal an alles, was er niemals würde haben können, und diese Erkenntnis traf ihn wie eine Faust in die Magengrube. Der Geruch erinnerte ihn daran, dass er Tag für Tag vor sich hin lebte und sich einen feuchten Kehricht um alles scherte.

Vorsichtig lenkte sie ihre Schritte in Richtung Fernsehzimmer, und er folgte ihr, wobei er seine Wohnung einem schnellen prüfenden Blick unterzog. „Ich würde dir gerne einen Platz anbieten, aber wie du siehst, gibt es hier keine freie Ecke."

„Ja, das sehe ich." Ihre Augen schauten ihn fragend an, als sie sich nach ihm umwandte.

In ihren Augen erkannte er auch, was aus seinem Leben geworden war. Er sah es zum ersten Mal *wirklich.* Als Teenager bei Pflegeeltern und später im Jugendheim, hatte er sich gelobt, dass er über diese Vergangenheit hinwegkommen würde – nicht nur über die Eltern, die er niemals hatte, sondern auch über den Dreck und die Armut, die ihn umgaben. Obwohl er in einem sündhaft teuren Hochhaus in Albany wohnte, lebte er immer noch so wie damals mit seinen Eltern und später mit seinen Pflegeeltern. Leere Bierdosen lagen auf dem Tisch, Papiere und Unterlagen waren auf Couch und Boden verteilt, und ein leerer Pizzakarton zierte den Tresen, der die Küche vom Rest der Wohnung abtrennte. Es gab nichts Schlimmeres als von der Frau, für die er einmal alles getan hätte, um sie zu beeindrucken, unter diesen Umständen überrascht zu werden. Hunter war kurz davor, in Tränen auszubrechen.

Er straffte seinen Rücken, bevor er sie ansah. Schließlich war er Molly keine Erklärung schuldig. Er war ihr überhaupt nichts schuldig. „Molly, was, zum Teufel, willst du hier?"

„Na ja …", sie atmete tief ein. Sein Blick blieb an ihrer Brust hängen, die sich unter dem engen, aber ungewöhnlich farblosen, beigen T-Shirt hob und senkte. Er hasste den Effekt, den das auf ihn hatte. Er hasste sich dafür, dass er sie immer noch begehrte, obwohl sie nichts mehr für ihn empfand. Falls sie je etwas für ihn empfunden hatte.

„Hunter? Komm doch wieder ins Bett."

Allison. Er hatte sie völlig vergessen. „Mist." Er blickte an die Decke und meinte dort jene Risse wiederzuerkennen, die sich durch sein Leben zogen.

Allison schlurfte in das Zimmer, sein offen stehendes Hemd nur notdürftig um ihren Körper gewickelt. „Es ist so kalt alleine im Bett, Baby."

„Oh mein Gott. Du bist nicht alleine", sagte Molly, die den Horror in ihrer Stimme nicht verbergen konnte.

„Wer ist das denn?", fragte Allison verschlafen.

Molly zuckte zusammen, als sie Allisons Stimme hörte. „Du hast gar nicht geschlafen. Du hast …" Ihre Stimme versagte. „Oh Gott."

Und Hunter starrte eisig auf Mollys erschrockenen Gesichtsausdruck. Seine Kopfschmerzen waren nichts gegen die plötzlichen Krämpfe in seiner Magengegend. Es gab überhaupt keinen Grund, sich schuldig zu fühlen, als ob er bei einem Seitensprung erwischt worden wäre. *Sie hatte ihn verlassen.*

„Hunter?", fragte Allison noch einmal. „Wer ist sie?"

„Ich bin … niemand. Es war ein Irrtum." Molly presste ihre Tasche an sich, drehte sich um und eilte zur Tür. Diese plötzliche Bewegung weckte Hunter aus seiner Erstarrung, in die ihn das plötzliche Wiedersehen mit Molly versetzt hatte.

Er wandte sich an Allison und befahl ihr in einem barschen Tonfall: „Zieh dich bitte an. Wir reden, wenn ich zurück bin." Dann rannte er in den Hausflur, um Molly zu folgen.

Doch er war nicht schnell genug. Die Aufzugtür schloss sich, bevor er sie erreicht hatte.

„Verdammt." Er schlug mit den Fäusten gegen die geschlossene Metalltür, bevor er seine Verfolgung im Treppenhaus fortsetzte.

# 2. Kapitel

Molly rannte zum Wagen. Ihre Hände zitterten, während sie in ihrer Tasche nach dem Autoschlüssel suchte. Eine echte Herausforderung, weil diese Tasche sehr groß war. Molly trug immer alles Mögliche mit sich herum, auch wenn es sich meist als überflüssig herausstellte. Vor allem, wenn man dringend den Autoschlüssel finden wollte, um sich ganz schnell aus dem Staub zu machen.

Hunter wiederzusehen hatte sie durcheinandergebracht. Obwohl er verschlafen ausgesehen hatte, wirkte er immer noch sehr entwaffnend und sehr sexy auf sie. Ihre weiblichen Gefühle, die sie bei der Suche nach ihrer Familie tief in sich vergraben hatte, waren wieder erwacht. Als sie ihn vorhin so schamlos angesehen hatte, war ihr aufgefallen, dass die Knöpfe seiner Jeans offen standen. Sie war hin und her gerissen zwischen dem Anblick seiner Bartstoppeln, der nackten Brust und der feinen Haarlinie, die von seinem Bauchnabel abwärts unter der Gürtellinie der ausgeblichenen Jeans verschwand. Dieser Anblick hatte ihre Nervenenden in Alarm versetzt, und ihr Herz klopfte wild vor Erregung.

Bevor sie ihm den Grund ihrer Rückkehr hatte erklären oder einen Schritt auf ihn hatte zugehen können, traf sie die Erkenntnis, dass sein Leben einfach so weitergegangen war, wie ein Schlag ins Gesicht.

*Es ist so kalt alleine im Bett, Baby.*

Ihr war plötzlich übel. Sie griff noch einmal energisch in die Tasche, bis die Schlüssel sie schließlich in die Handfläche stachen. Sie hatte gerade die Tür aufgeschlossen, als Hunters Stimme ertönte.

„Molly, warte!"

Sie schüttelte den Kopf. Es war ihr ernst gewesen, als sie sagte, dass diese Reise ein Fehler gewesen war. Ihr würde schon etwas anderes einfallen, um ihren Vater zu retten. Molly war kein Feigling, aber sie hatte überhaupt keine Lust, sich mit dem Mann auseinanderzusetzen, den sie bei etwas unterbrochen hatte, von dem sie lieber nicht so genau wissen wollte, was es war.

Sie und Hunter hatten eine gemeinsame Vergangenheit. Ihre Beziehung war zwar vorbei gewesen, bevor sie richtig begonnen hatte. Dennoch wusste Molly, dass ihre Gefühle echt waren. Aber *sie* hatte die Chance, die sie vielleicht miteinander gehabt hatten, einfach in den Wind geschlagen.

Molly gelang es irgendwie, die Autotür zu öffnen. Doch Hunter holte sie ein, bevor sie einsteigen konnte.

„Warte einen Augenblick", sagte er barsch.

Sie drehte sich um und sah ihn an. Auch im harten Tageslicht sah er immer noch sexy genug aus, um ein kleines Feuer in ihr zu entfachen. Doch sie entdeckte noch mehr. Der Hunter, an den sie sich erinnerte, hatte sehr viel Wert auf seine äußere Erscheinung gelegt, weil es ihm wichtig gewesen war, was andere von ihm dachten. Der Mann, der jetzt vor ihr stand, passte eher zu dem unaufgeräumten, schlampigen Zustand seiner Wohnung. Dennoch musste sie zum Abschluss bringen, was sie angefangen hatte. „Geh wieder rein und vergiss, dass ich jemals vorbeigekommen bin."

Er stützte sich mit der Hand an der Seitenscheibe ab. „Das geht nicht. Du bist vermutlich nicht grundlos hier. Also, was gibt es? Unseretwegen wirst du wohl kaum zurückgekommen sein."

Seine Stimme klang kalt und distanziert. Mollys Magen krampfte sich zusammen, während ihr vor Wut und Enttäuschung Tränen in die Augen schossen. Sie hatte nicht erwartet, dass er vor Freude über ihr Wiedersehen in die Luft springen würde und konnte seine Reaktion – objektiv betrachtet – sogar verstehen. Aber sie war auch nicht auf die Gefühle vorbereitet, die dieses Wiedersehen in ihr hervorrief.

Molly räusperte sich und dachte daran, dass sie aus einem ganz bestimmten Grund hier war, der tatsächlich nichts mit *ihnen* beiden zu tun hatte. „Du hast recht. Ich bin nicht unseretwegen zurückgekommen. Mein Vater sitzt unter Mordverdacht im Gefängnis, und er braucht dringend einen guten Anwalt. Er braucht dich."

Hunter blinzelte überrascht mit den Augen. „Ach so." Er machte eine Pause, bevor er so kühl wie möglich reagierte. „Ich habe keine Zeit, könnte dir aber einen Kollegen empfehlen, der den Fall gerne übernimmt."

Sie zuckte innerlich zusammen. Äußerlich gelang es ihr irgendwie, die Haltung zu bewahren. Vor zwei Sekunden hatte sie noch in ihren Wagen steigen und wegfahren wollen, um eine andere Lösung zu finden. Und jetzt schüttelte sie den Kopf. Die plötzliche Aussichtslosigkeit ihrer Situation ließ ihre Schläfen pochen. „Ich möchte niemand anderen als den Besten." Sie blickte in Hunters honigfarbene Augen. „Ich will dich."

Als sie die Doppeldeutigkeit dessen, was sie gerade gesagt hatte, begriff, errötete sie heftig. Doch sie wollte ihre Worte nicht wieder zurücknehmen. Ihn wiederzusehen hatte ihr klargemacht, wie sehr sie ihn brauchte, ob es ihm nun gefiel oder nicht.

Er machte ein verdrießliches Gesicht. Seine wütende Miene kaschierte die Gedanken, die ihm plötzlich, hinter der imaginären, undurchdringlichen Mauer, die er errichtet hatte, durch den Kopf schossen. „Ich habe keine Zulassung für Kalifornien. Dort lebt dein Vater doch, oder?"

„Da lebt der Mann, von dem ich *dachte*, er sei mein Vater. Mein richtiger Vater ist der pensionierte General Frank Addams. Er lebt in Connecticut, und *ich weiß*, dass du dort und in New York zugelassen bist." Sie dachte, dass sie, wenn sie Hindernis für Hindernis aus dem Weg räumen würde, ihm keine andere Chance mehr lassen würde, als ihren Vater zu verteidigen.

„Ah, dann ist ja offensichtlich eine Menge passiert, seit du weggegangen bist. Und darum ging es dir damals auch, stimmt's?"

Sie legte ihren Kopf in den Nacken und schaute in die Sonne. „Sieht so aus, als ob dein Leben auch ziemlich erfüllt war."

Molly stellte sich vor, wie die Brünette, die sein Hemd getragen hatte, ihn vermutlich ziemlich auf Trab gehalten hatte.

„Soweit ich weiß, bist du plötzlich vom Erdboden verschwunden. Hast du ernsthaft von mir erwartet, ich würde hier herumsitzen und Däumchen drehen, bis du wieder zurückkommst?" Er verschränkte die Arme vor der Brust und lehnte sich mit der Schulter gegen die immer noch geöffnete Autotür. Die unsichtbaren Mauern, die er um sich herum errichtet hatte, waren inzwischen turmhoch.

Seine Wut schmerzte sie wie ein Schlag ins Gesicht. Ihre Handflächen begannen zu schwitzen. Sie wischte sie an ihren Jeans trocken. Es war ja richtig, was er sagte. Sie hatte kein Recht dazu, ihn zu kritisieren oder sich zu beklagen. Sie war fortgegangen und nicht mehr zurückgekommen.

Es wäre ihm vermutlich egal gewesen, wenn er gewusst hätte, dass sie ihm geschrieben und diese Briefe in einer Kiste unter ihrem Bett aufbewahrt hatte. Die Tatsache, dass sie diese Briefe nie abgeschickt hatte, wäre nur ein weiterer Beweis für ihn gewesen, dass sie ihn ablehnte. Niemand außer ihr selbst kannte die Narben, die die Kindheit auf ihrer Seele hinterlassen hatte. Narben, die dank der Liebe ihres Vaters, der sie niemals freiwillig bei ihrer hartherzigen Mutter zurückgelassen hätte, begonnen hatten zu heilen.

Offenbar war diese Heilung zu spät gekommen, um ihre Freundschaft zu retten. Es war ein Risiko, das sie hatte eingehen müssen, aber Gott allein wusste, wie weh es ihr tat, dass sie Hunter diesmal für immer verloren hatte.

Sie schluckte. „Ich dachte nicht, dass du etwas von mir hören wolltest. Und Lacey wusste, wo ich war." Molly hatte Hunters beste Freundin Lacey kennengelernt, als sie noch in Hunters Heimatstadt lebte. Sie hieß eigentlich Lilly Dumont und hatte ihren Namen in Lacey geändert und ihre Jugendliebe Tyler Benson, Hunters anderen besten Freund, geheiratet. Die Verbindung dieser drei Menschen war unzertrennlich.

Es gab eine Zeit, in der Molly hätte eifersüchtig sein können, aber inzwischen begriff sie, dass diese Freunde Hunters einzige Familie waren, und sie mochte und respektierte sie gerade deswegen. „Hat Lacey dir nicht gesagt, wo ich bin?", fragte sie.

Er schüttelte den Kopf. „Ich habe sie gebeten, deinen Namen nicht zu erwähnen."

„Du brauchst deine Gefühle nicht zu beschönigen."

„Keine Sorge. Das werde ich nicht."

Plötzlich fröstelte sie, ohne dass die kalte Märzluft schuld daran gewesen wäre. Molly tat ihr Bestes, um sich vor Hunter keine Schwäche zu erlauben. Er wollte sie verletzen, und deshalb musste sie stark sein. Zumindest so lange, bis sie ihn davon überzeugt hatte, dass ihm keine andere Wahl blieb, als ihr zu helfen.

Sie grub ihre Fingernägel in ihre Handfläche und wünschte sich, diese Konversation beenden und sich aus ihrer misslichen Lage befreien zu können. Doch sie wollte noch einen Versuch wagen, ihn für die Verteidigung ihres Vaters zu gewinnen.

Es fiel ihr schwer, ihm gegenüberzustehen. Deshalb blickte sie schließlich zu Boden und stellte fest, dass er barfuß hinter ihr hergerannt war. Es hatte doch etwas zu bedeuten, wenn er es so eilig gehabt hatte, sie noch zu erwischen, bevor sie wegfahren konnte. Oder nicht? Sie nahm all ihren Mut zusammen und sagte: „Was auch immer du von mir hältst, lass es bitte nicht an meinem Vater aus. Er braucht dich."

Hunters Blick sprach Bände. „Ich glaube nicht …"

„*Bitte*“, bettelte sie. „Tu doch mal so, als ob es sich nicht um meinen Vater handelte, sondern um einen ganz normalen Fall. Der General braucht dich, Hunter. Das ist ein Fall für dich. Bitte hilf ihm. Hilf mir.“

Er schwieg eine Weile, die Molly wie eine Ewigkeit vorkam, und er fixierte sie mit seinem eisigen Blick. Molly suchte in seinen Augen vergeblich nach dem warmherzigen, liebevollen Mann, den sie gekannt hatte. Sie dachte noch einmal an die Unordnung in seiner Wohnung und war entsetzt über seine nachlässige äußere Erscheinung. Er hatte sich verändert, und zwar ganz offensichtlich nicht zu seinem Besten. Molly fürchtete sich davor, darüber nachzudenken, welche Rolle sie bei dieser Veränderung gespielt hatte.

Doch dann dachte sie, dass sie sich vielleicht ein wenig zu wichtig nahm. Sie wollte wissen, was mit ihm los war, und nicht nur, ob er ihrem Vater helfen würde.

„Hunter?“ Sie streckte ihre Hand aus und berührte seinen nackten Arm mit ihren Fingerspitzen. Seine Haut fühlte sich an der Stelle, die sie berührte, extrem heiß an.

Er zog seinen Arm zurück, als ob sie ihn verbrannt hätte. „Ich werde darüber nachdenken“, sagte er in einem rauen Tonfall, der bedeutete, dass ihre Unterhaltung hiermit beendet war.

Sie wusste nicht, ob sie ihm glauben sollte oder nicht, aber es blieb ihr gar nichts anderes übrig, als das zu akzeptieren. „Das ist alles, worum ich dich bitten kann“, sagte sie sanft und stieg in ihren Wagen, bevor er es sich anders überlegen konnte.

Ihre Blicke trafen sich, und sie sahen sich an, bis er schließlich die Wagentür ins Schloss warf. Sie hatten nicht darüber gesprochen, wie er sie erreichen würde. Mollys Magen verkrampfte sich erneut, und ihre Hoffnung, ihren Vater mit Hunters Hilfe zu retten, schwand.

Es gelang ihr, die Tränen noch so lange zurückzuhalten, bis sie den Gang eingelegt und Gas gegeben hatte. Sie verzichtete darauf, einen Blick in den Rückspiegel zu werfen, weil sie lieber nicht wissen wollte, ob er ihr beim Wegfahren hinterherschaute oder nicht.

Ihre Kehle brannte wie Feuer. Was war mit dem gutherzigen Kerl, den sie gekannt hatte, passiert? Mit ihrem wunderbaren Seelenverwandten, den sie während des Jurastudiums an der Albany Law School kennengelernt hatte? Damals lud er sie oft zum Ausgehen ein. Doch sie hatte immer abgelehnt. Nicht, weil sie nicht an ihm interessiert war, denn nur eine Blinde hätte sich nicht von seinem attraktiven Äußeren beeindrucken lassen, sondern weil sie ein Ziel vor Augen gehabt hatte und sich nicht ablenken lassen wollte. Egal, wie sexy Hunter auch war.

Aber hinter seiner ausgesprochen attraktiven Erscheinung und dem, was er andere sehen ließ, verbarg sich noch viel mehr. Molly war den Dingen schon immer gerne auf den Grund gegangen. Von Anfang an hatte sie sich mehr von Hunters verborgenen Seiten angezogen gefühlt als von seiner äußeren Erscheinung. Sie bewunderte seinen Intellekt und die Art, wie er den Unterricht immer wieder mit seinen einzigartigen, manchmal kontroversen, aber dennoch sinnvollen Antworten bereicherte. Wie sie, hatte auch er nur wenige Freunde und bevorzugte es, alleine in der Bibliothek herumzustöbern. Vielleicht durchschaute sie ihn deshalb, weil sie spürte, dass er, genau wie sie, eine Mauer um sich herum errichtet hatte. Mauern, die sie möglicherweise durchbrochen hätte, wenn sie sich nicht so sehr auf ihren Abschluss konzentriert hätte.

Sie war sehr entschlossen gewesen. Nichts und niemand hätte sie auf ihrem Weg in die Unabhängigkeit aufhalten können, denn sie wollte niemals mehr von jemandem abhängig sein. Die Tochter ist nicht wie die Mutter, lautete ihr Motto, das sie unbedingt verwirklichen wollte, und sei es auf Kosten ihres gesellschaftlichen Lebens.

Als sie Hunter im letzten Jahr wiederbegegnet war, empfand sie seine sexuelle Anziehungskraft so stark wie nie zuvor. Allerdings stand ihnen diesmal etwas noch Größeres im Weg. Molly war auf Wunsch ihrer Mutter und ihres Stiefvaters in Hunters Heimatstadt gezogen. Sie hoffte damals, endlich Teil einer Familie zu werden, wie sie es sich schon immer gewünscht hatte. Ihre Mutter schien sie endlich so zu akzeptieren, wie Molly es ein Leben lang ersehnt hatte. Doch da geschah etwas Furchtbares. Lacey wäre um ein Haar getötet worden, und der Verlobte von Mollys Mutter galt plötzlich als tatverdächtig. Molly war die Einzige, die an seine Unschuld glaubte, obwohl Hunter vom Gegenteil überzeugt war.

Sie empfand Hunter als Hindernis bei der Verwirklichung ihrer Träume. Wenn sie auf seiner Seite gewesen wäre, hätte sie die Liebe ihrer Mutter verloren. Eine Liebe, die es, um es gleich vorwegzunehmen, nie gegeben hatte. Doch als ihr das endlich schmerzhaft bewusst wurde, war sie schon vor Hunter weggelaufen, anstatt ihm entgegenzukommen.

War es da ein Wunder, dass er sein Leben fortführte, als ob es sie nie gegeben hätte? Mit diesem Gedanken kehrte die Erinnerung an die Frau, die nun offenbar das Bett mit ihm teilte, zurück. Diesmal unterdrückte Molly ihre Tränen nicht.

Sie wischte sich mit dem Handrücken über die Augen und ermahnte sich, Hunters Beispiel zu folgen. Das Ironische daran war nur, dass Molly bisher geglaubt hatte, sie hätte ihr Leben inzwischen ebenfalls weitergelebt.

Als sie unangekündigt und unerwartet vor der Tür des Generals gestanden hatte, hatte seine Reaktion sie nicht enttäuscht. Sie war beinahe sofort zu ihm ins Haus gezogen, um ihn und ihre neue Familie besser kennenzulernen. Aber sie hatte immer gewusst, dass das keine Sache für immer war. Schon vor dem Wiedersehen mit Hunter hatte sie gespürt, dass es Zeit war, sich eine neue, eigene Zukunft aufzubauen.

Vielleicht hatte sie unterbewusst gehofft, sie könnte mit Hunter noch einmal von vorne beginnen. Das schien nun plötzlich unmöglich. Doch sobald der Fall ihres Vaters abgeschlossen war, würde sie sich um ihr eigenes Leben kümmern. Nicht das unstete Leben, das sie bisher geführt hatte, sondern ein Leben, das sie noch finden musste, wie sie Hunter einmal gesagt hatte. Vorher war an eine Beziehung zu einem Mann nicht zu denken.

Dieser Mann würde nicht Hunter sein.

Hunter beobachtete, wie Molly davonfuhr. Dann erst kehrte er in seine Wohnung zurück. Seine Kopfschmerzen waren nun beinahe unerträglich. Oh Mann! Es pochte wie eine Basstrommel in seinem Schädel. Schnell durchquerte er die Lobby, ohne nach links oder rechts zu sehen, den verwunderten Blicken derer ausweichend, die sich fragten, warum er barfuß und mit blankem Oberkörper durch eine Empfangshalle ging. Bis er wieder alleine war, vermied er es, an Molly oder ihre Bitte zu denken.

Als er seine Wohnung betrat, wusste er sofort, dass Allison gegangen war. Er machte ihr keinen Vorwurf nach der Szene von vorhin. Außerdem hatte er beschlossen, sich nicht um sie zu kümmern. Er ließ die Tür geräuschvoll ins Schloss fallen und blickte sich vorsichtshalber noch einmal prüfend um. Ihre Tasche, ihre Kleider und alles, was ihr gehörte, waren weg. Keine Nachricht. Nichts.

„Himmel!“ Er fuhr sich mit der Hand durchs Haar und warf sich aufs Bett. Er würde sie später anrufen und sich bei ihr entschuldigen, aber ihre Affäre oder wie auch immer man es nennen mochte, war definitiv vorbei. Dafür hatte Molly gesorgt.

Der bloße Gedanke an sie ließ alte Gefühle in ihm aufsteigen. Doch eines wusste er sicher, er würde ihr auf keinen Fall helfen, nur weil sie sich in den Kopf gesetzt hatte, ihn nun auf einmal zu brauchen. Zumindest versuchte er es sich einzureden, während er nicht aufhören konnte, unablässig an sie zu denken.

Wo hatte sie die ganze Zeit gesteckt, und wie war sie zurechtgekommen? Wie nah stand sie ihrem neu gefundenen Vater, und unter welchen Umständen hatte man ihn eingesperrt? Sie hatte nicht viel dazu gesagt, sondern ihn lediglich gebeten, ihr zu helfen. Er hatte es ihr aber auch nicht gerade leicht gemacht.

Und weil seine Entscheidung, ihr nicht zur Verfügung zu stehen, bereits feststand, war es überflüssig, noch länger über Molly nachzudenken. Er duschte sich, schlüpfte in seine Sachen und fuhr zu seinem neuen Büro in der Innenstadt von Albany, das er dank Laceys Großzügigkeit vor Kurzem eröffnet hatte. Als Lacey ihr Erbe ausgezahlt bekommen hatte, bestand sie darauf, sein Studentendarlehen zurückzuzahlen. Er hatte natürlich versucht, sie davon abzuhalten, weil er wusste, dass sie mit ihrem Geld auch etwas Besseres anfangen konnte, aber sie hatte es trotzdem getan.

Als Gegenleistung, hatte er entschieden, wollte er sich noch mehr auf Pro-Bono-Fälle konzentrieren, um denjenigen zu ihrem Recht zu verhelfen, die sich keinen ordentlichen Anwalt leisten konnten. Er hatte ein größeres Büro gemietet und Partner ins Geschäft geholt, um die Menschen in seiner Heimatstadt Hawken's Cove, die ebenfalls auf ihn zählten, nicht im Stich zu lassen. Er unterhielt die Kanzlei zusammen mit einem Anwalt, der für ihn einsprang, wenn er nicht da war.

Nachdem er alle Mitarbeiter angeblafft hatte, die ihm an diesem Samstag im Büro begegneten, wusste er, dass heute nichts mit ihm anzufangen war. Deshalb verließ er das Büro und fuhr lieber zu seinen Freunden. Ty und Lacey waren übers Wochenende in ihre Heimatstadt gekommen, um Tys Mutter zu besuchen. Ihr Timing hätte nicht besser sein können.

Am Telefon verabredeten sie sich für ein Treffen in ihrer alten Stammbar „Night Owl's". Er bestellte sich ein Bier an der Bar und trug es zu dem Tisch, an dem seine Freunde beim Abendessen saßen. Er hatte Ty schon von Mollys plötzlicher Wiederkehr erzählt und war sich sicher, dass auch Lacey inzwischen davon wusste. Deshalb sah er keinen Grund für weitere Erklärungen. Er nahm sich einen Stuhl und setzte sich zu ihnen.

Ty beäugte die Flasche in Hunters Hand und betrachtete sie missbilligend.

„Bier statt Wodka."

„Warum fragst du?", fragte Hunter.

Ty hob die Achseln. „Das weißt du doch genau."

Hunter reagierte auf Tys Kommentar mit einem Schluck aus der Flasche. Nach seinem Studium hatte er seinen Geschmack erheblich verfeinert. Er hatte begonnen, sich wie ein Anwalt zu kleiden, und gute Wodkamarken bevorzugt. Aber das gehörte zu einer Zeit, als es ihm noch wichtig gewesen war, wie man über ihn dachte. Und bevor er gelernt hatte, dass die äußere Erscheinung nur wenig bedeutete, weil er trotzdem immer der Junge bleiben würde, der durch die Tür des Waisenhauses auf die Schattenseite des Lebens geraten war. Ein Junge, dem niemand etwas Gutes zutraute. Seit der Trennung von Molly, falls man es überhaupt so nennen konnte, war er wieder in diese alte Rolle zurückgefallen.

„Wer hart lebt, muss ordentlich trinken", sagte Lacey, die den Kopf schüttelte, um ihrer Enttäuschung und Sorge um ihn Ausdruck zu verleihen. „Ich dachte, du wärst so langsam mit dieser Selbstzerstörungsnummer fertig. Weißt du eigentlich, welche Sorgen wir uns um dich gemacht haben?" Lacey streckte ihren Arm aus, um seine Hand zu berühren. „Ty, bitte sag es ihm."

Ihr Mann zuckte bloß wieder mit den Achseln. „Ich mache mir keine Sorgen. Ich glaub nur, dass du ein Blödmann bist und dein Leben wieder in Ordnung bringen solltest. Keine Frau ist es wert – autsch!", fluchte er, als er den Ellbogen seiner Frau in den Rippen spürte.

„Du weißt schon, wie ich das meine", sagte Ty, während er Lacey in den Arm nahm und sie auf die Wange küsste, bevor er sich wieder auf Hunter konzentrierte. „Um Molly zu vergessen, hast du dich in Arbeit vergraben und dich in die Arme zahlloser Frauen geflüchtet, und es war trotzdem vergebens. Jetzt ist sie wieder da, und sie braucht deine Hilfe. Das sind zwei Dinge, denen du nicht so ohne Weiteres widerstehen können wirst, also …"

„Sie hat mich fallen lassen, und danach war sie fast ein Jahr lang verschwunden. Nicht ein Wort …"

„Ich habe immer von ihr gehört", erinnerte ihn Lacey.

Er räusperte sich. „Wie gesagt, ich habe bis jetzt, wo sie meine Hilfe benötigt, kein Wort von ihr gehört. Eine kostenlose Rechtsberatung will sie, sollte ich wohl noch hinzufügen. Von Hunter, diesem Trottel, der ihr nichts abschlagen kann. Haha. Kommt nicht infrage. Unter keinen Umständen. Ich werde ihr nicht helfen." Er donnerte seine Flasche auf den Tisch, um dem Gesagten Nachdruck zu verleihen.

„Kostenlose Rechtsberatungen sind aber doch dein Metier", schmeichelte ihm Lacey mit honigsüßer Stimme.

Gute Freundin hin oder her, Hunter war kurz davor, sie zu erwürgen.

„Außerdem bist du es Molly schuldig", sagte sie.

„*Was* bin ich?" Hunter legte die Hand hinter das Ohr, um herauszufinden, ob er noch richtig hörte.

„Du bist es ihr schuldig. Letztes Jahr, als alles den Bach hinunterging, dachte ich, dass Onkel Marc mich töten wollte, damit er mein Erbe beanspruchen kann. Und statt dich auf Mollys Seite zu stellen, hast du mich dabei auch noch unterstützt. Also bist du ihr tatsächlich etwas schuldig."

Ty rückte etwas näher an Hunter heran. „Das ist Frauenlogik", erklärte er. „Lächele sie einfach an, so als ob du mit ihr einer Meinung bist. Das ist einfacher, als mit ihr zu streiten, glaub mir."

Hunter öffnete seinen Mund und schloss ihn gleich wieder. Aber am Ende konnte er doch nicht widerstehen. „Ich habe mich bei Molly entschuldigt“, erinnerte er seine beste Freundin. „Und ich habe ihr nicht nur einen Heiratsantrag gemacht, sondern ihr auch noch angeboten, mein Leben aufzugeben, um mit ihr zu gehen, wohin auch immer sie wollte. Ich hätte alles getan für die Chance auf eine gemeinsame Zukunft mit ihr. Ich glaube nicht, dass ich ihr da noch etwas schulde“, brachte er schließlich zwischen zusammengebissenen Zähnen hervor.

Allein die Erinnerung daran war stark genug, um seine Gefühle noch einmal wachzurufen. Er hatte gedacht, dass Molly ihn verstand und akzeptierte, aber er hatte sich getäuscht. Er hatte gelernt, dass alle Kultiviertheit dieser Welt sein Schicksal nicht ändern würde. Als Molly ihn abgewiesen hatte, bewies sie ihm damit, dass harte Arbeit nicht darüber hinwegtäuschen konnte, dass er das war, was sein Vater immer schon behauptet hatte: ein Nichtsnutz, der es nie zu etwas bringen würde. Einer, der es nicht wert war, dass man seinetwegen blieb.

Jeder hatte Hunter irgendwann einmal verlassen. Mollys Betrug hatte ihn nur deshalb am meisten geschmerzt, weil er das Risiko eingegangen war, ihr sein Herz zu öffnen.

Das würde ihm nie wieder passieren.

Nie wieder!

„Du wirst ihr helfen“, sagte Ty, bevor er in seinen Burger biss. „Du wirst es machen.“

Lacey nickte. „So bist du nämlich.“

Hunter ließ seine Flasche quer über den Tisch schlittern. Sein Ärger und seine Enttäuschung wuchsen mit jeder Minute. „Keiner von euch hat auch nur ein Wort dessen verstanden, was ich gerade gesagt habe.“

Lacey saugte einen Schluck Sodawasser durch ihren Strohhalm und sah ihn an. „Solange du uns nicht zuhörst, zählt nur, dass Molly dich braucht.“

Hunter fluchte und blickte genervt an die Decke. „Und was ist mit mir? Mit den Dingen, die ich brauche?“, fragte er.

Ty klopfte ihm freundschaftlich mit der Hand auf den Rücken. „Wenn es um Frauen geht, dann spielt es keine Rolle, was wir wollen. Dann geht es nur noch darum, was *sie* wollen."

Lacey grinste. „Er lernt schnell."

„Verheirateten Männern bleibt eben nichts anderes übrig", sagte Ty.

„Aber verheiratet zu sein hat auch seine Vorteile, oder?", fragte sie, während sie Ty spielerisch die Haare kraulte.

„So begeistert ich auch bin, dass ihr beide so schrecklich glücklich seid, ich muss jetzt trotzdem zu meiner Arbeit zurück." In Wirklichkeit war Hunter tatsächlich begeistert, dass seine besten Freunde das Glück, das sie verdienten, gefunden hatten. Trotzdem konnte er ihre Demonstration ehelicher Glückseligkeit momentan nur schwer ertragen.

Er schob seinen Stuhl zurück und erhob sich. „Ich gehe jetzt."

Lacey sah ihn missbilligend an. „Jetzt geh doch nicht einfach, nur weil wir deinen wunden Punkt getroffen haben. Bleib doch wenigstens noch zum Nachtisch."

Er schüttelte den Kopf. „Ich kann nicht."

„Zieht nicht", konterte Ty. „Die öffentliche Zurschaustellung seiner Gefühle ist nicht sein Ding. Er würde eher ein paar Frauen mit nach Hause mitnehmen, die ihm nichts bedeuten, dafür aber vor Sonnenaufgang wieder verschwunden sind."

Lacey zuckte zusammen. „Musst du so direkt sein?"

„Hatte ich erwähnt, dass die Frau von letzter Nacht noch nicht weg war, als Molly auftauchte?", fragte Ty.

Lacey machte große Augen. „Das ist nur ein Scherz, oder?", fragte sie Hunter und sah ihn verwundert an.

Er schüttelte den Kopf und stöhnte auf, weil er sich nur noch zu gut daran erinnerte, wie die Farbe aus Mollys Gesicht verschwunden war, als sie begriffen hatte, dass er nicht alleine war.

„Ich wünschte, es wäre nur ein Scherz, aber es ist leider wahr."

In der vorwurfsvollen Stille, die seinen Worten folgte, fragte sich Hunter, warum er nicht bei passender Gelegenheit gegangen war. „Ich wusste ja nicht, dass sie kommen wollte", murmelte er, während er sich gleichzeitig wunderte, wieso er plötzlich der Sündenbock war.

„Da hat er recht", sagte Lacey.

„Es ist Zeit, dir einen Tritt in den Hintern zu verpassen. Sieh zu, dass du endlich dein Leben in den Griff bekommst", sagte Ty zu Hunter, bevor er sich an seine Frau wandte. „Musst du eigentlich immer Partei für ihn ergreifen, selbst, wenn er auf dem Holzweg ist?", fragte er empört.

Lacey lachte nur und umarmte ihn, bis er weich wurde und sie an sich drückte.

Hunter, Ty und Lacey hatten vorher schon ähnliche Szenen miteinander erlebt. Ihre Freundschaft bestand schon sehr lange. Tys Mutter war Hunters letzte und beste Pflegemutter, die sowohl ihn als auch Lacey zu sich genommen hatte. Von Anfang an hatte Lacey gespürt, dass Hunter einen Freund brauchte, und es war die Hölle los, wenn Ty sich gegen Hunter verschworen hatte. Dann mischte sich Lacey ein, um Hunter zu verteidigen. Sie hatte immer an ihn geglaubt, auch wenn es sonst kein anderer tat, bis es Ty schließlich ebenso ging.

Lacey hatte ein großes Herz. Das war auch der Grund dafür, dass Hunter sich in sie verliebt hatte, als sie Kinder waren. Im Laufe der Jahre hatte er festgestellt, dass sich diese Liebe in eine brüderliche Liebe verwandelt hatte. Was gut war, denn Lacey war immer schon bis über beide Ohren in den dunkelhaarigen Rebellen Ty verliebt.

Den Unterschied zwischen Zuneigung und Liebe erfuhr Hunter erst, als er im Studium der verwegen gekleideten Molly Gifford begegnete. Dass die Chemie zwischen Hunter und Molly stimmte, war nicht zu leugnen, aber da war von Anfang an noch so viel mehr zwischen ihnen. Er sah in Molly seinen intellektuellen Gegenpart. Himmel, sie hatte ihn nicht nur einmal in Prüfungen übertrumpft, und er hatte sie dafür bewundert. Außerdem hatte er gespürt, dass ihr dasselbe fehlte wie ihm. Dummerweise hatte er immer gedacht, dass sie diese Lücke in ihrem Leben gegenseitig füllen würden.

Er hatte sich geirrt. Und das ärgerte ihn.

Hunter litt immer noch unter diesem Nachbeben, aber es wäre falsch gewesen zu sagen, dass Ty und Lacey sich irrten. Sie hatten in vielen Punkten recht. Der Teufel sollte sie holen, weil ihre Worte ihm im Kopf herumschwirrten und seine eigensüchtigen Gefühle so allmählich in den Hintergrund drängten.

„Ich muss jetzt wirklich hier weg", sagte Hunter und wandte sich zum Gehen.

„Hier! Nimm das, bevor du gehst", bat Ty.

Hunter nahm den Zettel, den ihm der Freund reichte und fragte: „Was ist das?"

„Das ist General Frank Addams' Adresse. Er lebt in Dentonville, Connecticut. Ich dachte, ich erspare dir ein paar Telefoneinheiten. Du weißt ja selbst verdammt gut, dass du mich sowieso angerufen hättest, um zu erfahren, wo der Mann wohnt", ergänzte Ty hilfsbereit.

Sein verschmitztes Grinsen machte Hunter wütend, vor allem, weil er wusste, dass Ty recht hatte. An irgendeiner Stelle dieses merkwürdigen Treffens hatte er sich entschieden, den nächsten Flug von Albany nach Connecticut zu buchen und herauszufinden, was tatsächlich in Mollys Leben vor sich ging und was sie dazu veranlasst hatte, ihn um Hilfe zu bitten.

Und Lacey hatte auch noch in einem anderen Punkt recht. Er würde aber den Teufel tun, das jemals zuzugeben. Er hatte Lacey ihrer gemeinsamen Vergangenheit wegen mehr vertraut als Molly. Ty und Lacey waren die einzige Familie, die er hatte, die Einzigen, denen er etwas bedeutete und die ihn noch nie im

Stich gelassen hatten. Das hatte er nicht einmal für Molly aufs Spiel setzen wollen.

Also war er ihr tatsächlich etwas schuldig. Doch diese Verpflichtung war nicht der einzige Grund, weshalb er dort hinfliegen wollte. Lacey und Ty hatten ihn heute Abend mit dem gleichen angeekelten Gesichtsausdruck gemustert, der ihm jeden Morgen im Spiegel begegnete. Er hatte ihn satt.

Hunter würde nicht mehr mit Frauen schlafen, die ihm nicht das Geringste bedeuteten, und er hatte auch keine Lust mehr, sich ins Koma zu trinken, aus dem er jeden Morgen mit einem gigantischen Kater erwachte. Er hatte zu hart an seinem Erfolg gearbeitet, um ihn jetzt einfach wegzuwerfen.

Um sich selbst zu beweisen, wie ernst es ihm damit war, würde er Molly helfen, ohne sich wieder in etwas hineinzustürzen. Er würde sich selbst beweisen, dass er über sie hinweggekommen war, und er würde den Fall ihres Vaters gewinnen und anschließend fortgehen, ohne noch einmal zurückzublicken.

# 3. Kapitel

Am Montagmorgen besuchte Molly gleich als Erstes ihren Vater. Sie saßen sich an einem Metalltisch gegenüber. Molly betrachtete das Gesicht ihres Vaters und untersuchte es nach Veränderungen, obwohl sie wusste, dass es keine gab. Ein paar Nächte im Gefängnis konnten ihrem starken, beherrschten Vater nichts anhaben. Sie bewunderte seine Stärke. Sein grau meliertes Haar und die ausgeblichene Uniformhose passten sehr gut zum orangefarbenen Sweatshirt. Trotzdem – er gehörte nicht hierher, und sie würde es beweisen.

„Wie geht es dir?" Da man ihr zu verstehen gegeben hatte, dass körperlicher Kontakt nicht erwünscht war, legte sie ihre ineinander verschränkten Hände vor sich auf den Tisch.

„Es geht mir wirklich gut. Und dir?"

„Mir auch." Sie presste ihre Finger gegeneinander.

„Und der Rest der Familie? Wie gehen sie mit der Situation um?"

Molly lächelte. „Ich hatte eine Menge Überzeugungsarbeit zu leisten, aber Robin ist diese Woche wieder in der Universität, und der Kommandeur erzählt jedem, der es hören will, dass man dich vorübergehend ausrangiert hat."

Ihr Vater lachte. „Und Jessie?"

„Ich glaube, sie trifft es am härtesten." Molly seufzte mitfühlend trotz des eisigen Verhältnisses, das zwischen den beiden Halbschwestern herrschte. „Normalerweise würde sie zu Seth gehen", sagte Molly, die wusste, dass der Nachbarjunge Seth Jessies bester Freund war.

Seths Vater war Paul Markham, der Mann, den Frank angeblich ermordet haben sollte. Frank und Paul waren zusammen in der Armee gewesen. Nach ihrer ehrenvollen Entlassung aus der Armee waren sie Geschäftspartner geworden und betrieben gemeinsam ein Immobilienunternehmen. Ihre Familien standen sich sehr nah. Seth lebte mit seinem Vater und seiner Mutter Sonya gleich nebenan.

„Seth muss mit dem Tod seines Vaters klarkommen, und ich glaube, Jessie fühlt sich momentan sehr einsam. Aber sie beklagt sich nicht darüber, und zu mir kommt sie sowieso nicht", sagte Molly.

„Das hätte einfach niemals passieren dürfen." Ihr Vater bewahrte wie gewöhnlich seine Haltung, aber sein Körper war ganz angespannt vor Enttäuschung.

Molly griff instinktiv nach seiner Hand, doch der Wächter, den sie schon die ganze Zeit zu ignorieren versuchte, räusperte sich warnend. Sie warf ihrem Vater einen bedauernden Blick zu und zog ihre Hand zurück.

„Wir werden das alles regeln", versprach sie ihm. Leider wusste sie nur noch nicht, wie. Hunter erwähnte sie lieber nicht, weil sie ihrem Vater keine Hoffnung machen wollte, die später enttäuscht würde. Immerhin standen die Chancen, dass dieser Anwalt ihnen helfen würde, mehr als schlecht.

„Kannst du schlafen?", fragte sie ihn stattdessen und beugte sich zu ihm über den Tisch, um seine blutunterlaufenen Augen und die Falten auf seiner Stirn genauer zu betrachten.

Er nickte. „Ich bin in der Armee darauf trainiert worden, überall schlafen zu können. Es geht mir gut", wiederholte er.

Sie glaubte ihm, und sie glaubte ihm auch wieder nicht. Er hätte allen Grund dazu gehabt, sich schreckliche Sorgen um sein Schicksal zu machen.

„Ich vermisse euch so. Selbst diesen verdammten, vorlauten Vogel. Ich möchte nicht, dass du dich verrückt machst, weil du glaubst, alles alleine regeln zu müssen, oder dass Robin die

Uni vernachlässigt. Und was Jessie anbelangt …" Seine Stimme brach. Es gab nichts mehr zu sagen.

Molly schluckte. „Ich wünschte, ich hätte mich auf Strafrecht spezialisiert, dann könnte ich viel mehr für dich tun." Sie hasste es, sich unnütz zu fühlen, und ihr Magen verkrampfte sich seit Franks Verhaftung ständig.

„Du weißt, dass ich nicht hätte geschockter sein können, als du zum ersten Mal hier aufgetaucht bist. Als deine Mutter schwanger wurde, war ich noch sehr jung. Ich wollte bei der Armee Karriere machen. Wie mein Vater. Sie sagte, dass sie das Baby zur Adoption geben wolle, und weil ich dachte, es sei wirklich besser so, habe ich die Papiere unterschrieben. Ich dachte, sie würde tun, was sie gesagt hatte, und du würdest ein glückliches Leben haben." Er schaute missmutig drein, wie immer, wenn es um die Lügen ihrer Mutter ging.

„Lass uns nicht wieder davon anfangen. Es hilft ja nichts und verdirbt uns nur die Laune." Keinem von ihnen gefiel es, über die Zeit zu sprechen, die sie als Vater und Tochter versäumt hatten.

„Lass mich bitte. Ich hatte die letzten Tage so viel Zeit zum Nachdenken." Er grinste, und in seinen Augen erkannte Molly einen Ausdruck, den sie schon häufig in den Augen ihrer Großmutter gesehen hatte – wenn diese in Kommandierlaune war.

„Okay, erzähl weiter", meinte sie nachsichtig.

„Das, was ich gerade gesagt habe, bedeutet natürlich nicht, dass ich niemals über meine Vaterschaft nachgedacht hätte, aber ich wusste, dass ich noch zu jung war, um mich angemessen darum kümmern zu können. Die Armee war meine Familie, und ich hatte nichts zu bieten, auch deiner Mutter nicht. Trotzdem, und das solltest du wissen, habe ich ihr einen Heiratsantrag gemacht."

Molly konnte sich nicht helfen, aber seine Ritterlichkeit reizte sie zum Lachen. Sie hatten die Vergangenheit nun schon so oft besprochen, aber jedes Mal kamen noch weitere interessante Einzelheiten ans Licht. „Lass mich raten. Sie hat abgelehnt."

Er nickte. „Sie wollte mir keine Falle stellen, hat sie behauptet."

„Das klingt aber eher so, als hätte sie sich keine Falle stellen wollen", murmelte Molly empört.

Wie sich bereits beim stückchenweisen Zusammenklauben der Wahrheit herausgestellt hatte, war Mollys schwangere Mutter dann nach Kalifornien gefahren, um dem reichen Mann, den Molly immer für ihren Vater gehalten hatte, das Baby unterzuschieben. Das war die erste in einer Reihe von Ehen, die ihre Mutter Francie aus Geldgier eingegangen war. Ob das mit der Schwangerschaft nur ein Unfall oder pure Absicht gewesen war, wusste niemand so genau. Nur eines war sicher: Francie hätte sich niemals an einen Mann gebunden, der ihr nur ein Armeegehalt zu bieten hatte.

Bis Francie aus Europa zurückkehren und sich bereit erklären würde, sich einmal länger mit ihr zu unterhalten als die üblichen fünf Minuten bis zum nächsten Wellnesstermin, würde Molly die fehlenden Puzzlesteine niemals zusammenbekommen.

„An dem Tag, an dem ich feststellte, dass du meine Tochter bist, und erfuhr, dass du dein Examen als Juristin gemacht hast, war ich so stolz, wie es ein Vater nur sein kann. Das Beste aber war, als ich feststellte, dass wir eine Menge Dinge gemeinsam haben. Du hast dich für das Immobilienrecht entschieden, und ich bin ebenfalls im Immobiliengeschäft. Ich musste dich nicht erziehen, damit du so wirst wie ich. Du bist es ganz von alleine. Als ich das begriff, war ich unheimlich glücklich und wusste, dass wir letztendlich über die Vergangenheit hinwegkommen würden und einen ganz neuen Anfang wagen konnten, weil wir eine Familie sind. Du bist meine Tochter."

Molly hatte nicht bemerkt, wie sich ihre Augen mit Tränen füllten, bis sie ihr über die Wange kullerten und sie sie mit dem Handrücken wegwischte. Dieser Mann liebte sie. Die Tränen waren Ausdruck ihrer Freude. Dem war sie gewachsen. Sie wäre zwar lieber im Haushalt des Generals aufgewachsen, aber sie war auch schon sehr dankbar dafür, dass es ihn jetzt in ihrem Leben gab.

„Selbst Jessie wird irgendwann darüber hinwegkommen", sagte ihr Vater.

„Ich hab schon immer geahnt, dass du unter Wahnvorstellungen leidest", sagte Molly grinsend.

„Sie wird schon noch erwachsen werden. Ich hoffe nur, dass ich dabei sein kann und die Zeit nicht in dieser verdammten Gefängniszelle absitzen muss."

Mollys Magen machte sich schmerzhaft bemerkbar. „Wir werden dich hier herausholen", versprach sie.

„Das soll nicht dein Problem sein."

„Ich werde dich in diesem Schlamassel nicht alleine lassen."

Ihr Vater streckte sich, um seine verspannten Muskeln zu lockern. „Ich hätte merken müssen, dass Paul das Geschäft ruiniert", sagte er mehr zu sich selbst als zu Molly. „Ich wusste schon vorher, dass er ein verdammter Choleriker sein konnte, und ich wusste, dass er in letzter Zeit ziemlich viele persönliche Probleme hatte. Er war sehr launisch, und ich hätte ihm unsere finanziellen Belange nicht länger anvertrauen dürfen. Und jetzt denkt die verfluchte Polizei auch noch, dass ich ein Motiv hatte, ihn zu töten."

Molly beugte sich zu ihm hinüber. Es war das erste Mal, dass sie hörte, dass Paul Probleme hatte, und das ließ sie hoffen, dass mehr vorgefallen war, als man gemeinhin annahm. „Was meinst du mit persönlichen Problemen?"

„Nichts, was dich beschäftigen sollte."

Molly warf ihm einen missbilligenden Blick zu. „Ich mag diesen sturen und eigensinnigen Charakterzug an dir nicht."

„Wenigstens weißt du jetzt, von wem du ihn geerbt hast, junge Dame."

Frustriert schüttelte sie den Kopf.

„Ich wollte dich eigentlich fragen …" Ihr Vater verstummte. Sein Tonfall hatte unsicher geklungen. Das passte gar nicht zu ihm.

„Was wolltest du mich fragen?"

„Egal, ob ich im Gefängnis lande oder nicht, wenn das hier vorbei ist –"

„Das *wirst du nicht*!"

„Egal. Ich würde mir wünschen, dass du dir überlegst, ob du nicht in mein Immobiliengeschäft mit einsteigen willst. Das ist im Moment zwar nicht gerade ein tolles Angebot, aber etwas Besseres kann ich dir leider erst einmal nicht anbieten. Paul hat uns ganz schön ausgesaugt, und Sonya braucht die Einkünfte, damit sie Seth ordentlich großziehen kann. Aber immerhin existiert dieses Immobiliengeschäft, auch wenn es belastet ist. Und ich brauche dringend einen Anwalt, der das Durcheinander, das Paul angerichtet hat, wieder aufräumt. Du bist doch auf Immobilienrecht spezialisiert. Wir müssten unseren guten Ruf wiederherstellen und neue Objekte kaufen", erklärte er Molly, was sie ohnehin schon wusste.

Ihr Vater kaufte und verkaufte Grundstücke und Gebäude und behielt diese Objekte so lange, bis die Preise stiegen. Das hatte schon manches Mal für gute Gewinne gesorgt. Doch die Schnelllebigkeit dieses Geschäfts hatte seinen Partner andererseits auch in die Lage versetzt, unauffällig Geld hin und her schieben zu können, um seine Unterschlagungen zu verschleiern. Frank sah offenbar immer noch eine Zukunft für sein Geschäft, und zum ersten Mal stellte sie sich vor, wie es wäre, wenn sie dazugehören würde.

Seit sie hergezogen war, hatte sie ihre Zeit mit ehrenamtlichen Tätigkeiten für ältere Mitbürger ausgefüllt. Das hatte ihr ab und zu kleinere Jobs eingebracht. Sie hatte Häuser verkauft und Immobiliengeschäfte für sie abgewickelt. Sie liebte es, den älteren

Herrschaften helfen zu können, und obwohl sie ihr nicht viel zahlen konnten, war ihre Dankbarkeit es wert. Molly brauchte keine Miete zu zahlen, weil sie bei ihrem Vater wohnte, aber sie wusste, dass sie bald ausziehen und einen ordentlichen Job finden musste.

Sie hatte nicht einmal im Traum daran gedacht, dass sie einmal in das Familienunternehmen einsteigen könnte. „Du willst wirklich, dass ich für dich arbeite?“, fragte sie diesen Mann, der sie ständig mit seinen väterlichen Aktionen überraschte.

Er schüttelte den Kopf. „Ich möchte, dass du *mit* mir arbeitest. Du wärst wenigstens ein Partner, dem ich vertrauen könnte.“

Molly nickte, bevor sie in der Lage war, das alles zu überdenken. „Ja!“ Sie stand auf, weil sie ihn unbedingt umarmen wollte. Doch der Wächter erhob sich ebenfalls.

„Es ist alles in Ordnung.“ Frank gab dem Wächter ein Zeichen, bevor er Molly ansah. „Und ich dachte, du hättest bereits bessere Angebote.“

„Nein“, versicherte sie ihm.

Es war wichtig, dass sie ihm das versicherte, denn trotz des spöttischen Tonfalls war Molly die Unsicherheit in seiner Stimme nicht entgangen, als er sie gefragt hatte, ob sie in sein Geschäft mit einsteigen wollte. Er war sich scheinbar immer noch nicht über ihre Beziehung im Klaren oder wohin sie führen würde. Genauso wie sie immer noch befürchtete, dass er seine Meinung ändern und sie bitten könnte, dass sie wieder aus seinem Leben verschwand, so wie es Mollys Mutter immer getan hatte.

Offensichtlich mussten sie noch eine Menge übereinander lernen und Zeit miteinander verbringen, um den Gefühlen und Versprechungen des anderen zu vertrauen. Zeit, die dank seiner Verhaftung nun möglicherweise bald vorbei war.

Jessie saß in ihrem Zimmer und sortierte ihre Nagellackfläschchen. Schließlich entschied sie sich für Marshmallow, einen hellen Farbton, den sie mochte, weil er zu allem passte. Dennoch wünschte sie sich, sie hätte stattdessen die Lavendelfarbe gekauft, die sie im Drogeriemarkt gesehen hatte. Lila galt als beruhigend. Das hatte sie zumindest in den Modemagazinen gelesen, die sie regelmäßig erstand. Jessie hatte Beruhigung dringend nötig.

Momentan war ihr ganzes Leben ein einziges Durcheinander. Ihr Vater war drauf und dran, für den Rest seines Lebens hinter Gittern zu verschwinden, und ihre Großmutter wurde immer älter und würde möglicherweise bald sterben, wie Jessies Mutter. Ihre Schwester Robin würde vermutlich die Uni beenden müssen, was bedeutete, dass Jessie außer ihrer neuen Halbschwester Molly niemand blieb, der sich um sie kümmern könnte. Und wo würde das überhaupt stattfinden?

Jessies Augen füllten sich mit Tränen, die sie wegwischte, um sich stattdessen mit ihrer Maniküre zu beschäftigen. Wenn sie so schlecht gelaunt war, ging sie normalerweise nach nebenan, um sich bei Seth auszuheulen, aber das war unmöglich, solange er den Tod seines Vaters nicht verarbeitet hatte. Onkel Paul. Er war der beste Freund ihres Vaters gewesen. Seinetwegen hatte man ihren Vater eingesperrt.

Die Kids in der Schule sprachen hinter ihrem Rücken über sie, und sie musste alleine zum Essen gehen, weil Seth mit seinem Lehrer sprach. Dieser Tag war wirklich ein schlechter Tag für Jessie gewesen. Sogar die Mädchen, mit denen sie normalerweise abhing, waren gemeiner als sonst gewesen. Sie hatten sie gemieden, als ob das, was Jessies Vater getan hatte, ansteckend wäre. Also war sie direkt nach Hause gegangen, anstatt sich noch weiteren Quälereien auszusetzen. Doch zu Hause gab es auch nichts, was sie tun konnte. Ihre Großmutter saß unten und brachte sich selbst das Stricken bei, und Robin war bis zum Wochenende in der Universität. Blieb nur noch Molly.

Jessie hasste sie, auch wenn *Hass* ein sehr starkes Wort war, wie der Kommandeur gerne sagte. Jessie hasste die Art, wie ihr Vater Molly ansah. So als ob er gar nicht genug von ihr bekommen konnte. Und sie hasste es, wie Molly mit allen anderen, außer ihr, klarkam. Sogar der Vogel sprach mit Molly, und dieser blöde Vogel sprach sonst nur mit Personen, die er mochte. Für Jessie gab es überhaupt keinen Grund, Molly zu mögen.

Sie zog ein Papiertuch aus der Schachtel neben ihrem Bett und wischte sich, wohl wissend, dass sie ihre Wimperntusche verschmieren würde, damit über die Augen. Ganz tief in ihrem Inneren wusste Jessie sehr wohl, dass sie gemein zu ihrer Halbschwester war und dass sie ihrer Schwester und der Großmutter damit einen Grund lieferte, sauer auf sie zu sein und mit ihr zu schimpfen. Doch das war ihr egal. Nichts lief so, wie es sollte.

Sie warf sich aufs Bett, da läutete es an der Tür.

„Seth!“ Jessie sprang auf, weil sie sich nicht vorstellen konnte, wer sonst zu Besuch kommen konnte. Erfreut ihn zu sehen, riss sie die Tür ihres Zimmers auf und stürmte, immer zwei Stufen auf einmal nehmend, die Treppe hinunter. Sie brauchte einen Freund, und sie brauchte ihn jetzt.

Sie öffnete schwungvoll die Haustür und sah sich plötzlich einem Fremden gegenüber. „Oh ... äh.“

Wenn der Kommandeur herausfinden würde, dass sie die Tür geöffnet hatte, ohne vorher zu fragen, wer da war, würde sie ihr den Stock überziehen. Ohne groß zu überlegen, schlug Jessie die Tür deshalb gleich wieder zu.

Da läutete es noch einmal.

„Wer ist da?“, fragte Jessie.

„Daniel Hunter“, rief der Fremde durch die geschlossene Tür.

Jessie kannte niemanden mit diesem Namen, was bedeutete, dass er immer noch ein Fremder war. Sie blickte sich um und stellte fest, dass weder Molly noch ihre Großmutter herunterkamen, um nachzusehen, wer an der Tür war.

„Ich bin ein Freund von Molly", sagte er laut.

Gut, das ändert alles, dachte Jessie und öffnete die Tür. „Warum haben Sie das nicht gleich gesagt?"

„Du hast mir die Tür vor der Nase zugeschlagen, bevor ich die Chance dazu hatte." Hunter steckte die Hände in die Hosentaschen seiner Jeans und grinste.

In Jessies Magen kribbelte es, als ob der heißeste Junge der Schule ihr zugewinkt hatte, als sie an ihm vorbeilief. Da sie nicht wusste, was sie sagen sollte, musterte sie ihn erst einmal von oben bis unten. Er trug eine schwarze Lederjacke und dunkle Jeans, und hinter ihm, auf der Straße, parkte ein Motorrad. *Cool.* Sie kannte niemanden, der ein Motorrad fuhr.

Er betrachtete auch sie genau und so lange, bis sie unruhig von einem Fuß auf den anderen trat. Seine Augen hatten eine goldene Farbe, und er war echt süß für einen älteren Kerl. Nicht nur süß. *Scharf!*

„Ist Molly da?", fragte er schließlich, und die Schmetterlinge in Jessies Bauch lösten sich in Luft auf.

Molly. Jessie hatte total vergessen, weshalb er hier war. Am Ende ging es immer um Molly. „Ja", murmelte sie, nicht besonders begeistert davon, dass dieser süße Typ ihre Halbschwester sehen wollte.

Sie drehte sich um und rief in Richtung Treppe: „Hey Molly, da ist so ein alter Kerl, der dich sehen will." Jessie brüllte es laut heraus, weil sie beim Hinuntergehen gesehen hatte, dass die Tür des Gästezimmers geschlossen war. Jessie weigerte sich, dieses Zimmer als Mollys Zimmer zu bezeichnen. Sie konnte schließlich nicht für immer dortbleiben. Jedenfalls hoffte Jessie das.

„Alt?" Daniel Hunter begann zu lachen.

Jessies Wangen röteten sich. „Älter als ich", sagte sie verlegen.

Endlich erklangen Mollys Schritte oben im Treppenhaus. „Wer ist es?“, fragte sie.

„Jemand namens Daniel, der eine Lederjacke trägt und eine Harley fährt. Wenn du mich fragst, ist er viel zu cool, um dein Freund zu sein.“

„Ich kenne niemanden, der Motorrad fährt und Daniel heißt.“ Molly kam die Treppe hinunter und schaute fragend nach dem Besucher. „Hunter!“

„Das ist doch genau, was ich gesagt habe. Er heißt Daniel Hunter, und du kennst ihn offensichtlich doch“, sagte Jessie.

Weil die Augen ihrer Halbschwester sich weiteten und sie sich mit der Hand durchs Haar fuhr, als kümmerte es sie plötzlich, wie sie aussah, wanderte Jessies Blick von Molly zum Lederjackenmann und wieder zurück. Er konnte seine Blicke nicht von Molly lassen und umgekehrt.

*Sehr interessant!*

„Wirst du den Fall meines – unseres Vaters übernehmen?“, fragte ihn Molly.

Jessie öffnete den Mund, schloss ihn aber gleich wieder. „*Er* ist der Anwalt? Der Kerl, mit dem du …“

„Sag es nicht!“, warnte Molly sie in einer Stimmlage, die Jessie noch nie von ihr gehört hat. Nicht einmal neulich, als Jessie sich ziemlich unflätig benommen hatte.

„Keine Sorge! Ich wollte nicht sagen … du weißt schon.“ Jessie machte einen Schritt auf Molly zu.

Aus irgendeinem Grund wollte sie ihre Halbschwester jetzt nicht verärgern. Sie war sich nicht sicher, weshalb das so war, aber sie wusste, dass sie beobachten wollte, was zwischen diesen beiden passierte. Das ist besser als jede Seifenoper, dachte sie.

„Hast du gerade gesagt, dass ich nicht wie ein Anwalt aussehe?“, fragte er.

Jessie wandte sich nach ihm um. „Ich habe noch nicht viele

gesehen, die aussahen wie du", sagte sie und spürte, wie sie dabei errötete.

„Ich nehme das mal als Kompliment." Er grinste sie noch einmal so an, dass ihr ganz warm und sonderbar zumute wurde.

„Also wirst du Vaters Fall übernehmen?", fragte Jessie. Der Kerl mochte vielleicht nicht wie ein Anwalt aussehen, aber er hatte eine Menge Selbstvertrauen, und Jessie hätte wetten können, dass er gut war in dem, was er tat.

„Deine … Schwester und ich müssen das noch besprechen."

Jessie stieß ihre Hände in die Luft. „Das heißt also, dass deine Entscheidung von ihr abhängt. Das ist ja großartig."

Hunter hob die Brauen. „Gibt es Ärger im Paradies?"

Molly seufzte. „Sie hasst mich so wie du", sagte sie zu ihm. „Und ihr habt beide gute Gründe dafür. Dennoch interessiert mich im Moment einzig und allein, wie wir den General aus dem Gefängnis herausholen können. Deshalb bitte ich dich, deine persönlichen Gefühle aus dem Spiel zu lassen, die Fakten zu prüfen und dich einverstanden zu erklären, meinen Vater zu verteidigen. Danach werde ich dich nie wieder um etwas bitten. Nie wieder! Ehrenwort!"

„Können wir bitte dasselbe vereinbaren?", fragte Jessie hoffnungsvoll. Molly drehte sich abrupt zu Jessie um. Sie sprach kein Wort. Musste sie auch nicht. Die Enttäuschung, die auf ihrem Gesicht zu lesen war, sagte alles.

Es hatte Hunter ein paar Tage gekostet, bis er alles so organisiert hatte, dass er sich für einen längeren Aufenthalt in Connecticut freimachen konnte. In dieser Zeit, die er sich genommen hatte, um sein Leben neu zu ordnen, fand er die Möglichkeit, einen unsichtbaren Schutzwall um sich herum zu errichten. So konnte er Molly gefahrlos gegenübertreten.

Jedenfalls hatte er das gedacht. Genauso wie er gedacht hatte, dass er Mollys Launen kannte. Doch den Ausdruck von Verletzlichkeit und Verzweiflung, den er auf ihrem Gesicht entdeckte, als sie ihre Halbschwester ansah, traf ihn wie ein Schlag in die Magengrube. Er mochte es nicht, dass er trotz seines Gelübdes, ihr gegenüber gleichgültig zu bleiben, ihren Schmerz überdeutlich mitfühlen konnte. Er mochte auch nicht, dass er jedes Mal, wenn er sie ansah, von seinen alten Gefühlen übermannt zu werden drohte.

Diese unerwarteten Emotionen bedeuteten, dass er einen neuen Plan brauchte, und zwar schnell. Er schluckte, um sein Stöhnen zu unterdrücken. Es blieb ihm nichts anderes übrig, als zu akzeptieren und zuzugeben, dass er die Sache mit Molly eben doch noch nicht überwunden hatte, obwohl er es gehofft hatte. *Aber nicht mehr lange, und er würde es geschafft haben.* Sobald die Situation ihres Vaters geklärt war, so schwor er sich, würde er seine Gefühle für sie ein für alle Mal hinter sich lassen.

Als Molly sich endlich von ihrer Halbschwester abwandte, schaute sie ihm direkt ins Gesicht. „Immerhin bist du hier", sagte sie sichtlich mitgenommen.

Hunter, der immer noch ein wenig außer sich war, nickte. „Wir müssen reden."

„Ich weiß." Sie blickte auf ihre kleine Halbschwester, die sie mit unverhohlener Neugier anstarrte. Offenbar dachte Jessie gar nicht daran, sie alleine zu lassen. „Jessie?"

Das junge Mädchen warf ihr langes, dunkles Haar zurück. „Ja?"

„Geh jetzt bitte!"

„Tolle Art, mit deiner Schwester zu reden", erwiderte Jessie sarkastisch.

„Ich bin immer nur dann deine Schwester, wenn es dir in den Kram passt oder wenn du etwas von mir willst. Ich glaube, das Internet ruft nach dir. Es klingt dringend."

Sie warf Jessie einen missbilligenden Blick zu. „Na gut." Endlich kehrte die kleine Halbschwester ihnen den Rücken und stapfte los. Auf der Treppe stampfte sie absichtlich fest auf, um mehr Lärm als nötig zu verursachen.

Molly seufzte. „Endlich ist die Drama-Queen weg. Und meine Großmutter ist mit Stricken beschäftigt. Zwei links, zwei rechts, eine fallen lassen. Wir sind also eine Weile ungestört und können reden. Komm mit in die Küche." Sie bedeutete ihm, ihr durch die Diele, die mit Familienfotos dekoriert war, zu folgen.

Er saugte die Umgebung in sich auf und bewunderte dieses hübsche, wohnliche Haus. Die kurze Tour endete in einer gemütlichen Küche, wo sie sich auf einen Stuhl setzte und ihn aufforderte, dasselbe zu tun.

Er setzte sich neben sie und beschloss, gleich zur Sache zu kommen. „Es ist ungewöhnlich, dich als Teil einer Familie zu sehen."

„Es hat sich viel verändert." Sie senkte den Kopf, um ihre Unsicherheit zu verbergen.

Als er daran dachte, wie sie auf dem Parkplatz vor seinem Haus auseinandergegangen waren, verstand er ihre Vorsicht. Aber er hatte längst beschlossen, dass er mit ihr Frieden schließen musste, falls er den Fall übernehmen sollte. Und um das zu erreichen, musste er höflich bleiben.

Die sie plötzlich umgebende Stille zeigte ihm, dass jetzt der Moment gekommen war, die Frage zu stellen, die ihm die ganze Zeit im Kopf herumschwirrte und die ihn nächtelang wach gehalten hatte.

Er räusperte sich. „Also hast du jetzt, wonach du gesucht hast?" Er war überzeugt, dass das der Grund war, aus dem sie ihn verlassen hatte.

Sie wich seinem Blick aus. Offensichtlich wusste sie, was er dachte. „Es ist ein ziemliches Durcheinander, ein einziges Auf und Ab."

Hunter widerstand dem Verlangen, ihre Hand zu nehmen, ihr zu sagen, dass er sie verstand und dass er ihr gerne dabei helfen wollte, dieses Gefühlschaos zu ertragen. Aber sie wollte seinen Trost nicht. Sie hatte ihn nie gewollt.

„War dein leiblicher Vater froh, von dir zu hören?", fragte er, weil er bisher nur Jessie beurteilen konnte.

Was ihn selbst anbelangte, so konnte er sich nicht vorstellen, seine Eltern nach all dieser Zeit wiederzufinden. Sie hatten sich nie um ihn gekümmert, als er ein Kind war, und nun, wo er erwachsen war, brauchte er sie auch nicht mehr. Doch Molly schien da eindeutig anders zu empfinden.

Sie nickte. „Mein Vater hätte nicht besser reagieren können." Bei dieser Erinnerung begannen ihre Augen zu leuchten.

„Ich vermute mal, dass Jessie dieses Gefühl nicht teilt?"

„Ach, das ist dir aufgefallen?", fragte Molly ironisch. „Zu behaupten, dass sie mich hasst, wäre eine Untertreibung."

Er war sich nicht sicher, wie er darauf reagieren sollte, deshalb wechselte er das Thema. „Ihr seht euch ähnlich."

Molly zog die Nase auf eine Art und Weise kraus, die er immer schon sehr niedlich und süß gefunden hatte. „Glaubst du wirklich? Ich bin blond, und sie hat braune Haare. Auf den ersten Blick könnte man meinen, wir seien das genaue Gegenteil voneinander."

„Vielleicht was die Haarfarbe betrifft, aber ich habe eine Menge Ähnlichkeiten im Profil und im Gesichtsausdruck entdeckt."

„Wirklich?" Sie schien eine Weile darüber nachzugrübeln, während sie sich mit der Zunge über die Unterlippe leckte. Sein Blick blieb an dem feuchten Fleck hängen, den sie dabei hinterließ. Sein Verlangen, sie zu küssen, war genauso stark wie früher.

„Ich habe auch schon nach Ähnlichkeiten zwischen mir und Jessie gesucht, seit ich hier bin. Ich bin froh, zu hören, dass du welche siehst. Das gibt mir eine Vorstellung von Familie, egal, wie sie das empfindet." Molly schenkte ihm einen warmen, offenen Blick, der sich sehr von den Blicken der beherrschten

Frau, die er kannte, unterschied. Das brachte ihn restlos aus der Fassung. *Sie* brachte ihn aus der Fassung.

„Um deine vorherige Frage vollständig zu beantworten, kann ich dir nur sagen, dass ich hier den Teil von mir wiedergefunden habe, den ich immer vermisst habe."

Ihre plötzliche Enthüllung überraschte ihn. Und obwohl er immer gewollt hatte, dass sie glücklich war, schnitten ihm ihre Worte tief ins Herz. „Also, ich bin froh, dass du glücklich bist", sagte er in ungewollt scharfem Ton.

„Dieses Wort habe ich nicht benutzt. Ich habe nicht gesagt, dass ich glücklich bin."

Das hatte sie tatsächlich vermieden, weil sie inzwischen wusste, dass ihr außer einer Familie auch noch andere Dinge wichtig waren.

Hunter wiederzusehen hatte ihr in Erinnerung gerufen, welche Dinge das waren. Molly versuchte seinen Blick zu erwidern, damit er begriff, was sie damit sagen wollte, doch er wich ihr aus.

Sie wäre blind gewesen, wenn sie nicht bemerkt hätte, dass er ihrem Blick absichtlich ausgewichen war. Er wollte keine persönliche Unterredung, aber er hatte eine Frage gestellt, und selbst wenn er nicht damit gerechnet hatte, dass sie ihm die Frage offen beantworten würde, so sollte er, zum Teufel noch einmal, wenigstens ihre Antwort hören. Er war den ganzen Weg hierhergereist, und sie hatten noch eine Menge Dinge zu besprechen, bevor alles zwischen ihnen geklärt wäre und man sich endlich um den Fall ihres Vaters kümmern konnte.

Ihre Gründe, ihn zu verlassen, gehörten unbedingt dazu.

„Tut mir leid." Sie ließ diese Worte einfach im Raum stehen.

Er hob die Achseln. „Es ist schon so lange her. Ich bin darüber weg."

Sie starrte ihn an. „Lügner."

„Erzähl mir von dem rechtlichen Schlamassel, in dem dein Vater steckt."

Sie erhob sich, um sich ihm zu nähern. Sein männlicher Duft stieg ihr in die Nase, sodass sie fast zu atmen vergaß. Es war ein warmer, sehr vertrauter Geruch, der sowohl eine tröstliche als auch eine erregende Wirkung auf sie hatte. Ihr Verlangen nach ihm hatte kein bisschen nachgelassen.

„Wechsle nicht das Thema. Wir haben noch etwas zu klären und …"

Auch er erhob sich ohne Vorwarnung. Seine Größe verschaffte ihm einen Vorteil, den sie nicht nur deshalb nicht schätzte, weil er sie damit einschüchterte, sondern auch, weil sie sich dadurch seiner Männlichkeit noch bewusster war. Vor ihr stand ein hinreißend attraktiver Mann in einer Lederjacke, der sie intensiv betrachtete.

„Ich bin hier, weil dein Vater einen Anwalt braucht. Vermute bitte nicht mehr dahinter."

Sie versuchte, sich nicht anmerken zu lassen, wie erschüttert sie war. Doch es gelang ihr nicht, den Schmerz, der sich aufgrund seiner grausamen Worte in ihrer Magengrube ausbreitete, zu ignorieren. „Mit anderen Worten, es gibt keinen Grund, über persönliche Dinge zu sprechen, obwohl du zuerst damit angefangen hast."

Er antwortete mit einem deutlichen Kopfnicken. „Mein Fehler." Dann trat er zur Seite und durchquerte die Küche, um die Entfernung zwischen ihnen auch physisch zu vergrößern.

„Gut." Molly ballte ihre Hände zu Fäusten und grub sich die Fingerspitzen in die Haut, während sie zu verbergen versuchte, wie sehr sie seine Haltung verletzte. „Du bist wegen meines Vaters hier. Dann lass uns zum Thema zurückkommen."

Das plötzliche *Tock-Tock* von Ednas Stock unterbrach sie. Ein Geräusch, das immer lauter wurde, während der Kommandeur kam.

Hunter hob die Brauen und sah Molly fragend an.

„Meine Großmutter", erklärte sie aufgewühlt. Es war

schlimm genug, Hunter gegenüberzustehen, aber bei dem Gedanken, dass sie ihn ausgerechnet dem neugierigsten Familienmitglied vorstellen musste, wurde ihr übel.

„Da parkt aber ein schickes Teil draußen vor unserer Tür", sagte Edna, als sie die Küche betrat. „Glaubst du, dass der Besitzer mich zu einer Spritztour einladen würde?"

Molly blieb der Mund offen stehen.

„Jetzt schau doch nicht so schockiert. Ich war zu meiner Zeit mal mit einem Motorradfahrer zusammen. Es muss einmal gesagt werden, dass es durchaus etwas für sich hat, auf dem Rücksitz eines Motorrads zu sitzen, wenn sich der Rücken eines starken Mannes gegen deine Brust presst und die Maschine zwischen deinen …" Edna unterbrach sich, als sie Hunter bemerkte. „Beinen vibriert", beendete sie ihren Satz trotz der Röte, die ihr ins Gesicht gestiegen war. „Ich wusste nicht, dass wir Besuch haben."

„Was dachtest du denn, wem das Motorrad vor dem Haus gehört?", fragte Molly, von den Worten ihrer Großmutter peinlich berührt.

Was diese Situation noch verschlimmerte, war, dass Molly sich das, was ihre Großmutter gerade beschrieben hatte, lebhaft vorstellen konnte. Sie sah sich schon auf dem Motorrad sitzen und an Hunters Rücken schmiegen. Die Vibrationen zwischen ihren Beinen hatten dank ihrer lebhaften Fantasie bereits begonnen. Dabei machte es nicht einmal etwas aus, dass er sie hasste. Seine Wirkung auf sie war einfach zu stark.

„Ich dachte, unsere Nachbarn hätten Besuch. Du weißt schon, dieser Junge der Familie Bell, der ständig Ärger macht", meinte Edna. „Nicht, dass ein Motorrad automatisch Ärger bedeuten muss, doch dem da steht der böse Junge auch auf der Stirn geschrieben." Sie zeigte in Hunters Richtung.

„Ich werte das mal als Kompliment. Daniel Hunter", sagte er, wobei er auf Edna zuging und ihr die Hand entgegenstreckte.

„Edna Addams, aber meine Freunde nennen mich nur der Kommandeur."

„Freut mich, Sie kennenzulernen, Kommandeur." Hunter grinste komplizenhaft, als er der alten Dame die Hand schüttelte.

Molly stöhnte. Er hatte schon Jessie vor Ehrfurcht erstarren lassen, und nun bezirzte er auch noch das weibliche Oberhaupt der Familie. Robin wäre ihm mit Sicherheit auch auf den Leim gegangen. Molly zweifelte nicht daran, dass auch ihr Vater Hunter bewundern würde. Und Hunter würde ihre Familie ebenfalls mögen. Plötzlich fühlte sie sich in ihrer neuen Familie wie ein Außenseiter, wie jemand, den Hunter nur deshalb tolerierte, weil er ihren irrtümlich verhafteten Vater verteidigte.

„Dann müssen Sie der Anwalt sein, von dem uns Molly erzählt hat", sagte Edna, die sich in Hunters Nähe auf ihren Stock stützte.

„Ich hoffe, sie hat auf ihre Wortwahl geachtet." Der Schalk blitzte aus seinen braunen Augen, als er ihre Großmutter ansah. Doch sobald sein Blick auf Molly fiel, verschwand die Wärme aus seinen Augen, und er wurde eisig.

Molly versuchte, ein Frösteln zu unterdrücken.

Edna nickte. „Ich weiß nicht mehr genau, was sie gesagt hat, aber so etwas wie ‚der beste Anwalt des Staates' kommt ungefähr hin."

Mollys schloss die Augen. Solange Hunter da war, würde sie seinen permanenten Demütigungen ausgesetzt sein.

„Damit hat sie den Nagel auf den Kopf getroffen."

„Nur keine falsche Bescheidenheit. Ich mag selbstbewusste Männer."

Molly seufzte. „Was macht deine Strickkunst?"

„Bis jetzt ist es nur ein lumpiger, hässlicher Schal, aber du wirst sehen, dass ich der Geschichte schon noch Herr werde.

Ich musste jetzt aufhören, weil ich das Abendessen warm machen will." Ihr Blick fiel auf Hunter. Ein Gast.

Molly wusste genau, was als Nächstes kommen würde.

„Sie haben Glück, dass ich etwas Größeres vorbereitet habe. Sie bleiben zum Abendessen."

Das war keine Frage. Edna nahm einfach an, dass Hunter bleiben würde.

Molly, die neben ihrer Großmutter stand, sagte: „Ich bin sicher, dass er erst einmal ankommen will." Sie hoffte, dass sie ihm die Ablehnung damit erleichtern würde.

Auf keinen Fall würde er mit einem Haufen fremder Menschen an einem Tisch sitzen wollen. Familienleben war nichts für ihn, wie er einmal gesagt hatte, als er ihr von seiner Zeit im Waisenhaus erzählt hatte. Und solange sie ihn kannte, schien er seine eigene Gesellschaft der Gesellschaft anderer Menschen vorzuziehen – mit Ausnahme von Lacey und Ty, die einzigen Menschen, die er als seine Familie betrachtete. Die Einzigen, denen er je erlaubt hatte, hinter seine Fassade zu blicken.

*Er hatte dir diese Chance auch gegeben, und du hast es vermasselt,* erinnerte sie eine kleine Stimme in ihrem Hinterkopf.

„Ich habe ein Zimmer in einem Motel reserviert, aber sie haben meine Kreditkartennummer, damit sie mir das Zimmer freihalten, also brauche ich mich mit dem Einchecken nicht zu beeilen. Ich würde sehr gerne zum Abendessen bleiben." Hunter sprach mit ihrer Großmutter, ohne auf Mollys genervte Blicke zu achten. „Die Familie kennenzulernen wird hilfreich sein bei der Entwicklung meiner Verteidigungsstrategie. Danke für die Einladung, Kommandeur."

„Es ist mir ein Vergnügen. Ich hoffe, Sie mögen Schmorfleisch. Das gibt es nämlich gleich."

„Das ist mein Leibgericht."

Molly war sich sicher, dass er das absichtlich machte. Zur Strafe, um sie für alles, was sie ihm angetan hatte, leiden zu lassen. Ein Abendessen mit der Familie würde dem Fall ihres Vaters nicht weiterhelfen. Zeugen zu finden, die die Unschuld ihres Vaters beweisen konnten, dagegen schon. Sie und Hunter würden so bald wie möglich noch einmal über diese Sache reden müssen.

„Oh, und was das Motel, das Sie erwähnten, angeht …" Ednas Stimme riss Molly aus den Gedanken. „… das wird nicht nötig sein. Wir haben ein perfektes Gästebett für Sie."

Molly versuchte vergeblich, einen Blickkontakt mit ihrer Großmutter herzustellen. Doch genau wie Hunter schien diese es absichtlich zu vermeiden, Molly anzusehen. Im Fall des Kommandeurs bedeutete so ein Verhalten, dass sie einen Hintergedanken hatte, als sie Hunter zum Bleiben aufforderte. Molly hatte bis dahin nicht geahnt, dass Kuppelei auch zu den Vorlieben ihrer Großmutter gehörte. Dieser Tag steckte voller Überraschungen.

Sie versuchte, die Einmischungen dieser Frau zu unterbinden. „Hunter braucht einen Ort, wo er sich ausbreiten und arbeiten kann. Außerdem wissen wir gar nicht, wie lange er in der Stadt bleiben muss. Es kann leicht Wochen oder Monate dauern, je nachdem, wie lange diese Farce noch andauert. Ich bin sicher, dass es für ihn in einem Motel bequemer ist."

„Blödsinn." Der Kommandeur klopfte energisch mit ihrem Stock auf den Boden. „Genau deswegen soll er ja hierbleiben. Die Ausziehcouch steht im Arbeitszimmer deines Vaters. Hunter hätte dort einen perfekten Platz, wo er arbeiten könnte, ohne hin- und herzuziehen."

„Das Motel ist nur fünf Minuten von hier entfernt", sagte Molly mit zusammengebissenen Zähnen.

Sie hasste es, eine Schwäche zugeben zu müssen, dennoch flehte sie Hunter wortlos mit Blicken an, ihr zu helfen. Sie standen nicht gerade in einem freundschaftlichen Verhältnis zueinander. Wenn er in diesem Haus wohnen würde, bedeutete das zu viel Stress für ihre ohnehin angespannte Gefühlslage. Er konnte unmöglich hier wohnen wollen.

Hunter räusperte sich geräuschvoll. „Ich würde den General nicht aus seinem Arbeitszimmer ausschließen wollen."

„Er ist immer noch im Gefängnis", warf der Kommandeur ein. „Können Sie sich das vorstellen? Dieser Schwachkopf – ich meine seinen Anwalt. Dieser Schwachkopf war nicht in der Lage, ihn dort herauszuholen."

Hunter zuckte zusammen. Offensichtlich hatte er noch nicht realisiert, wie düster es tatsächlich aussah, dachte Molly. Gut, dann wusste er es jetzt. Nun würde er gleich zum Motel hinübergehen und an einer Strategie arbeiten wollen.

„Das werden wir morgen gleich als Erstes richtigstellen", versprach er Mollys Großmutter. „Und weil ich eine Menge Fragen habe, auf die ich dringend eine Antwort benötige, bevor ich ihm eine Anhörung verschaffe, ist es vielleicht wirklich das Beste, wenn ich hierbleibe."

„Wunderbar", sagte der Kommandeur. „Molly, ist das nicht wunderbar?"

„Einfach großartig." Molly war überrascht, dass ihre Großmutter nicht in die Hände klatschte vor Freude.

# 4. Kapitel

Dafür, dass Hunter nicht zu Hause war und die Nacht unter einem Dach mit Molly auf einer Liege verbracht hatte, hatte er ziemlich gut geschlafen. Das Erste, was er an diesem Tag zu tun hatte, war, seinen Klienten aus dem Gefängnis zu holen. Er hatte nicht gewusst, dass Mollys Vater immer noch hinter Gittern saß. Das durfte auf keinen Fall akzeptiert werden. Er war früh aufgestanden und hatte eine Liste von Fragen aufgestellt, die er mit dem General besprechen musste, sobald er ihn traf. Er hatte seiner Kanzlei die Nachricht hinterlassen, man möge den zuständigen Staatsanwalt bitten, Kopien sämtlicher Unterlagen so schnell wie möglich zu faxen. Hunters erster Termin sollte an diesem Tag im Landesgefängnis stattfinden.

Das Geräusch aufgeplusterter Federn erregte seine Aufmerksamkeit. Hunter ging zu dem Vogelkäfig, der mit einem Tuch bedeckt war. Edna hatte ihn angewiesen, den Vogel während der Nacht auf keinen Fall zu stören, weil Aras zwölf Stunden Schlaf brauchten. Doch die Sonne war inzwischen aufgegangen und Hunter neugierig auf seinen Zimmernachbarn. Er nahm das Tuch ab. Der Vogel öffnete ein Auge, aber er sprach nicht.

„Bleib dabei. Dann werden wir gut miteinander auskommen“, riet Hunter dem Papagei.

Ohne Vorwarnung breitete der Vogel seine blauen Federn aus und überraschte Hunter mit dem Geräusch und der Spannweite seiner Flügel. „Rock ’n’ Roll“, sagte er.

„Kein schlechter erster Satz.“ Hunter lachte und nahm sein Handy aus der Tasche. Er hatte Ty seine Pläne noch nicht mitgeteilt. Dabei war es höchste Zeit, die Reaktion seines Freundes zu testen.

Er wählte Tys Nummer. Sein Freund nahm schon nach dem ersten Klingeln ab.

Hunter sprach schnell. „Ich bin in Connecticut. Ich übernehme den Fall. Und sag jetzt nicht, du hättest es gleich gewusst."

Sein Freund lachte leise in sich hinein, wie Hunter hören konnte. „Okay, ich sag nichts. Und Molly? Wie findet sie das?", fragte Ty.

Hunter schloss die Augen. „Molly ist Molly."

„Bist du ihr immer noch hörig?"

„Ich gebe mir Mühe, darüber hinwegzukommen", murmelte Hunter.

„Darf ich dich fragen, was dich dazu bewogen hat, deine Meinung zu ändern?"

Hunter schlenderte durch das Arbeitszimmer, wo er geschlafen hatte. Die Sonne schien durch die Jalousien und tauchte den Raum in ein warmes Licht. „Vor allem das, was du und Lacey neulich gesagt habt. Lacey hatte recht. Ich schulde Molly noch etwas." Diese Worte hinterließen einen bitteren Nachgeschmack.

„Boah. Das hätte ich nicht gedacht."

„Ich hasse es, zugeben zu müssen, dass ich mich geirrt habe, und es fällt mir auch nicht leicht, zuzugeben, dass Lacey recht hat." Vor allem, nachdem er sich das letzte Jahr über als das eigentliche Opfer gefühlt hatte. Dennoch steckte hinter dem Ganzen noch mehr, als Hunter bereit war, sich zu erinnern. „Die ganze Zeit, als Molly behauptet hatte, Dumont sei unschuldig und hätte nicht versucht, Lacey umzubringen, wollte ich mich nicht auf ihre Seite stellen. Ich misstraute ihrem Urteilsvermögen und war deshalb mit dir und Lacey gegen sie."

„Ach so, und jetzt glaubst du, du könntest das wiedergutmachen, indem du den Fall ihres Vaters übernimmst?"

„Teilweise. Wenn ich ihr jetzt helfe, wird es leichter für mich sein, sie anschließend zu verlassen. Und ich *werde* sie verlassen, sobald das alles vorbei ist."

Ty brach in schallendes Gelächter aus. „Mann, du bist vielleicht ein verrückter Hund. Einerseits beschuldigst du sie, dich verlassen zu haben, und andererseits glaubst du, dass du selbst schuld daran bist, weil du ihr nicht vertraut hast. Glaubst du, sie hat dich deshalb im letzten Jahr sitzen lassen?"

„Es ist mir egal, weshalb sie es getan hat. Was zählt, ist einzig und allein, dass sie es getan hat. Diesmal will ich, dass die Sache klar ausgeht." Er wollte, wenn er wieder in sein Leben zurückkehrte, endlich damit aufhören, sich selbst zu schaden, und stattdessen lieber wieder in der Lage sein, sein normales Leben fortzuführen.

„Viel Glück, mein Lieber. Ich habe irgendwie das Gefühl, du könntest es gebrauchen." Ty beendete das Gespräch, bevor Hunter das letzte Wort haben konnte.

„Typisch!" Hunter schüttelte den Kopf. Aber Glück konnte er in dieser Situation wirklich verdammt gut gebrauchen, wie er in den letzten Tagen bemerkt hatte.

In Zukunft würde er es nicht mehr zulassen, dass eine Frau sein Leben ruinierte. Unglücklicherweise hatte er aber entdeckt, dass er noch längst nicht über Molly, die ihm den Kopf gründlich verdreht hatte, hinweg war.

Das letzte Jahr war ein Rückschritt für ihn gewesen, und er war nicht besonders stolz darauf. Als Kind war er immer defensiv gewesen, und er hatte sich selbst geschützt, weil ihm niemand den Halt gegeben hatte, den er benötigt hätte. Nach einer Zeit in manchmal gefährlichen und oft nachlässigen Pflegefamilien war er schließlich mit siebzehn in Tys Familie gelandet, wo sich sein Leben zum Besseren gewendet hatte. Ty und Lacey wurden seine Freunde, und sie brachten ihm während dieser kurzen Zeit eine Menge über Selbstachtung bei.

Und dann hatte Laceys Onkel, Marc Dumont, unerwartet entschieden, dass Lacey nach Hause kommen sollte – in seine Obhut, wo er sie missbrauchen konnte. Daraufhin hatten die drei Freunde Laceys Tod vorgetäuscht und sie nach New York gebracht, um zu vermeiden, dass sie in den Albtraum, der ihr Leben gewesen war, zurückkehren musste. Ihr vermeintlicher Tod hatte Laceys Onkel um die Chance gebracht, ihr Vermögen zu veruntreuen. Dumont war außer sich vor Wut. Obwohl er nicht beweisen konnte, dass Ty und Hunter irgendetwas mit dem Verschwinden seiner Nichte zu tun hatten, legte er es trotzdem darauf an, sie zu bestrafen.

Indem er ein paar Verbindungen spielen ließ, gelang es ihm, den zornigen Hunter in eine Jugendeinrichtung zu verbannen, wo dieser so viel Ärger verursachte, dass man ihn in ein furchtbar strenges Erziehungsprogramm steckte. Am Ende landete Hunter sogar im Gefängnis. Hunter, ein rotzfrecher, schnodderiger Bengel, der sich in dem Moment, als man die Türen hinter ihm verriegelte, beinah in die Hosen gemacht hätte vor Angst. Gott sei Dank war er nicht dumm. Er hörte genau zu, was die anderen Insassen ihm erzählten, und nahm sich ihre Worte zu Herzen. Damals entschied er sich, niemals so zu enden wie diese Männer, die ihm ihre Lebensgeschichten erzählten.

Hunter konzentrierte sich auf das, was sie ihm erzählt hatten, und auf die beiden Stimmen in seinem Hinterkopf. Lacey und Ty, die beiden einzigen Menschen, die an ihn glaubten. Er schaute sich an, was aus ihm geworden war, und stellte sich ihre Enttäuschung vor. Er hatte sogar Laceys besorgten Tonfall im Ohr. Auf diese Art waren sie immer bei ihm, während er das strenge Erziehungsprogramm absolvierte, damit die Eintragungen in seinem polizeilichen Führungszeugnis, wie es das Gericht versprochen hatte, zu seinem achtzehnten Geburtstag gelöscht wurden. Danach hatte er ein Darlehen beantragt, um auf die Universität gehen zu können. Lacey und Ty waren seine Familie.

Als Molly, die nichts von seiner dunklen Vergangenheit wusste, ihm im letzten Jahr erzählte, dass Laceys Onkel Lacey gerichtlich für tot erklären lassen wollte, um an ihr Vermögen heranzukommen, hatte Hunter Ty nach New York geschickt, um Lacey zu finden. Kurz nach ihrer überraschenden Wiederauferstehung wurde ein Mordanschlag auf Lacey verübt. Hunter und Ty hatten natürlich Laceys Onkel in Verdacht, Mollys zukünftigen Stiefvater. Hunter war sich, trotz Mollys Zuneigung für Marc Dumont, sicher gewesen, dass dieser Mann schuldig war.

Dennoch hatte er Molly nicht im Stich gelassen und immer versucht, für sie da zu sein. Er hatte ihr sein Leben, seine Seele und seine Liebe geschenkt. Etwas, das er noch nie zuvor für eine Frau getan hatte – und sie hatte ihn zurückgewiesen. In seiner gesamten Waisenhauszeit war es immer darum gegangen, etwas aus sich zu machen. Doch als Molly ihn zurückgewiesen hatte, hatte sie ihm damit bewiesen, dass seine größte Angst berechtigt war. Schöne Kleider und ein erlesener Geschmack bei Getränken und Silberbesteck änderten nichts daran, wer man in seinem Inneren wirklich war. Mollys Verhalten hatte ihn dazu veranlasst, zu glauben, dass keine Frau den echten Daniel Hunter lieben konnte. Und um das zu vergessen, hatte er das letzte Jahr mit Trinken, Partys und Arbeiten verbracht.

Hunter wusste jetzt, wie wenig wert er dem weiblichen Geschlecht in Wahrheit war. Er war der Mann für gewisse Stunden. Mehr nicht. Doch Hunter hatte viel zu hart daran gearbeitet, etwas aus sich zu machen, um diese selbstzerstörerischen Tendenzen zuzulassen.

Dieser Gedanke brachte ihn wieder zurück zu seinem Plan, wie er am besten über Molly hinwegkommen würde. Es musste endlich Schluss sein. Zumindest für ihn, auch wenn das bedeutete, dass er ihr gegenüber wieder etwas freundlicher werden musste, zumindest, solange er am Fall ihres Vaters arbeitete.

Er würde einfach der Natur ihren Lauf lassen, dachte er ironisch und blickte auf den Vogel im Käfig. Er begehrte Molly schon so lange, dass es zwecklos war, so zu tun, als begehrte er sie nicht mehr, vor allem jetzt, wo es so aussah, als würde sein Aufenthalt sich noch eine Weile hinziehen. Diese Art von Fall war nie schnell abgeschlossen. Seine selbst erteilte Erlaubnis, sich Molly anzunähern und zu sehen, wie die Dinge liefen, fühlte sich gut an.

Verdammt gut.

Diese Vorstellung verbesserte schlagartig seine Laune. Er würde die Zeit, während er an diesem herausfordernden Fall – und an der Geschichte mit Molly – arbeitete, lächelnd genießen. Vor allem, solange *er* es am Ende sein würde, der wegging.

*Das Spiel konnte beginnen.*

Molly kehrte von ihrem morgendlichen Lauf mit ihrer Freundin Liza zurück. Liza hatte sie bei einem ihrer vielen Ausflüge zu Starbucks kennengelernt. Dank ihr hatte Molly eine ehrenamtliche Tätigkeit im Seniorenheim der Stadt gefunden. Liza war die Einzige außer ihrer Familie, der sie vertraute und die ihr, was Molly ganz besonders schätzte, eine Schulter zum Anlehnen bot. Das war gerade jetzt, wo Hunter wieder in ihrem Leben aufgetaucht war, wichtig.

Als Molly nach Hause kam, ging sie sofort unter die Dusche. Sie hatte gelernt, sich zu beeilen, bevor Jessie aufwachte und das Bad, wie jeden Tag, stundenlang blockierte. Molly fand die Anpassung an das Familienleben – zum Beispiel, dass man gemeinsam ein Bad benutzte – amüsant und beklagte sich nur selten über die damit verbundenen Unannehmlichkeiten, weil sie das Gefühl hatte, dass dies ein Teil von etwas Großem war. Auch an diesem Tag störte sich Molly nicht daran, vor allem weil es, außer ihrer Schwester, noch Wichtigeres gab, worüber sie sich Sorgen machte.

Hunter. Sie wollte fertig sein, bevor er aufwachte und sie seiner ablehnenden Haltung begegnete. Ganz zu schweigen von ihrem Wunsch, dass alles wieder so werden möge, wie es einmal war, und ihrer Ehrfurcht vor seiner unbestreitbaren körperlichen Anziehungskraft.

Er war sehr sexy. Sein schierer Anblick erregte sie bereits. Außerdem hatte er eine so starke Wirkung auf sie, dass sich seine Laune im Handumdrehen auf sie übertrug und sie dazu provozierte, seine imaginären Mauern niederreißen zu wollen. Seine unsichtbaren Barrieren zu überwinden schien sich zu einer ernsthaften Aufgabe für sie zu entwickeln. Leider war es sinnlos, weil er ganz offensichtlich nicht vorhatte, ihr zu verzeihen. Und auch sie hatte Besseres zu tun, als mit dem Kopf durch die Wand zu rennen.

Frisch geduscht kehrte Molly in ihr Zimmer zurück. Nachdem sie ihr Haar getrocknet und sich angezogen hatte, begegnete ihr in der Diele Hunter, der ebenfalls gerade aus der Dusche kam. Er trug Jeans und ein mintgrünes Poloshirt und pfiff vergnügt vor sich hin, während er sich mit einem Handtuch das Haar trocken rieb.

Kurz vor einem Beinahezusammenstoß blieb er stehen. „Hallo!“ Er klang überraschend erfreut, sie zu sehen.

„Guten Morgen“, erwiderte sie trocken. „Hast du gut geschlafen auf der Gästeliege?“

„Gar nicht übel.“ Er lehnte sich mit dem Rücken gegen die Wand und war offenkundig gesprächsbereit. „Ich habe gut genug geschlafen, um den Fall deines Vaters mit einem klaren Kopf zu bearbeiten.“

„Das freut mich zu hören.“

„Und du? Wie hast du geschlafen?“

Nicht schlecht, wenn man in Betracht zieht, dass der Mann meiner Träume unter demselben Dach geschlafen hat, dachte sie. „Ich habe großartig geschlafen!“, log sie.

Als ob er ihre Gedanken lesen konnte, erschien plötzlich ein sexy Lächeln auf seinen Lippen, während er sie mit seinem Blick zu durchbohren schien.

Da sie nicht geneigt war, sich aus der Fassung bringen zu lassen, verschränkte sie die Arme vor der Brust und sah ihm in die Augen. Dann ließ sie ihren Blick langsam über seinen Körper wandern, um zu sehen, mit welchem Gegner sie es zu tun hatte.

Es handelte sich zweifellos um einen sehr attraktiven Mann. Er war zwar vollständig angezogen, aber, was ihre Sinne betraf, hätte er ebenso gut nackt vor ihr stehen können. Sein feuchtes Haar erinnerte sie daran, dass er gerade geduscht hatte, und obwohl sie versuchte, nicht an seinen nackten Körper unter dem Duschstrahl zu denken, tat die feuchte Luft, die aus dem offenen Bad strömte, ihr Übriges, um ihre Fantasie lebhaft anzuregen.

Der Duft nach Seife und Shampoo und der Geruch dieses sauber und männlich riechenden Mannes umhüllte sie wie ein Kokon aus feuchter Luft. Sie war sich seiner Anwesenheit sehr bewusst, und ihr Körper reagierte dementsprechend. Ihre Brustspitzen zeichneten sich hart unter dem weichen T-Shirtstoff ab, und sie war froh, dass sie ein dickes Sweatshirt darüber trug, das die Anzeichen ihrer körperlichen Erregung einigermaßen verbarg.

Molly räusperte sich und wechselte ihre Position, um das plötzliche Pochen an unaussprechlichen Stellen ein wenig zu mildern. „Also, was hast du heute vor?"

„Ich würde deinen Vater gerne im Gefängnis treffen und eine schnellstmögliche Anhörung organisieren."

Sie riss überrascht die Augen auf. „Das klingt so einfach, wenn du es sagst", meinte sie mit hoffnungsvoller Stimme.

„Es sollte auch nicht so schwer sein. Ich habe meine Kanzlei angewiesen, dem zuständigen Gericht mitzuteilen, dass ich nun sein Anwalt bin und Kopien sämtlicher Vorgänge vom Staatsanwalt haben will. Und dank E-Mail und Fax werden sie mir alles zuschicken", sagte er lachend.

Er lachte? Sie betrachtete ihn skeptisch. Wo war der arrogante und wütende Mann von gestern geblieben?

„Und du, was hast du heute vor?", gab er die Frage an sie zurück.

Sie zuckte mit den Achseln. „Das Übliche."

„Und das wäre?" Er kam näher. „Komm, lass mich an deinen Gewohnheiten teilhaben", nötigte er sie in einem spielerischen Tonfall.

„Warum?"

„Weil ich neugierig bin."

Sie schüttelte den Kopf. „Hast du nicht erst gestern gesagt, dass du nur wegen meines Vaters hier bist? Und dass du keinen Wert auf Dinge legst, die auch nur im Entferntesten persönlich sind?"

Sein Blick verdüsterte sich kurz. „Ich habe meine Meinung geändert."

„Offensichtlich. Aber warum? Und erzähl mir nicht, dass eine gute Nacht mit gesundem Schlaf deine Stimmung auf diese wundersame Weise verändert hat."

Der Mistkerl grinste. Es war ein sehr attraktives und atemberaubendes Grinsen.

Sie fuhr sich ungelenk durch die Haare und bedachte ihn mit einem abschätzigen Blick. „Ich mag keine Spielchen. Vielleicht hast du das vergessen, aber es ist immer noch Tatsache. Gestern habe ich mich entschuldigt, und du hast mich auflaufen lassen, und heute Morgen bist du fröhlich und flirtest …"

„Ach, tue ich das?"

Er streckte die Hand nach ihr aus und berührte ihre Wange, um sie zu streicheln. „*Jetzt* flirte ich", sagte er mit einem noch breiteren Grinsen.

Sie hob ihre Hand, um ihn abzuwehren. Doch dann umklammerte sie stattdessen sein Handgelenk.

„Bitte spiel nicht mit mir“, versuchte sie ihn mit angemessenem Ernst zu warnen. Doch ihre heisere, unsichere Stimme verriet ihre wahren Gefühle.

Hunter kam näher, bis sein Gesicht nur noch wenige Zentimeter von ihrem Gesicht entfernt war. „Egal, was ich gesagt habe, als ich ankam, ich habe begriffen, dass du recht hast. Zwischen uns gibt es noch eine Menge Dinge zu klären, und wir könnten zum Beispiel damit anfangen, dass ich deine Entschuldigung akzeptiere.“

Ihr Pulsschlag verdoppelte sich bei seinen aufrichtig klingenden Worten. „Ich bin froh, dass du hierhergekommen bist.“ Sie befeuchtete ihre trockenen Lippen mit der Zungenspitze und ermahnte sich, so klug zu sein, ihn nicht allzu wörtlich zu nehmen. Dennoch war sie unbestreitbar froh darüber, dass er seine Meinung geändert hatte, und sei es auch nur, weil es ihm die Arbeit, ihren Vater aus dem Gefängnis zu holen, erleichterte.

Oder täuschte sie sich? Als sie sich in die Augen sahen, leuchteten goldene Reflexe in seinen haselnussbraunen Augen auf, und sie erkannte sein Verlangen, und sein Blick ließ in ihr dieselbe Sehnsucht erwachen.

Molly hatte seine Absicht erkannt, schon bevor er sich bewegte. Sie ahnte, dass sie sich besser schnell aus dem Staub machen sollte. Schließlich wusste sie immer noch nicht, was seinen plötzlichen Sinneswandel verursacht hatte oder ob sie der guten Laune, die er über Nacht entwickelt hatte, trauen konnte. Es wäre schlau gewesen, vorsichtshalber den Rückzug anzutreten, bevor die Stimmung zwischen ihnen wieder umschlug.

Und trotzdem – sie rührte sich nicht.

Langsam und ohne den Blickkontakt zu lösen neigte Hunter seinen Kopf absichtlich so weit zu ihr hinunter, bis sein Mund ihre Lippen berührte. Seine Lippen fühlten sich samtig an, und sein Mund war gierig. Seine Zunge tauchte tief in ihren Mund

und spielte ein besitzergreifendes Spiel mit ihr. Er spürte offenbar instinktiv, wonach sie sich am meisten sehnte. Die Schmetterlinge in ihrem Bauch drängten sie, sich fest an ihn zu pressen und seinen Kuss leidenschaftlich zu erwidern.

Ihn zu verschlingen.

Ihm zu verzeihen.

Verlorene Zeit aufzuholen.

Nur das zählte. Seine Hände wanderten über ihre Schultern, als er sie an sich drückte und er seine Lippen härter und fordernder auf ihren Mund presste. Ihre Brüste strichen über seinen Brustkorb, wobei sich ihre empfindsamen Spitzen hart aufrichteten. Die feuchte Hitze, die sich mit fast schmerzhaftem Pochen zwischen ihren Beinen bemerkbar machte, ließ sie an ihrer früheren Entscheidung und dem aktuellen Zustand ihrer Sinne zweifeln.

Sie vergrub ihre Finger im rauen Baumwollstoff seines T-Shirts. Sehnsuchtsvolles Verlangen überschwemmte ihren Körper in einem Tempo, das den Bewegungen seiner forschen Zunge und dem Druck seines an sie gepressten Unterleibs entsprach. Er schmeckte so gut, und sein Begehren war so intensiv, dass es ihrer Kehle unwillkürlich ein heiseres Stöhnen entrang.

Molly konnte nicht genug von ihm bekommen. Doch dann trat er plötzlich und ohne Vorwarnung einen Schritt zurück und ließ ihren bebenden Körper an der Wand stehen.

„Siehst du?“, sagte er, während er sie unter seinen schweren Lidern hindurch betrachtete. „Es gibt noch eine Menge unerledigter Dinge.“

Sie schluckte. Alles an ihr zitterte.

Hunter legte seine Hände auf ihre Schultern, als ob er ahnte, dass die Wand ihr nicht als Halt genügte.

Doch Molly wich aus, weil sie sich nicht an ihn anlehnen wollte, solange sie nicht wusste, weshalb er sie geküsst und, was beinahe noch wichtiger war, weshalb er sie weggestoßen hatte. Sie lehnte sich mit dem Rücken an die Wand.

„Ist das nur ein Spiel für dich?“, fragte sie. „Spielst du mit mir?“ Ein Spiel, das sie, wie sie ihn bereits gewarnt hatte, nicht mitspielen würde. Nicht einmal sie verdiente diese Art der Bestrafung.

Er schüttelte den Kopf, während er sich mit dem Daumen über die feuchten Lippen fuhr und sie mit diesen wundervollen Augen ansah.

„Kein Spiel.“

„Aber warum …“

„Ich habe den Kuss abgebrochen, weil ich nicht will, dass man uns hier in der Diele wie zwei Teenager ertappt“, antwortete er in einem ruppigen Tonfall.

Sie holte tief Luft. „Und du hast mich geküsst, weil …“

Auf seinem Gesicht erschien wieder dieses Grinsen. „Zwischen uns gibt es noch eine Menge Dinge zu klären. Das hatten wir beide doch bereits festgestellt.“

Molly wusste nicht, ob er damit körperliche oder emotionale Dinge meinte, aber sie war sicher, dass sie das in den kommenden Wochen herausfinden würde.

Als sie sich mit der Zunge über die Lippen fuhr, schmeckte sie seinen überwältigenden, männlich salzigen Geschmack. „Als ich sagte, wir hätten noch ein paar unerledigte Dinge zu regeln, meinte ich damit, dass wir noch eine Menge Dinge zu besprechen haben und nicht, dass wir … du weißt schon.“

Er lachte. „Willst du damit sagen, dass dieser Kuss nicht geplant war?“

Ein unerwartetes Lächeln erschien auf ihren Lippen. „Ich habe keinen Plan und will nur den Fall meines Vaters klären, soweit das möglich ist. Wir haben noch eine Menge Arbeit vor uns.“ Sie hielt den Atem an und hoffte, er würde diesen Wink mit dem Zaunpfahl begreifen und das Thema wechseln. Sie brauchte Zeit und einen klaren Kopf, um nachzudenken. Und das war, solange er in ihrer Nähe war und sie jeden Augenblick küssen konnte, schlicht unmöglich.

„In Ordnung, aber zuerst möchte ich dir erklären, was letztes Jahr schiefgelaufen ist."

Er will die Sache offensichtlich auf seine eigene Weise regeln, dachte Molly. „Gut, wenn du meinst."

Hunter war zwar immer noch von der Intensität ihres Kusses berührt, dennoch konnten bestimmte Dinge nicht ungesagt bleiben.

„Es geht um Dumont."

Molly hob die Brauen. Sie schien überrascht, dass er über ihren Beinahestiefvater reden wollte. „Was ist mit ihm?"

„Es tut mir leid, dass dir wehgetan wurde, als Lacey beschloss, von den Toten aufzuerstehen. Ich weiß, wie viel es dir bedeutet hätte, Dumont zum Stiefvater zu haben. Und am Ende hattest du ja auch recht damit, ihm zu vertrauen. Er hatte sich verändert."

Sie starrte Hunter mit weit aufgerissenen Augen an. „Danke!", sagte sie sanft, weil sie zu begreifen schien, wie schwer es ihm fiel, nach allem, was geschehen war, etwas Nettes über diesen Mann zu sagen.

Er reagierte mit einem knappen Kopfnicken. Seine ramponierten Gefühle im Zaum zu halten war zwar nicht leicht für ihn, aber er hatte sich vorgenommen, herauszufinden, wohin die Sache zwischen ihm und Molly führen würde. Und er fürchtete sich zu Tode, weil diese Frau immer noch die Macht besaß, sein Herz zu zerreißen.

Aber nur, wenn du es zulässt, ermahnte er sich selbst. Diesmal hatte *er* alles unter Kontrolle, und er würde sie unter keinen Umständen wieder so nahe an sich herankommen lassen, dass er verletzt werden konnte. Dennoch suchte er keine Vergeltung.

Er wollte Frieden. Hunter begriff, dass das bedeutete, aufrichtig zu ihr sein zu müssen. „Molly?"

„Ja?"

Er registrierte den hoffnungsvollen Unterton in ihrer Stimme. „Ich bin nicht mehr der Mann, den du zu kennen glaubst", warnte er.

Nicht, dass er gedacht hatte, sie würde Hals über Kopf bei ihm landen wollen. Sie hatte ihn schon einmal abgelehnt.

Molly holte tief Luft. Ihr Mund war noch vom Druck seiner Lippen gerötet.

„Ich habe deine Wohnung gesehen und einen kleinen Eindruck der Veränderungen bekommen", erwiderte sie unverblümt. „Das warst nicht du."

„Du kennst *mich* doch gar nicht wirklich. Das sage ich nicht, weil ich dir wehtun will, sondern weil es stimmt. Diesen Teil von mir gab es schon, bevor wir uns kennenlernten, und er ist dann wieder an die Oberfläche gekommen."

„Okay, aber warum ..."

„Vergiss es." Hunter hatte keine Lust, ihr die Gründe dafür zu erklären. Das hätte ihr nur wieder Macht über ihn gegeben, und er lehnte es ab, sich ihr so auszuliefern. „Ich wollte nicht davon anfangen." Auf einmal fühlte er sich so dumm, weil er überhaupt in Betracht gezogen hatte, sie könnte sich in ihn verlieben.

Als ob sie das jemals tun würde.

„Kann ich dich irgendwo hinfahren, heute Morgen?"

„Das kannst du tatsächlich. Zu Starbucks. Danach beginne ich mit meiner ehrenamtlichen Arbeit in der Seniorenresidenz. Du kannst mich dort rauslassen."

Er lächelte. „Koffein klingt gut. Ich möchte nicht ins Gefängnis gehen, bevor ich Nachrichten aus meiner Kanzlei habe. Es ist aber noch zu früh, um jemanden beim Gericht zu erreichen."

„Hört sich gut an. Nimm einen Block oder deinen Laptop mit. Ich gebe dir noch ein paar Infos über meinen Vater und seinen Fall, und dann können wir uns überlegen, wie wir weiter vorgehen wollen."

Hunter machte ein skeptisches Gesicht. „Wie *wir* weiter vorgehen wollen? Ich wusste nicht, dass du vorhattest, meine Assistentin zu spielen." Er wollte alleine arbeiten.

„Nein, das hatte ich auch nicht vor." Sie straffte ihren Rücken und verwandelte sich wieder in die großspurige Molly, die er kannte. „Wir sind Partner", sagte sie mit einem unerwarteten Grinsen.

Diese Frau brachte ihn um den Verstand. Aber zum Aussteigen war es nun bereits zu spät.

# 5. Kapitel

Hunter hielt Molly bei Starbucks in der Stadt die Tür auf. Abgesehen von dem Einkaufszentrum mit dem riesigen Parkplatz vor der Tür hätten sie ebenso gut in Albany sein können. Alle Starbucks-Filialen sahen gleich aus, was ihm eigentlich hätte tröstlich erscheinen können, wenn da nicht diese Frau gewesen wäre, die vor ihm herging.

Vorhin in der Diele hatte er fast nur auf ihre vollen Lippen geachtet und den Rest beinahe außer Acht gelassen. Das holte er jetzt nach. Sie war zwar immer noch die Molly, die er bewunderte, aber er stellte auch fest, dass die Frau, die sich immer mit größtmöglicher Wirkung gekleidet hatte, nirgendwo zu sehen war. Sicher, sie hatte vor ein paar Tagen, als sie zu ihm gekommen war, ihre roten Cowboystiefel getragen. Doch schon da war ihm das ungewöhnlich farblose Top aufgefallen. So, wie sie sich inzwischen kleidete, war er wohl nicht der Einzige, der sich verändert hatte.

Sie trug ein blassrosa T-Shirt mit V-Ausschnitt zu ausgeblichenen Jeans und einfachen Turnschuhen. Keine auffälligen Farben, keine schillernden Accessoires, keine roten Cowboystiefel. Seit er diese Stiefel an ihren langen Beinen gesehen hatte, gehörte Rot zu seinen Lieblingsfarben. Erst letzte Nacht hatte er wieder davon geträumt, mit ihr zu schlafen, während sie diese Stiefel trug. In seinem Traum saß sie auf ihm und trug nichts weiter als ihre sexy roten Stiefel.

Heute hatte sie in derselben Haltung *hinter ihm* auf dem Motorrad gesessen.

Sie sagte, dass sie vorher noch nie auf einem Motorrad

gesessen habe und ließ sich darauf nieder wie ein Naturtalent. Sie schlang ihre Arme um seine Taille und hielt sich fest, wobei sie ihren Körper in jeder Kurve enger an ihn presste. Er hatte sich ihre Brüste an seinem Rücken vorgestellt, während er fuhr. Das Motorrad verschaffte ihm schon immer einen ganz besonderen Adrenalinkick, aber mit Molly, die sich an ihn drückte, war auch noch eine Aufwallung sexueller Erregung hinzugekommen, die er dringend abarbeiten musste.

Daran denkend, wie sie ihn in der Diele geküsst hatte, glaubte Hunter nicht, dass es allzu schwierig sein würde, Molly in sein Bett zu locken. Unglücklicherweise war er nicht davon überzeugt, dass das schlau wäre. Er war sich nicht sicher, dass Sex der richtige Weg war, sie sich für immer aus dem Kopf zu schlagen. Er befürchtete eher das Gegenteil. Seit dem Kuss in der Diele begehrte er sie jedenfalls mehr, als er gedacht hatte.

Ihre Kleidung mochte zwar ausdrücken, dass sie keine Aufmerksamkeit auf sich lenken wollte, aber ihr verführerischer Hüftschwung und das gelegentliche Zurückschnippen ihrer Haare sprachen eine andere Sprache. Im Café bemerkte man Molly schon beim Eintreten, und je weiter sie hineingingen, desto mehr Menschen erkannten und grüßten sie.

„Hallo, Molly."

„Guten Morgen, Molly!"

„Wie geht es deinem Vater?"

Begrüßungen und Fragen kamen wie aus der Pistole geschossen aus allen Ecken, und Molly antwortete und grüßte jeden mit Namen und einem Lächeln auf ihren Lippen. Sie schien sich hier wohler zu fühlen und glücklicher zu sein, als sie es auf der Universität oder in Hunters Heimatstadt jemals gewesen war.

Sie hatte wirklich das Zuhause gefunden, nach dem sie immer gesucht hatte. Konnte er ihr das verübeln?

Endlich erreichten sie den Tresen.

„Eine große koffeinfreie Latte mit fettfreier Milch und zuckerfreier Vanille?", fragte der junge Mann hinter dem Tresen.

Er hatte kurzes, dunkelbraunes Haar, und sein Blick wanderte immer wieder zu Mollys Brüsten. Er war jung und offenbar eingebildet genug, zu glauben, dass er bei einer Frau wie Molly landen konnte.

Hunter biss die Zähne zusammen, als Molly diesen Burschen mit einem strahlenden Lächeln begrüßte. „Du hättest mich auch fragen können, ob ich das Übliche haben will."

Der Thekenmann zuckte mit den Achseln und nahm einen Becher vom Regal. „Aber ich wollte dich beeindrucken."

Molly legte ihre Hand auf seine. „Du beeindruckst mich immer, J. D."

„Ich hätte gerne einen großen schwarzen Kaffee", mischte sich Hunter ein, als ihm klar wurde, dass dieses Kind ihn ignorierte, weil es bei Molly Eindruck schinden wollte.

„Wie geht's deinem Vater?", fragte J. D. Molly, während er sich um ihren Kaffee kümmerte.

„Es geht ihm gut. Er ist zuversichtlich, dass er bald entlastet wird."

„Freut mich zu hören. Sobald er draußen ist, sagst du ihm bitte, dass er, wann immer er eine Pause braucht, hier vorbeikommen soll. Ich spendiere ihm den Kaffee." J. D. schenkte Molly ein breites Grinsen.

„Führt der Weg zum Herzen einer Frau durch den Magen ihres Vaters?", fragte Hunter.

Molly stieß ihm den Ellbogen in die Rippen. „Psst. Er will doch nur nett sein."

Hunter bezahlte für die beiden Kaffees, obwohl Molly protestierte. Diese Geste, so hoffte er, würde diesem Romeo hinter der Theke zeigen, dass Molly mit Hunter da war.

Endlich gab J. D. Hunter das Restgeld zurück und wandte

sich dem nächsten Kunden zu. Molly und Hunter setzten sich an einen kleinen Tisch im hinteren Teil des Cafés.

„Muss man nicht mindestens siebzehn sein, um arbeiten zu dürfen?", fragte Hunter. „Dieser Kerl ist kaum alt genug, sich zu rasieren."

Molly lehnte sich zurück. Ihre Augen funkelten, während sie lachte. „Bist du eifersüchtig auf J. D.?" Sie schien sich ernsthaft über ihn lustig zu machen.

„Ich bin auf niemanden eifersüchtig." Hunter konnte nicht glauben, dass er sich in diese Lage gebracht hatte. „Jetzt mal zurück zu deinem Vater", sagte er, weil dieses Thema garantierte, dass sie sich auf etwas anderes konzentrierte.

„Er ist unschuldig", erklärte Molly heftig.

Und Hunter musste feststellen, dass dieses Thema auch nicht leichter war. „Es ist nicht wichtig, ob er schuldig oder unschuldig ist, ich werde ihn auf jeden Fall so gut wie möglich vertreten. Du hast selbst Jura studiert. Du weißt das."

Sie rang mit den Händen und beugte sich zu ihm. „Aber es ist wichtig, dass du an seine Unschuld glaubst." Molly wirkte ungehalten. Sie sah zwar süß aus, aber ihre Unterlippe war vorgeschoben.

Er hatte keine Lust, sich mit ihr zu streiten, aber sie musste begreifen, dass es nicht seine Aufgabe war, Partei zu ergreifen, weder als zuständiger Anwalt noch als der Mann, der wieder einmal viel zu leicht ihrem Zauber zu unterliegen drohte. Wenn er sich um Schuld oder Unschuld ihres Vaters oder um Mollys Gefühle kümmern würde, würde er sich selbst einer Zurückweisung aussetzen, über die er diesmal nicht in acht Monaten hinwegkommen würde.

„Molly …"

Sie beugte sich vor. „Du hast die Unterlagen gelesen, du kennst die Fakten, aber du weißt nichts über diesen Mann, meinen Vater. General Addams würde seinen besten Freund niemals umbringen", sagte sie in einem flehentlichen Ton und mit einem seelenvollen und bittenden Ausdruck in ihren Augen.

Hunter stöhnte und versuchte, mit ihr zu sprechen, wie er mit jedem Klienten sprach, der darauf bestand, dass er seine Unschuld glauben müsse, um ihn angemessen vertreten zu können. „Hör mir mal zu. Du brauchst mich als Anwalt für deinen Vater und nicht als seinen Freund. Da gibt es einen großen Unterschied."

Sie schüttelte den Kopf, und dabei stieg ihm ein Hauch ihres Parfums in die Nase. Sein Unterleib reagierte, als ob sie sich an ihn gedrückt hätte, aber sein Gehirn schaffte es dennoch, irgendwie zu funktionieren und sich auf ihre Unterhaltung zu konzentrieren.

„Er ist mein Vater. Mein leiblicher Vater. Einer, dem ich wichtig bin ..." Sie brach ab, schluckte und kämpfte sichtlich gegen die Tränen.

Mist.

„Schau mal", begann er, „ich kann mir zwar nicht vorstellen, wie du dich jetzt fühlst, aber ich werde mein Bestes für ihn tun."

Molly nickte. „Daran habe ich nie gezweifelt, sonst hätte ich dich nie gebeten zu kommen. Also, lass uns einfach reden. Für die Einzelheiten werden wir später noch genug Zeit haben ..." Sie schob ihm seinen Kaffeebecher hin.

Er nahm einen großen, heißen Schluck und verbrannte sich dabei den Gaumen. Sie saßen angenehm entspannt nebeneinander und genossen den Morgenkaffee, während sie sich über allgemeine Dinge wie die neuesten Nachrichten und das Wetter unterhielten. Es war eine vertraute Atmosphäre, die Hunter daran erinnerte, wie gut sie immer schon miteinander ausgekommen waren.

Ganz allmählich lenkte er das Thema wieder auf ihre aktuelle Situation. „Magst du es, mit jemandem zusammenzuleben, oder hasst du es, ständig von jemandem umgeben zu sein?

Nach all den Jahren des Alleinlebens bin ich nicht sicher, ob ich mit Fremden zusammenwohnen könnte." Das erinnerte ihn zu sehr an seine Zeit im Waisenhaus.

Sie schürzte ihre glänzenden Lippen, als ob sie über seine Frage nachdenken würde. „Zuerst war es ungemütlich, und es gibt immer noch Dinge, die ich vermisse", sagte sie schließlich. „Ich werde definitiv nicht für immer bei ihnen bleiben. Aber es scheint eine gute Gelegenheit zu sein, meine Familie kennenzulernen und die verlorene Zeit ein bisschen nachzuholen."

„Trotz Jessies Feindseligkeit?" Er fragte sich ernsthaft, wie sie das Tag für Tag aushielt.

„Sie ist meine größte Herausforderung. Ich versuche, mich in ihre Lage zu versetzen, und das beruhigt mich normalerweise so weit, dass ich sie ignorieren kann, verstehst du?"

Er schüttelte den Kopf. „Nein. Ich war ein Einzelkind und musste mich nie an Brüder oder Schwestern gewöhnen. Zumindest am Anfang nicht."

„Bis du in eine Pflegefamilie gekommen bist."

Als sie dieses Wort aussprach, fror alles in ihm ein, und er wünschte, er hätte niemals darüber gesprochen.

„Richtig." Sein Kiefer war angespannt.

„War es so schlimm?", fragte sie sanft.

Er sprach nie über seine Vergangenheit. Selbst als er ihr erzählt hatte, wo er aufgewachsen war, wusste sie, dass es besser war, nicht nach Einzelheiten zu fragen. Offensichtlich hatte sie nun, da sie in ihrer eigenen Vergangenheit grub, das Gefühl, sie besäße so etwas wie einen Freifahrschein und könne ihn fragen, was sie wollte.

„Ja, es war so schlimm. Ein Albtraum. Können wir es dabei belassen?" Hunter reagierte absichtlich barsch, in der Hoffnung, dass sie dieses Thema dann fallen lassen würde.

„Nein, können wir nicht." Molly streckte ihre Hand aus, um sie auf seine Hand zu legen. Sie sah ihn an. In ihrem Blick spiegelte sich eine Mischung aus Sorge und Neugier, aber kein Mitleid.

Er hatte noch nie das Gefühl gehabt, dass sie ihn bemitleidete. Vielleicht war sie deshalb in der Lage, ihn zu verstehen, weil ihre eigene Kindheit ebenfalls kein Spaziergang gewesen war.

„Es sieht nicht so aus, als ob du schon über deine Vergangenheit hinweg bist. Vielleicht hilft es, darüber zu reden." Durch die Hoffnung, die in ihrer Stimme mitschwang, fühlte er sich genötigt, sich zu öffnen.

„Nur weil du gerade ein eigenartiges Märchen erlebst, heißt das noch lange nicht, dass es mir genauso gehen wird. Lass es einfach gut sein."

Er erwartete einen waidwunden Blick.

„Wünschst du dir manchmal, dass du deine Familie wiederfindest?", fragte sie stattdessen.

Hunter schloss die Augen und zählte bis zehn. „Wünschst *du* dir etwa, dass deine Mutter auftaucht und dir wieder alles kaputt macht? Nein. Das wünschst du dir nicht. Genauso wenig wie ich mir wünsche, dass mein fauler, versoffener Vater, der einfach weggegangen ist, oder meine Mutter an die Tür klopfen. Und ich möchte die Frau, die mich ins Waisenhaus gegeben hat, ganz sicher nie wieder in meinem Leben sehen. Das Schöne an blöden Fragen ist, dass man sie nicht beantworten muss." Er entzog ihr seine Hand, verschränkte die Arme vor der Brust und lehnte sich zurück. Molly hob die Brauen. Sie wirkte relativ unbeeindruckt von seinem Ausbruch. „In Wirklichkeit möchte ich meine Mutter sehr gerne wiedersehen, weil ich noch eine Menge unbeantworteter Fragen an sie habe. Aber ich würde diesmal nichts von ihr erwarten. Diese Lektion habe ich gelernt."

Er nickte. Ihre ruhige und beherrschte Reaktion hatte seine Wut verpuffen lassen, obwohl er nicht wütend auf sie gewesen war. Seine Wut richtete sich allein gegen seine Kindheit, die, bis auf das Jahr, das er mit Ty verbracht hatte, armselig gewesen war. Doch das war inzwischen Schnee von gestern.

Sie hatte recht. Sie war mit ihrer Vergangenheit im Reinen. Er war immer noch ein Pulverfass.

Er atmete aus und holte tief Luft. „Es kann nicht jeder seine Angelegenheiten so perfekt regeln wie du."

„Das stimmt, aber du tust dir nur selbst weh, wenn du ständig so wütend bist. Ich bin für dich da, wenn du darüber sprechen möchtest. Das ist alles."

Aber für wie lange? fragte sich Hunter. Wie lange würde Molly für ihn da sein, bevor sie ihn wieder genauso verließ wie beim letzten Mal? So, wie alle Menschen in seinem Leben es getan hatten.

„Danke", murmelte er, nicht mehr länger bereit, dieses Gespräch fortzuführen.

„Sollte ich jemals Kinder haben, dann werde ich sie niemals so behandeln, als wären sie weniger wert als der Schmutz unter meinen Nägeln", sagte Molly, die ihn damit kalt erwischte.

„Oder der nächste Drink", ergänzte Hunter, ohne darüber nachzudenken.

Da erschien ein süßes Lächeln auf ihren Lippen. „Siehst du, es war gar nicht so schwer. Beim Meckern mitzumachen, meine ich. Fühlte sich gut an, oder?"

Er fuhr sich durchs Haar. „Ich bin sicher, dass niemand von uns sein Kind auf der Toilette der Penn Station zurücklassen würde, ohne sich noch einmal umzublicken."

„Das hat deine Mutter getan?" Molly reagierte geschockt auf diese Vorstellung.

Er hatte noch nie zuvor darüber gesprochen. „Es hatte einen halben Tag gedauert, bis jemand Notiz von mir nahm. Letzten Endes hat sie mich auf diese Art dem Staat übergeben."

„Es ist furchtbar, seinem eigenen Kind so etwas anzutun." Molly musste an sich halten, um nicht aufzuspringen und

Hunter in den Arm zu nehmen. Doch wenn sie Mitleid gezeigt hätte, hätte sie ihn damit genötigt, seine unsichtbaren Mauern wieder zu errichten, jetzt, wo er doch endlich einmal über sich selbst sprach, was sie als Fortschritt betrachtete.

„Egal, wo ich war, immer lag ich nachts wach und dachte darüber nach, dass sie gewusst haben musste, was sie tat, als sie wegging. Sie musste irgendein dunkles Geheimnis über mich gekannt haben, das mich wertlos machte."

Er blickte verloren in den restlichen Kaffee in seinem Becher.

„Oh nein. Sie war diejenige, die es nicht wert war, ein Kind zu haben. Schon gar nicht dich." Mollys Magen verkrampfte sich vor lauter Mitgefühl.

Er stöhnte. „Egal. Das ist die Vergangenheit."

Sie hoffte nur, dass es ihm geholfen hatte, mit ihr darüber zu reden.

„Wollen wir gehen?", fragte er.

„Ja." Nun gab es eine Verbindung zwischen ihnen, ob er das akzeptieren wollte oder nicht. Molly war dankbar für den Fortschritt, den sie gemacht hatten. „Bist du fertig?"

„Ich hatte genug Koffein, um es mit dem gesamten Justizapparat aufnehmen zu können", antwortete er.

„Das reicht." Sie erhob sich, und er stand ebenfalls auf.

„Ich werde mir eine Flasche Wasser besorgen, bevor wir gehen. Möchtest du auch eine?"

„Nein, danke." Sie schaute auf die Schlange an der Kasse. „Was hältst du davon, wenn wir uns draußen treffen, okay?"

Er nickte.

„Mach es J. D. nicht so schwer", neckte sie ihn, als sie an ihm vorbei zur Tür ging und sie aufstieß. Nach ihrer anstrengenden Unterhaltung brauchte sie dringend frische Luft. Sie atmete tief ein. Der leichte Wind fühlte sich kühl und angenehm auf ihren Wangen an.

Molly ging bis zur nächsten Ecke und lehnte sich gegen eine

in dieser Gegend übliche Rotklinkermauer. Diese Häuser haben Charakter, dachte sie. Sie mochte diese Stadt wirklich sehr gerne und hätte nichts dagegen gehabt, hier Wurzeln zu schlagen.

Sie fragte sich, wie Hunter sich seine Zukunft vorstellte. Das ganze Gerede über Kinder hatte eine Saite in ihr zum Klingen gebracht, ein Gefühl, das sie schon seit einer Weile spürte. Es hatte sich verstärkt, als sie ihren Vater und dessen andere Kinder kennengelernt hatte. Molly hatte immer eine eigene Familie haben wollen.

„Hey.“ Hunter legte ihr die Hand auf die Schulter. „Was geht wohl in deinem wunderschönen Kopf vor?“

Sie erschauerte unter seiner warmen Berührung. „Nichts Besonderes. Ich genieße nur die frische Luft.“

„Nein, du machst dir Sorgen um deinen Vater.“

An ihren Vater hatte sie ausnahmsweise in diesem Augenblick einmal nicht gedacht, obwohl er niemals ganz aus ihrem Kopf verschwand. Doch es war besser, Hunter glaubte das, als zu erfahren, dass sie sich in Wahrheit nach einer Zukunft sehnte, die sehr wahrscheinlich unerreichbar für sie war.

„Okay, ein Punkt für dich.“

Er kam ganz nah an sie heran. „Alles wird gut, Molly.“

„Das kannst du mir nicht versprechen.“

„Damit hast du vielleicht recht“, sagte er, während sie seinen warmen Atem an ihrem Ohr spürte. „Aber ich kann dir versprechen, dass du den besten Anwalt aus New York und Connecticut auf deiner Seite hast.“

„Und den eingebildetsten“, lachte sie und fühlte sich wieder etwas wohler.

Jetzt, wo er seine Wut losgeworden war, übte er die von ihr so dringend benötigte beruhigende Wirkung auf sie aus. Und wenn sie an den Kuss dachte und das Gefühl, das sie auf dem Motorrad zwischen ihren Beinen gespürt hatte, wusste sie, dass er noch eine ganz andere Wirkung auf sie hatte.

Solange er neben ihr stand, konnte sie ihn noch einmal auf das Thema ansprechen, das sehr wichtig für sie war. „Versprichst du mir, dass wir die Unterhaltung über Schuld und Unschuld fortführen, sobald du mit meinem Vater gesprochen hast?" Es war ihr wichtig zu wissen, dass er genauso an ihren Vater glaubte wie sie.

Schließlich hing das ganze Wohlergehen ihrer Familie von ihm ab.

„Wir werden noch darüber reden", versprach er diplomatisch. Kein Wunder, dass er ein so guter Anwalt war.

Und ein so toller Mann.

Die Sache mit ihrem Vater hatte sie wieder zusammengebracht. Molly hoffte, die Zeit nutzen zu können, um auch die anderen Verbindungen zwischen ihnen wieder zu stärken.

Jessie lag neben Seth auf dessen Bett. Ihr Kopf ruhte auf einem Berg von Kissen, während er am Fußende des Bettes auf einem Kleiderstapel lag, den er, so erwartete es seine Mutter, irgendwann wegräumen sollte.

Jessie war jeden Tag nach der Schule bei ihm gewesen, obwohl er nicht mit ihr redete. Gar nichts. „Ich weiß, dass du aufgewühlt bist, weil dein Vater, ähm, getötet wurde, aber du musst darüber reden, sonst wirst du dich niemals besser fühlen."

Er drehte seinen Kopf in ihre Richtung. „Das ist es nicht alleine."

„Was denn?" Sie wollte es unbedingt wissen.

Sie und er erhoben sich gleichzeitig, bis sie sich frontal gegenübersaßen. „In der Nacht hat mein Vater meine Mutter geschlagen", sagte er in einem rauen Tonfall, den sie nicht von ihm gewohnt war. „Ich habe ihn gehört."

„Was?" Sicher, sein Vater war jähzornig, und wenn er schlechte Laune hatte, wirkte er manchmal beängstigend, aber er war ihr Onkel Paul, der niemals jemanden geschlagen hätte.

Da war sie sich sicher. „Vielleicht hast du nur geglaubt, dass das passiert ist, aber …"

Seth schüttelte den Kopf. „Ich weiß es genau. Er hat sie geschlagen, und sie hat zu ihm gesagt, dass sie die Nase voll hätte, und dass es das letzte Mal gewesen sei, dass er die Hand gegen sie erhoben hätte." Seine Stimme brach. Er zitterte am ganzen Leib.

Jessie erschauerte plötzlich auch. Ihr wurde übel. „Mann!", sagte sie. „Mann!" Ihr fehlten die richtigen Worte, um Seth zu trösten. „Es tut mir leid." Das war das Einzige, was ihr dazu einfiel.

Er starrte mit glasigen Augen vor sich hin. Sie wusste nicht einmal, ob er sie überhaupt gehört hatte. „Ich wusste nicht …", sagte er. „Ich lebte mit ihnen unter einem Dach und wusste nicht, dass mein Vater meine Mutter geschlagen hat. *Ich hätte es aber wissen müssen.* Ich hätte ihn aufhalten müssen." Er schaukelte mit seinem Oberkörper vor und zurück.

Jessie hielt es keine Sekunde länger aus. Sie krabbelte zu ihm und legte ihren Arm um seine bebenden Schultern. „Wie hättest du das denn wissen sollen, wenn deine Eltern nicht wollten, dass du es mitbekommst. Du bist das Kind. Sie sind die Erwachsenen. Du kannst dir nicht die Schuld daran geben."

„Doch, das kann ich."

Er klang plötzlich wie sein Vater, der genau wie Jessies Vater Offizier in der Armee gewesen war. Er wusste, wie man Befehle erteilte. Beide Männer lebten dafür, ihre Lieben zu beschützen. Jessie hielt sich selbst nicht für besonders intelligent, nicht so wie ihre Schwester Robin, die an der Universität in Yale war. Aber sie verstand etwas von Menschen, vor allem von denen, die sie liebte. Seth hatte entdeckt, dass sein Vater nicht der Held war, den er in ihm gesehen hatte, und er gab sich die Schuld für etwas, das er vorher nicht gewusst hatte.

Und dafür, dass er sich nicht wie der Mann im Haus verhalten hatte, der sein Vater offenbar nicht gewesen war.

„Da ist noch etwas", sagte Seth, bevor Jessie etwas sagen konnte. Sein Tonfall machte ihr Angst. „Nachdem mein Vater aus dem Haus stürmte, weinte meine Mutter, und ich wusste nicht, was ich machen sollte. Ich verschwand erst mal in meinem Zimmer, bevor ich hinunterging, um mit ihr zu sprechen, aber da war dein Vater schon da."

Jessie nickte, immer noch ängstlich, weil sie nicht wusste, was als Nächstes kommen würde.

„Ich stand an der Tür und lauschte. Dein Vater war außer sich vor Wut, weil er meine Mutter nicht dazu gezwungen hatte, meinen Vater eher zu verlassen."

„Das heißt, mein Vater wusste von den Misshandlungen." Jessie biss sich auf die Unterlippe.

Seth nickte. „Und Frank schwor, dass er, falls mein Vater meine Mutter noch einmal angreifen würde, ihn umbringen würde. Dabei hätte *ich* das sagen müssen. *Ich* hätte die Sache in die Hand nehmen müssen."

„Es ist schon okay", sagte sie hilflos. Ihr Herz schien vor Mitleid mit ihm zerbersten zu wollen.

Er sah ihr in die Augen. „Du musst wissen, dass ich nicht glaube, dass dein Vater meinen Vater umgebracht hat", sagte er, bevor er schluchzend das Gesicht in den Händen verbarg.

„Psst. Ich verstehe dich." Sein Vater war nicht mehr da, und Seth fühlte sich schuldig, weil er ihn nicht mehr zur Rede gestellt hatte, bevor er starb, dachte Jessie.

Doch sie wusste, dass Seth seinen Vater trotz allem vermisste. Und dass er möglicherweise ein schlechtes Gewissen hatte, weil sein Vater seiner Mutter wehgetan hatte. Dieses Durcheinander zerriss Seth, und sie konnte nichts daran ändern, außer für ihn da zu sein.

Sie schluckte und hielt ihren Freund im Arm. Lange später, als sie sich ansahen, nachdem seine Tränen getrocknet waren, schwor sie ihm, dass sie niemals verraten würde, dass sie ihn hatte weinen sehen.

Nach ihrem Besuch bei Starbucks überraschte Molly Hunter mit der Bitte, sie bei der Kunstgalerie ihrer Freundin Liza abzusetzen. Obwohl er ihr von den Augen ablesen konnte, dass sie gerne dabei gewesen wäre, wenn er ihren Vater besuchte, hatte sie begriffen, dass sie dabei nur stören würde. Molly wusste, dass Hunter seinen Klienten beim ersten Mal alleine besuchen musste, aber sie machte ihm klar, dass sie trotzdem von jetzt an in den Fall mit eingebunden werden wollte.

In der Zwischenzeit, so sagte sie, würde sie sich um ihre ehrenamtlichen Aufgaben im Seniorenheim kümmern. Bevor Hunter zu seinem Treffen aufbrach, hatte ihn Molly Liza, einer freundlich lächelnden Brünetten vorgestellt, die älteren Menschen in der Seniorenresidenz Malunterricht gab.

Molly erklärte ihm ihre Rolle in diesem Zentrum bis ins Detail. Sie las den alten Menschen vor, spielte Karten oder unterhielt sich einfach nur mit ihnen. Wenn sie darüber sprach, begannen ihre Augen zu leuchten. Sie mochte diese Senioren und beklagte sich darüber, dass sie kaum etwas dazu beitragen konnte, ihnen die Zeit zu vertreiben. Hunter wusste es besser. Sie hörte ihnen nicht nur geduldig zu, wenn sie über ihre Probleme sprachen, sondern sie gab ihnen auch rechtliche Unterstützung, half ihnen, ihre Testamente zu verfassen, und beim Verkauf oder der Vermietung ihrer Häuser und Wohnungen.

Er hatte immer gedacht, er sei wild auf seine Pro-Bono-Fälle, die rechtliche Vertretung von armen Außenseitern, weil er selbst einmal so einer gewesen war. Hilflos dem strengen staatlichen Kinderschutzsystem ausgeliefert hatte er sich geschworen, nie wieder wehrlos zu sein und anderen zu helfen, die sich in so einer Lage befanden. Und nun stellte er fest, dass Molly diese Leidenschaft mit ihm teilte.

Das war eine neue Seite an ihr oder zumindest eine Seite, die er bislang noch nicht gekannt hatte. An der Universität hatten Hunter und Molly nur das eine Ziel gehabt, es zu schaffen. Da war nicht viel Zeit für ehrenamtliche Arbeit, tiefe Freundschaften oder andere Dinge übrig geblieben. Und so war es auch, als sie im letzten Jahr in seine Heimatstadt gezogen war. Sie hatte für die Immobilienabteilung einer Bank gearbeitet, aber kein Sozialleben gehabt. Sie war sehr auf ihre Familie konzentriert oder vielmehr auf das, was sie für einen neuen Anfang und eine Beziehung zu ihrer eigensüchtigen Mutter hielt.

Wenn Laceys Onkel das Vermögen geerbt hätte, hätte Molly vielleicht ihre glückliche Familie, die sie sich so sehr wünschte, bekommen. Doch Laceys wundersame Wiederauferstehung hatte die Chancen ihres Onkels zunichtegemacht. Und ohne diese Erbschaft war der Verlobte von Mollys Mutter nur noch halb so attraktiv für sie gewesen. Sie kehrte ihm und der Stadt den Rücken und verschwand, ohne einen Gedanken an ihre Tochter Molly zu verschwenden, die fest mit der Liebe ihrer Mutter gerechnet hatte. Sämtliche Fortschritte, die Hunter mit Molly während der Zeit ihres kurzen Glücks gemacht hatte, waren auf einmal zunichte, und Molly verließ ihn ebenfalls. Hunter hatte Molly noch nie in einer stabilen Gefühlslage erlebt.

Nun aber schien sie trotz der Mordanklage gegen ihren Vater tief im Herzen glücklich. Sie hatte endlich die Aufnahme erfahren, nach der sie so lange gesucht hatte. Und dieses friedliche Gefühl hatte es ihr ermöglicht, ihren Horizont zu erweitern, ohne Angst davor zu haben, anderen zu nahe zu kommen. Sie hatte einen Job und einen Alltag, Freunde und ihre ehrenamtliche Aufgabe. Sie hatte Menschen, die sie liebte und um die sie sich kümmerte. Sie führte ein lebenswertes Leben.

Hunter beneidete sie darum, und er nahm sich vor, den Fall zu gewinnen, damit sie das Leben, das sie sich geschaffen hatte, behalten konnte. Molly brauchte Sicherheit, um sich zu entfalten, und Hunter war entschlossen, sie ihr zu geben.

Wie er feststellte, befand er sich damit in exakt der Lage, in der er sich niemals befinden wollte. Er sorgte sich um die Zukunft von Mollys Familie, und es interessierte ihn auf einmal doch, ob ihr Vater schuldig oder unschuldig war.

Er sorgte sich um Molly.

Offenbar hatte er nie gelernt, sich vor dieser Frau abzuschirmen. Das Beste, was er tun konnte, war, diesen Fall zu gewinnen und zu gehen, bevor er noch tiefer hineingezogen wurde.

# 6. Kapitel

Nachdem er Molly abgesetzt hatte, musste Hunter sich von den Gedanken an ihre Unterhaltung und seinem damit verbundenen Ausflug in die Vergangenheit ablenken. Ganz zu schweigen davon, dass er ausgerechnet der Frau, die ihm das Herz gebrochen hatte, seine tiefsten Ängste und Geheimnisse anvertraut hatte.

Zuerst hielt Hunter beim Bezirksamt, um sich mit dem Polizeichef zu unterhalten. Er war ein anständiger Kerl, der sich aber sehr nach den Buchstaben des Gesetzes richtete und davon überzeugt war, dass er den richtigen Verdächtigen eingesperrt hatte. Hunter wusste, dass er tief graben musste, um die Wahrheit herauszubekommen, angefangen bei Mollys Vater.

Die Rechtsanwaltsgehilfin seiner Kanzlei hatte ihm eine Kopie aller relevanten Unterlagen ins Haus des Generals gefaxt. Sobald er mit seinem Klienten gesprochen hatte, würde er sich einen ganzen Abend lang damit beschäftigen müssen, die Zeugenaussagen mit der Aussage des Generals zu vergleichen. Bei dem Gedanken, diesen Fall aufzuklären und damit genau das zu tun, was er am liebsten tat, begann sein Puls schneller zu schlagen.

Eine Stunde später saß Hunter seinem Klienten in einem Besuchszimmer gegenüber. Er musterte den General und versuchte, ihn sowohl als Mann als auch als Mollys Vater abzuschätzen. Sein äußeres Erscheinungsbild entsprach noch immer dem eines Soldaten. Er hatte kurz geschorenes Haar und besaß offenbar, seiner aktuellen Situation zum Trotz, ein bewundernswertes, natürliches Selbstvertrauen.

Der General musterte Hunter ebenfalls. „Sie sind also der

Anwalt, den meine Tochter angeheuert hat. Sie sagte, Sie seien der Beste."

Ein großes Lob von Molly, dachte Hunter. Er lächelte. „Ich werde mein Bestes tun."

Der General lachte. „Seien Sie nicht so bescheiden. Ich weiß, wer Sie sind. Ich wusste nur nicht, dass Sie und meine Tochter eine gemeinsame Vergangenheit haben."

„Sie hat Ihnen von uns erzählt?"

„Es ist mehr das, was sie nicht erzählt hat. Außerdem besitze ich eine verdammt gute Menschenkenntnis. So wie sie von Ihnen gesprochen hat, war es nicht schwer zu erraten, dass Sie beide einmal zusammen waren."

Hunter spürte, wie ihm eine untypische Röte ins Gesicht stieg.

„Ich weiß, ehrlich gesagt, nicht, was ich sagen soll."

„Sagen Sie einfach, dass Sie mich hier herausholen werden. Das wäre schon mal ein verdammt guter Anfang." Der General platzierte seine mit Handschellen aneinandergefesselten Hände auf dem Tisch.

Hunter machte ein missmutiges Gesicht und winkte den Aufseher heran.

„Nehmen Sie ihm die Handschellen ab."

„Aber …"

„Ich bin sein Anwalt, und wir haben etwas zu besprechen. Er wird nicht eine Stunde lang mit Handschellen hier sitzen. Also, nehmen Sie ihm diese Dinger ab."

Der Aufpasser blickte finster drein, aber er ging zu Frank, tätschelte die Pistole an seiner Uniform und sagte: „Ich bleibe aber hier." Erst danach entfernte er Franks Handschellen.

„Danke." Frank massierte sich die Handgelenke und lehnte sich schließlich zurück.

„Keine Ursache. Wir haben eine Menge zu besprechen. Sie sollten es sich einigermaßen bequem machen, weil ich alles über

Ihr Verhältnis zu Ihrem Partner und die Nacht der Ermordung wissen möchte."

Hunter holte einen gelben Notizblock und einen Stift aus seiner Aktentasche. Er hasste den muffigen Geruch des Besuchszimmers, und er ahnte, dass es in der Zelle noch schlimmer war. Es war höchste Zeit, dass der General sich mit seinen Erinnerungen befasste, damit Hunter ihn so schnell wie möglich dort herausholen konnte.

Auch wenn die Kaution zu Hunters Verteidigungsstrategie gehörte, ging es ihm unbestreitbar hauptsächlich um Mollys Reaktion, wenn er Seite an Seite mit ihrem Vater nach Hause kommen würde. Ein Teil von ihm wollte immer noch ihr Held sein, obwohl er sich dafür hasste, dass er das nötig hatte.

Er räusperte sich geräuschvoll. „Beginnen wir ganz von vorne. In welchem Verhältnis standen Sie zu dem Opfer, außer der Tatsache, dass Sie Partner und Freunde waren?", fragte Hunter den älteren Mann.

„Das ist einfach. Wir haben uns zur selben Zeit beim Militär gemeldet, waren zusammen in der Grundausbildung und haben gleichzeitig Karriere gemacht. Und wir haben auch zusammen gekämpft."

Hunter hob eine Braue. „Vietnam?", riet er.

Der General antwortete mit einem knappen Kopfnicken. „Das war unser erster Krieg, und wir haben beschlossen, dass der erste Irakkrieg unser letzter sein sollte."

„Ehrenvoll entlassen?", fragte Hunter.

„Aus Sicht eines Laien, ja. Ich kaufte ein Haus in der Straße, in der wir immer noch leben. Es war allerdings viel kleiner. Mehr konnte ich mir damals nicht leisten, aber als das Geschäft sich zu rentieren begann und die Kinder größer waren, zogen wir etwas weiter, und Paul kaufte das Haus nebenan." Er steckte eine Hand in die hintere Hosentasche. „Meine Frau Melanie starb kurze Zeit später." Die Stimme des älteren Mannes klang plötzlich ganz tief.

„Das tut mir leid", sagte Hunter.

„Danke. Das Leben ist ungerecht. Das habe ich schon vor langer Zeit erfahren, und es bestätigte sich erneut, als meine Erstgeborene, von der ich überhaupt nichts wusste, plötzlich vor meiner Tür stand. Wie soll man damit klarkommen?"

Hunter schüttelte den Kopf. „Ich habe keine Ahnung." Er konnte sich das Gefühl des Generals, betrogen worden zu sein, nicht richtig vorstellen.

„Ich hätte Mollys Mutter umbringen können, das sag ich Ihnen. Aber wenn ich Francie nicht umgebracht habe, obwohl sie mir ein Leben lang mein Kind vorenthalten hat, dann habe ich meinen Freund erst recht nicht getötet, weil er gestohlen hat." An der Schläfe des Generals zuckte ein unkontrollierter Muskel. Offenbar überwältigten ihn die Gefühle.

Hunter holte tief Luft und hielt sie einen Augenblick lang an. Er fand die Diskussion über Schuld und Unschuld, die er mit Molly begonnen hatte, nicht mehr länger irrelevant. „Lassen Sie uns fortfahren", sagte er, um beim Thema zu bleiben. „Sie und Paul hatten also ein gutes Verhältnis zueinander, und sie haben gemeinsam ein Immobiliengeschäft aufgezogen."

„Ja, das ist richtig. Sowohl Eigentumsverwaltung als auch schnelle Umsätze für den Gewinn."

„Beschreiben Sie mir Pauls Persönlichkeit. War er ruhig? Mit einem ausgeglichenen Charakter? So wie Sie?"

Mollys Vater lachte laut auf. „Himmel. Nein. Wir waren das komplette Gegenteil voneinander. Ich denke, bevor ich handle. Ich überlege mir immer verschiedene Möglichkeiten, selbst wenn ich auf Hochtouren bin. Paul war immer leicht reizbar, und das wurde mit der Zeit immer schlimmer. Das Problem ist, dass ich nie begriffen habe, warum. Ich war sein bester Freund. Sein Partner. Ich hätte merken müssen, dass da was falschlief, weil ihn in letzter Zeit selbst Kleinigkeiten aufbrachten." Er stieß seinen Stuhl zurück und erhob sich.

Der Aufpasser war sofort am Tisch. Hunter stöhnte und bedeutete der Aufsicht mit einer Handbewegung, sich zu entfernen. Doch bevor der Mann sich wieder mit gekreuzten Armen an der Wand aufstellte, wartete er erst ab, bis der General sich wieder gesetzt hatte.

Hunter hatte Frank sehr gut zugehört, weil er etwas entdecken wollte, dass sie auf eine neue Spur führen würde. Etwas, das dem General half.

Nun hatte er es gefunden. „Sie haben also vor Pauls Tod eine Veränderung seines Verhaltens festgestellt?" Da er die Unterlagen seines Klienten noch nicht gelesen hatte, fragte er ihn: „Haben Sie das der Polizei erzählt?"

„Das habe ich versucht, aber sie haben mir nicht zugehört." Der ältere Mann zuckte mit den Achseln. „Die Bullen interessieren sich nicht für Details, die ihre Meinung über meine Rolle bei Pauls Ermordung ändern könnten."

Hunter machte sich ein paar Notizen, damit er sie später mit vorliegenden Unterlagen vergleichen konnte. „Sie sagten, Sie hätten merken müssen, dass etwas nicht stimmte. Sie sagten, Sie hatten keinen Grund zu der Vermutung, dass Pauls Stimmungsänderungen eine Ursache hatten."

„Richtig. Weil er immer schon eine dunkle Seite gehabt hatte, schon damals in der Grundausbildung. Doch über die Jahre hatte er darauf geachtet. Die sanfte Persönlichkeit seiner Frau Sonya hatte eine beruhigende Wirkung auf seine Launenhaftigkeit, jedenfalls für eine Weile."

Hunter nickte verständnisvoll. „Jetzt erzählen Sie mir bitte etwas über die Nacht, in der es geschah."

Der General verschränkte seine Hände hinter dem Kopf, lehnte sich zurück und blickte zur Decke. „Zuerst sollten Sie ein Gefühl für unser Geschäft bekommen. Ich habe die Verhandlungen geführt, aber Paul war der Mann für die Finanzen. Ich vertraute ihm und hatte keinen Grund, es nicht zu tun."

„Fahren Sie fort."

„Wir handeln mit Objekten, die schnell Gewinn abwerfen. Das heißt, es geht um Geld, das rasch den Besitzer wechselt. An dem Tag schickte ich meine Assistentin zur Bank, um ein paar beglaubigte Schecks zu besorgen, und der Bankangestellte rief an, um mir zu sagen, dass wir nicht genug Geld für den Geschäftsabschluss auf dem einen Konto hätten. Das ergab keinen Sinn, wenn man die Summe in Betracht zog, die eigentlich hätte verfügbar sein müssen." Er strich sich mit der Hand über das kurz geschorene Haar. „Ich sagte ihm, dass Paul oder ich die Konten überprüfen und auf ihn zurückkommen würden."

„Sie gingen also zu Paul, um ihn zu fragen."

Frank neigte seinen Kopf. „Er war in seinem Büro, und er war so aufgeregt, wie ich ihn noch nie gesehen hatte. Er ging in seinem Büro hin und her, fluchte und murmelte Unverständliches vor sich hin. Ich erzählte ihm von diesem Bankirrtum und zeigte ihm die Abrechnung, die uns die Bank gefaxt hatte. Ohne draufzuschauen, erklärte er mir, dass es sich nicht um einen Irrtum handelte und dass die Konten stimmten."

Bei dieser Erinnerung wich die Farbe aus dem Gesicht des Generals. „So allmählich begreife ich, dass Paul keine Möglichkeit mehr sah, das Geld von irgendwoher zu nehmen. Er gab alles zu."

„Präzisieren Sie bitte", bat Hunter, der mit gezücktem Stift dasaß, um alles mitzuschreiben.

Frank stieß hörbar Luft aus. „Er sagte, dass er schon seit Jahren Geld von den Konten genommen hatte. Meistens nur bis zum nächsten Tag, und dann hatten wir es in der Regel schon wieder aufgefüllt, sodass ich ahnungslos blieb."

Hunter blickte auf das Profil des Mannes und studierte seinen Gesichtsausdruck. „Hat er gesagt, wofür er das Geld brauchte?"

Der General schüttelte den Kopf. „Er hat auch keine meiner Fragen beantwortet. Es endete damit, dass wir uns anbrüllten, das gebe ich zu. Er stürmte hinaus, und ich ließ ihn gehen. Ich wollte die Bücher nun selbst überprüfen und sehen, wie schlimm die Situation wirklich war, bevor ich später wieder mit ihm zu tun haben würde."

Obwohl Hunter versuchte, so emotionslos wie bei jedem anderen Klienten zu reagieren, empfand er Mitgefühl mit diesem Mann. Der Betrug eines Freundes musste wehgetan haben. „Hat jemand Sie streiten hören?"

„Unsere Sekretärin, Lydia McCarthy."

„Ich werde mit ihr sprechen müssen."

Der General gab Hunter ihre private Adresse und Telefonnummer, die er offensichtlich auswendig kannte. „Ich hoffe, sie kommt wieder und hält die Stellung im Büro oder dem, was davon noch übrig ist", sagte er trocken. „Sie arbeitet schon seit sieben Jahren für uns, aber jetzt ist sie wütend auf mich."

Hunter hob eine Braue. „Weil ..."

„Sie hat mich hier besucht. Dabei stellte sich heraus, dass sie und Paul ein Verhältnis miteinander hatten", erklärte er empört. „Sie kam hier herein und machte mir eine Szene. Sie war rasend, schimpfte und jammerte, dass ich den einzigen Mann, den sie je geliebt hatte, getötet hätte. Das war neu für mich, das kann ich Ihnen sagen."

Hunter zuckte zusammen. „Wusste Sonya, dass ihr Mann sie betrog?"

„Das weiß ich nicht. Verdammt noch mal. Als ob ich hergehen und ihren Verlust noch mit dieser Nachricht verstärken wollte."

„Gab es da noch andere Frauen?"

Frank hob die Achseln. „Nicht, dass ich wüsste, aber das muss nichts heißen." Der ältere Mann holte tief Luft und erschauerte, als er sie wieder ausatmete.

Hunter konnte erkennen, wie sehr ihn das alles mitnahm.

Und seine Entschlossenheit, ihn so schnell wie möglich aus dem Gefängnis zu holen und ihn nach Hause zu seiner Familie zu bringen, wuchs mit jeder Minute.

„Was ich Ihnen gerade erzählt habe, bleibt aber unter uns, haben Sie gehört?", bat der General.

Während Hunter mit seiner Schuhspitze Kreise auf den Linoleumboden malte, überlegte er die verschiedenen Möglichkeiten. „Fakt ist, dass die Anklage das alles herausfinden und während des Prozesses publik machen könnte. Ich würde Ihnen deshalb dringend empfehlen, die Dinge gleich klarzustellen."

Der General beugte sich vor und stützte seine Ellbogen auf den Tisch. „Ich werde es mir überlegen, aber wenn jemand Sonya informiert, dann bin ich es."

„Gut", sagte Hunter. Der General beschützte also die Witwe. Er machte sich eine Notiz. „Was geschah als Nächstes in jener Nacht?"

„Ich habe die Bücher mitgenommen, um sie zu Hause noch einmal zu überprüfen. Wir saßen beim Abendessen …"

„Wer war dabei?"

„Der Kommandeur und Molly. Robin war in der Uni."

„Und wo war Jessie?", fragte Hunter.

„Nebenan bei Seth."

Hunter nickte. „So weit klingt alles ganz normal."

„Es war normal. Außer, dass ich plötzlich kein Geld mehr im Geschäft hatte."

„Haben Sie der Familie von Pauls Unterschlagung erzählt?"

„Himmel. Nein. Ich wollte die Frauen nicht aufregen."

„Was war mit Ihrer Sekretärin?"

„Ich bin sicher, dass sie unseren Krach mitbekommen hat. Ob sie die Einzelheiten kannte, weiß ich einfach nicht."

„Fahren Sie fort."

„Wir aßen. Jessie kam zum Abendessen nach Hause. So gegen neun läutete das Telefon. Es war Sonya. Sie klang völlig aufgelöst, und ich ging gleich rüber. Sie sagte, sie sei ins Büro gekommen, als Paul gerade dabei war, alles kaputt zu schlagen und Sachen in der Gegend herumzuwerfen. Sein Temperament war ihr nicht neu, aber sie sah, dass diesmal ernsthaft etwas falschlief. Sie zwang ihn, ihr zu sagen, was los war, und er erzählte ihr alles, inklusive der Tatsache, dass er ihre Privatkonten geplündert hatte."

Hunter rieb sich mit der Hand über die Augen. Er hatte das Ausmaß dessen, was zwischen diesen Familien geschehen war, bis jetzt nicht richtig begriffen.

„Sie begann, ihn anzuschreien und beschuldigte ihn, ihr Leben ruiniert und Seths Zukunft aufs Spiel gesetzt zu haben." Frank blickte Hunter düster in die Augen.

„Was geschah dann?"

„Er sagte, dass sie den Mund halten sollte, und schlug ihr ins Gesicht", erklärte Frank mit zusammengebissenen Zähnen. „Dann schnappte er sich den Autoschlüssel und verschwand."

Hunter stieß einen leisen Pfiff aus. „War es das erste Mal, dass er sie misshandelt hat?"

„Nein. Und ich wusste es. Ich wusste, dass es schon einmal passiert war, und ich hatte sie damals gebeten, ihn zu verlassen, aber sie wollte nicht. Sie blieb und erzählte mir, dass es nicht mehr vorgekommen sei, und solange ich nichts davon mitbekam, verschloss ich die Augen vor der Wahrheit, weil Sonya es so wollte."

„Und jetzt fühlen Sie sich schuldig?"

„Ginge es Ihnen nicht genauso?"

Hunter beantwortete diese rhetorische Frage nicht. „Also waren Sie bei Sonya, während Paul zum Büro fuhr", sagte er mehr zu sich selbst als zum General. „Soweit es die Polizei betrifft, hatten Sie ein Motiv. In der Mordnacht stellten Sie fest, dass Ihr Partner und bester Freund Sie betrog und seine Frau schlug."

„Niemand weiß das von Sonya. Die Polizei weiß nur von dem Geld, und das reichte ihnen bereits. Sonya und ich waren der Meinung, dass es keinen Grund gab, alle schmutzigen Details aus ihrem Leben vor der Polizei und der Nachbarschaft auszubreiten."

Außer der Tatsache, dass auch Sonya ein Motiv gehabt hätte, ihren Mann zu töten. „Ich empfehle Ihnen noch einmal, die Wahrheit zu sagen und nicht darauf zu warten, dass ein anderer sie zu einem Zeitpunkt herausfindet, der Sie noch schuldiger wirken lässt."

„Sie sind ein Mann mit strengen Prinzipien." Der General holte tief Luft. „So wie ich. Ich werde mit Sonya über die vertuschte Misshandlung sprechen und ihr auch von Pauls Affäre erzählen. *Wenn* die Zeit reif ist."

Hunter neigte seinen Kopf. „Na gut. Wo war Sonya eigentlich, als ihr Mann ermordet wurde?"

„Zu Hause. Edna und Molly haben ihren Wagen in der Auffahrt stehen sehen, und Edna hat sie auch noch im Hof gesehen. Sonya sitzt gerne draußen im Innenhof und betrachtet die Sterne."

„Das reicht", sagte Hunter entschlossen. „Sonya hatte keine Gelegenheit."

„Das ist verdammt richtig."

„Und Sie fanden die Leiche Ihres Partners am nächsten Morgen, als Sie ins Büro kamen?" Hunter erinnerte sich, was der Polizist ihm vorher gesagt hatte.

Der ältere Mann antwortete mit einem knappen Kopfnicken.

„Noch eine Sache. Sind Sie nach Hause gegangen, nachdem Sie Sonyas Haus verlassen hatten?"

Frank schüttelte den Kopf.

„Wohin sind Sie gegangen? Und wo waren Sie zum Zeitpunkt des Mordes?" Der hatte nach Feststellung der Polizei zwischen 22.30 Uhr und 23.30 Uhr stattgefunden, wie Hunter wusste.

Der General rieb sich offensichtlich erschöpft die Augen. „Ich war draußen."

„Waren Sie mit dem Auto unterwegs?"

Er schüttelte den Kopf. „Ich bin zu Fuß in die Stadt gegangen."

„Hat Sie jemand gesehen?"

Der General senkte den Blick. „Nein."

„Haben Sie irgendwo angehalten?"

Der General stöhnte. „Ich war wütend. Und wenn ich wütend bin, dann muss ich erst einmal an die Luft. Fragen Sie meine Familie. Ich hatte kein bestimmtes Ziel. Ich bin einfach nur gelaufen. Sind wir bald fertig? Ich bin müde."

„Es ist erst einmal genug. Ich werde mich um eine weitere Anhörung kümmern. Ein Freund, mit dem ich die Schule besuchte, ist der hiesige Richter. Wenn es mir gelingt, ein paar Kontakte zu nutzen, dann kann ich wegen der Inkompetenz des bisherigen Anwalts noch heute einen Termin bekommen. Ich werde Sie hier herausholen", sagte Hunter, während er seine Unterlagen wieder in der Aktenmappe verstaute.

„Das würde ich sehr schätzen. Ich mag in meiner Jugend ja überall geschlafen haben, aber inzwischen bin ich vom Alter und meinem weichen Bett zu verwöhnt." Er zwinkerte Hunter zu, der in den Augen und dem Lächeln des Generals eine Ähnlichkeit zu Molly erkannte.

Hunter lachte. „Machen Sie sich keine Sorgen. Ich werde mich um alles kümmern. Wir reden weiter, sobald Sie zu Hause sind."

Er schüttelte dem Mann die Hand und wartete, bis der Aufpasser ihm wieder die Handschellen angelegt hatte, um ihn in seine Zelle zurückzubringen.

Hunter sammelte seine Sachen zusammen und fuhr, während er über das Gehörte nachdachte, nach Hause. Das Wichtigste, was er heute erfahren hatte, stand auf keinem Papier. Es waren Ausdruck, Stimme und Gefühle des Generals.

Als er herausfand, dass sein bester Freund und Partner ihn betrogen hatte, war Frank ohne Zweifel stocksauer gewesen und sicher wütend und aufgebracht. Doch Hunter hatte in dem, was der General erzählt hatte, keinen mörderischen Zorn entdeckt, und er bezweifelte auch, dass es in jener Nacht so gewesen war. Der Mann konnte seine Gefühle unmöglich so gut verstecken. Das sagte Hunters Bauchgefühl, und dieses Bauchgefühl hatte ihn während seiner brillanten Karriere noch nie betrogen. Er beschloss, Frank zu vertrauen.

Molly hatte recht. Ihr Vater war unmöglich in der Lage, wegen Geld oder aus Rache zu töten. Aber irgendwer hatte es getan, und sobald Hunter die Freilassung des Generals veranlasst hätte, würde er Zeugen oder die Wahrheit herausfinden müssen, denn was er bisher hatte, war reine Intuition, und die würde nicht ausreichen, um einen Freispruch für Mollys Vater zu erwirken.

Gegen sieben am Abend betrat Molly das Haus. Seit sie eingezogen war, hatte sie sich immer mehr an die Geräuschkulisse eines ganz normalen Familienlebens gewöhnt. Doch statt des üblichen Lärms traf sie auf eine ungewöhnliche Ruhe. Molly hasste den Gedanken, dass ihr Vater in einer winzigen Gefängniszelle saß, obwohl er doch hier bei seiner Familie sein sollte. Allein diese Vorstellung schnürte ihr regelmäßig die Kehle zu. Sie war drauf und dran, nach ihrer Großmutter zu rufen, als sie sich daran erinnerte, dass der Kommandeur erwähnt hatte, sie wolle vor dem Abendessen mit Jessie zum Einkaufen fahren.

Molly war zwar nicht von den üblichen Geräuschen umgeben, aber sie spürte, dass sie trotzdem nicht alleine war. Das Motorrad, das hinten in der Einfahrt parkte, verriet ihr, dass Hunter da war.

Sie freute sich darüber und lenkte ihre Schritte in Richtung Arbeitszimmer. Die Tür stand offen. Ein rascher Blick genügte, um zu sehen, dass Hunter in einem Sessel neben Ollies Vogelkäfig saß.

Als sie die Hand hob, um anzuklopfen und sich bemerkbar zu machen, hörte sie seine Stimme. Offenbar sprach er mit dem Vogel. „Er dribbelt über das Spielfeld, hält kurz vor dem Korb. Er springt hoch. Wirft. Und *punktet*!"

Ihre Mundwinkel verzogen sich zu einem Grinsen. Der Vogel hatte beschlossen, Hunter mit seinem Lieblingskunststück zu unterhalten. Er schnappte sich einen Ball und versenkte ihn in dem Minikorb in seinem Käfig.

Molly vergaß, dass sie anklopfen wollte. „Ich wusste gar nicht, dass du Basketballfan bist", sagte sie lachend, während sie das Zimmer betrat.

Hunter erhob sich vom Sessel. Sein Gesicht überzog sich mit einer feinen Röte. „Du hast mich erwischt", sagte er, ganz offensichtlich verlegen darüber, dass er mit einem Ara Sportmoderator gespielt hatte.

„Aber dieser Vogel ist faszinierend."

Molly grinste. „Ollie hat seine guten Seiten. Er spricht, wenn man mit ihm spricht, er macht auf Kommando Kunststückchen, und er ist stubenrein. Mehr kann man von einem männlichen Wesen wohl nicht verlangen."

„Süß." Er kam näher. „Hast du schon zu Abend gegessen?"

Sie nickte. „Ich hab mir auf dem Heimweg ein Sandwich geholt. Liza hatte mich nach der Arbeit dort abgesetzt. Und du?"

„Ich habe mit Edna gegessen. Sie macht ein tolles Steak mit Kartoffeln." Er strich sich zufrieden über den Bauch.

„Edna ist eine wunderbare Köchin, egal ob für einen oder für zwanzig. Ich kann mit Sicherheit sagen, dass ich diese Fähigkeit nicht geerbt habe." Sie sprach in einem selbstironischen Tonfall, sich ihrer Stärken und Schwächen wohl bewusst. „Es tut mir leid, dass ich nicht eher nach Hause gekommen bin. Ich bin noch aufgehalten worden."

„Du musst dich nicht entschuldigen." Hunter wandte ihr den Rücken zu und begann damit, Unterlagen, an denen er gearbeitet hatte, zu sortieren und sie fein säuberlich rund um den Schreibtisch aufzustapeln. „Du bist mir keine Rechenschaft schuldig. Ich bin nur wegen …"

„… meines Vaters hier – ich weiß", sagte sie und biss vor Enttäuschung die Zähne zusammen. Einmal küsste Hunter sie oben in der Diele, und das andere Mal war er so kalt wie ein Eiszapfen.

„Hunter …"

„Molly …" Sie sprachen beide gleichzeitig.

„Du zuerst", sagte er.

Sie schüttelte den Kopf. „Nein. Du."

„Gut. Ich war heute bei deinem Vater. Er ist ein toller Kerl." Hunter steckte die Hände in die Hosentaschen. „Ich hätte dir keinen anderen ausgesucht. In Wirklichkeit …" Seine Stimme versagte, und sie hatte den Eindruck, dass er verlegen war. „Ist egal."

„Nein, sag schon."

Hunter sah ihr in die Augen. „Er ist alles, was du von einem Vater erwarten kannst, und mehr. Ich freue mich für dich", sprudelte es plötzlich aus ihm heraus.

Eine Welle der Wärme durchströmte sie und verursachte ein kribbelndes Gefühl, das teilweise aus Dankbarkeit und zum anderen, größeren Teil daher rührte, dass sie sich von ihm angezogen fühlte. Das war nicht zu leugnen. Wenn er freundlich und aufmerksam war und sich nicht zurückzuhalten schien, war er ein ganz besonderer Mensch. „Danke."

„Gern geschehen. Was wolltest du mir eigentlich erzählen?", fragte er.

Sie blinzelte mit den Augen. „Ich weiß es, ehrlich gesagt, nicht mehr. Du hast mich gerade überrascht, und wenn ich es nicht besser wüsste, würde ich sagen, dass dir etwas an mir liegt", sagte sie in bester Scarlett-O'Hara-Manier.

Sie hatte es eigentlich ernst gemeint, ohne ihn erschrecken zu wollen. Es war besser, ihn glauben zu lassen, dass sie nur scherzte, bevor er nervös wurde und sich wieder zurückzog.

„Wer sagt denn, dass mir nichts an dir liegt?“ Er streckte die Hand aus und wickelte sich eine ihrer Haarsträhnen um den Finger.

Molly spürte, wie sich alles in ihr zusammenzog. Sie befeuchtete ihre Lippen mit der Zungenspitze. Diese Geste war nicht verführerisch gedacht. Dennoch blieben seine Blicke auf ihr haften, und seine Augen schimmerten feurig vor Verlangen.

Eine Welle der Wärme durchströmte sie und prickelte auf ihrer Haut. Sie bewegte sich einladend auf ihn zu und hoffte, er würde diese Einladung annehmen.

Seine große Hand glitt höher, und sie schmiegte ihren Hinterkopf in seine Handfläche, ohne ihren Blick von ihm zu wenden. Ihr Herz klopfte heftig, während sie darauf wartete, dass seine Lippen endlich ihren Mund berührten. Ihre Augenlider flackerten, und sie genoss, wie es sich anfühlte, wenn er mit seiner Zungenspitze über ihre Lippen fuhr und sie vor Erregung bebte.

Es war offensichtlich, wie empfindsam sie geworden waren, seit er die unsichtbare Barriere zwischen ihnen wieder erhöht hatte. Sie hatte keine Ahnung, wie sie zueinander standen. Doch wenn er sie küsste, war ihr alles andere gleichgültig.

Sie schlang die Arme um seinen Hals und zog ihn näher zu sich heran. Ihre Körper pressten sich aneinander. Seine Wärme stürzte sie in einen Wirrwarr der Gefühle, und sein Geruch entfachte in ihr eine Lust, wie sie sie noch nie zuvor empfunden hatte. Sie begehrte ihn so sehr, und das leise Stöhnen, das sich ihrer Kehle entrang, sorgte dafür, dass er es nun auch wusste.

Sie fuhr mit ihren Händen durch sein Haar, als sie jemanden sich räuspern hörte. „Das ist ja eine tolle Begrüßung“, sagte ihr Vater in seinem besten Generalstonfall.

Molly und Hunter ließen beinahe gleichzeitig voneinander ab und tauschten schuldbewusste Blicke. Doch auf dem freundlichen Gesicht des Generals zeichnete sich ein breites Grinsen ab.

Erst da begriff Molly, was seine Anwesenheit zu bedeuten hatte.

„Du bist zu Hause. Du bist *zu Hause*! Oh Gott.“ Sie rannte auf ihn zu, umarmte ihn und drückte ihn fest an sich. „Ich hatte keine Ahnung, dass du kommst, aber ich bin so erleichtert.“

„Ich auch“, sagte er.

Sie trat einen Schritt zurück, ohne seine Hand loszulassen. „Wie? Und wann?“

„Hunter hat rechtzeitig zum Abendessen für meine Freilassung gesorgt.“

Molly drehte sich zu Hunter um. „Und du hast kein Wort gesagt.“

„Das machte die Überraschung doch umso größer, oder?“, fragte er.

Molly dachte, dass sie sich auf der Stelle in ihn verliebt hätte, wenn sie nicht schon immer in ihn verliebt gewesen wäre.

Sie warf ihm einen begehrlichen Blick zu, bevor sie sich wieder ihrem Vater widmete. „Wo warst du, als ich nach Hause gekommen bin?“

„Nebenan, nachsehen, wie es Sonya und Seth geht.“

Molly nickte. „Das ist gut. Und jetzt, wo du wieder hier bist, wirst du auch bleiben“, sagte sie in ihrem überzeugendsten Tonfall.

„Es tut mir leid, dass ich dir eine eiskalte Dusche verpassen muss, aber auf Kaution frei zu sein, ist nur eine zeitweilige Lösung“, wies Hunter sie zurecht.

Molly verdrehte die Augen. „Aber wir können sicher den heutigen Abend feiern.“

„Ihr beide könnt das. Ich muss mich ranhalten, aber ich will Sie natürlich nicht aus Ihrem Arbeitszimmer vertreiben“, sagte

Hunter zu Mollys Vater. „Ich habe Ihrer Mutter schon gesagt, dass ich auch in einem Motel wohnen kann."

Mollys Herzschlag schien für einen winzigen Augenblick auszusetzen. Obwohl sie anfangs dagegen gekämpft hatte, dass er in diesem Haus wohnte, hatte sie ihre Meinung schnell geändert. Sie hatte gar nicht bemerkt, wie sehr sie damit gerechnet hatte, dass Hunter hierbleiben würde, bis er angeboten hatte, woanders hinzugehen.

Der General wischte sein Angebot mit einer kurzen Handbewegung weg.

„Machen Sie sich keine Sorgen um mich. Bis das alles vorbei ist, kann ich mich sowieso nicht auf meine Arbeit konzentrieren, und ich kann nicht viel dazu beitragen, meinen Ruf zu retten. Bitte fühlen Sie sich wie zu Hause."

Molly zwang sich, ihre Erleichterung zu verbergen. Sie versuchte nicht einmal, sich selbst einzureden, dass sie Hunter nur deshalb hier haben wollte, damit sie ihm bei der Lösung dieses Falls behilflich sein konnte. Sie wollte ihn aus rein selbstsüchtigen Gründen in ihrer Nähe haben.

„Wir haben heute im Gefängnis nicht über Geld gesprochen, aber ich möchte, dass Sie etwas wissen", sagte ihr Vater mit einem ernsten Blick auf Hunter. „Ich kann es mir momentan nicht erlauben, Ihnen viel zu bezahlen, aber ich werde Ihnen alles zurückzahlen."

Hunter schüttelte den Kopf. „Ich weiß das zu schätzen, mein Herr, aber ..."

„Kein Aber. Wenn Sie mich vertreten, dann werden Sie auch bezahlt. Ich will keine Almosen, also sparen Sie sich Ihre Wohltätigkeit für Menschen, die sie wirklich nötig haben. Sobald ich wieder mit Immobilien handeln kann, ohne dass dieser Fall wie ein Damoklesschwert über mir hängt, bezahle ich Sie für Ihre Arbeit."

Molly schnürte es die Kehle zu. Sie wusste, dass diese

Unterhaltung mit Hunter ihrem Vater nicht leichtfiel, und sie bewunderte ihn dafür.

„Damit kann ich leben." Hunter schüttelte Franks Hand.

Sie bewunderte auch Hunter, nicht nur wegen der Art, wie er mit ihrem Vater umging und ihm seinen Stolz bewahrte, sondern für die simple Tatsache, dass er überhaupt hierhergekommen war. Sie brauchte seine Hilfe, und er war trotz ihrer Vergangenheit gekommen. Trotz seines Stolzes.

Die beiden Männer hatten eine Menge gemeinsam. Vor allem, wie viel sie beide ihr bedeuteten. Sie erwiderte Hunters Blick und hoffte, dass er ihre Gefühle darin lesen konnte.

Er wandte seinen Blick von ihr ab. „Ich habe noch eine Menge Arbeit vor mir, wenn wir Sie für immer vor dem Gefängnis bewahren wollen", sagte er zum General. Hunter mied Mollys weichen Blick absichtlich. Er hatte sehen wollen, wie sie reagierte, wenn er ihren Vater aus dem Gefängnis holte, aber nun, wo er das getan hatte, konnte er nicht mit ihrer unverhohlenen Bewunderung umgehen. Nicht nach diesem Kuss. Wenn ihr Vater nicht zurückgekommen wäre, hätte er sie in diesem Büro, auf dem Schreibtisch, auf dem Fußboden oder im Stehen an der Wand genommen. Ihm wäre alles egal gewesen, wenn er tief in ihr endlich die ersehnte Entspannung gefunden hätte. Ihre Anziehungskraft wirkte stark und verzehrend auf ihn, aber damit konnte er umgehen.

Sex war eine klare Sache. Ganz anders als Molly oder die Gefühle, die er für sie empfand.

Er räusperte sich. „Was du heute kannst besorgen, das verschiebe nicht auf morgen. Also, wenn ihr beide mich jetzt bitte entschuldigen würdet ..." Er deutete auf den Papierstapel auf dem Tisch. Anwaltsnotizen, Kopien polizeilicher Unterlagen und Beweisaufnahmen. Der Anfang seiner Arbeit an General Addams' Fall.

Der General machte ein skeptisches Gesicht. Seine Blicke

wanderten zwischen Hunter und Molly hin und her. Offensichtlich wusste der Mann nicht, was er von der Umarmung, die er unterbrochen hatte, und der Distanz, die nun zwischen ihnen herrschte, halten sollte.

Molly fuhr sich mit der Zungenspitze über die Lippen.

Verdammt. Hunter hasste es, wenn sie das tat, und zwar deshalb, weil er es so liebte. Ihre kleine Zungenspitze brachte ihn um den Verstand.

„Es war ein langer Tag in der Seniorenresidenz. Ich muss jetzt wirklich nach oben gehen und mich ausruhen", sagte Molly.

„Nimm es wie ein Mann." Der Papagei unterbrach die Spannung, die zwischen ihnen herrschte, mit seinem hohen Krächzen.

Molly lachte. Hunter nahm es ihr nicht übel. Der verdammte Vogel war lustig.

„Das gehört übrigens zu den Dingen, die ich nicht vermisst habe", sagte der General.

Der Vogel gab ein rasselndes Geräusch von sich.

Hunter lachte leise in sich hinein und blickte in Mollys Gesicht.

„Ich bin schon weg", sagte sie.

Er wusste nicht, ob sie sein Ausweichen als Verlegenheit, von ihrem Vater beim Küssen erwischt worden zu sein, interpretierte oder ob sie durchschaute, dass er sich in Wirklichkeit feige verhielt. Davon abgesehen, schienen sie, was den Zeitpunkt ihres Rückzugs anging, einer Meinung zu sein, dachte er erleichtert und wartete, dass sie das Zimmer verließ.

Es überraschte ihn, als Molly dicht vor ihm stehen blieb. „Danke, dass du ihn aus dem Gefängnis befreit hast", sagte sie so laut, dass ihr Vater es hören konnte. „Und danke für den Kuss", flüsterte sie nur für Hunters Ohren bestimmt.

Bei der Erinnerung an diesen Kuss und das unverhohlene Versprechen in ihrem leidenschaftlichen Blick, dass dieser Kuss längst noch nicht alles war, wurde seine Kehle rau und trocken. Damit hatte sie etwas Unmögliches getan.

Sie hinterließ ihn sprachlos und in Erwartung ihres nächsten Schrittes.

Endlich gelang es Hunter, seine Befürchtungen und Sorgen um die Zukunft einmal ruhen zu lassen. Er war aufgewachsen, ohne zu wissen, wo er in der folgenden Woche leben würde. Dann würde es ihm sicherlich auch gelingen, eine unverbindliche Affäre mit Molly einzugehen.

Frank saß auf einem Stuhl im Innenhof und betrachtete den Mond und die Beleuchtung der umliegenden Häuser. Ihm gefiel die Aussicht, und er war dankbar, draußen an der frischen Luft zu sein, statt in der feuchten Zelle zu hocken. Molly erschien am Küchenfenster und winkte, bevor sie sich um ihre Erledigungen kümmerte. Sie war noch so spät auf, um einen Geburtstagskuchen für eine Freundin seiner Mutter zu backen, die im Seniorenheim in der Stadt wohnte.

Sein Blick wanderte zum Fenster seines Arbeitszimmers hinauf, wo helles Licht an seinem Schreibtisch brannte. Mollys Freund, der Anwalt, war entweder eine Nachteule oder er konnte nicht schlafen, weil ihm die Tatsache, mit Molly unter einem Dach zu leben, den Schlaf raubte.

Nur ein gefühlloser Ochse hätte die sexuelle Spannung, die zwischen den beiden bestand, nicht bemerkt. Und nur einer, der niemals verletzt worden war, hätte nicht erkannt, dass sie andauernd vorgaben, zwischen ihnen sei alles in Ordnung und keine Gefühle im Spiel. Er musste es wissen. Er machte es genauso.

Seufzend erhob sich Frank von seinem Stuhl und lenkte die Schritte zur Tür des Nachbarhauses. Er benutzte seinen Schlüssel, um aufzuschließen. Nach Pauls plötzlichem Tod hatte Sonya ihm zur Sicherheit einen Schlüssel gegeben. Er schüttelte den Kopf, immer noch ungläubig, dass sein Freund tot war. Ermordet.

Und dass die Polizei ihn als Angeklagten sah, war lächerlich, aber er kannte die Beweislage und wusste, wie es aussah. Bevor der Anwalt nicht mit einer soliden Entlastung aufwarten konnte, saß er ziemlich tief in der Tinte.

„Sonya?“, rief er leise und versuchte, seine düsteren Gedanken loszuwerden.

„Hier drinnen.“ Wie versprochen, wartete Sonya unten im Wohnzimmer auf ihn. Als er eintrat, erhob sie sich von der Couch.

„Schläft Seth?“, fragte er.

Sie nickte und warf sich in seine Arme. „Gott, ich hab deine Umarmung so vermisst.“

Frank zog sie fest an sich, atmete den Duft ihrer Haare ein und spürte die Kraft, die es ihm gab, wenn er sie in seinen Armen hielt. „Ich weiß, dass es schwer für euch beide ist. Und ich wünschte, ich wäre in den Tagen nach der Beisetzung hier gewesen.“

Er war einen Tag nach der Beerdigung verhaftet worden, und seitdem hatte er sich mit Besuchen und Nachrichten seiner Familie trösten müssen.

Sie nahm ihn bei der Hand und führte ihn zum Sofa, wo sie sich niederließen. „Ich wünschte mir auch, du wärst hier gewesen. Es war schwer. Seth ist einfach niedergeschmettert. Er geht zur Schule, und wenn er gleich danach nach Hause kommt, verschwindet er für den Rest des Tages in seinem Zimmer. Die Einzige, mit der er spricht, ist Jessie.“

„Wenigstens hat er jemanden. Willst du, dass ich zu ihm gehe und mit ihm spreche?“ Frank war für Seth so etwas wie ein zweiter Vater, und er liebte den Jungen wie einen Sohn.

Sonya sah ihn mit tränenverschleierten Augen an. „Würdest du das tun? Du könntest morgen vorbeikommen. Du weißt, dass Pauls Eltern vor zwei Jahren gestorben sind, und Seth hat sonst niemanden mehr. Ich glaube, dass es ihm zu schwerfällt, mit mir darüber zu sprechen. Er braucht einen verständnisvollen männlichen Zuhörer."

Frank nickte. „Glaubt er, dass ich an Pauls Tod schuld bin?" Glaubten die Menschen, die ihm am nächsten standen, was die Polizei für die Wahrheit hielt? Er verlieh der Frage, die ihn die ganze Zeit quälte, laut Ausdruck.

Sie schüttelte den Kopf. „Nein. Das ist das Einzige, was er in den Tagen zu mir gesagt hat. Dass er definitiv weiß, dass du seinen Vater niemals verletzt hättest."

Er holte tief Luft. „Aber ich wollte es. Ich hätte mit der Unterschlagung leben können, wenn er dafür bestraft worden wäre, aber seit dem Zeitpunkt, als ich herausfand, dass er dich wieder geschlagen hatte, wollte ich ihn umbringen." Die Wut, die er an jenem Tag gespürt hatte, kroch erneut in ihm hoch.

Wut auf seinen besten Freund und Wut auf sich selbst. Er wusste schon seit ihrer gemeinsamen Zeit beim Militär, dass Paul ein aufbrausendes Temperament und eine finstere Seite besaß, aber über die Jahre hatte Frank sich eingeredet, dass Paul seine Wutausbrüche niemals gegen seine Familie richten würde. Frank hätte schon beim ersten Mal, als Paul Sonya geschlagen hatte, darauf bestehen müssen, dass Sonya ihren Mann verließ. Doch dann hatte Paul, als Frank ihn darauf ansprach, ihm versichert, künftig seine Hände von seiner Familie zu lassen. Dennoch waren Pauls aufbrausende Art und seine düsteren Launen in den letzten Jahren immer häufiger vorgekommen, und anstatt mit Paul darüber zu sprechen, hatte Frank seine Augen vor der Wahrheit verschlossen. Diese Selbsttäuschung hatte Frank zwar einen ruhigen Schlaf beschert, aber es hatte den Menschen, die er liebte, nichts genützt.

Und er liebte Sonya. Was als Freundschaft begonnen hatte, war nach Melanies Tod aufgeblüht. Frank gelang es nicht, sich an den genauen Zeitpunkt zu erinnern, wann er sich in die Frau seines besten Freundes verliebt hatte oder sie sich in ihn. Er wusste nur, dass sie sich schon seit Jahren liebten. Doch niemand von ihnen hatte es jemals laut gesagt oder seinen Gefühlen nachgegeben, weder emotional noch körperlich. Dafür lagen ihnen ihre Familien zu sehr am Herzen, und das respektierten sie.

Sie umfing sein Gesicht mit beiden Händen. „Aber du hast meinem Mann nichts getan. Du hast ihn nicht verletzt. Wir haben niemandem etwas getan."

„Solange niemand herausfindet, was wir füreinander empfinden, wird sich auch niemand verletzt fühlen", sagte er immer noch nicht laut. Schließlich war sie eine trauernde Witwe, und er hatte seinen besten Freund verloren. An diesen schmerzlichen Tatsachen würde sich nichts ändern. Er drückte seine Lippen auf ihre Stirn und hielt sie ganz fest.

„Ich mag ja zunehmend unglücklich gewesen sein, aber ich wollte nie, dass Paul ermordet wird."

Frank griff nach ihrem Handgelenk und streichelte mit seinem Daumen über die Stelle, wo ihr Puls schlug. „Ich weiß."

„Ich möchte nicht, dass du die Schuld dafür auf dich nimmst."

„Und das werde ich auch nicht, wie ich schon Mollys Anwaltsfreund Daniel Hunter, der mich vertreten wird, gesagt habe. Es wird schon alles gut werden."

„Er wird ein Alibi von dir haben wollen", sagte Sonya.

Er presste seine Kiefer zusammen. „Er hat schon danach gefragt, und ich habe ihm gesagt, dass ich draußen war, um Luft zu schnappen. Und dass ich alleine war."

„Aber …"

„Ich … war … *alleine*. Ende der Diskussion." Er kannte Sonya gut genug, um zu wissen, dass sie seine Entscheidung respektieren würde.

Er war sich nur nicht sicher, ob man dasselbe von Hunter sagen konnte. Er hoffte, dass der Anwalt eine solide Verteidigung aufbauen konnte, ohne zu tief graben zu müssen.

„Der Anwalt will, dass wir die Sache mit der ... Misshandlung freimütig einräumen", sagte Frank mit sanfter Stimme. „Ich bin dagegen, aber er fürchtet, dass die Anklage es irgendwie herausfinden und gegen mich verwenden könnte. Als weiteres Motiv, weshalb ich Paul umgebracht haben könnte."

Er schaute ihr ins Gesicht, wo er einen entsetzten Blick erwartete.

Stattdessen nickte sie langsam. „Das ergibt Sinn."

„Aber Seth ..."

„Er weiß es schon. Er hätte nicht in diesem Haus leben können, ohne mitzubekommen, dass sein Vater ab und zu einen ... aufbrausenden Charakter hatte. Er wird schon darüber hinwegkommen. Genau wie wir alle." Sonya erwiderte seinen Blick entschlossen.

Sie schaffte es immer wieder, ihn mit ihrer Stärke zu überraschen. Er wünschte sich nur, sie hätte diese Stärke dazu benutzt, ihren Mann zu verlassen. Doch es war zu spät, noch darüber nachzudenken.

Er betrachtete sie liebevoll. „Gut, dann ist das also abgemacht." Jetzt war die Affäre ihres Mannes an der Reihe. „Nur noch eine Sache." Er holte noch einmal kräftig Luft, weil er wusste, dass jetzt das Schwierigste von allem kam.

„Was ist?", fragte sie.

„Es geht um Paul."

Sie schmiegte sich noch näher an ihn. „Ja?"

„Als ich im Gefängnis saß, hatte ich Besuch von Lydia McCarthy."

Sonya richtete sich auf. Sie strich ihre Haare glatt und legte ihre Hände in den Schoß.

„Was ist mit ihr?"

„Paul und Lydia hatten eine Beziehung." Er wählte das freundlichste Wort, das er dafür kannte.

Sonya blickte ihn missbilligend an. „Versuch bitte nicht, die Sache zu nett klingen zu lassen. Sie hatten eine Affäre." Sonya spuckte dieses Wort geradezu aus.

Frank erhob sich. „Du *wusstest* davon?" Er hatte keine Ahnung. Würde er nie aufhören, sich über sie zu wundern?

„Ich lebte mit diesem Mann zusammen. Natürlich wusste ich es. Und, ehrlich gesagt, war ich erleichtert. Paul und ich führten schon seit Langem keine gute Ehe mehr. Jedenfalls keine echte. Ich blieb bei ihm, um die Familie zusammenzuhalten, aber ich konnte seinen aufbrausenden Charakter nicht ausstehen und …" Ihre Stimme versagte, und sie wandte den Blick von ihm ab. „Ich konnte es nicht ertragen, wenn er mich auf diese Weise anfasste." Sie erschauerte.

Aber als Frank sie ansah, entdeckte er Trauer und Schuldgefühle in ihren wunderschönen Augen.

„Mach das nicht!", sagte er ruppig. „Fühl dich bitte nicht schuldig für das, was mit deiner Ehe passierte oder mit Paul." Er strich ihr über die Wangen. „Wir werden es schon durchstehen." Er versuchte alles, um sie zu beruhigen.

Obwohl er sich zuweilen über das *Wie* selbst noch nicht im Klaren war.

# 7. Kapitel

Am nächsten Morgen erwachte Hunter mit einer Idee. Bis jetzt hatte die Polizei nur Motiv, Gelegenheit und ein fehlendes Alibi für die Nacht des Mordes. Das war zwar alles verdammt überzeugend, aber die Behörden hatten keine Mordwaffe, um seinen Klienten festnageln zu können. In Hunters Kopf handelte es sich bei diesem Fall um eine reine Indizienangelegenheit.

Sein nächster Schritt würde sein, weitere Personen zu finden, die ebenfalls ein Motiv gehabt hätten, Paul Markham umzubringen, um Zweifel an der Schuld seines Klienten zu streuen. Er hatte sein Büropersonal gebeten, einen Antrag auf Freilassung aufgrund fehlender Beweise zu stellen. Wenn man in Betracht zog, wie langsam das Justizsystem arbeitete, würde Hunter genügend Zeit bleiben, etwas zu finden, das die Unschuld von Mollys Vater bewies.

Er würde damit beginnen, die dem General am nächsten stehenden Personen inklusive seiner Familie, Sonya, ihren Sohn Seth und die Sekretärin Lydia McCarthy zu befragen. Und er hoffte, es alleine tun zu können, ohne Molly, die ihn nur ablenkte. Zumindest so lange, bis er die Fakten und die Beteiligten dieses Falls besser im Griff hatte. Er wusste, dass Molly ihm helfen wollte, und er hatte sich auch schon damit abgefunden, aber zuerst wollte er sich selbst ein Bild machen.

„Weiber!“

Hunter drehte den Kopf in Richtung Vogel und starrte ihn finster an. „Nein. Ich will nur auf gleicher Höhe mit ihr sein. Ist das etwa zu viel verlangt?“ Diese Frau brachte ihn total aus dem Gleichgewicht. Nun unterhielt er sich schon mit einem Vogel.

Er schaute Ollie erwartungsvoll an. Doch der Papagei schwieg hartnäckig.

Hunter packte ein paar Unterlagen zusammen, die seine Kanzlei ihm gefaxt hatte, und steckte sie in seinen Rucksack, den er lieber als eine steife Aktentasche benutzte. In der Stadt musste es eine Bibliothek geben, wo er sich hinsetzen und eine Weile ohne Ablenkung nachdenken konnte.

Doch davor ging er erst einmal zur Kaffeemaschine in der Küche. Der Kommandeur machte jeden Morgen einen anderen Kaffee, wobei sie die verschiedenen Geschmacksrichtungen ebenso oft variierte wie ihre Haarfarbe. An diesem Morgen hatte er aus dem Fenster geschaut und sie im Garten arbeiten sehen. Ihre leuchtend roten Haare waren radikal einem sehr dunklen Braunton mit einer Spur Aubergine zum Opfer gefallen, der dunkelviolett in der Sonne glänzte. Hunter mochte diese Frau und ihren Sinn für Humor, der ihn in vielerlei Hinsicht an Molly erinnerte, wirklich gerne.

Und schon wieder war er mit seinen Gedanken bei Molly. Er stöhnte leise auf und versuchte, sich auf den köstlichen Geruch des Kaffees zu konzentrieren und die Geschmacksrichtung des Tages herauszufinden. „Haselnuss?“, fragte er sich laut.

„Französische Vanille.“ Molly war in die Küche gekommen, als er sich eine Tasse Kaffee einschenkte.

„Möchtest du auch?“, fragte er sie.

„Nein, danke. Ich hatte schon eine Tasse. Wo willst du denn heute Morgen hin?“

Als er sich nach ihr umwandte, sah er, dass sie seinen Rucksack musterte, den er unter den Tisch gestellt hatte.

„Ich muss eine Verteidigung vorbereiten, erinnerst du dich?“

„Wie könnte ich das vergessen?“ Sie verzog traurig das Gesicht, wie immer, wenn sie an den Fall ihres Vaters erinnert wurde.

Hunter hätte sie gerne beruhigt, aber er hatte nicht, oder besser noch nicht genügend entlastendes Material gesammelt.

„Hör zu. Ich habe über Pauls Ermordung nachgedacht. Es muss noch andere Verdächtige geben", sagte Molly. „Wir sollten als Erstes im Büro nachsehen, wer noch ein Motiv dafür gehabt hätte, Paul Markham zu töten."

Hunter öffnete seinen Mund, um zu sprechen, aber sie ließ ihn nicht zu Wort kommen.

„Ich bin schon ein paarmal für Lydia, die Sekretärin, eingesprungen. Ich habe also grundsätzlich ein bisschen Ahnung, wie das Büro organisiert ist. Wir könnten überprüfen, welche vor Kurzem getätigten Abschlüsse wie viel Geld auf die verschiedenen Konten gebracht haben, und nach Verdächtigen suchen. Vielleicht hat Paul jemanden abgezockt, dem er Geld schuldete oder mit dem er Geschäfte gemacht hat."

Sie sprach schnell, so als ob sie befürchtete, er würde sie jeden Moment ausbremsen.

Stattdessen grinste Hunter. „Wenn ich es nicht besser wüsste, würde ich glauben, dass du schlauer bist als ich."

Sie straffte ihre Schultern. „Ich war die Abschiedsrednerin unserer Abschlussklasse an der Uni, erinnerst du dich?"

„Aber nur mit knappem Vorsprung", erinnerte er sie, bevor er sich räusperte. „Hör zu …"

Sie stellte sich neben ihn, und er roch den für sie typischen berauschenden Duft. Es war unwichtig, ob es ihr Parfum oder das Shampoo war. Er mochte diesen Geruch.

„Bitte sag nicht, dass du nicht willst, dass ich mich in den Fall einmische", sagte sie mit großen, flehenden Augen. „Wir reden hier über meinen Vater, und deshalb hänge ich da schon mit drin. Ich will dir unbedingt helfen."

„Du hast recht."

Sie blinzelte. „Was?"

Er nahm einen großen Schluck Kaffee. „Ich sagte, du hast

recht. Der Kaffee schmeckt nach französischer Vanille." Er wusste, dass es nicht der richtige Augenblick war, um sie zu necken, aber er konnte es sich nicht verkneifen.

Ihr Gesicht überzog sich mit einer deutlichen Röte. „Hunter, wenn du glaubst, du könntest mich mit diesem Blödsinn ablenken, dann bist du gewaltig auf dem Holzweg."

„Ich? Wie käme ich denn dazu, zu glauben, ich könnte dich von deiner wichtigen Mission ablenken? Das würde ich niemals tun." Er erwiderte ihren Blick ganz ernst. „Ich verstehe deinen Wunsch, mir zu helfen, voll und ganz. Ich respektiere ihn sogar."

Damit hatte er sich tatsächlich schon abgefunden. Er hatte nur geglaubt, dass ihm mehr Zeit bleiben würde, bevor ihre Zusammenarbeit begann.

„Wirklich?" Molly neigte ihren Kopf und betrachtete ihn skeptisch.

„Ja. Gehst du heute in die Seniorenresidenz?", fragte er.

„Eigentlich hatte ich gehofft, dass *wir* zusammen dorthin gehen würden. Es ist mitten in der Stadt und liegt auf dem Weg, egal, wo du hinmusst." Sie hob die Brauen.

„Ich muss noch die Unterlagen durchgehen, die meine Kanzlei mir geschickt hat. Ich kenne die Personen, die in dem Fall eine Rolle spielen, noch nicht gut genug. Ich brauche etwas, um den Antrag zur Aussetzung der Haft untermauern zu können, und weil die Polizei vermutlich nicht mehr tiefer in den Fall einsteigen wird, werde ich wohl selbst danach suchen müssen."

Sie nickte. „Das denke ich auch. Wir brauchen weitere Verdächtige und können zusammen nach ihnen suchen. Ich will nur einen Kuchen für Lucinda Forests Geburtstagsparty im Seniorenstift vorbeibringen. Sie ist die beste Freundin des Kommandeurs, und ihre Familie kommt aus Kalifornien hierher. Sie und ihre Enkelin haben am selben Tag Geburtstag, und das kleine Mädchen kommt extra hierher, um ihn mit ihr zu feiern. Ich habe Lucinda ihren Lieblingskuchen gebacken. Sie rechnet fest damit, dass ich komme.“

„Das ist schön. Du solltest unbedingt hingehen. Danach wirst du mich in der Bibliothek finden.“

„Komm doch mit, und dann gehen wir später zusammen in die Bibliothek. Ich kann dir alle Fragen über die beteiligten Personen beantworten. Dann bekommst du deine Gedanken schneller zusammen. Abgemacht?“ Sie klatschte in die Hände und tänzelte um ihn herum, wobei ihr schmaler langer Rock ihre Knöchel weich umspielte.

Einmal mehr fielen ihm die gedeckten Farben auf, die sie inzwischen trug. Einen khakifarbenen Rock zu einem schwarzen Shirt. Doch bevor er sie darauf ansprechen konnte, lenkte sie ihn mit einem Griff nach seiner Gürtelschnalle ab.

„Bitte!“, bat sie ihn. Ihr Rock schwang bei jeder ihrer Bewegungen mit.

Hunter konnte sich gut vorstellen, das feine Material anzuheben, ihre Pobacken mit beiden Händen zu packen und in ihr zu versinken, um endlich sein seit Ewigkeiten bestehendes Verlangen nach ihr zu stillen.

Sein Wunsch, mit ihr zusammen zu sein, stand im krassen Gegensatz zu seinem Gefühl, sich von der Seniorenresidenz und dieser Geburtstagsparty fernhalten zu wollen. „Ich kann nicht gut mit alten Leuten umgehen“, wand er sich in der Hoffnung, dass sie den Hinweis begreifen und ihn nicht länger bitten würde.

Molly lachte laut auf. „Lügner! Ich habe dich in der Stadt mit deinen älteren Klienten gesehen und dich dabei beobachtet, wie du meine alte Vermieterin mehr als einmal um den Finger gewickelt hast.“

„Mit Anna Marie war es einfach. Sie war lustig.“ Er bemerkte seinen Fehler erst, als die Worte schon aus seinem Mund entschlüpft waren.

„Und Lucinda ist noch lustiger, wie du sehen wirst.“ Sie packte seine Hand.

Diese Berührung schien ihn in Flammen zu setzen. Sein Herz schlug heftig, und er entbrannte in einer Art und Weise für sie, die er immer schlechter verbergen konnte. Vor allem nach dem Kuss letzte Nacht, als er festgestellt hatte, dass sie ihn nicht daran hindern würde, noch weiterzugehen. Sie schien es wissen zu wollen.

Doch was sie von ihm verlangte, war schwierig. „Ich möchte lieber nicht zu der Familienfeier fremder Menschen gehen.“

Er hätte es natürlich tun können. Schließlich war er ein erwachsener Mann, und die Vergangenheit lag längst hinter ihm. Trotzdem würde er, wenn es nach ihm ginge, lieber auf diese Party verzichten. Sie trat näher an ihn heran und schaute ihn fragend an.

„Warum nicht?“

Hunter hasste es, eine Schwäche zugeben zu müssen, aber was blieb ihm anderes übrig?

Er schluckte hörbar und schüttete Molly sein Herz aus. Schon wieder. „Als ich als Kind bei Pflegefamilien war, feierte man dort immer nur die Geburtstage der leiblichen Kinder.“ Mit Kuchen und Geschenken, Dingen, die er niemals bekommen hatte. Er erinnerte sich an diese Feiern, konnte sich aber nicht daran erinnern, jemals mit einbezogen worden zu sein. Deshalb waren ihm Geburtstage von Fremden immer noch ein Gräuel.

Genau wie die Tatsache, dass er es Molly erzählt hatte.

Ihre Gesichtszüge entspannten sich. „Ich verstehe, aber ich wäre doch bei dir, und du würdest dich nicht wie ein Außenseiter fühlen. Ganz abgesehen davon, dass ich eine Wahnsinnsschokoladentorte backe.“

„Hast du das letzte Nacht gemacht?“

Sie nickte. „Also, kommst du nun mit? Bitte, bitte!“

Er stöhnte. Warum sagte er eigentlich jedes Mal Ja, wenn er Nein meinte?

Molly fuhr sie zum Seniorenzentrum, weil es unmöglich war, den Schokoladenkuchen auf Hunters Motorrad zu transportieren. Sie war auf die Idee gekommen, dass er sie zur Party begleiten sollte, um zu verhindern, dass er sie von der Bearbeitung des Falls ausschloss. Und es hatte ganz so ausgesehen, als sei er im Begriff gewesen, genau das zu tun.

Überraschenderweise war gar nicht so viel Überredungskunst nötig, um ihn davon zu überzeugen, dass er ihre Hilfe brauchte. Wenn er etwas begriffen hatte, dann ihr Bedürfnis, ihrem Vater helfen zu wollen. Hunter verstand sie.

Je mehr sie über seine Zeit in verschiedenen Pflegefamilien erfuhr, desto besser verstand auch sie ihn. Normalerweise verbarg er seinen Schmerz, aber Lucindas Party hatte bewirkt, dass er sich ihr kurz anvertraut hatte. Es genügte, um sie mitten ins Herz zu treffen.

Sie wollte ihm zeigen, was es wirklich bedeutete, zu einer Familie zu gehören, obwohl sie zugeben musste, dass dieses Gefühl auch für sie noch neu war. Hunter hatte es verdient, zu erfahren, wie viel Wärme eine Familie gab. Sie würden mit Lucinda und deren Freunden beginnen. Vielleicht wäre Hunter danach auch etwas offener zu Molly und ihrer Familie.

Sie musste sich beinahe gewaltsam von diesem Gedanken fortreißen. Geh nicht zu weit! warnte sie sich selbst. Immer nur ein Tag – angefangen bei diesem – nach dem anderen. Dann würden die kommenden Tage möglicherweise auch ganz gut werden.

Sie parkte am Eingang des am nächsten gelegenen Parkplatzes. Gemeinsam suchten sie ihre Sachen zusammen und gingen hinein. Hunter trug den Kuchen. Sie durchquerten die freundliche Lobby, deren weiße Wände mit Blumenfotografien dekoriert waren, und kamen auf dem Weg in den Partyraum neben dem Speisesaal auch an einem Tisch mit Kunsthandwerksarbeiten der Senioren vorbei.

Molly ging zuerst hinein. Hunter begleitete sie. Das Fest hatte bereits begonnen, und alle Bewohner des Seniorenheims hatten sich um den Punchtopf herum versammelt. Die Schlange reichte von einem Ende des Raumes bis zum anderen.

„Ich hoffe, Mr. Yaeger hat den Punsch nicht mit Alkohol angesetzt", flüsterte Molly halb zu sich selbst. Sie deutete mit dem Kinn auf einen Tisch in der Ecke.

„Warum lebt Lucinda hier?", fragte Hunter. „Ist sie nicht noch zu jung, um in einem Seniorenheim zu leben?"

„Alzheimer", erklärte Molly.

Das bedurfte keiner weiteren Erklärung. Sie stellte ihre Pakete zu den anderen Geschenken und platzierte die Torte auf dem mit Leckereien beladenen Tisch, bevor sie sich wieder Hunter zuwandte. „Es sieht nicht so aus, als ob Lucindas Familie schon hier ist. Die Anwesenden wirken alle wie Mitglieder der Anonymen Alkoholiker beim Spirituosenschlussverkauf." Wo sie auch hinsah, überall waren graue Köpfe.

„Das sehe ich auch." Hunter trödelte, ganz offensichtlich darum bemüht, sich anzupassen.

Der einzige Weg, ihn in Feierlaune zu versetzen, war, sich ins Getümmel zu stürzen. „Komm, wir suchen das Geburtstagskind." Molly packte seine Hand und zwängte sich mit ihm durch die Menschenmenge, die hauptsächlich für den Punsch Schlange stand.

Sie grüßte nach allen Seiten und lächelte, bis sie sich schließlich an den Anfang der Schlange vorgekämpft hatte. „Lucinda!"

„Molly!"

Die Frau umarmte Molly herzlich.

„Ich bin so froh, dass du gekommen bist."

„Hast du wirklich gedacht, ich würde nicht kommen?"

„Du bist so lieb zu mir." Von Falten umgeben, sprühten Lucindas hellblaue Augen, ihr Alter Lügen strafend, vor Energie und Jugendlichkeit.

„Ich möchte dir einen Freund vorstellen“, sagte Molly, die Lucindas Lob mit einer Handbewegung wegwischte.

Es war leicht, nett zu Lucinda zu sein. Sie beklagte sich nie und behandelte alle Mitarbeiter des Seniorenheims mit Respekt. Das unterschied sie von anderen, streitsüchtigeren Mitbewohnern. Lucinda war genauso alt wie der Kommandeur, aber wegen der frühen Alzheimerdiagnose war sie lieber in ein Altenheim gezogen, anstatt die Stadt, in der sie ihr Leben lang gelebt hatte, zu verlassen, um zu ihrer weit entfernt lebenden Familie zu ziehen.

„Lucinda Forest, das ist Daniel Hunter.“ Molly zeigte auf Hunter, der neben ihr stand. Sie war froh, dass er nicht so aussah, als würde er sich unwohl fühlen.

„Ach, das ist also der gut aussehende Mann, mit dem Edna unter einem Dach lebt.“ Lucinda musterte Hunter ganz offen von oben bis unten. „Ich habe so viel von Ihnen gehört. Es ist mir eine Freude, Sie persönlich kennenzulernen.“

Hunter wusste nicht, dass er Gesprächsthema unter Ednas Freundinnen war, und er wollte sich auch lieber nicht vorstellen, was der Kommandeur über ihn erzählt hatte. Stattdessen konzentrierte er sich auf Lucinda. „Ich kann Ihnen versichern, dass das Vergnügen ganz auf meiner Seite ist.“

Molly hatte recht. Er fühlte sich wohl hier, und er mochte Lucinda bereits.

Lucinda reagierte auf sein Kompliment, indem sie kicherte wie ein Teenager. Er musste zugeben, dass er zuvor noch nie so einen Eindruck auf eine Frau in ihrem Alter gemacht hatte.

„Sie sind ein Charmeur“, sagte sie zu ihm.

„Ich versuche es.“

„Wo ist denn deine Großmutter?“, fragte Lucinda Molly.

„Sie muss noch ein paar Besorgungen machen, aber sie hat mich gebeten, dir zu sagen, dass sie pünktlich zum Kuchen hier sein wird.“

„Oh, Gott sei Dank.“ Lucinda legte sich in einer dramatischen Geste die Hand aufs Herz. „Ich könnte es nicht ertragen, wenn sie den Höhepunkt des Abends verpassen würde.“

Molly wirkte einen Augenblick lang irritiert.

„Ich würde meine Torte nicht unbedingt als Höhepunkt bezeichnen, aber ich habe sie wie versprochen mitgebracht.“

Lucinda klatschte in die Hände und bewies damit einmal mehr eine jugendliche Ausgelassenheit, die man von einer Fünfundsiebzigjährigen nicht erwartet hätte. „Mit doppelter Schokoladenkaramellfüllung?“, fragte sie.

„So ist es“, erwiderte Molly mit einem Lächeln. „Wir haben sie auf den Tisch im Nebenraum gestellt.“

„Ich danke euch. Ich kann euch gar nicht sagen, wie viel mir das bedeutet. Es ist sogar noch besser als an Weihnachten, als du den Film *Eine wunderbare Welt* und einen DVD-Player ausgeliehen und hierhergebracht hast, damit wir ihn uns zusammen anschauen konnten.“

Als er Lucinda zuhörte, schnürte es Hunter die Kehle zu. Molly kümmerte sich wirklich um diese Frau und deren Freunde, und dabei waren sie nicht einmal blutsverwandt. Und die ältere Frau erwiderte offenbar Mollys Gefühle. Dass sie heute da war, eine einfache Geste von Molly, die selbst mitten im Familienchaos steckte, bedeutete dieser Frau sehr viel. Das berührte sogar Hunters verbittertes Herz.

Er trat von einem Fuß auf den anderen und fühlte sich unwohl, wenn auch aus anderen Gründen als jenen, die er vorher genannt hatte, um nicht hierherkommen zu müssen. Er hatte festgestellt, dass Molly und er etwas gemeinsam hatten. Die Menschen, die Hunter am nächsten standen, waren ebenfalls keine Blutsverwandte. Lacey und Ty waren Menschen, die er glücklicherweise einmal kennengelernt hatte und nun als seine Familie betrachtete. Molly hatte ihr Leben damit verbracht, einen Platz zu finden, wo sie hingehörte, und sie hatte ihn bei ihrem leiblichen Vater gefunden. Das hinderte sie aber nicht daran, in ihrem Herzen auch noch einen Platz für andere Menschen zu reservieren. Sie hatte Hunter verlassen, um ihren Vater zu finden. Die Suche nach ihrem Vater hatte sie gelehrt, wie man seinen Mitmenschen die Hände reichte.

„Ich sollte mich auch noch um meine anderen Gäste kümmern. Amüsiert euch gut, ihr beiden." Lucindas Stimme holte ihn aus seinen Gedanken. „Ihr könntet euch ein Glas Punsch besorgen", sagte sie.

„Was ist eigentlich mit diesem Punsch?", fragte Molly. „Warum stehen alle Schlange dafür?"

„Irwin Yaeger hat ihn extra für mich gemacht." Die ältere Dame strich sich über das frisch frisierte Haar, so als ob sie sichergehen wollte, dass sie für den unbekannten Irwin gut aussah.

Hunter verkniff sich ein Lächeln bei dem Gedanken, dass Lucinda auf einen Mann scharf sein könnte.

„Wusstet ihr, dass er mehrere Jahre lang als Barkeeper gearbeitet hat, bevor seine Familie ihn nötigte, diesen Job aufzugeben und hier einzuziehen?" Er hat ein *Händchen* dafür. Lucinda nickte wissend.

„Mit anderen Worten, er ist sehr ungeschickt mit Alkohol?", fragte Hunter.

„Sie begreifen schnell."

Molly verdrehte die Augen. „Jeder Mann, der extra für sie einen Punsch kreiert, hat einen guten Geschmack."

„Genau wie Sie übrigens", erwiderte Lucinda mit einem anerkennenden Blick auf Hunter.

Er spürte, wie er unter ihren Blicken errötete.

Plötzlich riss Lucinda die Augen auf, und auf ihrem Gesicht leuchtete die pure Freude auf. „Da ist meine Familie!", sagte sie mit erhobener Stimme, während sie der Gruppe, die den Raum betrat, zuwinkte.

„Geh nur!" Molly gab ihr einen leichten Schubs.

„Gut, ich sehe euch später wieder." Lucinda eilte in aufgeregter Hast von dannen und ließ sie in der Nähe der heftig umringten Punschschüssel zurück. Ihren Platz in der Schlange hatte sie aber inzwischen verloren.

Hunter, der glücklich war, Molly endlich eine Weile für sich zu haben, wandte sich nach ihr um.

Ihr blondes Haar umrahmte das leicht gerötete Gesicht, und es wirkte, als ob die Probleme ihres Vaters wenigstens für einen kurzen Augenblick in den Hintergrund gerückt waren.

„Darf ich dir etwas zu trinken besorgen?", fragte er.

„Ein Wasser oder so wäre toll." Sie entlockte ihm ein Lächeln.

„Was, keinen Punsch?", zog er sie auf.

„Ich habe sogar Angst davor, ihn auch nur zu probieren. Aber ich glaube, es ist ein Riesenspaß für sie, zumindest bis Weihnachten, wenn Irwin den Eierlikör mit ein wenig Alkohol veredelt."

„Wer ist dieser Irwin überhaupt?"

Molly rümpfte die Nase. „Er gehört auch zu den Bewohnern hier, aber er hat ein Problem mit seiner Selbstbeherrschung."

„Was hat er?", fragte Hunter, der glaubte, sich verhört zu haben.

Molly zeigte auf zwei freie Sessel, und er folgte ihr, damit sie sich setzen und miteinander reden konnten, ohne dass jemand mithörte. „Irwin ist ein netter Mann, aber er macht ständig Schwierigkeiten. Er entblößt sich im Korridor vor den Frauen, und wenn sie sich über ihn beklagen, behauptet er, sich an nichts mehr erinnern zu können."

Hunter brach in Lachen aus. „Ich weiß, dass das eigentlich nicht witzig ist, obwohl es … witzig ist!"

Sie grinste. „Ich weiß. Aber wenn du davon betroffen bist, ist es wirklich nicht lustig. Unglücklicherweise ist er seit dem Flegelalter ein Flegel geblieben. Sie hätten ihn schon längst rausgeworfen, wenn seine Familie nicht einen ganzen Gebäudeflügel gestiftet hätte, um sicherzustellen, dass man ihn hierbehält.“ Sie zog ihre Nase kraus und schüttelte den Kopf. „Ich persönlich denke ja, dass er sich einfach nur einsam fühlt.“

„So wie Lucinda von ihm spricht, scheint sie ihn zu mögen.“

„Ich glaube, er mag sie auch.“

Hunter nickte. „Vergiss den Rest der Geschichte nicht. Ich hole dir nur rasch etwas zu trinken und bin in einer Sekunde zurück.“

Er ging hinter den Tisch, der als Bar diente. Weil er nicht wollte, dass jemand dachte, er hätte sich vorgedrängt, beugte er sich über den Tisch und fragte in die Runde: „Will jemand ein alkoholfreies Getränk? Ich würde es Ihnen ausschenken.“

Der Barkeeper warf ihm einen dankbaren Blick zu, aber zu seinem Pech schienen es alle auf den Punsch abgesehen zu haben.

„Kann ich Ihnen helfen?“, fragte Hunter.

Der Mann schüttelte den Kopf. „Ich habe alles unter Kontrolle. Trotzdem danke.“

Hunter schenkte Molly eine Diät-Cola ein und kehrte wieder zu ihr zurück.

„Es war nett von dir, dass du ihm deine Hilfe angeboten hast.“

„Das war pure Strategie, weil ich wusste, dass sie nur Punsch wollten.“

Er zwinkerte ihr zu und gab ihr den Colabecher.

Sie umfasste den Plastikbehälter mit einer Hand und nippte, bevor sie sich den dabei entstandenen Colabart mit der Zungenspitze von ihren Lippen leckte. Als er diese Bewegung mit seinen Blicken verfolgte, packte ihn die Lust. Dass dafür hier weder der richtige Zeitpunkt noch der richtige Ort war, kümmerte ihn wenig.

Mit seinen Blicken fahndete er im Partyraum nach einem Plätzchen, wo sie alleine sein konnten, und fand einen Fluchtweg ganz in der Nähe. Als er bemerkte, dass Lucinda ihre Familie durch den überfüllten Raum in ihre Richtung bugsierte, sagte er: „Komm!“ Molly, die noch nicht begriffen hatte, dass ihnen Gesellschaft drohte, betrachtete ihn verwirrt.

„Wohin?“

Er nahm ihr den Becher aus der Hand. „An einen Ort, wo wir für ein paar Minuten alleine sein können“, sagte er mit rauer Stimme.

Sein Blick heftete sich auf ihr Dekolleté, das – trotz ihrer Bemühungen, sich so unauffällig wie möglich zu kleiden – sehr präsent war. Ihre vollen Brüste wölbten sich verführerisch über dem spitzenbesetzten BH unter ihrer Bluse.

Bevor sie noch etwas sagen konnte, nahm Hunter sie bei der Hand und führte sie zur nächstgelegenen Tür, wobei er den Becher im Vorbeigehen auf einem Tisch abstellte. Einen Augenblick später führte er sie durch einen schmalen, dunklen Korridor in einen Raum, der sich als eine Art Abstellkammer entpuppte. Er verschloss die Tür hinter sich, tastete die Wand nach einem Lichtschalter ab und fand ihn auf Anhieb. Eine trübe Glühbirne flackerte an der Decke auf und schenkte ihnen genug Licht, um sich gegenseitig betrachten zu können.

„Hunter?“, fragte Molly mit heiserer Stimme. Seine Absicht war unmissverständlich.

Er rückte näher an sie heran, bis er die Hitze ihres Körpers spürte. Er inhalierte ihren weiblichen Duft, und seine Muskeln spannten sich erwartungsvoll an. „Ich konnte einfach keine Sekunde länger mehr nur dastehen und dir dabei zusehen, wie du dir die Cola von den Lippen leckst. Nicht, ohne dir dabei helfen zu wollen.“

Hunter beugte sich über sie und versiegelte ihre Lippen mit einem Kuss. Er hatte erwartet, dass er sie erst dazu überreden müsste, denn schließlich hatte er sie von einer Party mit vielen Menschen in diese Besenkammer verschleppt.

Doch bevor er seine Zungenspitze über ihre Lippen wandern ließ, um ihren Geschmack voll auszukosten, verwandelte sie sich in seine Angreiferin. Dieses Biest. Sie schob ihm die Zunge in den Mund, spielte mit ihm und ließ ihn fühlen, dass sie nicht genug von ihm bekommen konnte. Lust durchflutete ihn vom Kopf bis zu den Zehenspitzen. Er vergrub seine Hände in ihrem Haar und packte ihren Schopf, damit er tiefer in ihr versinken konnte und mehr von ihrem lüsternen Mund hatte. Doch das genügte ihm auch noch nicht ganz.

Sie schien zu verstehen und schmiegte sich an ihn. Ihre aufgerichteten Brustspitzen pressten sich gegen seinen Oberkörper, während sie den Druck ihrer Hüften verstärkte, bis sich seine Männlichkeit groß und hart bemerkbar machte.

Molly stöhnte vor Verlangen und grub ihre Fingernägel in die Haut unter seinem Hemd.

Hunter konnte sich nicht daran erinnern, wann er zum letzten Mal so schnell so weit gewesen war. Und als sie ihre Hüften erneut mit einer sinnlichen Bewegung an ihn drückte, erinnerte er sich daran, was er sich an diesem Morgen mit ihr ausgemalt hatte. Ohne den Kuss zu unterbrechen, begann er den weichen Stoff ihres Rocks immer höher zu schieben, bis seine Finger die seidige Haut ihrer Schenkel berührten und er sie mit beiden Händen packte.

Dann unterbrach er den Kuss und sah sie an. Ihre Lider waren schwer, ihre Lippen feucht, und ihr Atem ging heftig. Ihm erging es nicht anders. Die Lust machte seinem Körper zu schaffen.

In der Ferne waren die Geräusche der Party zu hören, während er sie langsam gegen die Wand drückte. Er blickte sie einen Augenblick lang an, als erwarte er ihren Einspruch oder als wollte er ihr zumindest die Chance geben, ihn aufzuhalten.

„Bitte sag jetzt nicht, dass du irgendwelche Zweifel hast."

Er schüttelte den Kopf. „Himmel, nein." Hunter fuhr mit seinem Finger über Mollys feucht glänzende Lippen und steckte ihn sich dann in den Mund, um sie noch einmal zu kosten. „Du schmeckst wunderbar", sagte er mit einer rauen Stimme, die er selbst kaum wiedererkannte.

Ihre Blicke konzentrierten sich auf seine Lippen. Sie erwischte ihn kalt, als sie sich nach vorne beugte, um ihm mit ihrer Zunge über die Lippen zu lecken.

„Du auch." Ihre Augen funkelten verführerisch, und ihr Mund verzog sich zu einem Lächeln, das sehr sexy war.

Offenbar gehörte das Wort „aufhören" nicht zu seinem Wortschatz. Gott sei Dank.

Jetzt, wo sie ihm grünes Licht gegeben hatte, glitten seine Finger unter den weichen, feuchten Stoff ihres winzigen Slips.

Sie stöhnte und stieß einen lang anhaltenden Seufzer aus, der ihm durch Mark und Bein ging. Dann lehnte sie sich zurück, um sich an der Wand abzustützen.

Seine feuchten Finger streichelten die empfindliche Haut an der Innenseite ihrer Schenkel, während er seine eigene Lust zu ignorieren versuchte, um sich erst einmal um ihre Bedürfnisse zu kümmern. Sie war feucht und erregt. An den Bewegungen ihrer Hüfte und der Art, wie sie ihn mit ihren Schenkeln umklammerte, erkannte er, dass es nicht mehr lange dauern würde, bis er sie so weit hatte, dass sie kam. Er wollte sie zum Orgasmus bringen, und er wollte ihr dabei zusehen.

Bei dieser Vorstellung begann sein Herz heftig zu klopfen, aber er konzentrierte seine Handlungen trotzdem auf Molly, bis sie erschauerte und in seinen Händen kam.

Sie erschlaffte in seinen Armen. Hunter wartete, bis sie sich wieder gesammelt hatte und ihre Blicke sich trafen. „Wow!"

„Ja." Er grinste selbstgefällig. Auch wenn das eine anmaßende Antwort war, gefiel es ihm, dass er sie befriedigt hatte.

Molly straffte ihren Rücken und brachte ihre Kleidung in Ordnung. „Du weißt, dass ich dir jetzt etwas schulde", sagte sie immer noch leicht atemlos.

Sein steifer Körper stimmte zu. „Ich werde dich daran

erinnern.“ Er nahm ihr Kinn und platzierte einen zärtlichen, verlangenden Kuss auf ihre Lippen. „Nebenan ist eine Party im Gange“, erinnerte er sie nicht ohne Bedauern.

„Ja, stimmt.“ Sie verschränkte die Arme vor der Brust und musterte ihn mit einem klaren und direkten Blick. „Eine Party, zu der du nicht gehen wolltest. Glaub nicht, dass ich nicht weiß, dass dies …“, sie deutete auf sich und ihn, „… nur deshalb passiert ist, weil du vor Lucindas Familie flüchten wolltest.“

Sie klang sehr bestimmt, aber ihr Blick war voller Zärtlichkeit und ohne eine Spur des Bedauerns. Sie las in seiner Seele, wie es vorher noch nie jemand getan hatte. Und das machte ihn nervöser, als es eine Kombination aus Geburtstagspartys und Familientreffen je vermocht hätte.

# 8. Kapitel

Molly fühlte sich beschämt. Sie konnte nicht glauben, was sie Hunter erlaubt hatte, während nur zwei Türen weiter so viele Menschen eine Party feierten. Gleichzeitig wollte sie, dass er es so bald wie möglich noch einmal wiederholte. Sie presste ihre Hände gegen die Wangen, die in ein paar Stunden immer noch gerötet sein würden, so glaubte sie zumindest.

Nach Lucindas Party, die einen Auftritt Irwins beinhaltete, der in einer knappen Badehose aus einer riesigen Pappmaschee-Geburtstagstorte sprang, hatten Hunter und Molly den restlichen Nachmittag in der kleinen Stadtbibliothek verbracht. Er studierte die Unterlagen, die ihm die Kanzlei gefaxt hatte, und Molly las sie sich ebenfalls durch, um bei Unklarheiten Fragen zu stellen. Zum Beispiel, was mit der Mordwaffe geschehen war.

Nun saßen Molly und Hunter zusammen in einer Pizzeria und warteten auf ihr Essen. Molly nippte an einer Cola, und obwohl sie sich auf den Fall konzentrierte, schweiften ihre Gedanken zwischendurch immer wieder ab. Zum Beispiel zu Hunters großen Händen, die ein kaltes Budweiser umklammerten, und zu der Vorstellung, was er mit diesen Fingern anrichten konnte. Sie schlug die Beine übereinander, aber das verschaffte ihr keine Erleichterung. Stattdessen spürte sie, wie sich erneut ein enormer Druck in ihr aufbaute.

„Also, lass uns reden“, sagte Hunter und beugte sich nach vorne.

Sie schluckte. Reden. Damit konnte sie umgehen.

„Gott, bin ich heiß auf dich.“

Er sah sie fragend an.

Molly vergrub das Gesicht in ihren Händen. „Ich kann nicht glauben, dass ich das gerade gesagt habe", murmelte sie.

Langsam hob sie ihren Blick in Erwartung, ihn über ihre unpassende Bemerkung lachen zu sehen. Stattdessen sah er sie mit seinen faszinierenden Augen und einem sehr ernsten Gesichtsausdruck an.

„Wenn du denkst, dass du heiß auf mich bist, was soll ich dann erst sagen?", fragte er angespannt. „Du bist wenigstens …"

„Psst." Sie langte über den Tisch und legte ihm die Hand auf den Mund. „Ich weiß, dass ich damit angefangen habe, aber …" Sie schüttelte verlegen den Kopf. „Wir sind hier in der Öffentlichkeit." Langsam nahm sie ihre Hand von seinem Mund.

Er entspannte sich, und ein leichtes Lächeln erschien auf seinen Lippen. „Ich bin sicher, es gibt irgendwo da hinten einen Schrank."

Sie verdrehte die Augen. „Himmel, bist du verdorben! Du sagtest *reden*. Also, lass uns reden."

„Ich dachte, das tun wir gerade."

„Geschäftlich. Lass uns über Geschäftliches reden. Weißt du, was mich an diesem Fall wirklich stört?", fragte sie mit belegter Stimme.

„Was könnte das sein?" Er hob eine Braue und war plötzlich wieder ernst.

„Die fehlende Tatwaffe." Die Polizei hatte das Gewehr nie gefunden, was gleichzeitig zugunsten ihres Vaters sprach, weil er nicht direkt mit dem Verbrechen in Verbindung gebracht werden konnte, ihn aber gleichzeitig auch schuldig erscheinen ließ, weil die Autopsie ergeben hatte, dass die Kugel, die Paul getötet hatte, aus einer 9mm-Baretta stammte, demselben Modell, das der General früher besessen hatte.

Hunter nickte zustimmend. „Es ist frustrierend, dass wir in einem technischen Zeitalter leben, die Technologie uns aber trotzdem nicht weiterhelfen kann. Nach Aussage deines Vaters ist ihm die Waffe vor über fünfzehn Jahren aus einem Hotelzimmer gestohlen worden, als er und Melanie im Urlaub waren. Aber es fehlt ein schriftlicher Bericht, und weil es in einer kleinen Stadt passierte, die damals noch nicht ins Computerzeitalter vorgedrungen war, haben wir keinen dokumentierten Beweis, dass das Gewehr tatsächlich gestohlen wurde."

Hunter schwang seinen Arm über die Stuhllehne. „Und da Melanie nicht mehr befragt werden kann, gibt es niemanden, der Franks Behauptung, das Gewehr sei gestohlen worden, bezeugen kann. Das ist wieder ein Schlag ins Kontor. Die Anklage wird behaupten, dass das Gewehr die ganzen Jahre in Franks Besitz war, und dass er es, nachdem er es benutzt hatte, um Paul zu töten, als ordentlicher Soldat anschließend beseitigt hat."

Diese Vorstellung ärgerte Molly. „Jeder, der ihn kennt, weiß, dass dies ein absurdes Szenario wäre."

„Unglücklicherweise werden wir es nicht mit zwölf Menschen zu tun haben, die den General kennen und lieben. Zwölf Unbekannte könnten sehr wohl zu dem Schluss kommen, dass diese Theorie einen Sinn ergibt." Er packte sein Bier am Flaschenhals und nahm einen großen Schluck.

„Aufgeblasener Kerl", murmelte sie. „Was wissen wir noch?" Sie dachte an die Unterlagen, die sie im Laufe des Tages durchgelesen hatte. „Wir wissen, dass Paul denselben Waffentyp besaß wie mein Vater", beantwortete sie sich selbst ihre Frage. „Das bedeutet, dass wir nicht wissen, welche Waffe Paul getötet hat, weil diese Waffe ebenfalls verschwunden ist."

„Mach weiter", sagte Hunter, ohne den Blick von ihr zu wenden.

Er wirkte aufrichtig interessiert an ihren Gedanken, und sie schätzte es, dass er ihre Ideen nicht als unwichtig vom Tisch fegte.

Sie holte tief Luft. „Also hätte, wer auch immer in den Tagen vor dem Mord Zugang zu Pauls und Sonyas Haus hatte, ebenfalls die Möglichkeit gehabt, Pauls Gewehr an sich zu nehmen. Das wäre das andere mögliche Szenario für deine unbekannte Jury." Stolz auf ihre Folgerungen verschränkte Molly die Arme vor der Brust.

„Ich bin verdammt noch mal am Verhungern", murmelte Hunter, obwohl das nichts mit dem Thema zu tun hatte. Er schaute über seine Schulter zum Tresen hinüber, aber die großen Pizzaöfen waren immer noch nicht in Gang, und Joe, der Wirt, stand da und plauderte mit einer Kellnerin.

„Sieht nicht so aus, als wäre er schon fertig", sagte Molly.

Hunter wandte sich ihr wieder zu. „Ich bin inzwischen so weit, dass ich sie sogar kalt essen würde."

Sie lachte. „Erzähl das bloß nicht Joe. Er serviert seine Pizza nur dampfend."

Hunter machte ein missmutiges Gesicht. „Schau, es gibt mehr als genug Probleme damit, dass Paul die gleiche Waffe besaß", kam er unerwartet wieder auf das Thema zurück.

Ihr Magen krampfte sich bei seinen Worten zusammen, und das hatte nichts damit zu tun, dass sie hungrig war.

„Erstens, eine der Hauptpersonen, die Zugang zum Haus und Pauls Waffe hatten, ist dein Vater. Er hat selbst gesagt, dass er, bevor der Mord geschah, dorthin gegangen war, um mit Sonya zu sprechen. Das ist schon wieder ein Punkt für die Anklage."

Sie wusste, dass er dem General nichts vorwarf, sondern nur mit den Fakten arbeitete. Deshalb fuhr sie fort.

„Gut, ja. Aber er ist nicht der Einzige, der die Waffe genommen habe könnte. Ich meine, so blöd es auch klingt, auch Sonya hatte Zugang zur Waffe, und wir wissen, dass sie Paul nicht umgebracht hat." Molly sah ihn fragend an. „Das tun wir doch, oder?"

Ihr Kopf schwirrte bei dem Gedanken an diese Möglichkeit, die zu schrecklich war, um sie überhaupt in Erwägung zu ziehen.

„Ich habe noch nicht mit ihr gesprochen, aber es ist unwahrscheinlich, weil die meisten deiner Familie sie während der vermutlichen Tatzeit gesehen haben. Aber das bedeutet nicht, dass Frank das Verbrechen begangen hat."

Mollys Herz schlug schneller bei diesem Hinweis, dass er nicht nur der Anwalt ihres Vaters war, sondern dass er inzwischen genauso fest wie Molly an Franks Unschuld glaubte. „Hunter …"

Eine Glocke erklang aus dem anderen Teil des Restaurants.

„Molly, die Pizza ist fertig!", rief Joe laut.

„Gott sei Dank. Ich bin kurz vorm Verhungern", murmelte Hunter erleichtert.

Sie versuchte, nicht zu lachen. Ein Mann mit leerem Magen war eine ernste Sache. „Möchtest du hier essen oder die Pizza mit nach Hause nehmen?"

„Hier. Und zwar sofort!"

Molly bedeutete Joe, dass er die Pizza an den Tisch bringen sollte, anstatt sie in einen Karton zu packen. „Gute Wahl. Dad sagte, dass er zu einer Wohltätigkeitsveranstaltung für versehrte Veteranen im Rathaus gehen wollte." Sie blickte auf ihre Armbanduhr. „Und Jessie müsste jede Minute zu einem Schulfest aufbrechen, aber ich würde es wirklich hassen, mit ihr zusammenzutreffen und weitere Dramen heraufzubeschwören."

Hunter nickte. „Es ist trotzdem gut, dass sie ausgeht. Besser, als motzend zu Hause herumzusitzen."

„Ich hoffe, dass ihre Freunde sie ein wenig aufheitern."

Joe erschien mit der Pizza am Tisch und unterbrach ihre Unterhaltung. Nur wenige Sekunden später brachte die Kellnerin Teller und Besteck, und sie waren endlich in der Lage, ihre hungrigen Mägen zu füllen. Eigentlich war nur Hunter in der Lage, sofort zu essen, weil ihm der heiße Käse nichts auszumachen schien. Molly musste noch mit dem Essen warten, bis der Käse keine Blasen mehr aufwarf und die rote Soße etwas abgekühlt war. Doch sie genoss es, zuzusehen, wie Hunter, dieser große, starke Mann, seine Pizza förmlich inhalierte. Schließlich war die Pizza so weit abgekühlt, dass sie in wohltuender Schweigsamkeit miteinander aßen.

Danach wischte sich Molly den Mund mit einer Papierserviette ab und stellte plötzlich fest, wie müde sie war. „Ich bin satt und völlig fertig“, sagte sie lachend.

„Dito.“ Er bat um die Rechnung.

Sie erhob sich von ihrem Stuhl. „Ich muss noch mal nach nebenan, bevor wir gehen.“ Sie wollte sich das Fett und den Knoblauchgeruch von den Händen waschen. Auf dem Weg zu den Waschräumen erhaschte sie einen Blick auf Sonya Markham.

Molly winkte ihr zu. Sonya stand am Tresen, wo sie offenbar eine Bestellung aufgab.

Sonya schaute weg.

Molly hob die Achseln. Vielleicht hat sie mich nicht gesehen, dachte sie und ging durch das Restaurant, bis sie neben Sonya am Tresen stand. „Hallo, Sonya!“, sagte Molly, die sich freute, die Witwe zu sehen.

„Molly.“ Sonya, die etwas in ihrer Handtasche suchte, hörte damit auf und schaute sie lächelnd an.

Molly fiel auf, das Sonya angespannt wirkte und blaue Schatten unter ihren Augen hatte. „Wie geht es dir?“, fragte sie befremdet.

„Nicht schlecht in Anbetracht der Lage.“ Sonya schob ihr dunkles Haar aus dem Gesicht. „Ich bin im Augenblick ein wenig fertig“, gab sie zu. „Aber ich bin sicher, dass man mir das auch ansieht. Es fällt mir schwer, zu schlafen, aber noch schlimmer ist es, wenn ich mich auf etwas konzentrieren will.“

Molly konnte sich nicht vorstellen, wie Sonya mit allem klarkam. Sie räusperte sich. „Das tut mir leid.“

Sonya schüttelte ihren eleganten Pagenkopf. „Es braucht dir nicht leidzutun. Es ist sogar ganz gut, aus dem Haus zu gehen und sich wieder der Welt zu stellen. Und du und deine Familie, ihr wart wunderbar zu mir. Vor allem dein Vater."

Für den Bruchteil einer Sekunde leuchteten ihre Augen voller Lebendigkeit, wie Molly es seit dem Mord nicht mehr an ihr gesehen hatte.

„Die Pizza ist fertig, Mrs. Markham", rief Joe von hinter dem Tresen.

Sonya wandte sich um und nickte dem Wirt zu, bevor sie Molly erneut ansah. „Ich muss meine Bestellung abholen."

„Ich würde dich vorher gerne jemandem vorstellen. Dads neuem Anwalt, Daniel Hunter." Molly deutet auf Hunter und winkte ihn zu sich. Er reichte dem Kellner seine Kreditkarte und kam dann auf sie zu.

Eigentlich hatte Molly das Essen bezahlen wollen, aber dann würde sie es einfach das nächste Mal übernehmen. Hunter hatte seine Lederjacke lässig über die Schulter geworfen. Er hielt sie nur mit einem Finger. Ein Lächeln huschte über Mollys Lippen, als sie sich wieder einmal seines guten Aussehens und seiner tröstlichen Anwesenheit bewusst wurde.

„Sonya Markham, das ist Daniel Hunter, der Anwalt, der Vater vertreten wird."

Sonyas Gesicht nahm einen Augenblick lang den Ausdruck von Dankbarkeit an. „Ich bin froh, dass Sie da sind." Sie gab Hunter die Hand. „Ich schwöre Ihnen, dass Frank meinen Mann auf keinen Fall umgebracht hat, egal, was die Polizei sagt." Ihre Stimme versagte.

„Sie haben mein tiefstes Mitgefühl", sagte Hunter. „Ich werde tun, was ich kann, um diese Angelegenheit für Sie und Ihre Familie so einfach wie möglich zu machen."

Molly durchfuhr eine angenehme Wärme bei seinen mitfühlenden Worten. Er fand instinktiv die richtigen Worte und wusste, was zu tun war, dachte sie. Sie war so stolz auf ihn, dass sie wegen des Froschs in ihrem Hals kaum sprechen konnte.

Dennoch zwang sie sich, sich auf Sonya zu konzentrieren. „Du weißt, wenn es irgendetwas gibt, was ich für dich tun …“ Molly stoppte mitten im Satz.

Wieder einmal fiel es ihr schwer, die richtigen tröstlichen Worte zu finden. Sie wusste nicht, wie man mit jemandem umging, der in tiefer Trauer war. Sie versuchte einfach, Sonya ihre Hilfe anzubieten, so gut sie konnte.

Sonya beugte sich zu ihr und umarmte sie impulsiv, bevor sie sie wieder losließ. „Ich weiß. Aber wie ich schon sagte, deine Familie war wunderbar zu mir. Dank Edna haben wir jeden Abend ein frisch gekochtes Essen, und Robin ruft oft sogar von der Uni aus an, und wenn Jessie nicht wäre, dann bezweifle ich, dass Seth einen Schultag überstehen würde. Und dein Vater, nun, er ist mein Fels in der Brandung.“

Sie schien sich diesmal wegen Hunter absichtlich zu wiederholen.

Einmal mehr erschien bei der Erwähnung von Mollys Vater ein Leuchten in Sonyas Augen, und es war nicht nur Dankbarkeit, weshalb Molly beunruhigt von einem Fuß auf den anderen trat. „Euch beide verbindet eine so lange und ungewöhnliche Freundschaft“, sagte sie.

„Ich werde mit Ihnen über die Mordnacht sprechen müssen“, unterbrach Hunter barsch.

„Ich verstehe. Sagen Sie mir einfach, wann.“ Sonya schob sich eine Haarsträhne hinter das Ohr.

„Morgen wäre gut.“

„Gut, dann morgen.“ Sonya schaute plötzlich auf ihre Uhr. „Ich muss wirklich gehen. Zu meinem Wagen“, sagte sie nervös. „Ich bin schon spät dran für …“ Sie zögerte und zupfte an ihren Haaren. „Ich komme zu spät nach Hause. Ich muss Seth sein Essen bringen.“

Molly erinnerte sich an Hunters Bärenhunger vor noch nicht allzu langer Zeit und konnte sich ein Grinsen nicht verkneifen.

„Ja, ich habe ein grundlegendes Verständnis dafür, wie ungeduldig Männer werden können, wenn sie hungrig sind", sagte sie lachend und stieß Hunter leicht in die Rippen.

Er verdrehte die Augen, lachte aber auch leise.

„Es war schön, Sie kennenzulernen, Mr. Hunter", sagte Sonya.

„Ganz meinerseits."

„Wir sehen uns dann morgen. Ab 10.00 Uhr passt es mir jederzeit." Sie bezahlte rasch, nahm ihre Pizza und eilte zur Tür.

„Sie wirkt nett", sagte Hunter.

„Sie ist nett", bestätigte Molly. „Und mein Vater vergöttert sie. Sie stand heute Abend ein bisschen neben sich, aber ich denke, dass das unter den gegebenen Umständen normal ist."

„Das ist es vermutlich. Können wir gehen, oder musst du immer noch …"

„Gib mir noch eine Sekunde", sagte Molly zu Hunter und verschwand in Richtung Toilette.

Im Vorraum wusch sie sich die Hände mit einer himbeerfarbenen Flüssigseife, die einen sehr fruchtigen Duft in dem kleinen Raum verbreitete. Danach ging sie zum Fensterbrett, auf dem die Papierhandtücher lagen, trocknete sich ihre Hände und schaute durch das Fenster auf den hinteren Parkplatz.

Weil die Sonne unterging, waren die Straßenlaternen angegangen und tauchten den Parkplatz punktuell in ein weiches Licht. Molly war, als ob sie eine Kinoszene beobachten würde, als eine weibliche Silhouette mit einer großen Pizzaschachtel in den Händen langsam den Parkplatz überquerte und unter einer dieser Laternen stehen blieb, um sich dagegenzulehnen. Das Licht schien ihr ins Gesicht.

*Sonya.*

Molly erwartete, dass sie nach ihrem Wagenschlüssel suchen oder zu ihrem Wagen gehen würde, doch sie blieb, wo sie war.

Irritiert zerknüllte Molly das Papierhandtuch in ihren Händen. Sie starrte auf die einsame Person, und ihr Herz wollte vor Mitleid mit Sonya brechen. Die neuesten Ereignisse hatten sie von einer lebendigen und glücklichen Frau in eine desolate und traurige Person verwandelt. Molly nahm sich vor, mit ihrem Vater zu überlegen, was man noch für Sonya und Seth tun konnte, obwohl sie wusste, dass ihnen nur die Zeit helfen konnte. Dennoch hatte sie das Gefühl, dass die beiden dringend Hilfe benötigten.

Gerade als sie das Papierhandtuch in den Müll warf, bog ein marineblauer Jeep auf das Grundstück ein. Ihr Vater besaß einen marineblauen Jeep. Wie eine Menge anderer Menschen in dieser Stadt, wie sie sich auch erinnerte.

Aber nur das Nummernschild ihres Vaters war MEL 629. Nach seiner verstorbenen Frau Melanie und ihrem Hochzeitsdatum. Laut Robin war dies das Nummernschild ihrer Mutter gewesen, und ihr Vater hatte es nicht übers Herz gebracht, es wegzugeben, als er ihren Wagen verkaufte. Seitdem benutzte der General dieses Nummernschild an allen Wagen, die er besessen oder geleast hatte.

Als Sonya Frank entdeckte, lächelte sie. Der Ausdruck purer Freude, der auf ihrem Gesicht auftauchte, war unmissverständlich. Molly dachte sofort daran, wie Sonyas Augen schon bei der bloßen Erwähnung von Mollys Vater zu leuchten begonnen hatten.

Waren sie vielleicht mehr als nur Freunde? fragte sie sich zum ersten Mal.

Nein, keiner der beiden würde einen Ehebruch begehen.

Sonya würde weder ihren Mann noch Frank, seinen besten Freund, betrügen. Und sie glaubte auch nicht, dass sie in der kurzen Zeit seit Pauls Tod eine Affäre miteinander begonnen hatten. Sie kannte sie zu gut, um anzunehmen, dass einer von ihnen so kalt und gefühllos war.

Aber das bedeutete nicht, dass sie keine Gefühle füreinander hatten, mischte sich eine leise Stimme in ihrem Kopf ein. Sie massierte sich den Nasenrücken und dachte an die Lügen, die heute Abend offenbar erzählt worden waren.

Ihr Vater sollte bei einer Veteranenveranstaltung sein, statt Sonya auf dem Parkplatz von Joe's Pizza abzuholen. Und Sonya sollte auf dem Weg zu ihrem Wagen sein, um Seth die Pizza nach Hause zu bringen. Aber da gab es sicher plausible Erklärungen. Pläne konnten sich ändern. Vielleicht war die Veranstaltung langweilig gewesen, und ihr Vater war früher nach Hause gekommen. Oder vielleicht hatte Sonya ihn angerufen und ihn um seine Gesellschaft gebeten. Abgesehen davon, schuldete Sonya Molly keine Erklärung dafür, wer sie nach Hause brachte.

Es ist nichts passiert, versuchte Molly verzweifelt, sich selbst zu überzeugen. Aber das schreckliche Gefühl, das alles schon einmal erlebt zu haben, überflutete sie genau wie letztes Jahr, kurz bevor der Verlobte ihrer Mutter erschossen worden und Mollys Welt auseinandergefallen war.

Ihr Herz begann heftig zu klopfen. In ihrem Kopf tauchten rasend schnell viel zu viele Fragen auf. Warum hatte Sonya Molly verschwiegen, dass sie sich mit ihrem Vater traf? Was gab es zu verheimlichen, wenn zwei Erwachsene einfach nur miteinander reden wollten? Warum benahmen sie sich, als ob sie etwas zu verbergen hatten?

Sie erschauerte und ging zurück, um Hunter zu suchen. Sie hatte ihn lange genug warten lassen.

Zwanzig Minuten später waren sie endlich wieder zu Hause. Ein langer Tag lag hinter ihnen. Ein langer Tag voller Ereignisse, dachte Molly. Sie hatte Hunter nicht erzählt, was sie durch das Toilettenfenster beobachtet hatte. Obwohl sie sich schlecht fühlte, weil sie Informationen zurückhielt, brachte sie es trotzdem nicht über sich, ihm ihren Verdacht zu schildern. Der Familienzusammenhalt hing von Hunters Verteidigung und von seinem Glauben an ihren Vater ab.

Sie wollte, dass er ihrem Vater vertraute und daran glaubte, dass er seinen Partner niemals getötet hätte. Heute Abend hatte Hunter zum ersten Mal eingeräumt, dass ihr Vater womöglich unschuldig war. Aus Geldgründen würde ihr Vater niemals töten. Das wusste sie ganz sicher.

Aber aus Liebe? fragte sich Molly unwillkürlich.

Hunter ging direkt in das Arbeitszimmer, das er sein Schlafzimmer nannte, und packte seinen Rucksack aus, während Molly den Anrufbeantworter abhörte.

„Sie haben zwei neue Nachrichten", sagte eine mechanische Stimme.

Die erste Nachricht war von Lucinda. Sie dankte Molly und ihrem lieben Freund Hunter und klang dabei immer noch albern, aber glücklich. Sie dankte auch Edna, die nach Mollys Abgang erschienen war, um Lucindas Geburtstag zu etwas ganz Besonderem zu machen.

Molly hatte das Gefühl, dass die Party schon vor einem Jahr und nicht am selben Tag stattgefunden hatte, während sie für den Kommandeur notierte, Lucinda am nächsten Tag anzurufen.

Die zweite Nachricht war von Jessie. Wegen der vielen Hintergrundgeräusche spielte Molly die Nachricht noch einmal ab, um besser zu verstehen, was Jessie gesagt hatte. „Hallo, Dad, ich bin es. Ich weiß, dass du es nicht vergessen hast, aber ich wollte dich trotzdem noch mal daran erinnern, mich und Seth um elf von Sarahs Haus abzuholen. Und wenn du schon ein paar Minuten früher kommen willst, ist das auch in Ordnung. Seth geht es nicht so gut, und mir macht es auch nichts aus, früher zu gehen."

Molly schüttelte den Kopf. Oh nein. Nein. Sie brauchte wirklich keine weiteren Beweise, dass ihr Vater und Sonya sie absichtlich belogen hatten.

„Ich dachte, Seth wartet zu Hause auf seine Pizza", sagte sie laut. Das hatte Sonya behauptet.

So wie Sonya auch gesagt hatte, dass sie zu ihrem Auto gehen wollte, obwohl sie in Wirklichkeit darauf wartete, dass Mollys Vater sie abholte. Molly stieß geräuschvoll die Luft aus und fuhr sich mit einer unsicheren Bewegung durchs Haar. War ihr Vater in Sonya verliebt und umgekehrt?

Und wenn das wahr war, wie lange würde Molly es Hunter verheimlichen können?

Wenige Minuten später kam der Kommandeur nach Hause. Jessie stapfte hinter ihr her. Wie sich herausstellte, hatte nicht ihr Vater, sondern der Kommandeur Jessie und Seth von der Party abgeholt – was Mollys Verdacht, dass sich da etwas zwischen Frank und Sonya abspielte, noch verhärtete.

Doch damit wollte sich Molly an diesem Abend nicht mehr auseinandersetzen. Morgen war auch noch ein Tag. Morgen würde sie genau zuhören, wenn Hunter Sonya über die Mordnacht befragte. Und sie würde danach entscheiden, wie wichtig ihre Neuigkeiten für den Fall waren oder ob sie ihr Geheimnis noch ein wenig länger für sich behalten konnte. Schließlich machte Hunter Fortschritte im Fall des Generals – sie wollte ihm keinen Grund geben, die Integrität und Ehrlichkeit ihres Vaters infrage zu stellen.

Heute Nacht wollte sie beenden, was sie und Hunter zu einem früheren Zeitpunkt des Tages begonnen hatten.

Nachdem alle ins Bett gegangen waren, duschte Molly heiß und lange. Sie versuchte sich selbst einzureden, dass sie sich den Schmutz des Tages abwusch, doch eigentlich wusste sie es besser. Sie bereitete sich auf eine Verführung vor. Nicht, dass sie glaubte, dass viel dazu nötig war, Hunter herumzukriegen, aber sie wollte so gut wie möglich aussehen, wenn sie diesen Schritt wagte.

Sie besaß keine sexy Unterwäsche, aber sie besaß ein kleines Etwas, das Liza ihr zu Weihnachten geschenkt hatte. Seit Liza einen festen Freund hatte, versäumte sie nie, Mollys sparsames Liebesleben anzusprechen. Irgendwann hatte sie Molly dann dieses Geschenk in der Hoffnung gemacht, ihr Leben damit ein wenig aufzupeppen. Molly hatte noch keine Verwendung für dieses provokative Outfit gehabt. Bis jetzt.

Was die Familie anging, so nahm der Kommandeur Baldrian und schlief die ganze Nacht durch. Jessie kam ohnehin nie aus ihrem Zimmer, und außerdem hatte sie das Licht gelöscht, sobald sie von der Party nach Hause gekommen war. Molly wusste nicht, ob ihr Vater schon schlief oder nicht, aber sie wusste, dass er in seinem Schlafzimmer war, und sie bezweifelte, dass er sie und Hunter mitten in der Nacht stören würde.

Zumindest ging Molly fest davon aus.

# 9. Kapitel

Hunter lehnte mit hinter dem Kopf verschränkten Armen in seinem Kissen und starrte auf den Vogel, der ruhig in seinem Käfig saß. Edna hatte ihn angewiesen, den Käfig jede Nacht zuzudecken, und es war beinahe Zeit, den Vogel ins Bett zu bringen. Aber da er weder zum Schlafen noch zum Arbeiten aufgelegt war, dachte er sich, dass eine gefiederte Gesellschaft immer noch besser war als gar keine. Er hatte gehofft, dass der Vogel ihn unterhalten würde, aber bis jetzt war der Ara ungewöhnlich ruhig geblieben. Und Hunter konnte nicht aufhören, an Molly zu denken. Wie seine Hand fast vollständig in ihr gewesen war und er ihre heiße Feuchtigkeit an seinen Fingerspitzen gespürt hatte. Schon der Gedanke daran bescherte ihm eine Erektion.

Ein sanftes Klopfen schreckte ihn auf. Außer seinen Shorts hatte er nichts an, und es blieb ihm auch keine Zeit mehr, unter die Bettdecke zu kriechen, bevor das Objekt seiner Begierde durch die Tür schlüpfte. Als sie die Tür hinter sich schloss, glaubte er das Klicken des Türknaufs zu hören, mit dem sie die Tür verschloss.

„Hallo", sagte sie.

„Hallo", antwortete der Papagei.

Hunter verdrehte die Augen. „Jetzt spricht er."

Molly lächelte. Mit einem schelmischen Funkeln in den Augen ging sie zum Käfig hinüber und breitete ein weißes Tuch über dem Vogel aus. „Gute Nacht, Ollie."

Dann näherte sie sich Hunters Bett. Sie trug einen langen, seidenen Morgenmantel, der bei Weitem zu viel Haut bedeckte.

„Was machst du eigentlich hier? Hast du dich auf dem Weg zur Küche verlaufen?", fragte er nur halb im Scherz, denn er wollte dringend wissen, was sie vorhatte.

Sie schürzte ihre feucht glänzenden Lippen und schüttelte den Kopf. „Ich habe Appetit, aber nicht auf Essen."

Eindeutiger ging es nicht. Hunters Herz raste. „Ich könnte auch ein Dessert vertragen", sagte er mit einer vor Lust rauen Stimme.

Es gelang ihm nicht, seine Erregung zu verbergen, aber das wollte er in diesem Moment auch gar nicht. Ein Schritt nach dem anderen, sagte er zu sich selbst. Da er bereits wusste, dass Molly ihm das Herz aus dem Leibe reißen konnte, hatte er begriffen, wie wichtig es war, seine Gefühle vor ihr zu schützen. Doch im Augenblick gab es für ihn nichts Wichtigeres, als ihren heißen Körper in Besitz zu nehmen und in ihn einzutauchen, um sein pochendes Verlangen, das er schon den ganzen Tag über spürte, endlich zu befriedigen.

Er klopfte mit der flachen Hand auf die Matratze und verlagerte sein Gewicht, damit sie sich neben ihn legen konnte. Die Sprungfedern gaben unter ihnen nach, aber sie quietschten nicht, wie er erleichtert feststellte. Denn er hoffte, dass die Familie sie nicht ertappen würde.

Molly beugte ihr Knie, sodass sich der untere Teil ihres Morgenmantels teilte und den Blick auf ihre nackte Haut freigab. Niemals vorher war ihm ein Frauenknie so verdammt sexy vorgekommen. Er berührte es zärtlich. „Dieser Morgenmantel ist viel zu lang, und er verbirgt viel zu viel", sagte er zu ihr.

„Und wenn mich jemand hätte die Treppe hinuntergehen sehen, hätte er gedacht, dass ich mir eine Tasse Tee hole."

Molly neigte ihren Kopf. Die Enden ihres blonden Haars strichen über ihre Schultern. Sie sah verstrubbelt und sehr sexy aus, aber er wollte sie nackt neben sich haben.

Sie griff nach unten und öffnete den Morgenmantel, der das

mit Abstand verführerischste Outfit freigab, das er jemals gesehen hatte. Es war aus gelber Spitze und schmeichelte ihrer hellen Haut perfekt. Das feine Material bedeckte ihre Brüste nur knapp und unterstrich ihr atemberaubendes Dekolleté, von dem sein Blick nur unter größter Anstrengung abließ, um sich des gekräuselten Nachthemdsaums zu bemächtigen. Seine Erregung reifte mit der Vorstellung dessen, was da unter der fast nicht vorhandenen Spitze lag. Und als seine Blicke tiefer wanderten, war er beinahe schockiert, als er hochhackige Sandaletten an ihren Füßen bemerkte.

Sein Körper versteifte sich bei diesem Anblick. „Und wie hättest du deiner neugierigen Familie diese Dinger da erklärt?"

„Ich hoffte, dass der lange Morgenmantel sie verbergen würde", erklärte sie mit einem maliziösen Grinsen. Sie streckte ihre Beine aus und zeigte ihm ihre in einem aufreizenden Pink lackierten Zehennägel.

Hunter strich mit der Hand über ihr perfekt geformtes Bein, angefangen beim Lederriemen an ihrer schmalen Fessel bis hinauf zum Oberschenkel, wo sich ihre Haut besonders zart und seidig anfühlte. Ihr dezentes Parfum kitzelte ihn in der Nase. Es war ein Duft, dessen Namen er nicht kannte, den er aber von jetzt an immer mit Molly und diesem Augenblick in Verbindung bringen würde. „Ich hatte keine Ahnung, dass du so wagemutig bist."

Sie hob eine Braue. „Es gibt eine Menge Dinge, die du nicht über mich weißt."

Das war ein definitives *Ich fordere dich auf, mehr über mich herauszufinden.* Eine deutlichere Aufforderung hatte er bislang noch nie gehört. Er umklammerte sie mit seinem Bein, weil er vorhatte, sie auf den Rücken zu legen, aber sie stoppte ihn, indem sie stattdessen seine Schulter auf die Matratze zurückdrückte.

„Ich schulde dir noch etwas seit heute Nachmittag", sagte sie und legte ihren Morgenmantel ganz ab, wobei sie ihm den vollständigen Anblick ihres in Spitze gehüllten, aufregenden Körpers bot.

Er erschauerte, und seine Hand erstarrte auf ihrem Schenkel. Er vermied es, auf seine Erektion hinabzublicken, wohl wissend, dass sie groß und hart und für alles bereit war, was sie ihm zu bieten hatte.

„Nur ein Idiot würde da Nein sagen." Hunter erkannte seine eigene Stimme fast nicht wieder.

Bevor er auch nur mit der Wimper zucken oder sich rühren konnte, fanden Mollys Finger ihren Weg unter das Gummiband seines Slips. Sie strich ihm sanft über die Leistengegend und an seinen Schenkeln entlang. Dann griff sie nach seiner Erektion, und seiner Kehle entrang sich ein tiefes Stöhnen. Er gab es auf, alles kontrollieren zu wollen, und lehnte sich gegen die Kissen, um den Augenblick zu genießen.

Mit geschlossenen Augen spürte er, wie ihre Finger ihn umklammerten, ihn mit genau der richtigen Bewegung reizten und ihn immer weiter anschwellen ließen, bis ihre Hand plötzlich und ohne Vorwarnung von ihrem warmen, feuchten Mund abgelöst wurde. Sein Körper bäumte sich auf, und seine Hüften hoben vom Bett ab.

Sie nahm ihn tief in ihren Mund, während ihre Hand weiter runter bis zur Wurzel seiner Erektion glitt. Ihre Zunge, ihr saugender Mund und die auf und ab gleitenden Bewegungen ihrer Hand verschafften ihm Gefühle, die er glaubte, kaum aushalten zu können. Er krallte seine Hände in das Laken und stöhnte, während er spürte, wie ihn eine steigende Welle der Lust überflutete und ihn vollends mitzureißen drohte.

Er wusste, dass es nicht mehr lange dauern würde, als er sich plötzlich der warmen Feuchtigkeit ihres Mundes beraubt, gezwungen sah, die Augen zu öffnen. Über ihm sah er Mollys verschmitztes Lächeln. Sie hielt ein in Folie eingeschweißtes Kondom in der Hand.

„Ich würde gerne zu Ende bringen, was ich angefangen habe, aber wir könnten es auch auf eine andere Weise tun." Sie setzte sich aufreizend auf seine Lenden. „Es ist deine Entscheidung."

Welch eine Frau, dachte er, sprach es aber absichtlich nicht laut aus. „Kondom natürlich", stieß er wohl wissend, dass er diese Wahl nicht bedauern würde, aus.

Ihre Augen glänzten fiebrig, doch auch jetzt übernahm Molly wieder die Kontrolle. Sie spreizte seine Schenkel. „Habe ich schon erwähnt, dass ich keine Unterwäsche trage?", fragte sie ihn in einem neckischen Tonfall.

„Du machst Scherze." Er griff nach dem Saum ihres Nachthemds, und sie schlug ihm spielerisch auf die Hand.

„Nein. Das tue ich nicht."

Hätte er seine Hand nur wenige Zentimeter höher bewegt, wäre es ihm schon früher aufgefallen. Er schluckte ein Stöhnen hinunter. Und dann schob sie unter seinen Augen den dünnen Stoff ihres Nachthemdes hoch und zog es sich über den Kopf. Nun war sie bis auf die hochhackigen Sandaletten an den Füßen nackt.

Hunters Augen weiteten sich, und Molly kostete seine Reaktion sichtlich aus. Sie wusste nicht, woher sie den Mut nahm, aber sein offensichtlicher Genuss stimmte sie draufgängerisch.

Von dem Moment an, seit sie ihn in den Mund genommen hatte, war ihr eigenes Verlangen erwacht, und nun ergab sich ihr Körper seiner intimsten und ursprünglichsten Bestimmung. Sie rückte so nah an ihn heran, bis sie ihn dorthin dirigiert hatte, wo sie ihn am nötigsten brauchte.

Sie sehnte sich nach ihm, und sie war für ihn bereit. Dennoch überraschte es sie, als sie seine Finger in der feuchten Hitze zwischen ihren Schenkeln spürte. Sie erschauerte, vor allem, weil sie sich fragte, wie lange sie schon auf diesen Moment gewartet hatte. Es handelte sich nicht um Tage oder Monate, dachte Molly, sondern um Jahre.

Als sie ihn tief in sich aufnahm, begegneten sich ihre Blicke. Molly hatte zwar nicht gelebt wie eine Nonne, doch sie war immer sehr wählerisch gewesen, und es war schon lange her, seit sie mit einem Mann zusammen gewesen war – aber nicht lange genug, um nicht mehr zu wissen, wie es sich anfühlte. Aber es hatte sich noch nie so angefühlt wie jetzt. Sie und Hunter. Vereint. Er in ihr.

Sie schloss die Augen, weil das, was sie für ihn empfand, sie sonst überwältigt hätte. Ihre Gefühle waren das Einzige, das sie bei diesem Mann in Schwierigkeiten bringen konnte.

Als er sich bewegte, nahm sie seinen Rhythmus dankbar auf und dachte nicht mehr an die Dinge, die sie nicht unter Kontrolle hatte. Stattdessen konzentrierte sie sich lieber auf das, was sie beeinflussen konnte. Die sinnlichen Empfindungen, die sie zu überwältigen drohten, steigerten sich bei jedem Stoß seiner Hüften, und sie entdeckte, wie sie es am liebsten mochte.

Mollys innere Muskeln umschlossen seine Männlichkeit. Sie spannte sie an, um auf seine harten Stöße zu reagieren, und löste sie, wenn er sich zurückzog, um erneut in sie einzudringen. Mit jedem Mal schien es, als ob er noch tiefer in sie eindrang und sie immer näher zum Orgasmus brachte.

Plötzlich packte er ihre Brüste mit seinen heißen Händen, und sie öffnete die Augen, weil er ihre wilden Bewegungen dämpfte. Mit seinem Daumen umkreiste er ihre aufgerichteten Brustwarzen, rieb die harten Spitzen zwischen seinen Fingern, bis sie ihren Schenkeldruck erhöhte und laut zu wimmern begann.

„Das ist es“, sagte er in einem rauen Tonfall. „Ich will, dass du kommst, und zwar so lange, bis du schreist.“ Tatsächlich wollte Hunter, dass sie so intensiv kam, dass sie weder diesen Moment noch ihn jemals wieder vergessen würde. Er wusste, dass sie bei ihm bleiben würde, wenn seine Zeit hier vorbei war.

Ihre schon geröteten Wangen färbten sich als Reaktion auf diesen Kommentar noch dunkler.

„Wir wollen doch das Haus nicht aufwecken."

„Ich kümmere mich darum. Du lässt dich einfach gehen. Dein Stöhnen erregt mich." Es erregte ihn sogar so sehr, dass es ihn alle Kraft, die ihm geblieben war, kostete, seinen eigenen Orgasmus zurückzuhalten.

Doch solange er sich auf Molly und auf ihre vollen Brüste unter seinen Händen und nicht auf den Punkt, wo ihre Körper so wundervoll vereint waren, konzentrierte, war er noch in der Lage, ihren Genuss zu verlängern und auf sie zu warten.

Um sein Ziel zu erreichen, stützte er sich auf die Ellbogen und überredete sie, sich nach vorne zu beugen, damit er ihre Brüste lecken und an ihren Spitzen saugen und mit seiner Zungenspitze daran spielen konnte.

Aus ihrer Kehle drang ein leises Stöhnen. Sie bewegte ihre Hüften vor und zurück und schob sich so weit wie möglich über seine Erektion.

Das war es. Hunter konnte sich keine Sekunde länger zurückhalten. Er packte ihre Taille, folgte ihren Bewegungen und stieß tief in sie hinein.

Sie kam ohne Vorwarnung. Bevor sie schreien konnte, richtete er sich auf und schaffte es irgendwie – er würde niemals wissen wie –, sie auf den Rücken zu drehen, sodass er ihren Mund mit seinem bedecken und ihre Schreie ersticken konnte. Er hoffte, dass sie noch viele Schreie ausstoßen würde, während er sie wie besinnungslos küsste und gleichzeitig immer schneller und härter in sie eindrang, weil er jetzt wusste, wie sehr sie sich nach ihm gesehnt hatte.

Ihr Atem ging stoßweise, aber sie erwiderte seinen Kuss, und ihre Nägel gruben sich in seine Schultern. Sie reagierte ekstatisch auf seine Bewegungen und schlang ihre muskulösen, feuchten Schenkel um ihn.

Kurz vor dem Ziel streifte Hunter mit seinem Mund über ihre Wange, bis er ihr zuflüstern konnte: „Komm, Molly! Tu es für mich! Jetzt!"

Sie stöhnte und umklammerte ihn mit ihren Schenkeln. Er spürte, wie sich der harte Verschluss ihrer Schuhe in seinen unteren Rücken grub, was ihn ungewöhnlich stark erregte.

Plötzlich bäumte sie sich auf und erwiderte seinen letzten Stoß, bis er sich völlig in ihr verlor.

Das erste laute Stöhnen kam nicht von Molly, sondern von ihm, und er hätte das Haus aufgeweckt, wenn sie nicht so schnell reagiert hätte. Sie versiegelte seinen Mund mit einem Kuss, und im selben Moment kam sie ebenfalls. Ihr ganzer Körper versteifte sich, bevor ihre Hüften rotierten und sie versuchte, ihn noch tiefer in sich aufzunehmen. Er gab ihr, was sie wollte, und er gab es ihr gerne, weil es dem entsprach, was auch er am dringendsten benötigte.

Sein Orgasmus war mit nichts zuvor Gefühltem vergleichbar, und ihre gemeinsamen Schreie verhallten in einem langen und leidenschaftlichen Kuss.

Nachdem sie wieder auf die Welt zurückgekehrt waren, zog Hunter Molly sichtlich erschöpft ganz nah an sich heran. Molly kämpfte gegen den Schlaf, weil sie wusste, dass sie auf Zehenspitzen zurückschleichen musste, bevor man sie zusammen erwischte. Aber sie konnte nicht widerstehen, ein paar Minuten länger in Hunters Armen liegen zu bleiben. Er kuschelte sich von hinten an sie. Sein Arm ruhte auf ihrer Hüfte, sein Gesicht in ihrem Nacken, und sein Atem ging ruhig und regelmäßig.

Jetzt wusste sie es also. Sie wusste endlich, wie es sich anfühlte, mit Hunter zu schlafen, und diese Erfahrung hatte ihre wildesten Erwartungen übertroffen. Sie war hemmungsloser denn je gewesen, viel offener und viel freigiebiger, viel mehr auf seine Wünsche bedacht, als sie es sich hatte vorstellen können.

Alles, was mit Hunter zu tun hatte, konnte in einem Wort zusammengefasst werden.

*Mehr.*

Was man genauso gut mit *nicht genug* hätte übersetzen können, denn Molly wusste, dass auch ein ganzes Leben mit diesem Mann ihr nicht genügen würde. Er hatte ihr dieses Leben schon einmal angeboten, aber sie hatte es abgelehnt.

Danach hatte Hunter sein Leben ganz anders als Molly weitergeführt. Er war mit anderen Frauen zusammen gewesen. Sie hatte alle Männer gemieden. Er hatte Partys gefeiert. Sie hatte eine Familie und Stabilität gefunden. Und nun, wo sie sich mehr als alles andere eine Zukunft mit Hunter wünschte, nun, wo sie ihm ihr Herz bedingungslos geschenkt hätte, verstand sie, dass er ihr einfach nur gezeigt hatte, was er ihr zu geben bereit gewesen war.

Er würde wieder mit ihr schlafen. So viel war ihr klar. Aber egal, wie gut es zwischen ihnen lief, und egal, ob sie sich immer noch mehr in ihn verliebte, würde sie sich nicht von dem Gedanken trügen lassen, dass er ihr jemals wieder sein Herz schenken würde. Das bedeutete aber nicht, dass sie nicht versuchen konnte, ihn vom Gegenteil zu überzeugen.

Sie wusste nun, dass sie in ihn verliebt war. Vielleicht war sie es schon immer gewesen, aber die Tiefe dieser Liebe war ihr nun endlich klar.

Und wenn Hunter nach dem Aufwachen ein bisschen ähnlich fühlte wie sie, würde er schnell Reißaus nehmen. Die heutige Geburtstagsparty hatte ihr gezeigt, weshalb seine Mauern so hoch waren und welchen Schaden sie angerichtet hatte. Molly hoffte, Hunter davon überzeugen zu können, dass sie sich verändert hatte und dass sie bereit war, alles zu geben und seine Liebe anzunehmen, falls er sie ihr je wieder anbieten würde. Doch seine Reaktion auf der Party hatte ihr gezeigt, wie schwierig es werden würde.

Daran war seine Vergangenheit schuld. Ihre Ablehnung hatte einen lange gehegten Verdacht bestätigt. Seine Eltern hatten ihn verlassen, nachdem sie ihr Kind davon überzeugt hatten, dass es nicht wert sei, geliebt zu werden. Was seine Eltern nicht in ihm zerstört hatten, machten die Pflegefamilien kaputt. Die Feiern für andere, das Ausgeschlossensein von Familienfesten, der Mangel an Liebe und Fürsorge hatten Hunters Herz schlimmer verletzt, als Molly es sich hatte vorstellen können.

Ihre Augen füllten sich mit Tränen. Sie weinte nicht um das, was sie weggeworfen hatte, sondern um Hunter, weil sie begriff, wie sehr er die Liebe, die sie ihm geben konnte, brauchte. Es war eine Liebe, von der er nie glauben würde, dass sie sie ihm langfristig geben könnte. Und es gab niemanden, außer ihr selbst, den sie dafür verantwortlich machen konnte.

Mit Bedauern entwand sich Molly seiner Berührung. Er seufzte und rollte sich mit seinem Kissen in den Armen zusammen. Eine Welle der Zärtlichkeit durchrieselte Molly. Ihn immer noch betrachtend, öffnete sie die Riemchen ihrer Sandaletten und schlüpfte aus den Schuhen, weil sie so spät nachts keinen Lärm im Hausflur machen wollte.

Er murmelte etwas im Schlaf. Sie beugte sich zu ihm hinunter und hauchte ihm, immer noch lächelnd, einen Kuss auf den Rücken. Obwohl sie entschlossen war, zu lächeln, statt der Vergangenheit nachzutrauern, konnte sie nicht anders, als an den kurzen Augenblick zu denken, in dem er seine Ängste zur Seite geschoben und ihr sein Herz geöffnet hatte. Und sie hatte es zertrampelt.

Irgendwie musste sie seine unsichtbaren Schutzwälle überwinden, oder, so befürchtete sie, sein Körper würde das Einzige bleiben, das er ihr zu geben bereit war. Dabei wollte sie so viel mehr.

Molly brauchte die Kohlehydrate in ihrem Bagel so nötig wie ein Loch im Kopf, vor allem, wenn sie daran dachte, dass sie keine Zeit für ihr Training haben würde. Doch Edna hatte frische Bagels gekauft, und Molly konnte nicht widerstehen. Ein bisschen Frischkäse und eine Tasse des wundervollen Haselnusskaffees ihrer Großmutter, und schon war sie bereit für den Tag.

Sie saß alleine am Tisch in der Küche und genoss die Stille, obwohl sie wegen der Geräusche, die aus dem oberen Stockwerk drangen, ahnte, dass es nicht lange so friedlich bleiben würde. Sie nahm einen Schluck des leckeren Gebräus und ließ sich von der warmen Flüssigkeit aufwärmen. Eigentlich brauchte sie diese Wärme gar nicht. Hunter hatte genügend Hitze in ihr entfacht. Die würde für eine lange Zeit vorhalten. Aber nicht für den Rest ihres Lebens. Sie fragte sich, wie sie mit dieser für sie größten persönlichen Herausforderung umgehen sollte.

„Was ist jetzt eigentlich mit dir und diesem toll aussehenden Kerl?“ Jessies Stimme unterbrach die friedliche Stille.

„Ooh, das wüsste ich auch gerne.“ Edna betrat in ihrem langen Bademantel und mit Ollie auf der Schulter die Küche.

„Spuck es aus!“, sagte der Papagei.

„Ja, spuck’s aus“, wiederholte Jessie, die über den Vogel lachte.

Molly blickte auf ihre Halbschwester, die eine weitere persönliche Herausforderung in ihrem Leben verkörperte. Es schien, als ob ihr Leben voller Herausforderungen war. Sie erinnerte sich daran, dass sie auf den Teenager zugehen und sie nicht weiter gegen sich aufbringen wollte.

Also lächelte Molly, anstatt Jessie anzufahren, dass sie ihr Privatleben gar nichts anginge. „Hunter kommt gut voran. Danke der Nachfrage.“ Molly hatte Jessies Frage absichtlich falsch verstanden.

„Das wollte ich gar nicht wissen“, blaffte der Teenager los, schloss den Mund aber sofort wieder. „Ich meine, ich …“ Sie schüttelte den Kopf, stieß einen enttäuschten Laut aus und beäugte stattdessen Mollys Frühstück. „Wo sind die Bagels?"

„Da hinten, in der Tüte neben dem Kühlschrank. Warum nimmst du nicht einen und leistest mir Gesellschaft?"

„Würde es euch etwas ausmachen, wenn ich euch Gesellschaft leiste?", mischte sich der Kommandeur lachend ein. Aber Jessie, die den Schulbus erwischen musste, schaute auf die Uhr an der Mikrowelle.

„Du hast Zeit", versicherte ihr Molly. „Außerdem werde ich dich weder beißen noch anmotzen, versprochen."

Offensichtlich sprachlos machte sich Jessie ihr Frühstück, nahm Margarine statt Frischkäse und O-Saft anstelle des Kaffees.

Sie mussten ja nicht denselben Geschmack haben, um miteinander klarzukommen. „Wie war die Party letzte Nacht?", fragte Molly.

Jessie ließ sich auf den von Molly am weitesten entfernten Stuhl fallen, biss in ihren Bagel, kaute und schluckte, bevor sie schließlich antwortete. „Es war eigentlich nicht schlecht. Zumindest nicht für mich. Seth ging es nicht so gut." Sie stürzte einen Großteil des Orangensafts hinunter. „Aber die Mädchen fangen an, ein bisschen freundlicher zu werden. Sarah hat sogar gesagt, es täte ihr leid, dass sie so eine Zicke war, und gefragt, wie es Dad geht."

Molly stutzte. Gab es doch noch Wunder auf dieser Welt? Jessie hatte ihr manierlich geantwortet und sogar etwas aus ihrem Privatleben preisgegeben. Molly reagierte behutsam, um Jessie keinen Grund zu geben, sich wieder vor ihr zu verschließen. „Das ist gut. Ich bin sicher, die letzte Zeit war nicht leicht für dich."

Jessie zuckte mit den Achseln. „Ich komm schon damit klar." Ihr Tonfall klang abwehrend.

„Das habe ich auch nicht gemeint. Ich weiß einfach, wie fies Kinder sein können. Wenigstens kennst du deine Freunde schon seit Langem. Da kann man sich auch mal fallen lassen. Als ich so alt war wie du, bin ich selten länger als ein oder zwei, maximal drei Jahre an einem Ort geblieben. Und jedes Mal, wenn Mutter etwas Dummes oder Peinliches getan hatte, war das Ergebnis schlimmer, weil ich sowieso schon die Außenseiterin war."

Molly spürte, dass der verständnisvolle Blick ihrer Großmutter auf ihr ruhte, während Jessie für ihre Verhältnisse ungewöhnlich still war.

Bei dem Versuch, dieser Situation standzuhalten, umklammerte Molly ihre Tasse mit beiden Händen. „Ich bin sicher, dass das jetzt mehr war, als du wissen wolltest", sagte sie und zwang sich zu einem Lachen, während sie insgeheim mit einer hässlichen Antwort von Jessie rechnete.

„Uih. Das war bestimmt eine ziemlich beschissene Zeit."

Molly hob eine Braue. Mitgefühl statt Sarkasmus? „Ja, es war beschissen. Und ich hatte keine starke Familie, auf die ich mich verlassen konnte, so wie du. Ich hatte auch keinen besten Freund wie Seth." Die Erinnerung an ihre deprimierende Pubertät ließ sie frösteln. Daran änderte auch eine warme Tasse Kaffee nichts.

„Was war mit deiner Mutter?", fragte Jessie mit vollem Mund.

Molly war jetzt nicht imstande, sie wegen ihrer Manieren auszuschimpfen. „Ich lebte die meiste Zeit in einem teuren Internat, weil sie irgendwo unerreichbar in der Weltgeschichte herumgondelte. Wenn sie mal zu Hause war, tat sie nur, wozu sie Lust hatte – also lauter Sachen, die wahnsinnig viel Geld kosteten. Jedenfalls war sie nie für mich da, wenn es wichtig war, und sie ruinierte jede halbwegs zivilisierte Ehe, weil sie mit irgendwem ins Bett ging. Dann gab es einen Skandal. Die Kids in der Schule bekamen es mit, und ich musste irgendwie damit klarkommen, bis meine Mutter sich wieder daran erinnerte, dass sie mich abholen musste, weil ihr Ehemann die Privatschule nicht länger für mich bezahlte."

Jessies Mund stand weit offen.

Wenigstens hat sie ihren Bagel schon gegessen, dachte Molly und biss sich auf die Lippen, um nicht loszulachen. Sie wollten diesen besonderen Moment nicht ruinieren.

Der Kommandeur wollte das offensichtlich auch nicht. Mollys Großmutter saß ganz still am Tisch und genoss den Waffenstillstand.

„Was war mit deinem Vater? Oder mit demjenigen, den du für deinen Vater gehalten hast? War er ein guter Mann?", fragte Jessie mit unverhohlenem Interesse an Mollys Vergangenheit.

„Ich dachte immer, dass er gefühlskalt wäre und sich nicht um mich kümmerte. Ich bekam gelegentlich Post von ihm. Das war alles. Und weil er weder meine Schule noch sonst etwas bezahlt hat, vermutete ich, dass Mutter etwas getan hatte, dass ihn uns hassen ließ. Ich erfuhr erst letztes Jahr, dass er mir weder gesetzlich noch in anderer Weise verpflichtet war. Er wusste die ganze Zeit, dass er nicht mein leiblicher Vater ist. Und er behauptet, dass er davon ausging, dass Mutters reiche Ehemänner sich in all den Jahren um mich gekümmert hätten."

Mollys Kehle brannte, wie immer, wenn sie über ihre Kindheit sprach, aber es war das erste Mal, dass es ihr nichts ausmachte. Es überraschte sie nur, dass es ihr so leichtfiel, ihre Vergangenheit mit Jessie zu teilen. Darüber war sie sehr froh, denn wenn Jessie sich nicht wie eine kleine Zicke aufführte, war sie einfach nur ein sensibles junges Mädchen. *Damit* konnte Molly umgehen. Sie wollte ihrer Halbschwester helfen und sie besser kennenlernen.

„Wenn es mit meinen Freunden mal schlecht läuft, weiß ich immer noch, dass ich meine Familie habe." Jessie sah sie mit großen Augen an. „Ich vermute, dass ich glücklicher dran bin, als ich dachte."

Molly lächelte. „Das bedeutet nicht, dass du nicht auch einen Anteil an schlimmen Dingen abbekommen hast. Deine Mama zu verlieren war schrecklich. So etwas sollte keinem Kind passieren."

Jessie nickte heftig und war zum ersten Mal einer Meinung mit Molly. „Aber Großmutter zog sofort zu uns, und Dad war immer da. Ich kann mir nicht vorstellen, wie es bei dir gewesen ist."

Der Kommandeur nippte schweigend am Kaffee, während ihre Blicke zärtlich zwischen ihren beiden Enkelinnen hin- und herwanderten. Molly konnte sich vorstellen, wie glücklich Edna darüber war, dass sie zum ersten Mal zivilisiert miteinander sprachen.

Sie warf Jessie einen ironisch gemeinten Blick zu. „Fang jetzt bloß nicht an, mich zu bemitleiden, oder ich messe dir sofort die Temperatur, um zu sehen, ob du krank bist." Sie grinste und flehte im Stillen darum, dass Jessie lachen und damit zeigen würde, dass sie einen riesigen Schritt aufeinander zu gemacht hatten.

„Du musst selbst mit dir fertig werden", sagte Jessie. Und dann begann sie laut zu lachen über Molly und sich selbst und über ihre Zickigkeit während der letzten Monate.

Jedenfalls nahm Molly das an, und niemand würde ihr etwas anderes einreden können. Nicht, solange sie und Jessie zusammen lachten.

„Hab ich etwas Lustiges verpasst?", unterbrach der General ihr Gelächter. „Kommt schon. Worüber lachen meine Mädchen denn?"

Molly betete, dass seine Worte – er hatte sie und Jessie als seine Mädchen bezeichnet – Jessie nicht daran erinnerten, dass sie Molly dafür hasste, in ihre Familie eingedrungen zu sein.

„Du hast nichts verpasst." Jessie erhob sich von ihrem Stuhl und räumte den Rest des Bagels und ihr Saftglas weg. „Es ging einfach nur um … Mädchensachen. Ich muss jetzt los, sonst verpasse ich den Bus.“ Sie brachte den Müll weg, spülte ihr Glas aus und stellte es in den Geschirrspüler. „Tschüss, alle zusammen.“ Dann rannte sie aus der Küche, ohne sich noch einmal umzudrehen.

Molly atmete erleichtert aus und begegnete dem überraschten Blick ihres Vaters.

„Gut“, sagte er offensichtlich irritiert.

Sie blickte zur Tür, durch die gerade ein Tornado gefegt war. „Gut.“

„Ich vermute, es stimmt, wenn man sagt, dass man lebt, um etwas zu erleben.“

Immer noch verblüfft brachte Molly nur ein Nicken zustande. Später würde sie noch einmal über die morgendliche Unterhaltung mit Jessie und die kleinen, warmherzigen Momente nachdenken, die es zwischen ihr und Jessie gegeben hatte. Doch jetzt gab es andere Dinge, mit denen sie sich beschäftigen musste. Zum Beispiel, ob ihr Vater letzte Nacht mit Sonya zusammen war oder nicht. „Wie war es bei deiner Versammlung?“, fragte sie.

„Es war ganz okay. John Perlmann wurde für seine Arbeit bei der Vereinigung ausgezeichnet.“ Seine Antwort war vage, und er vermied es, ihr in die Augen zu sehen.

Sie schürzte ihre Lippen und war kurz davor, ihn der Lüge zu bezichtigen, als sie Schritte hörte.

„Guten Morgen!“ Hunters tiefe Stimme rief ihr sofort die letzte Nacht in Erinnerung.

Jeder Augenblick, den sie letzte Nacht gemeinsam verbracht hatten, tauchte vor ihren Augen live und in Farbe wieder auf. Sein Geruch, seine Berührungen, sein großartiger, nackter Körper. Daran dachte sie, als er die Küche betrat.

„Morgen.“ Molly führte ihre Tasse zum Mund und gab vor, ihren inzwischen kalten Kaffee zu trinken.

„Morgen“, sagte der General. „Ich hoffe, Sie schlafen gut auf dieser Couch. Ich habe es noch nie probiert, deshalb weiß ich nicht, ob sie bequem ist oder nicht."

Hunter schenkte sich einen Kaffee ein und setzte sich zu ihnen an den Tisch. „Ich hatte eine fantastische Nacht."

Er sprach mit dem General, aber Molly hatte keine Zweifel, dass seine Worte ganz allein an sie gerichtet waren.

„Kann ich Ihnen etwas zum Frühstücken anbieten?", fragte der Kommandeur den Hausgast. „Bagel, Pfannkuchen oder Eier?"

Molly verdrehte die Augen über die Beflissenheit ihrer Großmutter. „Es ist Ihre Entscheidung", sagte sie zu ihm.

„Kondom natürlich", krähte der Papagei.

„Was hat er gesagt?", fragte Mollys Vater.

„Wiederhole das doch noch einmal", bat Edna ihren Vogel.

Ganz der gehorsame Papagei, wiederholte Ollie: „Kondom natürlich."

Der Kommandeur machte ein fragendes Gesicht, während der General sich das Lachen kaum verkneifen konnte.

Molly, die sich an den Originaldialog mit Hunter letzte Nacht erinnerte, spürte, wie ihr die Röte ins Gesicht schoss.

Und der arme Hunter ging zum Kühlschrank und tat, als ob er nach etwas Essbarem suchen würde.

Bevor sie sich wieder von dem Schreck erholt hatten, kam Jessie ohne Vorwarnung in die Küche zurück. „Hab mein Essen vergessen." Sie schnappte sich eine braune Papiertüte.

„Danke, dass du mich und Seth gestern Abend abgeholt hast, Kommandeur. Ich weiß es zu schätzen." Sie küsste ihre Großmutter auf die Wange und verschwand.

Molly fragte sich, ob ihr Vater wusste, dass Sonya ihnen in der Pizzeria begegnet war und erzählt hatte, dass sie auf dem Weg war, ihrem Sohn die Pizza nach Hause zu bringen. Einem Sohn, der laut dieser öffentlichen Bestätigung mit Jessie auf einer Party gewesen war. Franks Gesichtsausdruck nach zu urteilen, hatte er keine Ahnung. Andererseits war er ein Soldat. Geheimnisse für sich zu behalten gehörte zu seinem Job.

Es war aber sicher, dass Hunter diese Unstimmigkeit auch mitbekommen hatte, genau wie Molly, als sie gestern Abend den Anrufbeantworter abgehört hatte. Er riss seinen Blick vom Kühlschrankinhalt los, drehte sich um und betrachtete den General.

In seinem Blick spiegelten sich Neugier und Konfusion. „Ich dachte, Sonya hat Seth eine Pizza nach Hause gebracht gestern Abend. Wieso war er gar nicht da?"

„Na ja ..." Frank rutschte unruhig auf seinem Stuhl hin und her, wobei er Ollies Kommentar offenbar schnell vergessen hatte.

Molly schloss die Augen und bat im Stillen um Vergebung für das, was sie nun tun würde. „Sonya weiß, dass die Kids auf diesen Partys in der Regel nichts zu essen bekommen. Ich bin sicher, sie hat die Pizza für danach besorgt", unterbrach sie den Erklärungsversuch ihres Vaters.

Sie log für Sonya und ihren Dad.

Sie belog den Mann, den sie angebettelt hatte, ihr zu helfen.

Belog den Mann, den sie liebte.

Weil sie befürchtete, Hunter könnte denken, dass Frank auch in anderen Punkten gelogen hatte. Und dass Hunter aus dem Fall aussteigen könnte, wenn sie jetzt nicht für Frank einsprang.

Als Molly die Möglichkeiten gegeneinander abwog, wusste sie, dass ihr keine andere Wahl blieb, als Hunter zu belügen. Die Freiheit ihres Vaters war wichtiger, weil ihr Leben ohne seine Freiheit nichts wert war.

Deshalb hatte sie sich für ihren Vater und gegen Hunter entschieden. Nun hoffte Molly nur noch, dass sie diese Wahl niemals bereuen würde.

# 10. Kapitel

Hunter und Molly folgten Sonya ins Wohnzimmer. Hunter hatte seinen offiziellen Juristennotizblock mitgebracht, um sich alles zu notieren, damit er und Molly später miteinander vergleichen konnten, was sie erfahren hatten. Es war nicht überraschend, dass er sich auf Mollys Meinung und Rückschlüsse verlassen wollte, weil sie unmittelbar vom Ausgang des Verfahrens betroffen sein würde. Dass sie so gut miteinander arbeiten und Ideen austauschen konnten, war von Vorteil. Es erinnerte ihn an die wenigen Male an der Universität, als sie sich in der Bibliothek getroffen und miteinander gelernt hatten. Bei diesem Gedanken lächelte er. Natürlich hatte er seit der letzten Nacht andere Erinnerungen an Molly.

Als er am Morgen erwacht war, haftete ihr Duft noch an seinen Kissen, und die Erinnerung, wie sie miteinander geschlafen hatten, war sehr lebendig gewesen. Zärtlich und schmerzhaft zugleich. Es schmerzte ihn nicht, dass sie ihn mitten in der Nacht verlassen hatte – das war zu erwarten gewesen, denn die Familie sollte sie nicht entdecken –, aber es schmerzte ihn, zu wissen, dass es immer noch Dinge gab, die zwischen ihnen standen.

Sie hatten Sex miteinander gehabt. Er wollte gerne glauben, dass er sich damit nur einen lang gehegten Wunsch erfüllt hatte, und dass es nun damit erledigt war, aber die Dinge mit Molly waren immer schon komplizierter gewesen. Obwohl er mehr für sie empfand, als für jede andere Frau bisher, würde er die Fehler der Vergangenheit nicht mehr wiederholen. Er wusste, dass es besser war, ihrer Beziehung nicht mehr Bedeutung zu geben, als die der bloßen Befriedigung körperlicher Bedürfnisse. Sie standen sich momentan wegen des Falls ihres Vaters sehr nah, und sie beide hatten die Lösung ihrer sexuellen Anspannung dringend benötigt. Das war alles. Mehr nicht. Alles, was sein durfte.

Doch ein kleiner Teil in ihm wünschte sich, es wäre anders.

Sie setzten sich auf das Sofa. Molly zwängte sich neben Hunter; ihr Schenkel berührte seinen Schenkel. Und weil er sich für den Platz neben der Armlehne entschieden hatte, konnte er nirgendwohin flüchten. Sie war so nah. Ihm brach der Schweiß aus. Die Erinnerung an letzte Nacht und daran, dass er in sie eingedrungen war, übermannte ihn.

„Wie geht es dir?", fragte Molly die ältere Frau.

Sonya hob die Achseln. „Ich schlafe nicht viel, aber ich denke, das ist okay." Sie rückte ihr Haarband zurecht, das sie gleichzeitig adrett und auch ein wenig steif hätte aussehen lassen, wenn sie nicht normale Sportsachen dazu getragen hätte.

„Ich versuche, es so kurz und schmerzlos wie möglich zu machen", versprach Hunter.

Sie faltete die Hände in ihrem Schoß. „Ich werde Ihnen sagen, was ich weiß."

„Gehen wir zuerst zurück zu dem Tag, als der Mord geschah, in Ordnung?"

„Es war ein normaler Tag. Ich hatte morgens einen Friseurtermin." Sie fuhr sich mit den Fingern durch die kurzen Strähnen. „Ich färbe mein graues Haar", sagte sie errötend. „Danach machte ich einige Besorgungen und war zu Hause, als Seth aus der Schule kam. Jessie kam mit ihm nach Hause. Sie verbringen eine Menge Zeit miteinander, wie Molly Ihnen sicher schon erzählt hat." Sonya schenkte Molly ein warmherziges Lächeln.

Hunter stellte fest, dass die beiden Frauen sich sehr mochten. Andererseits schienen alle Menschen, die Molly kennenlernten, sich von ihr angezogen zu fühlen. „Ja, Molly hat mir erzählt, wie nah sich Seth und Jessie stehen", sagte er, die Unterhaltung aufrechterhaltend. „Ich freu mich darauf, ihn kennenzulernen."

„Er ist ein guter Junge. Aber er macht eine schwere Zeit durch. Schon bevor … Es war nicht gerade sehr einfach, mit seinem Vater zusammenzuleben, aber Seth ist mein ganzer Stolz und meine ganze Freude.“ Sie knetete ihre Hände im Schoß und zeigte Nerven.

Hunter nickte. „Ich verstehe“, sagte er in einem ruhigen Tonfall. „Jetzt zurück zu dem Tag …“

„Richtig. Seth und Jessie verbrachten den Nachmittag hier bei uns. Sie machten Hausaufgaben zusammen und hörten Musik. Ich erinnere mich, dass ich gebrüllt habe, sie sollten die Musik leiser stellen. Ich helfe dem Schuldirektor manchmal bei der Arbeit mit dem Elternbeirat, und an diesem Tag musste ich eine Menge Listen in den PC eingeben.“ Sie deutete auf einen Nebenraum, in welchem, wie Hunter vermutete, der PC stand. „Es war ein ganz normaler Tag. Jessie ging so gegen halb sechs, und Seth und ich aßen alleine zu Abend, weil Paul noch arbeitete.“

„Und dann?“

Ein Schatten huschte über ihr Gesicht, und ihre Augen blickten finster. „Paul kam nach Hause. Er schloss sich in seinem Büro ein, und ich wusste, dass ich ihn dort nicht stören durfte. Er war in letzter Zeit sehr launisch.“

Molly saß still neben Hunter, aber sie griff nach seiner Hand, um sie festzuhalten. Ihre Nervosität spürend, drückte er sie und wartete darauf, dass Sonya fortfuhr.

„Doch dann hörte ich Lärm in seinem Büro, so als ob Paul alles kaputt schlug. Deshalb öffnete ich die Tür.“ Bei dieser Erinnerung blickten ihre Augen stumpf.

Molly umklammerte seine Hand noch fester. „Was geschah als Nächstes?“, fragte sie.

„Ich fragte Paul, was los sei, und er erzählte mir, dass er alles verloren habe. Ich verstand nicht gleich, was er mir zu sagen versuchte, bis er mir von den Unterschlagungen erzählte, und dass Frank alles herausgefunden hatte. Paul schrie, dass alles verloren sei.“

Ihre Schultern zuckten, aber Hunter bewunderte sie dafür, dass sie stark blieb und sich zusammennahm.

Sie schüttelte den Kopf. Es war offensichtlich, dass sie es immer noch nicht glauben konnte. „Ich verlor die Beherrschung und begann zurückzuschreien. Ich warf ihm vor, dass er unsere Familie, unseren Ruf und Seths Zukunft zerstört hatte. Ich sagte ihm, dass ich ihm das niemals verzeihen würde.“ Ihre Stimme versagte.

„Was geschah dann?“ Molly beugte sich gebannt nach vorne.

Aber Hunter konzentrierte sich weniger auf Sonyas Worte als auf *sie*. Hatte der General ihr geraten, den Verrat ihres Mannes zu enthüllen, oder hatte er ihr geraten zu schweigen?

In ihrem Gesicht spiegelten sich Trauer und Schmerz, doch plötzlich wandte sie ihren Blick ab, so als wäre sie nicht in der Lage, Hunter oder Molly anzusehen. „Und dann schlug Paul mich“, flüsterte sie. Mit ihrer Hand berührte sie ihre Wange, als ob der Schlag noch frisch war.

Hunter zuckte zusammen.

Molly sog scharf die Luft ein, was Hunters Frage beantwortete. Sie hatte Pauls Temperament nicht gekannt.

„Ich sagte ihm, dass es aus sei. Dass er zur Hölle fahren solle, und dann ging er. Er stürmte aus dem Haus, und das war das letzte Mal, das ich ihn sah, bis …“ Sie schüttelte den Kopf erneut und vergrub bei der Erinnerung an die Ermordung ihres Mannes das Gesicht in den Händen.

Hunter hob den Kopf und sah, dass Molly den Raum verlassen hatte, um mit einem Glas Wasser für Sonya zurückzukehren. Sie reichte es ihr und setzte sich wieder neben ihn.

„Ich habe noch ein paar Fragen, wenn es Ihnen recht ist“, sagte Hunter.

Sie nippte an ihrem Wasser. „Es geht mir gut. Machen Sie weiter."

„Der General hat gesagt, dass Sie ihn anriefen, um ihn zu sich zu bitten."

Sonya nickte. „Es ist mir peinlich, es zugeben zu müssen, doch nachdem Paul weg war, brach ich zusammen. Ich hatte gerade entdeckt, dass wir unser ganzes Geld verloren hatten, unsere Ersparnisse, mein Mann hatte … er hatte sein Büro auseinandergenommen. Ich war völlig aufgelöst."

Hunter betrachtete seine Notizen, aber das, was er dachte, stand nicht auf dem Papier. Er erwog eine sanfte Befragung, beschloss dann aber, dass er nicht dafür bezahlt wurde, nett oder korrekt zu sein. Himmel, er wurde überhaupt nicht bezahlt, aber man erwartete von ihm, dass er den General von allen Anklagepunkten befreite.

Es blieb ihm keine andere Wahl, als sich in die Sache zu verbeißen, bis er etwas gefunden hatte, was dem Fall nutzen würde. „Also, Ihr Mann verliert alles, und die erste Person, die sie anrufen, ist Frank? Und nicht die beste Freundin oder eine Nachbarin?"

„Hunter!" Molly erstarrte an seiner Seite. „Das ist eine schreckliche Frage."

„Es ist eigentlich eine ganz schön vernünftige Frage. Eine Frage, über die eine Jury nachdenken wird. Und es ist meine Aufgabe, alle potenziellen Fragen abzudecken."

„Es ist schon in Ordnung", sagte Sonya. „So merkwürdig es klingen mag, aber Frank ist mein bester Freund."

„War Paul auch Ihr bester Freund?"

Molly streckte die Hände in die Luft und erhob sich vom Sofa. „Das ist eine lächerliche Befragung."

„Warum? Warum ist die Frage, ob ihr Ehemann ebenfalls ihr bester Freund war, lächerlich?", fragte Hunter und betrachtete sie missbilligend wegen ihrer überzogenen Reaktion.

„Weil sie gerade zugegeben hat, dass er sie misshandelt hat“, zischte Molly.

„Liebesbeziehungen wirken nicht immer logisch auf die Außenwelt.“ Hunter bezog sich mehr auf Sonya und Frank als auf Paul und Sonya. Er hatte keinen Zweifel daran, dass Sonyas Ehe schon seit langer Zeit in Schwierigkeiten gesteckt hatte. Er hatte sie nur gefragt, ob Paul ihr bester Freund war, um den Unterschied zwischen dieser und ihrer Beziehung zu Frank herauszubekommen. Er wandte sich noch einmal an Sonya. „Es kommt mir merkwürdig vor, dass Sie sich in dieser Situation an Frank gewendet haben und nicht an eine Ihrer Freundinnen.“

Molly stöhnte. Ihre Enttäuschung über ihn war offensichtlich.

Zwischen Mollys Frustration und Sonyas Schweigsamkeit spürte Hunter, dass er beiden ein bisschen zu nahe getreten war. Zuerst hatte Hunter nur Fragen gestellt, die möglicherweise auch vor Gericht gestellt würden. Und nun, so spürte er, war er auf eine ernste Sache gestoßen.

„Du beleidigst eine Frau, die gerade ihren Mann verloren hat.“ Molly stand hinter Sonya und verteidigte sie.

„Und du, liebe Anwältin, hast zu wenig Abstand in dieser Situation, um die Dinge klar zu sehen.“ Es war seine Absicht, Molly an ihre Professionalität zu erinnern und daran, dass sie hier nicht als Familienmitglied agierte. Als Juristin wusste sie genau, worum es ging. Sie hatte ihn angeheuert, damit er sein Bestes tat, und das bedeutete, dass er einschätzen musste, wer ihm bei der Verteidigung seines Mandanten im Weg sein könnte.

„Großer Gott, hören Sie auf, sich meinetwegen zu streiten.“ Sonya erhob sich. „Es gibt eine einfache Erklärung. Die gibt es tatsächlich. Ich habe Frank deshalb in dieser Nacht angerufen, weil er der Einzige ist, der wusste, dass Paul mich schon vorher geschlagen hatte.“ Sonya begann, vor ihrem Sessel auf und ab zu gehen.

Molly blieb still und vermied es, Hunters Blick zu erwidern.

Sonya schüttelte den Kopf. „Sehen Sie, deshalb war er der Einzige, den ich anrufen konnte, als es wieder geschah."

Aber sie hatte auch gesagt, dass Frank ihr bester Freund ist, dachte Hunter, dem diese Worte nicht mehr aus dem Kopf gingen. Nur wenige verheiratete Männer oder Frauen würden diesen Begriff verwenden, um eine Beziehung zu einem Menschen des anderen Geschlechts, der nicht ihr Ehepartner war, zu beschreiben. Und bis zur Ermordung ihres Ehemannes *war* Sonya verheiratet. Was die Frage aufwarf, ob Sonya und der General mehr als nur Freunde waren.

Bereits bei seinem ersten Treffen mit dem General hatte Hunter bemerkt, dass er Pauls Witwe beschützen wollte. Könnte Frank seinen Partner getötet haben, weil dieser Sonya erneut geschlagen hatte? Und was genau war zwischen diesem Ehepaar vorgefallen?

„Wie hat Frank reagiert, als er herausfand, dass Paul Sie geschlagen hatte?", fragte Hunter vorsichtig. Er wollte nicht riskieren, Sonya so weit zu reizen, dass sie die Befragung abbrach.

Hunter war auch ganz und gar nicht begeistert von Mollys Verteidigungshaltung. Er fragte sich, ob sie etwas über Franks und Sonyas Verhältnis wusste, dass er nicht wusste.

Sonya zuckte mit den Achseln. „Frank war wütend, als er die roten Spuren auf meinem Gesicht sah. Genauso wütend, wie er war, als er erfuhr, dass Paul ihm Geld gestohlen und alles verloren hatte, was sie besaßen. Aber er war nicht wütend genug, um ihn umzubringen. Frank kann keiner Fliege etwas ..." Ihre Stimme versagte erneut.

Hunter wusste, dass sie nicht sagen konnte, dass er keiner Fliege etwas zuleide tun konnte, weil General Frank Addams Soldat war. Vom Scheitel bis zur Sohle.

Er war im Krieg gewesen.

Er hatte schon einmal getötet.

„Die Armee ist etwas anderes“, beeilte sich Sonya zu sagen.

Molly stimmte mit ein. „Das finde ich auch.“

Hunter hatte nicht vor, sich mit ihnen zu streiten. Jedenfalls nicht in diesem Augenblick. In seinem Kopf türmten sich Informationen und Meinungen, die er erst einmal ordnen musste.

In diesem Moment läutete Sonyas Telefon. „Entschuldigen Sie mich bitte.“ Sie hob den Hörer ab. „Hallo?“, fragte sie und lauschte der Stimme am anderen Ende der Leitung. „Ja, hallo.“ Sie lächelte ein volles weibliches Lächeln, bevor sie sich von Hunter und Molly abwandte, damit sie besser sprechen konnte. „Ja, ja, ich bin immer noch beschäftigt“, sagte Sonya.

Hunter konnte nicht verhindern, alles mit anzuhören, aber er machte auch keine Anstalten wegzugehen.

„Ich tue alles, was ich kann. Nein, kein Grund zur Sorge, obwohl ich es zu schätzen weiß. Ja, ich werde dich anrufen, sobald ich fertig bin.“

Ihre Stimme klang warm. Es war derselbe Tonfall, den Menschen üblicherweise für jemanden reservierten, den sie sehr gerne mochten, dachte Hunter.

In ihren Augen lag ein Glanz, den er schon vorher, während ihrer ersten Unterhaltung, an ihr bemerkt hatte.

Sonya legte auf. „Entschuldigen Sie bitte“, sagte sie.

„War das der General?“, platzte Hunter heraus, obwohl er nicht einmal selbst bemerkt hatte, dass ihm dieser Gedanke durch den Kopf geschossen war.

Sonya blinzelte. „Ähm, ja. Das war er. Woher wissen Sie das?“

Hunter raffte Stift und Papier zusammen. „Das ist wirklich sehr einfach. Sie blühen auf, sobald Sie über ihn sprechen. Oder mit ihm.“

„Ich bin so müde“, sagte sie und ließ sich in den Sessel fallen. „Und ich kann schon an guten Tagen nicht lügen. Geschweige denn in Zeiten wie diesen. Ja, Frank und ich haben ein sehr spezielles Verhältnis zueinander. Wir mögen uns sehr gerne, aber ich habe nie – und ich meine es auch so – meinen Mann betrogen."

Hunters Blick konzentrierte sich sofort auf Molly, die während dieses Teils des Interviews überhaupt nicht reagiert hatte. Molly, die seine Taktik infrage gestellt hatte, um ihm Sonyas Verhältnis zu ihrem Vater zu verheimlichen. Das wusste er nun sicher, und er war enttäuscht von ihr und ihrem fehlenden Vertrauen in seine Fähigkeiten.

„Erlauben Sie mir bitte, dass ich mir Pauls Büro ansehe?", fragte Hunter. „Vielleicht finde ich etwas Brauchbares."

Sie nickte. „Natürlich. Ich möchte Frank helfen."

„Ich weiß, dass Sie das möchten, und deshalb arbeiten Sie am besten mit mir zusammen. Und zwar immer", hob er noch hervor. „Alles, was ich nicht weiß, kommt irgendwann auch so ans Licht. Wenn ich die Fakten kenne, sollten sie auch noch so belastend sein, kann ich wenigstens damit arbeiten. Einverstanden?"

Wieder nickte Sonya. „Dann gibt es da noch etwas, das Sie wissen sollten. Ich habe Seth gestern keine Pizza mitgebracht. Ich habe sie für Frank und mich gekauft."

„Ich dachte, Frank sei bei einer Versammlung gewesen?"

Sonya zwang sich, Hunters Blick zu erwidern. „Er hat es erfunden. Wie haben den Abend zusammen verbracht. Wir wollten uns einfach einmal aus allem herauswinden und Ruhe haben, ohne eine Familie, die sich fragt, was da vor sich geht. Also hat er mich, als alle weg waren, auf dem Parkplatz von Joe abgeholt, und wir haben den Abend im Haus eines Freundes verbracht, der momentan nicht in der Stadt ist."

„Und Franks Mutter hat stattdessen die Kinder von der Party abgeholt?", fragte Hunter.

Sie nickte. „Ich habe Molly und Sie angelogen."

Molly atmete geräuschvoll aus.

Hunter ignorierte sie. „Ich schätze es sehr, dass Sie mir das sagen", sagte Hunter zu Sonya.

„Danke“, flüsterte sie.

„Das gilt auch für dich, Molly.“

Molly senkte ihren Kopf. Sie hatte bei Sonyas Geständnis alles andere als schockiert gewirkt. Offensichtlich hatte sie gewusst oder vermutet, dass zwischen Sonya und Frank etwas vor sich ging. Und sie hatte beschlossen, es für sich zu behalten.

Verflucht noch einmal.

Höchste Zeit, alles aufzudecken, dachte er. Er und Molly mussten dringend ein paar Worte alleine miteinander sprechen. „Ich bin sicher, dass ich noch mehr Fragen haben werde.“

„Rufen Sie mich einfach an“, sagte Sonya.

„Das machen wir“, antwortete Molly.

Hunter blickte in den kleinen Raum neben dem Wohnzimmer. „Ich würde mir Pauls Büro jetzt gerne einmal ansehen.“

Sonya schlang die Arme um sich selbst und nickte. „Die Polizei hat schon alles nach dem Gewehr durchsucht.“

„Und es nicht gefunden. Wann haben Sie die Waffe zum letzten Mal gesehen?“

Sie hob die Schultern. „Keine Ahnung. Er hatte sie nicht oft draußen, sondern bewahrte sie immer in einem verschlossenen Schrank in seinem Büro auf. Er versprach, die Munition aus Sicherheitsgründen an einem anderen Ort zu lagern, und ich glaubte, dass er sie irgendwo sicher verwahrt hatte.“

„Gut. Danke.“ Hunter neigte seinen Kopf zu Molly. „Bereit?“

„Sicher.“

„Ich gehe jetzt noch mal weg. Würden Sie bitte die Tür zuschließen, wenn Sie das Haus verlassen?“ Sonya nahm ihre Tasche.

„Selbstverständlich“, sagte Hunter.

Sonya verließ das Haus, während Molly und Hunter das Büro betraten.

Molly drehte sich einmal um die eigene Achse. „Wo wollen wir anfangen?“

Hunter antwortete erst, als er sicher war, dass Sonya die Tür hinter sich geschlossen hatte. „Wie wäre es, wenn wir mit der verdammten Wahrheit beginnen würden?", stieß er wütend aus. „Sonya und Frank. Du wusstest, dass sie ein Verhältnis haben."

Sie schüttelte den Kopf. „Nein. Nicht direkt. Bis gestern hatte ich keinen Verdacht."

„Was genau geschah denn letzte Nacht?" Er begegnete ihrem Blick und bemerkte ihre geröteten Wangen und ihren schuldbewussten Gesichtsausdruck.

„Etwas anderes als das Offensichtliche?" Sie kam näher und berührte seine Wange mit der Hand.

Er stieß sie von sich und trat einen Schritt zurück. „Versuch nicht, das Thema zu wechseln. Das übrigens immer interessanter wird. Du hast vermutet, dass etwas zwischen den beiden vor sich geht, und statt es mir zu erzählen, hattest du Sex mit mir?"

„So war es nicht." Mollys Augen füllten sich mit Tränen, die sie sich wütend wegwischte. „Du und ich, wir hatten nicht einfach nur Sex. Wir haben uns geliebt." Sie hielt seinem Blick stand, ohne ihm auszuweichen.

Was zugegebenermaßen einen ziemlich erstaunlichen Anblick bot. In ihren feuchten Augen blitzte ein unglaubliches Temperament auf, das ihn trotz allem sehr erregte. Aber so einfach wollte er es ihr nicht machen.

„Du behauptest also, du hättest mich geliebt? Mit einer Lüge, die zwischen uns steht?" Er schüttelte den Kopf, angewidert, dass sie es wagte, ihm etwas so Unerhörtes zu sagen.

Molly seufzte und schob ihre Hände in die Taschen ihrer Jeans. „Schau, gestern Abend bei Joe, als ich zur Toilette ging, sah ich Sonya durch das hintere Fenster. Sie stand mit ihrer Pizza auf dem Parkplatz. Mein Vater kam mit seinem Jeep, holte sie ab und fuhr davon."

Sie schürzte die Lippen, ein sicheres Anzeichen dafür, dass sie darüber nachdachte, was sie als Nächstes sagen sollte. Er entschied, dass sie das ohne seine Hilfe herausfinden musste, und schwieg.

„Ich habe mir gesagt, dass es eine Menge Gründe dafür geben muss, weshalb er nicht bei dieser Versammlung war, und dann dachte ich nicht mehr daran. Das heißt, ich versuchte zumindest, nicht mehr daran zu denken, bis ich zu Hause den Anrufbeantworter abhörte und mitbekam, dass Jessie Dad daran erinnerte, dass er sie und Seth von dieser Party abholen sollte. Da wusste ich, kombiniert mit dem, was ich vorher gesehen hatte, dass Sonya uns angelogen hatte, und dass es dafür nur einen Grund gab." Molly atmete geräuschvoll aus.

„Sie haben ein Verhältnis", sagte Hunter.

Sie nickte. „Jedenfalls haben sie etwas zu verheimlichen."

„Und warum hast du es mir nicht erzählt?" Das, dachte Hunter, war nämlich die eigentliche Krux daran. Sie hatte ihm nicht genügend vertraut, um es ihm zu erzählen.

Sie rieb sich mit den Händen über das Gesicht und seufzte. „Weil ich Angst hatte, dass du, wenn du wüsstest, dass mein Vater gestern Abend gelogen hatte, zu dem Schluss kommen würdest, dass er auch bei anderen wichtigeren Dingen gelogen hätte."

„Zum Beispiel bei der Frage nach schuldig oder nicht schuldig?", fragte er.

„Und dass du ihn nicht mehr weiter würdest verteidigen wollen, wenn du Grund hättest, zu denken, dass er lügt. Das konnte ich nicht riskieren." Damit hatte sie seine Frage geflissentlich ignoriert, wie er feststellte. Und ihre Augen wurden mit jedem Wort größer und flehender.

„Du hast mir wieder einmal nicht genug vertraut, um zu glauben, dass ich langfristig hinter der Sache stehe." Er schüttelte frustriert den Kopf und wanderte quer durch den Raum, um aus einem Fenster in den Vorgarten hinauszuschauen.

„Nein." Molly folgte ihm. „Ich vertraue *dir*. Deshalb bin

ich überhaupt erst zu dir gekommen. Es ist mein Vater, dem ich offenbar nicht vertraue und …"

„Hör auf, dich selbst zu belügen!", unterbrach er sie. „Du hast dich entschieden, ihn zu schützen, statt mir zu vertrauen. Ich frage mich, was du mir noch alles verheimlichst."

„Nichts. Ich habe keine anderen Geheimnisse."

Er hob eine Braue. „Und warum sollte ich dir glauben? Wie oft willst du mir noch weismachen, dass ich etwas Bestimmtes glauben soll, und dann ziehst du mir wieder den Teppich unter den Füßen weg? Vergiss es! Okay? Wir müssen arbeiten." Er wollte nicht noch mehr Zeit mit einer verlorenen Sache verschwenden.

*Ich habe dich gestern Nacht geliebt,* hatte sie gesagt. Den Teufel hatte sie, dachte er. Es gab keine Liebe ohne Vertrauen, und er sollte sich bei ihr dafür bedanken, dass sie ihn rechtzeitig aufgeweckt hatte.

Hunter ging zu Pauls Schreibtisch, wo er sich auf den Inhalt der Schubladen konzentrierte. Molly war gezwungen, ohne seine Anleitung weiterzusuchen.

Es gab nichts mehr zu sagen, und sie schien das zu begreifen, weil sie sich nun alleine in dem Raum umsah, dessen Wände mit Bücherregalen und Familienfotos vollgestellt waren.

Offensichtlich hatte Sonya, sobald die Polizei ihre Erlaubnis dazu gegeben hatte, das Büro aufgeräumt und die kaputten Dinge, die Paul zerbrochen hatte, ersetzt.

„Wonach suchen wir eigentlich genau?", fragte Molly.

„Ich bin nicht sicher." Hunter schob eine Schublade zu und öffnete die nächste. „Ich werde es wissen, wenn ich es gefunden habe."

„Das ist eine hilfreiche Antwort." Sie nahm Bücher aus den Regalen, blätterte durch die Seiten und stellte sie wieder zurück. „Ich denke, wir müssen herausfinden, was Paul mit dem Geld gemacht hat. Richtig? Weil die Polizei es nicht weiß und es ihr auch egal zu sein scheint."

Er wühlte in den Papieren und Rechnungen auf dem Schreibtisch. Sie hatte recht, und ihre Frage war nur rhetorisch gemeint. Deshalb entschied er sich, nicht darauf zu antworten.

„Die Spur des Geldes könnte uns zu dem echten Mörder führen …" Sie fuhr trotz seines Schweigens fort zu reden.

Er beobachtete sie aus den Augenwinkeln. Sie hatte sich in einen Sessel am anderen Ende des Raumes fallen lassen und durchsuchte eine Schüssel mit Streichholzschachteln nach einem Hinweis. Obwohl er es ihr jetzt nicht sagen würde, besaß Molly einen guten Instinkt. Die Streichholzbriefchen könnten Hinweise auf Plätze liefern, die Paul regelmäßig besucht hatte.

„Meine Mutter hat die Streichholzschachteln aller teuren Restaurants, die sie in den letzten Jahren besucht hat, gesammelt", erklärte sie laut.

Hunter biss die Zähne zusammen und ergab sich ihrem Geplapper. Er wusste, dass sie hoffte, ihn in eine Unterhaltung ziehen zu können, um sich zu vergewissern, dass ihr Streit beigelegt war. Er war aber nicht bereit, ihr zu vergeben.

„Als ich jünger war, habe ich die Streichholzschachteln genommen und mir vorzustellen versucht, ich sei meine Mutter." Sie schloss ihre Augen und lehnte sich gedankenverloren im Sessel zurück. „Zuerst stellte ich mir vor, dass meine Mutter mich in all diese feinen Restaurants, Hotels und Wellnessoasen mitnehmen und mich ihren Freunden vorstellen würde. Später träumte ich stattdessen davon, dass mich ein netter, reicher Prinz mitnehmen würde."

Sie leckte sich mit ihrer Zunge über die Lippen, die er geküsst hatte. Lippen, die ihn gleichzeitig verlockten, erregten und frustrierten.

„Aber als ich alt genug wurde, meine Mutter so zu sehen, wie sie wirklich ist, beschloss ich, entweder selbst wohlhabend genug zu werden, um mir diese luxuriösen Sachen leisten zu können oder erst gar nicht dorthin zu gehen. Jedenfalls wollte ich niemals so von Männern abhängig sein wie meine Mutter." Ein zufriedenes Lächeln umspielte ihren Mund, bevor sie die Augen öffnete und, erschrocken darüber, dass er sie anstarrte, auf der Stelle errötete.

„Entschuldigung. Ich bin wohl vom Thema abgekommen." Sie blickte zu Boden und begann erneut die Streichholzbriefchen zu durchwühlen, die ihren Ausflug in die Vergangenheit verursacht hatten.

Noch vor wenigen Sekunden hatte er sich geärgert und verletzt gefühlt. Doch jetzt war er dankbar für diese plötzlichen Einsichten. Er stellte sich Molly als kleines Mädchen vor, das sich nach der Liebe seiner Mutter sehnte und sich wünschte, dass sie der wunderschönen Frau in den schicken Klamotten, die sich mehr um ihren Lifestyle als um ihre Tochter sorgte, etwas bedeutete. Er wollte sie in den Arm nehmen und ihr versprechen, dass niemand sie jemals wieder verletzen würde, aber er spürte auch immer noch einen unterschwelligen Unmut gegen sie.

Hunter räusperte sich geräuschvoll, und Molly blickte ihn an. Ihre Lügen und der Mangel an Vertrauen lösten sich angesichts der Anziehung und des Verlangens, das sie immer noch füreinander empfanden, in Luft auf. Er konnte nicht verbergen, wie sehr er sie immer noch begehrte.

Doch er konnte auch nicht vergessen, wie oft er sich schon die Finger an ihr verbrannt hatte. Und es war wieder geschehen. „Du bist nicht wie deine Mutter", sagte er zu ihr.

Sie entlockte ihm ein zärtliches Lächeln.

„Aber ich würde mich an deiner Stelle nicht täuschen, Molly. Du bist nicht halb so unabhängig, wie du glaubst." Er senkte seine Stimme, war aber doch entschlossen, etwas für sie aufs Spiel zu setzen.

Ihr Lächeln verschwand langsam. „Ich verstehe nicht."

Obwohl er einige Zeit dazu gebraucht hatte, begann er sie endlich zu verstehen. Dass sie ihren Vater gefunden hatte und von seiner Familie akzeptiert worden war, hatte sie nicht so sehr verändert, wie sie gerne glauben wollte.

Hunter stützte seine Ellbogen auf dem Tisch auf und beugte sich nach vorne. „Du bist so abhängig von deiner Familie, wie deine Mutter es von Männern war. Jede Entscheidung, die du triffst, hängt von der Reaktion von jemandem ab. Letztes Jahr war es die deiner Mutter, und jetzt ist es die deines Vaters. Du bist so gelähmt vor Angst, du könntest die Liebe und den Respekt deiner Familie verlieren, dass du nicht einmal darüber nachdenkst, ob du eine andere Wahl hättest." Und bevor sie nicht darüber hinweg war, konnte Molly keine ernsthaften, langfristigen Beziehungen mit einem Mann eingehen, egal, ob ihr das bewusst war oder nicht.

Als er gesagt hatte, was zu sagen war, ordnete er das Durcheinander der Papiere in seinen Händen und erstarrte plötzlich, als ob er einen Schlag bekommen hätte. „Oder bin ich es, der sich nichts vormachen sollte? Vielleicht entscheidest *du* dich sehr wohl für die Dinge, die dir am wichtigsten sind. Du hast das Geheimnis von Sonya und deinem Vater für dich behalten, weil ich nicht der Prinz bin, von dem du gesprochen hast. Ich bin gar nicht derjenige, der kommen und dich retten soll. Ich bin einfach nur der Anwalt, der gut genug dafür ist, deinen Vater und deine wunderbare Familie zu retten, aber ich bin nicht gut genug für *dich*."

„Nein!" Sie erhob sich abrupt. Die Streichholzbriefchen fielen zu Boden. Doch das ignorierte sie, weil sie zu ihm ging und ihre Hände um sein Gesicht schloss. „Das ist falsch", sagte sie und berührte seinen Mund mit ihren Lippen.

Und das fühlte sich verdammt gut an. Aber Hunter wusste, dass dieser Kuss nicht nur beweisen sollte, dass er gut genug für sie war, sondern auch, dass sie ihn brauchte und begehrte. Aber mit ihrer Lüge hatte sie die Chance, ihn von irgendetwas zu überzeugen, zunichtegemacht.

Er entfernte ihre Hände von seinem Gesicht und brach den Kuss ab, wobei er den verletzten Blick in ihren Augen ignorierte. „Wir haben zu arbeiten", sagte er schroff.

„Es tut mir leid, dass ich dich belogen habe", entschuldigte sie sich und ging.

Er starrte auf ihren Hüftschwung und ihren wohlgerundeten Hintern und versuchte, nicht zu stöhnen. Sie bückte sich, um die Streichholzschachteln aufzuheben, die auf den Boden gefallen waren. Bei dieser Bewegung verrutschte der Saum ihres kurzen T-Shirts und entblößte ihre wunderbare Haut und einen dünnen Streifen ihrer Spitzenunterwäsche. Er biss sich auf die Lippe und betete um Selbstbeherrschung.

Molly untersuchte jedes Streichholzbriefchen, bevor sie es in die Schale zurückwarf. „Ich kenne all diese Orte", murmelte sie, ohne ihre Enttäuschung zu verbergen.

Er kehrte zum Schreibtisch zurück und begann die Abrechnungsbelege von Pauls Kreditkarte durchzusehen.

„Warte!"

Ihre aufgeregte Stimme erweckte seine Aufmerksamkeit, und er hob den Kopf.

„Hast du etwas gefunden?"

„Ich glaube schon. Die anderen Streichholzschachteln stammen alle aus Lokalen in der Stadt – Restaurants und Bars aus der Umgebung oder wenigstens aus Connecticut, aber sieh mal. Diese hier ist aus einem Motel in New Jersey. Einem Motel und keinem Restaurant." Sie warf ihm das Streichholzbriefchen zu.

Er fing es in der Luft ab und betrachtete es genau. Die Streichhölzer waren unbenutzt und neu, es gab keine Gebrauchsspuren. „Hier steht A.C. Das heißt möglicherweise Atlantic City."

Sie nickte. „Das denke ich auch. Könnte es die Spur sein, nach der wir suchen?"

Er wollte keine falsche Hoffnung in ihr wecken. „Es kann alles und nichts bedeuten. Wenn Sonya nach Hause kommt, frag sie bitte, ob sie schon einmal dort war, und falls sie noch nie dort war, werde ich Ty bitten, diese Spur zu verfolgen." Er steckte das Streichholzbriefchen in die Tasche und fuhr damit fort, die Kreditkartenabrechnungen der letzten Monate durchzusehen.

Es gab keine Hinweise darauf, dass Paul Markham in Atlantic City oder sonst wo in New Jersey gewesen war. Aber dieser Mann hatte seinen Geschäftspartner schon seit einer Weile bestohlen. Er musste ein Experte darin sein, seine Spuren zu verwischen, bar zu zahlen und vielleicht sogar einen anderen Namen zu verwenden.

Hunter erhaschte einen Blick auf Molly, die sich offenbar zurückgewiesen fühlte. Er verstand, wie sehr sie etwas finden wollte, das zu weiteren Informationen führen würde, die hoffentlich die Freilassung ihres Vaters beschleunigten.

„Ich habe nicht gesagt, dass das *gar nichts* ist. Ich sagte nur, dass wir noch tiefer graben müssen." Er streckte seine Hand aus, um sie zu trösten, doch dann ballte er stattdessen die Faust und ließ seinen Arm wieder sinken. Sie jetzt zu berühren wäre Gift für seine Selbstbeherrschung gewesen.

Und er musste nun in ihrer Gegenwart stärker sein.

Sie wandte sich ab und gab vor, seine Zurückweisung nicht bemerkt zu haben.

Aber er wusste, dass sie es sehr wohl bemerkt hatte, und sein Magen verkrampfte sich. „Lass uns zu deinem Vater zurückkehren und schauen, ob wir noch mehr herausfinden können", schlug er vor.

„Klingt nach einem guten Plan."

Er folgte ihr nach draußen und wünschte sich, dass sie ihm vertraut hätte, anstatt ihm Sonyas und Franks Verhältnis zu verheimlichen. Sie hatte ihn damit nicht nur unvorbereitet in eine Zeugenbefragung gehen lassen, sondern auch das zarte Band des Vertrauens kaputt gemacht, das sich zwischen ihnen gerade wieder aufzubauen begann.

Die Ironie des Schicksals wollte es, dass Molly aus Angst gelogen hatte, weil sie befürchtete, dass Hunter ihrem Vater nicht länger vertrauen und den Fall womöglich niederlegen würde. Wenn er nicht so enttäuscht von ihr gewesen wäre, hätte er vielleicht sogar darüber lachen können.

Doch ihr Plan war schiefgegangen, und nun war sie diejenige, der er nicht mehr im Geringsten vertraute.

# 11. Kapitel

Von einer verschmähten Frau ließ sich Hunter nicht beeindrucken, stellte Molly fest, während sie sich für die Verabredung mit Ty und Lacey umzog. In den letzten beiden Tagen, seit Hunter entdeckt hatte, dass Molly ihn wegen der Sache zwischen Sonya und ihrem Vater belogen hatte, verhielt er sich ihr gegenüber eiskalt. Er benahm sich, als hätten sie sich nie geliebt. Als wäre er nie tief in sie eingedrungen.

Sie ignorierte ihre Kopfschmerzen, zog die roten Cowboystiefel über und wünschte sich, dass sie ihr Glück bringen würden. Außerdem hoffte sie natürlich, dass der Besuch seiner besten Freunde Hunters Laune verbessern würde. Ty und Lacey waren aus Albany gekommen, um ihnen Informationen über das Motel in Atlantic City zu liefern. Nachdem Sonya gesagt hatte, dass sie noch nie in diesem Motel gewesen war, hatte Hunter Ty gebeten, der Spur nachzugehen. Sonya hatte vermutet, dass es vielleicht der Ort war, wo sich Paul aufgehalten hatte, wenn er nicht in der Stadt war. Allerdings nicht geschäftlich, sondern mit seiner jeweiligen Geliebten. Molly lief es eiskalt den Rücken hinunter, wenn sie an die kühle Art dachte, mit der Sonya über dieses Thema sprach. Offensichtlich hatte sie von der Untreue ihres Mannes gewusst. Die Vorstellung, dass man mit jemandem zusammenlebte, dem man nicht vertrauen konnte, machte Molly traurig. Vor allem, weil sie das an ihren eigenen kapitalen Fehler mit Hunter erinnerte.

In einer Hinsicht hatte er recht – ihre Entscheidungen waren tatsächlich von der Angst beeinflusst, die neue Familie zu verlieren. Aber er irrte sich, wenn er glaubte, dass sie ihm nicht vertraute oder dass sie ihm ihren Vater vorzog. So einfach war das alles nicht, dachte sie immer noch wütend und enttäuscht.

Als ob es nicht genug gewesen wäre, dass ihre Kopfschmerzen sich zu einer handfesten Migräne entwickelten. Die Art von Migräne, die sie schon als Kind gequält hatte. Es war zwar eine Weile her, seit sie zum letzten Mal eine Migräne gehabt hatte, aber sie hatte dennoch darauf geachtet, genügend Schmerzmittel im Haus zu haben. Doch die Schmerzen waren noch nicht so schlimm, dass sie starke Mittel dagegen nehmen wollte. Stattdessen schluckte sie zwei Aspirin und versuchte an positivere Dinge zu denken.

Ihr blieb nichts anderes übrig, als einfach weiterzumachen und zu hoffen, dass Hunter irgendwann darüber hinwegkommen würde. Sie fuhr sich mit den Fingern durch das luftgetrocknete Haar, bemalte sich die Lippen mit Pfirsichlipgloss und entschied, dass sie nicht besser aussehen konnte.

Dann schnappte sie sich ihre Handtasche und ging nach unten.

„Entschuldige bitte, dass ich dich habe warten lassen", sagte sie zu Hunter, der vor der Tür auf und ab ging.

„Er hat ein Loch in den Teppich gelaufen", sagte der Kommandeur. Sie saß in einem Sessel im Wohnzimmer und hatte ihm offenbar Gesellschaft geleistet. „Das ist typisch Mann. Sie werden immer zu früh fertig, und dann müssen sie warten, während die Frau sich hübsch macht. Sieht sie nicht zauberhaft aus, Hunter?"

Molly errötete. Seit Hunter hierhergekommen war, war sie wohl schon so oft errötet, dass es für ein ganzes Leben gereicht hätte. „Wir gehen zu einem Geschäftsessen, Kommandeur."

„Gut. Wenn ich meine Beine in so schmale Jeans und Stiefel bekommen würde, könnte ich übrigens jeden Mann im Umkreis von zehn Kilometern herumkriegen."

Hunter betrachtete Ednas inzwischen dunkelbraunes Haar.

Sie hatte den Lilaton gestern Nacht herausgespült und einen dunklen Mahagoniton gewählt, nachdem sie den vorherigen Burgunderfarbton als zu punkig für ihren Geschmack erklärt hatte. „Sie können immer noch jeden Mann herumkriegen. Lassen Sie sich da bloß nichts anderes weismachen", sagte Hunter grinsend.

In seinen Augen spiegelte sich aufrichtige Bewunderung, und seine tiefe Stimme klang zärtlich.

Bedauern durchflutete Molly, und sie versprach sich im Stillen, dass es ihr irgendwie gelingen würde, seine Zuneigung zurückzugewinnen.

„Ich glaube, ich gehe mal rüber ins Seniorenheim und schnappe mir da einen Mann." Edna kicherte, aber sie erhob sich nicht vom Sessel.

„Nur weil ein attraktiver Mann dir Komplimente macht, musst du nicht gleich auf ein schönes Gesicht hereinfallen." Molly stiefelte zu ihrer Großmutter und küsste sie auf die Wange. „Du brauchst einen aktiven Mann. Jessie wird älter, und dann kannst du wieder reisen, wenn du willst."

Edna hob eine Braue. „Willst du freiwillig auf sie aufpassen?"

Molly grinste. „Noch nicht, aber bald. Wir müssen noch abwarten, bis sie mich ein bisschen mehr mag."

„Aber du hast Fortschritte gemacht. Mehr kann man nicht verlangen." In den Kissen ihres Sessels lehnend nahm Edna ihr Buch. „So, und jetzt amüsiert euch gut." Sie winkte sie mit der freien Hand aus der Tür.

„Es ist geschäftlich", erinnerte Molly ihre Großmutter.

„Das heißt ja nicht, dass ihr euch nicht amüsieren könnt."

„Gute Nacht, Kommandeur." Hunter hob die Hand zum Gruß und öffnete die Haustür.

Er hatte Molly immer noch nicht direkt angesprochen, und er war nicht auf das Kompliment, das ihr ihre Großmutter wegen ihres Aussehens gemacht hatte, eingegangen. Soweit

Molly es beurteilen konnte, war ihm nur aufgefallen, dass sie spät dran war.

Was nicht stimmte. Er war einfach zu früh und ungeduldig, und er ging ihr auf die Nerven.

„Ihnen auch eine gute Nacht, Hunter. Und tun sie nichts, was ich nicht auch tun würde", rief Edna, bevor sie sich auf ihr Buch konzentrierte.

„Das lässt ja vieles offen." Hunter lachte, und Molly spürte, wie sich ihr Magen vor Verlangen zusammenkrampfte, als sie dieses kehlige Lachen hörte.

Sie folgte ihm zu seinem Motorrad hinaus in die kühle Nacht, wo er ihr einen von zwei Helmen reichte. Sie nahm ihn und beschloss, sich durch ihre Kopfschmerzen nicht von der Motorradfahrt abhalten zu lassen.

„Danke. Kannst du die irgendwo unterbringen?" Sie hielt ihm ihre Handtasche hin.

Er packte die Tasche unter den Sitz und setzte sich wortlos den Helm auf. Molly tat dasselbe. Dann kletterte sie hinter ihn und schlang ihre Arme um seine Hüften, wobei sie die Handflächen unter seiner Jacke absichtlich auf seinen Bauch legte.

Er verspannte sich, schwieg aber und ließ den Motor an.

Sie erhöhte den Druck ihrer Hände. Es gab auch andere Wege, Hunters Reserviertheit zu durchdringen als Worte, und sie hatte zehn Minuten Zeit, um ihr Ziel zu erreichen.

Hunter fuhr das Motorrad auf einen Parkplatz und schaltete den Motor aus. Er hätte Molly am liebsten umgebracht. Während der ganzen Fahrt zum Restaurant hatte sie ihre Hände unter seiner Jacke gehabt. Obwohl sie sich an ihm festgehalten hatte, hatte sie ihre Finger über seinen Brustkorb wandern lassen. Ihre Arme hatte sie fest um ihn geschlungen, aber ihre Handflächen und die Finger hatten trotzdem ein Eigenleben entwickelt. Sie streichelten, massierten und liebkosten ihn, bis er vollkommen erregt war.

Molly kannte seine Schwachstellen. Ihre Berührungen, kombiniert mit dem dumpfen Grollen des Motors und dem Vibrieren der Maschine zwischen seinen Beinen hatten sein Verlangen nach ihr heftiger entfacht als alles andere. Nicht einmal seine unterschwellige Wut spielte mehr eine Rolle. Jedenfalls nicht, solange sie sich an ihn gepresst und ihn mit ihren Händen verrückt gemacht hatte.

Sie stieg als Erste vom Motorrad ab. Er folgte ihr angespannt und mit einer riesigen Erektion.

Sie nahm den Helm ab und fuhr sich mit den Händen durchs Haar. Ihre Wangen waren vom Wind gerötet, und ihre Augen sprühten vor Mutwilligkeit und Freude. Sie hatte die Freiheit des Motorradfahrens ebenso genossen wie er. Verfluchte Frau.

Er griff nach ihrem Helm und befestigte beide Helme an seinem Motorrad, wobei er sie so lange ignorierte, bis er seinen Körper wieder unter Kontrolle hatte. Jedenfalls so einigermaßen. Wenn das so weiterging, dann würde er den Rest seines Lebens mit einer Erektion herumlaufen.

„Das war berauschend", sagte Molly und fuhr sich ein letztes Mal mit den Händen durchs Haar.

Sie sah aus, als ob sie gerade mit einem Mann im Bett gewesen wäre, und ihre roten Stiefel vervollständigten diesen Eindruck noch. Er warf ihr einen finsteren Blick zu.

„Da ist Tys Wagen. Wir sollten uns besser beeilen."

„Gut. Ich hoffe, er hat ein paar Neuigkeiten, die uns weiterbringen."

„Zumindest sagt er das. Komm, wir gehen hinein."

Er bewegte sich steif, aber schnell in Richtung Eingang und hoffte, dass niemand seine Erektion bemerken würde, die er dieser Hexe neben ihm verdankte. „Molly?"

„Hmm?" Ihre Stiefel klackerten auf dem Boden.

„Deine Großmutter hatte recht. Du siehst wundervoll aus."

Die Worte waren draußen, bevor er sie stoppen konnte. Danach hätte er sich am liebsten die Zunge abgebissen.

„Ja?"

„Ja", sagte er wütend auf sich selbst. Er blieb einen Augenblick lang stehen und drehte sich um, um ihr in die Augen zu schauen. Ihr zufriedenes Grinsen war nicht zu übersehen.

„Na ja, wie ich meiner Großmutter schon sagte, bist du ein sehr attraktiver Mann, und du siehst selbst sehr gut aus." Sie streckte ihre Hand aus und strich ihm über die Wange, während sie den Kragen seiner Lederjacke ordnete.

Ihre Berührung jagte ihm einen Stromstoß bis in die Leistengegend. Er packte sie bei den Handgelenken. „Nur, dass du es weißt. Es ändert nichts an der Situation."

Sie neigte ihren Kopf. „Hunter?"

„Ja?"

„Halt den Mund und freu dich auf das Wiedersehen mit deinen Freunden, okay? Wir haben noch eine Menge Arbeit vor uns, und es wird sehr viel einfacher sein, wenn wir uns nicht gegenseitig an die Kehlen gehen. Außerdem habe ich mich mehr als einmal entschuldigt. Also lass es gut sein." Mit einem Schulterzucken ging sie an ihm vorbei hinein und ließ ihn einfach mit offenem Mund stehen.

Hunter litt unter Tys forschendem Blick, als dieser sich vorbeugte, um ihn genau zu betrachten.

„Du hast ganz offensichtlich wieder damit angefangen, dich zu rasieren; du siehst aus, als würdest du genügend schlafen, und ich vermute mal, dass du mit dem Trinken aufgehört hast. Aber du bist immer noch derselbe elende Mistkerl. Also, was gibt es? Macht dir Miss Molly das Leben schwer?" Ty grinste und brach dann in Lachen aus.

Molly hatte sich entschuldigt und war im Waschraum verschwunden und, typisch Frau, Lacey war gleich mitgegangen.

Hunter und Ty blieben ein paar Minuten für sich, die Hunter aber nicht dafür nutzen wollte, sein Privatleben zu diskutieren.

„Es geht mir gut."

„Du erzählst so einen Mist." Ty hatte ihn immer schon beim Lügen ertappt, und das war jetzt nicht anders.

„Es ist dieser Fall, der mich wahnsinnig macht."

Ty gab der Kellnerin ein Zeichen, dass sie ihm ein Bier bringen sollte. „Das bezweifle ich. Du hattest noch nie einen Fall, mit dem du nicht klargekommen bist. Ich wette, der Grund ist Molly. Darf ich dir einen Rat geben?"

„Nein."

„Wenn du *der* Frau begegnest, und du weißt, was ich damit meine, dann ergib dich. Dein Leben wird danach viel einfacher." Er lachte über seinen eigenen Ratschlag und hörte erst damit auf, als die zweite Runde Bier serviert wurde.

„Ihr Essen ist bald fertig", versprach die Kellnerin, bevor sie sich den anderen Gästen widmete.

Hunter schüttelte den Kopf. „Mann, wer hätte gedacht, dass du dich mal geschlagen geben würdest."

„Und wer hätte gedacht, dass du so ein Arsch bist. Siehst du nicht, welchen Glücksfall du da vor deiner Nase hast?"

Hunter rieb sich die Augen und beugte sich vor. „Ich werde es dir nur einmal erklären, damit du endlich den Mund hältst und nicht mehr davon anfängst. Sie hat mich schon einmal fallen lassen. Ich bin trotzdem zurückgekommen, um ihrem Vater zu helfen, und ich stellte fest, dass ich immer noch nicht darüber hinweg bin, obwohl ich es mir eingebildet hatte. Deshalb gab ich der Versuchung nach, und sie hat mich prompt schon wieder beschissen. Nur ein totaler Schwachkopf würde dreimal denselben Fehler machen."

Ty wirkte irritiert. Er machte ein ungläubiges Gesicht. „Das musst du mir erklären."

Es wirkte, als ob er seinen besten Freund nicht richtig ernst nahm. Hunter erklärte ihm die Situation mit Molly, erzählte von ihrem fehlenden Vertrauen und äußerte seine Meinung, dass Molly zu eng mit ihrer Familie verbunden war, um sich eine echte Beziehung mit einem Mann erlauben zu können.

Ty hörte ihm aufmerksam zu. „Du glaubst wirklich, dass du ihr egal bist? Und dass sie dir nicht vertraut? Ich habe gesehen, wie sie dich ansieht. Diese Frau ist total verliebt, mein Lieber."

Hunter schüttelte den Kopf. „Wenn es wichtig wäre, würde sie mir immer wieder ihre Familie vorziehen, wie ihr Verhalten beweist."

Ty blickte über Hunters Schulter. „Die Frauen kommen zurück, also hör zu. Du hattest auch einen eigenen Anteil daran. Deine vorgefasste Meinung hat dir in den letzten acht Monaten ohne Molly nicht viel genutzt. Ich schlage vor, du denkst noch einmal über alles nach, bevor du möglicherweise die tollste Frau, die dich je begehrt hat, einfach abschreibst, weil sie deinen unmöglich hohen Ansprüchen nicht genügt."

Hunter schaute ihn missbilligend an. „Das ist völliger Quatsch. Zu wollen, dass sie mir vertraut, ist ja wohl nichts Unmöglich..."

Ty stieß Hunter unter dem Tisch an.

„Wir sind wieder da", sagte Lacey im selben Moment. Ihre Stimme klang ein wenig zu fröhlich.

Vielleicht hatten sie das Ende der Unterhaltung mitbekommen. Mist, dachte Hunter. Das wurde ja immer besser.

Dennoch war es schön, seine besten Freunde wiederzusehen. Sie wirkten sehr glücklich miteinander.

„So, und jetzt erzählt mal, was ihr in Jersey herausgefunden habt", sagte Hunter. Er dachte, dass es besser für ihn war, sich auf den Fall zu konzentrieren, den einzigen Bereich, wo er in diesen Tagen einen Fuß auf den Boden bekam.

Molly setzte sich auf einen Stuhl neben Hunter, weit genug von ihm entfernt, um seinen Körper an keiner Stelle berühren zu können, aber auch nah genug, um ihn mit dem Duft ihrer Haare zu verwirren, wann immer er einatmete und ihr Geruch ihm in die Nase stieg.

„Bitte sagt, dass es gute Neuigkeiten gibt", bat sie Ty.

„Es sieht so aus. Nach Ted Frye, dessen Familie das Seaside Inn in Atlantic City gehört und wo er die meisten Tage der Woche arbeitet, war Paul Markham ein ziemlich regelmäßiger Gast." Ty zog einen Notizblock aus seiner hinteren Hosentasche und blätterte ihn durch. „Er hat ihn erst auf dem Foto, das du mir geschickt hast, identifiziert, weil Paul einen falschen Namen benutzte. Er nannte sich Paul Burnes, bezahlte in bar und traf sich üblicherweise wenigstens für eine Nacht mit einer Frau. Eine Rothaarige, sagte der Kerl."

„Lydia McCarthy, Pauls Sekretärin. Sie hatte eine Affäre mit ihm", sagte Molly.

„Ich verstehe da etwas nicht. Warum kümmerte sich die Polizei nicht darum?", fragte Lacey.

Hunter massierte seine angespannte Nackenmuskulatur. „Das ist ganz einfach. Sie haben ihren Hauptverdächtigen schon, und es kümmert sie nicht, was Paul getrieben hat. Im Gegensatz zu uns. Es wäre schön, wenn wir herausfinden könnten, was mit dem Geld passiert ist. Es führt uns vielleicht zu jemandem, der ein Mordmotiv gehabt haben könnte."

Molly lächelte. „Seht ihr, warum ich ihn auf Vaters Seite haben wollte?"

Ty warf Hunter einen Was-habe-ich-dir-gesagt-Blick zu.

„Was bedeutet das für euren Fall?"

Molly zuckte mit den Achseln und schaute Hunter fragend an. Er stöhnte laut auf. „Es bedeutet", sagte er zu Molly, „dass wir nach Atlantic City fahren."

Als sie den Ausdruck von Schmerz und Widerwillen in Hunters Gesicht entdeckte, wusste sie, dass eine gemeinsame Reise mit ihr nach Atlantic City nicht gerade oben auf seiner

Wunschliste stand. Offensichtlich war ihm aber auch klar, dass sie ihn nicht alleine fahren lassen würde. Sie wünschte sich nur, dass er wenigstens etwas erfreuter auf diese Aussicht reagiert hätte. Ihr Kopf schmerzte noch immer, und das Kräftemessen mit Hunter machte es nicht gerade erträglicher. Sie hatte zwar gehofft, dass die Kopfschmerzen nach dem Abendessen besser würden, aber stattdessen war es nur noch schlimmer geworden.

Nach dem Essen schlugen Ty und Lacey vor, einen Drink an der Hotelbar zu nehmen. Molly brachte es nicht über sich, sie zu enttäuschen. Deshalb biss sie die Zähne zusammen und folgte ihnen lächelnd.

Hunter und Ty strebten zu den Billardtischen, während Lacey und Molly an einem Tisch saßen und von dort aus die Spielbank überblickten. Die Fahrt zum Hotel auf Hunters Motorrad hatte nichts gegen Mollys Kopfschmerzen ausrichten können, und sie hatte sich eine Cola bestellt, weil sie hoffte, dass das Koffein ihr helfen würde.

Sie und Lacey nippten an ihren Drinks, während sie einen perfekten Blick auf Ty und Hunter hatten, die ihre Billardstöcke auswählten, um gegeneinander zu spielen.

„Ich kann nicht glauben, dass wir nach dieser langen Zeit zusammen hier sitzen." Lacey lächelte Molly an und griff nach ihrer Hand. „Natürlich wünschte ich, dass dein Vater nicht verhaftet worden wäre, aber ich weiß, dass Hunter dafür sorgen wird, dass man ihn freispricht."

Molly richtete ihre Augen gen Himmel. „Ich hoffe, du hast recht. Ehrlich gesagt, rechne ich fest damit." Sie nahm einen langen Schluck von ihrer Cola und beobachtete Hunter, unfähig, das Verlangen, das er in ihr hervorrief, zu verbergen.

Sie war vorhin trotz ihrer Flirtversuche nicht weit mit ihm gekommen und hatte ihn mit ihrem Wunsch nach Vergebung ziemlich drangsaliert.

Molly brauchte einen Freund, eine Schulter, an die sie sich

anlehnen konnte, jemanden, der ihr einen Rat geben konnte. Doch es gab niemanden, an den sie sich hätte wenden können. Sie konnte ihren Vater jetzt nicht mit ihren eigenen Problemen belasten. Und sie war in der letzten Zeit nicht oft genug mit ihrer Freundin Liza zusammen gewesen, um sie auf dem Laufenden zu halten über die Situation mit Hunter. Der Kommandeur war nicht in der Lage, die feinen Nuancen ihrer Beziehung zu begreifen, Robin war an der Uni und Jessie zu jung.

Sie wandte sich an Lacey. Molly hatte sie immer gemocht. Sie hatte sie sogar dann noch respektiert, als Mollys Zuneigung zu Laceys Onkel sie plötzlich ins gegnerische Lager gebracht hatte. Molly war mit Lacey in Kontakt geblieben, nachdem sie Hunter und Hawken's Cove im letzten Jahr verlassen hatte, und Lacey hatte sie wegen dieser Entscheidung weder verurteilt noch verdammt, obwohl sie zu Hunters besten Freunden zählte.

„Kann ich mit dir reden?", fragte Molly und stützte ihre Ellbogen auf dem schmierigen Tisch in der Bar ab.

Lacey nickte. „Das weißt du doch. Und ich werde weder Ty noch Hunter verraten, was du mir erzählst. Versprochen!" Sie legte ihre Hand aufs Herz.

Molly nickte. Ihr Blick wanderte zu Hunter. Er sammelte die Kugeln am Ende des Tisches zusammen und schenkte Molly den Anblick seiner knackigen Rückseite in verwaschenem blauem Jeansstoff. Ohne Vorwarnung löste sich ein Seufzer von ihren Lippen.

„Ich brauche nicht lange zu raten, worum es geht", sagte Lacey lachend. Ihr Blick ruhte ebenfalls auf Hunter und Ty, obwohl klar war, dass sie nur Augen für ihren dunkelhaarigen Mann hatte.

Molly schüttelte den Kopf und lächelte. „Nein, das weißt du nicht." Sie konnte ihren Blick nicht von Hunters weichen Bewegungen lösen. „Er ist gut", murmelte sie.

„Er ist der Beste, Molly. Und ich habe den Eindruck, dass du das längst weißt. Wo ist das Problem?"

Molly lehnte sich in ihrem Stuhl zurück und konzentrierte sich auf Lacey. „Hast du jemals den Ausdruck ‚ein Schritt vor und zwei zurück' gehört?"

Lacey nickte.

„Das sind wir. Manchmal dringe ich zu ihm durch und denke, wir kommen voran mit unserer Beziehung, und dann *Zack!* vermassele ich es wieder. Diesmal habe ich ihm etwas Wichtiges verschwiegen. Ich versuchte, meinen Vater zu schützen, aber Hunter sieht das alles ganz anders." Die Gedanken an das, was zwischen ihr und Hunter stand, verschlimmerten ihre Kopfschmerzen, und sie massierte ihre Stirn mit den Fingerspitzen.

Lacey schüttelte den Kopf. „Ich sehe es so: Hunter ist ein wirklich erstklassiger Anwalt. Der Beste, den es gibt. Aber ganz tief in seinem Inneren ist und bleibt er ein verletzter, ungeliebter, kleiner Junge. Sobald ihm jemand begegnet, der ihm wehtut, vor allem, wenn es jemand ist, den er liebt, denkt er gleich, dass er der Sache nicht gerecht wurde."

Lacey blickte zu den beiden Männern hinüber, die miteinander spielten, lachten und sich wie Brüder gegenseitig foppten. „Ty und ich, wir sind die einzigen beiden Menschen, die ihn ohne Konsequenzen beleidigen könnten, weil wir gemeinsam durch die Hölle gegangen sind."

Molly schluckte. Ihre Kehle schnürte sich zu. „Ich kann ihm diesen Schmerz nicht nehmen. Ich bin nur ein ganz normales menschliches Wesen, und ich werde auch weiterhin Fehler machen, und wie die Vergangenheit zeigt, werde ich sogar eine Menge Fehler machen."

„Aber du liebst Hunter, und er liebt dich. Das kann alles andere in den Hintergrund drängen, wenn du es nur zulässt." Lacey sprach mit der Gewissheit von jemandem, der so etwas schon einmal erlebt hatte.

„Von *Liebe* war keine Rede." Molly hatte insgeheim vielleicht daran gedacht, aber sie hätte es niemals laut zugegeben. Und was Hunter in diesem Punkt betraf, so war er meilenweit davon entfernt, in sie verliebt zu sein.

Lacey zuckte mit den Achseln. „Das muss niemand aussprechen. Es ist auch so für jeden offensichtlich. Du solltest nur auch auf seine Bedürfnisse achten."

Molly schloss die Augen und wünschte, es wäre so leicht. Als sie die Augen wieder öffnete, drehte sich der Raum um sie herum. „Würde es dir etwas ausmachen, wenn wir nach Hause gingen? Meine Kopfschmerzen bringen mich um."

Lacey betrachtete sie besorgt. „Natürlich nicht. Ich hole die Männer."

Molly stützte den Kopf in die Hände und wartete auf die Rückkehr der Kavallerie.

Hunter bestand darauf, dass Ty und Lacey Molly mit dem Auto nach Hause brachten. Er stellte sich ihre Kopfschmerzen wirklich übel vor, weil sie ohne Protest auf den Rücksitz kletterte und sich sofort hinlegte.

Als sie das Haus erreicht hatten, waren alle Lichter, bis auf das im Eingang, gelöscht. Deshalb lud er Ty und Lacey nicht auf einen Drink ein. Sie versprachen aber, noch einmal vorbeizukommen, bevor sie am nächsten Tag nach Hause fuhren. Und nachdem er sich bedankt und ihnen eine gute Nacht gewünscht hatte, richtete Hunter seine Aufmerksamkeit auf Molly.

Er half ihr ins Haus, verzichtete aber darauf, sie auf seinen Armen hineinzutragen, denn wenn er Molly richtig einschätzte, hätte sie ihn allein für den Versuch erschlagen. Er brachte sie nach oben in ihr Schlafzimmer und war vorsichtig darauf bedacht, keinen Lärm zu machen, um niemanden aufzuwecken. Auf dem Weg durch den Flur krümmte sie sich. Es war das erste

Mal, seit er sich erinnern konnte, dass sie ihre Verletzlichkeit so offen zeigte.

So etwas konnte er im Moment gerade noch gebrauchen, wo ihn seine Abwehrhaltung ohnehin schon mehr Kraft kostete als sonst. Dennoch brachte er sie in ihr Doppelbett und holte ihr auf Wunsch ein altes T-Shirt zum Hineinschlüpfen aus dem Schrank. Er half ihr sogar beim Anziehen und biss die Zähne zusammen, als seine Hände ihre nackte Haut berührten und sein Blick auf ihre dunklen Brustspitzen unter dem dünnen Spitzen-BH fiel.

Sie sank in die Kissen. Ihm blieb keine andere Wahl, als den Reißverschluss ihrer Jeans zu öffnen und den blauen Hosenstoff behutsam über die Beine nach unten zu ziehen. Nur ein Heiliger hätte es geschafft, ihre zarte Haut und den betörenden Duft zu ignorieren. Hunter war kein Heiliger, aber Molly war krank, und das ließ ihn seine Finger bei sich behalten.

„Jetzt habe ich bestimmt den Abend mit deinen Freunden ruiniert", sagte Molly mit schmerzerfüllter Stimme.

„Ich kann sie jederzeit wiedersehen. Du hast vermutlich eine Migräne, oder?"

„Ja." Sie hatte den Kopf keinen Millimeter bewegt, seit sie sich hingelegt hatte. „Kannst du mir noch einen Gefallen tun?"

„Was denn?", fragte er ungewollt schroff.

Seit Lacey sein Billardspiel mit Ty unterbrochen hatte, weil es Molly nicht gut ging, waren seine beschützerischen Instinkte erwacht. Wut und Enttäuschung waren der Sorge um sie gewichen.

Das beunruhigte ihn.

Sie antwortete nicht gleich, und er sah, dass ihr das Sprechen schwerfiel. Schließlich sagte sie: „Auf der Kommode liegen Medikamente. Würdest du mir bitte eine Tablette und ein Glas Wasser bringen?"

„Wird erledigt." Er kümmerte sich in Rekordzeit darum.

Hunter half ihr, sich aufzurichten, damit sie den Schmerzstiller einnehmen konnte, und dann bettete er sie vorsichtig in ihre Kissen.

„Machst du auch das Licht aus?“, fragte sie, die Augen bereits geschlossen.

Er grinste. „Du herrisches kleines Wesen. Kann ich sonst noch etwas für dich tun?“

„Nein. Aber danke für alles.“

„Jederzeit“, sagte er rauer als beabsichtigt, erfüllt von einem besorgten Gefühl, das er nicht wiedererkannte. „Es wird Zeit, dass du schläfst.“ Er erhob sich von ihrem Bett.

„Bleib bei mir! Bitte.“

Er schaffte es nicht, ihr diese Bitte abzuschlagen, obwohl ihm sein Selbstschutz riet, dass er genau das tun sollte. „Gut.“ Hunter zog seine Schuhe aus und schwang seine Beine aufs Bett, um es sich neben ihr bequem zu machen. „Warum erzählst du mir nicht etwas über diese Kopfschmerzen?“, fragte er.

„Da gibt es nichts zu erzählen. Ich hab sie schon, solange ich denken kann, aber sie waren schon lange nicht mehr so schlimm. Heute Nacht ist es zum ersten Mal wieder so heftig.“ Sie nahm einen Zipfel ihrer Bettdecke und platzierte ihn mit der kalten Seite auf der Stirn.

Er bemerkte, wie sie bei jeder Bewegung zusammenzuckte. „Ich bin sicher, dass deine Kopfschmerzen vom Stress kommen.“ Warum konnte er ihr nicht helfen?

Molly war mit der Möglichkeit, ihren Vater, den sie gerade erst gefunden hatte, zu verlieren, konfrontiert, und Hunter bestrafte sie für die Entscheidung, die sic im Hinblick auf ihren Vater getroffen hatte. Mist. Vielleicht hatte Ty gar nicht so unrecht, als er ihn auf seine unmöglich hohen Ansprüche hingewiesen hatte.

Hunter war kein Mann, der gerne zugab, sich geirrt zu haben. Glücklicherweise war Molly nicht in der Lage, sich ausführlich mit ihm zu unterhalten. Das bedeutete aber nicht, dass er es nicht auf eine andere Weise würde wiedergutmachen können.

Hunter lockerte den Bund seiner Hose, um es sich bequemer zu machen, und rückte näher an Molly heran.

„Komm her", sagte er.

Sie kuschelte sich an ihn und lehnte ihren Kopf gegen seine Schulter, wobei sie einen frohen, erleichterten Seufzer ausstieß. Hunter war alles andere als froh. Er atmete ihren Duft ein, und es gefiel ihm auch, wie sie sich an ihn gekuschelt hatte. Er mochte es, auf sie aufzupassen. Doch er mochte es viel zu sehr.

So lagen sie still nebeneinander, und bald hörte er Molly regelmäßig atmen. Sie war eingeschlafen, und auf Hunter wartete, so wie es schien, eine lange, schlaflose Nacht.

# 12. Kapitel

Jessie blickte auf den Wecker auf ihrem Nachttisch. Sie wusste, dass es noch zu früh am Morgen war, um mit Molly zu sprechen. Doch sie hielt es keine Sekunde länger aus. Letzte Nacht hatte sie aus Versehen im untersten Fach von Mollys Kleiderschrank nachgesehen – gut, sie hatte geschnüffelt –, und dabei hatte sie einen Koffer voller knallbunter Kleidungsstücke entdeckt. Pullis, Schals, witzigen Schmuck und andere, wirklich coole Sachen. Sie wollte sich etwas davon ausleihen, aber wenn sie Molly danach fragen würde, müsste sie zugeben, dass sie in ihrem Schrank herumgeschnüffelt hatte. Jessie wog ihre Möglichkeiten sorgfältig ab und entschied, dass es Molly genauso wichtig war, dass Jessie sie mochte, wie es umgekehrt Jessie wichtig war, Mollys Sachen anziehen zu dürfen. Und deshalb war sie sich sicher, dass sie zu einer Einigung kommen würden.

Vor Mollys Schlafzimmertür hielt Jessie einen Augenblick inne, um dann ohne anzuklopfen in das Zimmer zu stürmen. Molly wollte schließlich, dass sie richtige Schwestern waren.

Sie stieß die Tür weit auf, ging hinein und sah Molly unter der Bettdecke neben Hunter und ... *Himmel noch mal!* dachte sie, als sie alles gesehen hatte.

Hunter erstarrte.

Jessie biss sich auf die Unterlippe und fragte sich, was sie jetzt tun sollte. Man brauchte keinen Universitätsabschluss, um sich ausmalen zu können, dass es das Beste wäre, sich leise zurückzuziehen und so zu tun, als hätte sie nichts bemerkt. Aber wo war da der Witz an der Sache?

„Ähm …“, sagte sie laut.

Hunter stöhnte und drehte sich um, bis sein Gesicht vollkommen im Kissen vergraben war. Molly sprang fast an die Decke.

„Jessie!“ Sie senkte ihre Stimme, als Hunter im Schlaf brummte. „Was machst du denn hier?“, zischte sie.

Jessie warf Hunter, der zu schnarchen begonnen hatte, einen langen Blick zu. „Und was macht *er* hier?“, schoss sie zurück. „Ich wollte einfach nur herausfinden, ob es einen Weg gibt, dass du mir eines deiner witzigen Teile aus dem Koffer im Schrank borgst. Aber jetzt denke ich plötzlich an Erpressung.“ Sie verschränkte die Hände hinter ihrem Rücken und grinste ihre Halbschwester an. „Was meinst du?“

Molly schloss die Augen für eine Sekunde. „Ich glaube, du bist ein ganz schönes Früchtchen, und wir sprechen später über die Sache. Und jetzt ab.“ Sie winkte Jessie zur Tür.

Jessie machte ein missbilligendes Gesicht, aber sie war sich immer noch sicher, dass sie am Ende bekommen würde, was sie wollte. Molly wirkte genervt, aber nicht wütend. „Kann ich zuerst den hellgelben Pulli haben?“

„Raus!“, sagte Molly diesmal mit erhobenem Zeigefinger.

Jessie verdrehte die Augen. „Ich geh ja schon.“ Sie verließ das Zimmer und lachte.

Plötzlich erschien ihr das Leben mit Molly ziemlich lustig.

Molly sank in die Kissen und stellte fest, dass ihr Kopf zwar noch ein wenig schmerzte, aber das Schlimmste überstanden war. „Sag mir, dass das nicht wahr ist.“

„Es ist wahr.“ Hunter rollte sich auf die Seite und stützte sich auf den Ellbogen.

„Du bist wach?“, fragte Molly.

Seine Haare waren verstrubbelt. Bartstoppeln malten Schatten auf seine Wangen, und er sah extrem aufreizend in ihrem

Bett aus, vor allem mit diesem Schlafzimmerblick aus seinen dunklen Augen.

„Ich bin wach, wollte aber unter keinen Umständen, dass Jessie das weiß. Wie geht es deinem Kopf heute Morgen?"

„Noch nicht perfekt, aber besser. Danke, dass du bei mir geblieben bist", sagte sie sanft.

Ihre Blicke trafen sich. „Es war mir ein Vergnügen."

Sie fuhr sich mit der Hand durch die Haare und fragte sich, wie sie aussah. Vermutlich standen ihr die Haare vom Kopf ab, und die Augen waren mit Wimperntusche verschmiert. Sie konnte unmöglich gut aussehen. Andererseits wirkte Hunter nicht, als ob er gleich davonlaufen wollte, dachte sie nüchtern.

„Ich glaube, wir sollten aufstehen", sagte sie halbherzig, ohne sich zu bewegen.

„Wie wäre es, wenn wir zuerst einmal miteinander redeten?" Er lehnte sich gegen ein Kissen, als ob er sich auf eine längere Unterhaltung einrichtete.

Sofort erwachte ihre Abwehrhaltung.

„Über was?", fragte sie vorsichtig.

Es gab einige Themen, die er da hätte im Auge haben können, angefangen bei der Lüge wegen ihres Vaters und Sonya bis hin zu Tys Neuigkeiten. So kurz nach der überstandenen Migräne war Molly noch nicht bereit, sich mit ihm zu streiten.

„Deine Kleider. Warum versteckst du sie im Schrank?"

Sie sah ihn fragend an. „Wie bitte? Was, um alles in der Welt, kümmert dich das?"

„Weißt du, was mir damals an der Universität als Erstes an dir aufgefallen ist?"

Sie schüttelte den Kopf, erinnerte sich aber daran, was ihr an ihm aufgefallen war. Genau wie sie, hatte er jede Nacht zu den letzten Besuchern der Universitätsbibliothek gehört. Seine Lerngewohnheiten und der Wille zum Erfolg passten hervorragend zu ihren eigenen Zielen. Außerdem sah er wahnsinnig gut aus. Die Kombination aus beidem war es wohl, weshalb sie sich zu ihm hingezogen fühlte.

„Es könnte mit den Miniröcken zu tun haben, die du immer getragen hast." Er tippte sich an die Stirn und bewegte vielsagend die Augenbrauen.

Sie grinste. „Als wir damals mit dem Studium begannen, hatten wir unter null Grad Außentemperatur."

„Es könnte auch an den knalligen Farben gelegen haben, die du zum Rock getragen hast. Oder an den passenden bunten Schals, die du dir um Nacken oder Hüfte geschlungen hast. Egal, wie du dich gekleidet hast, es war immer ein farblich auffälliges Stück dabei, und wenn du einen Raum betreten hast, war das schon eine Aussage an sich."

Sie wusste, worauf er mit dieser Unterhaltung hinauswollte, aber sie mochte nicht darüber sprechen, wie sehr sie sich im letzten Jahr verändert hatte. Sie wusste jedoch, dass er das Thema nicht fallen lassen würde. „Farben sind fröhlich", sagte sie defensiv.

„Warum versteckst du deine bunten Sachen dann in einem Koffer im Schrank?"

„Meine Kopfschmerzen kommen zurück", murmelte sie.

„Lügnerin." Er sprach leise und zärtlich mit ihr. In einem verständnisvollen Tonfall, der ihr die Kehle zuschnürte. „Molly, ich habe mich in die Frau mit den bunten Sachen verliebt. In eine Frau, die sich von niemandem etwas sagen ließ, nicht einmal in puncto Kleidung. Also, was ist geschehen, als du hierhergezogen bist?"

Molly schwieg, aber Hunter war beharrlich. Er ahnte bereits, warum sie den auffälligsten Teil von sich versteckt hatte, aber er wollte es von ihr hören. Und er wollte die alte Molly zurückhaben. Er nahm an, dass er Jessie, diesem Teufelsbraten, zu Dank verpflichtet war, weil sie ihm den entscheidenden Hinweis geliefert hatte, den er gesucht hatte.

„Ich kann mir nicht vorstellen, dass der Kommandeur mit seinen auberginefarbenen Haaren sich über deine Kleidung beklagen würde“, sagte Hunter.

„Hat sie auch nicht.“ Molly verschränkte die Arme vor der Brust. In dieser Haltung starrte sie stur in eine Richtung und vermied es, ihm in die Augen zu sehen.

Er ließ sich nicht abschrecken. „Liegt es am General? Hältst du ihn für ultrakonservativ?“

Sie zuckte mit den Schultern. „In mancher Hinsicht schon.“

„Aber er ist so glücklich, dass es dich gibt. Ich kann mir nicht vorstellen, dass es ihn interessiert, wie sich seine erwachsene Tochter anzieht. Robin konzentriert sich auf ihre eigenen Sachen und ist selten zu Hause, und was Jessie über dich denkt, kann dir egal sein. Also warum?“, fragte er und berührte ihre Hand.

„Du hast mich tatsächlich durchschaut. Es hängt alles mit meiner Familie zusammen. Und damit, dass ich sie nicht verlieren will. Als ich hierherkam, wollte ich unbedingt von ihr akzeptiert werden. Ich hätte alles getan, um dazuzugehören.“

„Sogar deine Identität verraten.“

„So drastisch würde ich es nicht ausdrücken.“

„Es ist aber so drastisch. Wenn du nicht manchmal deine roten Fick-mich-Stiefel tragen würdest, dann würde ich dich nicht mehr wiedererkennen. Vermisst du es denn nicht, du selbst zu sein?“

Sie antwortete nicht, aber er entdeckte Tränen in ihren Augen und wusste, dass er einen Nerv getroffen hatte. Gut. Das bedeutete, dass sie möglicherweise darüber nachdachte, was er sagte. Ihm war aufgefallen, dass er etwas vermisst hatte, als er sie in einem ihrer farbenfrohen Kleidungsstücke sah. Ihre Liebe zu knalligen Farben machte sie so unverwechselbar. So besonders.

„Deine Familie hat dich schon längst akzeptiert. Und sie hätte es verdient, dich so kennenzulernen, wie du wirklich bist.“

Mehr aus einem Impuls heraus bewegte er sein Bein auf ihren Schenkel zu und begann, ihre Hüfte zu streicheln. „So wie ich dich kenne."

„Du magst mich aber nicht immer", erinnerte sie ihn.

„Ich bin ein Idiot." Bei diesem Zugeständnis grinste er. „Du hast recht."

Sein Körper mochte diese Position, und sein Geschlecht richtete sich auf und rieb am Stoff seiner Jeans.

„Heißt das, du vergibst mir?", fragte sie.

Hunter stöhnte. Er nahm ihre Arme und hielt sie fest. „Es heißt, ich akzeptiere dich so wie du bist." Und es bedeutete, dass er ihr Bedürfnis, die Familie um jeden Preis zusammenzuhalten, akzeptieren musste.

„Das ist schon mal ein Anfang", sagte sie offensichtlich erfreut.

„Das ist es." Seine Hand glitt hinunter zu ihren Brüsten, während er mit seinen Lippen nach ihrem Mund suchte, um sie voller Verlangen zu küssen. Seine Zunge spielte mit ihr, und sein Körper wollte mehr.

Es war höchste Zeit aufzuhören. Mit Bedauern rollte er sich von ihr weg. „Ich gehe jetzt besser, bevor die kleine Schnüfflerin wiederkommt und uns nicht nur beim Schlafen erwischt."

„Ein weiterer Punkt auf der Sündenkartei dieses Kindes", murmelte sie.

Er wusste, dass sie scherzte, aber die Enttäuschung, die in ihrem Tonfall mitschwang, war nicht zu überhören. Es war das Einzige, das sie in diesem Augenblick vereinte.

Nach der Dusche ging Molly zuerst zu Jessie. Obwohl Molly und Hunter in der Nacht nicht mehr getan hatten, als nebeneinander in einem Bett zu liegen, fühlte sie sich nicht in der Lage, mit Jessie zu schimpfen, die ohne anzuklopfen in Mollys Zimmer gestürmt war. Doch so ganz einfach wollte es Molly ihrer Schwester auch nicht machen, schließlich hatte Jessie versucht, sie zu erpressen. Mollys Kleider gegen Jessies Schweigen.

Im Gegensatz zu ihrer kleinen Schwester klopfte Molly erst an, bevor sie Jessies Zimmer betrat.

Jessie schrie auf und fuhr herum. Sie hielt sich ein T-Shirt vor die Brust. „Hey!“

„Ich habe immerhin angeklopft und dich vorgewarnt“, sagte Molly und schloss die Tür hinter sich.

Jessie machte ein missbilligendes Gesicht und wandte Molly den Rücken zu, damit sie ihr T-Shirt anziehen konnte, bevor sie sich wieder umdrehte. „Es tut mir leid, dass ich nicht angeklopft habe.“

Die Entschuldigung des Teenagers entwaffnete Molly. „Danke. Und damit du es weißt: Ich war krank letzte Nacht, und Hunter ist bei mir geblieben, weil ich ihn darum gebeten habe. Er muss eingeschlafen sein. Es wäre mir zwar lieber gewesen, wenn du nicht so einfach in mein Zimmer hereingeplatzt wärst, aber zwischen ihm und mir war nichts.“

„Bist du hier, um mit mir zu schimpfen?“

„Weil du einfach so hereingeplatzt bist? Nein. Dafür hast du dich ja schon entschuldigt. Wegen deines Versuchs, mich zu erpressen? Darüber können wir reden. Ich glaube aber nicht, dass mich jemand bestrafen wird, wenn ich in meinem Alter einen Mann in meinem Zimmer habe. Und wenn du glaubst, du könntest mich für dich einnehmen, indem du in meinen Sachen herumschnüffelst oder mich nervst, dann irrst du dich gewaltig.“

„Aber du musst zugeben, dass es einen Versuch wert war.“ Ein dümmliches Grinsen machte sich auf Jessies Gesicht breit.

Offenbar waren die Fortschritte, die sie miteinander gemacht hatten, alles andere als hoffnungslos. Molly verdrehte die Augen. „Kein Blödsinn mehr, versprochen?“

„Ja, ja“, murmelte Jessie.

„Gut." Molly grinste. „Ich habe dir etwas mitgebracht." Sie hielt den hellgelben Pulli, den sie hinter ihrem Rücken versteckt gehalten hatte, hoch und warf ihn in Jessies Richtung.

„Cool!" Die Augen des Mädchens öffneten sich weit, als sie ihre Finger um das weiche Material schloss. „Danke." Sie warf Molly einen dankbaren Blick zu.

„Kein Problem. Doch wohlgemerkt: Ich belohne damit kein schlechtes Benehmen, sondern glaube einfach nur, dass Gelb deine Farbe ist."

Jessie war so freundlich zu erröten. „Es tut mir leid, dass ich dir das Leben so schwer gemacht habe."

„Ich komm schon damit klar. Aber ich mag dich lieber, wenn du so bist wie jetzt. Wie geht es Seth eigentlich?", fragte Molly, um das Thema zu wechseln.

„Scheinbar besser. Er hat gesagt, dass er im Internet nach Hunter gesucht hat und dass Hunter eine beeindruckende Zahl von gewonnenen Fällen nachzuweisen hat. Das scheint ihn ein wenig zu beruhigen. Ich glaube, er hat Angst, meinen und seinen Dad zu verlieren, falls das irgendwie logisch klingt."

„Das tut es", sagte Molly sanft. „Und er hat recht wegen Hunter. Unser Vater ist in guten Händen." Sie gab den Ball an Jessie zurück, die den Pulli ans Gesicht hielt.

„Ja, das ist er wohl."

Sie hatten nicht darüber gestritten, wessen Vater der General tatsächlich war, dachte Molly und atmete entspannt aus. „Viel Spaß mit dem Pulli. Er sieht übrigens am besten zu dunklen Jeans aus." Erfreut über die Fortschritte, die sie miteinander machten, wandte sich Molly zum Gehen.

„Noch mal danke. Hey, ich dachte …", sagte Jessie. Molly schaute sie fragend an. „Was dachtest du?"

„Vielleicht könnten wir mal zusammen zu Starbucks gehen. Ich meine nur wir beide, und falls Robin zurückkommt, dann äh, können wir vielleicht zu dritt dorthin gehen?"

Molly grinste. „Na, *das* ist doch mal eine Idee." Eine verflixt gute Idee.

Hunter fand den General draußen auf der Veranda. Die Sonne stand am Himmel, und der ältere Mann starrte durch seine Sonnenbrille auf einen Punkt in der Ferne.

„Würde es Ihnen etwas ausmachen, wenn ich Ihnen Gesellschaft leistete?", fragte Hunter.

„Setzen Sie sich."

Hunter zog seine Sonnenbrille auf und setzte sich neben ihn. „Schmeckt die Freiheit nicht süß?"

„Bitter."

Hunter nickte. „Ich verstehe." Mollys Vater war glücklich, dass man ihn aus dem Gefängnis entlassen hatte, aber er hatte Angst davor, wieder dorthin zurückgehen zu müssen. „Können wir ein paar Dinge besprechen?"

Der General nickte. „Ich bin froh, wenn ich etwas dazu beitragen kann, meinen eigenen Fall voranzubringen. Ich bin es nicht gewohnt, untätig zu sein."

Hunter beugte sich vor und durchdachte noch einmal alles, was er mit dem General zu besprechen hatte. „Ihre Sekretärin kommt nicht mehr zur Arbeit, oder?"

„Nein. Aber eine Kündigung hat sie mir auch noch nicht geschickt. Lydia ist verschwunden, und seit Sonya sich bereit erklärt hat, für sie einzuspringen, ist es mir auch egal, wo sie bleibt."

„Molly und ich werden heute im Laufe des Tages nach Atlantic City fahren. Ich möchte den Angestellten eines Motels, wo Paul üblicherweise abstieg, sein Foto zeigen. In der Zwischenzeit könnten Sie und Sonya durch die geschäftlichen und privaten Rechnungen gehen und mir eine Liste mit den Geschäftsreiseterminen von Paul erstellen." Hunter benötigte diese Information zwar, aber er spürte auch deutlich, dass Frank noch dringender beschäftigt und in seinen eigenen Fall eingebunden werden musste. Dafür hatte er vollstes Verständnis.

„Kein Problem. Was glauben Sie?"

Hunter schüttelte den Kopf. „Es gibt zurzeit noch keine Gewissheit. Ich frage mich bloß, ob Atlantic City für Paul Markham mehr bedeutet hat als ein kleiner Zwischenstopp während seiner zahlreichen Geschäftsreisen. Und falls ja, ob er nur wegen des Glücksspiels dort war. Schuldete er Ihnen mehr Geld als die Summe, die er bereits verloren hatte? Ich suche nach weiteren Verdächtigen, damit die Schöffen einen vernünftigen Grund haben, an Ihrer Schuld zu zweifeln. Oder, was vielleicht noch wichtiger ist, damit wir den Richter überzeugen können, die Anklage gegen Sie aus Mangel an Beweisen fallen zu lassen."

„Ich weiß das alles sehr zu schätzen", sagte Frank.

„Ich tue nur meine Arbeit, Sir."

„Wie geht es Molly dabei? Ich meine nicht die starke Fassade, die sie mir gegenüber aufsetzt, sondern wie geht es ihr wirklich?", fragte er mit einer Stimme, die sehr besorgt klang.

Hunter schätzte Franks Gefühle für seine Tochter. Molly hatte alles gefunden, wonach sie in einer Familie immer gesucht hatte, und Hunter hätte sich kaum mehr für sie freuen können. „Sie ist stark. Und sie wird das alles gut verkraften", versicherte er dem anderen Mann.

„Es ist nicht fair, wissen Sie. Da geschieht etwas so Schreckliches, und dann müssen die Menschen, die ich liebe, diese Last tragen."

Hunter nickte. Er hatte schon von vielen Menschen, die er verteidigt hatte, Ähnliches gehört. Aber diesmal spürte Hunter eine größere Verbindung zur betroffenen Partei, und das Ergebnis lag ihm noch mehr am Herzen. Er war nicht länger in der Lage, das, was um ihn herum geschah, leidenschaftslos zu betrachten. Stattdessen war er oft beunruhigt und wünschte sich, er hätte eine so enge Familienbindung, wie Molly sie hier gefunden hatte.

Doch so etwas kannte er natürlich nicht. Inzwischen akzeptierte er seine Vergangenheit, obwohl Molly glaubte, dass er noch immer keinen Frieden damit geschlossen hatte. Unglücklicherweise befreite ihn das aber nicht von gelegentlichen Anflügen des Bedauerns. Seit er sah, wie verwurzelt Molly in ihrem Leben war, kamen seine eigenen Bedürfnisse auch wieder an die Oberfläche. Es war vor allem schwieriger geworden, sie zu unterdrücken.

„Zigarre?", fragte der General und zog zwei Havannas aus seiner Hemdentasche.

Hunter hob die Brauen. „Ist es dafür nicht noch ein bisschen zu früh?"

Frank lachte. „In diesem Haus rauche ich, wann immer sich eine Gelegenheit dazu bietet, seit meine Mutter auf einer rauchfreien Umgebung für ihren Vogel besteht."

Hunter zuckte zusammen. Er konnte die Gefühle des Generals nachvollziehen. „Sie sind nicht der Herr im Haus?"

„Sie begreifen schnell." Er bot ihm noch einmal eine Zigarre an, und Hunter griff zu.

„Es ist schwer, mit so vielen Frauen in einem Haus zu wohnen, oder?"

„Wenn du noch weißt, was gut für dich ist, dann beantwortest du diese Frage besser nicht."

Die beiden Männer drehten sich um und sahen, dass Edna mit besagtem Vogel auf der Schulter in der Verandatür stand.

„Manchmal weiß ich nicht, ob sie eher aussieht wie *Columbo* oder wie einer der *Piraten aus der Karibik*."

Weder das eine noch das andere klang wie eine schmeichelhafte Beschreibung, dachte Hunter.

„Ich bin immer noch deine Mutter, also sei brav. Hunter, möchten Sie einen Kaffee?", fragte der Kommandeur.

„Nein, danke. Ich hatte schon eine Tasse."

„Und wie wäre es mit einer weiteren, bevor Sie wegfahren? Molly schenkt sich gerade eine ein, und es ist ein langer Weg bis Atlantis City. Vor allem mit Molly hinterm Steuer."

Hunter hatte noch nicht richtig darüber nachgedacht, wie sie dorthin kommen würden, aber er stellte fest, dass sein Motorrad nicht sehr komfortabel für so eine lange Reise war. „Ich bin sicher, dass sie mich fahren lassen wird."

„Da seien Sie sich mal nicht zu sicher. Dieses Mädchen ist *meine* Enkelin, und genau wie ich, möchte sie immer alles unter Kontrolle haben."

Das klang tatsächlich nach Molly. „Ich glaube, ein Kaffee vor der Fahrt wäre schön", erklärte er dem Kommandeur, bevor er sich sofort wieder an den General wandte. „Hoffentlich haben wir gute Nachrichten, wenn wir wieder zurückkommen."

„Amen", erwiderte der General trocken.

Zum ersten Mal seit einer langen Zeit freute sich Hunter darauf, mit Molly zusammen zu sein. Nicht einmal die lange Reise konnte seinen plötzlichen Enthusiasmus vor dem Übernachtungstrip nach Atlantic City dämpfen.

Molly war noch nie in Atlantic City gewesen, und sie war begeistert von der Idee, dorthin zu fahren. Einen kleinen Koffer in der Hand traf sie Hunter beim Wagen. „Ich bin fertig und pünktlich."

„Das sehe ich. Ich hab vorhin auch Jessie in einem hellgelben Pulli vorbeilaufen sehen." Seine Augen leuchteten zustimmend.

„Ich habe mich dafür entschieden, so zu tun, als hätte sie nicht ernsthaft vorgehabt, mich zu erpressen", sagte Molly lachend. „Sie wird so langsam warm mit mir. Ich sah keinen Grund, ihr diesen Wunsch abzuschlagen."

Er nahm Molly den Koffer ab und ging nach hinten zum Kofferraum. „Aber du hast ihr vorher hoffentlich einen Vortrag über Anklopfen, Schnüffeln und Erpressung gehalten?"

„Du sagst es."

„Schlüssel?"

Sie fischte ihren Autoschlüssel aus der Tasche und drückte auf die Fernbedienung, sodass der Kofferraumdeckel aufsprang. Hunter warf ihren Koffer und seinen Rucksack hinein und schlug die Klappe zu.

„Ich fahre." Er streckte die Hand aus.

Normalerweise bevorzugte Molly es, selbst zu fahren, und sie wäre gerne selbst nach Jersey gefahren, aber die Medikamente, die sie in der vorigen Nacht gegen ihre Kopfschmerzen genommen hatte, wirkten immer noch ein wenig nach. Ihre Muskeln schmerzten, und sie wusste, dass sie während der Fahrt gegen die Müdigkeit würde ankämpfen müssen, um wach zu bleiben.

Mit einem Achselzucken warf sie Hunter die Schlüssel zu.

Er fing sie auf. „Danke", sagte er und klang erstaunt.

„Worüber wunderst du dich?"

Sie setzten sich in den Wagen, bevor er ihr schließlich antwortete. „Deine Großmutter erwähnte, dass du immer alles unter Kontrolle haben möchtest. Sie sagte, dass du mich niemals fahren lassen würdest."

„Und du hast ihr geglaubt?"

Er drehte den Schlüssel und startete den Motor. „Sagen wir mal, so wie ich dich kenne, gab es keinen Grund, daran zu zweifeln. Aber ich stelle fest, dass ich mich geirrt habe."

„Ich habe nichts dagegen, dass du die Verantwortung übernimmst, zumindest für eine Weile. Und außerdem hat dieser neue Wagen ein Navigationssystem." Sie deutete auf eine Karte am Armaturenbrett. „Nur für den Fall, dass wir uns verirren."

Hunter verdrehte die Augen. „Ich glaube, ich werde schon damit klarkommen. Es geht immer nur geradeaus." Er legte seinen Arm auf die Rückenlehne ihres Sitzes und fuhr rückwärts die Auffahrt hinunter.

Noch bevor sie die Gegend verlassen hatten, schlief Molly ein. Sie erwachte erst nach anderthalb Stunden, als Hunter in eine Raststätte einbog, um Kaffee zu besorgen. Sie ging zur Toilette, kaufte einen Snack, aß und schlief wieder ein, um erst wieder aufzuwachen, als sie in die große Auffahrt eines grandiosen Hotels einbogen.

Ein Page öffnete ihren Kofferraum. „Bleiben Sie über Nacht oder nur den Tag über?"

Molly öffnete den Mund und schloss ihn wieder. Sie wusste nicht, ob dies der Ort war, wo sie Spuren verfolgen wollten, oder der Ort, wo sie über Nacht bleiben würden. Die Entscheidung, nach Atlantic City zu fahren, war nicht im Detail besprochen worden.

„Wir checken ein", sagte Hunter, als er zu ihr herüberkam. Er nahm das Kofferticket vom Pagen entgegen, und sie folgte ihm in die Rezeption.

„Das ist nicht Pauls Motel, oder?", fragte sie.

„Nein. Das ist unser Hotel, zumindest für diese Nacht. Ich dachte, wenn wir schon einmal hier sind, dann können wir den Aufenthalt genauso gut genießen." Sie gingen zur Rezeption, und Hunter reichte dem Mann dahinter seinen Ausweis und die Kreditkarte.

Der junge Mann, der eine weiße Uniform und ein Hemd mit einem gestärkten Kragen trug, lächelte sie an. „Willkommen, Mister Hunter." Er begann etwas in seinen Computer zu tippen. „Es war die Deluxe-Nichtraucher-Suite, richtig?"

„Ähm …", unterbrach Molly, ohne etwas Verständliches von sich zu geben.

„Entschuldigen Sie uns bitte einen Augenblick." Hunter packte sie am Ellbogen und führte sie ein paar Schritte vom Empfangstresen weg. „Gibt es ein Problem?"

„Na ja, es ist kein Problem, im selben Zimmer zu übernachten, wie du weißt …"

Er schenkte ihr ein reizendes, verführerisches Ich-kann-es-gar-nicht-abwarten-mit-dir-im-Bett-zu-liegen-Grinsen. „Aber?"

„Ich kann mir keine Suite leisten. Ich arbeite nicht gerade Vollzeit momentan. Ich bin nicht einmal sicher, ob ich mir die Hälfte des Zimmerpreises leisten könnte. Und ich weiß, dass du diese Rechnung nicht als Spesen abbuchen kannst, weil mein Vater sich die Rechnung für dieses Hotel ebenfalls nicht leisten kann." Sie biss sich auf die Lippen, verlegen darüber, dass sie über ihre miserable Finanzlage diskutieren musste.

Er starrte sie so lange an, bis sie unruhig von einem Fuß auf den anderen trat. „Habe ich dich gebeten, das Zimmer zu bezahlen? Hör auf, Molly. Ich habe Stil. Und wenn ich dich hierhergebracht habe, dann lade ich dich natürlich auch ein."

Ihre Augen weiteten sich. Sie hatte nicht gedacht, dass sie wegen etwas anderem als ihrer Arbeit nach Atlantic City gefahren waren, und hatte geglaubt, sie würden in einem Motel oder einem billigen Hotel übernachten und nicht an einem der schönsten Orte Atlantic Citys. „Das kann ich nicht von dir verlangen."

„Du hast nichts von mir verlangt. Ich habe es dir angeboten. Ich wollte dich mit einer Nacht weit weg von deinen alltäglichen Sorgen überraschen. Aber die Überraschung ist wohl nicht gelungen", sagte er, offensichtlich genervt von ihrer Diskussion. „Können wir noch einmal von vorne beginnen mit Einchecken und ohne dass du jeden meiner Schritte infrage stellst?"

„In Ordnung", sagte sie, aufrichtig berührt von seinem Angebot.

Er streckte die Hand aus und streichelte ihre Wange. Seine sanfte Berührung stand in einem starken Kontrast zu der Enttäuschung in seiner Stimme.

„Lass mich das bitte für dich tun."

Sie nickte. „Wenn du mich rechtzeitig vorgewarnt hättest, dann hätte ich nicht …"

Er brachte sie zum Schweigen, indem er ihr den Finger auf die Lippen legte. „Keine Diskussionen mehr, einverstanden?"

Sie nickte schwach.

„Gut." Er packte ihre Hand mit einem festen Griff und ging zum Empfangstresen zurück. „Nun sind wir fertig. Die Deluxe-Suite soll es sein."

Zehn Minuten später war das Eincheck-Prozedere beendet, aber die Suite war noch nicht bezugsfertig. Sie mussten noch eine Stunde warten. „Was hältst du davon, wenn wir so lange zum Motel fahren, um etwas über Paul herauszufinden?"

„Das wäre toll."

„Nur eine Sache", sagte er. „Sobald wir damit fertig sind, vergessen wir das alles, bis wir morgen nach Hause fahren. Wir nutzen den Rest des Tages und die Nacht nur für uns." Er betrachtete sie eingehend, während er auf ihre Antwort wartete.

Molly stellte fest, dass er sich wesentlich mehr bei dieser Reise gedacht hatte, als sie ahnte. Irgendwann während der letzten vierundzwanzig Stunden hatte er ihr verziehen, dass sie ihn angelogen hatte.

„Ich werde dich nie wieder Blödmann nennen. Du hast dir das alles schon vorher ausgedacht, oder?"

„Ich habe mein Bestes gegeben."

Die Freude über so viel Voraussicht spiegelte sich in ihrem Gesichtsausdruck, und sie lächelte. „Ich mag es, wie du denkst."

Er nickte. „Gut. Dann lass uns mal schnell sehen, was wir im Seaside Inn herausbekommen, damit wir danach mehr Zeit für uns haben."

Uns. Molly mochte, wie es klang, wenn dieses Wort über seine Lippen kam.

# 13. Kapitel

Das Seaside Inn lag nur einen Steinwurf vom Hotel Casino, dem Hotel, das Hunter für sie ausgesucht hatte, entfernt. Molly folgte ihm in das schmuddelige Motel. Es roch feucht und moderig, und es war offensichtlich seit Jahren nicht mehr renoviert worden.

Molly spürte eine wachsende Enttäuschung über Paul Markham, eine Enttäuschung, die mit jeder Neuigkeit, die sie über ihn erfuhr, größer wurde. Opfer hin oder her, er war nicht der Mann, den ihr Vater oder Sonya geglaubt hatten zu kennen.

„Ich suche Ted Frye", sagte Hunter zu der Frau hinter dem Empfangstresen.

„Ich bin Mary Frye, Teds Schwester. Er hat heute frei. Kann ich Ihnen helfen?", fragte die gefärbte Blondine, als sie sich ihnen zuwandte.

Die Augen der jungen Frau, die ungefähr Mitte zwanzig sein musste, weiteten sich vor Bewunderung, nachdem sie einen Blick auf Hunter geworfen hatte. Sie fuhr sich mit der Hand durch das lange Haar, das ihr locker über den Rücken floss.

„Das können Sie tatsächlich. Meine Schwester und ich suchen nach Informationen über diesen Mann." Hunter griff in seine Tasche und holte das Foto von Paul, das Sonya ihm gegeben hatte, heraus.

Molly schaute Hunter empört an, weil er sie als *seine Schwester* ausgegeben hatte, und sie hätte beinahe etwas gesagt. Aber er packte sie beim Handgelenk und zog sie näher zu sich heran. Das war eine klar erkennbare Warnung, den Mund zu halten und ihn reden zu lassen.

*Toll*, dachte sie und schwieg, aber nur, weil sie die Information genauso dringend haben wollte wie er. Er hatte vielleicht ein Auge auf die hübsche Blondine geworfen und entschieden, dass sie kooperativer sein würde, wenn sie glaubte, dass er noch zu haben war.

Molly schenkte *ihrem Bruder* ein süßliches Lächeln, während sie ihm gleichzeitig ihre Fingernägel in die Handfläche bohrte, um ihn haargenau wissen zu lassen, wie sie seine Entscheidung fand. Nur weil Molly ihn tödlich sexy fand, musste das nicht unbedingt bedeuten, dass jede Frau ihn als ein Gottesgeschenk betrachtete.

Die Frau hinter dem Tresen tat das aber ganz offensichtlich doch, denn sie beugte sich über den Tresen und gewährte ihm einen tiefen Einblick in ihr großzügiges Dekolleté, welches zugegebenermaßen verdammt beeindruckend war.

„Lassen Sie mich mal sehen." Mary stützte ihre Ellbogen auf dem Tresen ab und starrte auf das Foto. „Oh! Das ist Mr. Markham. Ich habe gehört, dass er ermordet wurde", flüsterte sie in einem Tonfall, den Menschen häufig für Tabuthemen reserviert hatten. „Eine Schande. Seine Verlobte ist seit letzter Woche hier. Sie tat meinen Eltern so leid. Deshalb lassen sie sie so lange hier wohnen, bis sie sich wieder gefangen hat."

„Verlobte?", fragte Molly.

„Lydia ist hier?", unterbrach Hunter sanft.

Die Blondine nickte. „Die arme Frau ist verzweifelt, kann man sich ja vorstellen. Wenn der Mann, den ich bald heiraten wollte, ermordet worden wäre, dann würde ich auch zusammenbrechen." Sie schob ihren Arm absichtlich neben Hunters Arm.

„Es ist eine Tragödie", stimmte er zu. „Wir sind Freunde von Lydia, und wir haben uns Sorgen um sie gemacht."

„Oh, ich kann sie anrufen und ihr sagen, dass Sie hier sind." Mary griff nach dem Haustelefon.

„Nein! Ich meine, wir würden sie lieber überraschen. In ihrer Trauer möchte sie uns vielleicht nicht sehen, aber sie ist jetzt schon viel zu lange hier", sagte Molly bestimmt.

„Meine Schwester hat recht. Würde es Ihnen etwas ausmachen, uns ihre Zimmernummer zu sagen?"

„Ich darf eigentlich keine Informationen über unsere Gäste herausgeben."

„Nur dieses eine Mal. Tun Sie mir den Gefallen." Hunter streckte seinen Oberkörper über die Theke und nutzte seine enorme sexuelle Ausstrahlung. „Ich habe in Wahrheit wichtige Neuigkeiten, was wirklich mit ihrem Verlobten passiert ist. Wenn Sie mich also in die richtige Richtung schicken würden, glaube ich, wäre sie Ihnen sicher sehr verbunden. Genauso wie ich."

„Gut ..."

„Bitte?" Hunter schenkte ihr sein unwiderstehlichstes Lächeln.

Es ist das Lächeln, das er normalerweise für mich reserviert hat, dachte Molly, unfähig, ihre Eifersucht zu unterdrücken, egal, wie unangebracht das möglicherweise war.

„Zimmer 215. Sagen Sie einfach niemandem, dass ich es Ihnen gesagt habe."

„Ihr Geheimnis ist gut bei mir aufgehoben. Danke sehr." Er drückte die Hand der jungen Frau, bevor er sich wieder Molly widmete.

Molly folgte ihm mit zusammengebissenen Zähnen durch die Tür und nach hinten, wo sich die Zimmer befanden. Wie üblich in einem Motel waren die Zimmer des zweiten Stockwerks über eine Treppe vom Parkplatz aus zu erreichen.

Sobald sie außer Sicht- und Hörweite des Empfangstresens waren, packte sie Hunters Arm, um seine Aufmerksamkeit auf sich zu lenken. „Schwester! Du hast mich als deine Schwester vorgestellt!"

Er sah sie unverwandt an. „Und du hast deine Rolle gut gespielt. Du hast dich im Hintergrund gehalten und mich …“

„Deinen Charme ausspielen lassen, damit du an die benötigten Informationen gelangst“, sagte Molly. „Das war eine gute Idee“, gab sie zu.

„Oh, danke.“ Seine Lippen formten sich zu einem Lächeln. „Weißt du noch, wie ich gesagt habe, dass ich knallige Farben an dir mag?“

Sie nickte schwach.

„Ganz besonders steht dir übrigens dieses eifersüchtige Grün.“ Es machte ihm ganz offensichtlich Spaß, sie aufzuziehen.

Molly verschränkte die Arme vor der Brust. „Ich bin nicht eifersüchtig auf eine aufgedonnerte Blondine mit falschen Brüsten.“

„Ach nein?“ Hunter rückte ganz dicht an sie heran und forderte sie heraus, die Wahrheit zu sagen.

Sie schaute ihn missbilligend an. „Höchstens ein bisschen.“

„Möglicherweise gibt es aber überhaupt keinen Grund, eifersüchtig zu sein. Vielleicht mag ich echte Brüste lieber als künstliche. Und vielleicht mag ich deine Brüste überhaupt am liebsten von allen.“ Er neigte seinen Kopf und küsste sie voller Verlangen auf den Mund, wobei er keinerlei Zweifel daran ließ, wem momentan seine Aufmerksamkeit galt.

*Vergebung ist göttlich,* dachte Molly, während sie seinen Kuss erwiderte und ihre Zunge zwischen seine Lippen schob, um einen langen Augenblick seinen maskulinen Geschmack zu kosten, bevor sie ihren Kopf hob. „Tut mir leid. Ich hatte wohl einen kurzen Eifersuchtsanfall.“

Er lachte. „Eigentlich mag ich das ganz gerne.“

„Na gut, aber lass es dir nicht zu Kopf steigen, ja?“

„In Ordnung. Bist du bereit, Lydia McCarthy zu finden?“, fragte er.

„Mehr als das. Welch ein Glück, dass sie tatsächlich hier ist."

Hunter nahm ihre Hand. So gingen sie zusammen die schmale Treppe hinauf und folgten den Schildern bis Zimmer Nummer 215.

Molly hob die Hand und klopfte. Zu ihrer Überraschung wurde die Tür sofort weit geöffnet, und Lydia, die Sekretärin ihres Vaters, der sie schon oft begegnet war, stand vor ihnen.

„Ihr seid nicht vom Pizzaservice", sagte Lydia mit matter Stimme.

„Nein, aber wir müssen mit Ihnen reden."

Molly wollte hineingehen, aber Lydia stellte sich ihr in den Weg. „Ich habe weder dir noch deinem Vater etwas zu sagen. Es tut mir leid, Molly, ich mag dich, aber ab sofort stehen wir in gegnerischen Lagern." Sie wollte die Tür zuschlagen, aber Hunter stellte seinen Fuß dazwischen.

„Bitte, Lydia. Wir haben nichts gegen Sie. Wir wissen, dass Sie um Paul trauern. Wir wollen nur nicht, dass ein Unschuldiger ins Gefängnis wandert. Sie könnten einiges wissen, das uns weiterhilft."

Molly ergänzte: „Bitte!"

Hunter legte ihr die Hand auf den Rücken, und sie lehnte sich dankbar, dass er sie in dieser Situation unterstützte, dagegen.

„Aber nur ein paar Minuten", sagte Lydia ungehalten.

„Danke." Molly folgte ihr ins Zimmer. Hunter ging hinter ihnen her.

Lydia hatte rot verweinte Augen. Ihrer ungepflegten Erscheinung nach hatte sie das Motel wohl schon seit Längerem nicht mehr verlassen. Die Frau tat Molly beinahe leid. Aber die Tatsache, dass sie eine Affäre mit einem verheirateten Mann gehabt hatte, dass sie außerdem glaubte, der General hätte seinen besten Freund und Partner getötet, und dass sie das Geschäft ihres Vaters einfach in dem Augenblick im Stich gelassen hatte, als er sie am dringendsten benötigte, hielt Mollys Mitleid in Grenzen.

„Ms. McCarthy, ich heiße Daniel Hunter. Ich bin der Anwalt von General Addams, und ich möchte Ihnen ein paar Fragen zu der Mordnacht stellen. Wir wissen bereits, dass Sie ein Verhältnis mit dem Opfer hatten, also werde ich Sie nicht zu Dingen befragen, die Ihnen unangenehm werden könnten."

„Das weiß ich zu schätzen", sagte Lydia.

„Also, wie lange versteckst du dich denn schon hier?", fragte Molly.

Hunter beugte sich zu Lydia hinunter. „Sie meint, wie lange Sie schon hier sind. Es ist sicher nicht gut für Sie, in dieser Situation alleine zu sein."

Molly nickte und beschloss, sich hin und wieder auf die Zunge zu beißen. Obwohl sie Lydia befragen wollte, wusste sie, dass Hunter es geschickter anstellen würde. Momentan war Molly einfach zu wütend auf Lydia, um den nötigen Takt walten zu lassen.

„Paul und ich, wir sind immer zusammen hier gewesen. Ich bin hierhergefahren, um ihm näher zu sein. Zu Hause habe ich es nicht ausgehalten." Lydia zog ein Papiertuch aus der Schachtel neben dem Bett und schnäuzte sich geräuschvoll. „Ich habe nichts getan, und ich habe nichts gesehen. Ich weiß nicht, was ihr von mir wollt."

Hunter räusperte sich. „Ich möchte, dass Sie mir erzählen, was in der Nacht, als Paul ermordet wurde, geschah."

„Gut." Sie erhob sich vom Bett und wanderte in dem kleinen Zimmer herum. „Sie haben bereits gesagt, dass Sie wissen, dass Paul und ich zusammen waren. Er versprach mir schon seit Jahren, dass er seine Frau verlassen würde, um mich zu heiraten. Er schwor mir, dass er den Rest seines Lebens mit mir verbringen wollte."

Molly öffnete den Mund, doch Hunter legte ihr eine Hand aufs Bein, um ihr zu zeigen, dass sie schweigen sollte. Das tat sie auch.

„Was geschah in jener Nacht?“

„Es begann schon tagsüber. Paul und Frank stritten um Geld. Ich wusste nicht genau, was passiert war, aber es war heftig, und Paul stürmte aus dem Büro. Er kehrte erst wieder in der Nacht zurück und war wütend. Ich hatte ihn noch nie so wütend gesehen.“ Sie machte eine Pause und blickte auf Hunter. „Er sagte, dass er mit Sonya gestritten habe. Dass sie ihn nicht verstand, und dass sie ihn nie verstehen würde. Er erzählte mir, dass er eine exorbitant hohe Summe aus dem Geschäft genommen und verspielt hatte. Alles.“

„Verspielt?“, fragte Molly überrascht.

„Hier in Atlantic City?“, fragte Hunter.

Lydia nickte. „Viele seiner Geschäftsreisen beinhalteten kleine Stippvisiten in Atlantic City. An den Wochenenden traf ich ihn in diesem Motel. Er gab mir Geld für einen Spa-Tag mit Massage, und er ging in der Zeit ins Spielkasino. Ich habe mir nie viel dabei gedacht und ehrlich gesagt, war es mir auch egal.“

Molly hätte beinahe laut losgelacht, aber Hunters Hand lag immer noch auf ihrem Bein, und sie wollte nicht, dass er zudrückte, was definitiv wehgetan hätte. Außerdem bekamen sie momentan mehr Informationen von Lydia McCarthy, als sie es sich jemals vorgestellt hatte. Die Neuigkeiten über Paul und das Geld setzten sich immer mehr zu einem Bild zusammen.

„Aber in jener Nacht stellten Sie fest, dass Paul alles verloren hatte“, sagte Hunter.

„Ja, aber das war mir egal. Ich nahm es als einen Segen und ein Zeichen, dass wir frei waren. Ich sagte Paul, dass er die Chance ergreifen und mit mir weggehen sollte.“

„Und er lehnte ab?“, mutmaßte Hunter.

Lydia nickte mit einer kurzen Kopfbewegung. „Nicht nur das, er sagte auch, dass er niemals vorgehabt hatte, Sonya oder seinen Sohn zu verlassen. Er sagte, dass er sein Leben niemals hatte aufgeben wollen. Jedes Wort war ein Stich in mein Herz." Sie legte beide Hände auf die Brust.

Molly hätte am liebsten gebrüllt wegen Lydias theatralischem Auftritt, aber sie bemerkte, dass Lydias Schmerz, trotz ihrer absurden Schauspielerei, echt war. Molly mochte zwar ihre Entscheidungen nicht gutheißen, aber sie hatte kein Recht, Lydia deshalb zu verurteilen.

„Was hast du dann gemacht?", fragte Molly. Was machte eine Frau, wenn der Mann, den sie liebt, ihr plötzlich den Rücken kehrt?

Was hatte Hunter getan, als Molly ihn zurückgewiesen hatte? Er hatte sich in seine private Hölle zurückgezogen, wie sie feststellte, als sie noch einmal an die Situation, in die sie vor Wochen hineingeplatzt war, zurückdachte. Die unordentliche Wohnung, das Trinken, die Frau in seinem Bett, die er nicht mehr erwähnt hatte, seit er bei ihr aufgetaucht war, um ihrem Vater zu helfen.

Wow. Es gab nichts Eindrucksvolleres, als die eigenen Verfehlungen vorgehalten zu bekommen, dachte Molly.

„Was passierte, nachdem er Sie rausgeworfen hatte?", fragte Hunter.

Seine Stimme holte Molly aus ihren schmerzhaften Erinnerungen zurück. Sie hoffte, dass sie nicht zu viel verpasst hatte, und schüttelte den Kopf, um ihre privaten Überlegungen zu verscheuchen.

„Ich bin gegangen. Ich glaubte ernsthaft, dass er wegen des Geldes so zornig war und wegen Franks Wut und dem Streit mit seiner Frau. Ich dachte, er würde seine Meinung wieder ändern, wenn er feststellte, dass Sonya ihn möglicherweise nicht mehr zurückhaben wollte. Ich hielt trotz allem immer noch zu ihm und beschloss, am nächsten Morgen noch einmal mit ihm zu reden, aber als ich ins Büro kam, war die Polizei da und Paul tot." Sie kämpfte mit den Tränen.

„Ist alles in Ordnung?", fragte Hunter.

Sie nickte. „Ich bin gleich wieder da."

Hunter erhob sich, als sie an ihm vorbei ins Badezimmer ging und die Tür hinter sich schloss.

Er wandte sich an Molly. „Und wie geht es dir? Alles okay?"

Sie nickte, überrascht von der zärtlichen Besorgnis in seiner Stimme, vor allem, wenn sie an den Vergleich dachte, den sie gerade gezogen hatte. Sie hasste die Erkenntnis, dass sie Hunter sehr verletzt hatte. Und sie hasste die Vorstellung, wie es, nachdem sie ihn verlassen hatte, für ihn gewesen sein musste.

Da sie nicht wusste, was sie sagen sollte, schwieg sie, und Lydia kehrte in das Zimmer zurück. „Sind wir bald fertig? Es tut wirklich weh, sich erinnern zu müssen."

„Nur noch ein paar Minuten", versicherte ihr Hunter. „Was haben Sie gemacht, nachdem Sie das Büro an jenem Abend verlassen hatten?"

„Das, was jede Frau in dieser Situation getan hätte. Ich ging nach Hause und weinte mich in den Schlaf."

Hunter trat einen Schritt auf Lydia zu. „Es tut mir leid", sagte er. „Sie müssen das alles schon der Polizei erzählt haben. Aber manchmal hilft es, wenn man die Aussage noch einmal persönlich hört, statt sie in einem Protokoll zu lesen."

Molly bewunderte Hunters Technik. Er war sympathisch und gewann Lydias Vertrauen. Und selbst nachdem sie gehört hatten, dass Lydia in jener Nacht alleine gewesen war, hatte er sie nicht nach ihrem Alibi gefragt. Er wollte sie möglicherweise nicht provozieren oder riskieren, dass sie sich vor ihm verschloss. Er war ein wunderbarer Stratege.

Lydia holte derweil tief Luft. „Ich habe den Bullen alles gesagt, aber sie waren nicht halb so daran interessiert wie ihr."

Weil sie ihren Verdächtigen bereits hatten, dachte Molly verbittert. Diese Kleinstadtpolizisten hatten die Möglichkeit, dass Lydia ihren Liebhaber erschossen haben könnte, nachdem dieser sie fallen gelassen hatte, nicht einmal in Erwägung gezogen. Aber Molly konnte diesen Gedanken nicht so leicht abschütteln.

„Eine Sache noch", sagte Hunter. „Wenn Sie einmal darüber hinwegsehen würden, dass Frank wegen Mordverdachts verhaftet worden ist, gibt es noch jemanden, der Ihrer Meinung nach ein Motiv gehabt haben könnte? Jemand, der Streit mit Paul hatte, egal ob privat oder geschäftlich? Sie waren sich so nahe, niemand könnte diese Frage besser beantworten als Sie."

Er schmierte Lydia Honig um den Bart, dachte Molly. Und er war verdammt gut darin.

„Ich muss Ihnen sagen, dass, egal wie sehr mich dieser Gedanke schmerzt, es möglich ist, dass Frank es getan hat. Er hatte ein Motiv, er hatte die Gelegenheit, und er hatte auch nachts einen Zugang zum Bürogebäude. Es tut mir leid, Molly, aber das ist die Wahrheit."

Molly biss die Zähne zusammen.

„Versuchen Sie es bitte!", sprang Hunter ein, bevor Molly reagieren konnte. „Gibt es da noch jemanden, der einen Groll auf Paul hatte?"

„Es wird Ihnen nicht viel helfen, aber bitte. Bürgermeister Rappaport hatte Pech bei einem Geschäft mit Paul. Das war einige Monate bevor Molly in die Stadt gekommen ist. Die Rappaports besaßen seit Generationen ein Grundstück am anderen Ende der Stadt. Paul hatte Wind davon bekommen, dass ein paar Immobilienunternehmen sich dafür interessierten. Sie hatten herumgeschnüffelt, waren aber noch nicht mit dem Bürgermeister in Kontakt getreten, und weil der gerade knietief in einer Wahlkampagne gegen einen jungen Gegner steckte, der gegen ihn zu gewinnen schien, hatte er außer seiner Karriere nicht viel im Sinn. Außerdem brauchte er weiteres Geld für seine Kampagne. Als Paul ihm also anbot, ihm das Grundstück abzukaufen, ergriff Rappaport diese Chance, so wie Paul es vorhergesehen hatte."

„Lass mich raten. Paul bekam das Land für einen Apfel und ein Ei", sagte Molly, kaum in der Lage, ihre Abscheu zu verbergen. Je mehr sie über den besten Freund ihres Vaters erfuhr, desto weniger mochte sie ihn.

Lydia legte den Kopf schief. „Richtig. Und dann nahm er Kontakt zu den Immobilienunternehmen auf und verkaufte das Grundstück für eine riesige Summe. Der Gewinn machte viel mehr aus, als die lächerliche Summe, die Paul dem Bürgermeister für dessen Kampagne gezahlt hatte."

„Und der war wütend", sagte Hunter.

„Kann man ihm das verübeln?", fragte Lydia.

Molly warf der Frau einen irritierten Blick zu. „Und du liebtest Paul?"

Lydia zuckte mit den Achseln. „Im Krieg, in der Liebe und in der Immobilienbranche sind alle Mittel erlaubt. Pauls Geschäfte hatten nichts mit mir zu tun."

Genauso wenig wie seine Ehe? fragte sich Molly im Stillen. Sie wusste, dass es besser war, diese Frage nicht laut zu stellen. Hunter hätte sie umgebracht. Davon abgesehen, war Lydia schon genug gestraft, für ihre Rolle in Pauls schmutzigen Geschäften und dafür, dass sie eine Ehe ruiniert hatte.

„Weiß die Polizei von der Sache mit dem Bürgermeister?", fragte Hunter.

„Ich weiß, dass das Thema ein paar Tage nach Pauls … Ermordung hochkam", sagte sie über das Wort stolpernd. „Aber die Polizei hat diese Spur nie verfolgt."

Hunter griff sofort nach Mollys Hand, als ob er sich vergewissern wollte, dass sie keinen Streit mit Lydia anfing. Er wusste nicht, dass sie gar nicht daran dachte. Soweit es sie betraf, gab es zwei alternative Verdächtige. Lydia hatte kein Alibi, und sie hatte sich in der Nacht, in der es passierte, mit ihrem Liebhaber gestritten, und der Bürgermeister war vom Opfer betrogen worden.

„Wir können Ihnen gar nicht genug dafür danken, dass Sie mit uns gesprochen haben“, sagte Hunter.

Lydia nickte. „Gern geschehen. Wofür auch immer es gut war.“

Hunter blieb kurz an der Tür stehen. „Darf ich Ihnen einen Rat geben?“, fragte er und fuhr fort, bevor sie sein Angebot ablehnen konnte. „Lassen Sie das Motel und die Erinnerungen hinter sich und fahren Sie nach Hause, um Ihr Leben neu zu beginnen. Es hilft Ihnen nicht, wenn Sie sich in Ihrem Kummer suhlen.“

„Auf Wiedersehen, Lydia“, sagte Molly sanft.

Die Frau erhob ihre Hand zum Abschiedsgruß.

Sie gingen hinaus an die frische Luft und hörten, wie sie die Tür hinter ihnen verschloss. Sobald sie die Treppe erreicht hatten, wandte sich Molly an Hunter. Sie war nicht mehr länger in der Lage, ihre Aufregung zu verbergen. „Verstehst du, was wir da gerade herausgefunden haben? Wir haben zwei weitere mögliche Verdächtige!“

Hunter lehnte sich gegen die rau verputzte Wand. „Es ist nicht ganz so einfach.“

„Das verstehe ich nicht.“ Sie kämpfte gegen die aufkommende Panik, die sie zu ersticken drohte, an. Sie wollte nichts Negatives hören, das ihren Enthusiasmus dämpfen oder das, was sie für gute Nachrichten für ihren Vater hielt, schmälern konnte.

„Wir stehen auf derselben Seite, Molly. Aber du musst realistisch und objektiv sein. Wir wollen gerne weitere Verdächtige sehen. Die Polizei hat es aber schon abgelehnt, diese Spur zu verfolgen. Du siehst, dass Lydia kein Alibi hat. Ich fürchte, die Jury wird eine Frau sehen, die den Fehler gemacht hat, ein Verhältnis mit einem verheirateten Mann zu haben, die aber auch von seinen falschen Versprechungen getäuscht wurde. Ich fürchte, sie werden Mitleid mit ihr haben, und wenn wir sie als Zeugin befragen, wird sie deinen Vater noch mehr belasten. Sie wird uns in diesem Fall nichts nützen."

Molly schluckte. „Und der Bürgermeister? Warum ist er kein weiterer Verdächtiger?"

„Weil er, soweit wir wissen, Paul keinen Ärger gemacht hat. Er hat sein Grundstück verloren, aber die Wahl gewonnen. Das beweist eher Pauls schlechten Charakter, aber es entlastet deinen Vater nicht. Und, ehrlich gesagt, sehe ich nicht, wie wir ihn jemals dazu bringen sollten, das vor Gericht zuzugeben, es sei denn, wir finden einen Beweis dafür, dass der Bürgermeister Paul bedroht hat." Hunter fuhr sich, ganz offensichtlich frustriert, mit der Hand durchs Haar. „Es tut mir leid", sagte er und streckte seine Hand nach ihr aus.

Molly erlaubte ihm, sie in den Arm zu nehmen und an sich zu drücken. „Manchmal hasse ich dich dafür, dass du so professionell arbeitest."

Seine Hand glitt über ihren Rücken. „Ich hoffe, der objektive Profi wird den Schlüssel zur Freiheit deines Vaters finden. Wir werden das schon hinkriegen", versprach er ihr.

„Ich werde dich darauf festnageln."

„Genauso wie ich dich jetzt auf dein Versprechen, den Fall zu vergessen, bis wir morgen nach Hause fahren, festnageln werde. Wir haben mit Lydia gesprochen und darüber, was wir herausgefunden haben. Der Rest des Tages und diese Nacht gehören uns. Morgen werden wir uns wieder um den Fall kümmern. Aber diese Nacht ist nur für uns reserviert."

Molly spürte kein Verlangen, sich mit ihm darüber zu streiten – sie wollte seine starken Arme um sich spüren und seine Fähigkeit, sie ihre Probleme wenigstens für eine Nacht vergessen zu lassen, genießen.

Als Hunter angerufen hatte, um die Suite zu buchen, hatte er ein paar einfache, luxuriöse Extras bestellt. Und tatsächlich war das Licht, als sie das Zimmer betraten, gedimmt und seine Sonderwünsche erfüllt worden.

Molly durchstreifte die Suite und saugte die Atmosphäre tief in sich auf. Am Fenster wartete eine gekühlte Flasche Champagner in einem Eisbehälter darauf, geöffnet zu werden. Neben einem großen Blumenstrauß waren frisches Obst, eine Auswahl köstlicher Häppchen und feiner Desserts bereitgestellt worden.

„Das ist wunderbar. Ich sterbe vor Hunger, und hier wartet schon das Essen auf mich." Ihr Blick wanderte über die restlichen Köstlichkeiten. „Und Champagner. Teurer Champagner", sagte sie zu Hunter. „Das hättest du nicht tun sollen."

Er zuckte verlegen zusammen. Wenn er unsicher war, neigte er zur Übertreibung, wie zum Beispiel, dass er Essen für ein halbes Dutzend Menschen bestellte, weil er sich nicht sicher war, was Molly am liebsten aß.

Hunter steckte die Hände in die Hosentaschen und zuckte mit den Achseln. „Ich wollte, dass du es genießt."

Sie schenkte ihm ein sinnliches Lächeln. „Ich bin mit dir zusammen. Wie könnte ich das nicht genießen?" Sie näherte sich ihm, stellte sich auf Zehenspitzen und drückte ihm einen Kuss auf den Mund. „Du bist sehr liebenswürdig und großzügig", murmelte sie. „Ganz zu schweigen davon, dass du sehr sexy bist." Sie strich ihm mit den Fingern durchs Haar, und es gefiel ihr offensichtlich, ihn einfach nur zu berühren.

So leicht verscheuchte Molly seine Verlegenheit. Hunter empfand ein großes Verlangen nach ihr. „Du hast gesagt, du seist hungrig", zwang er sich, sie zu erinnern.

„Ich habe Appetit. Auf dich." Sie schlang ihre Arme um seine Hüften und tauchte mit ihren Fingern unter seinen Hosenbund, um ihn zu berühren.

Ein leises Stöhnen entrang sich seiner Kehle. „Du spielst mit dem Feuer“, warnte er sie.

„Das kommt davon, dass du verbrannt werden willst“, sagte sie, während sie den Reißverschluss seiner Hose öffnete.

Seine Hose glitt zu Boden. Rasch befreite er seine Füße von Socken und Schuhen, bevor er sein Hemd auszog und es auf den Boden warf.

Als er den Kopf hob, begegnete ihm Mollys Blick. Ihre Wangen waren gerötet, und ihre Augen verrieten ihm, wie sehr sie ihn begehrte. Sein Herz schlug verrückte Kapriolen in seiner Brust. Er sollte sich in Acht nehmen, überlegte Hunter, aber er war wie betrunken vor Glück und zu erregt, um auf die Stimme seiner Vernunft zu hören.

Ohne Vorwarnung hob er sie hoch und nahm sie in seine Arme. Molly stieß einen spitzen Ton aus und schlang ihm ihre Arme um den Nacken. „Du brauchst mich nicht zu tragen“, sagte sie, doch ihr Lachen bewies, dass sie diese Zurschaustellung seiner männlichen Dominanz genoss.

„Ich weiß. Du bist eine unabhängige, eigenständige Frau.“ Er lenkte seine Schritte zum Schlafzimmer, wo er sie auf das Bett legte. „Aber dieses eine Mal wirst du dich mir fügen.“

Obwohl er darüber lachte, stellte er plötzlich fest, wie sehr er genau das von ihr wollte. Ihre Unterwerfung. Er wollte, dass Molly zugab, wie sehr sie ihn liebte, und dass er der einzige Mann war, dem sie vertraute.

„Oh, komm. Du willst doch nicht wirklich, dass ich mich dir füge. Du willst doch viel lieber, dass ich aktiv an allem teilnehme.“ Sie schnurrte fast, als sie mit ihren Fingern unter den Bund seines Slips glitt, bis sie seine Erektion in die Hand nahm und sanft mit ihrem Daumen über die empfindliche Spitze rieb.

Er stöhnte und spürte, wie er in ihrer Hand anschwoll. „Dieser Punkt geht an dich.“ Sie lag auf dem Bett, während er vor ihr stand, aber er musste zugeben, dass sie das Kommando hatte, solange sie ihn in der Hand hielt. Doch es störte ihn nicht im Geringsten.

„Du hast doch alles so gut geplant. Gelobt seien Männer, die vorausdenken können."

Eh er sich versah, hatte sie Schuhe und Bluse ausgezogen und war dabei, sich aus ihrer Jeans zu winden.

Danach war sie nur noch mit einem dünnen BH und einem passenden Höschen bekleidet. Er musterte sie mit begehrlichem Blick und schüttelte den Kopf. „Du bist verdammt sexy."

„Ich freue mich, dass du das so siehst." Sie kniete sich auf das Bett, damit sie auf einer Höhe mit ihm war, und legte ihm die Hände auf die Schulter.

Er dachte, sie wollte ihn erneut küssen, aber stattdessen streiften ihre Lippen seine Wangen. Leicht wie ein sanfter Windhauch und unglaublich verführerisch fanden sie den Weg zu seinem Hals und bis zu den Ohrläppchen, die Molly zärtlich anknabberte. Ihre zarten Bisse verursachten ihm eine Gänsehaut und jagten elektrische Stöße bis in seine Lendengegend hinunter.

„Oh Gott!", murmelte er. „Was du mit mir machst, ist unbeschreiblich." Sein Körper erschauerte vor roher Lust.

Sie bog sich ihm entgegen. Ihre aufgerichteten Brustwarzen drückten sich durch den dünnen Stoff ihres BHs und rieben an seiner Brust. Ihre zarten, liebkosenden Berührungen trieben seine Erregung auf die Spitze. „Molly?", fragte er mit zusammengebissenen Zähnen.

„Hmm?" Ihr Gesicht an seinem Hals vergraben, spürte er ihren kühlen Atem auf seiner fieberheißen Haut.

„Ich mag das Vorspiel zwar bestimmt genauso gerne wie du, aber ich glaube, wir verschieben es auf ein anderes Mal." Wenn sie so weitermacht, zerspringt meine Erektion in zwei Teile, dachte Hunter.

Sie hob ihren Kopf und brachte ihn mit einem Kuss zum Schweigen. Ihre Zunge erforschte spielerisch seinen Mund.

Nun hielt Hunter es nicht mehr länger aus. Er packte ihre Taille und stieß sie rückwärts aufs Bett.

„Ich mag es, wenn du kräftig zupackst." Ihre Augen lachten, aber in ihrem Gesichtsausdruck las er, dass ihr Verlangen ebenso groß war wie sein eigenes.

Während er seine Shorts abstreifte, wand sie sich zuerst aus ihrem Höschen und befreite sich dann von ihrem BH.

Ihre Brustspitzen waren hart aufgerichtet, und das blonde Haar ihrer Scham zog seine Blicke magisch an. Bevor er reagieren konnte, hatte sie ein Bein um seine Hüfte geschlungen, ihn mit dem Rücken auf die Matratze gedrückt und unter sich begraben, um die empfindlichste Stelle seines Körpers mit ihrer feuchten Öffnung zu reizen.

Sein Körper erschauerte, und er krallte seine Hände in das Laken, um ein Aufbäumen zu vermeiden. Er musste in sie eindringen. Jetzt. Sie erhob sich ein wenig, bis sie auf ihm saß.

Ihre Blicke verhakten sich ineinander. Er packte ihre Taille, ohne den Blick von ihr zu wenden, und so bewegten sie sich in einem gemeinsamen Rhythmus, bis ihr Körper nach unten glitt, um ihn tiefer in ihrem heißen, feuchten Inneren aufzunehmen.

Er spürte, wie ihr Körper pulsierte, und er beobachtete ihr Gesicht und die geschlossenen Augen, als sie ihn ganz in sich aufnahm, bis ihre Körper vollkommen miteinander verschmolzen. Bei dem Versuch, einen kühlen Kopf zu bewahren, biss er sich auf die Zähne und sog geräuschvoll den Atem ein.

Hunter konzentrierte sich auf Molly. Ihre Haare fielen ihr wild über die Schulter, und ihre vollen Lippen glänzten feucht. Er liebte es, sie so wild und leidenschaftlich zu sehen und zu wissen, dass sie es nur seinetwegen war.

Er bäumte sich auf, ohne dass er sich dessen bewusst gewesen wäre. Und sie stöhnte laut und bog ihren Rücken nach hinten, während ihn ihr heißes Inneres umschloss.

„Molly?"

Sie zwang sich, ihre schweren Lider zu öffnen. „Ja?"

„Ich weiß, dass ich gesagt habe, dass du unterwürfig sein sollst, aber es ist mir fast noch lieber, wenn du die Kontrolle übernimmst." Wie um seine These zu untermauern, vollführten seine Hüften fast automatisch die richtigen Bewegungen, und seine Erektion schwoll in ihrem köstlichen Inneren noch weiter an.

Ein langsames, sinnliches Grinsen bemächtigte sich ihrer Lippen. „Bist du sicher?"

Er nickte. „Mach mit mir, was immer du willst."

In ihren Augen glitzerte eine Mischung aus Freude und Verlangen. „Wenn du das sagst."

Und dann bewegte sie ihr Becken in absichtlich langsamen, intensiven Kreisen, sodass er noch tiefer in sie hineinglitt. Ihre Schenkel umklammerten ihn, während sie ihren Muskeln befahl, sich noch enger um ihn zu schließen. Dann erhöhte sie das Tempo und ließ die Hüften im Rhythmus seiner Stöße kreisen. Sie bewegte ihr Becken zunächst im Kreis und dann von einer Seite zur anderen, bis sie schließlich immer schneller auf ihm ritt. Auf und ab. Hoch und runter – und wieder von vorne.

Diese Bewegung brachte ihn zum Höhepunkt. Sie wusste genau, wie sie ihn noch heißer machen konnte, obwohl er schon längst glaubte, er hätte seine Grenzen erreicht. Doch sie bewies ihm, dass sie ihn noch härter reiten und ihn noch weiter bringen konnte, als er es sich je vorgestellt hatte. Jedes Mal, wenn sie ihm entgegenkam, spürte er, wie ihn ihre Muskeln tief in ihrem Inneren umklammerten, und ihr Atem beschleunigte sich, bis er nur noch als kurzes, mühsames Keuchen zu vernehmen war.

Sein Höhepunkt kam genauso schnell wie seine Gefühle, die ihn übermannten, obwohl er so hart daran gearbeitet hatte, sie zu verdrängen. Hier ging es nicht nur um eine rein körperliche Angelegenheit. Er stieß noch einmal hart zu, um seinem Körper endlich die ersehnte Erleichterung zu verschaffen, während das

Herz in seiner Brust heftig klopfte und seine Gefühle mit jedem seiner Schläge verstärkte. Jedes Mal, wenn er Mollys leises Stöhnen hörte, schnürte ihm etwas die Kehle zu, das er nicht mehr länger von sich wegschieben konnte.

Er hatte sie einmal geliebt.

Er liebte sie immer noch.

Hunter wusste es und hatte seit ihrem Wiedersehen dagegen angekämpft. Plötzlich spielte es keine Rolle mehr, dass sie ihn am Ende doch wieder verletzen würde. Er hätte trotzdem alles dafür gegeben, *diesen* Augenblick so lange wie möglich hinauszuzögern. Vermutlich hatte er es von Anfang an geahnt, oder weshalb sonst hatte er diese Nacht, die er niemals vergessen würde, arrangiert?

Ihr heißes Fleisch zog sich fest um ihn zusammen, während sie lustvoll stöhnte und seinen Namen rief, je rascher sie sich dem Höhepunkt näherte. Auch er konnte sich fast nicht mehr beherrschen, aber er wollte sicherstellen, dass sie den Gipfel gemeinsam erreichten.

Er streckte seine Hand aus, um sie an der Stelle zu berühren, wo ihre Körper miteinander verschmolzen waren. Sein Finger tauchte in die seidige Nässe und begann, ihre geheimste Stelle zu massieren. Sie stieß einen heiseren Schrei aus und versuchte, sich noch heftiger an ihm zu reiben. Seine brettharte Erektion sorgte für eine intensive Reibung, und die Laute, die sie ausstieß, verrieten ihm, dass auch sie gleich so weit war. Die ganze Zeit bewegte er seine Fingerspitze auf und ab, verstärkte den Druck gegen jenen magischen Punkt und trieb sie damit in den Wahnsinn.

Ohne Vorwarnung beugte sie sich nach vorne und presste sich flach gegen ihn, nicht nur, um ihn zu reiten, sondern auch um den Druck auf ihren empfindlichsten Punkt zu erhöhen.

„Es ist so weit“, flüsterte er ihr heiser ins Ohr, vergrub seine Hand in ihrem Haar und küsste sie auf die Wange, während sich sein Körper aufbäumte und erneut tief in sie hineinstieß. „Du hast die Kontrolle über uns, du sorgst dafür, dass wir jetzt kommen“, befahl er ihr, wissend, dass er nur noch Millisekunden vom Höhepunkt entfernt war.

Ihr Atem war nur noch als ein sehr kurzes Keuchen zu hören. Er stieß zu, und sie stöhnte: „Jetzt, jetzt, oh Gott, Hunter, ich …“ Sie versenkte ihr Gesicht im Kopfkissen neben ihm, um hineinzumurmeln, was auch immer sie in jenem Moment, als der Höhepunkt sie zum ersten Mal erreichte, gesagt hatte.

Sie zog die Muskeln fest um ihn zusammen, und Hunter ließ sich treiben, während er noch einmal hart zustieß, bis er von Kopf bis Fuß erbebte.

Als sie den Gipfel der Lust zum zweiten Mal erreichte, rief sie noch einmal seinen Namen. Ihre Stimme klang diesmal schwächer, aber nicht weniger süß in seinen Ohren.

# 14. Kapitel

Molly verschlief die Fahrt nach Hause. Hunter machte das nichts aus, weil er über vieles nachdenken und vieles neu einordnen musste. Die letzte Nacht war spektakulär gewesen. Vom ersten bis zum letzten Moment, das Essen, ihre Spielereien und der Spaß dazwischen. Ja, die Gelegenheit zu nutzen, mit Molly wegzufahren, war eine geniale Idee, dachte er und blickte auf die schlafende Schönheit auf dem Beifahrersitz neben ihm.

Sie lehnte mit leicht geöffnetem Mund an der Kopfstütze und bewegte keinen einzigen Muskel, nicht einmal, als er einem Wagen, der ihn geschnitten hatte, ausweichen musste. Er hatte sie offensichtlich fertiggemacht. Dieser Gedanke zauberte ein Grinsen auf sein Gesicht.

Er liebte Molly, und diese Erkenntnis lag ihm wie ein Stein im Magen, weil er zwar nicht an ihren Gefühlen für ihn zweifelte, wohl aber an ihrer Bindungsfähigkeit. Selbst wenn sie Hals über Kopf in ihn verliebt war, so wusste er doch aus Erfahrung, dass er, sobald ihr Leben ein wenig komplizierter würde, nicht darauf würde vertrauen können. Molly war besser im Davonlaufen als irgendwer sonst, den er kannte.

Wenn das Schlimmste geschähe und es ihm nicht gelingen würde, dass man die Mordanklage gegen ihren Vater fallen ließ, würde sie in einen unvorstellbaren Aufruhr geraten. Alles, was Hunter tun konnte, war, sich auf diesen Fall zu konzentrieren. Solange er an die Familie gebunden war, solange war er auch mit Molly verbunden.

Es war schon spät am Tag, als er die Auffahrt zum Haus von Mollys Vater hinauffuhr und einparkte.

„Aufwachen, Schöne!“ Er legte eine Hand auf ihren Schenkel und rüttelte sie wach.

Ihre Augenlider öffneten sich, ihr Blick fiel auf sein Gesicht, und auf ihren Lippen erschien ein zärtliches Lächeln. „Hi“, murmelte sie.

„Hallo, Liebes.“

„Ich bin eine sehr schlechte Beifahrerin, oder?“, fragte sie und streckte sich aus.

Hunter lachte. „So etwas würde ich nie sagen. Bist du fertig? Können wir reingehen?“ Er drückte auf einen Knopf an der Fernbedienung, um die Zentralverriegelung des Wagens zu öffnen.

„Warte.“

Er drehte sich um.

„Es war eine wunderschöne Zeit. Traumhaft. Ich bin froh, dass du das so toll organisiert hast.“ Sie biss sich ungewöhnlich schüchtern auf die Unterlippe.

Er legte seine Hand auf ihren Nacken. „Du brauchtest mal ein wenig Abwechslung.“ Er rückte so nah an sie heran, wie es die Mittelkonsole zuließ. „Und ich brauchte dich.“

Diesem ehrlichen Geständnis folgte ein langer, zärtlicher Kuss. Ein Kuss, der sie an die vergangene Nacht erinnerte und der sie hoffentlich davon überzeugen würde, dass seine Gefühle für sie echt und unerschütterlich waren.

„Mmh.“ Ihrer Kehle entrang sich ein Laut, der dem Schnurren einer Katze ähnelte, ein Laut, der ihm bis in die Lenden fuhr.

Mist. Er wich zurück und starrte in ihre Augen. „Noch eine Sekunde länger, und ich kann auf keinen Fall ins Haus gehen.“ Er lachte gezwungen und hoffte, dass sein Körper diesen Hinweis mitbekam und sich wieder entspannte.

„Gut, dann lass uns über etwas anderes nachdenken“, sagte sie eindeutig amüsiert. „Wir müssen meinem Vater sagen, dass wir Lydia in Atlantic City gefunden haben, aber ohne ihm Hoffnung zu machen, dass diese Entdeckung uns helfen wird." Der traurige Unterton in ihrer Stimme dämpfte Hunters aufkommende Erregung.

„Noch ist nichts vorbei, Molly. Wir werden einen Weg finden, wie wir das, was wir herausgefunden haben, nutzen können. Nur ist noch nicht ganz klar, wie wir am besten dabei vorgehen. Aber es wird sich finden. Solche Dinge finden sich immer. Du musst mir einfach vertrauen." Und er musste darauf vertrauen, dass er die Einzelteile aus Pauls liederlichem Leben würde so zusammenfügen können, dass es am Ende nicht aussah, als ob Frank schuldig war.

„Ich glaube dir, dass du dein Bestes tun wirst. Ich versuche nur, vernünftig zu bleiben und nicht immer zu denken, alles sei perfekt, obwohl das gar nicht stimmt. Wenigstens sind wir nun auf dem Laufenden, und ich hatte die beste Nacht meines Lebens. Das ist doch etwas Positives, auf das man sich konzentrieren kann."

Sie hauchte ihm einen Kuss auf den Mund, bevor sie ausstiegen. Mit ihren Taschen kehrten sie zu den vertrauten Geräuschen ins Haus zurück.

Jessie rannte mit dem Handy am Ohr durch die Diele, und Seth lief ihr hinterher.

„Denkt daran, die Tür offen zu lassen!", brüllte ihr Vater dem Duo, das die Treppen zu Jessies Zimmer hinaufstürmte, hinterher.

Im Vorbeistürmen nahm Jessie weder Hunter noch Molly richtig wahr.

„Glaubst du, sie hat überhaupt gemerkt, dass wir weg waren?", fragte er Molly. Er blickte zur Treppe, wo die Teenies verschwunden waren.

„Nö", sagte sie spontan und lachte.

Es war das Lachen, das ihre gemeinsame Nacht ausgezeichnet hatte. Hunter hatte in seinem Leben nur selten eine solche Fröhlichkeit empfunden.

Er stellte ihr Gepäck auf den Treppenstufen ab. „Ich bringe deine Sachen in ein paar Minuten nach oben", versprach er.

„Das kann ich auch machen. Ich will mich nur mal rasch bei allen zurückmelden." Sie ging zur Küche, und Hunter folgte ihr. „Hallo?", rief Molly.

Es antwortete niemand, doch als sie näher kamen, hörten sie Geflüster aus der Küche.

„Vater?", rief Molly.

„Ich bin hier." Die Stimme des Generals klang gedämpft.

„Ich frage mich, was da los ist", sagte Molly.

Hunter folgte ihr in die sonnenhelle Küche und schaute auf die Menschen, die um den Tisch herum saßen.

Als Molly in einem ungläubigen Ton zu sprechen begann, erkannte er das Problem. „Mama?"

„Molly, mein Liebes!" Die brünette Frau, die Hunter schon einmal gesehen hatte, erhob sich und ging auf ihre geschockte Tochter zu.

In ihrem eleganten, cremeweißen Designeranzug wirkte sie in dieser gemütlichen Küche fehl am Platz.

„Was machst du denn hier?", fragte Molly.

„Begrüßt man so seine Mutter?" Die Frau streckte ihre Hand aus, um Mollys Schulter zu berühren.

Molly wich zurück. „Was ist mit Frankreich?"

„London."

„Es ist wirklich egal, von wo aus du dich nicht meldest, Mutter. Und was machst du jetzt hier?", fragte Molly. Ihr verächtlicher und gelangweilter Tonfall klang gar nicht nach der Frau, die ihr ganzes Leben lang nach der Anerkennung und Liebe ihrer Eltern gesucht hatte.

Vielleicht brauchte sie ihre Mutter, jetzt, wo sie die Liebe ihres Vaters gefunden hatte, nicht mehr so nötig wie vorher.

Oder diese kühle Haltung war nur Fassade und der Schmerz dahinter trotzdem noch vorhanden. Das war wohl eher der Fall, vermutete Hunter und wusste, dass er nun doppelt dankbar für die mit Molly gemeinsam verbrachte Nacht sein musste, denn die Ankunft ihrer Mutter würde alles zerstören, was auch nur annähernd nach Glück aussah.

„Ich habe von Franks Schwierigkeiten erfahren und dachte, dass er mich vielleicht benötigt", sagte ihre Mutter.

Molly machte ein misstrauisches Gesicht. „Diese Nachricht kam bis nach London? Warte! Lass mich raten. Baron von Wie-war-noch-sein-Name hat dich bei der Männerjagd ertappt, dich fallen lassen und dir keine andere Wahl gelassen, als wieder in die Staaten zurückzukehren, um dich neu zu orientieren?"

Ihre Mutter spitzte die Lippen. „Molly, dieses Benehmen passt wirklich nicht zu dir."

Molly rieb sich mit den Händen über die Arme, obwohl es überhaupt nicht kalt in der Küche war. „Woher willst du wissen, was zu mir passt oder nicht passt? Hmm? Du hast dir doch nie die Mühe gemacht, es herauszufinden."

Ihre Mutter bedeckte den Hals mit der Hand. „Wie kannst du nur so etwas denken?"

„Du machst Witze, oder? Du hast mich ein Leben lang in dem Glauben gelassen, dass ein Mensch, der mich nicht mal grüßte, mein leiblicher Vater ist, weil es dir gerade in den Kram passte. Du hast dich weder um mich gekümmert, wenn es wichtig gewesen wäre, noch sonst. Du hast mir achtundzwanzig Jahre lang ein Familienleben vorenthalten, und du erwartest tatsächlich von mir, dass ich dir glaube, du liebst mich?" Mollys Stimme zitterte vor Erregung.

Hunter hätte sie am liebsten in den Arm genommen und sie weggebracht, aber es war wichtig, dass sie sich mit ihrer Mutter auseinandersetzte. Sie hatten noch ein paar Dinge miteinander zu erledigen, und das war milde ausgedrückt.

Er drehte sich um und begegnete Franks düsterem Blick. Der Mann hatte sich entschieden, ruhig zu bleiben, um die beiden Frauen ihr Wiedersehen auf ihre Weise feiern zu lassen. Er dachte ganz offensichtlich nicht daran, Mollys Wut auf ihre Mutter zu besänftigen oder diese eigensüchtige Frau zu entschuldigen.

Mollys Mutter schaute abwechselnd von Frank zu ihrer Tochter. „Tja, nun kennt ihr beide euch ja, und wie ich sehe, kommt ihr sehr gut miteinander aus. Ich bin nur hier, um die Sache zum Abschluss zu bringen."

„Du willst also die Vergangenheit ruhen lassen? Und suchst einen Ort, wo du bleiben kannst, bis du dich wieder stark genug fühlst, den nächsten reichen Mann zu erobern? Ich fasse es nicht", presste Molly zwischen zusammengebissenen Zähnen hervor. „Eigentlich wollte ich dir nur schnell sagen, dass Hunter und ich wieder zurück sind", erklärte sie ihrem Vater. „Wir können später darüber sprechen. Im Moment fehlen mir die Worte."

Sie drehte sich weg und ging, ohne jemanden zu beachten, zur Tür hinaus.

Hunter wollte ihr folgen, doch Frank schüttelte den Kopf. „Lassen Sie ihr ein paar Minuten Zeit zum Luftholen. Das war nicht gerade eine tolle Willkommensüberraschung." Frank schoss einen eisigen Blick auf Mollys Mutter ab. „Francie, was willst du wirklich?" Die Erschöpfung war dem General anzumerken.

„Ich bin müde. Ich habe einen langen Flug hinter mir und eine harte Zeit in London. Ich wohne im Hilton. Es ist nicht gerade das Ritz, aber es hat vier Sterne, so behaupten sie jedenfalls", sagte Francie.

Hunter blinzelte. Diese Frau ließen die Gefühle anderer offenbar kalt. Das galt sogar für ihre Tochter und den Mann, den sie vor Jahren belogen und betrogen hatte.

„Ich glaube, dass du mit deinem Erscheinen genug Schaden

angerichtet hast", sagte Frank vorsichtig. „Und ich würde es begrüßen, wenn du Molly in Ruhe lassen könntest."

Hunter war derselben Ansicht.

„Ich glaube nicht, dass du dich da einmischen solltest. Molly war immer für mich da, wenn ich sie brauchte. Sie mag zwar im Moment verärgert sein, aber sobald sie sich wieder eingekriegt hat, wird sie sich freuen, mich zu sehen. Das hat sie immer getan."

„Sie hat sich verändert", hörte Hunter sich sagen.

„Eine Tochter ist immer für ihre Mutter da." Francie nahm ihre Tasche und schwang sie über die Schulter.

„Sollte es nicht umgekehrt so sein, dass eine Mutter immer für ihre Tochter da ist?", fragte Frank. „Oder gilt das nur für alle anderen Mütter außer dir?"

Die Frau gähnte. „Ich bin jetzt wirklich zu müde für diese Unterhaltung. Der Taxifahrer hat mich vorhin hier herausgelassen, aber ich habe keine Ahnung, wie ich von hier wieder wegkommen soll."

Hunter blickte auf Francies perfekt sitzende Frisur und ihren hellen Anzug. „Ich würde mich glücklich schätzen, wenn ich Sie ins Hotel bringen dürfte", sagte er und zwinkerte Frank hinter ihrem Rücken zu.

Francie auf dem Motorrad zu platzieren war kindisch, aber es war auch eine winzige Revanche für die Schmerzen, die sie Molly jahrelang zugefügt hatte. Ihre ruinierte Frisur wäre eine süße Rache.

„Frank?"

Der General hörte seinen Namen, und als er sich umdrehte, sah er Sonya. „Ich habe gar nicht gemerkt, dass du hereingekommen bist."

„Ich habe geklingelt, aber niemand hat es gehört. Die Tür war nur angelehnt, und da bin ich einfach hineingegangen." Sie bot ihm einen willkommenen Anblick in ihren dunklen Hosen und dem weißen, kurzärmligen Pullover.

Immer noch in Trauer hatte Sonya ihre Kleidung sorgfältig ausgewählt. Obwohl ihr Gefühlsleben durcheinandergeraten war, trauerte sie um den Verlust eines Teils ihres Lebens und auch um die Liebe ihres Mannes, obwohl sie ihr schon vor langer Zeit abhandengekommen war.

„Ich bin froh, dass du da bist.“ Er küsste sie auf die Wange und setzte sich mit ihr an den Küchentisch. „Also, was führt dich zu mir?“, fragte er.

Sie zuckte mit den Achseln. „Eigentlich nichts Besonderes. Ich sah Mollys Wagen, und ich wollte wissen, was sie und Hunter in Atlantic City herausgefunden haben. Sie haben doch etwas herausgefunden?“, fragte sie hoffnungsvoll.

„Ich weiß es noch nicht. Wir hatten Besuch, der vor allem anderen Vorrang hatte.“

„Was, um alles in der Welt, könnte wichtiger sein als dein Fall?“, brüskierte sich Sonya an Franks Stelle.

Er musste lachen. „Mollys Mutter ist aufgetaucht. Und glaub mir, wenn du ihr einmal begegnest, wirst du feststellen, dass sich die ganze Welt immer nur um Francie dreht. Probleme oder Bedürfnisse anderer Menschen spielen keine Rolle.“ Er schüttelte heftig den Kopf. „Ich weiß nicht, was ich damals an ihr fand.“

Sonya erhob sich, um sich hinter ihn zu stellen und ihm die Hände auf die Schultern zu legen. Dann begann sie seine Muskeln mit langsamen und regelmäßigen Bewegungen zu massieren. Er war so verspannt, dass er glaubte, in mehrere Teile zu zerspringen.

Er beugte seinen Kopf nach vorne, um ihr die Arbeit zu erleichtern. „Gott, fühlt sich das gut an.“

„Du trägst zu viele Lasten auf diesen breiten Schultern“, sagte sie. „Mehr als ein Mensch alleine tragen sollte. Und nun zurück zu Mollys Mutter und der Frage, was du einmal an ihr gefunden hast. Sieht sie gut aus?"

„Sie ist wunderschön, aber sie strahlt überhaupt keine Wärme aus. Sie ist weder mitfühlend noch in der Lage, anderen etwas zu geben."

Sonya knetete ihm Schultern und Nacken hingebungsvoll. „Wie alt warst du, als ihr euch kennenlerntet?", fragte sie.

„Achtzehn und kurz vorm Militärdienst."

„Etwas sagt mir, dass du dich damals nicht so sehr für ihr Herz interessiert hast." Sonya kicherte leise. In ihrem Tonfall lag die Weisheit des Alters.

Er grinste. „Du bist eine kluge Frau. Und wunderschön. Äußerlich wie innerlich", erklärte er, weil er nicht wollte, dass Sonya auch nur einen Augenblick lang dachte, dass er immer noch Gefühle für seine oberflächliche Ex hatte.

„Das weiß ich zu schätzen. Manchmal vergesse ich nämlich, dass ich mehr bin als Pauls Prügelknabe. Symbolisch gesprochen."

„Manchmal."

Ihre Hände stoppten mitten in der Bewegung. „Du hast recht. Es gibt keinen Grund mehr, es zu verschweigen oder zu beschönigen. Ich vermute, es ist die Macht der Gewohnheit."

Er berührte ihre Hand. „Es dauert eine Weile, bis man sich an eine neue Normalität gewöhnt."

„Und es wird sogar noch etwas länger dauern, herauszufinden, was das ist."

Er holte tief Luft. „Hoffentlich bleibt uns alle Zeit der Welt dafür. Und hoffentlich kann Hunter Wunder vollbringen, denn aus meiner Sicht sieht es ziemlich düster für mich aus."

Frank hatte es vorher noch nie laut ausgesprochen, aber seine Panik davor, dass es Hunter nicht gelingen könnte, seine Unschuld zu beweisen, und die Vorstellung, dass er den Rest seines

Lebens womöglich in einer kleinen Zelle verbringen musste, raubten Frank nachts den Schlaf.

Ihm brach der Schweiß aus, wenn er nur daran dachte.

„Es wird schon alles gut gehen", sagte Sonya zuversichtlich und lehnte sich an ihn. „Du wirst nicht für ein Verbrechen büßen müssen, das du nicht begangen hast."

Als Sonya diese Worte aussprach, hätte er sie ihr beinahe geglaubt.

Molly lag zusammengekauert auf ihrem Bett. Dieses Haus war, obwohl es ihr nicht gehörte, zu ihrem Zuhause geworden. Sofern man zu Hause als einen Ort in jemandes Herzen definieren konnte. Sie hatte geglaubt, dass die Liebe ihres Vaters ihre alten Wunden heilen würde, aber es hatte genügt, dass ihre Mutter aufgetaucht war, um ihr zu beweisen, wie sehr sie sich geirrt hatte. Francies Anwesenheit erinnerte Molly an alles, was sie in ihrem Leben versäumt oder nicht erreicht hatte, weil sie immer nur das Ziel vor Augen hatte, die Liebe und Anerkennung ihrer Mutter zu gewinnen. Ein eklatanter Fehler.

Hatte Hunter nicht vor ein paar Tagen versucht, ihr genau das zu erklären? Dass sie immer noch ein paar Dinge aufzuarbeiten hatte, wenn es um Liebe und Akzeptanz ging. Sie hatte seine Argumente zwar zurückgewiesen, aber offenbar hatte er recht behalten.

Es klopfte an der Tür, und Molly richtete sich auf. Sie nahm ein Papiertuch aus der Schachtel auf dem Nachttisch, schnäuzte ihre Nase und wischte sich die Augen trocken.

„Komm rein", rief sie.

Hunter schlüpfte hinein und ließ die Tür angelehnt. „Ich will nicht, dass Jessie auf falsche Gedanken kommt. Wenn sie ihre Tür offen lassen muss, dann sollten wir das auch tun." Sein Blick fiel auf Molly. „Geht es dir gut?", fragte er aufrichtig besorgt.

Sie nickte.

„Aber du hast geweint." Er setzte sich neben sie aufs Bett und streckte seine Hand aus, um ihr eine Träne von der Wange zu wischen.

Sie zuckte mit den Achseln. „Ich bin eine Frau. Und Frauen weinen eben manchmal."

Er lachte. „So ein Quatsch. Das passt nicht zu meiner Molly."

„Du meinst, es passt nicht zu der Molly, die du kennst?", fragte sie verbittert.

Er schüttelte den Kopf. „Im Gegensatz zu deiner Mutter gebe ich nicht vor, alles über dich zu wissen, aber ich weiß, dass ich nicht an die typischen Vorurteile über schwache Frauen glaube."

„Na gut. Ich habe geweint, weil ich mir selbst leidgetan habe. Ist das auch wieder untypisch für mich?"

Er schüttelte den Kopf erneut. „Liebes, jeder von uns hat seine Augenblicke voller Selbstmitleid, und jetzt, wo ich deine Mutter kennengelernt habe, bin ich überrascht, dass du so etwas nicht häufiger hast."

Molly schaute ihn an. „Du hast mit ihr gesprochen?"

„Ich habe sie ins Hotel zurückgebracht." Er machte eine bedeutungsvolle Pause, damit seine Worte ihre Wirkung entfalten konnten. „Auf dem Motorrad."

Molly brach in lautes Lachen aus. „Das hätte ich sehen müssen."

„Sie regte sich ziemlich darüber auf. Und sie hat sich darüber beklagt, dass sie sich ihren cremeweißen Anzug ruinieren würde, weil der Stoff zerknittern und Ölflecken bekommen und der Wind ihre teure Frisur ruinieren könnte. Aber ich muss sagen, den Helm hasste sie noch mehr."

Molly lachte immer lauter, bis sie einen Schluckauf bekam und gleichzeitig hickste, kicherte und weinte. Hunter hielt sie die ganze Zeit in seinen Armen. Offensichtlich war sie immer noch nicht fertig.

Als sie sich endlich beruhigt hatte, trafen sich ihre Blicke, und sie lächelte. „Danke. Jetzt fühle ich mich besser."

„Das freut mich."

„Meinst du nicht, wir sollten jetzt, wo sie weg ist, meinem Vater erzählen, was wir in Atlantic City herausgefunden haben?", fragte Molly.

„Das habe ich schon getan. Er begreift, dass es sehr hart werden wird, wenn wir ihn zu entlasten versuchen, indem wir eine andere Person beschuldigen."

Molly schluckte, aber der Knoten in ihrem Hals wollte nicht verschwinden. „Hart bedeutet aber nicht unmöglich, oder?"

Hunter senkte den Kopf. „Es ist wichtig, dass du mir jetzt gut zuhörst und verstehst. Der Fall deines Vaters ist kein Spaziergang. Es ist nicht hundertprozentig sicher, dass wir ihn gewinnen werden."

Draußen im Flur ertönte ein Geräusch, und Hunter ging nachsehen.

„Das ist Jessie", sagte Molly. „Mit Seth vermutlich."

Hunter nickte.

„Also, was willst du mir damit sagen?"

Er kam zurück. „Ich versuche, dir zu erklären, dass dieser Fall zwar kein Spaziergang wird, aber ich werde nicht aufgeben. Ich werde alles für deinen Vater tun, was in meiner Macht steht. Ich möchte nur nicht, dass du dir falsche Hoffnungen machst." In seinem Gesicht zuckte ein Muskel. Ein Zeichen dafür, dass er alles andere als zuversichtlich war, einen Freispruch für Frank zu erreichen, dachte Molly.

Aber es half nichts, sich auf das Negative zu konzentrieren. „Ich vertraue dir, Hunter. Ich muss zugeben, dass ich mir Sorgen mache, aber du wirst ein Wunder vollbringen, da bin ich sicher." Sie zupfte imaginäre Fussel vom Bett.

„Eines noch." Er schaute ihr in die Augen.

„Was?"

„Deine Mutter wohnt im Hilton, und sie möchte gerne etwas Zeit mit dir verbringen, während sie hier ist."

„Du meinst, sie will, dass ich um sie herumscharwenzele und ihr sage, dass sie sich keine Sorgen machen soll, weil sie einen anderen reichen Macker finden wird, der ihre Rechnungen bezahlt. Das kann ich nicht mehr." Sie verschränkte die Arme vor der Brust. „Das habe ich mein Leben lang getan. Und nun sehe ich klar. Ihr einziges Bestreben liegt darin, einen reichen Ehemann zu finden. Alles andere ist ihr vollkommen unwichtig. So ist es doch, oder?"

„Sie ist deine Mutter", fühlte sich Hunter verpflichtet, sie zu erinnern.

„Biologisch", sagte Molly.

„Tatsächlich", konterte Hunter. „Und es gibt noch eine weitere Tatsache. Mag sein, dass du deine Mutter nicht magst, aber du liebst sie. Und sie wird immer dann in deinem Leben auftauchen, wenn es ihr gerade passt. Wenn du willst, kannst du sie natürlich abschreiben. Es wird aber ein großes Loch in dein Herz reißen. Du wärst nicht halb so glücklich, wie du dir das denkst", ergänzte er düster.

„Das empfindest du? Ein großes, klaffendes Loch?"

Oh Mist, dachte er, während ihn die Panik beim Gedanken an seine eigene Vergangenheit übermannte. Es war nicht fair, vermutete er, ihr Ratschläge darüber zu erteilen, wie sie mit ihrer Mutter umgehen sollte, wenn er es sogar ablehnte, über seine eigenen Eltern zu sprechen.

„Ja. So fühlt es sich an", gab er zu. „Wie ein großes, klaffendes Loch in meiner Brust, das niemals heilen wird. Ich habe Ty und Lacey und Tys Mutter, Flo, und im Gegensatz zu meiner Zeit als Kind habe ich jetzt sogar einen Ort, wo ich die Ferien verbringen kann. Aber ich habe keine Lösung für die Geschichte mit meinen Eltern, und das wünsche ich niemandem. Vor allem dir nicht."

Er streckte seine Hand aus und wickelte sich eine ihrer Haarsträhnen um den Finger. „Sprich mit ihr", drängte er sie.

Molly entzog sich ihm. „Das habe ich doch getan. Und es war, als ob ich gegen eine Wand gesprochen hätte. Sie hört nicht, was ich sage, sondern denkt nur daran, was sie will und wie sie es bekommt."

Hunter nickte. „Stimmt. Ich sage ja auch nur, dass sie immer so sein wird. Sie wird auftauchen und dich zur Verzweiflung bringen, es sei denn, du bestimmst ab sofort die Regeln."

„Sie ist, wie sie ist. Sie wird sich nicht ändern und ich mich auch nicht. Mit der Auseinandersetzung heute habe ich einen großen Schritt gewagt. Ich weiß nicht, was du noch von mir verlangst."

Er hielt ihre Hand fest. „Nichts", sagte er, wohl wissend, dass er log. Er wollte alles von Molly, aber es gab nur einen Weg, wie es zwischen ihnen funktionieren konnte. Sie musste ihr Leben in Ordnung bringen. Vorher würde es ihm nicht gelingen, bis zu ihr durchzudringen, weil Molly sich, genau wie ihre Mutter, nur auf ihr eigenes Ziel konzentrierte. Und Hunter glaubte nicht, dass es ihr gefallen würde, wenn er aussprach, was er dachte.

Aber sie musste die Beziehung zu ihrer Mutter nun endlich klären. Sonst würde sie die Furcht, ihre Familie zu verlieren und nicht akzeptiert zu werden, ein Leben lang beherrschen. Und ihn ebenfalls.

Sosehr er sie auch liebte, blieb Hunter keine andere Wahl, als sich aus reinem Selbstschutz wieder etwas zurückzuziehen. Das bedeutete aber nicht, dass er ihre Beziehung aufgab. Im Gegenteil – er wollte, dass ihr bewusst wurde, wie es sich anfühlte, mit ihm zusammen zu sein. Mit *ihm*. Er würde ihr Zeit geben, ohne den geringsten Druck auf sie auszuüben. Er brauchte keine weiteren Komplikationen in seinem Leben, das momentan davon erfüllt zu sein schien.

Hunter war ein Mann, der immer ein Ziel vor Augen hatte. Sein Ziel mit Molly war, ihr bewusst zu machen, wie es sich anfühlte, ein Paar zu sein, und welche Leere sie spüren würde, wenn sie ihn gehen ließ. Denn genau das würde sie tun, wenn es ihm nicht gelang, einen Freispruch für ihren Vater zu erlangen, fürchtete er.

Jessie und Seth standen draußen in der Diele und belauschten die Unterhaltung zwischen Molly und Hunter. Das war zwar nicht ihre Absicht gewesen, aber als sie auf dem Weg zu Ollie an Mollys offener Tür vorbeigekommen waren, hatten sie Molly und den Anwalt über den Fall von Jessies Dad reden hören. Wie konnten sie und Seth also nicht belauschen, was die sogenannten Erwachsenen zu sagen hatten?

Als das Thema auf Molly und ihre Mutter kam, hatte Seth Jessies Hand genommen und das Mädchen weggezogen. Jessie hätte gerne gehört, was Molly noch über ihre Mutter zu sagen hatte, doch Seth hatte ihr keine Chance dazu gelassen.

Sie gingen ins Arbeitszimmer.

„Hi, Ollie“, sagte Jessie.

Der Vogel schlug mit den Flügeln.

Jessie grinste. „Ist dir langweilig?“, fragte sie ihn und blickte auf Seth, der aus dem Fenster auf die Straße hinausstarrte. Er war schon den ganzen Tag so unruhig gewesen, aber das war nichts Neues seit dem Tod seines Vaters.

Sie warf ihm nicht vor, nicht mehr er selbst zu sein, weil sie sich nicht vorstellen konnte, wie er überhaupt über die Runden kam. Sie konnte nichts anderes tun, als Themen zu wählen, die ihn ablenkten und ihn nicht verärgerten.

Heute gab es etwas Perfektes zu besprechen. „Mann, Mollys Mutter ist vielleicht eine Ziege, was meinst du?“ Jessie flüsterte für den Fall, dass jemand im Korridor herumschlich, der ihnen zuhören konnte.

Seth hob die Achseln, ohne Jessie anzusehen.

„*Bitch is back*", krähte Ollie.

„Großmutter hat ihm ein paar Elton-John-Songs beigebracht." Jessie lachte.

Seth schwieg.

„Du wirkst heute nicht gerade wie du selbst." Jessie biss sich auf die Lippen. „Ich weiß, es ist eine blöde Frage, aber stimmt was nicht? Außer dem Offensichtlichen, meine ich." Ihr Gesicht überzog sich mit einer heißen Röte, als sie ihm diese Frage stellte, die das Lächerlichste sein musste, was er in letzter Zeit gehört hatte.

Sein Vater war ermordet worden. Natürlich stimmte da etwas nicht.

Jessie ging zu ihm und berührte ihren Freund an der Schulter. „Ich bin eine Idiotin ..."

„Kann ich mit dir sprechen?", unterbrach Seth, während er sich umdrehte. Seine Augen waren weit aufgerissen und angsterfüllt.

Jessies Magen fühlte sich auf einmal flau an. Sie fragte sich, was ihn beschäftigte. „Du kannst immer mit mir sprechen." Sie ließ sich auf die Couch fallen und klopfte auf den Sitz neben sich.

Seth schüttelte den Kopf. „Ich kann mich nicht hinsetzen. Ich kann nicht schlafen. Ich kann so nicht weitermachen."

Ihr Magen verkrampfte sich. „Du machst mir Angst", sagte sie. „Was ist los?"

„Oh mein Gott, oh mein Gott." Seine Ruhelosigkeit verwandelte ihn in das reinste Nervenbündel. Er fuhr sich immer und immer wieder mit der Hand über das kurze Haar. „Hast du den Anwalt gehört? Er sagte, es ist alles andere als sicher, dass er Franks Fall gewinnt."

Jessie nickte. „Ich habe aber auch gehört, dass er sagte, er würde nicht aufgeben, und Molly hat gesagt, sie vertraut ihm."

„Und das genügt dir? Seit wann gibst du etwas darauf, was sie sagt?“, fragte Seth schockiert.

Jessies Magen rebellierte, wie immer, wenn sie durcheinander war. „Ich weiß nicht.“ Sie zupfte sich einen Baumwollfussel von ihrem gelben Pulli. Mollys gelbem Pulli. Sie trug ihn schon seit zwei Tagen hintereinander. „Vielleicht habe ich ihr keine Chance gegeben, als sie hier ankam, und vielleicht ist sie gar nicht so schlecht, wie ich dachte.“

Nach allem schien Molly sie wenigstens ein bisschen zu verstehen, und sie hatte Jessie ihr zickiges Benehmen nicht vorgeworfen, wie es vielleicht eine Freundin getan hätte. Und sie hatte ihr trotz der Schnüffelei und ihres Benehmens den gelben Pulli geliehen.

Seth lief vor ihr auf und ab. „Hunter sagte, er wollte Molly keine falschen Versprechungen machen. Er ist sich nicht sicher, ob er deinen Vater vor dem Gefängnis bewahren kann, und das macht mir Angst.“

„Mir auch, aber ich versuche, nicht daran zu denken.“

Seth ballte seine Hände zu Fäusten. „Ich kann nicht *nicht* daran denken. Ich muss täglich damit leben.“

„Wir müssen der Justiz vertrauen“, sagte Jessie und versuchte so zu reagieren, wie Molly es getan hätte. Etwas zu sagen, dass Seth beruhigte.

„Es können zu viele Dinge schiefgehen. Dein Vater könnte ins Gefängnis kommen, und es wäre meine Schuld.“

Seine Worte ergaben keinen Sinn. „Ich verstehe nicht. Deine Schuld? Du hast doch nicht …“

Plötzlich wirbelte Seth herum. „Doch! Habe ich. Ich habe es getan. Ich habe meinen Vater umgebracht, und ich war drauf und dran, es zuzugeben, aber ich hatte solche Angst. Und dann kam Mollys Freund, und jeder schien diesem Kerl zu vertrauen und zu denken, dass er Frank freibekommt. Aber jetzt glaubt nicht einmal er noch daran.“

Jessie war plötzlich kalt. Sie bekam kaum noch mit, was Seth sagte. „Du hast deinen Vater umgebracht?"

Er nickte heftig. „Es war ein Unfall. Er hatte meine Mutter wieder geschlagen. Und deinen Vater betrogen und das Geschäft ruiniert, und meine Mutter brüllte ihn an, dass ich nicht aufs College gehen könnte und dass er unser Leben ruiniert hätte. Er schlug sie. Ich nahm sein Gewehr, um ihm Angst einzujagen. Ich wollte ein Mann sein. Mom zuliebe." Seine Augen füllten sich mit Tränen, die er sich mit dem Hemdsärmel wegwischte.

Jessie konnte nicht glauben, was sie da gerade hörte. Ihr wurde übel und entsetzlich kalt. „Was geschah dann?", fragte sie.

„Ich habe den Ersatzschlüssel fürs Büro genommen und bin dorthin gegangen. Mein Vater hatte getrunken, und er war schrecklich besoffen. Als ich mit dem Gewehr auftauchte, hat er sich lustig über mich gemacht. Sagte, dass ich nicht den Mut hätte, die Waffe zu benutzen. Er hatte recht."

Seth lachte, aber Jessie erkannte sein Lachen nicht mehr wieder.

„Er griff nach dem Gewehr, und ich sprang zurück, ich wollte nur ausweichen, aber doch nicht abdrücken." Tränen rannen ihm die Wangen hinunter. „Ich wollte es nicht. Ich bekam so viel Angst, dass ich weggelaufen bin. Als ich nach Hause kam, war dein Vater bei meiner Mom. Sie haben mich nicht einmal kommen hören."

Jessie konnte kaum schlucken. „Was passierte mit dem Gewehr?", flüsterte sie.

„Ich fühlte mich so krank, und ich wusste nicht, was ich tun sollte. Dann habe ich das Gewehr in eine Plastiktüte gepackt und es am Fußende meines Bettes versteckt und darauf geschlafen. Am nächsten Tag habe ich es in einen Müllcontainer hinter der Schule geworfen." Er schaute Jessie an. Sein Gesicht war blass, und seine Augen blickten flehend. „Ich habe meinen Vater geliebt. Ich wollte es nicht. Und ich will auch nicht, dass dein Dad meinetwegen ins Gefängnis muss, aber ich hab Angst, dass man mich stattdessen einsperren wird."

Seine Stimme versagte, und er klang jetzt wie ein kleiner Junge und nicht wie einer, der etwas so Schreckliches getan hatte. Nun, wo die Geschichte heraus war, setzte er sich auf die Couch und verbarg den Kopf in seinen Händen. Sein Körper zitterte, und er schaukelte vor und zurück und umgekehrt.

Jessie fühlte sich hilflos. Verängstigt. Ihr war sterbenselend zumute. Aber sie umarmte ihren Freund und sprach die Worte, die sie selbst gerne gehört hätte, wenn sie etwas so Furchtbares getan hätte.

„Du bist trotzdem noch mein bester Freund."

Sie dachte fieberhaft darüber nach, was sie mit den Neuigkeiten anfangen sollte. Sie liebte ihren Vater, doch dank Hunter und Molly glaubte sie, dass ihm nichts geschehen würde. Es musste einfach so sein.

„Weißt du, was ich glaube?", sagte sie schließlich zu Seth. „Wir müssen Hunter vertrauen, dass er Dad freibekommt."

„Aber Hunter hat gesagt ..."

„Das spielt keine Rolle", unterbrach ihn Jessie. „Molly sagte, dass sie ihm vertraut. Und obwohl ich selbst nicht glauben kann, dass ich das jetzt sage, meine ich, dass wir ihm, wenn Molly es tut, auch vertrauen sollten." Sie holte tief Luft und nickte zufrieden mit ihrer Entscheidung. „Ja, ich glaube, wir sollten ihm vertrauen."

Sie schloss die Augen und betete, dass sie recht behielt.

# 15. Kapitel

Ein paar Tage später ertönte Hunters Handy, als er mit dem Kommandeur in der Küche seinen morgendlichen Kaffee trank. Seine Kanzlei hatte die Information erhalten, dass die Anhörung wegen Franks Anklage Anfang kommender Woche stattfinden sollte. Er erzählte Mollys Großmutter, die ihr Haar aus Versehen orange gefärbt hatte, die Neuigkeiten, und innerhalb von zehn Minuten – fünfzehn, wenn man Jessie mitzählte, die zuerst noch ihr Haar föhnen musste – waren sowohl die Familie des Generals als auch Sonya und Seth in der Küche versammelt. So viel Publikum hatte er gar nicht erwartet, aber er nahm an, dass es wohl am sinnvollsten war, seine Strategie allen Beteiligten vorzustellen.

Frank saß am Kopfende des Tisches. Sonya stand neben ihm. Ihre Hand ruhte auf seiner Schulter. Ihre Unterstützung und Besorgnis waren offensichtlich. Robin, die über das Wochenende nach Hause gekommen war, saß neben Molly, während Jessie und Seth sich in der Nähe der Küchentür herumdrückten.

Hunter betrachtete die Gesichter, die ihm in der kurzen Zeit sehr vertraut geworden waren, und seine Panik wuchs. Diese Menschen vertrauten ihm. Und obwohl auch seine früheren Klienten und deren Familien sich auf ihn verlassen hatten, war es diesmal eine besondere Situation für ihn. Diesmal handelte es sich um *Mollys* Familie. Niemals zuvor hatten ihm zwei Worte so viel bedeutet. Sie hatte ihr ganzes Leben damit verbracht, diese Familie zu finden. Und nun lag deren Zukunft in Hunters Händen. Bei diesem Gedanken brach ihm der Schweiß aus.

„Diese Anhörung ist unsere letzte Chance, dass die Anklagepunkte fallen gelassen werden, bevor es zu einer Gerichtsverhandlung kommt." Er versuchte, ruhig und ausgeglichen zu klingen, so als würde er mit einem x-beliebigen Klienten sprechen.

„Ich hege die größte Hoffnung, den Richter überzeugen zu können, dass es ohne handfeste Beweise, die den General belasten, auch nicht genug Beweise gibt, ihn zu verurteilen. Ich werde die Mordnacht aus unserer Sicht schildern. Wo der General war und warum das Gericht ihm aufgrund seines Charakters glauben sollte. Ich werde alternative Verdächtige präsentieren und darauf hinweisen, dass die Polizei es versäumt hat, weitere Spuren zu ermitteln, und dass sie deshalb ihrer Beweispflicht nicht nachgekommen ist." Er steckte seine Hände in die Hosentaschen. „Noch Fragen?"

Alle sprachen durcheinander. Der Wirrwarr an Geräuschen, der ihn umgab, machte es ihm unmöglich, sich auf einzelne Worte zu konzentrieren, bis sich schließlich nur noch eine Stimme vernehmen ließ.

„Aber Sie glauben, dass Sie Frank freibekommen, oder? Falls nicht bei der Anhörung, so doch bei der Gerichtsverhandlung?", fragte Seth quer durch den Raum. Er lehnte im Türrahmen und sah exakt so aus, wie der ängstliche Fünfzehnjährige, der er war.

Hunter bemerkte die Hoffnungslosigkeit in der Stimme des Jungen, und er verstand. In dem General sah Seth den letzten männlichen Erwachsenen in seinem Leben, und er wollte ihn nach dem Tod seines Vaters nicht auch noch verlieren. Nicht nachdem er herausgefunden hatte, dass sein Vater nicht der Held gewesen war, für den er ihn immer gehalten hatte, sondern nur ein ganz normaler Mensch. Hunter hatte niemals ein männliches Rollenmodell gehabt, aber er wusste, was Angst war. Und er konnte sich vorstellen, welche Angst und welchen Schmerz Seth im Augenblick empfinden musste.

Er schluckte und wünschte, dass er dem Jungen hätte die Antworten geben können, nach denen er suchte. Aber die Erfahrung hatte ihn gelehrt, offen und ehrlich mit der Familie zu sein.

„Ich werde mein Bestes tun, aber ich will auch ehrlich zu dir sein. Dieser Fall ist sehr schwierig. Wir haben keine begünstigenden Faktoren auf unserer Seite, außer Franks Charakter und – verzeih, wenn ich es so sage – Pauls Mangel desselben, und ich habe vor, diese Karte auszureizen bis zum Letzten." Er hob seine Hände. „Ich wünschte, ich könnte dir mehr sagen, aber ich muss realistisch bleiben."

„Wir sind einfach froh, dich auf Franks Seite zu haben", sagte Edna von ihrem Platz am Tisch aus.

Er fragte sich, ob sie das immer noch so empfinden würden, falls er diesen Fall verlieren würde.

Weil Hunter und der General in Strategiegesprächen zusammenhockten, um alles für die Anhörung vorzubereiten, entschied sich Molly, zum Kunstunterricht ihrer Freundin Liza ins Seniorenzentrum hinüberzugehen.

Heute sollten Stillleben gemalt werden. Molly schlüpfte durch die Tür und schnappte sich einen Stuhl im hinteren Teil des Raumes. Sie war froh, ihrer Freundin, die einen Abschluss in Kunstgeschichte hatte, zuhören und zusehen zu dürfen, während sie über ihre Leidenschaft sprach.

Nach einer ausführlichen Erklärung des Konzepts bat Liza ihre Schüler, erst einmal mit einer Zeichnung zu beginnen.

Irwin Yaeger, den Molly während der Unterweisung hatte unruhig auf seinem Stuhl hin und her rutschen sehen, erhob sich mit einem Pinsel in der Hand. „Ich habe eine Frage."

Liza fuhr damit fort, sich die Haare zu einem Zopf zusammenzubinden, bevor sie sich dem unverbesserlichen älteren Herrn widmete. „Was ist denn, Irwin?"

„Ich dachte, wir würden heute Akt zeichnen."

Molly biss sich auf die Lippen und versuchte, nicht zu lachen.

Liza konnte sich ein Grinsen ebenfalls nicht verkneifen. „Aktzeichnen steht nicht auf unserem Stundenplan. Das wissen Sie."

„Wir bezahlen für diese Stunden. Sollten wir uns da nicht auch eine Kunstrichtung aussuchen dürfen?"

Lucinda erhob sich. „Setz dich hin und hör auf, eine Nervensäge zu sein, Irwin. Der Rest von uns möchte nämlich mit Früchten arbeiten."

„Ich habe gesehen, wie du mich neulich in der Halle angesehen hast, Lucy, und ich weiß, dass Nacktmalerei dir auch gefallen würde." Er wackelte vielsagend mit den Augenbrauen. „Aber wenn du schon auf Früchten bestehst, wie wäre es dann mit Kirschen oder Bananen?"

„Herrgott." Lucy fächelte sich mit ihrem trockenen Pinsel Luft zu. „Benimm dich", schimpfte sie.

Liza ging zu dem Mann hinüber. „Wenn Sie meine Klasse stören, müssen Sie gehen."

„Wollen Sie ernsthaft ein männliches und williges Modell hinauswerfen?", fragte Irwin und griff nach seiner Gürtelschnalle.

„Nein!", brüllte Liza. „Ziehen Sie sich nicht aus. Setzen Sie sich hin, und zeichnen Sie wie alle anderen aus der Klasse auch. Dann können Sie bleiben." Sie warf Molly einen Blick zu und schüttelte den Kopf.

„Oh, na gut, aber Sie können sich darauf verlassen, dass ich mich beschweren werde", murmelte er.

„Ja sicher, tun Sie das." Liza gab Molly ein Zeichen, ihr zu folgen. „Kann ich draußen mit dir sprechen?"

Molly nickte.

„Und Sie zeichnen. Irwin, wenn ich zurückkomme und Sie unbekleidet vorfinde, dann werde ich Sie wegen sexueller Belästigung anzeigen, also versuchen Sie es erst gar nicht." Liza verließ den Raum, und Molly folgte ihr.

Als sie die Eingangshalle erreicht hatten, brachen sie beide in Gelächter aus. „Manchmal ist es so schwer, ein normales

Gesicht zu machen", sagte Liza. „Was tust du eigentlich hier? Du nimmst doch gar keine Zeichenstunden?"

Molly zuckte mit den Achseln. „Ich war schon länger nicht mehr hier und dachte, ich schau mal wieder vorbei."

Liza trat einen Schritt zurück und betrachtete sie genau. „Du siehst müde aus."

„Gestresst würde es besser treffen."

„Na ja, ich kann es dir nicht verdenken, in der Situation mit deinem Vater und allem."

Molly lehnte sich gegen die Wand. „Habe ich schon erwähnt, dass meine Mutter unangemeldet aufgetaucht ist?"

Liza hatte von Francie gehört, aber sie hatte sie noch nie persönlich getroffen. „Warum, um alles in der Welt, kommt sie hier nach Hintertupfingen?"

Molly grinste. Ihre Beschreibung war offensichtlich so treffend gewesen, dass Liza Francie richtig einschätzte. „Sie sagt, sie sei hier, um mich in diesen schweren Zeiten zu unterstützen. Ich denke, sie hat ihren wohlhabenden Freund genervt und weiß nicht, wohin sie sonst gehen soll. Also kam sie hierher, um sich neu zu organisieren und eine Strategie zu überlegen, wie sie sich den nächsten reichen Mann an Land ziehen kann."

„Und ihre Anwesenheit bedeutet zusätzlichen Stress, den du nicht gebrauchen kannst." Liza mochte zwar nur Kunstgeschichte studiert haben, aber sie besaß ein gutes Herz und eine solide Kenntnis der menschlichen Natur. Molly dachte oft, dass sie ebenso gut hätte Psychologin sein können.

„Hunter ist der Meinung, ich sollte mal ein paar Regeln für sie aufstellen."

„So so, Hunter." Auf Lizas Gesicht tauchte ein breites Grinsen auf. „Und wir nehmen ernst, was Hunter so denkt?"

Molly verdrehte die Augen. „Ich erzählte dir ja schon, dass wir miteinander weitergekommen sind."

„Was du mir erzählt hast, war ausgesprochen vage, aber

ich kann ganz gut in dir lesen, und dieser Mann sorgt dafür, dass deine Augen leuchten, wie ich es noch nie an dir gesehen habe."

Molly errötete. Ihre Wangen fühlten sich heiß an. „Er hat vielleicht eine gewisse Wirkung auf mich. So wie als Teenager." Er verkomplizierte ihr Leben zu einer Zeit, in der sie eigentlich nicht noch mehr Dinge gebrauchen konnte, über die sie nachdenken musste.

Andererseits setzte er sie weder unter Druck noch stellte er Forderungen an sie. Er arbeitete nur am Fall ihres Vaters und war für sie da, erkannte ihre Sorgen und Bedenken und benahm sich wie jemand, dem sie wichtig war, und nicht als wie Anwalt, der nur deshalb angeheuert worden war, um einen Klienten zu verteidigen.

„Mal abgesehen davon, was du für ihn empfindest, scheint der Mann recht zu haben. Nach allem, was du mir erzählt hast, erwartet deine Mutter, dass du alles stehen und liegen lässt, wenn sie kommt und ihre Launen pflegt."

Molly nickte. „Heute Morgen hat sie mich gebeten, sie abzuholen. Ich sollte mit ihr Kaffee trinken gehen. Der Hotelkaffee schmeckt ihr nämlich nicht. Und dann sucht sie dringend nach einer Reinigung, weil das Hotel ihren Anzug nicht rechtzeitig fertig hätte, für was weiß ich." Sie erschauerte, als sie an den autoritären Ton dachte, mit dem sie ihre als Bitten getarnten Befehle vorgetragen hatte.

„Was hast du ihr geantwortet?", fragte Liza.

„Dass sie einen Weg finden müsste, ihre Probleme selbst zu lösen, weil ich momentan einen Berg eigener Sorgen habe. Dann hab ich aufgelegt und bin sofort hierhergefahren, bevor sie ein Taxi nehmen und bei meinem Vater aufkreuzen konnte, um mir ihre Wünsche noch einmal persönlich vorzutragen."

Liza nickte nachdenklich. „Gab es nicht einmal eine Zeit, in der du alles für sie getan hättest, was sie verlangte, nur damit sie nicht wütend wurde und dich wieder verließ?" Ihr mitfühlender Blick haftete auf Molly, während sie sprach.

Das folgende Schweigen nutzte sie, um einen raschen Blick in den Kunstraum zu werfen.

Molly wusste, dass Liza keine Zeit hatte, länger mit ihr zu sprechen. Noch einmal an ihr erbärmliches Verhalten erinnert zu werden versetzte Molly plötzlich einen Stich in der Herzgegend. „Ja, es hat eine Zeit gegeben, in der ich getan hätte, was immer sie von mir verlangte. Es ist also ein Fortschritt, dass ich Nein gesagt habe?"

„Wenn weglaufen für dich dasselbe bedeutet wie Nein sagen." Liza streckte freundschaftlich die Hand aus und legte sie Molly auf die Schulter. „Hör mal, ich glaube, Hunter hat recht. Du musst deiner Mutter klarmachen, was sie ab jetzt noch von dir erwarten kann und was nicht. Bevor du ihr nicht klipp und klar gesagt hast, was du willst, vermeidest du es, der Realität ins Auge zu sehen. Dass sie, sobald du ein paar grundsätzliche Regeln aufgestellt hast, vermutlich nicht mehr wiederkommen wird. Nie mehr." Lizas Stimme klang beruhigend, doch Molly hatte jedes Wort verstanden.

Die Angst schnürte ihr den Hals zu. „Ich weiß nicht, ob ich dazu in der Lage bin."

„Hör zu!", sagte Liza. „Ich muss jetzt wieder reingehen, bevor Irwin anfängt, sich auszuziehen, aber wenn du mich fragst, dann kann die Beziehung zwischen dir und deiner Mutter nicht mehr schlimmer werden, als sie schon ist."

Molly schluckte. „Mag sein, dass du recht hast, aber wenn mein Vater ins Gefängnis muss und meine Mutter mir für immer böse ist, was bleibt mir dann noch?"

Hunter. Doch Molly hatte die letzten achtundzwanzig Jahre gedacht, dass eine Familie der Weg war, ihre emotionale Leere auszufüllen. Der Gedanke, ihre Mutter wissentlich zu verstoßen, machte ihr fern aller Vernunft eine Riesenangst. Das war zwar nicht sehr erwachsen, aber dafür sehr ehrlich, dachte Molly.

Liza drückte sie rasch an sich. „Wenn du reden willst, ich habe nachher frei, okay?"

„Danke", erwiderte Molly. Sie schätzte ihre Freundin sehr, vor allem, dass sie ihr so persönliche Dinge anvertrauen konnte.

Liza ging in den Klassenraum zurück. „Irwin, ziehen Sie sofort Ihr Hemd wieder an!", brüllte sie.

Molly schüttelte den Kopf und lachte. Als sie in die Haupteingangshalle zurückkehrte, ertönte ihr Handy, und sie fischte es aus ihrer Handtasche. Auf dem Display leuchtete die Nummer ihres Vaters auf.

Sie klappte das Handy auf. „Hallo?"

„Molly, hier ist dein Dad. Du musst sofort nach Hause kommen. Seth ist verschwunden. Keiner weiß, wo er steckt, und Jessie hat sich in ihrem Zimmer eingeschlossen. Sie will mit niemandem reden, und das macht mir große Sorgen."

Molly bekam plötzlich einen ganz trockenen Mund. „Ich bin sofort da", versprach sie und begann zu ihrem Wagen zu rennen.

Auf dem gesamten Nachhauseweg versuchte sie sich die schieren Höllenqualen vorzustellen, denen Seth ausgesetzt war. Sein Vater war ermordet worden, seine Mutter ein emotionales Wrack, der einzige andere Mann in seinem Leben wurde des Mordes verdächtigt und landete möglicherweise für den Rest seines Lebens im Gefängnis. Das waren alles Dinge, mit denen klarzukommen schon einem Erwachsenen schwergefallen wäre.

Wie sollte ein Teenager das verarbeiten?

Und dann gab es da auch noch Jessie, die sich um Seth sorgte wie um einen Bruder. Falls sie wusste, was mit ihm passiert war, wurde sie nun zerrissen zwischen den Möglichkeiten, ein Geheimnis zu verraten oder das Richtige zu tun und zu petzen, damit er wieder heil und gesund nach Hause kam. Da war sich Molly sicher.

Angesichts dieses Dilemmas verblasste Mollys eigenes Gefühlschaos. Und sie fand es auf einmal kindisch, dass sie überhaupt gedacht hatte, sie hätte Probleme. Ihre eigenen Gefühle mussten auf jeden Fall warten, solange sie sich um ihre Familie kümmerte. Inklusive ihrer Gefühle für Hunter.

Edna war in Kommandeurslaune. Während alles andere auseinanderzubrechen schien, hielt sie die Familie, oder in diesem Fall die Familien, zusammen. Als Molly ins Haus kam, backte im Ofen eine Lasagne für das Abendbrot, und ihre Großmutter war dabei, einen Riesensalat zu machen. Der General sprach am Telefon mit der Polizei, und Sonya hörte ihm dabei zu. Hunter stand alleine vor dem großen Eckfenster im Wohnzimmer und sprach über sein Handy mit Ty darüber, einen Detektiv anzuheuern, der Seth wiederfinden sollte.

Zu sehen, dass er das Kommando übernommen hatte, ließ sie sich besser fühlen. Als er Molly entdeckte, winkte er sie zu sich. Sie ging zu ihm hinüber, sobald er seinen Anruf beendet und das Handy wieder weggesteckt hatte.

Ohne noch einmal darüber nachzudenken, streckte er seine Arme nach ihr aus und zog sie an sich. „Es wird alles gut, mein Liebling", versprach er ihr.

Seine Stimme klang überzeugend. Molly glaubte ihm. In seinen Armen, an seinen muskulösen, männlichen Körper geschmiegt, entspannte sie sich schnell. Er roch gut, und es widerstrebte ihr, sich seiner sicheren Umarmung zu entziehen.

„Woher wissen wir, dass er weggelaufen ist und nicht einfach noch nicht nach Hause gekommen ist?", fragte sie.

„Er hat seiner Mutter eine Nachricht mit folgenden Worten hinterlassen: ‚Ich liebe dich. Ich habe Angst, und ich brauche Zeit zum Nachdenken'. Außerdem hat Jessie, als sie davon erfuhr, darauf bestanden, dass sie nicht geglaubt hätte, er würde sich etwas antun, und sich in ihrem Zimmer eingeschlossen. Sie redet mit niemandem. Das klingt für mich nicht nach einem Jungen, der einfach nur in die Bibliothek gegangen ist."

„Für mich auch nicht." Erst jetzt stellte Molly fest, dass sie ihre Handtasche noch nicht abgelegt hatte. Die Tasche baumelte an ihrer Schulter und stieß gegen den Tisch neben der Couch. „Was hat die Polizei gesagt?"

„Sie kümmern sich darum. Aber es sind dieselben, die sich auf deinen Vater konzentriert haben und auf niemanden sonst."

Während er sprach, legte Hunter seine Hand auf ihre Taille.

Molly war dankbar für seine Unterstützung. „Und deshalb hast du Ty auf ihn angesetzt?"

Hunter nickte.

Mollys Blick wanderte die Treppe hinauf nach oben, wo sich Jessie vor der Familie verschanzt hatte. „Jessie muss völlig außer sich sein."

„Das ist sie. Deshalb wird Robin heute Abend herkommen. Dein Vater dachte, dass Jessie sich ihr vielleicht anvertrauen wird."

Molly nickte. „Sie stehen sich sehr nahe." Aber bis zum Abend war es noch lang. „Ich frage mich, ob sie mit mir reden würde. Wir haben Fortschritte in unserer Beziehung gemacht." Sie biss sich auf die Lippen.

Das Letzte, das sie wollte, war, Jessie zu zwingen, sich noch mehr zu verschließen oder sie so zu verärgern, dass sie sich daran erinnerte, dass sie Molly hasste, weil sie in ihre Familie eingedrungen war. Aber Seth war irgendwo da draußen und hatte Angst. Das Risiko, Jessie zu verärgern, musste sie eingehen.

„Ich glaube, das ist eine gute Idee." Hunters Augen leuchteten auf. „Sie begann, dich zu verehren, und vielleicht kannst du sie erreichen."

„Verehren?" Molly brach in Gelächter aus.

„Hey, jetzt schmälere deinen Eindruck auf sie nicht. Sie wollte diesen gelben Pulli nicht grundlos." Er griff nach ihrer Hand und führte sie nach oben.

„Dann bist du jetzt also auch noch Experte für Kinderpsychologie?", fragte Molly.

„Ich glaube, ich werde so langsam Experte für *deine* Familie." Er blieb vor Jessies Zimmer stehen. Von drinnen ertönte laute Musik, die in der Diele widerhallte. „Bist du bereit?"

Seit sie die Nachricht von Seth erfahren hatte, handelte sie wie ein Autopilot. Sie handelte seit dem Tag, als man ihren Vater wegen Mordverdacht verhaftet hatte, wie ein Autopilot. Eine weitere schwierige Unterhaltung mit ihrer kleinen Halbschwester war dagegen ein Klacks. Warum hatte sie dann aber Schmetterlinge im Bauch, und weshalb spürte sie diesen Schmerz, der unter ihrer Schädeldecke zu pochen begann?

Sie schenkte Hunter ihr überzeugendstes Lächeln. „Natürlich bin ich bereit."

„Lügnerin", schimpfte er zärtlich. „Aber du kannst es schaffen, und möglicherweise bekommst du sogar Antworten. Das ist alles, was zählt." Er legte seine Hand auf ihren Hinterkopf, zog sie nah zu sich heran und versiegelte ihre Lippen mit einem Kuss.

Hunter raubte ihr den Atem. Sein Kuss war zärtlich, sein Griff zupackend und seine Ausstrahlung kraftvoll und männlich. Molly schloss die Augen und genoss seine weichen Lippen und seinen selbstsicheren Zungenschlag.

Der Kuss war viel zu schnell vorbei. Hunter löste sich von ihr. In seinen glänzenden Augen spiegelte sich sein aufrichtiges Gefühl für Molly.

Ihr Magen zog sich zusammen, und das hatte nichts mit ihrer kleinen Halbschwester zu tun. „Wofür war der?", fragte sie und leckte sich die feuchten Lippen.

„Ich wollte dir Glück wünschen."

Ihr wild klopfendes Herz spürte, dass dieser Kuss noch so

viel mehr bedeutet hatte, aber daran durfte sie jetzt nicht denken. Stattdessen senkte sie den Kopf. „Ich werde es gebrauchen können“, murmelte sie, als sie die Hand auf den Türknauf legte.

„Wir treffen uns danach im Arbeitszimmer deines Vaters“, erklärte er ihr.

Sie nickte. „Wird schon schiefgehen.“ Molly drehte den Türknauf und ging hinein.

Hunter hatte Seth betreffend ein schlechtes Gefühl. Es nagte übel in seiner Magengegend. Seine jahrelange Erfahrung hatte ihn gelehrt, diesem Gefühl zu vertrauen, und jetzt sagte es ihm, dass Seth nicht davongelaufen war, weil er von seinen Emotionen übermannt worden war. Seth war weggelaufen, weil er schuldig war. Der Junge hatte irgendetwas gesehen oder gehört, dass jemanden, den er sehr mochte, in Schwierigkeiten bringen konnte, und jetzt hatte er kurz vor der Anhörung Panik bekommen und war weggelaufen.

Welche andere Erklärung hätte es sonst für sein Verschwinden gegeben? Während er in dem engen Büro, das seit mehr als einer Woche zu seinem Zuhause geworden war, auf und ab ging, zerbrach sich Hunter den Kopf über mögliche Gründe, die einen fünfzehnjährigen Teenager dazu bewegen konnten, mitten in einer Krise wie dieser einfach zu verschwinden.

Ihm fiel verflixt noch einmal nur noch eine weitere Begründung ein, die ohnehin schon auf seiner mentalen Merkliste stand. Seths Mutter war am Boden zerstört, und die einzige Unterstützung, die sie hatte – der General – war wegen Mordes angeklagt. Sie brauchte ihren Sohn, und Seth war schlau genug, das zu wissen. Es war schwierig in der Schule? Die Schule war schwierig für jeden Teenager, und Hunter war sicher, dass ein reifes Kind wie Seth damit klarkam.

Sein Vater war tot? Ein Grund mehr, dazubleiben und zuzusehen, dass die Gerechtigkeit am Ende siegte. Seth hatte klargemacht, dass er nicht an die Schuld des Generals glaubte. Er wollte, dass Frank freigesprochen und der echte Täter gefunden wurde.

Als Hunter sich vorstellte, wie er in Seths Alter gewesen war, wusste er, dass er herumgeschnüffelt hätte, um seine eigenen Antworten zu finden. Es sei denn, er hätte schon etwas gewusst.

Das war die einzige Möglichkeit, die einen Sinn ergab. Hunter war sich nicht sicher, was Seth über den Mord wusste, aber sein Bauchgefühl sagte ihm, dass sie jetzt an einem Wendepunkt in diesem Mordfall angekommen waren.

Was auch immer Seth wusste, konnte das Kräftespiel dieser Familie für immer verändern.

# 16. Kapitel

Molly dachte, sie hätte sich schon daran gewöhnt, mit einem Teenager zusammenzuleben, aber jedes Mal, wenn sie Jessies Zimmer betrat, kam sie sich vor wie in einer anderen Welt. Die Wände waren mit schwarz-weißen Spiralen und grell pinkfarbenen Aufklebern verziert. An einer Pinnwand aus Kork hingen Fotos ihrer Freunde, Poster von Bands und Kinofilmen. Auf dem Tisch stand ein Spiegel, der von mehr Schminkutensilien umgeben war, als Edna je in ihrem Leben besessen hatte. Und aus Jessies iPod in der Zimmerecke tönte laute Musik. Jessie lag auf ihrem Bett und starrte die Wand an.

Sie hatte noch nicht einmal mitbekommen, dass sie Besuch hatte.

Molly setzte sich auf einen Stuhl in der Nähe des Tisches, um ihr nicht zu sehr auf die Pelle zu rücken, und zog ihn in die Nähe des Bettes. Sie holte tief Luft und tippte Jessie auf die Schulter.

„Was?“ Ihre Halbschwester schreckte auf, drehte sich um und blickte Molly ins Gesicht. „Jesus, ich hab nicht mal gehört, dass du hereingekommen bist.“

„Das überrascht mich nicht. Kann ich die Musik ein bisschen leiser machen?“ Molly deutete auf die Lautsprecher des iPods.

Jessie nickte. „Ja. Aber das heißt nicht, dass ich über Seth sprechen werde.“

„Wie kommst du darauf, dass ich mit dir über Seth sprechen will?“ Sie war zwar keine Psychologin, aber sie war keineswegs abgeneigt, die Psychologie ein wenig zu nutzen.

Jessie richtete sich auf und lehnte sich gegen ihre Kissen, wobei sie die Arme um ihre Taille schlang. „Was willst du dann hier?“

„Dein bester Freund ist verschwunden. Ich bin sicher, dass du dir Sorgen machst, und ich wollte mal nach dir sehen. Das ist alles. Das machen Schwestern füreinander, so wie man auch Klamotten untereinander tauscht." Molly holte noch einmal tief Luft. „Ich dachte, wir wären inzwischen so weit. Oder hab ich mich da geirrt?"

Jessie schüttelte den Kopf. „Ich mag dich jetzt ganz gerne."

Molly wurde bei Jessies Worten ganz warm ums Herz. „Du ahnst ja gar nicht, wie viel mir das bedeutet."

„Ich glaube schon. Ich bin deiner Mutter begegnet, wie du dich vielleicht erinnerst."

Trotz allem musste Molly lachen. „Also, wie fühlst du dich?"

Jessie stützte ihr Kinn auf ihrem Knie ab. „Besorgt. Erschrocken."

„Darf ich dich was fragen? Du bist doch Seths beste Freundin. Du musst doch mehr wissen, als du verrätst. Also sag mir nur eines. Ist er irgendwo in Sicherheit?"

Jessie nickte langsam.

„Na, dann ist es ja gut."

„Darf ich dich jetzt etwas fragen?"

„Ja, frag ruhig!", sagte Molly.

„Wenn du etwas wüsstest, das jemandem, den du liebst, Schaden zufügen könnte, das aber andererseits auch jemandem, den du ebenso liebst, helfen könnte, würdest du es dann verraten und den einen verletzen, um dem anderen zu helfen?" Jessie sah Molly fragend an. Sie machte ein ernstes Gesicht.

„Das ist die komplizierteste Frage, die ich jemals gehört habe, aber ich glaube, ich habe sie trotzdem verstanden."

„Hast du?" Jessie blinzelte angestrengt, um ihre Tränen zurückzuhalten.

Molly beugte sich nach vorne zu ihrer Schwester. „Du weißt etwas, und wenn du es mir sagen würdest, würdest du das Vertrauen deines besten Freundes missbrauchen."

„Es ist noch schlimmer. Wenn ich es dir sagen würde, könnte es Seth wirklich sehr schaden." Jessie biss sich auf die Unterlippe. „Aber wenn ich es dir nicht sage, könnte es jemand anderem sehr schaden. Wie sehr vertraust du Hunter?"

Molly schüttelte den Kopf. „Das war jetzt kein üblicher Teenager-Themenwechsel. Ich bin durcheinander. Du musst es mir erzählen, Jess. Alles. Wenn du es nicht tust, dann bleibt Seth alleine da draußen, und niemand kann ihm helfen."

„Daran habe ich noch gar nicht gedacht. Also kann ich dir alles sagen und brauche kein schlechtes Gewissen zu haben, weil es nur zu seinem Besten ist?" Jessie legte sich ein Kissen auf den Schoß und schlang die Arme darum.

„Hör zu. Es gab da mal etwas, das ich Hunter nicht erzählt habe, obwohl ich es hätte tun sollen, und er war deswegen ziemlich sauer auf mich. Es hat eine ganze Weile gedauert, bis er mir das verzeihen konnte." Und manchmal ertappte sie Hunter dabei, dass er sie ansah, als ob er ihr immer noch nicht wieder ganz vertraute.

Jessie zog nachdenklich die Nase kraus. „Und es tut dir leid, dass du es ihm nicht gesagt hattest?"

Molly nickte. „Ja."

„Und was, wenn ich dir erzähle, was ich weiß, und Seth verzeiht es mir nie?"

Gute Frage, dachte Molly. „Dieses Risiko würdest du eingehen. Aber du tust es, weil du dir Sorgen um ihn machst. Ich habe es Hunter nicht erzählt, weil ich ihm nicht genügend vertraute. Das war ein Fehler. Du würdest keinen Fehler machen."

„Warum bist du so nett zu mir?", fragte Jessie plötzlich aus heiterem Himmel.

„Weil ich kleine Zicken mag?" Molly schüttelte lächelnd den Kopf. „Im Ernst, weil du zu meiner Familie gehörst. Und ich hatte noch nie zuvor eine Familie." Molly zuckte mit den Achseln und fühlte sich plötzlich sehr selbstbewusst in Gegenwart ihrer Halbschwester. „Ich will einfach, dass du mich magst und dass du mir vertraust."

„Ernsthaft?" Jessie änderte die Lage und kniete sich aufs Bett. „Es ist dir wirklich wichtig, was ich von dir halte?"

Als Molly ihre Schwester so betrachtete, erinnerte sie sie plötzlich an sich selbst. Sie erkannte ihre eigenen Unsicherheiten, Ängste und alles andere wieder. Kein Wunder, dass Jessie sich so benommen hatte, als sie hier aufgekreuzt war. Molly, die immer gedacht hatte, sie verstünde Jessies Gefühle, stellte auf einmal fest, dass sie keine Ahnung gehabt hatte. Aber jetzt hatte sie Jessie nicht nur *geknackt*, sondern sie mochte sie sogar. Sehr.

„Erzähl es mir, Jess."

„Versprichst du mir, dass du es nicht weitersagen wirst, bis ich dir das Okay dazu gebe?"

Molly nickte. Ihr blieb keine andere Wahl.

Mit weit aufgerissenen Augen holte Jessie tief Luft und sagte: „Seth sagte, dass er seinen Vater irrtümlich umgebracht hat. Er wollte seine Mutter beschützen, und dann hatte er sich darauf verlassen, dass Hunter einen Freispruch für Vater bekommen würde, aber als wir hörten, dass Hunter meinte, es würde schwierig werden und dass die Anhörung bald stattfinden würde, muss Seth Panik bekommen haben und weggelaufen sein." Die Worte sprudelten nur so aus ihr heraus.

Molly versuchte zu schlucken, aber es gelang ihr nicht. „Sag das noch einmal. Nein, warte, wiederhole es nicht. Auf keinen Fall." Sie hob die Hand und versuchte, zu Atem zu kommen. „Ich brauche eine Minute, um das zu verdauen. Wirklich." Sie holte tief Luft.

Seth hatte seinen Vater getötet? Oh. Mein. Gott. „Wir müssen mit Hunter reden. Nicht nur um Vaters willen, sondern wegen Seth." Sie hatte gar nicht nachgedacht. Die Worte waren einfach aus ihrem Mund gepurzelt.

„Nein!“ Jessie hob abwehrend die Hände. „Das darfst du ihm nicht sagen. Du darfst es niemandem sagen.“ Sie packte Mollys Arm und drückte fest zu.

„Versprich es mir!“

Molly konnte dieses Versprechen nicht geben, ohne alles, woran sie glaubte, zu verraten. Aber sie hatte Jessie versprochen, dass sie ihr Geheimnis ohne ihre Erlaubnis nicht verraten würde. Molly biss sich auf die Lippen. Was hätte ihr Vater an ihrer Stelle getan? Das fragte sie sich.

Der General würde, wenn er die Wahrheit erführe, ohne Zweifel die Schuld auf sich nehmen, um Seth zu beschützen. So aufrichtig wie Frank war, würde er die Familie an erste Stelle setzen. Das war sein ethisches Prinzip. In ihrem Herzen verstand Molly ihn.

Aber alles in ihr schrie danach, jedem in diesem Haus die Wahrheit ins Gesicht zu rufen. Die Gerechtigkeit verlangte danach. Die Ehrlichkeit auch.

Hunter würde es verlangen, dachte Molly.

Ihr Blick fiel auf Jessies Hand, die immer noch ihren Arm umklammert hielt. Langsam hob Molly den Kopf und schaute in Jessies tränenverschmiertes Gesicht. Es war das Gesicht eines jungen Mädchens, das sich endlich mit letztem Vertrauen an Molly gewandt hatte.

Loyalität zu einem Familienmitglied oder Ehrlichkeit und Vertrauen zu Hunter? Wieder einmal sah sich Molly mit der schwierigsten Entscheidung ihres Lebens konfrontiert, nur, dass sie diesmal wusste, was sie zu tun hatte, auch wenn es möglicherweise bedeutete, dass sie eine Familie und alles, worum sie in ihrem Leben gekämpft hatte, damit zerstörte.

„Du wirst es nicht verraten?“, fragte Jessie.

Molly seufzte. „Ich werde es nicht weitererzählen“, sagte sie, während sie ihrer Halbschwester in die Augen sah und ihr ins Gesicht log.

Hunter rieb sich die Augen und gähnte. Er war erschöpft, aber er wusste, dass das Schlimmste noch nicht vorüber war. Er streckte sich im Stuhl am Schreibtisch seines vorübergehenden Schlafzimmers aus und machte eine Liste von Dingen, die noch zu erledigen waren. Angefangen bei der Anfrage, die Anhörung zu verschieben. Niemand in diesem Haus war in der Lage, mit der lebensbedrohlichen Situation des Generals fertig zu werden, solange Seth vermisst wurde. Er nahm das Telefon und rief in seiner Kanzlei an, um seinen Mitarbeitern zu sagen, dass sie die Unterlagen SO SCHNELL WIE MÖGLICH zusammenstellen sollten.

„Diese Familie braucht eine Pause", murmelte er, nachdem er aufgelegt hatte.

„Pausen sind nur für Weicheier", kreischte Ollie.

Hunter sprang zum Vogelkäfig in der Ecke. „Ich hatte ganz vergessen, dass du überhaupt da bist."

„Lebe hier, lebe hier", sagte der Ara.

Es klopfte an der Tür, und Molly kam herein. Ein Blick auf ihr blasses Gesicht genügte Hunter, um zu wissen, dass etwas faul war. „Was ist los?", fragte er.

Sie griff nach dem Türknauf und lehnte sich gegen die Wand, um sich abzustützen. „Mir ist übel."

Er ging auf sie zu, griff nach ihrer Hand und führte sie zur Couch. „Erzähl mal."

Sie holte tief Luft. „Wenn ich das tue, verrate ich Jessies Vertrauen und mache nicht nur den ersten kleinen Fortschritt in unserer Beziehung kaputt, sondern zerstöre vielleicht auch jede Hoffnung auf künftige Beziehungen. Ganz zu schweigen von unserer schwesterlichen Bindung."

Hunter stieß geräuschvoll die Luft aus. Alleine, dass Molly ihm enthüllte, dass sie etwas zu erzählen hatte, war ein Fortschritt. Das letzte Mal hatte sie geschwiegen und beschlossen, ihm nicht zu vertrauen. Trotzdem konnte er seiner momentanen

Hochstimmung nicht nachgeben. Stattdessen konzentrierte er sich ganz auf die Situation.

Er drückte Mollys Hand. „Was passiert, wenn du ihr Geheimnis für dich behältst?"

„Die totale Katastrophe." Sie ließ den Kopf hängen. Ihr weiches Haar fiel nach vorne und bedeckte ihr Gesicht. „Himmel, was für ein Durcheinander."

„Ich kann dir nicht sagen, was du tun sollst, aber ich bin froh, dass du sofort zu mir gekommen bist, statt alles für dich zu behalten." Er strich ihr das Haar aus dem Gesicht. „Wo ist Seth?", fragte er, weil er sicher war, dass sie das wusste.

Sie schenkte ihm ein feines Lächeln, das ihn bis zu den Fußspitzen mit Zärtlichkeit erfüllte.

„Ich weiß nicht, wo er ist."

Er schwieg und hoffte, dass sie es ihm von selbst sagen würde.

„Seth hat Paul Markham umgebracht. Jessie sagte, es war ein Unfall, aber als der Termin der Anhörung näher rückte, wurde er panisch und muss davon gelaufen sein." Ihre Worte kamen wie ein Wasserfall, so als ob sie ihre Meinung geändert hätte, wenn sie langsam gesprochen hätte.

Hunter brauchte keine Zeit, um diese Neuigkeiten zu verarbeiten. Er begriff sofort. „Jesus. Das Kind hat seinen eigenen Vater ermordet?"

Molly nickte. Auf ihrem Gesicht lag der Ausdruck von Traurigkeit, Besorgnis und Enttäuschung darüber, dass sie Jessies Vertrauen missbraucht hatte.

Er ließ ihre Hand los. „Du hattest keine andere Wahl, als mir alles zu sagen."

„Erzähl das Jessie."

„Mach dir keine Gedanken. Ich habe es selbst gehört", sagte Jessie, die im Türrahmen stand.

Molly schüttelte den Kopf. Ihr entmutigter, schuldbewusster

Gesichtsausdruck verriet, was sie fühlte. „Jessie, ich hatte keine andere Wahl."

„Aber ich hatte sie. Ich hatte die Wahl, und ich habe dir vertraut. Ich bin eine Idiotin, dass ich dir geglaubt habe", sagte Jessie. „Du bist eine Lügnerin."

„Hey, das ist unfair." Hunter stellte sich auf Mollys Seite und verteidigte sie. „Das ist eine sehr komplizierte Situation ..."

„Gib dir keine Mühe, mich zu verteidigen. Jessie hat jedes Recht der Welt, wütend und verletzt zu sein." Molly erhob sich.

Hunter wünschte, er hätte ihren Schmerz auf sich nehmen können, aber er wusste, dass ihr nichts anderes übrig blieb, als sich mit Jessies Verletztheit und ihrer Wut auseinanderzusetzen und damit fertig zu werden. Er fand sich damit ab, schweigen zu müssen. Wenigstens im Augenblick.

„Also, die ganze Story, von wegen dass du bedauerst, dass du Hunter irgendetwas nicht gesagt hast, war Schwachsinn, oder? Du wolltest mich nur dazu bringen, dir meine Geheimnisse anzuvertrauen." Jessie verschränkte die Arme vor der Brust und starrte Molly böse an.

„Nein, die Geschichte stimmt. Jedes einzelne Wort davon ist wahr. Du musstest mir die Wahrheit sagen. Du wolltest doch unseren Vater nicht ernsthaft für einen Mord ins Gefängnis gehen lassen, den er gar nicht begangen hat?", sagte Molly sanft.

Das Mädchen schüttelte den Kopf. „Aber Seth soll auch nicht ins Gefängnis kommen." Ihre Stimme versagte. Sie rutschte mit dem Rücken an der Wand entlang nach unten.

Hunter entschied, dass das der richtige Moment war, um sich einzumischen. „Er wird nicht ins Gefängnis kommen. Nicht, wenn ich mich darum kümmern werde. Aber damit ich ihn beschützen kann, muss ich wissen, wo er steckt. Ich muss mir die Geschichte noch einmal von ihm erzählen lassen, um zu entscheiden, wie wir weiter vorgehen werden."

Er machte einen Schritt auf Jessie zu und kniete sich neben sie.

„Du bist zu jung, um so ein riesiges Geheimnis mit dir herumzutragen. Das weißt du. Deshalb hast du Molly vertraut. Und sie konnte so ein großes Geheimnis auch nicht für sich behalten, weil sie dich, Seth und euren Vater liebt. Kannst du verstehen, was ich sage, ohne es als Beleidigung zu empfinden?", fragte er.

Jessie nickte, ohne seinen Blick zu erwidern. „Das heißt aber nicht, dass ich nicht mehr sauer bin."

Hunter versuchte, nicht zu lachen, weil er verstand, dass sie vor ihrer Schwester das letzte Wort haben musste. „Glaubst du jetzt, du könntest mir erzählen, wo Seth sich aufhält?"

„In der Kirche in der Nähe von Vaters Büro", murmelte Jessie in ihre Knie, aber Hunter hörte es trotzdem.

„Danke." Er legte ihr tröstend eine Hand auf die Schulter. „Uns alles zu sagen war sehr mutig."

Er blickte zu Molly hinüber, die ihn mit großen Augen beobachtete. Er erhob sich langsam aus seiner kauernden Position und zwinkerte ihr zu, um ihr ohne Worte zu signalisieren, dass alles wieder gut würde.

Hunter hoffte nur, dass er dieses unausgesprochene Versprechen auch würde einhalten können.

Sie sagten Frank und Sonya, dass sie wüssten, wohin Seth gegangen war. Doch Hunter bestand darauf, alleine dorthin zu gehen, um mit Seth zu sprechen, bevor er ihn nach Hause brachte. Molly stellte sich vor, dass Hunter ihn sowohl als Freund als auch als Anwalt davon überzeugen wollte, dass er ihm helfen konnte, damit Seth nicht länger in Angst und Schrecken leben musste. Noch hatte niemand Seths Rolle bei Pauls Ermordung erwähnt. Das musste er selbst erzählen.

Molly war nervös, aber sie erklärte sich einverstanden, sich im Hintergrund zu halten. Wenn Sonya warten konnte, bis man ihren Sohn nach Hause brachte, dann konnte Molly das auch.

Sie war ein braves Mädchen, und sie hatte vor, bei ihrer

Familie zu bleiben, bis Hunter, der Mollys Autoschlüssel in der Hand hielt, die Tür öffnete und ihre Mutter unangemeldet ins Haus stiefelte. Mit ihrem roten Kleid, einem Paar hochhackiger Schuhe und den Diamantohrringen, die an ihren Ohren unter der üppigen Hochsteckfrisur herumbaumelten, war sie aufgedonnert wie eine Fernsehdiva.

„Gibt es denn in dieser Familie niemanden, der wenigstens ein bisschen Benehmen hat?", fragte Francie in die Runde, die im Wohnzimmer versammelt war. „Ich habe angerufen und Nachrichten auf dem Anrufbeantworter hinterlassen. Ich habe mit Franks Mutter gesprochen und sie gebeten, Molly auszurichten, dass sie mich zurückrufen soll. Und habe ich von jemandem gehört?" Sie fuchtelte mit ihrem Arm in der Luft herum, bis die goldenen Armbänder gegeneinanderklirrten.

Frank ging auf Francie zu. „Ich würde mal vermuten, dass wir im Moment Wichtigeres im Kopf haben."

„Molly, bitte sag mir, dass du meine Nachrichten nicht erhalten hast." Francie wandte Mollys Vater den Rücken zu und ignorierte seinen Kommentar.

Molly war vor dem Hintergrund der ernsten Vorfälle in ihrer Familie nicht darauf vorbereitet, sich mit den sinnlosen emotionalen Ausbrüchen ihrer Mutter auseinanderzusetzen. „Ich habe sie bekommen. Ich hatte einfach keine Zeit, mich um dich zu kümmern."

Francie ließ sich nicht abschrecken. Sie trat einen Schritt auf Molly zu. „Dann war es wohl gut, dass ich mich entschlossen habe, hierherzukommen und mit dir zu sprechen. Weiß Gott, wann du dich gemeldet hättest."

Aus den Augenwinkeln beobachtete Molly, wie Hunter durch die Tür hinausschlich. „Eigentlich ist das im Moment kein guter Zeitpunkt. Ich war gerade auf dem Weg mit Hunter." Sie schlängelte sich an ihrer Mutter vorbei, um ihn einzuholen.

„Hey, wieso muss sie weg?", fragte Jessie, die sich offensichtlich übergangen fühlte, weil Seth doch ihr bester Freund war.

Molly warf ihrer Schwester einen entschuldigenden Blick zu und gestikulierte hinter dem Rücken ihrer Mutter, in der Hoffnung, dass Jessie begriff, was los war. Jessie mochte ja wütend auf Molly sein, aber selbst sie musste verstehen, dass Molly in diesem Augenblick nicht in der Lage war, sich mit dieser verwöhnten Diva auseinanderzusetzen.

„Du. Schuldest. Mir. Etwas", flüsterte Jessie mit zusammengebissenen Zähnen.

Molly gab ihrer Halbschwester einen Kuss und verschwand durch die Tür, bevor Francie sich etwas ausgedacht hatte, um sie zurückzuhalten.

Hunter folgte Mollys Richtungsansagen bis zur Kirche. Obwohl er sich wünschte, dass sie sich endlich mit ihrer Mutter auseinandersetzte, war er im Grunde sehr froh darüber, dass sie ihn begleitete. Die plötzliche Enthüllung von Seths Schuld schwemmte eine Reihe komplizierter Gefühle an die Oberfläche, und da konnte er eine Resonanz gut gebrauchen.

Er legte einen Arm auf den Beifahrersitz. „Würde es dir etwas ausmachen, wenn wir reden?", fragte er.

Sie schüttelte den Kopf. „Solange es nicht darum geht, dass ich meine Mutter meide, schätze ich jede Ablenkung."

„Es geht um mich."

„Dann hast du meine ungeteilte Aufmerksamkeit."

Seinen Blick auf die Straße gerichtet, sammelte er seine Gedanken. „Als ich mich einverstanden erklärte, diesen Fall zu übernehmen, da war ich gefühlsmäßig noch nicht beteiligt. Ich meine, ich empfand natürlich etwas für dich, aber für den Rest deiner Familie war ich einfach nur der Anwalt, der versuchen würde, einen Freispruch für den General zu erwirken."

Molly rutschte unruhig auf ihrem Sitz hin und her. „Okay ..." Sie war offensichtlich verwirrt.

„Aber je länger ich im Haus deiner Familie blieb, desto mehr begann ich sie zu mögen. Dich inklusive."

Er warf einen kurzen Seitenblick auf Molly und erwischte sie dabei, wie sie sich mit der Zunge über die glänzende Unterlippe leckte. Sein Blick blieb einen Moment lang auf ihrem feuchten Mund haften, bevor er sich dazu zwang, wieder auf die Straße zu sehen.

Er räusperte sich. „Egal. Ich bin jedenfalls nicht mehr länger der unbeteiligte Anwalt, der einfach nur einen Klienten verteidigt. Das beeinträchtigt zwar weder mein Urteilsvermögen noch meine Fähigkeit, das Beste zu geben, aber es entwickelt sich mehr und mehr zu einem Störfaktor."

„Hunter. Ich bin froh, dass du dich mir gegenüber öffnest, aber ich weiß wirklich nicht, was du mir sagen willst", unterbrach ihn Molly sanft. „Ich weiß nicht, was du mir damit zu erklären versuchst oder was dich daran stört – und das tut es offensichtlich."

Er lächelte grimmig. „Ja, mich stört etwas." Und es lag nicht daran, dass er in sie verliebt war, obwohl auch das immer noch unausgesprochen zwischen ihnen lag. „Herauszufinden, dass Seth seinen Vater getötet hat, war – ist – ein großer Brocken für mich. Der Junge hat sich gegen seinen Vater und vor seine Mutter gestellt. Er hat ein Verbrechen begangen, eine Sünde, um seine Mutter zu beschützen."

Molly legte ihre Hand auf Hunters Schenkel, und obwohl diese Geste tröstlich gemeint war, erregte sie ihn damit.

„Sprich weiter", sagte sie, offenbar ahnungslos, was seine körperliche Befindlichkeit anging.

Er war froh, weil sein Verlangen, über seine Vergangenheit zu sprechen, größer war als seine Lust – eine große Offenbarung für jemanden, der es sich niemals erlaubte, auch nur an die Zeit mit seinen Eltern zu denken.

Hunter umklammerte das Lenkrad mit beiden Händen. „Meine Kindheit war echt beschissen. Mein Vater war immer betrunken, und meine Mutter ermunterte ihn auch noch dazu, weil sie keinen Deut besser war. Im Haus war es total unordentlich – überall leere Bierdosen und -flaschen, angebissene Pizzareste in Kartons. So ungefähr, wie es bei mir aussah, als du mich aufgesucht hast“, gab er zu.

Bevor er weiterreden konnte, zeigte Molly auf ein großes Gebäude, und er fuhr in die Parkbucht vor der Kirche, wo er den Motor abstellte. Aber die Erinnerungen ließen sich nicht abstellen. Nun, wo er zu sprechen begonnen hatte, schien es, als seien sie nicht mehr zu stoppen.

Und er wusste, dass er seine Erinnerungen zu Ende bringen musste, bevor er Seth helfen konnte. Jetzt.

„Als du dann wieder gegangen bist, habe ich mich in meiner Wohnung umgesehen und versucht, sie mit deinen Augen zu betrachten. Ich sah das Elend, in dem meine Eltern lebten, und es ekelte mich an.“ Er stieß geräuschvoll die Luft aus. „Wie dem auch sei, sie gaben ihr Geld für Alkohol und schlechtes Essen aus, aber nicht für mich. Als das Jugendamt schließlich herausfand, dass sie von Alkohol auf Drogen umgestiegen waren, holten sie mich zwar für immer da raus, aber da hatten meine Eltern schon jegliches Selbstwertgefühl aus mir herausgeprügelt.“

„Hunter …“

„Lass mich zu Ende reden!“, sagte er barsch. „Im Laufe der Jahre habe ich einige wirklich schlechte, wirklich dumme Entscheidungen getroffen. Die einzig kluge Entscheidung, die ich traf, als ich Lacey half, führte mich dank ihres Onkels, diesem Mistkerl, in den Jugendarrest. Andererseits tat er mir damit einen Gefallen, denn ich musste bei einem schrecklich harten Erziehungsprogramm mit echten Lebenslänglichen mitmachen, und konnte mal sehen, wie meine Zukunft ausgesehen hätte, wenn ich mein Leben nicht sofort in die Hand genommen hätte.“ Hunter schloss die Augen und rief sich noch einmal das kalte Geräusch der sich hinter ihm schließenden Gefängnistüren in Erinnerung. Es gehörte zum Programm, dass die Kinder es besonders laut und deutlich hören sollten.

Er zwang sich, die Augenlider zu öffnen. „Das alles erzähle ich nur, weil ich dir auf diese umständliche Art klarmachen will, dass, falls ich etwas Ähnliches wie Seth getan hätte – und glaub mir, ich habe es nur der Gnade Gottes zu verdanken, dass ich es nicht getan habe –, hätte es niemanden gegeben, der sich darum gekümmert hätte, mich da wieder rauszuholen."

„Es tut mir so leid." Eine Träne löste sich aus Mollys Augen.

Er tat so, als bemerkte er es nicht. Er wollte ihr nicht leidtun. Jetzt nicht mehr. „Dass ich Seth und seiner Familie so nahestehe, hat mich vielleicht zum ersten Mal in meinem Leben erkennen lassen, wie viel *Glück* ich hatte, dass mich die Fehler, die ich begangen habe, nicht kaputt gemacht haben."

„Das war nicht nur Glück", sagte Molly und rückte näher. Ihr Knie war hinter der Mittelkonsole verkantet. „Du hast dich selbst da herausgezogen, wo ein anderer, der weniger stark ist, zusammengebrochen wäre oder den falschen Weg eingeschlagen hätte. Schenke dir endlich selbst die Anerkennung, die du verdient hast." Sie platzierte einen Kuss auf seine Wange.

Aufgewühlt von ihrem Mitgefühl und ihrer Unterstützung und ängstlicher denn je, dass er die einzige Frau, die er je geliebt hatte, verlieren könnte, schüttelte er den Kopf. „Ich würde immer noch behaupten, dass Glück im Spiel war. Aber Seth hat ein paar Menschen auf seiner Seite, und wir müssen ihn holen und ihn davon überzeugen, dass wir das alles irgendwie regeln können."

Molly rückte wieder auf ihre Seite. „Da hast du recht. Und er hat nicht nur Freunde und Familie, die sich um ihn kümmern, er hat außerdem den verdammt besten Strafverteidiger, den es je gab, auf seiner Seite."

Hunter schaute ihr in die Augen und lachte über ihre kämpferische Entschlossenheit. „Dann lass ihn uns suchen und nach Hause bringen."

Stunden später saß Seth im Kreise seiner Familie zu Hause und erzählte seine schmerzliche Geschichte. Hunter befand sich immer noch in einer Art Schockzustand wegen dieser Wendung der Ereignisse. Er hatte nie in Betracht gezogen, dass Seth verdächtig sein könnte, und sein Herz litt nun mit dem Jungen. Dennoch freute er sich für Molly, denn Frank würde endlich frei sein. Hunter war entschlossen, Seth durch den juristischen Prozess hindurch zu begleiten. Er würde alles in seiner Macht Stehende tun, um einen Vergleich, die Basis für eine ordentliche Zukunft für den Teenager, zu erreichen.

Zusammen mit Molly hatte Hunter Seth im hinteren Teil der Kirche in einer Kirchenbank gefunden. Offensichtlich war er zur Beichte gegangen, und der Priester hatte ihm zugehört und ihm die Absolution erteilt. Nachdem er dem Jungen geraten hatte, zurück nach Hause zu gehen, hatte er ihm erlaubt, in der Kirche zu bleiben, um nachzudenken. Hunter hatte sich neben Seth in die Kirchenbank gesetzt, einen Arm um seine Schultern gelegt, väterlich auf ihn eingeredet und ihn dringend darum gebeten, nach Hause zurückzukehren.

Aber er hatte sich dem Jungen auch auf eine Art geöffnet, wie er es nie zuvor, außer bei Molly, getan hatte. Hunter hatte über sein Leben gesprochen, seine Fehler, seine Kehrtwende und die Dinge, die Seth im Gegensatz zu ihm besaß. Die Familie konnte Seths Leben verändern, wenn er es zuließ, versprach ihm Hunter.

Was er Seth verschwieg, war, wie schlecht die Dinge aussehen würden, wenn Hunter keinen Freispruch für ihn erreichen würde. Hunter hatte den Jugendarrest erlebt, aber da war er schon abgehärtet durch das System. Seth, der einen sanfteren Lebensstil gewohnt war, würde diese Art der Bestrafung nicht überleben. Und wenn man in Betracht zog, wie brutal sein Vater war, dann sollte er das nicht erleben müssen. Hunter betrachtete es als seine Aufgabe, für Gerechtigkeit in Seths Fall zu sorgen.

Dennoch war Hunter sehr vorsichtig. Er versprach Seth

weder Straffreiheit noch, dass die Sache kein Nachspiel haben würde. Hunter versicherte dem Jungen nur, dass er für diesen Fehler an der einzigen dafür relevanten Stelle bezahlen würde: in seinem Herzen. Aber Hunter erklärte ihm auch, dass Seth seinen Schmerz und seine Schuldgefühle irgendwann überwinden und anschließend stärker sein würde. Und er konnte mit der Unterstützung und der Vergebung seiner Familie rechnen.

Zu Hause fand Seth den Beweis für Hunters Worte. Nach dem Schock und dem Unglauben, den Seths Geständnis hervorgerufen hatte, vergaben ihm die beiden Familien nicht nur, sondern sie waren immer um ihn herum, um ihn zu unterstützen.

Hunter hatte in dieser Sache schon vorgearbeitet. Als erste Amtshandlung musste er mit dem Staatsanwalt über Seths Geständnis verhandeln. Sobald Seth ein offizielles Geständnis abgelegt hätte, würde die Anklage gegen den General fallen gelassen. Seth würde angeklagt werden, aber mit ein wenig Glück würde es Hunter gelingen, die Sache in Seths Sinne zu regeln. Natürlich würden Sonya, Seth und der General Paul Markhams Gewalttaten bezeugen müssen, aber Hunter bezweifelte, dass das ein Problem darstellte.

Sobald die Vereinbarungen getroffen wären, könnte Hunter sich auf die Dinge konzentrieren, die er bis jetzt auf die lange Bank geschoben hatte. Er war hierhergekommen, um Mollys Vater aus dem Gefängnis herauszuholen und sich gleichzeitig von Molly zu befreien. Er war sich so sicher gewesen, dass er sie sich aus dem Kopf schlagen würde und dann derjenige sein würde, der einfach wegging. Die Ironie des Schicksals wollte es aber, dass er zwar *ging*, aber weder, weil er es so geplant hatte noch aus Rache.

Er verließ Molly, weil sie ihm keine andere Wahl gelassen hatte. Dennoch spürte er keinerlei Befriedigung dabei, mit seinem alten Leben weiterzumachen.

# 17. Kapitel

Eine Woche nach Seths Rückkehr zur Familie begannen sich die Dinge zu normalisieren. Genau wie Hunter gehofft hatte, war die Mordanklage gegen Mollys Vater fallen gelassen worden. Seth hatte gestanden, und sein Fall war abgeschlossen. Sie lebten in einer kleinen Stadt, wo es nur wenige Geheimnisse gab. Es fiel der Polizei deshalb nicht schwer zu glauben, dass Pauls unberechenbarer Charakter zu Hause noch viel unberechenbarer gewesen war. Und nachdem Seth ihnen geschildert hatte, wo er das Gewehr hingeworfen hatte, wurde die vermisste Waffe schließlich nach langwieriger Suche auf einer Müllhalde gefunden.

Hunters Job war erledigt, und er wurde nicht länger in Connecticut benötigt. Deshalb blieb er, als die Familie sich entschied zu feiern, in dem Arbeitszimmer, das in den letzten Wochen sein Schlafzimmer gewesen war, um seine Sachen zu packen. Er war zwar eingeladen worden, aber er beschloss, dass es Zeit war fortzugehen.

Er gehörte nicht zur Familie, und deshalb wollte er auch nicht mit ihnen feiern. Es hätte ihm eigentlich sehr leichtfallen sollen. Das tat es aber nicht.

Bei seinen früheren Klienten war es ganz normal gewesen, dass er sie verließ, wenn ein Fall beendet war. Aber in diesem Fall verband Hunter eine Menge mit der Familie, und zwar nicht nur, weil er mit ihnen unter einem Dach gelebt hatte.

Diese Menschen waren zu ihm durchgedrungen. Sie hatten ihm ihr Haus und ihre Herzen geöffnet. Sie hatten ihm bedingungslos vertraut. Und er wusste, dass sie alle ihn ebenfalls mochten, angefangen beim Kommandeur, deren aktuelle

Haarfarbe ein Rabenschwarz war, bis hin zu Jessie, mit deren Launenhaftigkeit er es nicht aufnehmen konnte.

Und dann gab es da Molly. Er hatte es den ganzen Morgen vermieden, an sie zu denken, weil er sich den Abschied von ihr nicht vorstellen wollte. Er war hierhergekommen, mit dem Gedanken, sie sich ein für alle Mal aus dem Kopf zu schlagen, um dann fortzugehen. Und jetzt, wo er sein Ziel fast erreicht hatte, drehte ihm der Gedanke, sie zu verlassen, den Magen um.

Doch zu Hause warteten eine Karriere und ein Leben auf ihn – außerdem hatte er keine Ahnung, ob es Molly je gelingen würde, die nötigen Änderungen in ihrem Leben vorzunehmen, um endlich ihr eigenes Leben leben zu können. Solange er sich nicht sicher sein konnte, dass sie sich ihren eigenen Dämonen gestellt hatte und in der Lage war, auf eigenen Füßen zu stehen, konnte er ihr möglicherweise nicht ganz vertrauen.

Ein Klopfen unterbrach seine Überlegungen. „Komm herein“, rief er.

Molly schlüpfte ins Zimmer und schloss die Tür hinter sich. „Du verpasst die Feier“, sagte sie, ganz offensichtlich erpicht darauf, zu den anderen hinunterzugehen.

Er senkte seinen Kopf. „Ich komme in ein paar Minuten zur Party.“

„Es ist keine Party. Unter diesen Umständen ist niemandem nach einer Party zumute. Wir wollen einfach nur zusammen sein.“

Sie band den Gürtel ihres cremefarbenen Kleids enger und trat auf ihren einfachen schwarzen Ballerinas von einem Fuß auf den anderen. Alles in allem sah sie sehr anziehend aus.

Zu anziehend.

„Du weißt, dass du zur Familie gehörst, oder?“, fragte Molly.

„Ach, komm. Du weißt genau, dass ich nur zeitweilig ausgeliehen wurde“, sagte er beim Versuch zu scherzen.

Sie schüttelte den Kopf. „Nach allem, was wir gemeinsam

durchgemacht haben? Du bist wie einer von der Familie.“ Sie machte eine ausladende Bewegung mit ihrem Arm, um ihm zu zeigen, dass sie ihn in alles mit einschloss.

Dann fiel ihr Blick auf seinen vollgepackten Rucksack auf der Couch. In ihren Augen spiegelten sich Schock und Schmerz.

Und er war dabei, sie noch mehr zu verletzen. „Ich vertrete Menschen, die wegen ernsthafter Verbrechen angeklagt sind, und wenn ich es schaffe, einen Freispruch für sie zu erreichen, bin ich dankbar. Das macht mich aber noch nicht *zu einem Familienmitglied.*“

Sie zuckte zusammen. „Ich dachte, wir wären bereits einen Schritt weiter.“

„Sind wir auch.“ Er ging auf sie zu, bis er so dicht vor ihr stand, dass ihr Parfum ihn umhüllte. Hunter spürte ein so großes Verlangen nach ihr, dass es ihm beinahe körperlich wehtat. „Wir sind Freunde.“

Sie war nicht bereit, sich noch mehr anzuhören. Und er hatte nicht vor, ihr seine Gründe noch einmal zu erklären. Er hatte ihr bereits gesagt, dass sie sich noch nicht mit ihrer Vergangenheit auseinandergesetzt hatte, obwohl sie das Gegenteil behauptete. Sie hatte sich weder mit ihrer Mutter auseinandergesetzt noch ihre eigentliche, farbenfrohe Kleidung aus dem Schrank geholt oder die Liebe ihrer Familie damit auf die Probe gestellt, dass sie einfach sie selbst war, die Molly, die er kannte. Sie lebte immer noch im Haus ihres Vaters, mit einem Teilzeitjob, der nicht einmal ansatzweise ihren Fähigkeiten entsprach.

Womit er sich in exakt derselben Situation befand, in der er gewesen war, als er den Fall angenommen hatte.

Alleine.

Molly starrte ihn ungläubig an. Seine Worte verschlugen ihr die Sprache. Sie konnte einfach nicht fassen, was sie da hörte. Schweigend leckte sie sich die Lippen und atmete schwer. Er verließ sie. Sie hätte es ahnen müssen, schließlich lebte er woanders, aber sie war trotzdem überrascht. Seine beiläufigen Worte halfen ihr im Moment nicht, einen Sinn in allem zu sehen.

„Freunde", flüsterte sie. War das alles, was sie waren?

„Ich habe meine Arbeit hier erledigt", sagte er und berührte ihre Wange. „Dein Vater wurde freigesprochen, und Seth wird es auch bald sein. Du hast deine Familie gefunden. Das hast du doch immer gewollt." Sein Ton klang rau und ungewollt barsch, als er sich von ihr abwandte und zur Couch hinübergging, um den Reißverschluss seines Rucksacks zuzuziehen. „Ich bin fertig. Wir können jetzt zu den anderen hinuntergehen. Kommst du mit?"

Sie nickte. Ihre Kehle war zu trocken, um ein Wort herauszubringen.

Oberflächlich gesehen hatte er recht. Ihre Familie war alles, was sie sich immer gewünscht hatte. Aber als sie mit Hunter das Zimmer verließ, gelang es ihr nicht, die Widersprüchlichkeit ihrer Gefühle noch länger zu ignorieren.

Ihr Vater war frei, ihre Familie war zusammen, sie hätte vor Liebe zerplatzen müssen, doch stattdessen fühlte sie sich innerlich leer.

Frank schaute sich im Wohnzimmer um und betrachtete seine Familie. Seine Mutter, seine kluge, weise, studierte Tochter, seine kratzbürstige Jüngste und die wiedergefundene Erstgeborene. Dann die Frau, die er liebte, und der Junge, den er liebte wie einen Sohn.

Der General erhob sein Glas, das er mit Gingerale gefüllt hatte. „Ein Trinkspruch", sagte er.

Alles verstummte beim Klang seiner Stimme. „Auf meine Familie. Meine Familie, die alle Personen in diesem Raum beinhaltet. Wir haben in guten wie in schlechten Zeiten aufeinander geachtet. Wir haben gemeinsam die schlimmsten Zeiten durchgemacht, und wir werden auch wieder bessere Zeiten erleben."

„Hört, hört!“, sagte der Kommandeur, während sie mit ihm anstieß.

Er fing Sonyas zärtlichen, dankbaren Blick auf. Letzte Nacht hatte sie ihm erzählt, dass sie erstaunt darüber war, dass er keinerlei Zorn auf Seth spürte, obwohl er ihn die Schuld für einen Mord, den er nicht begangen hatte, auf sich nehmen lassen hatte.

Aber Seth war sein Kind. Nicht sein leibliches Kind, aber in jeglicher anderer Hinsicht, die zählte.

Und sobald eine angemessene Zeit nach Pauls Tod vergangen war, wollte Frank diese beiden auch offiziell zu seiner Familie machen. Sonya war einverstanden. Sie würden es den Kindern beibringen müssen, aber Frank hoffte, dass jeder auf ihrer Seite stehen würde.

„Ich wünschte, der Mann, der für unseren Familienzusammenhalt verantwortlich ist, wäre hier, um einen Trinkspruch entgegenzunehmen“, sagte Frank. Aber Hunter war schon bald, nachdem er bei der kleinen Familienfeier erschienen war, weggefahren.

Und Molly seitdem sehr schweigsam.

Er betrachtete sein Kind und hatte nur einen Wunsch. Sie sollte in ihrem Leben so glücklich werden, wie er es gewesen war. Er hatte zweimal die Liebe gefunden, und er hatte die Chance bekommen, eine Beziehung zu einer Tochter zu entwickeln, die ohne ihn aufgewachsen war. Sie alle hatten es verdient, glücklich zu sein.

Die Türglocke läutete, und Molly, die offensichtlich froh war, entkommen zu können, eilte hin, um zu öffnen. Er spürte ein nagendes Gefühl in seiner Magengegend, weil er eine Ahnung hatte, wer da vor der Tür stand.

Er folgte Molly und stellte sich neben sie, als sie die Tür öffnete und sich Francie gegenübersah. Als er ihr über die Schulter hinweg auf die Straße blickte, entdeckte er, dass ein Taxi an der Ecke wartete.

Er machte ein missbilligendes Gesicht. Was auch immer sie beabsichtigte, es konnte nichts Gutes bedeuten.

Mollys Herz klopfte. Zuerst hatte Hunter sie kalt erwischt, als er innerhalb einer halben Stunde gepackt und sich bei der Familie bedankt hatte, bevor er gefahren war. Nun stand ihre Mutter in ihrem kompletten Designeroutfit vor ihr. Eines war sicher. Falls ihre Mutter jemals ernsthaft unter Geldnot leiden würde, hätte sie immer noch Kleider und Schmuck, die sie verkaufen könnte, und dann wäre sie vermutlich für den Rest ihres Lebens immer noch gut versorgt. Das hieß natürlich nicht, dass Francie sich jemals auf dieses Niveau herablassen würde. Molly fragte sich, welchen armen Schwachkopf sie als Nächstes ausnehmen würde.

„Es ist jetzt wirklich nicht die richtige Zeit", sagte Frank.

Francie blickte an ihm vorbei in die Wohnung hinein. „Oh, ich störe bei einer Party."

„Das ist keine Party", antworteten Molly und ihr Vater wie aus einem Munde.

Molly schüttelte grinsend den Kopf. „Das ist ein Familientreffen." Sie entschied sich, es nicht näher zu erklären. Francie war oft genug im Haus gewesen, um genau zu wissen, was mit Frank und mit der Familie los war.

Molly mochte zwar nicht gerade in der Stimmung sein, sie zu sehen, aber sie konnte sie auch schlecht draußen auf der Treppe stehen lassen. „Warum kommst du nicht herein?"

„Eigentlich bin ich nur hier, um mich zu verabschieden. Mein Taxi wartet." Francie zeigte auf die Straße, wo ein gelbes Taxi mit laufendem Motor auf sie wartete.

„Du fährst weg?" Mollys Magen verkrampfte sich, ohne dass sie wusste, warum. Ihre Mutter kam und ging. Das war ihre Art. Und nachdem Molly sie bei diesem Besuch nicht gerade willkommen geheißen hatte, konnte sie gar nicht verstehen, warum sie nun auf einmal in Panik geriet.

„Ja, also. Ich bin während eurer schweren Zeit hiergeblieben und jetzt, wo es vorüber ist, braucht ihr mich ja nicht länger", sagte Francie.

Molly schüttelte den Kopf. Es war unmöglich, zu wissen, ob ihre Mutter die Wahrheit sagte oder ob die Wahrheit zufällig in Francies Zeitplan hineingepasst hatte.

„Wir sind gar nicht zum Reden gekommen", sagte Frank zu seiner Ex.

Nach dem, was ihr Vater gesagt hatte, hatte ihre Mutter jedes Mal, wenn er versuchte, mit ihr über die Vergangenheit zu sprechen, das Thema gewechselt oder entschieden, dass sie gehen müsse. Sie musste noch zum Shopping oder zur Maniküre oder hatte noch ein paar Anrufe zu tätigen. Sie hielt die Taxis in der Stadt ganz schön auf Trab. Molly stellte sich vor, dass ihre Mutter sich immer noch wegen der letzten Scheidungsvereinbarungen beunruhigte und weil die Sache mit Laceys Onkel in die Hose ging, bevor sie zu neuem Geld gekommen war.

„Unsinn", sagte Francie zu Frank. „Es war so schön, dich wiederzusehen und die Neuigkeiten zu besprechen. Ich bin so froh, dass Molly dich gefunden hat. Das meine ich ernst."

Das war vermutlich das einzig Wahre, das Francie in der ganzen Zeit gesagt hatte. Als ob es Francies Benehmen die Jahre zuvor nicht gegeben hätte, dachte Molly. Oder, falls doch, so sollte wenigstens keiner einen Groll gegen sie hegen.

„Gut, ich muss jetzt wirklich gehen."

Molly geriet in Panik. „Warte!"

Ihre Mutter schaute nervös zum Taxi hinüber. *Zeit ist Geld.* Sie musste es Molly gar nicht erst sagen, weil Molly auch so wusste, was sie dachte. Und sie würde den Teufel tun und ihrer Mutter anbieten, die Taxikosten zu übernehmen, damit sie noch fünf Minuten miteinander reden konnten.

Und gerade deshalb war sie in Panik geraten, stellte Molly fest. Weil sie ihrer Mutter ein paar Dinge zu sagen hatte, die nicht warten konnten, bis diese Frau das nächste Mal ins Land gedüst käme.

„Entweder du sagst ihm, er soll warten oder du schickst ihn weg und rufst ein anderes. Ich muss mit dir reden."

Francie warf ihr einen Kuss zu. „Ich ruf dich an. Versprochen!"

„Nein! Du wirst jetzt mit mir sprechen. Ich bin deine Tochter. Ich habe noch nie etwas von dir verlangt, aber jetzt brauche ich fünf Minuten deiner kostbaren Zeit." Molly umfasste die Schulter ihrer Mutter mit einem festen Griff.

Francie schockierte sie, weil sie ohne weitere Worte zu verlieren ins Haus ging.

„Ich lasse euch beide alleine", sagte Frank und kehrte ins Wohnzimmer zurück.

Molly spürte, wie der Rest der Familie sie beobachtete, aber das war ihr egal. „Wir müssen uns auf etwas verständigen." Molly hörte ihre eigenen, ungeprobten und unvorbereiteten Worte. Und als sie weitersprach, verstand sie endlich, was Hunter gemeint hatte, als er sagte, dass sie und ihre Mutter noch ein paar Dinge zu regeln hätten. Weil Francie, selbst wenn Molly sie anbrüllte, nie zugehört hatte.

„Schätzchen, wir verstehen uns doch perfekt."

Molly hob die Brauen. „Wenn das wahr wäre, würdest du nicht in der ganzen Welt herumsausen und nur dann in meinem Leben auftauchen, wenn es dir gerade passt. Wenn du mich in Zukunft besuchen willst, musst du mich von jetzt ab anrufen. Ich möchte wissen, dass du kommst, und du solltest mich fragen, ob es *mir* zu diesem Zeitpunkt passt."

Francie schaute sie ungläubig an. „Ich bin deine Mutter. Du würdest mir doch keinen Besuch abschlagen."

Molly musste trotz allem lächeln. Ihre Mutter konnte so kindisch sein, dass es einem manchmal schon Angst machte. „Nein, das würde ich vermutlich nicht. Nicht einmal, wenn mein Vater des Mordes angeklagt wäre und alles um mich herum ein totales Durcheinander wäre", gab sie zu.

Francies strahlendes Lächeln zeigte Molly, dass ihre Erklärungen noch nicht weit genug gegangen waren.

„Siehst du, dann gibt es doch gar keinen Grund für solche Formalitäten zwischen uns."

Molly seufzte. „Das hat nichts mit Formalitäten zu tun." Sie holte tief Luft und fuhr fort. „Es hat mit meinen Gefühlen zu tun. Es wäre nett, zu wissen, dass du lange genug an mich gedacht hast, um mir wenigstens eine Vorwarnung zu geben. Eine gelegentliche Überraschung ist auch in Ordnung, denke ich. Solange ich zwischendurch einmal etwas von dir höre. Ich möchte nicht mehr monatelang nichts von dir hören und mich fragen müssen, ob du irgendwo auf der Welt überhaupt noch am Leben bist. Und wenn ich dich anrufe, sei bitte nicht so oberflächlich. Wenn du wirklich nicht sprechen kannst, dann ruf mich zurück. Ich bitte dich nur um ein paar ganz normale Höflichkeiten. Behandle mich einfach wie eine Tochter und nicht wie eine unerwünschte Unannehmlichkeit."

Zu Mollys Entsetzen stotterte sie bei den letzten Worten. Ihre Augen füllten sich zu schnell mit Tränen, um ihre Gefühle noch in den Griff zu bekommen.

„Gott, was war das für ein Tag." Molly wischte sich die Tränen mit dem Handrücken ab.

Francie betrachtete Molly. Sie schaute sie wirklich an, und dann streckte sie ihre Arme aus, um sie in einer merkwürdigen Umarmung an sich zu ziehen. „Ich denke, ich kann versuchen, mich ein bisschen weniger mit mir selbst zu beschäftigen." Sie tätschelte Mollys Rücken und trat einen Schritt zurück.

Es blieb Francie überlassen, sich mehr mit ihrer Tochter als mit sich selbst zu beschäftigen. Aber es schien so, als ob Mollys Botschaft angekommen war. Sie grinste. „Ja, das wäre wirklich gut."

Francie wischte sich mit den Fingern über die Augen, was Molly dazu veranlasste, sich zu fragen, ob ihr die Situation möglicherweise auch naheging.

„Also dann. Ich muss jetzt gehen."

Molly umklammerte ihre Hand. „Ich weiß."

„Aber ich werde anrufen." Ihre Mutter rückte den Schulterriemen ihrer Tasche zurecht und schaute Molly in die Augen. „Das hatte ich ja schon gesagt, oder?"

Molly nickte, und ihre Mutter sah zu Boden. „Mir ist so, als hätte ich das alles schon einmal erlebt", sagte sie, ganz offensichtlich verlegen und im Bewusstsein, dass sie und ihr Verhalten nun noch mehr im Mittelpunkt standen als vorher.

Molly fragte sich, wie lange das wohl anhalten würde, aber im Moment schienen ihre Worte einen großen Eindruck gemacht zu haben.

„Gut, dieses Mal tue ich es wirklich." Francie küsste Molly zum Abschied auf die Wange und ging zur Tür. Dort verharrte sie einen Augenblick, drehte sich noch einmal um und zog Molly, einem spontanen Impuls folgend, noch einmal ganz nah an sich.

Dann war sie mit hastigem Winken verschwunden. Dieses Mal spürte Molly ausnahmsweise einmal nicht wie sonst eine Wut auf sie. Sie fühlte vielmehr, dass sie die Fehler ihrer Mutter akzeptieren konnte, und hatte ein wenig Hoffnung, was die Zukunft betraf.

Nicht ganz so wahnhaft wie sonst, dachte sie ironisch.

Nur hoffnungsvoll.

Mollys Leben normalisierte sich schnell. Robin kehrte zur Universität zurück und Jessie und Seth zur Schule. Seth stand unter Bewährung. Hunter hatte eine Vereinbarung ausgearbeitet, die den Teenager vor dem Gefängnis bewahrte. Der General widmete sich wieder seinen Geschäften. Diesmal mit Sonya an seiner Seite, die ihm half, alle nötigen Unterlagen für den Neustart des Büros vorzubereiten. Und obwohl Frank Molly nach dieser Übergangsphase gerne als seine neue Partnerin ins Geschäft geholt hätte, wusste Molly, dass es nicht dem entsprach, was sie wirklich wollte. Eine erschreckende, aber wahre Erkenntnis.

An jenem Morgen war Molly aufgewacht, als alle anderen schon dabei gewesen waren, ihre Arbeit zu erledigen. Ohne neuerliche Krisen, um die sie sich hätte kümmern können, sah sie sich dazu gezwungen, ihr eigenes Leben etwas genauer unter die Lupe zu nehmen.

Was sie da entdeckte, gefiel ihr nicht. Sie war alleine im Haus ihres Vaters, weil sie keinen Job zu erledigen hatte. Sie war eine achtundzwanzigjährige Frau, die ihre Lieblingssachen im Schrank versteckte, weil sie ihr eigentliches Ich verbergen wollte, um geliebt und akzeptiert zu werden. Während sie den einzigen Mann, der sie wirklich ohne Vorbehalte so akzeptierte, wie sie war, einfach hatte gehen lassen.

Bis jetzt hatte sie es noch nie von dieser Seite aus betrachtet. Am Anfang, nachdem Hunter sie verlassen hatte, hatte Molly sich eingeredet, dass er derjenige war, der weglief, ohne sich damit auseinanderzusetzen, was zwischen ihnen war. Sie hatte verstanden, dass sein Abschied etwas damit zu tun hatte, wie sie ihn verlassen hatte, und sich einzureden versucht, dass Hunter ein Feigling war.

Dann war dieser unerwartete Augenblick mit ihrer Mutter gekommen, wo Molly sich dabei ertappte, Hunters Ratschlag zu befolgen. Sie hatte Regeln aufgestellt, mit denen sie leben konnte, und die Sache endlich in die Hand genommen.

Was dazu geführt hatte, dass sie nun begriff, dass das Leben, so wie sie es bis zur Verhaftung ihres Vater gelebt hatte, schal wirkte, seit Hunter aufgetaucht war.

Molly klopfte an die Tür des Arbeitszimmers ihres Vaters.

„Komm herein", rief er.

Zögernd blieb sie im Türrahmen stehen. „Können wir miteinander reden?"

„Natürlich." Er erhob sich und kam ihr bis zur Mitte des Raumes entgegen. „Setzen wir uns hierhin." Er zeigte auf zwei Ledersessel vor dem Schreibtisch.

Ihr Vater begann als Erster zu sprechen. „Da schau an." Sein Blick fiel auf ihre rote Bluse, die engen Jeans und ihre roten Cowboystiefel. „Hab ich dir jemals gesagt, dass ich dieses Rot liebe? Deine Mutter hat diese Farbe getragen, als ich ihr zum ersten Mal begegnete. Das gehört zu meinen schöneren Erinnerungen an sie", sagte er lachend.

Molly lächelte.

„Diese Stiefel sehe ich nicht zum ersten Mal. Aber das restliche Outfit. Ist es neu?", fragte er.

Sie rang mit den Händen. „Nein, für mich sind die Sachen nicht neu. Sie sind nur neu für dich. Es ist nämlich so, dass ich nicht so ganz ehrlich zu dir gewesen bin."

Er schaute sie fragend an. „In welcher Hinsicht?"

„Darüber, wer ich wirklich bin. Oder sollte ich besser sagen, wer ich war, bevor ich zu dir gezogen bin?" Sie erhob sich abrupt und begann, im Zimmer umherzuwandern, weil sie sich wohler fühlte, wenn sie in Bewegung war, während sie erklärte. „Du hast vielleicht schon gemerkt, dass es mir wichtig ist, akzeptiert zu werden."

Frank streckte seine Arme aus. „Wem an deiner Stelle ginge es nicht so, so wie du aufgewachsen bist." Er sprach ruhig und verständnisvoll.

Molly war ihm dankbar für seine Unterstützung. Seine bedingungslose Liebe gehörte zu den Dingen, die sie am meisten an ihm mochte. Sie wünschte nur, sie hätte schon viel früher darauf vertraut. „Na ja. Als ich herausfand, dass es da draußen einen Vater und eine Familie für mich gab, wollte ich so dringend dazugehören, dass ich alles dafür getan hätte." Ihr Gesicht wurde heiß bei diesem Geständnis.

Ihr Vater stand auf und kam näher. „Diese Familie hatte bereits eine Menge Anteil an Skandalen und Problemen. Ich bin sicher, dass nichts, was du mir zu sagen hast, noch schockierend sein kann", versicherte er ihr.

Molly blieb mitten im Zimmer stehen, um den General anzusehen und zu lachen. „Nein. Es wird vielmehr sehr unreif klingen, wenn man diese Einleitung in Betracht zieht." Sie fuhr sich mit den Händen durchs Haar und seufzte. „Ich habe nicht so einen konservativen Geschmack wie Sonya und Robin. Ich mag knallbunte Farben. Ich bin eigentlich eher der auffällige und nicht so der dezente Typ. Die ersten acht Monate hier waren untypisch für mich, vor allem, wenn ich mich zurückhielt, obwohl Jessie wie eine Dampfwalze über mich hergefallen ist. Das entspricht eigentlich gar nicht meiner Art." Sie beendete ihre Erklärung mit einem langen Atemzug.

„Und du dachtest, dass ich, wenn du diese Seiten von dir vor mir verbirgst, dich ... was? Lieber hätte?" Er runzelte die Brauen, bis sich auf seiner Stirn mehr Falten als üblich abzeichneten.

„Ich hatte Angst davor, dass du, wenn du mein wirkliches Ich kennen würdest, mich weniger lieb haben könntest. Oder noch schlimmer, dass du mich gar nicht mögen würdest. Vergiss nicht, dass ich nicht bei dir aufgewachsen bin, und dass du mich nicht von Anfang an erzogen und geliebt hast und so. Ich bin eine Erwachsene, die schon fix und fertig hier bei dir aufgekreuzt ist. Du hättest jedes Recht, mich nicht zu mögen, falls du das so empfinden würdest. Ich wollte einfach weder dir – noch Jessie oder Robin – Munition dafür liefern." Sie schluckte und sah ihm dann in die Augen.

Seinem Gesichtsausdruck war anzusehen, dass ihn ihre Erklärungen amüsierten. „Mir ist aufgefallen, dass du den Kommandeur nicht zu den Personen zählst, die du zu enttäuschen fürchtetest. Gehe ich recht in der Annahme, dass du in meiner Mutter jemanden gefunden hast, von dem du weißt, dass er dich verstehen würde?"

Molly nickte. „Sie ist mir sehr ähnlich."

„Jessie auch. Ich weiß nicht, ob du das schon gemerkt hast."

Sie lachte. „Sie hat versucht, mich zu erpressen und hat sich meinen gelben Lieblingspulli als Pfand ausgesucht. Ich glaube, das fällt mir erst jetzt auf. Wir hatten einen unheimlichen Fortschritt miteinander gemacht, bis ich Hunter verriet, was sie mir anvertraut hatte."

Der General legte ihr eine Hand auf die Schulter. Sie war ihm dankbar für diese zärtliche und ermutigende Berührung. „Jessie weiß, dass du Seths Leben damit gerettet hast. Sie ist ein kluges Mädchen. Sie mag zwar versuchen, dich dafür büßen zu lassen, einfach um herauszufinden, wie weit sie dein Schuldgefühl ausnutzen kann. Doch in ihrem Herzen hast du dich schon längst als du selbst bewiesen."

„Vielleicht." Molly sah ihm in die Augen. „Aber egal, ob ich das habe oder nicht, ich will ab jetzt nur noch ich selbst sein."

„Wir wollen alle, dass du ganz du selbst bist. Wir sind nicht wie deine Mutter. Wir erwarten von dir nicht, dass du jemand anderes bist. Seth hat versehentlich seinen Vater erschossen und es niemandem gesagt, nachdem ich verhaftet worden war, und trotzdem gehört er immer noch zur Familie. Es gibt nichts an dir, dass mich – oder deine Schwestern – dazu veranlassen könnte, dich abzulehnen."

Sie nickte, weil ihre Kehle zum Sprechen zu trocken war. Dann nahm sie sich zusammen und sagte: „Ich weiß das. Es ist vielleicht etwas spät, aber jetzt habe ich es auch begriffen."

Ihr Vater zog sie an sich und umarmte sie lange. „Ich liebe dich, Molly."

Sie lächelte. „Ich liebe dich auch. Das macht das, was ich dir sagen will, aber noch schwerer. Ich kann nicht in dein Geschäft einsteigen." Sie würde sich zwar wieder auf ihre juristischen Fähigkeiten besinnen, dachte Molly. Aber hoffentlich nicht im Geschäft ihres Vaters, sondern irgendwo in Hawken's Cove, Hunters Heimatstadt. Sie schluckte.

Er trat einen Schritt zurück, ohne die Hände von ihren Schultern zu nehmen. „Warum?"

„Weil es Zeit für mich wird, endlich mein Leben in Ordnung zu bringen."

Er hob die Brauen. „Beziehst du Hunter in diese Neustrukturierung mit ein? Ich habe schon bemerkt, wie schlecht es dir geht, seit er weggegangen ist."

Sie schenkte ihm ein grimmiges Lächeln. „Es ist sehr offensichtlich, hm?"

Der General nickte. „Unglücklicherweise, ja."

„Nun, ich weiß nicht, ob er mich noch haben will, oder ob es bereits zu spät ist, aber ich muss es versuchen."

Er grinste. „Ich habe nichts anderes von dir erwartet. Geh und hol ihn dir, Tiger!"

Molly holte tief Luft. „Ja also, wünsch mir Glück. Ich werde es brauchen."

„Viel Glück, Liebling."

Molly hoffte, dass Worte genügen würden. Weil sie das Einzige waren, was ihr blieb, um Hunter davon zu überzeugen, ihr noch eine Chance zu geben.

Als Hunter nach Hause zurückgekehrt war, stürzte er sich voller Elan in sein altes Leben, nur, dass er nicht mehr trank und auf die Frauengeschichten, die vor Mollys Rückkehr zu seinem Leben gehört hatten, verzichtete. Die Mitarbeiter seines Büros waren froh, ihn wiederzusehen. Ein neuer Mordfall beschäftigte ihn Tag und Nacht. In seiner freien Zeit kümmerte er sich um einige Freundschaften, obwohl es ihn manchmal erstaunte, dass er außer Lacey und Ty auch noch andere Freunde hatte. Einmal ging er nach der Arbeit mit seinen Freunden essen. Ohne Molly war sein Leben ziemlich leer, aber es war immerhin ein Leben. Und er lebte es erst seit wenig mehr als einer Woche.

Lacey hatte jemanden angestellt, der seine Wohnung aufgeräumt und den Kühlschrank vor seiner Rückkehr geputzt und aufgefüllt hatte. Er schüttelte immer noch begeistert darüber, wie sehr sich Lacey selbst aus der Ferne um ihn kümmerte, den Kopf. Dennoch verbrachte er nicht sehr viel Zeit in seiner Wohnung. Und das aus gutem Grund. Wenn er lange im Büro blieb, konzentrierte er sich auf die Arbeit. Wenn er zu Hause arbeitete, fiel ihm auf, wie ruhig es dort war und wie einsam er sich fühlte.

Er bat seine Sekretärin darum, ihm für den Abend einen ruhigen Tisch in seinem Lieblingspub zu reservieren. Er würde sein Black Berry mitnehmen und seine E-Mails bearbeiten, während er sich eine Pause von seinen Akten und den grässlichen Details eines Kriminalfalles gönnte.

Sie rief ihn zurück, um ihm zu sagen, dass man ihm einen Tisch freihalten würde. Es war von Vorteil, wenn man zu den Stammgästen gehörte. Er packte eine Akte zusammen mit ein paar nicht vertraulichen Unterlagen in seinen Rucksack, nur für den Fall, dass er während des Abendessens noch einmal etwas nachlesen wollte. Da klopfte es an der Tür.

Er zuckte zusammen. Das war eine schlechte Zeit für eine Unterhaltung. Hunter mochte zwar ein guter Kunde des Restaurants sein, aber nicht mal sein Lieblings-Pub würde ihm seinen Tisch ewig freihalten. „Kommen Sie herein, aber machen Sie schnell." Er warf sich seinen Rucksack über die Schulter, bereit, so schnell wie möglich aufzubrechen.

In Hunters Büro herrschte eine eher lockere Atmosphäre. Besucher wurden nicht extra von seiner Sekretärin angekündigt. Deshalb hatte er, als die Tür sich öffnete, erwartet, dass einer seiner Partner hereinkommen würde, um mit ihm über die neuesten Rechercheergebnisse sprechen zu wollen.

Stattdessen kam, als er sich umdrehte, eine Vision zur Tür hinein. Von den Spitzen ihrer knallroten Cowboystiefel über die dunklen Jeans bis hin zum passenden, eng anliegenden, tomatenroten Kapuzenpulli war diese Frau, die vor ihm stand, ganz die alte Molly.

Er sog geräuschvoll Luft ein und ließ seinen Rucksack zu Boden fallen. „Molly." Er wusste nicht, ob es ihn mehr überraschte, dass sie gekommen oder wie sie angezogen war.

Und er wollte verdammt sein, wenn er die falschen Schlüsse ziehen und wieder falschen Hoffnungen erliegen sollte. Doch sein Herz hörte nicht auf ihn. Es schlug in einer unglaublichen Geschwindigkeit und jagte seinen Puls in die Höhe.

„Hallo." Sie hob eine Hand zum Gruß, wobei sie sich offensichtlich genauso merkwürdig fühlte wie er. Sie blickte auf den Rucksack zu seinen Füßen. „Wolltest du gerade gehen?"

Er zuckte mit den Achseln. „Ich wollte zum Essen gehen." Plötzlich erschien ihm die Tischreservierung nicht mehr so wichtig. „Was führt dich zu mir?"

Molly fuhr sich mit der Hand durch ihr zerzaustes, aber wunderschönes, blondes Haar. „Ich habe eine Frage an dich."

„Du bist die ganze Strecke gefahren, um mich etwas zu fragen?"

„Ich bin geflogen. Das schien mir schneller. Lacey hat mich vom Flughafen abgeholt."

Hunter sah sie misstrauisch an. „Sie ist in der Stadt?"

„Sie und Ty sind beide hier. Sie wohnen bei seiner Mutter. Hör mal, kann ich wenigstens hereinkommen?" Molly wusste, dass Hunters Sekretärin direkt neben der Tür saß, und für das, was sie Hunter zu sagen hatte, brauchte sie keine Zeugen.

Er winkte sie hinein. „Natürlich. Ich bin nur überrascht, dich zu sehen."

Sie schloss die Tür hinter sich und ging auf ihn zu. „Hoffentlich freust du dich auch."

Er sah so gut aus, dass sie ihre Arme um ihn schlingen und bei ihm bleiben wollte. Aber sie erkannte auch die Vorsicht in seinem Blick. Es gab noch zu viele ungeklärte Dinge zwischen ihnen.

Obwohl sich einiges geändert hatte. Er trug weder Anzug noch Krawatte. Genau wie sie, schien er von Haus aus komfortablere Kleidung zu bevorzugen. Sie vermutete, dass sie noch früh genug auf diesen speziellen Punkt zu sprechen kommen würden.

Zuerst mussten andere Dinge geklärt werden. Obwohl Molly nicht wusste, wo sie am Ende dieser Unterhaltung stehen würden, musste unbedingt über alles gesprochen werden.

„Als du weggegangen bist, sagte ich mir, dass du mich verlassen hast." Molly schüttelte den Kopf und lachte. „Das hielt ungefähr fünf Minuten an. Dann tauchte meine Mutter auf, und das war der Tropfen, der das Fass zum Überlaufen brachte. Ich ertappte mich dabei, deinen Rat zu befolgen und einige grundsätzliche Regeln für die Beziehung zwischen mir und meiner Mutter aufzustellen. Sie mag sie vielleicht nicht befolgen, aber ich kann nun wenigstens behaupten, dass ich alles versucht habe, um die Sache in die Hand zu nehmen."

Auf seinem sehr attraktiven Mund erschien ein Lächeln. „Das ist gut. Es geht darum, wie du mit den Menschen umgehst und nicht, wie die Menschen mit dir umgehen. Du kannst nur deine eigenen Gefühle und Taten beeinflussen und nicht die der anderen."

„Es hat mich ein halbes Leben gekostet, bis ich das begriffen hatte." Ihr Magen krampfte sich zusammen, weil sie wusste, wie viel noch gesagt werden musste, bis sie zum wahren Grund, weshalb sie hierhergekommen war, vordringen konnten.

„Wie geht es deiner Familie?", fragte er.

„Gut. Gut. Sogar Seth scheint alles gut zu bewältigen. Die anderen sind dank dir wieder in den Alltag zurückgekehrt." Sie leckte sich über die trockenen Lippen.

Hunter schob seine Hände in die Hosentaschen. „Also arbeitest du jetzt mit deinem Vater zusammen?"

„Ich habe ihm gerade gesagt, dass ich das eigentlich gar nicht will, was mich selbst überrascht hat, wie ich zugeben muss." Molly legte die Hand auf ihren nervösen Magen. Sie konnte nicht anders.

„Das überrascht mich auch. Ich dachte, mit deinem Vater zusammenzuarbeiten, wäre immer dein Traum gewesen." Er klang irritiert.

„Dinge ändern sich. Ich habe mich geändert." Sie senkte ihren Blick. „Du hast mich tatsächlich verändert."

Er machte ein misstrauisches Gesicht. „Ach ja? Wie das?"

Molly holte tief Luft. „Es geht damit los, dass du mich akzeptierst, wie ich bin. Ich wusste nur nicht, wie viel das bedeutet, bis ich mich selbst verloren hatte. Was, das muss ich zugeben, ironisch klingen mag, weil ich dich verlassen hatte, um mich selbst zu *finden*." Sie schüttelte den Kopf. „Klingt das einigermaßen logisch?", fragte sie lachend.

„Erstaunlicherweise, ja. Es klingt logisch. Also sprich weiter."

„Ich bin es nicht gewohnt, mich so umständlich auszudrücken, aber da du alles wissen sollst, mach ich einfach weiter. Als alle anderen in den Alltag zurückgekehrt waren, fühlte ich mich sehr alleine und musste herausfinden, an welchem Punkt ich stand. Es war so, als ob ich in dem Moment zwar alles, wonach ich mein Leben lang gesucht hatte, gefunden hatte, aber das Wichtigste fehlte."

„Und was war das?" Er kam näher.

Sein Aftershave stieg ihr in die Nase, aber sie ließ sich nicht vom Weg abbringen. „Ich. Ich vermisste mich. Da stand ich nun.

Achtundzwanzig Jahre alt mit der Familie, nach der ich immer gesucht hatte, mit der Akzeptanz, nach der ich mich immer gesehnt hatte, aber ohne echten Job, eigene Wohnung und ohne die geringste Idee, wer ich wirklich bin, weil ich meine Kleidung, meine Individualität und noch wichtiger ..." Das war der schwerste Teil ihrer Rede, dachte Molly.

„Mach weiter", flüsterte er.

„Ich stellte fest, dass alles, was ich immer gewollt hatte, alles, was ich besaß, mir nichts mehr wert war, ohne den Mann, den ich liebe." Die letzten Worte sprudelten nur so aus ihr heraus. Sie war verlegen, weil sie zugegeben hatte, dass sie ihn liebte, obwohl sie nicht wusste, ob er noch etwas für sie empfand. Und was er wollte.

Dennoch hatte er es verdient. Er verdiente eigentlich noch viel, viel mehr.

Liebe. Das war ein Wort, das sie, seit sie Hunter wiedergesehen hatte, vermieden hatte, weil es bedeutet hätte, sich mit ihren Ängsten auseinandersetzen zu müssen. Nun hatte sie sich damit auseinandergesetzt, und jetzt war sie hier und von altem Ballast befreit.

„Ich liebe dich", sagte sie, während das Herz ihr aus der Brust zu springen drohte.

Was sie in der Vergangenheit für ihn empfunden hatte, verblasste nun angesichts ihrer überwältigenden Gefühle für ihn. Es schien, als ob die Vergangenheit nur eine praktische Übung für ihre wahren und echten Gefühle gewesen war.

„Ich weiß, dass das spät kommt. Ich weiß, dass ich dir die Hölle auf Erden bereitet habe, aber ich liebe dich, und ich hoffe, du liebst mich auch." Sie hatte ihre Karten auf den Tisch und ihm ihr Herz zu Füßen gelegt. Nun wartete sie darauf, dass er es brach.

Jedenfalls wusste sie jetzt genau, was ihre einstige Zurückweisung in seinem Ego und seinem Herzen angerichtet haben musste.

Hunter starrte auf die Frau, die ihm ihr Herz offenbart hatte. Er musste träumen. Wie sonst konnte ein Mann innerhalb von fünf Minuten von gerade so am Leben zu sein zu diesem totalen Hochgefühl gelangen?

„Molly …"

Sie schüttelte den Kopf. „Es ist schon in Ordnung. Du musst nichts sagen. Es ist vorbei, du willst nicht mehr, du hast genug von mir. Ich verstehe dich sehr gut", sagte sie und begann umherzuwandern. „Es ist schon gut. Ich wollte dir aber auf jeden Fall erklären, wie ich mich fühle, weil du mir geholfen hast, diesen Punkt zu erreichen. Das bedeutet natürlich nicht, dass du ein Teil meiner Zukunft sein musst."

Er trat näher an sie heran und griff nach ihrer zitternden Hand. „Und was, wenn ich genau das sein möchte?", fragte er und legte ihr den Finger auf den Mund, bevor sie zu einem längeren Monolog ansetzte.

Sosehr er sich wünschte, dass sie einen Augenblick still war, so dringend wollte er ihre Lippen nach dieser langen Dürreperiode berühren.

„Du willst mich immer noch? Wirklich?", fragte sie begeistert. „Ich habe es nicht vermasselt?"

Auf seinem Gesicht erschien sein erstes freies und unbeschwertes Grinsen seit Jahren. „Ich musste dich nur ansehen, um zu wissen, dass du wieder da bist. Du hast es geschafft und bist wieder du selbst. So wie ich dich kenne, nur besser. Stärker. Wenn du also sagst, dass du jetzt bereit dazu bist, dich für mich zu entscheiden, dich festzulegen, glaubst du wirklich, dass ich da mit dir diskutieren würde?"

Sie seufzte vor Freude und schlang ihre Arme um seinen Hals, während sie ihre Lippen auf seinen Mund presste. Er beantwortete ihren Kuss mit seinen Lippen, seiner Zunge, seinem ganzen Sein. Sie gehörte ihm. Er konnte sie und die Zukunft umarmen und musste zum ersten Mal keine Angst davor haben, dass ihm alles wieder weggenommen würde. Er wollte diesen Augenblick voll und ganz auskosten.

Doch dann fiel ihm etwas Wichtiges ein. Hunter unterbrach den Kuss und blickte ihr in die Augen. „Als du hereingekommen bist, sagtest du, dass du mich etwas fragen wolltest.“ Er wusste nicht, was sie ihn fragen wollte, aber er hatte so eine Ahnung, dass ihm ihre Frage gefallen würde.

Egal, was Molly in diesem Augenblick von ihm wollte, er würde es ihr liebend gerne geben.

„Ach ja, stimmt ja. Das hatte ich gesagt.“ Molly konnte sich ein Grinsen nicht verkneifen. Vielleicht würde sie den Rest ihres Lebens lächeln. Sie wusste es nicht. Es war ihr auch egal. Abgesehen davon: Hatte sie es nicht verdient, endlich wirklich glücklich zu sein?

„Wirst du mir diese Frage noch stellen?“ Er strich ihr eine Haarsträhne zurück und liebkoste ihre Wange zärtlich.

„Ähm … Ich suche immer noch einen richtigen Job und eine richtige Wohnung …“

„Keine Wohnung. Ich lasse dich nie wieder aus den Augen“, sagte er entschieden.

Sie grinste erleichtert. Begeistert. Völlig verzückt. „Das ist gut, weil ich nämlich hergekommen bin, um dich zu fragen, … ob du schon etwas Spezielles mit dem Rest deines Lebens vorhast?“

Hunter schlang seine Arme um ihre Taille und zog sie fest an sich heran. Sein zärtlicher Blick heftete sich auf ihr Gesicht. „Ich habe vor, den Rest meines Lebens mit dir zu verbringen“, erklärte er und besiegelte diese Erklärung mit einem langen, leidenschaftlichen Kuss.

# Epilog

*Molly hatte WIEDER EINMAL recht behalten. Sie kleidete sich normalerweise so außergewöhnlich, dass die Menschen in der Kirche beinahe überraschter waren, sie in einem traditionellen weißen Hochzeitskleid zu sehen, als in dem roten Kleid, das ich für sie ausgewählt hatte. Ich weiß, dass Hunter dieses Kleid gemocht hätte, weil er ständig betont, dass Rot seine Lieblingsfarbe ist. Deshalb, so sagte Molly, trug sie rote Unterwäsche und Strapse unter ihrem Hochzeitskleid und hatte die roten Cowboystiefel eingepackt. (Ihre Hochzeitsnacht möchte ich mir lieber nicht vorstellen. Das geht mich schließlich auch gar nichts an.) Inzwischen mochte sie jeder am liebsten in ihren roten, hochhackigen Pumps, glaube ich. (Ich könnte übrigens gut damit leben, wie Molly zu sein, wenn ich einmal älter bin.)*

*Außer mir und Mollys Freundin Liza gehörte noch Lacey, die Ehefrau von Hunters bestem Freund, zu uns Brautjungfern.*

*Wie sich in letzter Sekunde herausstellte, hatte auch Lacey eine Überraschung parat. Wegen des größeren Umfangs ihrer Taille passte ihr das Kleid plötzlich nicht mehr. Noch schlimmer war nur noch, dass sie sich aufgrund ihrer morgendlichen Übelkeit (am Nachmittag!) während der hektischen Änderungen an ihrem Kleid andauernd hinsetzen musste.*

*Hunter hatte sich in einen kitschigen, verliebten, trotteligen Kerl verwandelt, aber sein Trauzeuge Ty war noch schlimmer. Der Kerl war ständig um Lacey herum, bis sie ihm schließlich sagte, dass er sie endlich in Ruhe lassen solle. Wenigstens bis nach dem Jawort. Danach konnten sie die Hände nicht voneinander lassen. (Blödsinn. Es war zwar unhöflich, ihnen dabei zuzuse-*

*hen, aber ich hoffe, dass ich eines Tages einen Kerl kennenlernen werde, der mich so liebt.)*

*Robin war Trauzeugin, und sie sah fantastisch aus wie immer. Dad führte Molly in die Kirche, und ich war überhaupt nicht eifersüchtig. (Okay, höchstens ein bisschen.) Und dann hat er den Rest des Tages mit Sonya verbracht. Auch die beiden benehmen sich wie zwei verliebte Turteltauben. Ich fühle mich dieser Tage ganz schön von Liebesdemonstrationen umzingelt.*

*Mollys Mutter tauchte natürlich auch auf – sie trug ein cremefarbenes Kleid! Wenn ich die Braut gewesen wäre, wäre ich ziemlich sauer gewesen, aber Molly schien es nicht zu stören. Sie wirkte sogar froh, dass ihr Drachen von Mutter aus Europa angereist war, obwohl sie einen Mann mitgebracht hatte, der sich selbst Graf von Irgendwas nannte.*

*Was mich betrifft: Ich habe zuerst mit Dad und danach mit Hunter getanzt. Sie bewegen sich beide sehr geschmeidig. Dann fragte mich Seth, ob wir tanzen wollen. Es machte mir großen Spaß, obwohl er mir dauernd auf die Füße trat.*

*Ich hab beinahe Angst, es zu beschreien, aber Molly hat recht. Das Leben ist schön. Wie ich sie zu Hunter sagen hörte, haben sie einen langen, harten Weg gewählt, um da anzukommen, wo sie jetzt sind, aber am Ende werden sie hoffentlich für den Rest ihres Lebens glücklich miteinander sein und nicht mehr als die üblichen Kratzer abkriegen.*

Ja. Damit kann ich leben.

– ENDE –

Deutsche Erstveröffentlichung

*Jill Shalvis*

**Lebkuchenmänner und andere Versuchungen**

Sechs quirlige Welpen in einer Badewanne, und Willa muss sie bändigen, um sie sauber zu bekommen. Kein Wunder, dass sie inzwischen selbst aussieht, als hätte sie im Schlamm gewühlt. In diesem Moment steht ausgerechnet Keane Winters in ihrem kleinen Laden für Haustierbedarf – der Mann, der ihr einst das Herz brach. Jetzt erkennt er sie nicht einmal wieder! Keinesfalls wird sie Keane den Gefallen tun und sich um seine Katze kümmern. Und doch verliert sie sich sofort wieder in seinen unwiderstehlichen Augen ...

ISBN: 978-3-95649-747-6
9,99 € (D)

Deutsche Erstveröffentlichung

*Abby Clements*

**Das Glück schmeckt nach Zitroneneis**

ISBN: 978-3-95649-678-3
9,99 € (D)

Der gebürtige Italiener Matteo und die Engländerin Anna wagen das Abenteuer und ziehen vom nasskalten Brighton ins sonnenverwöhnte Sorrent. Hier wollen sie eine Gelateria eröffnen und ganz Italien mit ihren Eiskreationen verzaubern. Eigentlich eine brillante Idee, wäre da nicht Matteos verrückte, laute Verwandtschaft. Insbesondere Mamma Elisa hat ihre eigenen Vorstellungen, wie italienische Eiscreme zu schmecken hat. Eines steht fest, das wird ein turbulenter Sommer ... Eine zuckersüße Geschichte um Amore und Famiglia.

Originalausgabe

*Petra Schier*

**Kleines Hundeherz sucht großes Glück**

Eine warme Küche und zwei Menschen, die ihn umsorgen – so stellt sich der kleine, weiße Mischlingshund Amor das Glück vor!
Als er eines kalten Winterabends in der städtischen Sozialstation auftaucht, lässt er sich von der schüchternen Lidia und dem Sozialarbeiter Noah das Ohr kraulen. Glücklich erkundet Amor daraufhin die Küche, schnüffelt am köstlichen Schokokuchen – und stibitzt Lidias Geldbeutel. Noah und Lidia versuchen, ihn einzufangen, und scheinen sich dabei sogar näherzukommen ... Amor sieht seine Chance, die Liebe in ihr Leben zu bringen und ein echtes Zuhause zu finden. Doch werden seine Weihnachtswünsche wahr?

ISBN: 978-3-95649-242-6
9,99 € (D)

Deutsche Erstveröffentlichung

*Julia Williams*

## Ein Weihnachten zum Glücklichsein

Wie jedes Jahr will Beth mit ihrem Mann und den Kindern ein entspanntes Weihnachtsfest bei ihren Eltern verbringen. Aber diesmal geht alles drunter und drüber: Ihr Bruder Ged steht mit einer neuen und schwangeren Freundin vor der Tür. Beths Schwester Lou ist wieder einmal Single, und auch bei Beth selbst läuft so einiges schief. Zu guter Letzt machen auch ihre Eltern eine überraschende Mitteilung, und plötzlich droht das Band, das die Familie zusammenhält, zu reißen ...

ISBN: 978-3-95649-784-1
9,99 € (D)